NALINI SINGH

Age of Trinity

Widerhall der Stille

Nalini Singh bei LYX

Die Romane der Gestaltwandler-Serie:

1. Leopardenblut
2. Jäger der Nacht
3. Eisige Umarmung
4. Im Feuer der Nacht
5. Gefangener der Sinne
6. Sengende Nähe
7. Ruf der Vergangenheit
8. Fesseln der Erinnerung
9. Wilde Glut
10. Lockruf des Verlangens
11. Einsame Spur
12. Geheimnisvolle Berührung
13. Pfade im Nebel
14. Scherben der Hoffnung
15. Der letzte Schwur

Age of Trinity:

16. Silbernes Schweigen
17. Das Licht des Ozeans
18. Schatten der Erinnerung
19. Der Ruf der Nacht
20. Die Stunde der Wächter
21. Echo des Sturms
22. Widerhall der Stille

Die Hard-Play-Reihe:

1. Cherish Love
2. Cherish Hope
3. Cherish Kisses
4. Cherish Dreams
5. Cherish Whispers

Die Elena-Deveraux-Romane:

1. Gilde der Jäger. Engelskuss
2. Gilde der Jäger. Engelszorn
3. Gilde der Jäger. Engelsblut
4. Gilde der Jäger. Engelskrieger
5. Gilde der Jäger. Engelsdunkel
6. Gilde der Jäger. Engelslied
7. Gilde der Jäger. Engelsseele
8. Gilde der Jäger. Engelsmacht
9. Gilde der Jäger: Engelsherz
10. Gilde der Jäger. Engelsgift
11. Gilde der Jäger. Engelsfall
12. Gilde der Jäger. Engelskrieg
13. Gilde der Jäger. Engelssonne
14. Gilde der Jäger. Engelsleuchten
15. Gilde der Jäger. Engelsaufstieg

Die Rock-Kiss-Romane:

1. Rock Kiss – Eine Nacht ist nicht genug
2. Rock Kiss – Ich berausche mich an dir
3. Rock Kiss – Ich will alles von dir
4. Rock Kiss – Bis der letzte Takt verklingt

Anthologien:

1. Magische Verführung
2. Dunkle Verlockung
3. Geheime Versuchung
4. Wilde Umarmung

Exklusiv als E-Book erhältlich:

Rock Kiss – Du bist alles für mich (Novella)
Sehnsucht des Augenblicks (Kurzgeschichten & entfallene Szenen)
Versprechen der Dunkelheit (Novella)
Zauber des Augenblicks (Kurzgeschichten & entfallene Szenen)

Weitere Romane von Nalini Singh sind bei LYX in Vorbereitung.

NALINI SINGH

WIDERHALL DER STILLE

AGE OF TRINITY

Roman

Ins Deutsche übertragen
von Patricia Woitynek

LYX

LYX in der Bastei Lübbe AG

NACHHALTIG PRODUZIERT

Die Bastei Lübbe AG verfolgt eine nachhaltige Buchproduktion. Wir verwenden Papiere aus nachhaltiger Forstwirtschaft und verzichten darauf, Bücher einzeln in Folie zu verpacken. Wir stellen unsere Bücher in Deutschland und Europa (EU) her und arbeiten mit den Druckereien kontinuierlich an einer positiven Ökobilanz.

FSC www.fsc.org MIX Papier | Fördert gute Waldnutzung FSC® C014496

Die Originalausgabe erschien 2023 unter dem Titel
»Resonance Surge (Psy-Changeling Trinity)« bei Berkley, an Imprint of
Penguin Random House LLC, 375 Hudson Street, New York

Published by Arrangement with Nalini Singh
Dieses Werk wurde vermittelt durch die Literarische Agentur
Thomas Schlück GmbH, 30161 Hannover

Textredaktion: Angela Herrmann
Umschlaggestaltung: © Birgit Gitschier, Augsburg, unter Verwendung von
Motiven von © shutterstock (NeonShot/Duet PandG) und © Trinity device
Copyright is to Nalini Singh – Design by Upbeat Media
Satz: Greiner & Reichel, Köln
Gesetzt aus der New Caledonia
Druck und Verarbeitung: GGP Media GmbH, Pößneck
Printed in Germany
ISBN 978-3-7363-2067-3

3 5 7 6 4 2

Weitere Informationen unter:
lyx-verlag.de
luebbe.de | lesejury.de

Dieses Buch ist für Geri

Trümmer

Seit dem Fall von Silentium ist es den Medialen nicht länger unter Strafe verboten, Gefühle zu empfinden.

Zum ersten Mal seit über hundert Jahren sind sie frei.

So frei, dass sie womöglich jene vergessen haben, denen diese eine Freiheit verwehrt ist, die sie weder kennen noch verstehen, weil sie durch das Programm irreparablen Schaden genommen haben.

Wo sind die Angehörigen ihrer Gattung abgeblieben, die dazu verurteilt wurden, sich einer »Rehabilitation« zu unterziehen – einer brutalen Gehirnwäsche, die sie in stumpfsinnige Zombies verwandelte?

Sie sind der lebende Beweis für die Grausamkeit von Silentium.

Wer hat ein Auge auf all die, die vollständig gebrochen wurden?

1

Theodora, dein Betreuer hat mir mitgeteilt, dass du dich weigerst, Anweisungen zu befolgen. Ist dir denn nicht klar, dass du dieser Familie nur *von Nutzen sein kannst, wenn du tust, was man von dir verlangt?*

Solltest du dich weiterhin widersetzen und dein genetisches Potenzial nicht ausschöpfen, wirst du für uns zu einer reinen finanziellen Belastung. Das würde Konsequenzen nach sich ziehen. Und sei nicht so einfältig zu glauben, dass du als Zwillingsschwester eines Skala-neun-Telepathen besonderen Schutz genießt.

Ihr seid mittlerweile siebzehn Jahre alt und somit weit über den Punkt hinaus, wo der Verlust des anderen Geschwisterteils euch in irgendeiner Weise tangieren sollte. Pax hat dich längst vergessen und befindet sich auf Erfolgskurs, seit das Band zu dir gekappt ist. Du bist auf dich allein gestellt.

Private Nachricht von Marshall Hyde an Theodora Marshall (12. Dezember 2072)

Blut, da war so viel Blut. Es sprudelte durch ihre Hände, die sie verzweifelt auf ihre Kehle presste, und färbte ihre totenbleichen Finger scharlachrot. Entsetzen stand in ihren Augen, als sie seinen Blick trafen. Und da wusste er Bescheid.

Sie würde sterben.

Yakov Stepyrev wurde schlagartig wach, sein Herz hämmerte gegen die Rippen, ein warmer Schweißfilm bedeckte seine mittelbraune Haut. Er sah sich hektisch nach der Frau um, aber natürlich war außer ihm niemand im Zimmer.

Trotzdem raste sein Puls noch immer, als er das Gesicht im Kopfkissen vergrub und murmelte: »*Govno*, Yakov. Du hast sie nicht alle.«

Schwerfällig wälzte er sich auf den Rücken, aber er fand keine Ruhe mehr. Er war ein Bär – normalerweise würde er die Schlummertaste seines altmodischen Weckers drücken und noch ein Weilchen in seinem Bett liegen bleiben. Aber normalerweise wurde er ja auch nicht durch einen brutalen, Adrenalin freisetzenden Traum aus dem Schlaf geschreckt, der von einer Frau handelte, die es gar nicht gab, die nie existiert hatte.

Er spannte die Finger an, und erst da merkte er, dass seine massiven, glänzenden, tödlichen Krallen ausgefahren waren. Sein Fell stellte sich unter der Haut auf, das Tier, das in ihm lebte, war ebenso beunruhigt und aufgewühlt wie die andere, die menschliche Seite von Yakov.

Mit zusammengebissenen Zähnen schlug er die Decke beiseite und zwang sich, die Krallen wieder einzufahren. Er beschloss, Liegestütze zu machen, um seiner kampfbereiten Energie ein Ventil zu geben. Doch zuvor zog er ein Paar Boxershorts an – nicht, weil er prüde gewesen wäre, sondern um zu verhindern, dass sein bestes Stück bei jeder Bewegung über den dicken Teppich rieb.

Doch nicht einmal die anstrengende körperliche Betätigung vermochte seine Gedanken in eine andere Richtung und weg von der Frau zu lenken, die ihm bereits seit seinem sechzehnten Lebensjahr in seinen Träumen erschien.

Wenn auch nie zuvor auf diese Weise.

Blutüberströmt und von Todesangst gezeichnet. Bei der Erinnerung daran überlief ihn immer noch ein kalter Schauer.

Anfangs hatte er die Träume toll gefunden und den anderen

Jugendlichen gegenüber damit geprahlt, dass er bereits ganz genau wisse, wie seine zukünftige Gefährtin aussähe, und er ihnen in Bezug auf den Paarungstanz einen Schritt voraus sei. Kein Wunder, da doch sein Großvater ein Hellsichtiger gewesen war.

Nach den merkwürdigen Erfahrungen, die sein Zwillingsbruder und er im Lauf der Jahre gemacht hatten – sprich, Ereignisse vorausgeahnt, bevor sie dann tatsächlich eintraten –, war Yakov sich sicher gewesen, dass seine Träume ihn einen flüchtigen Blick in die Zukunft tun ließen, sie deshalb so überwältigend real schienen, weil sie mit der ihm vorherbestimmten Partnerin zusammenhingen.

Seiner Gefährtin. Der Liebe seines Lebens.

Aber er war kein Teenager mehr, und langsam fing er an, an seinem Verstand zu zweifeln. Die Träume hatten jahrelang ausgesetzt, bis sie vergangene Woche mit Macht zurückgekehrt waren und ihn seither Nacht für Nacht heimsuchten. Die Handlung war immer dieselbe: Er lief als Bär durch den morgendlichen Frühnebel, bis er nach einer Weile feststellte, dass er nicht allein war, sondern in Begleitung einer Frau mit goldblondem Haar und blauen, gehetzt wirkenden Augen.

Irgendwann kniete sie sich neben ihn hin, griff mit der Hand in sein Fell und barg weinend das Gesicht an seinem Hals. Ihre Tränen waren so heiß, dass sie ihn schier versengten und er sich am liebsten gewandelt und sie tröstend in die Arme genommen hätte. Aber er konnte sie in ihrem Schmerz nicht stören, darum ließ er sich stattdessen behutsam auf den Boden sinken und wartete, bis ihre Tränen versiegten und sie ihm in die Augen sehen konnte.

»Es tut mir leid«, flüsterte sie immer wieder mit heiserer Stimme. »Verstehst du nicht, dass es zu spät ist?«

Und dann, ohne Vorwarnung, das Blut, das Entsetzen … das Ringen mit dem Tod.

Seine Muskeln zitterten, als sein Körper mitten in der Liegestütze verharrte und ihn erneut die Erinnerung an seinen Zorn überfiel, während das laute Echo des Gebrülls seines Bären, der nicht bereit war, sich mit diesem Ausgang abzufinden, in seinem Kopf widerhallte.

Yakov wusste mit Bestimmtheit, dass die Träume zu Beginn anders gewesen waren. Die rätselhafte Frau war damals ebenfalls noch im Teenageralter gewesen und er selbst in menschlicher Gestalt; nur die nebelverhangene Lichtung, auf der sie sich begegneten, war immer noch dieselbe. Das Mädchen hatte ihn freudig überrascht angelächelt, dann waren sie zwischen den Blumen umhergerannt wie zwei Bärenjunge, die Fangen spielten.

Alles war damals eitel Sonnenschein gewesen.

Kein mörderisches Grauen, bei dem er hilflos mitansehen musste, wie seine Gefährtin starb.

Da die Liegestütze nichts dazu beitrugen, ihn auf andere Gedanken zu bringen, hörte er damit auf und setzte sich auf den flauschigen Teppich, den er sich trotz der Frotzeleien der anderen Clanmitglieder, die ihn verweichlicht nannten, zugelegt hatte. Ha! Auf einmal waren diese großen, pelzigen *mudaks* allesamt neidisch gewesen und hatten ihn einer nach dem anderen beiseite genommen, um zu erfahren, wo sie wohl so ein Exemplar herbekämen.

»Warum verfolgst du mich?«, fuhr er das zur Frau gereifte Mädchen an, das er in der Realität nie gesehen, nie getroffen hatte. Allmählich fragte er sich, ob womöglich sein Urgroßvater es gekannt hatte. Déwei Nguyen war ein mächtiger V-Medialer gewesen, der tatsächlich in die Zukunft sehen konnte. Er hatte seine Gabe nur in verschwindend geringem Maß an Yakov und Pavel weitervererbt. Sie manifestierte sich bei ihnen eher in Form einer ausgeprägten Intuition als in einer Fähigkeit, die sie kontrollieren konnten.

Yakov nahm sie als eine Art Juckreiz wahr, der ihn immer dann überkam, wenn sofortiges Handeln geboten war. Er hatte schon früh gelernt, diese Empfindung nicht zu ignorieren, weil sie ihn nie fehlleitete. Diese Flüsterstimme der Voraussicht hatte ihm und seinem Zwillingsbruder viele Male die Haut gerettet – sei es, indem sie sie warnte, dass ihre Eltern nahten und sie lieber sämtliche Beweise für irgendwelche unerlaubten Aktivitäten verstecken sollten, oder sie noch rechtzeitig anhalten ließ, bevor sie sich auf eine witterungsbedingt destabilisierte Klippe hinauswagten.

Doch im Gegensatz zu Yakov träumte Pavel nicht von einer Frau mit gequältem Blick.

»Das liegt daran, dass ich auf Jungs stehe«, hatte er als älterer Jugendlicher gewitzelt und mit seinen dunklen Brauen gewackelt, die identisch mit denen seines Bruders waren. Seine unverwechselbaren aquamarinblauen Augen hatten geblitzt hinter seiner Brille, dem einzigen Detail, durch das sie sich optisch voneinander unterschieden. »Vielleicht ist deine Gefährtin in spe ja eine Mediale, die dich mithilfe von Telepathie in ihre Fänge lockt.«

Yakov hatte nur mit den Augen gerollt, weil die mediale Gattung damals noch vehement Abstand sowohl zu den Gestaltwandlern als auch zu den Menschen hielt. »Es ist wahrscheinlich nur eine Erinnerung, die sich von Denus Geist auf meinen übertragen hat.« Der Ausdruck, den sie für ihren Urgroßvater benutzten, leitete sich von keiner der in ihrer Familie gesprochenen Sprachen ab.

Weder von Pavels und Yakovs Russisch noch vom Vietnamesisch und Mandarin – den Muttersprachen ihres Urgroßvaters, die ihre heißgeliebte Babuschka Quyen ihnen häppchenweise beigebracht hatte – oder dem Englisch ihrer durchtrieben lustigen Babuschka Graciele, und auch nicht von Wacians Portugiesisch, ihrem Großvater väterlicherseits.

Ihrer Mutter zufolge hatten sie als Kleinkinder mitbekommen, wie die Erwachsenen über Déwei Nguyen redeten, und versucht, seinen Namen zu wiederholen, was dann aus ihren Mündern wie »Denu« klang. Und dabei blieb es. Quyen – eins von Déweis beiden Kindern mit einer Bärin – hatte jedem untersagt, Yakov und Pavel zu korrigieren, infolgedessen war ihr Urgroßvater bis zum heutigen Tag ihr Denu für sie.

Sie waren erst nach seinem Tod zur Welt gekommen, aber ihre Großmutter hatte ihnen lebhafte Geschichten über ihn erzählt. »Er sah so gut aus, und er hatte dieses unwiderstehliche Lachen«, schwärmte sie. »In seinen Augenwinkeln erschienen diese winzigen Fältchen, und dann brach es einfach aus ihm heraus.« Die glückliche Erinnerung zauberte ein Lächeln auf ihre Lippen.

Als sie dann älter waren, erfuhren sie auch von den Schattenseiten seines Lebens. »Er war ein ehrenwerter Mann mit dem Herzen am rechten Fleck, aber er trug eine große Traurigkeit in sich.« Quyen zufolge war Déwei bei der Einführung von Silentium bereits verheiratet gewesen und sein Zuhause die StoneWater-Höhle.

»Er hat meine Mutter bis zu seinem letzten Atemzug angebetet und wäre niemals auf den Gedanken gekommen, sie zu verlassen.« Ihr Lächeln wurde ein bisschen wehmütig. »Trotzdem hatte er furchtbare Sehnsucht nach seinen Eltern und Geschwistern. Ich wurde erst geboren, nachdem die Medialen sich der Doktrin ergeben hatten, darum habe ich sie nie kennengelernt. Als Erwachsene habe ich ihn nach seiner Familie gefragt, und er antwortete, dass sie keinen Kontakt mehr zu ihm wolle, aus Angst, nicht die vorgeschriebene emotionale Distanz wahren zu können.«

Sie hatte den Zwillingen ein Foto ihrer Eltern aus der Zeit von deren Lebensabend gezeigt. Darauf hatte ihnen unter einem dichten Schopf schlohweißer Haare Déwei Nguyens von

Lachfalten durchzogenes Gesicht entgegengeblickt, der seine strahlende Frau im Arm hielt, in deren silberner Lockenpracht hier und da noch eine Spur des kräftigen Rottons ihrer Jugend durchschimmerte.

»Ihr zwei liebt so leidenschaftlich, wie er es tat.« Die Augen ihrer Großmutter schimmerten feucht, sie musste schlucken. »Haltet euch und den euren immer fest die Treue, und lasst euch nicht in politische Machtkämpfe hineinziehen. Mein Vater lehrte mich, dass es kein größeres Geschenk gibt als die Liebe.«

»Ich könnte heute deine Hilfe brauchen, Denu«, sagte Yakov im Hier und Jetzt. »Wer ist diese Frau? Hattest du dich als junger Mann in sie verguckt? Gut, dass deine Mimi nie davon erfahren hat.« Laut seiner Großmutter war das Déweis Kosename für seine Gefährtin Marian Marchenko gewesen.

»Meine Mutter hatte ein hitziges Temperament«, hatte Babuschka Quyen lachend erklärt, als die Zwillinge sich nach ihr erkundigten. »Angeblich hat sie Denu, als er um sie warb, einmal mit einer Bratpfanne verfolgt, weil sie fälschlicherweise dachte, er mache einer anderen Bärin schöne Augen. Es spricht für den Charme meines Vaters, dass er sie nicht nur dazu brachte, die Pfanne sinken zu lassen, sondern sie sogar beschwatzte, ihm Pfannkuchen darin zu backen!«

Es war eine von Yakovs Lieblingsgeschichten im Zusammenhang mit der dauerhaften Liebesbeziehung seiner Urgroßeltern. Noch immer lächelnd bei der Erinnerung daran, stand er vom Boden auf. Als er sah, dass die handgefertigte Decke auf seinem Bett schief herabhing, zog er sie wieder zurecht. Es war ein ausgesprochen hässliches, wild gemustertes Stück voller fallen gelassener Maschen. Aber seine Mutter strickte laut eigener Aussage »zur Entspannung, verdammt noch mal«, und Yakov musste immer lachen, wenn ihm beim Aufwachen als Erstes ihr bemühtes Kunstwerk ins Auge stach.

Mila Hien Kuznets war die am wenigsten entspannte Person, die er kannte, und er mochte sie genauso wie sie war.

Aber heute konnte nicht einmal der Anblick der misslungenen Strickarbeit die Spannung lindern, die ihm die Brust zusammendrückte. Yakov ballte die Fäuste, war außerstande, das viele Blut zu vergessen. Hierbei ging es nicht um eine jugendliche Vernarrtheit seines Urgroßvaters, auch wenn er das gern geglaubt hätte. Dafür waren die Träume zu düster und unheilschwanger.

Mit grimmig vorgeschobenem Kinn marschierte er ins Bad, zog sich aus und stieg unter die Brause. Der dem Gestein abgetrotzte Raum war mit üppigen Farnen bewachsen, die dank des ausgeklügelten Tageslichtsystems, das die Höhle – außer dort, wo es nicht erwünscht war – mit natürlichem Licht versorgte, prächtig gediehen.

Yakov liebte es, im weichen Dämmer der kühlen Morgenstunden zu duschen, der originalgetreu die Atmosphäre in der Außenwelt wiedergab. *Wer war die Frau*? Zweifelsohne würde diese Frage —

Ein gellender Schrei drang an sein Ohr, so markerschütternd und schmerzerfüllt, dass Yakov eine Sekunde brauchte, ehe er begriff, dass er seinem eigenen Kopf entsprang. Er presste die Hände gegen die Wand, rang verzweifelt um Atem, doch es war zu spät. Der Wachtraum nahm unerbittlich Fahrt auf, und plötzlich fand Yakov sich vor einem verwitterten, von dichtem grünem Efeu umrankten schmiedeeisernen Tor wieder. Ein überwältigendes Gefühl von Dringlichkeit bemächtigte sich seiner.

Er drehte sich zu der Frau um, doch da beugte sie sich schon vornüber und drückte den Arm auf ihren Bauch, als sei sie verwundet. Sein Bär drohte, die Kontrolle zu übernehmen, damit Yakov zu ihr lief und ihr half.

Aber das war unmöglich.

Yakov kämpfte mit aller Kraft gegen die unsichtbaren Fesseln, die ihn an Ort und Stelle hielten. Doch so sehr er sich auch anstrengte, er konnte keinen Muskel rühren ... *weil er nicht das Recht hatte, sie anzufassen.*

»Scheiße!« Er riss sich von dem Albtraum – oder welche Art Horrortrip das auch gewesen war – los und stellte fest, dass er immer noch unter dem Wasserstrahl der Dusche stand.

Krallenspuren zeichneten die Felswand.

MOSKWA GAZETA

30. August 2083
Eilmeldung

Zweite Tote entspricht Opferprofil

Nachdem gestern im Bezirk Izmaylovo eine weitere Frauenleiche aufgefunden wurde, gibt es seitens der Ermittlungsbehörden bisher keine Bestätigung, dass wir es mit einem Serienkiller zu tun haben könnten, der auch für den Mord an der neunundzwanzigjährigen Varisha Morozov verantwortlich ist.

Der Name des zweiten Opfers wurde noch nicht veröffentlicht, allerdings soll es sich laut Polizei ebenfalls um eine blonde, blauäugige Mediale in den Zwanzigern handeln.

Auf die Frage, ob junge Frauen dieser Gattung – vor allem solche mit den oben genannten äußeren Merkmalen – besonders wachsam sein sollten, bemerkte Polizeipräsident Yaroslav Skryabin, dass kein Grund zur Panik bestehe. »Wir sind erst am Anfang unserer Untersuchungen. Sich zum jetzigen Zeitpunkt in wilden Spekulationen zu ergehen, wäre sowohl überstürzt als auch unangebracht.«

Darüber hinaus teilte er mit, dass es bislang keine Beweise für eine Zugehörigkeit des Täters zum Volk der Medialen gäbe. »Die Tötungsmethode könnte ebenso gut auf einen Menschen oder einen Gestaltwandler hinweisen«, war sein einziger weiterer Kommentar zu diesem Thema.

Wie genau der Mörder vorging, wurde bis dato nicht bekannt

gegeben. Die *Gazeta* verfügt über Quellen, die den Ermittlern nahestehen, unser interner Ethikrat hat jedoch der Bitte der Behörden entsprochen, keine näheren Informationen zu veröffentlichen, um jede Beeinflussung eines späteren Prozesses zu vermeiden.

Dieser Bericht wird aktualisiert, sobald uns weitere Informationen vorliegen.

2

In diesem Fall findet die geheime Zusatzklausel zu Coda 27 des Silentium-Programms Anwendung. Pax und Theodora können – und müssen *– getrennt werden, sobald sie sieben sind. Ich würde sogar zu einem noch früheren Zeitpunkt raten, doch die Gefahr eines geistigen Zusammenbruchs ist zu hoch. Es wäre extrem unverantwortlich, ein solches Risiko bei einem Medialen der Skala neun einzugehen.*

Psychologischer Bericht von Dr. Kye Li an den Ratsherrn Marshall Hyde (1. Januar 2061)

Theodora Marshall schloss die Knopfleiste ihrer frisch gestärkten weißen Bluse über der hellen, makellosen Haut, die nichts von den Narben auf ihrem Rücken und in ihrem Bewusstsein erahnen ließ.

Mit den physischen Spuren dessen, was man ihr angetan hatte, konnte sie leben, doch die mentalen Schäden ließen sich nur durch strikte, selbstauferlegte Einsamkeit ertragen.

Bloß war das keine Option.

Pax brauchte sie. Ausgerechnet ihrem Zwillingsbruder, dem Vorzeigekind, das dazu auserkoren war, zu überleben und Ruhm zu ernten, hatte ihrer beider genetisches Erbe einen üblen Streich gespielt. Man nannte es das Skarabäus-Syndrom. Es war der Gipfel der Ironie, dass ihre Gattung von einer solchen Seuche heimgesucht wurde. Einem Virus, das mit immensen Fähigkeiten ausgestattete Mediale befiel und sie buchstäblich von innen heraus zerfraß. Vor der Einführung von Silentium waren sie schon als Kinder dem Tode geweiht gewesen, eine Implosion ihrer Gehirne war unvermeidbar.

Durch das Programm waren diese chaotischen Kräfte in Ketten gelegt worden. Silentium mochte Millionen gebrochen und getötet haben, doch für Individuen wie Pax hatte es sich als nützlich erwiesen, weil es verhinderte, dass die Feuersbrunst ihrer gewaltigen Gabe sie verzehrte. Dann war Silentium abgeschafft worden … und jetzt gab es keine Möglichkeit mehr, den Geist zurück in die Flasche zu bekommen und Skarabäus-Infizierte zu rekonditionieren.

Dr. Maia Ndiaye, die führende Medizinerin auf diesem Gebiet, hatte es folgendermaßen ausgedrückt: »Hat ein für das Virus empfänglicher Medialer erst einmal das Skarabäus-Stadium erreicht, ist der Prozess unumkehrbar. Aufgrund der neuronalen Veränderungen in seinem Gehirn ist der Patient nicht mehr imstande, sich auch nur ansatzweise in Silentium zu begeben.«

Kurz gesagt hatten sich die unermesslichen Kräfte ihres Bruders in ein gefräßiges Monster verwandelt, das in den hintersten Winkeln seines Geistes lauerte.

Theo drehte sich der Magen um bei der Vorstellung, dass Pax aus ihrem Bewusstsein verschwinden könnte. Denn eines hatte ihre Familie nie verstanden: Ihr Großvater mochte sie und ihren Bruder in der realen Welt getrennt haben, trotzdem war es nicht einmal Ratsmitglied Marshall Hyde gelungen, eine Beziehung zwischen ihnen auf der mentalen Ebene komplett zu unterbinden.

Pax hatte ihr viele Male das Leben gerettet.

Und Theo würde alles tun, um sich dafür zu revanchieren. Mit diesem Vorsatz nahm sie das Armband in die Hand, das sie angefertigt hatte, indem sie auf das in ihrem früheren Beruf als Technikerin für medizinisches Gerät erworbene Wissen sowie auf ihr Geschick darin, mithilfe ihrer geringfügigen telekinetischen Kräfte kleinste Bauteile zu transferieren, zurückgegriffen hatte.

Das Armband bestand aus zwei durch Scharniere verbundenen Hälften aus matt schimmerndem Metall, das sie – bis auf das kunstvolle, handgravierte Muster in der Mitte – auf Hochglanz poliert hatte. Es war optisch absichtlich einem beliebten, preisgünstigen Kommunikationsgerät nachempfunden und entsprechend mit einem winzigen Monitor ausgestattet.

Theo schloss es um ihr Handgelenk und überprüfte den Akku.

Einhundert Prozent.

Gut. Das Instrument war dazu gedacht, ihr einen sehr schmerzhaften elektrischen Schlag zu versetzen.

Zufrieden zog Theo sich für ihr Treffen mit Pax fertig an. Ihr Bruder hatte sie um einen Gefallen gebeten, darum konnte sie sich nicht weiter in den stillen Schatten verkriechen, so gern sie es auch getan hätte.

Es galt, eine Schuld zu begleichen.

Eine Blutschuld.

Trotzdem musste sie ihre ganze Willenskraft aufbieten, um durch das imposante Eisentor des Marshall-Anwesens am Stadtrand von Toronto zu fahren. Der Rasen, der die Zufahrt säumte, war präzise auf eine Länge geschnitten, der Asphalt selbst von allem befreit, das so gewöhnlich war wie Schmutz oder Moos.

Der zweihundert Jahre alte marmorne Springbrunnen vor dem Haus war zwar nicht in Betrieb, aber ebenfalls in tadellosem Zustand. Dasselbe galt für die Buchsbaumhecken, die die breite Eingangstreppe flankierten. Fast konnte man meinen, dass der Gärtner ständig ein Lineal mit sich herumtrug.

Blumen gab es nirgendwo.

Sie parkte ihr kleines Auto in dem Rondell am Ende der Einfahrt und würdigte das imposante, traditionelle Backsteingebäude keines Blickes, als sie seitlich daran vorbei und in den dahinterliegenden Garten ging. Wenn es hier einen Ort gab, wo sie je echte Freiheit erfahren hatte, dann war es das verwilderte Areal jenseits der Grünflächen.

Einen Moment stand sie einfach nur schweigend da und glaubte beinahe Pax' Lachen zu hören, das sich mit ihrem eigenen mischte, während sie miteinander zwischen den Bäumen umhersprangen.

»Hallo, Theo.«

Alles andere als verwundert, dass ihr Bruder sie so schnell gefunden hatte, strich sie mit den Fingern über die Blätter einer dekorativen Pflanze am Rande des Gehwegs, der neuerdings den Rasen in zwei Hälften teilte. »Es hat sich einiges verändert.« Sie hatte den Familiensitz schon sehr lange nicht mehr betreten.

»Ja, sieht ganz so aus.« Pax ließ seine blauen Augen, die ebenso kalt waren wie die seiner Schwester – beiden war Herzenswärme fremd –, über das gepflegte Grün wandern. »Ich versuche, mich so selten wie möglich hier aufzuhalten.«

Theo musste nicht erst fragen, warum; sie kannte den Grund auch so. Das ehrwürdige alte, von Antiquitäten und endlosen Zimmerfluchten strotzende Gebäude hinter ihnen war kein Zuhause. Ihm wohnte zu viel Bosheit, zu viel Verrat inne. »Wieso hast du mich hergebeten?«

»Weil dir das Anwesen zu fünfzig Prozent gehört.«

Theo schnaubte verächtlich, in Pax' Gegenwart gaukelte sie nicht vor, in Silentium zu sein. Er hatte eine ziemlich genaue Vorstellung davon, wie »gut« sie im Einhalten eines Programms war, das mehr als einhundert Jahre alle Gefühle aus ihrer Gattung getilgt hatte. »Pax, ich weiß sehr wohl, dass Großvater alles dir hinterlassen hat.« Nachdem Theos Rang auf der Skala bestätigt worden war, hatte Marshall Hyde sich nie öffentlich zu seiner Enkeltochter bekannt, sondern so getan, als existierte sie gar nicht.

Im stillen Kämmerlein hatte die Sache jedoch anders ausgesehen.

Dort hatte er durchaus eine Verwendung für Theo gehabt.

»Und ich hoffe bei Gott, dass du mir nichts von seinem Erbe aufbürden willst«, fügte sie hinzu, ehe er etwas entgegnen konnte. »Du weißt, dass jedes einzelne verkommene Mitglied unserer ›geliebten‹ Familie mit gewetzten Messern Jagd auf mich machen würde.« Keiner von ihnen ahnte, wozu Theo fähig war. Für sie gab es keinen Grund zu der Annahme, dass von ihr eine noch tödlichere Gefahr ausging als von ihrem Zwillingsbruder – doch das hieß nicht, dass sie Lust hatte, den Rest ihres Lebens über ihre Schulter zu schauen.

Sie wurde schon von zu vielen Gespenstern verfolgt.

»Das würde ich dir niemals antun.« Pax schob die Hände in die Taschen seiner schwarzen Cargohose. Seine ebenfalls schwarzen Stiefel waren verschrammt, und sein dunkelgrüner Wollpullover zeichnete die muskulösen Konturen seines Körpers nach, an dem nicht ein Gramm Fett war.

Letzteres war ein Resultat seiner eisernen Disziplin. Man hatte Pax nie auch nur die kleinste Schwäche nachgesehen, geschweige denn ihm den Freiraum gegeben, dem brutalen Zwinger zu entwachsen, in den sein Großvater ihn gesperrt hatte.

Er hätte nicht einmal gewusst, wie er es anstellen sollte, etwas anderes als absolut perfekt zu sein.

Dementsprechend bekam man ihn nur selten so leger angezogen wie heute zu sehen. Pax war bekannt dafür, dass er eine Vorliebe für Maßanzüge hatte und großen Wert auf ein »formvollendetes Erscheinungsbild« legte. Jedenfalls hatte das neulich in einer Zeitschrift gestanden.

Theo hatte den Artikel gelesen, weil ihr Bruder die einzige Person auf der Welt war, die ihr am Herzen lag, und es jetzt zur Abwechslung mal an ihr war, ihn zu beschützen – auch wenn er das niemals von ihr erwarten würde. Und sei es vor vermeintlich harmlosen Journalisten, die ein bisschen zu viel Augenmerk auf einen Medialen richteten, dessen einziger Fokus der Geschäftswelt galt. Man konnte schließlich nie wissen, ob diese Leute von seinem Charisma angezogen wurden oder es sich um Stalker handelte.

»Stattdessen habe ich ein geheimes Konto für dich eingerichtet«, erklärte er gerade. »Du findest die Zugangsdaten in unserem Tresor im Medialnet.«

Niemand außer Theo und Pax konnte darauf zugreifen. Der aus massiven Blöcken mentaler Energie errichtete sichere Raum war in das weit gespannte Netzwerk eingebettet, das mit Ausnahme der wenigen Abtrünnigen alle Medialen auf dem Planeten miteinander verband. Der Tresor war an die geistige Schwingung gekoppelt, die Pax' Gehirn seit dem Mutterleib mit dem seiner Schwester verband.

Dieses unsichtbare Band war nie ganz abgerissen und das Einzige, was Theo all die Jahre gerettet hatte, in denen ihr Großvater es am liebsten gehabt hätte, sich dieses »defekten« Mitglieds der hochangesehenen Familie Marshall zu entledigen. Zu dumm, dass er Pax dann dadurch einen tödlichen Schaden zugefügt hätte.

So etwas kam bei Zwillingspaaren vor.

»Du hast mir schon mehr Geld gegeben, als ich in mehreren Leben ausgeben könnte. Abgesehen davon beziehe ich ein festes Gehalt.« Theo brauchte nicht viel, und nach dem, was sie getan hatte, stand ihr im Grunde auch nichts zu. »Ich bin reichlich versorgt. Besonders da ich jetzt als deine rechte Hand fungiere und du mich entsprechend bezahlst.«

Theo wäre lieber in der Versenkung geblieben, geschützt durch die Machenschaften ihres Großvaters und ihre scheinbare Entfremdung von Pax. Es war einfacher gewesen, ihm zu helfen, als sie noch eine unbedeutende Technikerin war, die niemand auf dem Schirm hatte, aber ihr Bruder brauchte jemanden an seiner Seite, dem er blind vertrauen konnte. Und so war sie jetzt hier, ein Ungeheuer, das sich auf offener Straße zeigte.

Armer Pax. Er war an eine Schwester gefesselt, deren einzige Fähigkeit darin bestand, den Tod zu bringen.

»Wir müssen Vorbereitungen für dein Untertauchen treffen, falls ich sterbe.« Harte, emotionslose Worte, die ihr in Erinnerung riefen, dass das Leben ihres nach außen hin vollkommen gesund erscheinenden Bruders an einem seidenen Faden hing.

Sie wandte den Blick ab, ihr Magen krampfte sich schmerzhaft zusammen.

»Theo.«

Ein Kopfschütteln. »Ich will nicht darüber reden.« Nicht, solange sie nach der kalten und einsamen Einöde ihrer Kindheit bisher erst so wenig Zeit zusammen gehabt hatten. »Ich hasse diesen Ort. Lass uns verschwinden.«

»Warte. Es gibt noch einen anderen Grund, warum ich dich hier treffen wollte. Um mit dir zu reden, ohne Gefahr zu laufen, dass jemand uns belauscht – niemand setzt je einen Fuß auf dieses Grundstück.« Pax blieb am Ende des Wegs stehen, wo der Rasen in eine von anderem Laubwerk umgebene Baumgruppe mündete, was den gefängnisartigen Eindruck, den die dahinter aufragende Mauer schuf, etwas abmilderte. Er zog einen handlichen Organizer von der Größe eines Mobiltelefons aus seiner Tasche.

»Ich habe ein paar Nachforschungen zu Großvaters Anteilen an den Zentren angestellt.« Seine Augen erinnerten jetzt an blaue Eissplitter. »Uns gehören deutlich mehr davon, als ich angenommen hatte.«

Theo kroch ein kalter Schauder über den Rücken. »Das überrascht mich nicht. Es ist genau die Art von Geschäft, die Großvater als lohnende Investition angesehen hätte.« Das wirklich Erschreckende daran war, dass Marshall Hyde mit seiner Einschätzung noch bis vor Kurzem recht gehabt hätte.

Medialenfamilien hatten viel Geld dafür bezahlt, ihre »fehlerhaften« Mitglieder »rehabilitieren« zu lassen. Was für ein harmloses Wort für die komplette Zerstörung einer Person und ihrer potenziellen Zukunft durch eine Gehirnwäsche, die ein Individuum in einen lebenden Leichnam verwandelte.

»Die Akten sind sehr umfangreich, und ich bin noch immer dabei, sie durchzupflügen«, erklärte Pax. »Jedenfalls habe ich eine bruchstückhafte Datei gefunden, in der dein Name erwähnt wird.«

»Was?« Theo blinzelte und zog die Stirn kraus. »Wieso sollte mein Name in irgendeinem Zusammenhang mit den Zentren auftauchen?«

»Keine Ahnung.« Pax öffnete ein Dokument auf dem Organizer. »Das hier ist das Einzige, das ich hochladen konnte. Scheint, als sollte diese Datei gelöscht werden, doch aufgrund eines Systemfehlers ist das offenbar nicht vollständig gelungen.«

Theo nahm ihm das Gerät aus der Hand und inspizierte die schwarzen Buchstaben auf dem weißen Hintergrund. Ein Großteil war zu fragmentarisch, um sie zu entziffern, trotzdem sah sie sofort, was Pax schon vor ihr entdeckt hatte: *Theodora M—*

Sie war in ihrer Familie die einzige Trägerin dieses Namens, aber … »Wurde ich nicht nach irgendeiner Urahnin benannt?« Theo hatte null Interesse an der Geschichte ihrer Sippe, sie bedeutete ihr, von Pax mal abgesehen, nicht das Geringste. »Vielleicht hat sie ja die ursprüngliche Investition in die Zentren getätigt.« Eine Sekunde später korrigierte sie sich. »Nein, das kann nicht sein. Sie starb, bevor sie gegründet wurden.«

»Korrekt. Und sieh dir das hier an.« Er tippte auf ein Datum, das ihr bisher entgangen war.

2. November 2055.

Der Tag, an dem Pax und sie das Licht der Welt erblickt hatten, Theo exakt zwei Minuten vor ihrem Bruder.

Mit äußerster Sorgfalt überprüfte sie ein weiteres Mal das ganze Dokument, aber alles andere war vollkommen unleserlich. »Du hast die Datei bereits durch ein Programm laufen lassen, um festzustellen, ob sich der Rest irgendwie entziffern lässt.« Es war keine Frage, denn genau das hätte sie getan, und was solche Dinge betraf, tickten sie und ihr Bruder gleich.

Pax nickte. »Soweit ich das beurteilen kann, wurden mehrere Akten zum selben Zeitpunkt gelöscht und wegen der Softwarepanne zu diesem Buchstabensalat.«

Als sie, überzeugt, dass es keine Verknüpfung zwischen ihr und den Rehabilitationsanstalten geben konnte, endlich aufatmete, fügte Pax hinzu: »Das Einzige, was ich mit Gewissheit sagen kann, ist, dass sämtliche Unterlagen in diesem speziellen Ordner mit der Beteiligung der Marshalls an einem bestimmten Zentrum in Verbindung stehen.«

Theo umklammerte den Organizer so fest, dass ihre Fingerknöchel unter der Haut hervorstachen. Zorn schwelte unter der Oberfläche der Frau, die sie aus den von ihrem Großvater hinterlassenen Trümmern zusammengestümpert hatte.

Mit aller Macht zwang sie sich, tief einzuatmen, ihre Finger zu lockern und Pax den Organizer zurückzugeben. »Es gibt keinen logischen Grund, warum mein Name in diesen Dateien auftauchen sollte. Großvater hat mich nie in seine geschäftlichen Angelegenheiten eingebunden.«

Sie wich dem forschenden Blick ihres Bruders aus, damit er nicht die Wahrheit erkannte. Er hatte stets gedacht, dass sie böse auf ihn sei, weil er das Lieblingskind war, das glänzende Aushängeschild der Familie.

Das bereitete ihm ein enorm schlechtes Gewissen.

Wie viel schlechter würde er sich erst fühlen, wenn er wüsste, was Marshall Hyde aus ihr gemacht hatte?

Es war besser, ihn in dem Glauben zu lassen, dass sie einen Groll gegen ihn hegte, als zuzugeben, dass sie ihn nur nicht näher an sich heranließ, weil sie es nicht ertragen könnte, wenn er ihre hässliche Fratze sähe. Denn Pax' Seele war wesentlich empfindsamer als ihre, er hatte Theo schon beschützt, als er noch so klein war, dass er dazu eigentlich gar nicht hätte imstande sein dürfen.

Sie würde für ihren Bruder sterben. Und, was noch wichtiger war, für ihn töten.

»Was wissen wir über dieses spezielle Zentrum?«, fragte sie, als ihr ihre Stimme wieder gehorchte.

Pax hatte das Schweigen bewusst nicht unterbrochen. Er kannte diese Seite von ihr, den chaotischen inneren Scherbenhaufen, der in heftigen Wutausbrüchen explodierte.

Sie war eine unkontrollierbare, tödliche Gefahr für jeden Medialen, der schwächer war als sie.

Da sie nur eine zwei Komma sieben auf der Skala erreichte, wäre das eigentlich kein echtes Problem – wäre sie nicht bedauerlicherweise von Geburt an geistig untrennbar mit einem Telepathen verbunden, dessen Zahlen fast kardinalen Rang erreichten. Wenn Theo in Rage war, konnte sie auf Pax' Energie zugreifen. Dann stieg ihr Skalenwert sprunghaft auf eine mörderische neun Komma null an, und es gab nur sehr wenige Mediale, die noch darüber lagen.

Ihr Bruder und sie hatten beide schon versucht, dieses Ventil zu schließen. Vergebens.

»Rein gar nichts.« Pax gab keinen Kommentar zu Theos steinerner Miene und starrer Körperhaltung ab. Er hatte keine Ahnung, woher ihr Zorn rührte, aber er kannte den Preis, den sie dafür zahlte, ihn zu bändigen und die freundliche, sanftmütige Fassade aufrechtzuerhalten, die sie perfektioniert hatte, um ihr wahres Ich zu verbergen. »Es finden sich in der Datenbank keinerlei Informationen über diese Einrichtung. Sie existiert schlichtweg nicht.

Allerdings habe ich in einem von Großvaters Privatarchiven Hinweise darauf entdeckt, dass er zum Zeitpunkt seines Todes dabei war, das Zentrum außer Betrieb zu setzen. Er konnte sein Vorhaben nicht mehr zu Ende führen, die Tür blieb sozusagen einen Spalt offen.«

Eine unerklärliche, mit Verbitterung vermischte Übelkeit wallte in ihr auf. »Er hat es sogar vor dir geheim gehalten?«

»Vielleicht hatte er vor, mir davon zu erzählen. Doch dann wurde er ermordet.« Sein Ton war so nüchtern, als spräche er über eine geschäftliche Transaktion.

Manch einer mochte in ihm ein skrupelloses, gefühlskaltes mediales Raubtier sehen, doch für Theo war er einfach nur ihr Bruder, der eine andere Art von Missbrauch überlebt und immer bedingungslos an ihr festgehalten hatte. Es war kein Vergnügen gewesen, als Marshall Hydes Lieblingsenkel und Erbe aufzuwachsen. Theo hatte zumindest den Vorteil gehabt, den Großteil ihrer Zeit außer Sichtweite ihres Großvaters zu verbringen.

Pax schaute ihr unverwandt ins Gesicht. »Wie ist deine derzeitige Verfassung? Traust du dir zu herauszufinden, was genau es mit diesem Zentrum auf sich hat? Es muss wichtig sein, sonst hätte Großvater nicht Stillschweigen darüber bewahrt. Ich kann mich nicht selbst darum kümmern, weil ich in der Firma die Stellung halten muss, solange unser lieber Cousin versucht, die Führungsposition an sich zu reißen.«

»Ich habe mich im Griff.« Der letzte Wutausbruch hatte sie vor drei Monaten überkommen, und für gewöhnlich verging ein halbes Jahr zwischen ihren Episoden. »Ich muss wissen, warum mein Name in diesen Akten auftaucht.« Theo konnte einfach keinen Bezug zwischen ihrer Person und diesen Rehabilitationszentren herstellen.

Sie war geistig voll auf der Höhe.

Man hatte sie nie einer Gehirnwäsche unterzogen.

Eisige Kälte verteilte sich knisternd im Geflecht ihrer Adern.

Bist du ganz sicher, Theo?, meldete sich die hämische Phantomstimme ihres Großvaters.

3

Rangzahl 1: Niedrigstes Skalenniveau. Wird dieser Mindestwert nicht erreicht, ist eine Verbindung mit dem Medialnet unmöglich.

Rangzahl 2: Geringfügige nützliche Fähigkeiten, ausreichend für Tätigkeitsgebiete, die keine nennenswerten geistigen Kräfte erfordern.

Rangzahl 3: Nachweislich vorhandene mentale Gaben, wenngleich sie noch immer im unteren Drittel der Skala rangieren.

Aus der Einleitung von Überblick über die Stufen der Bewertungsskala *(24. Auflage), dem von Professor J. Paul Emory und K. V. Dutta verfassten Lehrbuch für die m-medialen Grundkurse 1 & 2*

Zwanzig Jahre früher

Theo stand vor dem Büro ihres Großvaters in dem palastartigen Gebäude, in dem alle seine Nachkommen bis zu ihrem achtzehnten Geburtstag lebten. Danach wies man ihnen entweder eine eigene Wohnung in einem familieneigenen Wolkenkratzer zu, oder sie »schlugen eine berufliche Laufbahn« in einer anderen Stadt ein und bezogen dort ein »adäquates Quartier«.

Genau wie die anderen Kinder im Haushalt hatte Theo das von klein auf verinnerlicht. Und sie wusste auch, dass ihr Großvater, obwohl sein Nachname Hyde lautete, das Oberhaupt der Marshalls war. Sie durchblickte das nicht ganz, aber ihre Mutter hatte ihr einmal erzählt, dass er so hieß, weil er eigentlich bei den Hydes hätte aufwachsen sollen.

»Das Abkommen funktionierte nicht so wie gedacht«, hatte sie geistesabwesend hinzugefügt, während sie sich nebenbei mit etwas anderem beschäftigte. »Also kehrte mein Vater zurück. Da er unter seinem Namen als Jugendlicher etliche Prämierungen für seine Leistungen erhalten hatte und schon auf dem besten Weg war, sich einen hervorragenden Ruf aufzubauen, erlaubte man ihm, den Namen zu behalten.«

Theo wusste noch immer nicht, was »Prämierungen« waren, sie vergaß ständig, im Computer nachzusehen. Jedenfalls war ihr Großvater irgendwann zum Patriarchen der Marshalls aufgestiegen.

Er hatte das alleinige Sagen in dieser Familie.

Theo hatte miterlebt, wie ihre Cousins mit achtzehn auszogen, was hieß, dass sie sich nicht länger den drakonischen im Haus geltenden Regeln unterwerfen mussten. Sie hatte mit Pax darüber getuschelt, was sie beide tun würden, wenn sie endlich frei wären, und damals geglaubt, dass ihnen noch viele Jahre blieben, um Pläne zu schmieden.

Bis sie wenige Tage nach ihrem und Pax' siebten Geburtstag von ihrem Großvater fortgeschickt worden war.

Theo hatte den Grund nicht verstanden und zu weinen angefangen, obwohl ihr klar war, dass das gegen die Vorschriften von Silentium verstieß. Aber es war ihr damals schwergefallen, es einzuhalten, und so hatte sie ihre Mutter schluchzend gefragt, warum man sie von Pax trennte.

Sie durfte sich noch nicht einmal von ihm verabschieden.

Ihre Mutter, deren Augen dieselbe Farbe hatten wie Theos und Pax', hatte sie mit einem strengen Blick bedacht. »Es ist nur zu eurem Besten, Theodora. Jetzt hör auf, dich zu blamieren, und wasch dir dein Gesicht.«

Wenn sie so mit einem sprach, war es ratsam zu gehorchen, also hatte Theo getan wie ihr geheißen. Sie versuchte unablässig, gedankensprachlich mit ihrem Bruder zu kommunizieren, aber seit ihrer letzten Begegnung war der telepathische Kanal blockiert.

Sie hatte Panik bekommen.

Pax war sonst immer erreichbar gewesen, sein Geist stets mit ihrem verbunden. Da seine Kräfte stärker waren als ihre, konnte er sein Bewusstsein auch über weitere Distanzen nach ihrem ausstrecken und die Entfernung überbrücken, wenn sie Probleme hatte, ihn zu erreichen. Aber jetzt konnte sie ihn nirgendwo finden, und niemand sagte ihr, was das alles zu bedeuten hatte.

Heutzutage geriet Theo nicht mehr in Panik, und sie vergoss auch keine Tränen. Inzwischen wusste sie, warum man sie von zu Hause verbannt und bei einer »Pflegemutter« untergebracht hatte, die für ihre Dienste bezahlt wurde. Colettes Wohnung befand sich weder in einem Wolkenkratzer, noch wies sie irgendeine Gemeinsamkeit mit diesem riesigen Anwesen mit den unzähligen Räumen, antiken Teppichen und weitläufigen Grünflächen auf.

Das Apartment verfügte nur über zwei Schlafzimmer, von denen das kleinere Theo gehörte.

Darin verbrachte sie den Großteil ihrer Zeit.

Sie widerstand dem Drang, die Hände zu Fäusten zu ballen, weil sie es gewohnt war, dass irgendwer sie immer im Auge behalten hatte und sie im Zweifelsfall verpetzen würde.

Das war der einzige Vorteil an ihrer jetzigen Unterkunft.

Dort beobachtete sie niemand.

Colette hielt sich entweder in ihrem Zimmer oder im Wohnbereich auf, wo sie administrative Aufgaben für die Marshalls erledigte. Das war ihr eigentlicher Job, ihre Betreuung von Theo nur eine zusätzliche Last zu ihren anderen Pflichten, für die sie eine beträchtliche Summe erhielt. So hatte sie sich einmal ausgedrückt, als Theo sie hysterisch weinend beschuldigte, sie gekidnappt zu haben.

Das war ganz zu Anfang gewesen, als Theo noch glaubte, das alles sei ein Missverständnis.

Sie war schon vor vielen Monaten eines Besseren belehrt worden. Seither betrug sie sich Colette gegenüber gut, weil sie erkannt hatte, dass diese sie in Frieden ließ, wenn sie ihr keine Scherereien machte.

Es war besser, als überwacht und bestraft zu werden.

Nachdem Theo inzwischen gelernt hatte, welche Menge an Nährstoffen sie in ihrem Alter benötigte, unterbrach Colette noch nicht einmal mehr ihre Arbeit, um sicherzugehen, dass Theo genug aß.

Ihre einzige Interaktion war der gemeinsame Spaziergang, den sie jeden Tag unternahmen und der laut Colette Teil von Theos vorgeschriebenem Körperertüchtigungsprogramm war. Theo passte genau auf, dass sie sich während dieser einen Stunde Freiheit an der frischen Luft nicht danebenbenahm. Sie konnte keinen Stubenarrest riskieren, sonst würden die Schreie in ihrem Kopf womöglich nach außen dringen.

Solange es an ihrem Verhalten nichts zu beanstanden gab und sie ihre Schularbeiten an dem Computer in ihrem Zimmer erledigte, kümmerte sich – von den täglichen Spaziergängen einmal abgesehen – niemand darum, was Theodora Marshall so trieb.

Das verschaffte ihr die Gelegenheit, sich in das Netzwerk ihrer Familie zu hacken.

Eigentlich war sie zu jung für so etwas, und vermutlich hatte deshalb niemand daran gedacht, eine Firewall zu installieren, damit sie nicht auf das komplette System, sondern bloß auf ihren Lernstoff zugreifen konnte. Aber Theo stand eine Menge Zeit zur Verfügung. Sie hatte ihren Bruder nicht mehr, um mit ihm zu reden oder zu spielen, und sie achtete gewissenhaft darauf, ihre schulischen Arbeiten pünktlich oder auch mit etwas Verspätung zu erledigen. Die Erfahrung hatte sie gelehrt, dass das Programm ihr nur weitere Aufgaben aufhalste, wenn sie zu schnell fertig war.

Darum trödelte sie absichtlich, während sie sich gleichzeitig über einen abgeschirmten Teil des Systems Zugang zur Datenbank der Marshalls verschaffte. Es hatte sie einen ganzen Monat gekostet, über das Internet der Menschen und der Gestaltwandler herauszufinden, wie sie ihr Eindringen verbergen und eine Art virtuellen Sichtschutz errichten konnte.

Theo hatte das Gefühl, als würden winzige Tierchen von innen an ihr knabbern.

Das Tablet, das sie benutzte, um ins Internet zu gehen, war gestohlen. Sie hatte es während einer ihrer Spaziergänge, als Colette sich gerade mit einer Kollegin unterhielt, der sie zufällig begegnet war, verlassen auf einer Parkbank liegen sehen und es ohne groß darüber nachzudenken in ihrer Manteltasche verschwinden lassen.

Ihr hatte das Herz auf dem gesamten Heimweg wie verrückt geklopft. Vor lauter Angst, erwischt zu werden, wartete sie, bis Colette eingeschlafen war, bevor sie das Tablet aus dem Versteck hervorholte, in das sie es hastig gesteckt hatte, als sie zu Hause ankam.

Es handelte sich um ein altes, billiges Modell, trotzdem war ihr bewusst, dass sie es irgendwo hätte abgeben müssen, anstatt es einfach einzustecken. Sie fühlte sich nicht mehr ganz so schlecht, nachdem sie das Gerät mit der Ladestation ihres Schul-Tablets verbunden hatte und feststellte, dass es auf niemanden registriert war und weder über eine Fingerabdrucksperre verfügte, noch ein Passwort erforderte.

Allem Anschein nach hatte sein rechtmäßiger Besitzer darauf hauptsächlich gespielt und Nachrichten gelesen.

Wenn er es nur dazu benutzt hatte, würde er es sicherlich nicht sehr vermissen, trotzdem plagte sie noch immer das schlechte Gewissen. Sie hatte noch nie zuvor etwas gestohlen. Aber Colette hatte auf Theos Geräten den Zugang zu sämtlichen Webseiten blockiert, die nicht mit ihrem Unterricht zusammenhingen, und Theo wusste, dass ein Alarm ausgelöst und sie in Schwierigkeiten geraten würde, wenn sie versuchte, die Sperre zu umgehen.

Anfangs hatte sie vorgehabt, mit ihrem Bruder über das Internet Kontakt aufzunehmen. Sie waren noch nie so lange getrennt gewesen, und sie vermisste ihn schmerzlich. Theo hatte gedacht, sie brauchte nur einen E-Mail-Account einzurichten und die Adresse an Pax weiterzuleiten, dann könnte er dasselbe tun und mit ihr kommunizieren.

Nur hatte sie keine Ahnung, wie sie ihm die Daten zukommen lassen sollte.

Colette nahm sie nie mit zum Wohnsitz der Marshalls. Und Theos telepathische Sinne waren gedämpft, als hätte jemand eine dicke Decke darübergeworfen. Wäre da nicht diese intuitive Wahrnehmung gewesen, die ihr sagte, dass Pax noch lebte, hätte sie noch nicht einmal das gewusst.

Das war der Grund, warum sie sich in das Computersystem ihrer Familie hackte.

Es erforderte viel Zeit und Geduld, und was sie dann entdeckte, verwirrte sie über alle Maßen: Sie wurde nicht länger als Pax' Zwilling geführt, sondern als seine jüngere Schwester. Außerdem stieß sie auf einen Aktenvermerk zu einer Person, an die sie keine Erinnerung hatte: Keja, eine der Schwestern ihrer Mutter, die mit sechzehn gestorben war, als Theo und Pax etwa zwei gewesen sein dürften.

Genau wie Theo hatte Keja im untersten Bereich der Skala gelegen, auch wenn sie mit einer zwei Komma drei sogar noch schlechter abschnitt als Theo, die zumindest eine Sieben hinter dem Komma hatte.

Erst einen Monat später war Theo klar geworden, was sie da gefunden hatte. Man hatte sie aus der Familie verstoßen, weil sie schwach war. Möglicherweise war Keja dasselbe widerfahren. Nur dass sie nicht überlebt hatte. Sie war gestorben. Und niemanden hatte es gekümmert. Keiner sprach je von ihr.

Mit laut wummerndem Herzen hatte Theo sich gefragt, ob auch sie sterben würde.

Und jetzt stand sie – zwei Wochen, nachdem sie in die Datenbank eingedrungen war – vor dem Arbeitszimmer ihres Großvaters und musste an sich halten, um nicht durch die Gänge zu rennen und laut nach Pax zu rufen. Sie wusste, dass sie ihn hier nicht finden würde, hatte sie doch schon immer ein untrügliches Gespür dafür gehabt, ob ihr Bruder in der Nähe war.

In ihrer Kehle bildete sich ein Kloß, ihre Augen fingen an zu brennen. Sie hatte sich in letzter Zeit so sehr beherrscht, keine Gefühle zu zeigen, und darauf gehofft, dass ihre Familie ihr ihre Schwäche vergeben und sie wieder in ihrem Schoß aufnehmen würde.

Aber Pax war nicht hier. Und Colette hatte ihr nicht gesagt, sie solle ihre Sachen zusammenpacken.

Theo blinzelte mehrmals hastig, um nicht dem Ansturm ihrer Tränen zu erliegen.

In diesem Moment kam die Assistentin ihres Großvaters aus dem Zimmer. Die kleine Frau mit den grauen Haaren arbeitete schon für ihn, solange Theo denken konnte. »Du kannst jetzt reingehen«, sagte sie, und für eine Sekunde glaubte Theo, einen weichen Ausdruck in ihrem Gesicht zu sehen.

Sie überlegte gerade, ob sie sie bitten sollte, Pax ihre E-Mail-Adresse zu übermitteln, als die Züge der Frau wieder hart wurden. Was immer ihre sanfte Miene bewirkt haben mochte, es hatte nichts mit Theo zu tun. Sie stand in Marshall Hydes Diensten und würde jedes Wort, das Theo zu ihr sagte, an ihn weitergeben. Und Theo hätte dann jede noch so klitzekleine Chance, ihren Bruder wiederzusehen, verspielt.

»Danke«, antwortete sie mit leiser, emotionsloser Stimme.

Sowie sie sich vergewissert hatte, dass die Knöpfe ihres knielangen schwarzen Mantels ordentlich geschlossen, ihre Strümpfe hochgezogen und ihre glänzenden schwarzen Schuhe tadellos sauber waren, betrat sie das Arbeitszimmer ihres Großvaters.

Mit einem leisen Klicken fiel die Tür hinter ihr ins Schloss.

4

Lieber D,
es hat mich so sehr gefreut, von dir zu hören. Schade, dass ich dich verpasst habe, als du unsere Eltern besucht hast. Mein Aufenthalt in Paris zog sich länger hin als erwartet, weil man mich zur Bauleiterin befördert hat! Mir obliegt jetzt die Oberaufsicht über das gesamte Projekt. Ich könnte platzen vor Stolz!
Ich werde es Mom und Dad heute Abend erzählen. Aber du solltest es als Erster erfahren. Ohne deinen Rat und deine Unterstützung hätte ich niemals mein Examen bestanden. Ich werde dir nie vergessen, mit wie viel Geduld du mir dabei geholfen hast, meinen Weg zu finden. Hätte ich nicht so einen unglaublich tollen älteren Bruder, wäre ich heute nicht die selbstbewusste Frau, die ich bin.
Ich hoffe, Marian und du verlebt eine wundervolle Woche. Es fällt mir immer noch schwer zu glauben, dass du verheiratet bist!! Und das mit vierundzwanzig! Die Trauungszeremonie war so romantisch. Nachdem ihr jetzt ein halbes Jahr Zeit hattet, in ehelicher Glückseligkeit zu schwelgen, solltet ihr ernsthaft darüber nachdenken, mich in Paris zu besuchen. Ich werde noch mindestens zwei Monate hier sein, und mir wurde eine großzügig geschnittene Dreizimmerwohnung zur Verfügung gestellt. An Platz besteht also kein Mangel. Ihr müsst unbedingt kommen!
Deine kleine Lieblingsschwester (dir ist hoffentlich nicht entgangen, dass ich dir in meiner furchtbar krakeligen

Handschrift auf echtem Papier schreibe, anstatt eine E-Mail zu schicken. Und ich werde sogar die horrende Gebühr für einen TK-Boten berappen.)

P. S. Die Debatte über die neue Zielsetzung von Silentium wird zunehmend hitziger geführt. Ich weiß nicht recht, was ich davon halten soll. Wie denkst du darüber?

Brief von Hien Nguyen an Déwei Nguyen (19. Februar 1972)

Nachdem er vier Nächte in Folge denselben Albtraum gehabt hatte, war Yakov mit den Nerven am Ende. Er würde es nicht noch einmal ertragen, dieser Frau vollkommen hilflos beim Sterben zusehen zu müssen, ohne eine Chance, sie zu retten.

Yakov hatte gute Lust, irgendjemanden zu erwürgen und ihn gleichzeitig windelweich zu prügeln.

Frisch geduscht, immer noch auf hundertachtzig und viel zu früh auf den Beinen, machte er sich auf den Weg zur Hauptküche, um sich ein Frühstück zu besorgen. In den Gängen begegnete er niemandem, und selbst die Halle – der saalartige Raum, der das Zentrum der Höhle bildete – war verwaist. Es war die Ruhe vor dem Sturm, die einem Schichtwechsel voranging.

In fünfzehn Minuten würde hier ein einziges Kommen und Gehen herrschen.

Der muskelbepackte Bär, der Küchendienst hatte, begrüßte ihn mit einem unwirschen Grunzen, bevor er sich wieder ans Brotbacken machte. Seine Bizepse traten zutage, während er den Teig knetete, als stellte er sich vor, er hätte seinen ärgsten Feind in der Mangel. Yakov konnte nicht begreifen, wieso jemand, der das genaue Gegenteil von einem Frühaufsteher war, beschlossen hatte, Bäcker zu werden.

Jedenfalls verstand der Kerl sein Handwerk, wie das auf dem Selbstbedienungsbüffet angerichtete frische Gebäck belegte.

»Danke, Dan«, murmelte Yakov, woraufhin Bogdan mit seiner mehlbestäubten Hand in der Luft wedelte, wie um zu sagen: *Hau schon ab, du Nervensäge.*

Yakov ließ ihn in Frieden und machte sich zu Pavels Zimmer auf, um ihn aufzuwecken. Er sparte es sich anzuklopfen, weil er wusste, dass sein Zwillingsbruder die Nacht allein verbracht hatte. Der Mann, in den Pavel vollkommen vernarrt war, hatte heute seinen letzten Arbeitstag bei einem kleinen, in Ecuador ansässigen Familienunternehmen, das ihm bestimmt nicht das bezahlen konnte, was er wert war.

Die Mercants neigten dazu, rätselhafte Entscheidungen zu treffen.

Pavel lag, die Arme über dem Kopf, bäuchlings im Bett und ließ einen Fuß unter der Decke hervorlugen. »Wehe, das ist kein Croissant, was ich da rieche«, brummte er und hob den Kopf. Seine vom Schlaf zerzausten Haare standen wirr in alle Richtungen ab, doch dank ihrer schweren, seidigen Textur – ein Vermächtnis von Pavels und Yakovs Urgroßvater – umrahmten sie gleich darauf wieder sein Gesicht.

Pavel streckte die Hand nach seinem Touchpad aus und schaltete das Licht an, anschließend schaute er zwinkernd wie eine Eule zu seinem Bruder hin. Seine Augen waren identisch mit denen, die Yakov jeden Tag aus dem Spiegel entgegenblickten – mit einem entscheidenden Unterschied: Pavel sah schlecht. Und er weigerte sich hartnäckig, einer Korrekturoperation zuzustimmen. Er ließ noch nicht einmal jemanden mit einem Laser auch nur in die Nähe seiner Augen kommen.

Er tastete auf dem Nachttisch, den Yakov für ihn gebaut hatte, nach seiner Brille und setzte sie auf. Sowie sein Sehvermögen wiederhergestellt war, lehnte er sich mit dem Rücken gegen das

Kopfteil des Bettes, wobei er darauf achtete, dass sein Unterkörper züchtig bedeckt blieb. Auch wenn sie Zwillinge und obendrein Gestaltwandler waren, die keine Probleme mit dem Anblick nackter Körper hatten, wäre es selbst für ihre Maßstäbe nicht die feine englische Art, seine Kronjuwelen zur Schau zu stellen.

Pavel streckte gähnend die Hände aus, worauf Yakov ihm einen Kaffeebecher und ein Croissant reichte. Anschließend stellte er das Tablett mit dem restlichen Gebäck neben ihn und setzte sich – anstatt auf den einen Stuhl im Zimmer – seinem Bruder gegenüber ans Bettende, um ihm von dem Albtraum, der ihn Nacht für Nacht plagte, zu erzählen.

Aber schon bei der Erinnerung daran fing sein Magen an zu rebellieren, darum schnitt er erst einmal ein anderes Thema an. »Ich dachte, Stasya hätte euch ein größeres Zimmer im Quartier für Paare angeboten?« Pavel und Arwen hatten zwar noch nicht den Bund der Ehe geschlossen, aber jeder Bär, der Augen im Kopf hatte, konnte erkennen, dass sie eine feste Beziehung eingegangen waren.

Pavel zuckte mit den Achseln. »Offiziell wohnen wir bislang nicht zusammen. Es käme mir doch ziemlich übergriffig vor, umzuziehen, solange Arwen noch mit einer Entscheidung ringt.« Seine Stimme wurde weich, als er den Namen seines Liebsten aussprach.

Yakov hatte Mitleid mit ihm. Gleichzeitig konnte er nachvollziehen, dass Arwen erst zu sich selbst finden wollte, bevor er sich Hals über Kopf darauf einließ, mit Pavel das Band der Gefährten zu knüpfen, eine Entscheidung, die zum Greifen nahe war. Anders als den Zwillingen war es Arwen als Heranwachsendem nicht vergönnt gewesen, ein freies Leben zu führen. Empathen wie er wurden jetzt zum ersten Mal seit über einhundert Jahren nicht nur akzeptiert, sondern regelrecht verehrt.

Selbst für einen Mann wie ihn, der im Schoß einer Familie

groß geworden war, die ihn mit aller Macht beschützte, bedeutete das eine radikale Veränderung. »Ich wurde in Liebe erzogen«, hatte er einmal zu Yakov gesagt. »Trotzdem musste ich mein wahres Ich vor jedem außerhalb meiner Familie verbergen.«

»Hat Arwen die Arbeit in Ecuador gefallen?«, erkundigte Yakov sich.

Pavel funkelte ihn an. »Du hast mich nicht in Allerherrgottsfrühe aufgeweckt, um mich wie eine neugierige Babuschka über mein Liebesleben auszuhorchen.« Er trank einen Schluck Kaffee. »Nun sag schon, was los ist.«

Yakov atmete tief durch und zwang sich, es auszusprechen. »Die Träume sind zurück.«

Pavel sah ihn scharf an, plötzlich war er wieder eine ranghohe Führungspersönlichkeit und nicht mehr der schläfrige Bär. »Die von früher, als wir sechzehn waren?«

»Ja – nur intensiver.«

»Damals waren wir auf uns allein gestellt.« Pavel biss von seinem Croissant ab. »Jetzt teile ich das Bett mit einem Empathen. Und unser Alphatier seins mit dessen Schwester.« Er grinste von einem Ohr zum anderen.

Yakov verdrehte die Augen. »So genau wollte ich es gar nicht wissen.« Trotzdem musste er lächeln; es freute ihn unbändig, seinen Bruder derart glücklich zu sehen. »Aber es stimmt schon, dass wir durch sie Mittel und Wege haben, uns Informationen zu beschaffen. Meinst du, jemand von ihnen kennt einen V-Medialen?«

»Es gibt niemanden, den Ena nicht kennt«, antwortete Pavel trocken in Anspielung auf Arwens einflussreiche Großmutter und stopfte sich den Rest seines Croissants in den Mund.

Danach waren nur noch genüssliche Laute zu hören.

Yakov drehte seinen Becher zwischen den Fingern. »Es ist immer noch dasselbe Mädchen«, sagte er leise.

»Das in deinen Träumen?« Pavel pfiff durch die Zähne. »Verdammt, dann scheint sie endlich auf dem Weg zu dir zu sein.«

»Hatten wir uns nicht darauf geeinigt, dass sie nur das Echo einer Erinnerung unseres Urgroßvaters ist?«

»Damals waren wir hormongesteuerte Teenager, die einen Scheiß wussten. Sieht sie immer noch so aus wie früher?«

Yakov schüttelte den Kopf, sein Puls raste. »Sie ist erwachsen geworden. Und sie … blutet, ist dem Tode nahe.«

Pavels Gesicht wurde auf einen Schlag ganz ernst. »Erzähl mir alles.«

Also schilderte Yakov seinem Bruder und besten Freund seinen Traum bis ins kleinste, schauderhafte Detail. »Es ist einfach total krass.«

»Zweifellos«, pflichtete Pavel ihm bei. »Aber falls es wirklich eine Zukunftsvision ist, dann dient sie gleichzeitig auch als Warnung. Vergiss nicht, was unserer Babuschka Quyen zufolge Denu darüber zu sagen pflegte.«

»Das Großartigste an der Hellsichtigkeit ist, dass sie es ermöglicht, künftige Schreckensereignisse abzuwenden.« Yakov beugte sich vor und stützte die Arme auf seinen Schenkeln auf. »Aber sie hatte so furchtbar Angst, Pasha, und ich konnte nichts tun, um ihr zu helfen.«

Pavel nahm einen extralangen Schluck von seinem Kaffee und schnappte sich noch ein Croissant, bevor er nickte. »Dann lass uns das Pferd von hinten aufzäumen und erst einmal herausfinden, wieso du in diesen Träumen wie gelähmt bist. Anschließend überlegen wir uns, was du dagegen unternehmen kannst.«

Der Plan war gut gewesen – bis er daran scheiterte, dass Yakov keine genaueren Informationen zu der blutrünstigen Szene liefern konnte. Infolgedessen war seine Laune noch immer im Keller, als er in die Stadt fuhr, um sich mit Silver, der Frau seines Alphatiers, zu treffen. Sie war mitten in der Nacht zu ihrem Büro aufgebrochen, um nach einem weiteren verheerenden Medialnet-Kollaps den Rettungseinsatz zu koordinieren.

Yakov wusste, dass das geistige Netzwerk für die Medialen essenziell war, weil es ihre Gehirne mit dem unverzichtbaren Biofeedback versorgte. Nur ein paar wenige Individuen wie Silver, deren Bewusstsein mit dem einer nicht dem Medialnet zugehörigen Person verbunden war, konnten überleben, wenn diese Leitung unterbrochen würde.

Und jetzt war das Netz im Verfall begriffen.

Mit jedem neuen Riss wurden weitere Mediale gewaltsam davon abgeschnitten. Die Leute brachen tot auf der Straße, an ihrem Arbeitsplatz, in ihrem Zuhause zusammen. Yakov hatte einmal mit eigenen Augen gesehen, wie mehrere Personen ohne Vorwarnung in sich zusammensackten, als wären es Marionetten, deren Fäden durchtrennt worden waren. Und es gab keine Möglichkeit, sie zu retten, es sei denn, man verfügte über mediale Kräfte, die so stark waren, dass man die Leute in einen unbeschädigten Teil des Netzwerks transferieren konnte, ehe sie qualvoll zugrunde gingen.

Es war das pure Grauen gewesen.

Als Silver ihm eine Nachricht mit der Bitte zu kommen geschickt hatte, war Yakov davon ausgegangen, dass sich der Notfall ganz in der Nähe ereignet haben musste und sie mehr Einsatzkräfte benötigte. Im schlimmsten Fall würde er bei der Bergung von Leichen helfen müssen, doch er hoffte, dass sich die Druckwelle im Netz rechtzeitig hatte eindämmen lassen, es höchstens ein paar Verletzte gab und er nur gebraucht würde, um für Sicherheit zu sorgen und die Leute zu beruhigen.

Aber er irrte sich.

»Die Erschütterungen waren nicht sehr heftig«, erklärte Silver, die Yakov gegenüber an ihrem Schreibtisch saß, während in dem raumhohen Fenster hinter ihr im dunstigen Grau des Morgens Moskau zum Leben erwachte. »Kein Vergleich zu dem katastrophalen Vorfall, der zur Entstehung der Medialnet-Insel geführt hat.«

Alle nannten diesen in einem Mahlstrom der Gewalt vom Netz abgespaltenen Sektor nur die Insel, weil es die einzige ihrer Art war. Soweit Yakov es verstanden hatte, trieb dieses Konstrukt umgeben von »totem Raum« im Medialnet umher, ohne damit verbunden zu sein.

»Damit auch Nicht-Mediale es sich bildlich vorstellen können: Denken Sie an einen ›Graben‹«, hatte ein Fernsehnachrichtensprecher erklärt. »Der Unterschied ist nur, dass man weder eine Brücke darüber bauen, noch ihn irgendwie anders überwinden kann. Es gibt keinen Weg auf die Insel oder von der Insel weg.«

Yakov schwirrte manchmal regelrecht der Kopf, wenn er versuchte, die Komplexität des Medialnet zu begreifen, aber dank der anschaulichen Graben-Metapher hatte er jetzt eine Ahnung, mit welcher Situation das Netzwerk konfrontiert war. »Aktuellen Nachrichten zufolge gilt die Insel inzwischen als stabil.«

»Ja. Ivan hat hervorragende Arbeit geleistet. Und das in nur zwei Wochen.« Silvers Stolz war nicht zu überhören. »Allerdings gibt es noch so vieles, das er nicht weiß, und wir können ihm nicht helfen, weil niemand von uns auf die Insel gelangen kann.«

»Tja, er ist eben ein Mercant«, versuchte Yakov, ihre Sorge zu beschwichtigen. Er wusste, dass die Mercants ebenso sehr ein Clan waren wie die StoneWater-Bären. Und es tat einem in der Seele weh, wenn man jemandem aus der eigenen Sippe nicht helfen konnte. »Ich bin sicher, dass er als Mitglied unserer Schnüfflergang einen Weg finden wird, um sich die Informationen zu beschaffen, die er braucht.«

Silvers Mundwinkel hoben sich. »Wiederhole das ja nicht in

Gegenwart meiner Großmutter, sonst kann ich für nichts garantieren.«

Trotz der scherzhaften Warnung blickten ihre silberblauen Augen gewohnt sorgenvoll.

»Du solltest nach Hause fahren«, meinte er. »Ich denke, du brauchst eine Umarmung. Es überrascht mich, dass Valya dich nicht einfach festgehalten hat, bevor du gehen konntest.« Er spielte auf Silvers ersten Aufenthalt in der Höhle an, als alle dachten, Valentin habe sich vom animalischen Instinkt seines Bären dazu hinreißen lassen, sie zu kidnappen.

»Er hat tatsächlich versucht, mich zum Bleiben zu bewegen.« Der Anflug eines Lächelns. »Aber ich bin aus härterem Holz geschnitzt. Im Übrigen hat er heute jede Menge zu tun. Für ein paar der kleinen Racker ist dies ihr erster Schultag, und du weißt ja, wie viel Kraft sie von ihm beziehen.«

»Ja, sie brauchen ihn.« Gestaltwandlerbärenjunge mochten wilde, furchtlose Geschöpfe sein, trotzdem klopfte auch ihnen das Herz, wenn sie das erste Mal die Schule besuchten. Darum nahm Valentin sie buchstäblich bei der Hand und führte sie in das kleine, inmitten des Territoriums gelegene Schulgebäude. Er umarmte sie, wenn sie es nötig hatten, und blieb, bis sie sich mit ihren Freunden eingewöhnt hatten.

Natürlich waren auch ihre Eltern oder andere Aufsichtspersonen zugegen, um ihnen Mut zuzusprechen und Fotos zu machen, aber niemand empfand Valentins Anwesenheit als übergriffig. Sie wussten alle, dass in bestimmten Situationen ein Raubtiergestaltwandler nichts dringender brauchte als die Berührung und Anleitung durch sein Alphatier. Und Valya war ein guter Anführer, nicht nur wegen seiner Intelligenz und Stärke, sondern auch wegen seines großen Herzens.

»Ich kann mich nicht mehr an meinen ersten Schultag erinnern«, sagte Yakov. »Aber wenn man unserem Vater Glauben schenken darf, haben Pasha und ich auf der Türschwelle einen vielsagenden Blick getauscht, unsere Schulranzen geschultert und sind ins Klassenzimmer marschiert, als wären wir fest entschlossen, Unruhe zu stiften.« Akili Stepyrevs haselnussbraune Augen hatten vor Stolz in seinem dunklen Gesicht geblitzt, als er ihnen lachend diese Anekdote erzählt hatte.

Silvers Miene wurde noch wärmer. In diesem Moment erinnerte nichts mehr an die eiskalte Telepathin, die Valentin seinerzeit umworben hatte. »Witzigerweise behauptet meine Großmutter von mir etwas ganz Ähnliches. Nämlich, dass sie noch nie ein kleines Mädchen gesehen habe, das so willensstark schien, als wolle es das Kommando über die ganze Klasse übernehmen.«

Yakov grinste. »Du trittst in mehr als nur einer Hinsicht Enas Erbe an.« Man hätte Silver Mercant nicht zur Direktorin des Krisennetzes ernannt, würde sie ihre Ziele nicht mit gnadenloser Disziplin und Akribie verfolgen. »Also, was kann ich für dich tun?«

Silver sagte es ihm.

Er verzog das Gesicht und verschränkte die Arme vor der Brust. »*Izvinite*, Silver«, entgegnete er, obwohl es ihm in Wahrheit überhaupt nicht leidtat, aber seine Eltern hatten ihn nun einmal zu Höflichkeit erzogen. »Meine Antwort ist ein vehementes *nyet*.«

Silver, die an den Umgang mit brummigen, unkooperativen Bären gewöhnt war, zuckte nicht mit der Wimper. »Sogar dann, wenn ein Ja dir Zugang zu einem streng bewachten Gebäude und die Erlaubnis, dort nach Lust und Laune herumzuschnüffeln, verschafft?«

Yakov guckte finster. »Du kämpfst mit schmutzigen Mitteln.«

Silver schob die Schachtel mit den frisch gebackenen Donuts, die er schon gewittert hatte, seit er diesen Konferenzraum betreten hatte, zu ihm hinüber. Ein äußerst hinterhältiger Einfall, um ihn dazu zu bewegen, sehr viel Zeit mit einer Person zu verbringen, die er mit großer Wahrscheinlichkeit nicht mögen würde.

»Ich hasse dich«, grummelte er ohne besonderen Nachdruck, bevor er sich einen der mit Zuckerguss überzogenen frittierten Schmalzkringel nahm und mit zwei Bissen vertilgte. »Du willst also, dass ich auf eine Mediale aufpasse, bei der es sich um eine Psychopathin handeln könnte?«, vergewisserte er sich.

Silver massierte sich, wie so oft, wenn sie sich mit einem widerspenstigen Bären herumplagte, die Schläfen und runzelte als Dreingabe die Stirn. Fast hätte er es ihr abgekauft, doch dann —

»Du magst uns Bären.« Er breitete grinsend die Arme aus. »Tatsächlich bist du völlig verzaubert von unserem einnehmenden Wesen.«

Silvers Lippen zuckten – ein Ausdruck von Emotion, den man noch immer nicht oft bei ihr sah –, und sie beendete die Scharade. »Ich brauche deine Hilfe«, bemerkte sie schlicht.

5

Ratsherr Adelaja hat soeben einen wichtigen Punkt angesprochen. Die Zahl der vor Silentium geborenen Erwachsenen ist sowohl aus altersbedingten Gründen als auch infolge der durch die neue Lebensweise unseres Volks ausgelösten kognitiven Dissonanz im Sinken begriffen. Allerdings stellen die jungen Medialen, die fortwährend daran scheitern, sich mit einem zufriedenstellenden Ergebnis an das Programm zu halten, tatsächlich ein Problem dar, das nach einer Lösung verlangt.

Ansprache des Ratsherrn Vey Gunasekaras an den Rat (circa 2012)

Yakov entfuhr ein schicksalsergebener Seufzer, nachdem Silver bekannt hatte, seine Hilfe zu benötigen. »Mann, wie kann ich jetzt noch Nein sagen?« Zur Strafe aß er einen weiteren Donut und griff nach dem Kaffee, den sie sich gerade eingeschenkt hatte. »Also, schieß los.«

Silver, die heute eine weiße Bluse und ein graues Kostüm trug und ihr Haar, wie meist, zu einem eleganten Knoten hochgesteckt hatte, lehnte sich auf ihrem Stuhl zurück. »Was weißt du über die Rehabilitationszentren?«, fragte sie.

»Nicht viel.« Yakov setzte den unförmigen Becher ab, der aussah, als hätte ihn eins der Kinder angefertigt. »Nova hat mir mal erzählt, dass dort als ›defekt‹ eingestufte Mediale hingeschickt und einer Gehirnwäsche unterzogen wurden.« Er schnitt eine Grimasse. »Ich meine, nach allem, was wir heute über die Ära von Silentium wissen, scheint das zu stimmen, darum habe ich es nie infrage gestellt.«

Silver machte sich nicht die Mühe, die Maske aufzusetzen, hinter der sie sich im Beisein Außenstehender verschanzte. Ihr Zorn war kalt wie ein sibirischer Winter. »Im Prinzip hat Nova recht, nur dass es sogar noch schlimmer ist. Ziel und Zweck von Silentium war das Wegkonditionieren der Gefühle. Wer diese Doktrin nicht umsetzen konnte oder wollte, wurde in eine dieser Anstalten geschickt, um dort ›rehabilitiert‹ zu werden.« Ihre Kieferknochen traten deutlich unter der hellen Haut hervor. »Was für ein schrecklich nichtssagendes Wort.«

Plötzlich wünschte Yakov sich, er hätte die Finger von den Donuts gelassen. »Es war nicht nur eine Gehirnwäsche, oder?«

Silver nickte. »Der Verstand dieser Medialen wurde komplett ausgelöscht. Man hat ihre Gehirne zerstört.« Sie ballte die Fäuste und presste sie auf den Schreibtisch. »Hätten diese Leute meinen Bruder erwischt, würde er –« Sie brachte den Satz nicht zu Ende, aber Yakov wusste auch so, was sie sagen wollte.

Der kultivierte, leicht versnobte und herzensgute Arwen war ein Empath, ein Geschöpf, für das sich alles um etwas drehte, das den Medialen unter Silentium verboten war: Gefühle. »Diese Opfer …« Yakov würde den Teufel tun und sie in Anbetracht des Horrors, den sie durchlitten hatten, als Patienten bezeichnen. »Sind sie gestorben?«

»Manche ja. Wenn auch unbeabsichtigt. Die Überlebenden waren nur noch leere, stumpfsinnig dahinvegetierende Hüllen, die bestenfalls niedere Tätigkeiten verrichten konnten. Sie sollten uns anderen als abschreckendes Beispiel dienen.«

Von Übelkeit überwältigt, seinen Bären ganz nah unter der Haut, schob Yakov seinen Stuhl zurück und wanderte im Zimmer auf und ab. Er gehörte sicher nicht zu den impulsivsten Mitgliedern des StoneWater-Clans – hätte er sich nicht im Griff, wäre er Valentin ein schlechter Stellvertreter –, aber er war auch nicht wie die Medialen darauf trainiert, seine Emotionen zu verstecken.

»Wie konnte nur irgendjemand dieses Programm gutgeheißen haben, wenn bei Verstößen derartige Konsequenzen drohten?«, stieß er hervor.

»Das war nicht von Anfang an so.« Silvers Stimme bebte vor Ärger. »Diese Zentren wurden von den ersten in Silentium aufgewachsenen Medialen – der ersten ›Generation S‹ – gegründet.«

Es ergab auf eine schreckliche Art und Weise Sinn, dass diese teuflischen Einrichtungen auf Personen zurückgingen, die nie selbst Liebe erfahren hatten, denen eingetrichtert worden war, dass sie sich eines Vergehens schuldig machten, wenn sie etwas empfanden, dachte Yakov.

Sie waren in mitleidloser Kälte groß geworden.

Und hatten, ihrer eigenen kranken Logik nach, den Zustand höchster Vollendung erreicht.

Im Zuge des spektakulären Niedergangs von Silentium waren etliche Dokumentationen und Berichte über diese abgeschottet lebende Gattung erschienen. Inzwischen war allgemein bekannt, dass Eltern, die solche Entscheidungen für ihre unschuldigen Kinder trafen, glaubten, zu deren Besten zu handeln und sie vor dem mörderischen Wahnsinn zu schützen, der damals unter den Medialen grassierte.

Was hingegen nur die wenigsten wussten, war, dass sie in ihrer Verzweiflung ein Volk erschufen, das von Psychopathen regiert wurde. Wie hätte es auch anders sein können, nachdem nur diejenigen als makellos galten, die empfindungslose Roboter waren?

Yakov musste plötzlich daran denken, wie er eines Tages seine Großmutter Quyen in ihrem vielgerühmten Gemüsegarten aufgesucht und den bekümmerten Ausdruck in ihren weichen Zügen bemerkt hatte. »Was ist denn los, Babulya?«, hatte er gefragt und sich neben sie auf die Erde gekniet.

Sie hatte ihm lächelnd die Wange getätschelt. »Komm, leiste mir ein wenig Gesellschaft, Schätzchen.«

Er war damals sechzehn und gerade auf dem Weg zu einem Mädchen aus seiner Klasse gewesen, um es zu umgarnen, doch dann hatte er seine romantischen Bestrebungen über Bord geworfen und war bei seiner Großmutter geblieben. Sie neigte nicht zu Traurigkeit, und es beunruhigte ihn, sie so zu sehen.

»In mir hat sich nur gerade eine Erinnerung geregt«, erklärte sie. »Wahrscheinlich, weil ich jetzt fast im selben Alter bin wie mein Vater damals, als er mich ins Vertrauen zog. Ich entdeckte ihn genau hier, in diesem Garten – er war derjenige, der ihn angelegt hat.« Ein wehmütiges Lächeln. »Er weinte. Mein Vater … er war ein stolzer Mann, und ich hatte ihn nie zuvor so niedergedrückt erlebt.«

Quyen pflanzte einen Setzling und klopfte behutsam die Erde rings um ihn fest. »Ich umarmte ihn. Ich war schon erwachsen und hatte selbst Kinder, aber ich fühlte mich furchtbar hilflos. Er drückte mich an sich und erzählte mir, dass ihm auf einmal wieder eingefallen sei, wie verrückt seine Schwester nach seinem hausgemachten Kimchi gewesen war, und dass er sie ganz schrecklich vermisse.«

Sie steckte ein weiteres Pflänzchen in die Erde. »Während meine Geschwister und ich aufwuchsen, redete er so gut wie nie über das Medialnet oder seine Familie. Denu war ein wundervoller, aufmerksamer Vater. Er nahm großen Anteil am Leben seiner Kinder, und er betete seine Frau förmlich an. Bis zu jenem Tag hatte ich ihm den tiefen Kummer, der seinem Herzen seit längst vergessenen Zeiten innewohnte, nicht angesehen.«

Sie ließ sich auf die Fersen zurücksinken und legte ihre schmutzigen Hände auf ihre Oberschenkel. »Nachdem die Medialen sich in ihre eigene Welt zurückgezogen hatten, teilten ihm seine Eltern, seine jüngeren Brüder und seine Schwester Hien mit, dass es das Beste sei, wenn er sie alle vergäße, weil sie sich zu weit auseinanderentwickelt hätten.«

»Hien ist Mamas zweiter Vorname«, merkte Yakov an.

»Ja, Schätzchen.« Quyen strich ihm über den Kopf, dabei krümelte etwas Erde über sein Haar, aber einem Bären machte so etwas nichts aus. »Ich habe sie nach meiner Tante benannt. Denu hatte ihr sehr nahegestanden, und es war ihm ein unerträglicher Gedanke gewesen, dass seine Kinder die Kinder seiner Schwester nie kennenlernen würden, weil auch dieser Generation jeder Kontakt mit ihm und den seinen verboten war, weil sich die Entzweiung über die Generationen hinweg fortsetzte.«

Von Denus Seelenpein zu erfahren, hatte einen bleibenden Eindruck in Yakovs jungem Gemüt hinterlassen. Er hoffte inständig, dass sein Urgroßvater nichts von den Zentren geahnt hatte, aber nach allem, was er über ihn wusste, war er ein intelligenter und gut vernetzter Mann gewesen.

Er würde die Wahrheit gekannt und um seine Liebsten getrauert haben.

Yakov riss sich von der Vergangenheit los. »Warum tauchen nicht mehr von diesen ›rehabilitierten‹ Medialen in der Öffentlichkeit auf?«, fragte er Silver.

Sie erhob sich nun ebenfalls, der Inbegriff kühler Beherrschtheit – hätte nicht dieses eisige Feuer in ihren Augen gelodert. »Bis zur Abschaffung von Silentium waren sie in den Zentren interniert. Menschen und Gestaltwandler hatten dort keinen Zutritt. Als sich herauskristallisierte, dass das System nicht länger standhalten würde …« Sie holte zittrig Luft. »Gab jemand den Befehl, eine ›gründliche Säuberungsaktion‹ durchzuführen.«

Yakov konnte sich nur mühsam beherrschen, um nicht mit der Faust ein Loch in die Wand zu schlagen. »Siva«, sagte er – es war die von den Kindern erdachte und mittlerweile vom ganzen Clan benutzte Koseform ihres Namens. »Ich halte es hier drinnen nicht mehr aus.«

Sie nickte und kam um den Schreibtisch herum. Auf ihren mindestens zehn Zentimeter hohen Absätzen, die mit ihrem knielangen Bleistiftrock harmonierten, war sie ein Stückchen größer als Yakov mit seinen ein Meter fünfundsiebzig. Seite an Seite verließen sie Silvers Büro und nahmen anstatt des Aufzugs die Treppe, bevor sie kurz darauf in die kalte Luft hinaustraten.

Yakov inhalierte sie gierig. Ihm war heiß, obwohl er nur ein kurzärmeliges schwarzes T-Shirt zu seiner Jeans trug. Die Körpertemperatur von Gestaltwandlern war höher als die von Medialen. »Du solltest dir eine Jacke überziehen«, riet er Silver.

»Ich bin so aufgebracht, dass mir auch so warm genug ist«, antwortete sie, dann lief sie den bereits von braunen, roten, orangenen und sogar ungewöhnlich buttergelben Blättern herbstlich betupften Gehsteig hinunter.

Yakov wusste, sie wollte zu dem Park, den die StoneWater-Bären pflegten und instand hielten.

Er wartete, bis sich sein eigener Zorn gelegt hatte, bevor er zügig zu ihr aufschloss. Das war nicht weiter schwer. Es mochte schnellere Gestaltwandler geben als Bären, aber sie waren immer noch schneller als eine Frau in Stöckelschuhen. Selbst wenn es sich dabei um Valentins heißgeliebtes Teufelsweib Silver Mercant handelte.

Als sie für einen kurzen Augenblick nach seiner Hand griff, ließ er es bereitwillig zu, denn ihr haftete der tröstliche Geruch seines Clans an, der der anderen Hälfte von ihm Halt gab.

»Es geht schon wieder«, versicherte er, bevor er sich von Silver löste, weil ihr Berührungen noch immer Unbehagen einflößten. Valentin und die Kinder waren die Einzigen, die sich in dieser Hinsicht nicht zurückhalten mussten, trotzdem wusste jeder in der Höhle, dass sie sie alle bis zum letzten Blutstropfen verteidigen würde. »Also ist irgendwer – ich tippe auf ein ganzes Team – losgezogen, um eine Vielzahl der ›Rehabilitierten‹ zu ermorden?«

Silver bejahte mit einem Kopfnicken. »Kaleb ahnte nichts davon. Dasselbe galt für Nikita und Anthony. Und ganz sicher hatte Aden die Pfeilgarde, die zum fraglichen Zeitpunkt schon nicht mehr dem Rat unterstand, nicht dazu autorisiert.«

Yakov bleckte die Zähne, was einem Fußgänger, der ihnen gerade entgegenkam, einen solchen Schrecken einjagte, dass er sich eilends auf die andere Straßenseite flüchtete. »Was Kaleb angeht, glaube ich dir.« Der unermesslich mächtige kardinale TK-Mediale war früher Silvers Boss gewesen, und nach allem, was Yakov über ihn wusste, spielte der Mann nicht mit dem Leben Normalsterblicher.

Er hielt sich an Gegner, die sich auf Augenhöhe mit ihm befanden. Nach Ansicht der Gestaltwandlerbären ein anständiger Zug von ihm. »Und Adens Gardisten haben unter Beweis gestellt, dass man ihnen vertrauen kann.« Die schwarz uniformierte Spezialeinheit hatte die E-Kategorie unter ihre Fittiche genommen und gelobt, sie bis zum letzten Atemzug zu beschützen.

Yakov zweifelte nicht daran, dass die Truppe furchtbare, unverzeihliche Verbrechen begangen hatte, während sie unter dem Kommando des Rats stand, darum wollte er sie nicht zu sehr in den Himmel loben. Aber er verstand auch, dass eine unter Zwang getroffene Entscheidung nicht als solche zählte. Im Übrigen hatten die Pfeilgardisten Silver zufolge dem Rat schon lange vor dem Fall von Silentium den Mittelfinger gezeigt und deshalb bestimmt nicht die Schmutzarbeit für ihn erledigt.

»Was die beiden anderen betrifft, bin ich mir jedoch nicht so sicher.« Sein Bär zog die Lippen zurück und bleckte die Zähne.

»Sascha Duncan hat bestätigt, dass ihre Mutter geschäftlich

nichts mit den Zentren zu tun hatte, sondern sogar einen weiten Bogen um die Einrichtungen machte – soweit ihr das in ihrer Funktion als Ratsmitglied möglich war«, erklärte Silver. »Es wäre wegen Saschas Status' zu riskant gewesen.«

»Nikita wusste schon damals, dass ihre Tochter eine Empathin ist?«

»Mütter haben für so etwas ein untrügliches Gespür.«

Yakov pfiff überrascht durch die Zähne, unschlüssig, inwieweit diese Information seine Meinung über Nikita Duncan änderte. Sie war ein eiskaltes Miststück mit Blut an den Händen, andererseits zollte er ihr Respekt dafür, dass sie schützend die Hand über ihr Kind gehalten hatte.

»Und Anthony trat dem Rat zu kurz vor der Abschaffung von Silentium bei, als dass er infrage käme«, fuhr Silver fort. »Außerdem hätte er es nicht nötig gehabt, bei dieser üblen Sache mitzumischen. Seine Familie hat ein höheres Pro-Kopf-Einkommen als die meisten anderen im Medialnet. Seher sind äußerst gefragt, und der NightStar-Clan verfügt über die besten der Welt.«

Nach einer kurzen Pause setzte sie hinzu: »Ich bin im Zuge meiner Recherchen auf eine kleine Anekdote über deinen Urgroßvater gestoßen. Tatsächlich haben die NightStars einmal versucht, ihn abzuwerben.«

Yakovs Bär richtete sich innerlich voller Stolz auf. »Wir wussten immer, dass er gut war, aber gleich so gut?« Das Hellsichtigen-Imperium der NightStars war in der ganzen Welt bekannt.

»Nach meinen Quellen trifft das definitiv zu. Er lehnte ab, weil er damals schon mit seiner Gefährtin zusammen war und beschlossen hatte, das Medialnet zu verlassen.«

»Ja, es heißt, dass er seine Mimi wie verrückt geliebt hat.« Der Druck auf Yakovs Brust verringerte sich noch etwas mehr, als sie die von Frühnebel verhüllte Gartenanlage, die schlicht als Stadtpark bezeichnet wurde, betraten. Eine Großstadt war für ihn kein ernsthaftes Problem, aber er bevorzugte die Wälder, in denen er zu Hause war, und auch dieses Fleckchen Natur im Zentrum von Moskau. »Wer bleibt dann noch übrig?«

»Drei weitere Mitglieder des ehemaligen Rats. Es könnte jeder von ihnen gewesen sein. Wenngleich ich auf Marshall Hyde tippen würde, wäre er damals noch am Leben gewesen.«

Yakov kniff die Augen zusammen. »Das war dieser alte Knacker, der in die Luft gesprengt wurde, oder?«, fragte er, wobei er den letzten Teil des Satzes gestisch untermalte. »Das Oberhaupt der Familie ist jetzt dieser blonde Android, der aussieht wie der Inbegriff des perfekten Zweibeiners.«

Silver feuerte einen scharfen Blick auf ihn ab … bevor ihr Gesicht einen belustigten Ausdruck annahm. »Ich finde, es gibt keinen perfekteren Zweibeiner als Valentin.«

Yakov presste die Hand auf sein Herz. »Autsch, das hat gesessen! Aber du weißt sicher, was ich meine. Pax Marshall ist optisch derart makellos, dass es sich nicht mehr steigern lässt. Und dabei so seicht, dass einem angst und bange werden kann.«

»Ja, ich weiß, was du meinst.« Silver blieb auf dem Spazierweg, der zwischen den raschelnden, in herbstliche Farben getauchten Bäumen hindurchführte, während Yakov auf dem saftigen grünen Rasen neben ihr herlief.

»Zurück zum eigentlichen Thema«, sagte sie dann. »Die Zentren gerieten nicht in Vergessenheit, sie wurden in der Übergangsphase nach Silentium einfach nur übersehen. Die Regierungskoalition wurde von zahlreichen Krisen herausgefordert – einschließlich der aktuellen Gefahrensituation im Medialnet –, und so sind Teile der verfaulten Machtstruktur erhalten geblieben, die Kaleb und die anderen bisher nicht entdeckt haben.«

»War dieser mörderische Säuberungstrupp erfolgreich?«

Silver schüttelte den Kopf. »Nicht nach dem ersten Einsatz.«

Wieder klirrte ihre Stimme eisig. »Die Beteiligten scheinen in Panik geraten zu sein, als ihnen klar wurde, dass der alte Rat erledigt war.«

»Weil es niemanden mehr gab, der diese verrohten Bastarde beschützen konnte.«

Ein kurzes Nicken von Silver. »Die Zentren hingen sozusagen in einer Warteschleife fest. Die Betreiber trauten sich nicht aufzumucken, aus Furcht, dass man sie in Stücke reißen würde.«

Yakov wunderte sich nicht über die blutrünstige Bemerkung, schließlich war Silver nicht ohne Grund die Gefährtin seines Alphatiers. Ehrgefühl und Beschützerinstinkt waren in beiden tief verwurzelt. »Was mich zurück zu dem Auftrag bringt, den ich für dich ausführen soll.«

»Es geht um Folgendes: Pax Marshall hat die Regierungskoalition darüber informiert, dass er endlich Licht in die Aktivitäten seines Großvaters gebracht hat, die mit den Zentren zu tun haben. Es ist ein Riesenschlamassel. Weil der Familie Marshall nämlich die Hälfte der über die ganze Welt verstreuten Rehabilitationszentren gehört.«

6

Wenn wir das Vertrauen nicht nur der Menschen und der Gestaltwandler, sondern auch unseres eigenen geschundenen Volkes gewinnen wollen, dürfen wir nicht mehr als geschlossenes System agieren. Wir müssen Außenstehende willkommen heißen – als Beobachter und als Ratgeber, die mit frischem Blick die Fehler erkennen, gegenüber denen wir blind geworden sind. Denn diese Fehler prägen unsere Realität.

Ivy Jane Zen (Präsidentin des Empathischen Kollektivs) an die Mitglieder der Regierungskoalition (7. Juni 2082)

»Diese Wichser«, spuckte Yakov. »Alles Monster, die ganze Bagage.«

Silver widersprach nicht. »Meine Großmutter hat nie viel von Marshall Hydes Familie gehalten. Andererseits wissen wir kaum etwas über Pax' ethische Grundsätze. Es spricht für ihn, dass er sich sofort an die Koalition gewandt hat, nachdem er entdeckt hatte, in welchem Umfang die Marshalls an den Zentren beteiligt sind.«

»Kommt mir etwas sonderbar vor, dass er so lange dafür gebraucht hat.« Yakov kniff die Augen zusammen, als er den schwarz-weißen Stubentiger bemerkte, der die Dreistigkeit besaß, neben Silver einherzuschreiten und ihn dabei mit herablassender Miene zu taxieren. *Katzen*. Sie hielten sich wirklich für die Größten.

Das Tier stellte seinen Schwanz auf und wandte hoch erhobenen Hauptes den Blick von Yakov ab, bevor es, ihn völlig ignorierend, Seite an Seite mit Silver weiterlief.

»Doch, ich kann das verstehen.« Silvers Worte ließen ihn überrascht aufmerken. »Mediale Familienunternehmen dieser Größe sind hochkomplexe Systeme, und Pax war erst vierundzwanzig, als Marshall Hyde ermordet wurde.

Er wuchs als potenzieller Nachfolger seines Großvaters auf, allerdings ging jeder davon aus, dass Hyde noch mindestens zwanzig oder dreißig Jahre das Heft in der Hand haben würde. Man munkelt, Pax habe in den Monaten vor dem Attentat zunehmend mehr geschäftliche Bereiche übernommen, aber das glaube ich nicht.«

Sie schüttelte den Kopf. »Natürlich wurde Hyde älter, und vielleicht hat er seinen Enkel tatsächlich stärker eingebunden, trotzdem hätte er niemals alle Karten auf den Tisch gelegt und ihm auf einen Streich von sämtlichen Beteiligungen der Familie erzählt, geschweige denn, ihm Zugang dazu gewährt. Zuerst hätte Pax sich bei weniger anspruchsvollen und sensiblen Geschäftstätigkeiten bewähren müssen.«

Yakov zwang sich, seinen instinktiven Abscheu vor allem, was mit den Zentren zu tun hatte, beiseitezuschieben und über den Tellerrand hinauszuschauen. »Ich kann dir folgen«, sagte er mürrisch. »Auch junge Rekruten müssen erst die eine oder andere Probe bestehen, ehe man sie mit verantwortungsvolleren Aufgaben betraut. Verstehe ich richtig, dass Pax die Regierungskoalition gebeten hat, ihm unvoreingenommene Beobachter zur Seite zu stellen, wenn er diese Einrichtungen unter die Lupe nimmt?«

»Prinzipiell ja. Normalerweise würde die Regierung eine Gruppe medizinisch ausgebildeter Menschen und Gestaltwandler schicken, damit sie sich ein unparteiisches Bild macht und als Ratgeber fungiert. Doch hier ist der Sachverhalt ein anderer – darum hat Pax sich an den StoneWater-Clan gewandt.«

Yakov blieb stehen, worauf der Stubentiger zu ihm kam und um seine Knöchel strich. Er beachtete ihn nicht. Katzen waren bekanntermaßen unberechenbar. Vermutlich würde er sich einen Krallenhieb einfangen, wenn er versuchte, das Geschöpf zu streicheln. »Mir wurde – wie allen Stellvertretern von Valentin – eine medizinische Grundausbildung zuteil, aber eigentlich habe ich Chemie studiert, mit Pharmazie als Nebenfach.«

Jede der Führungskräfte verfügte über Fachkenntnisse auf verschiedenen Gebieten. Yakovs chemisches Wissen ging zwar eher in die esoterische Richtung, doch trotzdem war es einer der Gründe, warum ihm die Verantwortung für alles oblag, was mit den natürlichen Ressourcen des Clans zusammenhing.

Darüber hinaus hatte er es wegen seines Sinns für Ordnung und Systematik freiwillig übernommen, sich um die logistischen und organisatorischen Belange, wie das Einteilen der Schichten und Trainingseinheiten, zu kümmern. Er sorgte dafür, dass stets zusätzliche Sicherheitsausrüstungen zur Verfügung standen und die Rekruten nie einen Übungsparcours versäumten. Valya nannte ihn den »leisen Motor« der Höhle, aber Yakov störte das nicht. Es gefiel ihm, dass er der Grund dafür war, dass alles mit der Präzision eines Uhrwerks ablief.

»Für die medizinischen Aspekte der Untersuchung ist deine Partnerin zuständig. Sie bringt die nötige Sachkompetenz mit«, antwortete Silver. Sie runzelte kaum merklich die Stirn, aber Yakov kannte sie lange genug, um selbst die winzigste Veränderung ihrer Mimik zu registrieren.

»Deine Aufgabe bestünde darin, für die Sicherheit zu sorgen und dein Wissen über die internen Strukturen einer großen Organisation einzubringen«, fügte sie an, während Yakov die verflixte Katze schließlich doch erhörte und Leib und Leben riskierte, als er vor ihr in die Hocke ging und mit der Hand über ihr seidiges Fell strich. »Du hast ein Auge fürs Detail und schlägst Gedankenwege ein, auf die eine andere Person nicht käme.«

»Also gut. Du brauchst jemanden mit Muskeln und Grips«, folgerte Yakov, während die Katze schnurrend vorgab, ihn zu mögen.

Aber auf diesen Trick fiel er nicht herein. Sonst würde dieses kleine Biest, ehe er es sich versah, von ihm erwarten, dass Yakov ihm beim lokalen Fischhändler frischen Thunfisch besorgte.

Silvers Mundwinkel hoben sich leicht. »Und einer Prise Listigkeit.«

»Ich bin ein Bär, und keine Katze«, gab er pikiert zurück.

»Trotzdem weißt du, wie man subtil zu Werke geht. Und das wird im Umgang mit den Marshalls notwendig sein. Selbst meine Großmutter ist sich nicht sicher, welches Ziel Pax im Großen und Ganzen verfolgt. Aber nachdem sie die Familie ihrer eigenen Aussage nach nie mochte, solange Hyde das Regiment führte, ist nicht auszuschließen, dass sie automatisch Vorurteile gegen seinen Nachfolger hegt.«

»Ich vertraue Enas Intuition.« Er würde seiner Partnerin gegenüber wachsam sein, damit diese Mediale, die ihn vermutlich für einen schwerfälligen Trampel hielt, ihn nicht für dumm verkaufte. Andererseits sollte Yakov vielleicht genau diese Nummer abziehen, damit sie ihn unterschätzte. »Was unterscheidet dieses eine Zentrum von den anderen?«

»Seine Existenz wurde unter Verschluss gehalten«, erklärte Silver, als er sich aus seiner Kauerhaltung erhob und sie ihren Spaziergang – in Begleitung der Katze – fortsetzten.

»Pax ist nur darauf gestoßen, weil ihm auffiel, dass von einem der Konten regelmäßig ein bestimmter, wenngleich nicht allzu hoher Betrag abfloss. Angesichts des Umfangs der Kontobewegungen hätte man es leicht als Buchungsfehler abtun können – aber dafür ist Pax zu clever. Er hat nachgeforscht und dabei ein

Zentrum entdeckt, von dem er bislang noch nichts gewusst hatte. Dann stellte er fest, dass es im Gegensatz zu den anderen Einrichtungen keinen Profit erwirtschaftete, sondern von den Marshalls finanziert wurde.«

Yakov kämpfte gegen die Übelkeit an, die ihn bei der Vorstellung erfasste, sich zu bereichern, indem man andere folterte und zu seelischen Krüppeln machte. »Diese Zentren spülen ihnen immer noch Geld in die Kasse?«

»Heutzutage sind es Pflegeheime.« Silvers Kiefer mahlte. »Die meisten ›Rehabilitierten‹ werden von ihren Familien weiterhin abgelehnt. Diese zahlen lieber für eine Langzeitunterbringung ihrer Angehörigen, als sie bei sich aufzunehmen.

Das einzig Positive ist, dass die Qualität der Betreuung nicht besser sein könnte, seit die Empathen die Heime leiten. Heutzutage arbeiten dort viele Spezialisten aus den beiden anderen Gattungen, die Erfahrung mit dieser Art von Patienten haben. Sie begegnen ihnen mit einer Sanftmut und Freundlichkeit, die meinem Volk nicht mehr zu eigen ist.«

»Dir schon, Siva.« Er stupste sie mit der Schulter an.

Ihre Miene blieb unverändert hart, aber sie ging auch nicht auf Abstand zu ihm.

»Die Opfer werden sich niemals regenerieren, nachdem absichtlich Teile ihrer Nervenstrukturen zerstört wurden. Aber sie können jetzt ein wesentlich erfüllteres Leben, inklusive Unterhaltungs- und Beschäftigungsprogrammen, führen, als einfach nur dahinzuvegetieren.«

Yakov spannte die Bauchmuskeln an, um seinen Würgereiz zu bezwingen. »Euer Rat war das personifizierte Böse.«

»Ja. Jede einzelne Person, die ihre Hände dabei im Spiel hatte, uns zu dem zu machen, was wir letztendlich wurden.« Eine kurze Pause. »Aber es wäre geheuchelt, wenn ich behauptete, dass ich mich nicht manchmal frage, welchen Kurs ich eingeschlagen hätte, wäre ich nicht von meiner Großmutter in die richtige Richtung gelenkt worden. Oder für welchen Weg sie sich ohne entsprechende Führung entschieden hätte. Am Anfang sind wir alle wehrlose, leicht zu beeinflussende Kinder.«

Sie schwiegen mehrere Minuten.

Silver hatte recht, ging es Yakov durch den Sinn. Wie würde er sich entwickelt haben, hätte er keine liebevolle Kindheit voller Streiche und Lachen genossen? Wäre er nicht von seinen Eltern und Großeltern großgezogen worden, sondern von einem Psychopathen wie Marshall Hyde.

Der Gedanke verursachte ihm Gänsehaut. Er schüttelte sich. »Also schickt Pax seine Schwester, damit sie das geheime Zentrum am Stadtrand von Moskau inspiziert?«

Silver nickte. »Es findet sich im Medialnet so gut wie kein Hinweis auf Theodora Marshall. Ich bin sicher, dass dahinter eine strategische Absicht steckt – laut der Berichte, die ich ausfindig machen konnte, ist die Frau als eine TK-Mediale der Skala zwei Komma sieben gelistet. In Anbetracht dieses extrem niedrigen Werts dürfte Marshall Hyde alles darangesetzt haben, dass die Öffentlichkeit nichts von seiner Enkeltochter erfährt. Offen gestanden wundert es mich, dass er sie am Leben gelassen hat.«

Yakov knirschte mit den Zähnen. Ihm fehlte jedes Verständnis für dieses diskriminierende mediale Bewertungssystem. Die Mercants waren der lebende Beweis dafür, dass es auch anders ging. Insgesamt verfügte der Clan über beträchtliche geistige Kräfte, aber Yakov kannte zwei von Silvers Angehörigen, die weiter unten auf der Skala rangierten und trotzdem hohe Positionen innehatten, weil sie sich durch andere, nicht-mentale Talente hervortaten.

Und es würde wohl niemand behaupten, dass diese Familie keine ernst zu nehmende Größe gewesen wäre.

Trotzdem hatte er nicht allzu viel Mitgefühl für diese Theodora übrig. Sie war in derselben Schlangengrube aufgewachsen wie ihr Bruder und vermutlich genauso skrupellos wie er. »Erstaunlich, dass Pax sie mit diesem wichtigen Auftrag betraut hat, obwohl sie doch so weit unten in der Hackordnung steht.«

»Ja, das hat mich auch verblüfft. Anfangs dachte ich, es hätte mit ihrer beruflichen Ausbildung zu tun – anscheinend ist sie nicht nur examinierte Krankenschwester, sondern außerdem eine auf medizinisches Gerät spezialisierte Technikerin, die bis vor einiger Zeit für ein Unternehmen der Marshalls tätig war und dort telekinetisch winzige Bauteile zusammengefügt hat.«

»Ich höre da irgendwo ein Aber.«

»Ich habe mich bei verschiedenen Kontaktleuten umgehört und erhielt eine interessante Antwort von Ivan.«

»Apropos Ivan. Hättest du mich früher mal gefragt, wer meiner Meinung nach der unwahrscheinlichste Kandidat für eine Beziehung mit einer Gestaltwandlerin ist, hätte ich seinen Namen genannt.« Ivan Mercant war cool, weltgewandt und eindeutig der Ansicht, dass Bären aus einer Nervenheilanstalt entflohene Irre waren – eine weit verbreitete Fehleinschätzung.

»Ich habe den Eindruck, dass ihm das Leben im DarkRiver-Rudel zusagt.« Wieder zeigte sich der Anflug eines Lächelns auf Silvers Gesicht.

»Hmm.« Yakov rieb sich das Kinn. »Jetzt dämmert's mir. Ihr Mercants seid genauso raffiniert wie die Raubkatzen. Meinst du, er ist gewappnet für einen Besucher aus der Bärenspezies?«

Sein Grinsen bewirkte, dass sich Silvers Lächeln ein klein wenig vertiefte. »Lass Ivan in Ruhe, Yasha. Jedenfalls im Moment. Arwen hat bereits ein Auge auf ihn.«

»Gut. Eine Sorge weniger.« Es gab keinen besseren Aufpasser als einen Empathen. »Also, was weiß Ivan über diese Theodora?«

»Nachdem ich ihm erzählt hatte, dass sie nach Moskau kommt,

hat er sie gegenüber einem Leopardenwächter erwähnt. Stark und kompetent wie Ivan nun einmal ist, wurde er inoffiziell in die Wachmannschaft aufgenommen, während er gleichzeitig das Insel-Problem zu lösen versucht.«

»War nicht anders zu erwarten.« Ivan war zu dominant, um in der Hierarchie des Rudels keine Rolle zu spielen – das hätte nur für allgemeine Verwirrung gesorgt. »Also genießt er das Vertrauen von Lucas Hunter und hat Zugang zu nichtöffentlichen Informationen?«

Silver nickte. »Sein Kollege hat ihm mitgeteilt, dass die Leoparden in geschäftlicher Beziehung mit Pax stehen und in diesem Zusammenhang entdeckt haben, dass er und Theodora am selben Tag geboren sind.«

Yakov machte große Augen. »Zwillinge?« Er stieß einen leisen Pfiff aus, als gleichzeitig der Stubentiger davonsauste, um wieder seinen Alltagsgeschäften nachzugehen. »Das verleiht der Sache eine völlig neue Perspektive. Kein Wunder, dass Pax sie schickt.« Yakov würde für Pavel sein Leben geben und umgekehrt.

Das Band zwischen ihnen war so robust wie titanummantelter Granit.

Aber Silver schüttelte den Kopf. »Nach allem, was ich über die Marshalls weiß, wuchsen die beiden nicht zusammen auf. Bis vor Kurzem ahnte ich noch nicht einmal etwas von Theodoras Existenz. Meine Großmutter übrigens auch nicht. Es mögen Zwillinge sein, aber mach nicht den Fehler zu glauben, dass sie so sind wie Pasha und du.«

Yakov nickte zwar, aber obwohl er für gewöhnlich auf Silvers Ratschläge hörte und auf ihre Kenntnisse über die mediale Gattung vertraute, bezweifelte er dieses Mal, dass sie recht hatte. Pax Marshall hätte sonst wen beauftragen können, diese sensible verdeckte Mission durchzuführen.

Doch er hatte sich für seine Zwillingsschwester entschieden.

»Okay, ich übernehme den Job«, sagte er schließlich.

»Ich habe im Büro eine Kopie ihres Passfotos für dich.«

Erst als Yakov sich die Aufnahme wenig später ansah, stellte er fest, dass er insgeheim damit gerechnet hatte, darauf das Gesicht der Frau aus seinen Träumen zu sehen. Auch wenn er es seinem Bruder nicht eingestand, hatte ein kleiner Teil von ihm zu glauben begonnen, dass er nur deshalb unentwegt von ihr träumte, weil sie sich bald in der Realität begegnen würden.

Doch die einzige optische Ähnlichkeit zwischen ihr und Theodora Marshall waren die Haar- und die Augenfarbe. Die Frau in seinen Träumen war voller Energie, sie sprühte vor Leben. Theodoras Gesichtszüge hingegen waren vollkommen ausdruckslos, ihre blonden Haare streng nach hinten gebunden und ihre blauen Augen so trüb wie Spülwasser.

Um fair zu sein, war das Lichtbild in seinem Ausweis nur deswegen passabel, weil Pavel ihn Sekunden, bevor es geknipst wurde, zum Lachen gebracht hatte, mit der Folge, dass seine Augen leuchteten und seine Wangen eine gesunde Farbe zeigten. In der Regel sah jeder auf einem Passfoto blass und konturlos aus. Aber bei Theodora war es mehr als das – sie wirkte, als wäre überhaupt kein Leben in ihr, als hätte sie keinerlei Persönlichkeit.

Ein weiterer Android.

Mann, würde das ein Spaß werden!

Sein Bär stimmte ihm mit einem verdrossenen Brummen zu.

7

Brich das Band
Brich das Herz
Brich die Seele
Leere. Leere. Leere

»Schritte der Grausamkeit«, von Adina Mercant, Dichterin (1832–1901)

Zwanzig Jahre früher

Theo fühlte sich klein und schwach, als sie vor dem Schreibtisch ihres Großvaters stand, während er sie von der anderen Seite her mit seinen eisigen Augen musterte. Er war ein einflussreicher Mann. Ein Ratsherr. Sie wusste nicht, was Ratsherren eigentlich machten, sondern nur, dass sie die mächtigsten Leute auf der ganzen Welt waren.

»Colette sagt, dass du dich gut betragen hast«, richtete er nach einer Weile das Wort an sie.

Theo wurde ganz leicht und warm ums Herz. »Das stimmt, Großvater.«

Er griff nach einem Tablet und warf einen Blick darauf. »Und wie ich sehe, erledigst du deine Schularbeiten mit Sorgfalt.«

»Ja, Großvater.«

Er legte das Gerät wieder weg und verschränkte die Finger ineinander. »Bedauerlicherweise hast du deine Silentium-Tests wieder nicht bestanden.«

Erneut formte sich ein Kloß in ihrer Kehle, sie spürte ein Brennen in den Augen. »Ich werde mich noch mehr anstrengen, das verspreche ich dir. Beim nächsten Mal bestehe ich sie ganz bestimmt.«

Er machte ein Geräusch, das wie ein Grunzen klang. »Das genügt mir nicht. Pax hat seine Gefühle schon beinahe perfekt unter Kontrolle. Genau das ist der Grund, warum wir euch voneinander trennen mussten – du bist eine Bürde für ihn, eine Belastung.«

Theo schluckte, um nicht in Tränen auszubrechen. Pax würde sie niemals als Bürde betrachten. Er war ihr bester Freund, und das schon seit ihrer Geburt.

»Unter den gegebenen Umständen müssen wir für dich eine Aufgabe abseits des Lichts der Öffentlichkeit finden«, fuhr er fort. »Unsere Blutlinie bringt keine Nachkommen hervor, deren Skalenwert eine Zwei vor dem Komma aufweist.« Seine Augen waren wie die einer Kobra.

Theo kannte diese Schlangen nur von Bildern aus dem Biologieunterricht, trotzdem war sie sich sicher, dass ihre Augen in Wirklichkeit genauso aussahen wie die ihres Großvaters jetzt gerade.

»Umso erfreuter bin ich, dass du zumindest beim Hacken von Computern Talent zeigst.«

Ihr war, als würde ihr Gehirn von einem Hammer zermalmt. Sie starrte ihren Großvater einfach nur wortlos an.

Er war vollkommen in Silentium, daher wusste sie, dass sein Lächeln nicht echt war, er es nur vortäuschte. Der Anblick war so gruselig, dass ihr eine Gänsehaut über den Rücken jagte und ihr die Brust so eng wurde, dass sie kaum noch Luft bekam.

»Ja, ich bin darüber informiert. Eigentlich solltest du inzwischen begriffen haben, dass in dieser Familie nichts ohne mein Wissen geschieht.« Er lehnte sich auf seinem Stuhl zurück.

»Dachtest du ernsthaft, dass wir deinen Computer nicht mit einem Alarmsignal ausgestattet hätten? Schließlich mussten wir in Anbetracht deiner kümmerlichen Kräfte sichergehen, dass du uns nicht zum Gespött machst. Aber dein Know-how …«

Wieder setzte er dieses falsche Lächeln auf, das noch schlimmer war als die Kobraaugen. »Es ist erstaunlich groß für ein Kind deines Alters. Ich frage mich, ob diese Kompetenz ein Nebeneffekt deiner besonderen Fähigkeit ist.« Er tat die Überlegung mit einer Handbewegung ab. »Jedenfalls zeigst du vielversprechendes Potenzial auf besagtem Gebiet. Ich werde deinen Unterrichtsstoff um Lektionen im Programmieren und Hacken von Computern ergänzen.«

Sie stand verwirrt und wie betäubt vor dem Schreibtisch, konnte keinen klaren Gedanken fassen.

»Theodora.« Sein Tonfall war frostig.

Ihr Kopf fuhr hoch. »Ja, Sir?«

Die Kobraaugen hielten ihren Blick fest. »Pax existiert nicht mehr für dich, und du existierst nicht mehr für ihn. Er wird sich emporschwingen, während du so tief unter der Oberfläche verschwindest, als hätte es dich nie gegeben. Niemand wird je erfahren, dass du Teil der Familie Marshall bist. Vergiss deinen Bruder. Ich versichere dir, dass er dich längst vergessen hat.«

8

Der Clou ist Folgendes: Bevor ein Bär dich zu füttern versucht, wird er vermutlich alles daransetzen, dich zum Lachen zu bringen. Und zwar mit Erfolg. Weil im ganzen Gestaltwandleruniversum niemand mehr Sinn für Humor hat als Bären (sollte eine meiner Kolleginnen das anders sehen, kann sie sich gern mit mir anlegen).

Und sobald du ganz entkräftet und wehrlos bist vor lauter Lachen über seinen unnachahmlichen Witz und wie verhext von seinem hinreißenden Lächeln, wird dein Bär dir ein sündhaftes Dessert deiner Wahl anbieten.

Darum nimm dich in Acht! Diese unwiderstehlichen Männer sind eine Gefahr für deinen Status als wilde Junggesellin!

»Körperprivilegien, Stil & weibliches Fingerspitzengefühl« – aus der Märzausgabe 2080 des Wild-Woman-*Magazins*

Drei Tage, nachdem Pax ihr von dem geheimen Zentrum erzählt hatte, wurde Theo auf dem Flug nach Moskau telepathisch von ihrem Bruder angesprochen. *Könntest du bitte ins Medialnet gehen und dir mein Bewusstsein anschauen?*

Theo nahm an, dass er wegen seiner mentalen Stabilität besorgt war. *Wird sofort erledigt*, antwortete sie wenige Sekunden später. Sie schoss in die endlose Weite des geistigen Netzwerks, das mit unzähligen Sternen übersät war, den Repräsentanten der Medialen. Bis vor ein paar Jahren hatten sie Inseln in einem tiefschwarzen Meer geglichen, doch mittlerweile waren sie durch schillernde Regenbogenstränge und eine filigrane goldene Wabenstruktur miteinander und mit den Empathen verbunden, die Gefühle und Farbe in ihre Welt zurückgebracht hatten. Ungeachtet dessen blieb das Band zwischen Theo und Pax unsichtbar. Sie waren schon so lange gezwungen, es zu verbergen, dass der Schmerz eine lebenslange Narbe hinterlassen hatte.

Aber sie brauchte das Band nicht, um ihren Bruder zu finden. Er war direkt neben ihr, so wie schon immer. Genau aus diesem Grund hatte ihr Großvater Theos Geist den Großteil ihrer Kindheit über in Ketten gehalten. Damit sie sich nicht mental mit Pax verständigen konnte.

Mit großer Sorgfalt überprüfte sie jetzt seinen Bewusstseinsstern.

Er war kristallklar und strahlend hell.

Man sah auf den ersten Blick, dass er zu einem Medialen mit exorbitanten Kräften gehören musste.

Sie stellte keine Risse, keine Energieschwankungen fest.

Völlig stabil, teilte sie Pax mit. *Was ist denn los?*

In der letzten Stunde haben dreizehnmal Leute, die ich nicht kenne, telepathisch bei mir angeklopft. Ich wollte nur wissen, ob ich durch irgendetwas ihre Aufmerksamkeit erregt habe.

Theo scannte die Umgebung. Der Geist ihres Bruders war zwar sichtbar, doch die massiven Schilde, die ihn umgaben, wirkten in der Regel abschreckend genug, dass niemand unaufgefordert Kontakt zu ihm aufzunehmen versuchte. Trotzdem konnte jeder Mediale an einem anderen Bewusstsein »anklopfen«, wie Pax es ausgedrückt hatte. Es war eine Kommunikationsanfrage, keine Bedrohung.

Vielleicht waren es nur ein paar Jugendliche, die sich einen Jux erlaubt haben. Gerüchten zufolge kamen solche lästigen, aber harmlosen Streiche hin und wieder vor, seit ihr Volk sich von Silentium losgesagt hatte. *Aber halte mich auf dem Laufenden.*

Sollte es wirklich nervig werden, brauchst du ja nur einen Abstecher ins Netz zu machen, um sie auf frischer Tat zu ertappen. Kein Teenager würde Wert auf eine Konfrontation mit einem aufgebrachten Medialen der Stärke neun legen.

Es ist nur ein kleines Ärgernis, mehr nicht. Ich kann meine Schilde problemlos so einstellen, dass sie das Klopfen Unbekannter für eine Weile ignorieren, erwiderte Pax. *Mit ein bisschen Glück vergrault sie das. Ich gebe dir Bescheid, falls sich das Ganze zu einem echten Problem auswächst. Du kommst in etwa zwei Stunden an?*

Ja. Ich melde mich, sobald ich mir das Rehabilitationszentrum angesehen habe.

Nach der Landung beschloss sie, unverzüglich hinzufahren. Dem Stand der Sonne nach zu urteilen, würde es noch mindestens drei Stunden hell sein, sie war nicht müde, und sie wollte unbedingt herausfinden, womit sie es hier zu tun hatten.

Allerdings musste sie erst abklären, ob der Partner, mit dem sie zusammenarbeiten sollte, heute noch Zeit hatte. Offiziell war sie zwar berechtigt, die Einrichtung auf eigene Faust zu erkunden, aber Pax hatte ihr klargemacht, dass bei dieser Untersuchung Diplomatie und Transparenz unabdingbar waren.

»Unser Großvater hat sehr viel Schaden angerichtet«, hatte er ihr in Erinnerung gerufen. »Wir müssen eine blütenweiße Weste haben, wenn wir den Ruf unserer Familie aufpolieren wollen. Ich möchte nicht, dass der Name Marshall für immer einen schlechten Beigeschmack hat und man uns auf Generationen hinaus an den Sünden unseres Großvaters misst.«

Theo, die am eigenen Leib ausreichend Erfahrungen mit bestimmten Mitgliedern ihrer Sippe gesammelt hatte, glaubte nicht, dass Pax' Bemühungen von Erfolg gekrönt sein würden. »Unsere Familie ist durch und durch verdorben. Sogar du warst früher bereit, einige moralische Grenzen zu überschreiten.«

Bevor bei ihm das Skarabäus-Syndrom diagnostiziert worden war.

Bevor er auf eine im SnowDancer-Rudel lebende Empathin angewiesen gewesen war, um bei Verstand zu bleiben.

Bevor seine feste Entschlossenheit, Theo zu beschützen, zur treibenden Kraft in seinem Leben geworden war.

Pax war trotzdem weit anständiger und unbescholtener als sie – was nicht hieß, dass er nicht selbst ein paar Leichen im Keller gehabt hätte. Theo wollte, dass er sich dieser Tatsache stellte. Derart dunkle Geheimnisse mussten ans Tageslicht gebracht werden, andernfalls würden sie eine giftige Wirkung entfalten und die betreffende Person von innen her zerstören.

Niemand wusste das besser als Theo.

Ihre unverblümten Worte hatten keine mimische Reaktion bei Pax bewirkt. »Ich weiß. Doch das bedeutet nicht, dass wir uns nicht zum Positiven verändern könnten. Es wird Zeit brauchen, aber wir schaffen das.«

Seltsamerweise schien ihr Zwillingsbruder das wirklich zu glauben. Sie tat es nicht. Die Fäulnis in ihrer Familie hatte nicht erst mit ihrem Großvater eingesetzt. In ihren späten Teenagerjahren hatte Theo die Geschichte der Marshalls erforscht, in der Hoffnung, auf irgendeine heroische Person zu stoßen, die Gutes getan hatte, anstatt dem Bösen zu huldigen, die nicht grausam, sondern barmherzig gewesen war.

Aber ihr Geschlecht bestand aus Finsternis.

Theo war in den Annalen praktisch bis zum Anfang zurückgegangen und hatte nichts anderes gefunden als Machtgier und Sadismus. Die Marshalls hatten als Eroberer Aufstände brutal niedergeschlagen, als Ärzte im Namen des Fortschritts entsetzliche Experimente durchgeführt und als Firmenbosse in dem Bestreben, konkurrenzlos die Nummer eins zu sein, ganze Städte dem Erdboden gleichgemacht.

Die Marshalls waren der Inbegriff von Verderbtheit.

Am Ende ihrer Recherche hatte sie zitternd in ihrem Kämmerchen gesessen … als plötzlich etwas ihren Geist streifte. Es war keine instinktive Berührung über das unzerstörbare Zwillingsband, sondern Pax' bewusster Versuch, telepathischen Kontakt herzustellen. Sie hatte ihn abgeblockt. Nicht, weil sie ihrem Bruder nicht vertraut hätte – das war zwischen ihnen nie ein Thema gewesen –, aber sie hatte inzwischen erkannt, dass sie nur ein weiteres Rädchen in der Maschinerie des Bösen war.

Eine weitere hässliche Fratze der Marshalls.

Pax war überzeugt, dass sie sich zum Positiven verändern konnten. Und … er hatte den Tod vor Augen. Es gab kein Heilmittel gegen das Skarabäus-Syndrom. Er wollte die Familie in ein anderes Licht rücken, und vielleicht war dies das letzte Mal, dass er ihre Hilfe erbat.

Theo spürte einen scharfen, schmerzhaften Stich in der Brust. Sie hatte schon vor langer Zeit den Versuch unternommen, nichts mehr an sich heranzulassen, und es war ihr bei allen gelungen, mit Ausnahme ihres Bruders. Er war mit Abstand der Bessere von ihnen beiden. Keine seiner Grenzüberschreitungen konnte auch nur annähernd mit ihren Verbrechen mithalten.

Sie verdrängte den Gedanken an seinen Verlust, der gleichzeitig ihr eigenes Lebensende bedeuten würde – ohne Pax hätte ihre dunkle Seele keinerlei Existenzberechtigung mehr –, und stieg aus dem Flugzeug, bevor sie ihr Handy herauszog. Auf dem Weg aus dem Ankunftsbereich blieb sie kurz stehen, um Yakov Stepyrev eine SMS zu schicken, als er zufällig im selben Moment anrief.

»Theodora Marshall«, meldete sie sich.

»Schätze, Sie wollen sich die Einrichtung ansehen«, antwortete eine tiefe, warm klingende Stimme in nicht ganz akzentfreiem

Englisch. »Ich fahre Sie hin. Halten Sie nach der Sicherheitskontrolle Ausschau nach einem großen Burschen im braunen Pelz.«

Theo nahm blinzelnd das Handy vom Ohr und starrte darauf. »Dummerweise ist auf Ihrem Passfoto nur Ihr menschliches Gesicht abgebildet.«

Kurzes Schweigen. Dann: »In dem Fall halten Sie eben nach meiner hässlichen Visage Ausschau.« In seiner Stimme klang ein Unterton mit, den sie nicht recht deuten konnte.

Theo schüttelte den Kopf über den schrägen Wortwechsel und steckte das Telefon wieder ein. Sie hatte sich während des Fluges – hauptsächlich mithilfe des digitalen Archivs eines gewissen *Wild-Woman*-Magazins – ein rudimentäres Grundwissen über Gestaltwandlerbären angeeignet. Diese waren bekannt für ihr ausgeprägtes Revierverhalten, gleichzeitig galten sie als die gutmütigsten Gestaltwandler überhaupt – solange sie sich oder die ihren nicht bedroht sahen.

Ihr Sinn für Humor war häufig Thema in den diversen Kolumnen gewesen, trotzdem hatte Theo nicht damit gerechnet, gleich nach ihrer Landung in Moskau damit konfrontiert zu werden. In einem Artikel von »Tante Rita« hatte gestanden, dass die Bären es urkomisch fanden, so zu tun, als wären sie »schwerfällige, unterbelichtete Trampel«, obwohl sie in Wahrheit hochintelligent waren.

»Nur ein Idiot würde diese Spezies unterschätzen«, waren Tante Ritas abschließende Worte zu dem Thema gewesen.

Theo hatte sich das auch so schon gedacht. Keine Gestaltwandlergemeinschaft, die nicht ebenso klug wie gefährlich war, könnte so lange in derselben Region wie Kaleb Krychek überleben, geschweige denn ihr Territorium verteidigen.

Der Kolumnistin zufolge schätzten Bären außerdem Rückgrat, und sie waren nicht leicht in ihrer Ehre zu kränken – es sei denn, jemand beleidigte einen ihrer Schutzbefohlenen. Theo war fasziniert, sie konnte sich solch ausgeglichene, freundliche Wesen kaum vorstellen.

Die Medialen hatten sich, in der Hoffnung auf einen friedfertigen Geisteszustand, der gefühllosen Herrschaft von Silentium unterworfen und nichts weiter dafür bekommen als eine eisige Kontrolle, die sie psychisch zermürbte, bis sie anfingen durchzudrehen.

Die Mordrate war nicht gesunken, die Täter hatten ihre Verbrechen nur geschickter verschleiert. Theo wusste das, weil ihr Großvater sich nie die Mühe gemacht hatte, Informationen vor ihr zu verbergen. Er war davon ausgegangen, dass sie allein aus Angst vor ihm den Mund halten würde. Theo hatte ihn in dem Glauben gelassen. Besser, er wusste nicht, dass sie nur Pax zuliebe schwieg.

Marshall Hyde hatte nie erkannt, wie unverbrüchlich loyal Theo und Pax zueinander standen, daher war ihm auch gar nicht die Idee gekommen, dass er einen von ihnen benutzen könnte, um den anderen zu manipulieren. Zumindest das war ihnen erspart geblieben.

Und heute würde sie mit einem Mann zu tun haben, der in keiner Weise mit ihrem Großvater vergleichbar war.

Sie hatte das strenge Regiment eines Ratsherrn überlebt. Wie schwer konnte es da sein, mit einem Bären fertig zu werden?

Ausgerüstet mit ihren Rechercheergebnissen, fuhr sie, jeden ihrer Sinne in Alarmbereitschaft, ihre Schilde hoch und trat durch eine automatische Tür. Theo bildete das Schlusslicht einer Gruppe von Passagieren, die ein Linienflieger ausgespuckt hatte, und war sich sicher, dass sie Yakov Stepyrev eher erkennen würde als er sie. Sie war keine Frau, die aus der Menge herausstach. Ihr Großvater hatte sie aus eigennützigen Motiven gelehrt, niemals aufzufallen, und sie hatte dieses Prinzip als Erwachsene beibehalten, weil es ihr sehr zupass kam.

Trotzdem spürte sie auf einmal ein Prickeln im Nacken, das ihr sagte, dass sie beobachtet wurde. Sie hob den Kopf … und begegnete dem Blick eines Mannes mit betörend meergrünen Augen.

Er lehnte etwa zehn Meter von ihr entfernt mit verschränkten Armen an der Wand und stemmte einen seiner Stiefel dagegen. Verwaschene Bluejeans. Schwarzes T-Shirt. Seine Bizepse waren definiert, aber nicht die übertrieben prallen Gebilde, die man auf einer Hantelbank erwarb. Es waren die Muskeln eines Gestaltwandlers, der an körperliche Betätigung gewöhnt war. Sein dichtes, seidiges Haar glänzte wie poliertes Mahagoni, und der dunkle Honigton seiner Haut harmonierte auf eine Weise mit seinem attraktiven Gesicht, dass mehrere Frauen, die an ihm vorbeigingen, es sich nicht verkneifen konnten, ihm zuzulächeln.

Aber momentan war Yakov Stepyrev, Mitglied des StoneWater-Clans und Theos Partner für die Dauer dieses Auftrags, auf Theo und sonst nichts fokussiert.

Theodora Marshalls Anblick traf Yakov wie ein heftiger Schlag in die Magengrube und presste ihm die Luft aus der Lunge.

Die Frau aus seinen Träumen starrte ihn unverwandt an. Das leuchtende Blau ihrer Augen ließ ihn an einen elektrostatisch aufgeladenen Himmel denken, und obwohl ihre Miene unergründlich war, spürte er die gewaltige Macht, die in ihr schlummerte. Hinter ihrer unbewegten Fassade tobte ein Orkan der Gefühle.

Um Atem ringend, beschwor er sein wild klopfendes Herz, sich zu beruhigen.

Dieses verdammte, irreführende Passfoto. Bestimmt wurde es von einer Katze aufgenommen.

Wie war es möglich, dass irgendjemand ein derart eindimensionales Bild von einem Geschöpf machen konnte, das geradezu vor Energie pulsierte? Sicher, Theodora Marshall hielt sie, ganz ähnlich wie Silver, fest unter Verschluss … trotzdem konnte man die beiden Frauen nicht miteinander vergleichen.

Weil Valentins Gefährtin nie den Eindruck erweckt hatte, als bahnte sich in ihrem Innern eine Explosion an, als wäre ihre äußere Gelassenheit nichts als eine dünne Schicht. Silver ruhte vollkommen in sich, war unerschütterlich – eine Eigenschaft, die ihr nicht nur als Leiterin des Krisennetzes zugutekam, sondern auch als hochrangigem Mitglied eines Bärenclans, der gern mal über die Stränge schlug.

Theodora Marshall hingegen … war ein wandelndes Pulverfass.

Ein Streichholz würde genügen … und *Bumm!*

Sein Bär richtete sich auf, machte sich bereit für den Knall und alles, was damit einhergehen würde.

Weil Theodora die Frau war, die ihm seit seinem sechzehnten Lebensjahr in seinen Träumen erschien.

Yakov hoffte, dass sie ihm die Show abkaufte, als er sich betont lässig und entspannt von der Wand abstieß und zu Theodora schlenderte. »Ich bin Yakov Stepyrev.«

»Theodora Marshall.« Es klang leicht heiser, und sie reichte ihm nicht die Hand.

Das hatte er auch nicht erwartet. Mediale, die in Silentium aufgewachsen waren, scheuten Berührungen. Und was ihre rauchige Stimme betraf, so hatte sie dieselbe Wirkung auf ihn wie schon bei ihrem Telefonat: Sie bescherte ihm eine Erektion.

Das zeugt nicht gerade von deiner Reife, Yakov, lamentierte der prüde Teil seines Ichs, bevor sein Bär ihn mit einem Tatzenhieb zum Verstummen brachte. Weil das Tier in ihm ganz begeistert war von Theodora Marshall, ihrer aufgestauten Energie und ihrer unerwartet schlagfertigen Antwort auf seine Aufforderung, sie solle nach einem Burschen im braunen Pelz Ausschau halten.

Die Frau hatte Krallen.

Sein Bär war fasziniert, er wollte sie streicheln, bis sie für ihn explodierte.

Yakov atmete tief durch, um seine wilde Seite zu zügeln, und unterzog Theodora einer genaueren Musterung. Trotz ihrer zarten Gesichtszüge und der Tatsache, dass sie bei Weitem nicht an seine ein Meter fünfundsiebzig heranreichte – er war durchschnittlich groß für einen Gestaltwandler –, wirkte sie keinesfalls unscheinbar. Sie besaß das, was seine Babuschka Graciele – seine Großmutter väterlicherseits – Präsenz nannte.

Dabei sah sie auf den ersten Blick eher schlicht aus in ihrem knöchellangen schwarzen Wickelrock, den farblich passenden flachen Schuhen und dem langärmeligen weißen Shirt. Sie trug weder Ohrringe noch sonst irgendwelchen erkennbaren Körperschmuck, von dem metallenen Kommunikationsgerät an ihrem Handgelenk einmal abgesehen. Ihre Nägel waren sauber und nicht lackiert, die Haare am Hinterkopf zu einem strengen Knoten gesteckt. Ihre Handtasche war einfach nur ein großer schwarzer Quader ohne jede Individualität.

Alles an ihr besagte: *Finger weg.*

Sein Bär war ganz versessen auf Berührungen, aber Körperprivilegien waren eine ernste Angelegenheit. Sie mussten zugestanden werden, man durfte sie nicht einfach geltend machen. Darum würde Yakov sich zu nichts hinreißen lassen, außer, Theodora nach allen Regeln der Kunst mit seinem Charme einzuwickeln.

Eine Sekunde mal.

In seinem Kopf schrillte ein Warnsignal, um ihn daran zu erinnern, dass sie einer Familie entstammte, die sich durch Zwangslobotomien bereichert hatte.

Theodora war damals größtenteils noch ein Kind, wandte eine innere Stimme ein, doch die Mahnung an ihren Hintergrund hatte ihn auf den Boden der Tatsachen zurückgeholt. Er bildete sich ein, sie zu kennen, doch dieses Gefühl der Vertrautheit resultierte einzig und allein aus fragmentarischen Traumsequenzen, es war ein Produkt seiner Fantasie.

Yakov wusste so gut wie nichts über die echte Theodora Marshall.

Trotzdem würde er ihr nicht von der Seite weichen. Denn wenn sie real war, dann galt das auch für diese schreckliche Vision, in der Blut aus ihrer Kehle sprudelte. Sein Bär schritt ruhelos auf und ab, lauerte auf eine Gefahr, die weder Mensch noch Tier sehen konnten.

Yakov gelobte sich, dass dieser Frau, die ihm fremd war und zugleich auch wieder nicht, unter seiner Aufsicht nichts zustoßen würde.

Er begleitete sie in den Bereich, wo sie ihr Gepäck in Empfang nehmen konnte, nachdem sie mittels ihres Ausweises nachgewiesen hätte, dass es tatsächlich auf ihren Namen registriert war – der Flughafen machte da auch bei Passagieren, die im Privatjet angereist kamen, keine Ausnahme. Anschließend würde man sie entweder passieren lassen oder in einen separaten Raum führen und nach dem Inhalt ihrer Gepäckstücke befragen.

Russland zählte zu den Ländern mit den strengsten Einreisebestimmungen auf der Welt, ein Umstand, der auf ein Abkommen zwischen Kaleb Krychek, den StoneWater-Bären und den BlackEdge-Wölfen – die allesamt in und um Moskau ansässig waren – zurückging.

»Ich hole ihn«, verkündete Yakov, als Theodoras Koffer auf dem Gepäckband auftauchte.

Er realisierte erst, was ihm da herausgerutscht war, als sie mit ihrem Ausweis in der Hand fragte: »Woran erkennen Sie, dass es meiner ist?«

»Am Geruch«, erklärte er, obwohl er lieber nicht an ihren verführerischen Duft nach heißblütiger Frau und … ja, er nahm definitiv auch eine Spur von Vanille wahr, denken wollte. Er müsste sich nur näher zu ihr vorbeugen, um ganz sicher zu sein.

Er ermahnte seinen Bären, sich zu benehmen, als dieser ganz aus dem Häuschen geriet bei dem Gedanken, an Theodoras zarter Halsbeuge zu schnuppern. »Der ganze Koffer riecht nach Ihnen.«

Sie starrte ihn wortlos an, als rechnete sie damit, dass er jeden Moment die Krallen ausfahren und brüllend durch den Flughafen toben würde. »Natürlich«, sagte sie schließlich und hielt ihren Pass vor den Scanner, damit der Koffer freigegeben wurde. »Das verstehe ich. Wir können uns übrigens gern duzen. Ich bin Theo. Mein voller Name ist ein ziemlicher Zungenbrecher.«

»Sind da Ziegelsteine drin?«, ächzte er, als er das Gepäckstück vom Band herunterhob – trotzdem würde ihm im Traum nicht einfallen, die Hover-Funktion zu aktivieren.

Und was Theodoras Verdacht betraf, war er gar nicht so weit hergeholt. Der eine oder andere Bär hatte durchaus schon einmal in Moskau Randale gemacht. Vielleicht sogar Yakov selbst. Selbstverständlich war er da noch viel jünger gewesen. Aber nicht einmal als ungestümer Jugendlicher wäre er so dumm gewesen, sich dafür ausgerechnet einen Flughafen oder anderen neuralgischen Punkt auszusuchen. Da, wo es um Sicherheitsbelange ging, verstand das Bündnis, das die Geschicke dieser Stadt lenkte, keinen Spaß. Sein Alphatier würde ihm gemeinsam mit dem der Wölfe das Fell über die Ohren ziehen.

Theo Marshall. Tatsächlich passte Theo besser zu diesem Pulverfass von einer Frau als der altmodische Name Theodora – obwohl Yakov ihn eigentlich ganz hübsch fand. Trotzdem war dieses schlanke Geschöpf mit dem gefassten Auftreten und den kühlen blauen Augen, in denen der Widerschein eines dunklen Infernos flackerte, viel eher eine Theo.

Und sie war keineswegs so unauffällig, wie sie es, ihrer biederen Kleidung und braven Frisur nach zu urteilen, gern gewesen wäre. Die Leute richteten die Augen auf sie, wenngleich sie dabei nicht recht zu wissen schienen, warum eigentlich.

Yakov hätte es ihnen sagen können. Weil Theo eine hypnotische Faszination ausübte.

Sie hat Charisma, dachte er trotz leichten inneren Argwohns. Auch vielen Schurken konnte man ein gewisses Charisma nicht absprechen. Andererseits kannte er jede Menge gute, fähige, intelligente Individuen – wie beispielsweise seinen Anführer –, auf die das ebenfalls zutraf.

Yakov würde alles analysieren, was seine Sinne ihm mitteilten, um herauszufinden, ob Theo Marshall freundliche Absichten verfolgte oder ob sie eine Feindin war, die versuchte, seine Abwehr zu unterlaufen.

Oder sie könnte deine Geliebte sein, schlug sein Bär vor. *Versuch, sie ins Bett zu kriegen, und komm ihr dort auf die Schliche.*

Mit einem leisen Seufzen drängte er den animalischen Teil seiner Seele zurück. Hätte er noch Zweifel gehabt, dann wüsste er spätestens jetzt, dass er ihm in diesem Fall nicht über den Weg trauen konnte.

9

Liebe Hien (meine kleine Lieblingsschwester),
Gratulation! Wir sind ja so stolz auf dich. Hoffentlich hast du dich über unsere Blumen gefreut. Wir haben die Floristin gebeten, darauf zu achten, dass der Strauß deine Lieblingstulpen enthält. Und natürlich besuchen wir dich in Paris. Marian fragt gerade bei ihrem Alphatier wegen Urlaubstagen an, und ich werde einfach so schnell vor meinen Pflichten weglaufen, dass mir niemand hinterherkommt.
Wir können es nicht erwarten, dich persönlich zu beglückwünschen.
Du magst glauben, dass ich dir geholfen habe, doch in Wahrheit habe ich dich nur hin und wieder an die Hand genommen. Du hast die ganze harte Arbeit geleistet, darum ist es allein dein Erfolg.
Was die neuen Vorgaben des Silentium-Programms betrifft, habe ich versucht, die Sache rational zu betrachten, und festgestellt, dass mir das unmöglich ist. Die Regeln waren sinnvoll, solange es darum ging, zornige Gedanken aus unserem Bewusstsein zu tilgen, um Seelenfrieden zu erlangen – aber jede Art von Gefühl aus dem Leben der Medialen verbannen?
Was würde dann aus Familien wie unserer werden, in denen nicht jedes Mitglied Teil des Medialnet ist? Würden unsere Eltern und du euch von Marian und mir lossagen müssen? Wäre mir ein Wiedersehen mit euch überhaupt noch erlaubt?

Niemand gibt Antworten auf diese Fragen … Und ja, ich sehe den Schmerz unseres Volkes, die vielen Toten, die mentale Instabilität. Ich akzeptiere, dass dagegen etwas unternommen werden muss, aber Silentium kann nicht die Lösung sein. Bestimmt werden wir eine angeregte Debatte darüber führen, wenn wir uns in Paris treffen. Aber am allermeisten freue ich mich darauf, mindestens hundertmal von dir umarmt zu werden. Nicht zu fassen, dass meine kleine Schwester jetzt erwachsen ist und mir auf edlem Briefpapier schreibt.
Mit den besten Wünschen
dein Lieblingsbruder D.

Brief von Déwei Nguyen an Hien Nguyen (28. Februar 1972)

Trotz der Geräumigkeit des großen, für das Bärenterritorium sicherlich zweckmäßigen Geländewagens, mit dem Yakov sie abgeholt hatte, war Theo die Brust eng geworden. Es war, als hätte Yakov den ganzen Sauerstoff in sich aufgesaugt und durch eine wilde Energie ersetzt, die wie ein weiches Fell über ihre Haut strich.

Sie war sich ihrer Umgebung stets mit allen Sinnen bewusst – ein Überlebensinstinkt, den sie schon lange vor ihrem Exil geschult hatte –, doch diese Wahrnehmung ging so weit darüber hinaus, dass sie zu einer Schwäche werden konnte.

Sie musste lernen, die Wirkung zu ignorieren, die Yakovs Gegenwart auf sie ausübte.

Das Gute war, dass er sich dessen nicht bewusst zu sein schien. Bisher hatte er auf sie einen völlig entspannten Eindruck gemacht, und als er jetzt den Wagen anhielt, um mit den Sicherheitsleuten zu sprechen, die den Verkehr am Flughafen überwachten, verzog sich sein Gesicht zu einem Grinsen.

Dabei zeigte sich erneut dieses Grübchen auf seiner Wange,

das ihr zuvor schon aufgefallen war. Und wieder verspürte sie das verrückte Bedürfnis, es zu berühren. *Mach dir keine Gedanken*, sagte sie sich. Bestimmt war es nur eine instinktive Reaktion darauf, dass sie sich in unmittelbarer Nähe eines starken Gestaltwandlers befand. Yakov war … wie eine Naturgewalt.

Sie riss den Blick von dem Grübchen los, das sein Gesicht nur noch anziehender erscheinen ließ, und konzentrierte sich auf Yakovs Unterhaltung. Wegen der Geschäftsinteressen der Marshalls in dieser Region beherrschte sie Russisch fast fließend. Sogar nachdem man sie aus der Familie ausgestoßen hatte, gehörte das Erlernen dieser Sprache zu ihrem schulischen Pflichtprogramm. Eine weitere kleine Machtdemonstration ihres Großvaters.

»Du bist ein Arsch«, sagte eine weibliche Wache gerade als Erwiderung auf eine Bemerkung Yakovs, die Theo entgangen war, weil sein Grübchen und alles andere sie so sehr in Bann gezogen hatten. Aber in der Stimme der Frau schwang ein Lachen mit, und ihre hellbraunen Augen … waren nicht ganz menschlich.

Eine Bärin? Eine Wölfin?

In diesem Moment bemerkte sie Theo und nickte ihr höflich zu, bevor sie mit gesenkter Stimme etwas zu Yakov sagte, das Theo nicht verstehen konnte. Er gab eine kurze Antwort, dann verabschiedete er sich mit einem Winken und fuhr weiter.

»Entschuldige«, murmelte er. »Es war nicht Silkies Absicht, dich zu brüskieren. Sie wollte mich nur kurz über den aktuellen Stand einer persönlichen Angelegenheit informieren.«

Theo musste ihren ganzen mühsam antrainierten Gleichmut aufbieten, um keine emotionale Reaktion zu zeigen. Niemand hatte sich je Gedanken darüber gemacht, ob sie sich gekränkt oder verletzt fühlen könnte. Die, die wussten, welche Stellung sie bei ihrem Bruder einnahm, taten zwar so, als ob, aber es war nur zu offensichtlich, dass sie es sich lediglich mit Pax nicht verscherzen wollten. Dem mächtigen Zwilling, der ihr Schicksal in seinen Händen hielt.

Manchmal malte sie sich aus, diesen Leuten zu zeigen, wozu sie in Wahrheit fähig war … doch diese kleinlichen Rachefantasien hielten nie lange an. Sie würde Pax von weit größerem Nutzen sein, wenn niemand – noch nicht einmal er selbst – ahnte, dass Theo eine tödlich gefährliche Waffe war.

»Es hat mir nichts ausgemacht«, entgegnete sie wahrheitsgemäß. Sie war davon ausgegangen, dass die Beamtin Yakov nach der Medialen auf seinem Beifahrersitz befragt hatte. »Weiß dein Clan, dass du mit mir zusammenarbeitest?« Der Umgang mit ihm fiel ihr wesentlich leichter, wenn sie sich auf Themen, die mit ihrem Auftrag zusammenhingen, beschränkte.

»Die Führungsriege ja.« Er steuerte den Wagen aus dem Flughafenareal und scherte in den fließenden Verkehr ein. »Aber es wird sich bestimmt bald in der ganzen Höhle herumsprechen. Diese verdammten überneugierigen Bären.«

Theo wusste nicht, wie sie den letzten Satz auffassen sollte, dabei hatte sie, weil sie nie ganz in Silentium gewesen war, ein viel besseres Gespür für emotionale Untertöne als die meisten Medialen. Sie war sich fast sicher, Zuneigung in den vermeintlich schroffen Worten wahrgenommen zu haben, aber Yakovs Miene verriet nichts darüber.

»Meine Nachforschungen haben ergeben, dass ihr von Natur aus gesellig seid.«

»Geselligkeit ist eine Sache«, brummte er. »Seine Nase überall hineinzustecken eine völlig andere. Da geht man seinen Geschäften nach, und schon hat man zehn Babuschkas an der Backe, die einem wegen eines kleinen öffentlichen Aufruhrs, bei dem niemand zu Schaden kam, die Hölle heißmachen.«

Jetzt war sie überzeugt, dass er sich auf ihre Kosten amüsierte, indem er das Vorurteil der Medialen, demzufolge Gestaltwandlern Gewalttätigkeit in die Wiege gelegt wurde, absichtlich hochspielte. Wäre es nicht so tragisch gewesen, hätte sie gelacht über die Ironie, dass ausgerechnet ihre mörderische Gattung sich anmaßte, über andere zu urteilen.

Es dauerte mehrere Sekunden, bis sie merkte, dass sie Yakovs Profil beäugte.

Und darauf wartete, dass das Grübchen abermals auftauchte.

Warme Röte kroch ihr den Hals hinauf. Sie riss ihren Blick los und richtete ihn auf ihre Handtasche, die auf ihrem Schoß lag. »Ich muss vor unserer Ankunft noch ein paar Details zu dem Zentrum durchgehen.« Sie hörte selbst, wie dünn ihre Stimme klang.

Gibt sich ein Bär verspielt, dann mag er dich entweder, oder er nimmt dich auf die Schippe.

Trotz allem hatte Theo Tante Ritas scharfsinnige Warnung vergessen und war in die klammheimlich platzierte Falle eines Bären getappt. Sie konnte sich des deutlichen Gefühls nicht erwehren, viel mehr zu enthüllen, als sie im Gegenzug erfahren würde, wenn sie diese Unterhaltung fortsetzte.

Um sich ihren inneren Tumult nicht anmerken zu lassen, tat sie so, als hätte sie sich nicht sämtliche Informationen bereits ins Gedächtnis eingeprägt, und holte ihren Organizer heraus, wobei sie versuchte, nicht mit jedem Atemzug die Hitzewellen in sich einzusaugen, die von Yakov abstrahlten. Ihr war nicht bewusst gewesen, dass Wärme einen Geruch hatte, bis sie jetzt mit einem von einer wilden, pulsierenden Energie erfüllten Gestaltwandler in einem Auto saß. Die Härchen auf ihren Armen stellten sich auf, ihre Haut spannte überall.

»Tu das.« Seine ruhige, dunkle Stimme war wie eine sensorische Liebkosung. »Soll ich das Radio ausschalten?«

Dankbar lenkte sie ihre Aufmerksamkeit auf seine Frage. »Das brauchst du nicht. Es ist so leise eingestellt, dass ich es kaum höre.«

Er tippte sich ans Ohr, eine wortlose Erinnerung daran, dass sein Gehör um einiges feiner war. »Sag einfach Bescheid, wenn ich es lauter drehen soll. Dank der Tonwertkorrekturfunktion, über die die meisten akustischen Geräte verfügen, kommen wir Gestaltwandler auch mit höheren Schallpegeln zurecht.«

Obwohl Yakov danach nichts mehr sagte, bewirkte seine bloße Anwesenheit, dass sie ein elektrostatisches Summen auf der Haut verspürte, als würde sich ein Wirbelsturm zusammenbrauen. Sie blätterte durch die Seiten ihres Organizers, ohne den Text oder die Fotos wirklich zu sehen.

Ihr Herz schlug wie eine Trommel, ihre ganze Wahrnehmung war nur noch auf ihn gerichtet, bis vor lauter Anspannung ihr Bein zu zittern anfing.

Sie verstand nicht, warum sie so heftig auf ihn reagierte, vor allem jetzt, da er noch nicht einmal versuchte, sie in ein Gespräch zu verwickeln. Schließlich war es nicht so, als hätte sie noch nie mit Gestaltwandlern zu tun gehabt. Theo begleitete Pax fast immer zu seinen Sitzungen mit der E-Medialen Memory Aven-Rose, die ebenfalls nie allein erschien. In der Regel hatte sie ihren Gefährten dabei, hin und wieder auch einen anderen dominanten Wolf.

Einmal hatte sie eine schlanke Frau mit langen, schwarzen, zu Zöpfen geflochtenen Haaren mitgebracht. Ihr Name war Desiree, und obwohl niemand es ansprach, tippte Theo darauf, dass sie eine Leopardin war. Nicht nur, weil ihre anmutigen Bewegungen darauf verwiesen, sondern auch wegen des Bündnisses, das das SnowDancer-Rudel mit den benachbarten Raubkatzen geschlossen hatte. Desiree mochte keine Wölfin sein, trotzdem war ihre Dominanz fast körperlich zu spüren gewesen. Eine stille Warnung, dass Memory unter ihrem Schutz stand.

Die Wölfe waren Pax nicht wohlgesonnen, sie tolerierten ihn im Grunde nur, weil Memory bereit war, mit ihm zusammenzuarbeiten. Theo hingegen begegneten sie freundlich und aufgeschlossen; sie hatte sich sogar schon einige Male mit den Wächtern, die Memory begleiteten, unterhalten.

Und das ohne jede Nervosität, trotz des Wissens, dass diese Wölfe sofort angreifen würden, wenn Pax sich in der Nähe der Empathin auch nur eine falsche Bewegung erlaubte. Yakov dagegen war der lockerste Gestaltwandler, dem sie je begegnet war. Er wirkte völlig gelassen, wie er, einen Ellbogen im Fenster aufgestützt, eine Hand am Lenkrad, den Wagen steuerte, während ihm der Wind das Haar zerzauste, das im Licht der Nachmittagssonne an manchen Stellen rötlich schimmerte.

Seine Haltung und seine Gesichtszüge waren entspannt, und es zeigte sich, selbst wenn er nicht lächelte, eine Andeutung des Grübchens, das sie so bezauberte, auf einer Wange.

Eigentlich hätte Theo sich wohlfühlen müssen. Stattdessen wurde der Knoten in ihrem Magen immer größer, und ihre Muskeln waren so angespannt, dass sie zu verkrampfen drohten. Sie stand kurz vor einer Überlastung, wie sie sie sonst nur von ihren Aussetzern kannte – aber sie spürte kein Aufwallen blindwütigen Zorns, war klar im Kopf, die Faszination, die der Mann auf sie ausübte, mal beiseitegelassen.

Kräftig schluckend heftete sie den Blick auf den Monitor des Organizers und griff auf ihre älteste und am meisten benutzte Methode zurück, sich zu konzentrieren. Als Siebenjährige hatte sie vor lauter Kummer darüber, von ihrem Bruder getrennt worden zu sein, angefangen, seinen Namen in ihrem Bewusstsein mithilfe von mentalen Lichtpunkten zu formen.

PAX gebildet aus winzigen imaginären Sternen.

Ein Trick, um ihre kindliche Sehnsucht zu stillen. Und weil er funktioniert hatte, als sie ihn am dringendsten brauchte, war daraus ein Automatismus geworden, sodass sie auch heute noch immer nur das Wort Pax schrieb.

Yakovs wilder, berauschender Geruch füllte ihre Lunge, als sie tief einatmete und dann den ersten Punkt auf den schwarzen Hintergrund vor ihrem geistigen Auge setzte.

Ein zweiter. Ein dritter. Punkt für Punkt.

Zu spät stellte sie fest, dass sie gar nicht Pax' Namen schrieb. Sie zeichnete einen Bären!

10

Nach Ansicht des aus dem Menschenvolk stammenden Landschaftsarchitekten Danil Yaslav sind diese Topiaris das Werk eines meisterlichen Gartenbauexperten und seiner Auszubildenden. »Brillant, einfach brillant«, kommentierte er. »Und eine wundervolle Hommage an die in unserer Stadt lebenden Bären.«

Auszug aus dem am 18. Juni 2068 in der Moskva Gazeta *erschienenen Artikel »Eine bärige Riesenüberraschung«*

Seine Mitfahrerin beugte mucksmäuschenstill den Kopf über ihre Unterlagen.

Yakov mochte der Inbegriff von Extrovertiertheit sein, doch hieß das nicht, dass er nicht auch mal schweigen konnte. Er war die Informationen zu dem Rehabilitationszentrum, die Silver an ihn weitergeleitet hatte, bereits durchgegangen. Hatte Theo etwa noch mehr?

Er würde sie später danach fragen.

Für den Moment musste er sich auf die Straße und die Aufgabe, die vor ihm lag, konzentrieren … nur war sein Bär weiterhin nicht in Stimmung, ihn dabei zu unterstützen. Der Dickschädel, der seine andere Hälfte ausmachte, hatte entschieden, dass Theo Marshall, ganz unabhängig von den Träumen, einfach unwiderstehlich war.

Yakov grummelte in sich hinein.

Wenn irgendetwas eine Anziehungskraft auf ihn ausübte, ließ der Ärger nie lange auf sich warten. Paradebeispiel: seine jugendliche Faszination von der Solarstromanlage der Höhle. Jawohl, er hatte das gesamte System lahmgelegt. Und zu allem Übel auch noch seinen Zwillingsbruder in die Sache reingezogen. Natürlich hatte Pavel unerschütterlich zu ihm gehalten, trotzdem wusste Yakov, dass er sich nicht mit Ruhm bekleckert hatte.

Sein Bär streckte sich in ihm, wie er das so oft tat, bevor er ihn dann mit einem Stups aufforderte, unauffällig an Theo zu schnuppern. Denn entgegen der landläufigen Meinung verfügten nicht die Wölfe über den besten Geruchssinn von allen. Nein, diese Ehre gebührte den Elefanten, die sich eine ganze Menge darauf einbildeten. Aber auch Bären hatten eine feine Spürnase – um genau zu sein, war sie siebenmal so gut wie die von Bluthunden.

Daher wusste er, dass Theo Marshall kein Parfum, dafür aber zum Duschen eine Art Kernseife benutzte, deren unterschwellige Vanillenote so zart war, dass Theo selbst sie vermutlich noch nicht einmal registrierte. Aber der Duft, den sie auf ihrer warmen Haut entfaltete, war dermaßen verlockend, dass Yakovs Bär genüsslich einen tiefen Atemzug nahm.

Ihr Shampoo roch ganz ähnlich, es musste dieselbe Marke sein.

Schnuppere an ihr!

Yakov ließ sich nicht dazu verleiten, stattdessen lenkte er sich mit einem Spiel aus seiner Kindheit ab, bei dem es darum ging, anhand der vielfältigen Gerüche, die einer Person – wie jedem Geschöpf auf der Welt – anhafteten, so viel wie möglich über sie herauszufinden. Das Spiel war sehr beliebt bei kleinen Bären und wurde von ihren Eltern gefördert.

Er hatte erst später im Leben begriffen, dass es sich dabei in Wahrheit um einen essenziellen Teil ihrer Ausbildung handelte, weil sie durch diesen Zeitvertreib eine ganze Datenbank unterschiedlichster Aromen speicherten und gleichzeitig lernten, diese immense Flut an Informationen, die sie gänzlich unbewusst sammelten, zu interpretieren.

Yakov wusste bereits, dass er Theo nervös machte.

Zwar schwitzte sie nicht, trotzdem waren die Signale ihres Körpers eindeutig. Sie fand ihn beunruhigend.

Das stieß ihm sauer auf. Es war nicht seine Art, Frauen in Furcht zu versetzen. Andererseits war nicht auszuschließen, dass sie auf jeden Raubtiergestaltwandler so reagierte. Viele Mediale glaubten, dass aus den Bären, den Wölfen, den Leoparden und ihresgleichen jederzeit die wilde Bestie hervorbrechen könnte.

Es bestand also kein Grund, Theos Reaktion persönlich zu nehmen.

Sie trug außerdem die Geruchsspur eines anderen Individuums an sich. Es war lediglich eine Ahnung, so diffus, dass Yakov angenommen hatte, sie habe sich während ihrer Reise auf Theo übertragen, nur dass sie identisch mit ihrer eigenen olfaktorischen DNA war.

Sie stammte von jemandem aus ihrer Familie. Einer ganz bestimmten Person.

Ihrem Zwilling.

Damit kannte er jetzt auch Pax' Marshalls Witterung. Ausgezeichnet.

Er fing noch weitere Duftschwaden auf, nahm das Waschmittel wahr, das sie für ihre Kleidung benutzte, die Politur auf ihren Schuhen, die Kunststoffbeschichtung ihres Organizers, die abflauenden Essensgerüche, die sie noch aus dem Flughafengebäude umgaben.

Der Großteil dieser Eindrücke war ausgesprochen alltäglich. Sein Gehirn hatte schon vor langer Zeit gelernt, die Spreu vom Weizen zu trennen und nur wichtige Informationen durchzulassen, damit er sein Leben nicht in einem Zustand fortwährender Reizüberflutung zubringen musste.

Aber in Theos Fall sezierte er jedes noch so kleine Detail, zerlegte es in seine einzelnen Komponenten und fügte sie wieder zusammen. Da sie sich weigerte, mit ihm zu sprechen, würde er eben versuchen, über seinen Riechsinn aus ihr schlau zu werden.

Sein Bär verstand nicht, was mit ihr los war. Er hatte sie jedenfalls nicht in Angst versetzt. Darum gab er dem menschlichen Teil die Schuld. Er schlug vor, dass Yakov sich verwandeln solle, um Theo zu zeigen, wie eindrucksvoll er in seiner anderen Gestalt aussah.

Yakov ließ sich die Idee durch den Kopf gehen. Es stimmte, er war wirklich ein Prachtexemplar von einem Bären. Theo würde sicher darüber staunen, wie weich und unbedrohlich sein Fell war.

Er überlegte immer noch hin und her, als seine Aufmerksamkeit von einer Radionachricht in Anspruch genommen wurde.

Die Polizei hat die Identität des Mordopfers bekannt gegeben, das am 29. August im Izmaylovo Distrikt aufgefunden wurde. Es handelt sich um die siebenundzwanzigjährige Jelena Sekko, die als Designerin für eine auf Herrenmode spezialisierte Maßschneiderei tätig war. Sie arbeitete seit fünf Jahren dort und wäre in Kürze zur Managerin befördert worden.

Es wurde ein Einspieler gebracht, in dem eine Frau sagte: »Niemand verstand ihren Job so gut wie Jelena. Sie war pünktlich und detailorientiert und … freundlich.« Das letzte Wort kam ihr nur zögerlich über die Lippen, offenbar handelte es sich um eine Mediale, der es immer noch schwerfiel, Gefühle zu zeigen, die sich ihrer Freundin zuliebe jedoch anstrengte.

Dann ging die eigentliche Meldung weiter:

Die Ermittlungsbehörden wollen sich noch immer nicht dazu äußern, ob es sich um einen Serienkiller handeln könnte, trotzdem hat eine nervöse Unruhe die Stadt erfasst. Die Friseurgeschäfte werden regelrecht überrannt von jungen Blondinen, die sich die Haare dunkler färben lassen.

Yakovs Mund wurde zu einer grimmigen Linie, während der Nachrichtensprecher fortfuhr. Die Polizei wollte es nicht offen eingestehen, aber Moskau hatte ein gewaltiges Problem. Genau wie die schlanke, blonde, blauäugige Theo … die jede Nacht in seinen Albträumen verblutete.

Er biss so fest die Kiefer zusammen, dass die Gelenke schmerzten, und notierte sich im Kopf, Theo vor der lauernden Gefahr zu warnen, als sein Blick ein Straßenschild erfasste. »Noch fünfzehn Minuten bis zum Ziel.«

Seine Instinkte sprangen an, das Tier in ihm schaltete in den Jagdmodus. Es wurde Zeit herauszufinden, welches Geheimnis Marshall Hyde hier vor den Toren Moskaus verborgen hatte. In dieser verlassenen Gegend würde die Einrichtung keine Aufmerksamkeit erregt haben, gleichzeitig lag sie nahe genug am Flughafen, um bequem Sachgüter … und Personen zu transportieren. Eigentlich hatte Yakov vorgehabt, noch vor Theos Ankunft herzukommen, um sich einen ersten Eindruck zu verschaffen, sich dann jedoch dagegen entschieden und beschlossen, seine begrenzte Zeit lieber dafür zu nutzen, sich mit den Unterlagen vertraut zu machen, die Silver ihm geschickt hatte. Es wäre Unsinn gewesen, den ganzen Weg hierher zu fahren, obwohl ihn das Personal ohne Theo sowieso nicht auf das Grundstück lassen würde.

Sein Bruder hatte ergänzend zu Silvers Material einiges in den lokalen Archiven ausgegraben, trotzdem gab es immer noch keinen Anhaltspunkt dafür, was der eigentliche Zweck dieser

Einrichtung gewesen war. Dem äußeren Anschein nach – und der beim Bau erteilten Gewerbeerlaubnis zufolge – war dies ein Rehabilitationszentrum wie jedes andere.

Yakov bemerkte aus dem Augenwinkel, dass Theo von ihrem Organizer aufsah, als er das Tempo drosselte und vor dem geschlossenen Tor hielt. Laut seinen Informationen erstreckte sich die Anlage über ein großes Areal, aber er konnte nichts erkennen – alles war mit Pflanzen überwuchert. Selbst ein Großteil des Tores war mit Efeu zugewachsen, und die Bäume dahinter verdeckten das Hauptgebäude in einem Maß, dass er nicht den winzigsten Blick darauf erhaschen konnte.

Ein unerwarteter Anblick. Normalerweise legte die mediale Gattung großen Wert auf gepflegte Rasenflächen und perfekt gestutzte Hecken. Als Teenager hatten Yakov, Pavel, Valentin und ein paar ihrer Freunde sich einmal in den Park eines vornehmen Medialenhotels geschlichen und den schnurgeraden Zierhecken andere Formen gegeben, sodass sie Bären darstellten.

Stehende, sitzende, schlafende Bären.

Bären, die auf einem Bein balancierten.

Bären in Denkerpose.

Nachdem sie sich buchstäblich Monate auf ihren Streich vorbereitet hatten, präsentierten sich ihre Formschnitt-Kunstwerke als naturgetreue Nachbildungen, aber das Beste war, dass man sie nie erwischte. Und dass die Hotelmitarbeiter nicht rechtzeitig darauf aufmerksam wurden, bevor ein Mensch mit Sinn für Humor Fotos von ihren Meisterwerken schoss, die am nächsten Tag auf der Titelseite der *Moskva Gazeta* landeten.

Die Moskauer waren betrübt gewesen, als das Hotel die »sofortige Beseitigung dieser Beleidigung fürs Auge« angeordnet hatte.

»Das ist keine Beleidigung fürs Auge«, hatte Valya damals kommentiert. »Sondern Kunst.«

Doch hier war von Perfektionismus rein gar nichts zu spüren. Selbst die neben der Zufahrt an einem Pfosten montierte Gegensprechanlage war mit Moos bewachsen und an einer Seite beschädigt. Das war keinesfalls der normale Standard für mächtige Medialenfamilien wie die der Marshalls, bei denen für gewöhnlich alles blitzte und blinkte.

Yakov überlegte, ob das vielleicht alles Teil einer Tarnung war, und drückte auf den altmodischen Klingelknopf, in der Hoffnung, dass im Gebäude jemand reagieren würde.

Im selben Moment schnappte Theo keuchend nach Luft.

Alarmiert zuckte Yakovs Blick zu ihr.

Sie war leichenblass und fixierte mit den Augen einen Punkt, den er nicht sehen konnte.

11

Ich schlage vor, die Prozedur bei einer weiteren jugendlichen Testperson zu wiederholen. Unser erster Versuch war kein Erfolg, aber auch kein kompletter Fehlschlag. Die Beschaffenheit der Neuroplastizität im Teenageralter könnte der Schlüssel sein.

Nachricht von Dr. Upashna Leslie an den Ratsherrn Marshall Hyde (6. Januar 2063)

Neunzehn Jahre früher

Theo war ganz aufgeregt gewesen, als ihr Großvater sie abholte, um mit ihr einen Ausflug zu machen. Sie hatte beim Codieren und Hacken solches Geschick bewiesen, dass ihr Informatiklehrer ihr eine gute Zensur nach der anderen gab und sie sogar in einen Kurs für ältere Schüler vorrücken durfte.

Sie hatte geglaubt, die Spritztour sei eine Belohnung für ihre Leistungen.

Doch sowie sie neben Marshall Hyde auf dem Rücksitz des Wagens saß, wurde ihr klar, dass sie sich schrecklich geirrt hatte. Sämtliche Haare auf ihrem Körper richteten sich auf, jeder Instinkt in ihr schrie danach, wegzulaufen! Aber der Chauffeur hatte bereits die Tür geschlossen, und Theo wusste, dass ihr Großvater, selbst wenn ihr die Flucht gelänge, höchstens erzürnt wäre und sie problemlos wieder einfangen würde.

Die Mitglieder des Rats hatten überall ihre Spitzel. Hin und wieder stellte sie sich vor, wie es wäre, auszureißen und in einer der Gestaltwandlergemeinschaften unterzutauchen. Aber dort würde man sie nicht willkommen heißen. Sie mochten die Medialen nicht. Ihre Lehrer wollten ihr weismachen, das läge daran, dass Gestaltwandler »wilde Kreaturen ohne jegliche intellektuelle Neugier« seien, aber Theo war nicht auf den Kopf gefallen.

Gewisse Angehörige ihrer Familie versuchten ihr zwar einzureden, dass sie dumm sei, doch das war sie nicht. Immerhin hatte sie in den mathematisch-naturwissenschaftlichen Fächern schon immer besser abgeschnitten als ihr Bruder. Ihn störte das nicht. Im Gegenteil, er war sogar stolz auf sie. So wie es Theo mit Stolz erfüllte, dass Pax in Betriebswirtschaftslehre und beim Erlernen von Fremdsprachen stets der Klassenbeste war.

Weil sie eben nicht dumm war, hatte sie mithilfe ihres geheimen Tablets – das einzige kleine Detail in ihrem Leben, von dem ihr Großvater nichts ahnte –, eigene Nachforschungen angestellt, indem sie sich in die Internetforen der Menschen und Gestaltwandler einloggte. Über Letztere hatte sie dabei zwei Dinge erfahren:

Sie waren genauso schlau wie die Medialen.

Und sie hassten diese Gattung, weil sie ihnen viel Leid zugefügt hatte. Es war Theo zwar nicht gelungen, auf die Seiten zu gelangen, auf denen das näher erläutert wurde, aber sie wusste jetzt genug, um zu erkennen, dass Mediale Tyrannen waren. Und Marshall Hyde war der mächtigste von allen. Ganz gewiss wäre kein Gestaltwandlerrudel bereit, sie, seine Enkeltochter, zu verstecken.

Niemand würde ihr glauben, dass er sich wünschte, sie wäre tot.

Ihr Großvater schaute sie durchdringend an. »Du hast den Silentium-Test wieder nicht bestanden, Theodora.«

Sie verschränkte die Hände im Schoß. »Es tut mir leid, Großvater.« Dabei hatte sie sich so sehr bemüht. Es war, als wäre da ein Durchschlupf zu ihrem Herzen, durch den Gefühle hineingelangen konnten.

Und er trug eindeutig die Handschrift von Pax, das war ihr in den letzten Monaten klar geworden. Wegen ihrer Unfähigkeit, in Silentium hineinzufinden, schützte ihr Bruder sie mit seinen Schilden, ohne dass dies einem von ihnen beiden bewusst gewesen wäre. Sie hatten sich immer schon gegenseitig auf mentaler Ebene ausbalanciert, funktionierten als Duo besser als jeder für sich allein.

Erst jetzt verstand sie, dass er dabei die Hauptlast trug. Ihr Großvater hatte recht. Wie könnte sie mit ihrer mickrigen zwei Komma sieben ihrem fast kardinalen Zwilling helfen? Die Antwort lautete: gar nicht. Der Gedanke schmerzte, aber sie musste der Realität ins Auge sehen. Sie war jetzt auf sich allein gestellt. Auch wenn sie manchmal glaubte, Pax in ihrem Bewusstsein zu spüren.

»Mit einer Entschuldigung ist es nicht getan.« Die Stimme ihres Großvaters war so flach und tonlos, als verdiente Theo nicht einmal ein Quäntchen seines Interesses. »Ich denke, es ist an der Zeit, dass du erfährst, welche Konsequenzen Versagen nach sich zieht.«

Sie saß still und innerlich wie erstarrt da, bis das Auto vor dem silbern glänzenden Gebäude hielt, das den Marshalls als Firmensitz diente. Bevor sie zu Colette geschickt worden war, hatte ihr Großvater es ihr und ihrem Bruder einmal gezeigt und erklärt, dass es eines Tages Pax gehören würde. Theo hatte sich für ihren Bruder gefreut, ohne zu begreifen, was diese Worte wirklich bedeuteten.

Mit gesenktem Kopf folgte sie ihrem Großvater in das Gebäude und dann in den Aufzug. Er führte sie auf direktem Weg zu seinem Büro, wo sie von einer Frau mit schneeweißer Haut und leblosen braunen Augen erwartet wurden, die einen grauen Hosenanzug und schwarze Pumps trug.

Ihr Großvater legte die Hand auf Theos Schulter und grub so fest die Finger hinein, dass es wehtat. »Zum vereinbarten Ort. Die restliche Strecke legen wir mit dem Auto zurück.«

»Verstanden, Sir.« Die Frau berührte sacht seine braune Jacke … und die Welt rundherum verschwand.

Theo stieß einen Schrei aus und fiel auf ihre Knie … doch sie landete nicht weich auf dem Teppich im Büro ihres Großvaters, sondern äußerst schmerzhaft auf kaltem Asphalt.

»Sir, ich wusste nicht, dass das die erste Teleportation für das Kind war. Ich muss mich entschuldigen.«

»Dazu besteht kein Anlass. Holen Sie den Wagen.«

Er sah zu, wie Theo sich aufrappelte. Sie presste ihre schmutzigen, aufgeschürften Handflächen auf den groben Stoff ihres schwarzen Mantels, während ihr Großvater sie taxierte, als wäre sie ein Käfer, den er am liebsten zertreten würde.

»Was bist du doch für eine jämmerliche Gestalt«, murmelte er. »Steig ins Auto, und richte deine Haare. Du bist eine Marshall. Benimm dich gefälligst auch so.«

Sie kletterte mit wunden Knien auf den Rücksitz und kauerte sich in die Ecke. Obwohl ihre Hände brannten und zitterten, kämmte sie sich mit den Fingern durch ihre bei dem Sturz durcheinandergeratenen Haare.

Um auf diesem besonderen Ausflug möglichst hübsch auszusehen, hatte sie heute darauf verzichtet, sie zu flechten, sondern sie so lange gebürstet, bis sie glänzten, und ihre Frisur mit dem schwarzen Satinband geschmückt, das Colette ihr gekauft hatte.

Theo, die nicht fassen konnte, dass ihre Pflegemutter ihr so ein entzückendes Geschenk machte, hatte sie nach dem Grund gefragt.

»Körperliche Vollkommenheit ist eine erstrebenswerte Eigenschaft, weil sogar wir Medialen auf einer emotionslosen Ebene instinktiv auf Ästhetik reagieren«, hatte Colette ihr erklärt. »Aus dir wird nie eine echte Schönheit werden, aber du bist auch nicht hässlich. Da dein Leben so wenig Gutes für dich bereithält, war es mir ein Anliegen, dir wenigstens zu zeigen, wie du das Beste aus dir herausholen kannst.«

Theo interessierten solche Dinge nicht, trotzdem hörte sie sich Colettes Vorschläge an und versuchte, sie umzusetzen, weil sie wusste, wie viel Wert ihr Großvater auf äußere Erscheinung legte. Er selbst war stets vollendet elegant gekleidet, sein Haar kurz geschnitten und sein kleiner Spitzbart ordentlich getrimmt. Als sie noch zu Hause wohnte, hatte er ihr und Pax jedes Mal, wenn sie mit schmutzigen Knien oder derangierter Kleidung ins Haus gerannt kamen, einen Rüffel erteilt.

Theo wünschte, ihre telekinetische Gabe wäre stark genug, damit sie ihre Haarbürste teleportieren könnte. Aber ihr Zimmer war viel zu weit entfernt, über eine solche mentale Reichweite verfügte sie nicht. Sie wollte ihren Großvater nicht ansehen, um ihm nicht am Gesicht ablesen zu müssen, wie gleichgültig sie ihm war. Darum schaute sie einfach aus dem Fenster und betrachtete die fremde Stadt, durch die sie fuhren.

Die Architektur war eine vollkommen andere als in Theos Heimat. Einige der Häuser schienen sehr alt zu sein und hatten runde Kuppeln. Solche Bauwerke waren ihr schon einmal begegnet – als sie im Geographieunterricht Indien durchgenommen hatten. Trotzdem glaubte sie nicht, dass sie sich in diesem Land befanden. Die Leute hier waren eher westlich gekleidet, und die meisten hatten so helle Haut wie sie selbst.

Schließlich ließen sie die seltsame Stadt hinter sich und fuhren eine gefühlte Ewigkeit weiter, bis die TK-R-Mediale, die den Wagen steuerte, vor einem massiven Metalltor anhielt.

»Darum habe ich uns nicht direkt hierher teleportieren lassen, Theodora«, sagte ihr Großvater und hatte sofort ihre ungeteilte Aufmerksamkeit. »Ich wollte, dass du dieses Tor siehst und immer schön daran denkst, dass es für dich keine Rückkehr mehr geben wird, falls du mir noch einmal einen Grund lieferst, dich an diesen Ort zu bringen.«

Theo starrte mit angehaltenem Atem auf das Tor, das mit messerscharfen Metallspitzen bewehrt war, die so lang waren, dass sie eine Person komplett durchbohren konnten. Darüber spannte sich ein elektrisches Kraftfeld aus zuckenden, grellblauen Blitzen.

Theo hatte so etwas noch nie zuvor gesehen.

»Es dient zur Abschreckung«, erklärte ihr Großvater. »Uns gehört ein Gutteil des umliegenden Geländes, darum treibt sich hier in der Regel niemand herum, und falls irgendwer doch neugierig genug ist, es zu probieren, dürfte dieses Tor als Warnung ausreichen.«

Theo versuchte, nicht in Panik zu geraten. Er hatte sich nicht Zugang zu ihren Gedanken verschafft, sondern nur ihren Blick gedeutet und ihr daraufhin erläutert, was es mit der Elektrizität auf sich hatte. »Ich werde daran denken«, antwortete sie, ohne sich eine Gefühlsregung anmerken zu lassen.

Dann glitt das Tor langsam und geräuschlos zur Seite und gab den Blick auf eine lange Zufahrt frei, die hinter einer Biegung verschwand. Nachdem sie es passiert hatten, hielt die Teleporterin den Wagen an und wartete, bis es sich wieder hinter ihnen geschlossen hatte, bevor sie weiterfuhr.

Höchste Sicherheitsstufe.

Theo kannte den Ausdruck und seine Bedeutung, weil ihre Eltern ihr und Pax gegenüber seit frühester Kindheit immer und immer wieder betont hatten, dass Sicherheitsvorkehrungen bei den Marshalls oberste Priorität besaßen. Ihr Großvater war eine enorm wichtige Persönlichkeit und ihre Familie unermesslich reich, darum könnte jemand versuchen, sie oder ihren Bruder zu entführen.

Heute wusste Theo, dass für sie niemand ein Lösegeld bezahlen würde. Sie war der überflüssige Zwilling. Auch wenn Pax nicht so dachte, er nannte sie immer seine beste Freundin. Jedenfalls hatte er das früher getan. Als sie noch zusammen waren. Aber das war schon lange her, und vielleicht sagte ihr Großvater ja die Wahrheit, wenn er behauptete, ihr Bruder habe sie inzwischen vergessen.

Ihr Herz zog sich kummervoll zusammen, bevor sie kurz darauf um die Kurve fuhren und vor ihnen ein großes weißes Gebäude mit blitzenden Fenstern auftauchte. Es standen Leute davor. Ein Teil dieser Leute trug hellblaue Kluft und darüber weiße Kittel, aber die meisten waren mit lindgrünen Hosen und passendem Oberteil bekleidet. Letztere machten einen benommenen, desorientierten Eindruck.

Ein Mann stolperte über seine eigenen Füße und fiel beinahe hin.

Eine weißbekittelte Person half ihm auf und sah zu, wie er weiterzugehen versuchte.

»Ist das ein Krankenhaus, Großvater?«

»Gewissermaßen.« Er stieg aus. »Raus mit dir, Theodora.«

Sie kletterte hinter ihm von der Rückbank, weil die Tür auf ihrer Seite verriegelt war. Erst als sie ausgestiegen war, erfasste sie die Gesichtszüge der grün gekleideten Personen. Sie wirkten … schlaff, und irgendetwas stimmte mit ihren Augen nicht. Es war, als könnten sie nicht sehen.

Theo blieb auf dem Kiesbett neben der Zufahrt stehen, als sie bemerkte, wie einem Mann ganz in ihrer Nähe eine einzelne Träne über die Wange rollte. Aber seine Miene blieb absolut ausdruckslos, und er gab keinen Laut von sich.

»Warum sind alle diese Blindgänger noch am Leben?«, hörte Theo ihren Großvater poltern und sah ihn mit wild klopfendem Herzen an.

Sie verstand nicht, was die Person im Kittel antwortete, bevor er mit einem wütenden Schnauben weiterging. Voll Mitleid schaute sie noch einmal zu dem weinenden Mann, der jetzt mit seinen leblosen Augen auf den Boden starrte.

Die Kieselsteine knirschten unter ihren Schuhen, als Theo, ohne einen weiteren Blick auf die grün gewandeten Medialen zu riskieren, ihrem Großvater hinterhereilte. Er würde nicht erfreut sein, wenn er sich zu ihr umsähe und feststellte, dass sie ihm nicht folgte.

Ihr Puls ging viel zu schnell, und sie hatte ein extrem mulmiges Gefühl im Bauch.

Im Inneren des Gebäudes war es so blitzblank wie in der Betreuungseinrichtung, die ihre Eltern mit ihnen aufgesucht hatten, als Pax und sie in Schwierigkeiten geraten waren. Überall waren Leute in weißen Kitteln, die ihrem Großvater auf dieselbe Weise begegneten wie die meisten Medialen: mit leicht gebeugten Köpfen und ohne den Blick zu heben, wenn sie mit ihm sprachen. Weil er ein wichtiger Mann war.

Eine einzige Frau wagte es, ihn direkt anzusehen. Ihre Haare waren so grau wie die der Katze, die Theo von ihrem Zimmer aus oft auf einem der Balkone des gegenüberliegenden Wohnhauses sah. Ihre Besitzerin winkte Theo manchmal zu, und weil niemand sie dabei beobachten konnte, winkte Theo zurück. Sie hoffte, dass die Katze sie eines Tages besuchen würde.

Diese Dame hier war um einiges älter als ihre Nachbarin und so dünn, dass ihre spitzen Knochen unter der runzligen braunen Haut hervorstachen. Aber sie war stark. Das erkannte Theo an ihrer aufrechten Körperhaltung, als sie den Flur entlang auf Theos Großvater zuging. »Ratsherr Hyde«, begrüßte sie ihn, als sie ihn erreicht hatte. »Ich möchte noch einmal meine Bedenken im Hinblick auf dieses Experiment bekräftigen. Das Risiko ist außerordentlich hoch.«

»Das sagten Sie bereits«, entgegnete er. Die Tatsache, dass er die Frau ausreden ließ, ohne sie zu unterbrechen, verriet Theo, dass auch sie wichtig sein musste. Er neigte nicht dazu, anderen zuzuhören.

Sie richtete ihre Aufmerksamkeit auf Theo. »Wie alt bist du?«

Theo vergewisserte sich mit einem Blick zu ihrem Großvater, dass sie die Erlaubnis hatte zu antworten. »Acht Jahre und neun Monate.«

Die Frau wandte sich wieder Marshall Hyde zu. »In diesem Alter sind die Gehirnstrukturen noch zu elastisch. Selbst wenn dieser Eingriff Erfolg haben sollte, wäre er vermutlich nur eine Übergangslösung.«

»Wir werden ihn trotzdem durchführen. Wir benötigen ein Kind, um diese Behandlungsmethode zu testen, und wer wäre besser geeignet als meine Enkelin? Sie zeigt in letzter Zeit gewisse rebellische Tendenzen, und das macht sie zur perfekten Versuchsperson. Wir müssen also nicht nach einem externen Probanden suchen.«

Theos ungutes Gefühl verschärfte sich. Sie wusste, dass die beiden über sie sprachen, aber nicht, worum es ging.

Die Frau verstummte, und sie liefen weiter, doch irgendetwas sagte Theo, dass sie immer noch mit ihrem Großvater kommunizierte, jetzt über den telepathischen Kanal. Da sie keine Chance hatte, die Unterhaltung zu belauschen, versuchte sie, sich einen Reim auf das zu machen, was hier passierte, indem sie sich aufmerksam umschaute. Aber das Einzige, was sie sah, waren noch mehr Mediale mit leblosen Augen und Gesichtern, die den Anschein erweckten, als wären sie geschmolzen.

Sie bemerkte eine Frau, die frontal vor einer Wand stand, bevor sie sich plötzlich nach vorn fallen ließ, die Stirn anschlug und wieder zurückprallte. Das wiederholte sie wieder und wieder.

»Ernsthaft, Upashna?«, murmelte Theos Großvater, als sie an der Frau vorbeigingen. »Wieso vergeuden wir Forschungsgelder dafür, solch hirnloses Gemüse am Leben zu erhalten?«

»Jeder Patient liefert uns neue Erkenntnisse«, erklärte sie. »Wie zum Beispiel die Frau, an der wir gerade vorbeigekommen sind. Sie hat nichts von ihren körperlichen Fähigkeiten eingebüßt, sie strauchelt nicht beim Gehen, bekommt keine Zitteranfälle.«

»Interessant.«

»Ja, ich dachte mir schon, dass Sie das sagen würden.« Sie schwieg einen Moment. »Marshall, sind Sie sicher, dass Sie es sich nicht doch noch einmal überlegen wollen? Ich weiß, dass das Mädchen nur eine zwei Komma sieben erreicht, trotzdem gehört es zu Ihrer Familie.«

Doch er schüttelte den Kopf. »Lassen Sie es uns über die Bühne bringen«, sagte er und trat durch eine Tür.

Theo blieb zögernd davor stehen. Sie spielte mit dem Gedanken, sich umzudrehen und wegzurennen, als sie plötzlich bemerkte, dass ihre Fahrerin ihnen ins Gebäude gefolgt war und nur wenige Meter entfernt Wache hielt. Sie würde Theo schnappen, wenn sie zu flüchten versuchte.

Dann streckte ihr Großvater seinen Arm aus dem Zimmer, packte Theo an der Schulter und zog sie nach drinnen.

12

Keja Marshall
Geburtsdatum: 19. August 2041
Sterbedatum: 8. Dezember 2057

Eintrag im Stammbuch der Familie Marshall (aktuelle Version)

Theo bekam buchstäblich keine Luft. Ihr war, als würde ihre Lunge kollabieren, während sie auf das Tor vor ihnen starrte. Ihr Mund wurde ganz trocken, bittere Galle stieg ihr in der Kehle auf.

Erinnerungsfetzen drängten sich in ihr Gehirn. An Gesichter. OP-Kleidung. Medizinische Masken.

Schreie.

Oh Gott, von wem kamen diese Schreie?

Ihr Großvater, der ihr sagte, dass dies ihre Pflicht gegenüber der Familie sei.

Eis in ihren Adern. Sie fror bis ins Mark hinein, die Kälte verbrannte sie schier.

»Hey! Theo!« Eine tiefe Männerstimme, eine große Gestalt, die sich zu ihr beugte.

Sie verstand, dass sie nicht allein war und auf der Hut sein sollte, aber selbst als ihr vor lauter Atemnot langsam schwarz vor Augen wurde, konnte sie den Blick nicht von dem Tor loseisen.

»*Govno!*«

Eine hastige Bewegung, das Zuschlagen einer Tür, dann ein Schwall kühler Luft, als jemand die Beifahrertür aufriss. Theo war sich ihrer Verwundbarkeit bewusst, trotzdem schaffte sie es nicht, die Endlosschleife in ihrem Kopf zu unterbrechen.

Schreien.

Sengende Kälte.

Medizinische Masken.

Ihr Großvater.

Schreie.

Brennendes Eis.

Riemen, die sie an einen Stuhl fixierten.

Schmerz.

Unerträglicher Schm—

»Theo!« Yakovs Arme schlossen sich um sie und beförderten sie von ihrem Sitz hinaus in das helle, herbstliche Sonnenlicht. Dann hob er sie kurzerhand hoch und stellte sie so hin, dass ihr Gesicht von dem Albtraum hinter ihr abgewandt war und ihre Schultern an seiner Brust lehnten.

Sie senkte ihren Blick auf den Asphalt und versuchte verzweifelt, Luft zu schöpfen. Ihre Lunge fühlte sich an wie mit Glassplittern gefüllt.

»So ist's gut. Atme. Ein und aus. Ein und aus.«

Theo konnte seinen Rat nicht befolgen, sie musste schlucken. Yakov redete weiter sanft auf sie ein, und obwohl ihre Ohren so laut dröhnten, dass sie ihn kaum hören konnte, drang das ruhige, warme Timbre seiner Stimme zu ihr durch und gab ihr etwas, worauf sie ihre Sinne richten konnte.

Nur ganz allmählich wurde sie sich des kräftigen Leibes hinter ihr bewusst, der die Hitze eines Glutofens verströmte. Theo wusste, dass die Körpertemperatur von Gestaltwandlern höher war als die der anderen Gattungen. Sie war im Zuge ihrer Recherchen im *Wild-Woman*-Magazin auf den Leserbrief eines Paares gemischter Herkunft gestoßen, das um Rat bat, wie es beim Einstellen der Klimaanlage einen Kompromiss finden könnte.

Ihr war immer zu kalt, ihm zu warm.

Theo konnte sich nicht mehr an die Tipps erinnern, die den beiden gegeben worden waren, aber jetzt verstand sie, warum die Menschenfrau bei einer Temperatur fror, die ihr Gestaltwandlerehemann als behaglich empfand. Mediale hatten die niedrigste Körpertemperatur von allen – kein Wunder also, dass es Theo vorkam, als würde hinter ihrem Rücken ein Kaminfeuer brennen.

Trotzdem ging sie nicht auf Abstand.

Sie brauchte die Hitze, die von Yakov Stepyrev abstrahlte, um die Eiskristalle in ihrem Blutkreislauf zu schmelzen, die ihre Luftzufuhr blockierten.

»Ja, genau so«, murmelte er mit seiner dunklen, wohltönenden Stimme. »Tief ein und wieder aus. Du machst das gut.«

Theo nahm einen Atemzug und ließ ihn lautlos wieder entweichen, bevor sie schließlich von Yakov abrückte. So nah war sie seit ihrer Kindheit keinem anderen fühlenden Wesen mehr gekommen. Sie hatte dabei keine Missempfindung verspürt, doch jetzt fingen ihre Wangen an zu glühen.

Nicht vor Verlegenheit, sondern weil abermals lähmender Schrecken sie erfasste.

Sie wollte sich nicht noch einmal zu dem Tor umdrehen.

»Was stimmt nicht mit mir?«, platzte sie heraus.

Yakov trat vor sie hin und studierte ihr Gesicht, während Theos Rücken weiterhin zu dem Anwesen zeigte. »Für mich sieht das ganz nach einer Panikattacke aus. Deine Augen sind komplett schwarz geworden. Eine Mediale hat mir mal erzählt, dass dieser Effekt durch immensen physiologischen, mentalen oder emotionalen Stress hervorgerufen wird. Warte kurz.«

Er griff durch die offene Beifahrertür in den Geländewagen, während Theo seine knappe und prägnante Einschätzung ihrer Verfassung zu begreifen versuchte. Sie hatte keine ausgewachsenen Panikanfälle, andernfalls hätte sie in ihrer Familie keine Überlebenschance gehabt. Man hätte sie kurzerhand eliminiert. Die meisten ihrer Angehörigen wünschten Theos Tod schon herbei, seit ihre Skalenwerte bekannt gegeben worden waren.

»Hier.« Yakov schraubte den Verschluss von einer noch nicht angebrochenen Wasserflasche ab. »Du brauchst Flüssigkeit. Danach kannst du wieder klarer denken.«

Benommen griff sie danach und nahm einen Schluck, weil Wasser nie schadete, dabei stellte sie fest, dass es mit irgendwelchen Elektrolyten angereichert war. Gierig trank sie mehr davon. Ihre Muskeln brannten, als hätte sie einen sechzigminütigen Dauerlauf hinter sich.

»Danke«, sagte sie, nachdem sie die Flasche zu einem Drittel geleert hatte, und gab sie ihm zurück. *Was wohl Tante Rita davon halten würde, dass sie eine dem leiblichen Wohl dienende Spende von einem Bären angenommen hatte?*, ging es ihr diffus durch den Kopf.

Sie stand eindeutig unter Schock. Dies war wohl kaum der richtige Zeitpunkt für derartige Überlegungen. Aber die ganze Situation lag so weit außerhalb von Theos Normalität, dass es an Wahnsinn grenzte. All ihre gewohnten Prinzipien waren außer Kraft gesetzt.

Yakov machte die Flasche wieder zu und warf sie auf den Sitz. »Keine Ursache.« Er spähte mit zusammengekniffenen Augen über Theos Schulter.

Sie bekam Gänsehaut.

»Du warst schon einmal hier.« Eine Feststellung, keine Frage.

Theo konnte nachvollziehen, wie er zu dieser Annahme kam. »Falls ja, habe ich keine Erinnerung daran.« Sie sah ihm in die Augen, in denen jetzt ein faszinierender gelblicher Bernsteinglanz lag, und wartete darauf, dass er ihre Behauptung mit einem abfälligen Schnauben abtat.

Stattdessen nickte er. »Das dachte ich mir schon. Du wärst nicht so sehr in Panik geraten, hättest du dich seelisch auf diese Situation vorbereiten können.«

Theo musste schlucken. Normalerweise machte sie sofort dicht, wenn die Gefahr bestand, dass sie eine Schwäche preisgeben könnte. Sogar Pax gegenüber war sie vorsichtig, damit er nur ja nicht erkannte, was ihr Großvater ihr angetan, wozu er sie gemacht hatte. Ihr Bruder würde daran zerbrechen.

Mit zittrigen Fingern rieb sie über das Armband an ihrem Handgelenk. Ihr blieb keine andere Wahl, als Yakov zu vertrauen. »Ich kann mich einfach nicht dazu überwinden, mich umzudrehen«, gestand sie. Seit ihrer Ankunft dämmerte in Theo eine Erkenntnis herauf, die so grauenvoll war, dass sie sich ihr fast nicht stellen konnte.

Ihr Name in der fragmentarischen Datei, die Pax gefunden hatte.

Erinnerungen an medizinische Masken und OP-Kleidung.

An das blanke Entsetzen eines Kindes.

Yakov forderte sie nicht auf, sich zusammenzureißen und die Sache durchzuziehen. »Willst du immer noch reingehen?«, fragte er stattdessen. »Oder sollen wir lieber wieder fahren?«

Schreie.

Masken.

Ihr Großvater.

Riemen, die sie an einen Stuhl fesselten.

Kälte, die sich in ihre Knochen fraß, bis sie vor Schmerz kreischte.

»Ich will«, antwortete sie heiser. Sie würde nie wieder schlafen können, wenn sie nicht herausfände, was es mit diesen albtraumhaften Bildern auf sich hatte.

»Dann sollten wir uns trotzdem noch einen Moment Zeit lassen und vielleicht einen Empathen hinzuziehen, um –«

Theo schüttelte vehement den Kopf. »Ich muss wissen, was sich hinter diesem Tor befindet. Wenn ich es noch länger aufschiebe, drehe ich durch.« Es wäre sinnlos, jetzt noch zu versuchen, ihre heftige Reaktion auf diesen Ort vor Yakov zu verbergen. »Die unsägliche Angst wird mein Gehirn in ihren Klauen halten, bis es einen Kurzschluss erleidet.«

Yakov wollte energisch protestieren. Er hatte noch nie erlebt, dass jemand derart starr wurde, dass sich jeder Muskel verkrampfte und die Atmung aussetzte, als hätte man einen Schalter umgelegt. Und erst ihre Gesichtsfarbe. *Govno*. Theo war kreidebleich geworden, ihre Augen im Kontrast dazu pechschwarz.

»Ich bin nicht sicher, ob du körperlich dazu imstande bist«, wandte er unverblümt ein, weil er um jeden Preis verhindern wollte, dass sie eine weitere Panikattacke erlitte.

Theos Brust hob und senkte sich, als sie tief Luft holte, sich mit den Fingern an der Autotür festklammerte und anschließend zentimeterweise zur Einfahrt umdrehte. Kaum hatte sie sie aus dem Augenwinkel erfasst, wurde sie stocksteif und fing an zu keuchen.

»Theo«, warnte Yakov sie mit leiser, grollender Stimme.

Sie hob abwehrend die Hand, sie zitterte, ihr Atem ging schnell, aber stetig.

Eine letzte Bewegung, und sie blickte frontal auf das Tor.

Die Frau hatte nicht nur Krallen, sondern auch noch ein Rückgrat aus Stahl, dachte er.

Sie standen mehrere Minuten einfach nur schweigend da, während Theo, die jetzt ein bisschen entspannter zu sein schien, ihre Atmung unter Kontrolle brachte. »Ich schaffe das«, murmelte sie, und er konnte nicht sagen, ob die Worte an ihn oder mehr an sie selbst gerichtet waren.

Trotz seiner Verwirrung und des übermächtigen Bedürfnisses, sie zu beschützen, nötigte Theos Courage Yakov Respekt ab. Vielleicht war es leichtsinnig von ihr – jedenfalls kostete es sie ihre ganze Kraft –, aber auch Bären konnten dickköpfig sein, also sollte er sich kein Urteil anmaßen.

»Es kommt keine Antwort über die Gegensprechanlage«, bemerkte er. »Wer weiß, ob sie überhaupt funktioniert?«

Sie warf stirnrunzelnd einen Blick auf das marode Gerät. »Diese Einrichtung bezieht regelmäßige Finanzspritzen. Das Ding hätte repariert werden müssen, lange bevor es in diesen Zustand geraten konnte.«

»Lässt sich dieses Tor irgendwie manuell öffnen? Es scheint mit einem komplizierten elektronischen Schloss gesichert zu sein.« Yakov ging auf die bedrohlich wirkenden Metallstreben zu.

»Warte!«

Er stoppte, schaute sich zu ihr um und sah, dass sie die scharfen eisernen Spitzen ganz oben taxierte. »Ich … ich glaube, sie standen früher unter Strom. Da waren blaue Lichtblitze.« Sie klang zerstreut, als wäre sie in einer Erinnerung versunken.

Eine Sekunde später richtete sie ihre Augen wieder auf ihn. »Es ist gefährlich. Bleib von dort weg!«

Yakov stutzte.

Außer seinen Eltern und Großeltern, die das zweifelhafte Privileg genossen hatten, ihm als Baby die Windeln zu wechseln, würden es nur sehr wenige Bewohner dieses Planeten wagen, ihm – einem dominanten Gestaltwandlerbären – einen Befehl zu erteilen. Im Grunde beschränkte sich diese Gruppe auf sein Alphatier sowie seine Stellvertreter.

Niemand sonst würde ihn so herausfordern.

Nur dass Theo genau das soeben getan hatte.

Er überlegte, ob er sich beleidigt oder verletzt fühlen sollte und entschied sich dagegen. Diese geheimnisumwitterte Mediale, von der er nachts träumte, war bloß um seine Sicherheit besorgt. Sein Bär wollte sie dafür liebevoll an sich drücken – würde auf absehbare Zeit aber wohl nicht die Chance dazu bekommen.

Ihm war bewusst, dass ihre Nerven blank lagen, darum bemühte er sich um einen sanften Ton, als er sagte: »Es lässt sich leicht überprüfen, ob das elektrische Feld noch aktiv ist.« Er neigte den Kopf ein wenig zur Seite. »Ich höre kein hochfrequentes Summen.«

»Ich wusste nicht, dass man so etwas überhaupt hören kann.«

»Viele Gestaltwandler besitzen das entsprechende Hörvermögen dafür.« Er ging zum Straßenrand, zupfte einen langen Grashalm aus der Erde und berührte damit vorsichtig das Tor.

Trotz der kalten Furcht, die Yakov an ihr witterte, war Theo mit einem Satz bei ihm, kaum eine Armlänge von ihm entfernt.

Bereit, ihn sofort wegzuzerren, sollte er sich irgendwie in Gefahr bringen.

Er war maßlos verblüfft über diese neuerliche Demonstration ihres außergewöhnlichen Mutes … und eines Beschützerinstinkts, der anscheinend so tief in ihr verwurzelt war, dass sie nicht einmal davor zurückschreckte, sich ihrem schlimmsten Albtraum zu stellen, um Yakov zu beschützen. Er musste an sich halten, um sie nicht fest in seine Arme zu schließen, bis ihre Furcht nachließe. Es ging ihm mächtig gegen den Strich, dass diese starke, tapfere Frau so eingeschüchtert war, dass ihr inneres Licht erloschen zu sein schien.

Was zur Hölle hatte man ihr angetan?

Sein Bär ließ ein wütendes Knurren vernehmen.

13

Bären haben viele Talente, aber Anmut zählt nicht dazu.

Körperprivilegien, Stil & weibliches Fingerspitzengefühl – aus der ersten »Jocies Ansichten«-Kolumne in der Juniausgabe 2083 des Wild-Woman-*Magazins*

Nur mit Mühe konnte Yakov sich auf seine Aufgabe konzentrieren, sein Nacken brannte von der Intensität des Blicks, mit dem Theo ihn beobachtete, als er den Grashalm behutsam über das Metall bewegte. Keine erkennbare Vibration, kein Aufrichten der feinen Härchen auf seinen Armen. Um auf Nummer sicher zu gehen, zog er den Ring ab, den er an seiner rechten Hand trug, und warf ihn gegen das Tor.

Er prallte mit einem leisen *Pling* davon ab und fiel auf die Erde.

»Offenbar ist der Strom abgeschaltet.« Yakov bückte sich und hob den Ring wieder auf, den ihm seine Großeltern mütterlicherseits zu seinem achtzehnten Geburtstag geschenkt hatten. Bestimmt würde es sie freuen zu hören, dass er ihn zu seiner Sicherheit eingesetzt hatte.

Erleichtert, dass ihm keine Gefahr drohte, geröstet zu werden, sah er sich das Schloss genauer an. »Interessant.«

Er nahm eine Bewegung wahr, als Theo zu seiner Überraschung noch einen Schritt näher kam. *Chert voz'mi*, wenn er ihre Erlaubnis hätte, würde er den Arm um sie legen und sie an seine Brust drücken.

Ihrem Geruch nach hatte Theo noch immer panische Angst. Was immer dies für ein Ort sein mochte, für sie verkörperte er ganz eindeutig den Horror schlechthin. Und obwohl Yakov ihre Familie nicht geheuer war, verstieß es gegen die Grundsätze seiner Gestaltwandlernatur, ein anderes Lebewesen leiden zu lassen, statt seinen Schmerz mit tröstendem Körperkontakt zu lindern.

»Was meinst du?« Ihr Atem strich an seinem Hals vorbei, als Yakov sich zu dem Schlosskasten beugte.

Sein Bär wurde putzmunter.

Yakov nahm ihn weiter an der Kandare. »Das hier«, antwortete er und zeigte mit dem Finger auf eine Stelle, wo die Metalloberfläche spiegelblank war. »Da hat sich jemand große Mühe gegeben, um den Eindruck zu erwecken, als wäre diese Vorrichtung genauso alt und lange überwuchert wie die Gegensprechanlage, obwohl sie in Wirklichkeit erst kürzlich gewartet wurde.«

»Ich habe einen Code«, sagte Theo, und Yakov hörte ihr regelrecht an, wie sie sich mit stahlhartem Willen wieder in den Griff bekam. »Aber er wird nicht funktionieren. Es ist ein anderes Zutrittskontrollsystem als das auf den Fotos in der Akte.«

Yakov überlegte, ob er die Eisenstreben vielleicht einfach auseinanderbiegen könnte, doch als er daran rüttelte, musste er einsehen, dass sie massiv genug waren, um sogar seinen Bärenkräften standzuhalten. Er versuchte, die Höhe des Tors einzuschätzen.

Herausfordernd – besonders wegen der Metallspitzen –, aber kein Ding der Unmöglichkeit. »Ich könnte drübersteigen und checken, ob ich irgendwo einen Durchlass für dich finde.« Bären mochten nicht die wendigsten oder grazilsten Kletterer sein, dafür waren sie stark, und in menschlicher Gestalt machte das die mangelnde Geschmeidigkeit wett.

»Nein, warte.« Theo legte die Hand auf das Schloss, neigte den Kopf leicht zur Seite und verharrte eine ganze Minute in dieser Stellung. »Ja«, meinte sie dann. »Ich kann es aufbekommen.«

Da fiel ihm wieder ein, was Silver gesagt hatte, nämlich, dass Theodora Marshall eine TK-Mediale war, die mittels ihrer geistigen Kräfte winzigste Bauteile verschieben konnte. »Durch Telekinese?«

Ihr zerstreutes Nicken verriet ihm, dass sie gedanklich vollkommen von ihrem Versuch, das Schloss zu öffnen, in Anspruch genommen wurde.

Plötzlich hörte er ein leises Klicken, bevor Theo einen Schritt zurücktrat und ihre Hände an ihrem Rock abwischte. »Es müsste sich jetzt öffnen lassen. Ich habe den Mechanismus nicht beschädigt, wir können es also wieder zusperren, wenn wir gehen.«

Yakov pfiff anerkennend durch die Zähne. »Ich wusste nicht, dass so etwas überhaupt möglich ist.« Elektronische Schließanlagen wie diese galten als extrem sicher, weil sie nur wenige bewegliche Komponenten aufwiesen, die theoretisch manipuliert werden konnten.

»Die meisten Medialen wären dazu auch nicht in der Lage.« Theos Stimme klang ungewohnt tonlos, keine Spur mehr von der flirrenden emotionalen Energie, die sonst in ihr mitschwang. »Diese Gabe ist so selten, dass nur etwa eine Handvoll Personen auf der Welt über sie verfügt. Zufällig bin ich eine davon.«

Yakov wollte die echte Theo zurück. »Dann könntest du einfach in eine Bank spazieren und den Tresor öffnen?«, witzelte er.

Ihr Gesicht blieb ernst. »Ja, vermutlich.«

»Du bräuchtest nur noch die Unterstützung eines Teleporters, und ihr wärt ein unschlagbares Ganoventeam.«

Ihr reges Mienenspiel strafte ihren ausdruckslosen Blick Lügen. »Ich bin keine Kriminelle.« Harte Worte.

Yakov hatte ihren Panzer durchbrochen und offenbar gleichzeitig einen Nerv bei ihr getroffen. Oder es sollte einfach nur ein Ablenkungsmanöver sein. Die Fähigkeit, die sie gerade unter Beweis gestellt hatte, war nicht nur beachtlich, sondern außerdem auch sehr nützlich für eine Familie, die ihre eigenen Geheimnisse wahren und aus den Geheimnissen anderer Kapital schlagen wollte.

Womit genau hatte Theodora Marshall ihre Zeit zugebracht, während sie in der Versenkung verschwunden war?

Und wer hatte davon profitiert?

Sein Bär stieß ein frustriertes Grollen aus, weil er einerseits nicht genug bekam von Theos Geruch und sie andererseits als potenzielle Bedrohung betrachtete. Weder Tier noch Mensch konnten vergessen, dass sie Teil einer Sippe war, die Geld damit verdient hatte, Mediale zu geistigen Krüppeln zu machen.

Yakov versuchte, das Tor zu öffnen, aber es klemmte. Er ging der Sache auf den Grund und stellte fest, dass es auf der Rückseite zusätzlich durch zwei Riegel gesichert war. »Kannst du die auch bewegen?«

Theo versuchte es, dann schüttelte sie den Kopf. »Nein. Dafür reichen meine telekinetischen Kräfte nicht aus.« Zudem hatte das Öffnen des Schlosses sie einen Großteil ihrer Energiereserven gekostet – der Trick war nicht so einfach, wie es nach außen schien. »Sie sind zu schwer.«

Yakov trat ein Stück zurück. »Tja, dann werde ich mich wohl doch darüberhangeln müssen.«

Theos ganzer Körper spannte sich an, ihr Blick zuckte zu den messerscharfen Zinken hinauf, dann zurück zu ihm. Sie streckte reflexartig die Hand aus, wollte Yakov packen, ihn festhalten.

»Keine Sorge.« Ein Blick aus bernsteingelb schimmernden Augen. »Bären sind nicht so tollpatschig, wie sie aussehen. Wir rumpeln nur alle naselang mal irgendwo dagegen.«

»Pass auf die Zacken auf.« Theo merkte, dass sie sich auf die Zehenspitzen erhoben hatte, und ließ sich wieder auf die Fußsohlen fallen. »Sie dienen nicht zur Zierde, und du bist nun einmal ein Gestaltwandlerbär. Laut meinen Quellen neigt deine Spezies dazu, sich in Sachen körperliche Gewandtheit permanent zu überschätzen.« Er brauchte nicht zu wissen, dass ihre Informationen aus dem *Wild-Woman*-Magazin stammten.

Yakov grinste spitzbübisch, und Theos Bauchmuskeln zogen sich zusammen. »Schau genau hin.« Er nahm mehrere Meter Anlauf, dann rannte er wie ein geölter Blitz auf das Tor zu.

Ihr blieb der Mund offenstehen, als er sich kraftvoll und mit einer Dynamik, die sie ihm niemals zugetraut hätte, am Tor emporschwang und sich regelrecht über die Spitzen hinwegkatapultierte, bevor er sicher und fest mit beiden Beinen auf dem grasdurchzogenen, gesprungenen Asphalt auf der anderen Seite landete.

Die Kolumnistinnen des *Wild-Woman*-Magazins hatten keine Ahnung, wovon sie redeten! Theo hätte gute Lust gehabt, einen Brief an die Chefredakteurin zu schreiben und eine Gegendarstellung zu verlangen. Richtig lagen sie allerdings mit der Behauptung, dass Bären »wandelnde Kraftpakete« waren.

Ihr klopfte noch immer das Herz, als Yakov sich daranmachte, die Riegel zur Seite zu schieben. Theo, die wie gebannt das Spiel seiner Muskeln und Sehnen unter der braunen Haut beobachtete, hatte sich gerade wieder halbwegs gefangen, da öffnete Yakov einen der beiden Torflügel.

»Das reicht, um den Wagen reinzufahren«, sagte er anschließend. »Danach sollten wir alles wieder zumachen. Die strengen Sicherheitsvorkehrungen werden ihren Grund haben. Wir wollen schließlich nicht riskieren, dass sonst noch jemand auf das Grundstück gelangt – oder von dort flüchtet. Es wäre durchaus denkbar, dass dein Großvater dieses Anwesen deshalb verheimlicht hat, weil hier gefährliche Individuen untergebracht sind, die ihm von Nutzen waren.«

Sie nickte, dann wartete sie mit einem Knoten im Magen, bis Yakov das Auto auf dem Grundstück abgestellt hatte. Sie musste ihren ganzen Mut zusammennehmen, um bis an das Tor heranzutreten, aber sie schaffte es nicht, auch nur einen Fuß über die Grundstücksgrenze zu setzen.

Yakov stieg aus und kam zu ihr zurückgetrabt. »Lass dir Zeit, *pchelka*.« Er streckte ihr seine Hand hin. »Diese Sache läuft dir nicht weg.«

»Hast du mich gerade Bienchen genannt?«, fragte sie perplex und zugleich zornig darüber, wie furchtsam ihre Stimme klang. Dabei kannte sie eigentlich keine Angst mehr. Theo hatte diese Regung schon vor vielen Jahren erfolgreich niedergerungen und ihrem Großvater somit seine Macht über sie genommen.

Ein kleines Lächeln erschien auf Yakovs Gesicht, dann zwinkerte er ihr zu. »Da musst du dich verhört haben … *zaichik*.«

Kaninchen dieses Mal … nein, Häschen.

Bären.

Und ohne dass sie wusste, wie es dazu kommen konnte, berührten ihre Finger die seinen, und sie ergriff seine Hand und drückte sie mit ganzer Kraft, während sie sich dazu zwang, die unsichtbare Grenze zwischen der Außenwelt und dem schrecklichen, finsteren Ort jenseits des schweren Eisentors zu überschreiten.

Sie würde sich nicht von einem toten Ungeheuer den Schneid abkaufen lassen.

Yakov war so nah, dass sein Atem ihr Ohrläppchen streifte, als er sagte: »*Mishonok* kommt jedenfalls nicht infrage. Das passt nicht zu einer so verflucht starken Frau.«

Sie übersetzte das Wort in ihrem Kopf. Yakov weigerte sich, sie Maus zu nennen, und sei es nur zum Scherz. Das bedeutete etwas. Genau wie die Tatsache, dass er ihre Hand mit der rauen Wärme seiner eigenen einschloss, bis Theo sich wieder so weit gefasst hatte, dass sie sich von ihm lösen konnte. Danach strich er ihr kurz beruhigend über den Rücken, bevor er sich umdrehte, um das Tor zu schließen.

Sie schrak zusammen, als sie hörte, wie die Riegel wieder vorgeschoben wurden.

»Du schlägst dich echt tapfer, Thela.« Yakov war von Neuem so nah an sie herangetreten, dass sie die Wärme seines Körpers auf ihrer eiskalten Haut spürte.

Thela. Nicht Theo. Er hatte ihren Namen in eine andere, vertraulich und warm klingenden Form abgeändert. Eine typisch russische Eigenart. Damit gab er ihr auf rührende Weise zu verstehen, dass er sie akzeptierte. »Wie wirst du von deinen Freunden genannt?«

»Yasha«, antwortete er. »Meine Mutter ruft mich Yakov Mayakovskevitch Stepyrev, wenn sie ein Hühnchen mit mir zu rupfen hat, ansonsten auch Yashka. Meine Babuschka Quyen bezeichnet mich als Plagegeist Nummer eins. Du kannst Prachtkerl zu mir sagen.«

In ihrem ganzen Leben hatte noch nie jemand so offen, heiter und herzlich mit Theo gesprochen. Sie ergriff erneut seine Hand, und er ließ sie gewähren. »Wie wäre es stattdessen mit Schlitzohr?« Sie kämpfte mit Macht gegen die nackte Furcht an, die ihr wie mit eisigen Fingern die Kehle zudrückte.

Theo würde nicht vor dem Bösen in die Knie gehen.

Das hatte sie früher nicht getan und würde sie auch heute und in Zukunft nicht tun.

Yakovs entwaffnendes Grinsen brachte seine Grübchen zum Vorschein und lenkte sie von ihren düsteren Gedanken ab. »Ich fühle mich geehrt.« Er deutete eine Verbeugung an und drückte ihre Hand. »Bist du bereit, *pchelka*?«

Theo nickte. Sie würde ihn später fragen, wieso er sie Bienchen nannte, jetzt musste sie sich erst einmal auf das konzentrieren, was vor ihr lag. Das Schlimmste waren nicht die körperlichen Symptome ihrer Furcht – die Gänsehaut, die zugeschnürte Kehle –, sondern die Ungewissheit, woher das Grauen rührte, das sie an diesem Ort empfand. Falls ihr Flashback vorhin vor dem Tor eine Erinnerung war, dann nur eine bruchstückhafte.

Siehst du, ich habe doch gewonnen, spottete der Geist ihres Großvaters.

Theo bleckte die Zähne und verjagte ihn aus ihrem Kopf. Nein, sie würde nicht zulassen, dass er von den Toten auferstand und sie verhöhnte. Er würde in winzige Knochensplitter zersprengt in seinem Sarg bleiben, der so leicht gewesen war, dass Kinder ihn mühelos hätten tragen können.

»Ja«, sagte sie mit entschlossener Stimme zu Yakov. »Lass uns die Sache angehen.« Sie wollte sich gerade in Bewegung setzen, als ihr Blick an einem mit grünem Moos zugewachsenen Spalt im Straßenbelag hängen blieb.

Sie schaute die Zufahrt genauer an und stellte fest, dass sie auffallend viele Schlaglöcher und Risse aufwies und an etlichen Stellen der Asphalt mit Unkraut überwuchert war.

»Es muss hier früher jede Menge Pflanzen gegeben haben«, schloss sie mit gefurchter Stirn daraus. »Was schon sehr ungewöhnlich ist für eine solche mediale Einrichtung – aber inzwischen ist das hier der reinste Urwald.« Diese sachlichen Überlegungen halfen ihr, wieder festen Boden unter den Füßen zu bekommen. Sie ließ Yakovs Hand los und vermisste sie sofort schmerzlich.

»Wahrscheinlich waren sie dazu gedacht, die Anlage vor neugierigen Blicken zu schützen.« Yakov ließ sich neben ihr in die Hocke sinken und inspizierte das Unkraut, auf das Theo aufmerksam geworden war. »Dieses Zeug wächst ziemlich schnell, aber …« Er hob den Kopf und kniff die Augen zusammen. »So wie die Büsche dort drüben aussehen, müssen sie seit mindestens zwei, drei Jahren nicht mehr zurückgeschnitten worden sein.«

»Mein Großvater ist vor etwa dreieinhalb Jahren gestorben.« Sie benutzte absichtlich nicht das Wort »Mord«, weil das womöglich impliziert hätte, dass sie bedauerte, was mit ihm geschehen war.

Und das war nicht der Fall.

Die Welt war ohne ihn ein besserer Ort.

»Hmm, und du sagst, dass immer noch Geld an dieses mutmaßliche Rehabilitationszentrum fließt?« Seine strammen Schenkel zeichneten sich unter der Jeans ab, als Yakov aufstand. »Nicht auszuschließen, dass hier Unterschlagung im Spiel ist, die ›Patienten‹ weggeschafft wurden und die Betreiber jetzt in die eigene Tasche wirtschaften.«

Theo überlief ein eisiger Schauer, weil in diesem Zusammenhang das Wort »wegschaffen« nur eines bedeuten konnte. »Wir werden es herausfinden.«

Sie wusste bereits, dass es in ihrer Familie Monster gab.

Jetzt musste sie nur noch feststellen, ob es außerdem auch Massenmörder waren.

14

Die Zahl der Skarabäus-Infizierten steigt weiter an. Aktuellen Prognosen zufolge – die sich sowohl auf historische Informationen als auch auf die im Zuge des letzten Ausbruchs gesammelten Daten stützen – wird sie frühestens in sechs Monaten zurückgehen.

Bericht von Dr. Maia Ndiaye, Institut für mediale Virusdiagnostik, an die Regierungskoalition (15. August 2083)

Pax stand unweit des toten, datenstromlosen Raums und starrte auf die Insel.

Er hatte damals, als sich dieser Sektor vom Medialnet abspaltete, sofort auf den Notruf des Krisennetzwerks reagiert. Trotz des Skarabäus-Syndroms, das seine geistige Gesundheit und sein Leben bedrohte, blieben seine Rangzahlen unverändert hoch.

Und dank Memory hatte er die vollständige Kontrolle über seine Kräfte wiedererlangt – kein Dauerzustand, aber seine Sitzungen mit ihr waren inzwischen zeitlich so eng getaktet, dass er nie zu nah an den Abgrund geraten konnte.

Pax war dem Tode geweiht, das wusste er.

Doch am fraglichen Tag hatte er als CEO und Telepath der Skala neun seine Hilfe angeboten, und sie war sogar von den Leuten, die von seinem Kampf gegen das Virus wussten, akzeptiert worden.

Also hatte Pax seinen Beitrag geleistet und so viele Leben gerettet, wie er konnte.

Es war eine harte, schmutzige Arbeit gewesen. Er hatte die Medialen, deren Verbindung zum Biofeedback abrupt durchtrennt worden war, gepackt, als sie brüllend in die schwarze Leere stürzten, und sie buchstäblich in einen stabileren Teil des Netzwerks geworfen. Keine sehr elegante, dafür umso effektivere Methode.

Jetzt pulsierte die an jenem mörderischen Tag entstandene Insel vor Energie. Vor Wahnsinn.

Über den Graben hinweg hörte Pax, wie sie ihm etwas zuflüsterte, ihn mit falschen Versprechungen lockte.

Sie kannte ihn.

Pax rieb sich auf der körperlichen Ebene die Augen und verbannte den Gedanken aus seinem Kopf. Er war ein Produkt seiner Paranoia, mehr nicht. Nichts und niemand konnte diesen ringförmigen Krater überwinden. Und er hatte auch nicht vor, es zu versuchen. Nein, er war hier, um die Ränder des Medialnet auf ihre Stabilität hin zu überprüfen.

Er fühlte sich für die Medialen, die er gerettet hatte, verantwortlich.

Zum ersten Mal in seinem Leben hatte er eine gute Tat vollbracht, und er wollte es bis zum Ende durchziehen.

Pax wäre gern näher an den Schlund getreten, aber das Areal wurde streng bewacht. Es leuchtete ihm ein, dass die Regierungskoalition diese Maßnahme angeordnet hatte. Die Insel würde andernfalls neugierige Gaffer in Scharen anlocken, wodurch die energetischen Ströme in dieser Region überlastet würden, was zu weiteren Opfern führen könnte.

Doch dank seiner gewaltigen telepathischen Reichweite konnte Pax die Insel auch aus dieser beträchtlichen Entfernung sehen. Allerdings nahm er nichts von der chaotischen mentalen Schwingung der Skarabäen wahr, die sie beherbergte. Er erinnerte sich, am Tag der Katastrophe einen flüchtigen Blick auf ihre strahlend hellen Bewusstseinssterne erhascht zu haben, bevor sich einen Sekundenbruchteil später eine Kaskade silbernen Lichts über die Insel ergoss, als wäre im Zentrum eine unvorstellbar heftige geistige Bombe explodiert.

Und jetzt waren die Skarabäen verschwunden.

Trotzdem hatten die Medien nichts von einem Massensterben in dem isolierten Sektor berichtet.

Pax hoffte, dass es sich bei dieser »Bombe« um eine Wunderwaffe handelte, die die Skarabäen geheilt hatte und auch ihn heilen könnte.

Er bemerkte ein Flimmern neben sich, als ein tiefschwarzes, von irisierenden Regenbogenfarben durchwirktes Bewusstsein neben ihm auftauchte, das ihm ebenso vertraut war wie das seiner Schwester. Memory Aven-Rose war eine der wenigen Personen, die ihn jederzeit im Medialnet aufspüren konnten. Pax wusste, wie sehr die Empathin es verabscheute, auf dieser tiefen Ebene mit ihm verbunden zu sein – weil sie ihn verabscheute.

Er konnte ihr das nicht verübeln, immerhin hatte er versucht, einen Freund von ihr umzubringen und ihm solchen Schaden zugefügt, dass er ins Koma fiel. Ohne Theo hätte es für den Mann keine Rettung und für Pax keine Chance auf Memorys Vergebung gegeben.

Seine Zwillingsschwester war die wesentlich bessere Hälfte von ihnen beiden.

»Gibt es ein Problem?«, fragte er Memory.

»Nein. Ich war mit einer Kollegin, die einen Blick auf die Insel werfen wollte, hier draußen und habe dich in der Nähe gespürt.« Ihre starke mentale Präsenz wies nichts von der Sanftmut auf, die der E-Kategorie zu eigen war. Die Empathin war eine Klasse für sich, sie gebot über außergewöhnliche, gefährliche Kräfte, die sie dazu befähigten, Skarabäus-Infizierten zu helfen. »Wieso interessierst du dich für unseren neuen Sezessionsstaat?«

Pax ließ normalerweise niemanden außer Theo in seine Seele blicken, aber Memory verdiente eine Antwort. »Weil er mir ein Gefühl der Hoffnung vermittelt. Die dort angesiedelten Skarabäen sind unter Kontrolle.«

Sie seufzte. »Ich arbeite eng mit den Empathen zusammen, die die Patienten auf der Insel betreuen. Es tut mir leid, Pax.« Ihr Ton war mitfühlend, denn sie kam nun mal nicht gegen ihre Natur an, ob sie ihn nun mochte oder nicht. »Aber das Virus wütet immer noch in ihren Gehirnen. Es wurde lediglich eingedämmt, sodass es nicht mehr im Medialnet streuen kann.«

Er schmeckte die Enttäuschung wie Staub auf der Zunge, schal und trocken.

Früher hätte er sich diese Gefühlsregung nicht eingestanden, sondern mustergültiges Silentium vorgegaukelt. Er hatte diese Scharade mit solcher Perfektion beherrscht, dass er sie fast selbst geglaubt hätte.

Doch in Wahrheit liebte er seine Zwillingsschwester von Geburt an, und daran hatte sich nie etwas geändert. Pax würde sich ohne zu überlegen das Herz aus der Brust schneiden, sich selbst opfern, wenn es darum ginge, Theo zu retten. Seine Ohnmacht, sie vor ihrem Großvater zu schützen, war die größte Schuld, die er je auf sich geladen hatte.

»Danke für deine Offenheit«, sagte er zu Memory, während seine Hoffnung sich verflüchtigte wie Aschepartikel eines fernen Feuers.

»Ich wünschte, ich hätte positivere Nachrichten«, antwortete sie aufrichtig niedergeschlagen. »Du bist ein anständigerer Mann, als ich anfangs dachte, Pax«, fügte sie überraschend hinzu. »Ich spüre deine Zuneigung zu Theo und dein Bedürfnis, sie zu beschützen. Und ich wünschte, ich hätte eine Lösung für dich – und jeden anderen Träger des Skarabäus-Syndroms.«

Pax ballte in der realen Welt die Hände zu Fäusten; dass Memory so tief in sein Innerstes sah, gab ihm ein Gefühl von Verletzbarkeit. Aber auch von Freiheit. Weil er sich ihr gegenüber nicht zu verstellen brauchte. »Ich habe bereits Vorkehrungen für die Zeit nach meinem Tod getroffen, damit auch die verderbtesten Mitglieder unserer Familie meiner Schwester nichts anhaben können.«

Allerdings waren seine Möglichkeiten begrenzt. »Würdest du mir, sobald ich nicht mehr bin, noch einen letzten Gefallen erweisen und ein Auge auf sie haben?« Memory lebte bei den äußerst gefährlichen und mächtigen SnowDancer-Wölfen.

Unter ihrem Schutz wäre Theo sicher.

»Ja«, antwortete die Empathin, ohne zu zögern. »Aber wir haben noch nicht alles versucht.« Ihre Stimme klang belegt. »Gib nicht auf.«

»Nein, ich werde kämpfen bis zum bitteren Ende.« Bis der als süße Verheißung unermesslicher Macht getarnte Wahnsinn ihn und alles, was er unter anderen Umständen hätte sein können, verzehrte.

Tag für Tag raunte ihm diese verlogene Stimme ins Ohr, dass er so viel mehr erreichen, er der Mittelpunkt des Medialnet sein könnte, wenn er endlich seine Kräfte entfesselte …

15

Lieber D,
hiermit setze ich unsere neue Tradition fort. Das heutige Briefpapier stammt von einer Firma namens Visionen. Ich fand das passend, nachdem mein großer Bruder ein Hellsichtiger ist.:)
Ich wollte dich schon länger fragen, ob du vorhergesehen hast, dass unsere Eltern beschließen würden, zwei kleine Jungs zu adoptieren, nachdem sie aus den Nachrichten von ihrer Geschichte erfahren hatten? Ich liebe diese beiden süßen Knuddelmäuse. Und es ist schön, endlich mal die Ältere zu sein! Drück die Daumen, dass die Adoption reibungslos über die Bühne geht.
Gerade habe ich die Nachricht erhalten, dass ich für die Firma die nächsten sechs Monate ein Projekt in Zürich leiten soll. Das bedeutet zwar, dass Kanoa und ich unsere Hochzeit verschieben müssen, aber er ist ganz aus dem Häuschen, weil er dadurch die Gelegenheit bekommt, in der Schweiz zu spielen. Er hat bereits seine Fühler ausgestreckt, und angesichts seiner Reputation und Erfahrung ist es sehr wahrscheinlich, dass er bald ein Angebot von einem der Orchester, bei denen er sich beworben hat, erhalten wird. Sobald ich eine Unterkunft in Zürich habe, schicke ich dir die Adresse, und ich erwarte selbstverständlich, dass du mich auch dort besuchst. Ich fand es wundervoll, dass du und Marian in Paris meine Gäste wart. Es wird nicht ganz so sein wie letztes Mal, weil Kanoa dabei ist, aber ihr zwei habt

euch ja auf Anhieb prächtig verstanden, und Marian und ich sind sowieso Seelenverwandte. Wir werden einen Mordsspaß haben.
Ich vermute, du hast den Silentium-Fragebogen, der über das Medialnet versendet wird, noch nicht zu Gesicht bekommen, darum lege ich eine Kopie für dich bei. Einige der Fragen regen wirklich zum Nachdenken an, großer Bruder.
In Liebe
deine kleine Schwester Hien

Brief von Hien Nguyen an Déwei Nguyen (1. September 1973)

Theo wollte gerade in den Geländewagen steigen, als Yakov hinter den Beifahrersitz griff und eine dunkelbraune Kunstlederjacke hervorzog. »Hier. Du frierst.«

Sie war mit Fleece gefüttert und sah mollig warm aus, trotzdem widerstand Theo dem Bedürfnis, sie anzunehmen. »Ich habe einen Mantel in meinem Gepäck.«

»Es würde unnötig Zeit kosten, den extra hervorzukramen. Zieh einfach die Jacke über. Ich trage sie nur, wenn es schneit. Also benutz sie ruhig.«

Theo überlief ein weiteres Frösteln. Ihre Augen wurden schmal, als er eine Braue hochzog und dabei – ganz der Bär – so selbstgefällig dreinsah, dass sie sein Angebot allein schon deswegen am liebsten zurückgewiesen hätte. Was komplett vernunftwidrig war. Andererseits hatte sie, und das als Einzige in ihrer Familie, schon immer zu irrationalem Verhalten geneigt, was einer der Gründe für die massive Ablehnung seitens ihres Großvaters gewesen war.

Sie schnappte sich die Jacke und schlüpfte hinein. Die Armlänge hätte vermutlich perfekt gepasst, wäre sie an den Schultern nicht viel zu breit gewesen für Theos zierliche Gestalt. Doch dieses Problem ließ sich leicht beheben, indem sie kurzerhand die Ärmel hochkrempelte. »*Spasibo*«, bedankte sie sich grummelig.

»Gern geschehen.« Das Funkeln in seinen Augen verriet ihr, dass er ihr an der Nasenspitze ansah, was in ihr vorging. »Mach sie lieber bis hoch zum Kragen zu. Der Hals kühlt am schnellsten aus. Macht sich gut zu deinem restlichen Outfit.«

Jetzt war sie überzeugt, dass er sich auf ihre Kosten amüsierte. Ihr »Outfit« war an Farblosigkeit nicht zu überbieten – aus Kalkül. Sie entschied, dass es manchmal das Klügste war, zu Scherzen aufgelegte Gestaltwandlerbären nicht weiter zu beachten, und kletterte, ohne eine Antwort zu geben, auf den Beifahrersitz.

Als sie dann die Augen auf die Zufahrt richtete, war sie plötzlich froh darüber, dass er sie von diesem Albtraumszenario abgelenkt hatte, und sei es nur für ein paar Minuten. Denn ihr Magen fing wie aufs Stichwort von Neuem an zu rebellieren. Sie mochte den Geist ihres Großvaters verjagt haben, doch die schemenhaften Erinnerungsfetzen spukten ihr weiterhin im Kopf herum.

Yakov warf ihr von der Fahrerseite aus einen Blick zu. »Packen wir es an?«

Theo zwang sich zu nicken, wodurch ihr erneut Yakovs Duft in die Nase stieg, der sich in jeder Faser seiner Jacke eingenistet hatte, auch wenn er sie selten trug. Die Wahrnehmung hätte ihre Sinne überfordern und ein klaustrophobisches Gefühl bewirken müssen, doch das war nicht der Fall. Also befolgte sie Yakovs Rat und zog den Reißverschluss bis zum Stehkragen hoch.

Wenn sie das Kinn senkte, würde sie wieder seinen Geruch inhalieren.

Sie folgten der von flüsternden Schatten verdunkelten Straße … bis sie eine Biegung nach rechts machte.

»Eine clevere Lösung, damit die Einrichtung vom Tor aus nicht zu sehen ist.«

»Offenbar waren hier früher mal Lichtsensoren.« Theo deutete auf eine schwarze Box, die unter einem mächtigen Baum lag, an dem sie ursprünglich wohl mal befestigt gewesen war. »Selbst wenn es jemandem gelungen wäre, auf das Grundstück zu gelangen, hätte er keine Chance gehabt, sich unentdeckt an das Gebäude heranzuschleichen.«

»Ein Gestaltwandler hätte den Weg durch den Wald nehmen können«, wandte Yakov ein. »Aber derjenige müsste schon einen guten Grund gehabt haben, so weit abseits ausgetretener Pfade herumzuschnüffeln. Besonders, nachdem auf diesem Gelände offiziell ein Sanatorium angesiedelt war.«

Ein Knurren stieg aus seiner Brust auf. »Als Jugendlicher habe ich nicht einmal geahnt, dass in diesen Zentren brutale Gehirnwäschen durchgeführt wurden. Ich dachte, es seien eigens für die Medialen eingerichtete Kliniken. Was Sinn ergeben hätte, nachdem deren physiologische Bedürfnisse anders geartet sind als die von Menschen und Gestaltwandlern.«

»Ja, das stimmt.« Die Organismen der drei Gattungen waren zwar fast, aber doch nicht komplett identisch. Es gab nur ein paar kleine Abweichungen, doch sie genügten, um auf medizinischem Gebiet einen entscheidenden Unterschied zu machen.

»Ich bin mir ziemlich sicher, dass mein Urgroßvater gewusst hat, was in den Zentren vorging«, fuhr Yakov fort. »Trotzdem stelle ich mir gern vor, dass es nicht so war. Immerhin achteten die Medialen während der Ära von Silentium penibel darauf, ihre Geheimnisse zu hüten, also ist es nicht gänzlich ausgeschlossen. Nach allem, was ich über ihn erfahren habe, hätte ihm die Wahrheit das Herz gebrochen.«

Bevor Theo ihn fragen konnte, weshalb sein Urgroßvater sich für die Rehabilitationsanstalten interessiert haben sollte, erweiterte sich die Kulisse und gab den Blick auf ein großes, verwittertes Gebäude frei. An den Mauern rankte sich Efeu empor, dessen fein verästelte Wurzeln unter dem rotgolden gefärbten Laub verborgen waren. Schutt bedeckte die beiden Auffahrtsrampen sowie die Treppenstufen, die zu der breiten Eingangstür führten. Das Dach schien unbeschädigt zu sein, allerdings blätterte an manchen Stellen die wetterfeste Beschichtung ab, sodass das Kupfer darunter zum Vorschein kam.

Man konnte erkennen, dass die jetzt grauen, schmutzigen Wände früher einmal weiß gewesen waren. Die Mehrzahl der Fenster war noch heil, nur ein paar wiesen massive Sprünge auf, so als wären sie im Verlauf eines Sturms durch herumfliegende Äste, die sich überall auf dem Areal verteilten, demoliert worden.

Das gesamte Anwesen atmete Verfall.

Vielleicht war das der Grund, warum Theo nicht in Panik ausbrach, ihre Neugier über ihre Furcht siegte. Oder, weil dieser Ort ganz anders aussah als in ihrer —

Eine glasklare Erinnerung durchfuhr sie, daran, wie sie dieses Gebäude aus dem Wagen ihres Großvaters erspäht hatte.

Ihr Herz wummerte, wenngleich dieses Mal nicht vor Angst. Da war nur grimmige Entschlossenheit. Sie stieg aus, und ihr Blick ging reflexartig nach rechts, dorthin, wo sie … Sie runzelte nachdenklich die Stirn, doch die bruchstückhafte Rückblende – so es denn eine gewesen war – entzog sich ihr.

Yakov, der ein wenig herumgestreift war, blieb neben ihr stehen. »Macht definitiv einen verlassenen Eindruck«, stellte er fest. »Allerdings befindet sich laut der Karte, die dein Bruder geschickt hat, auf der Rückseite ein großer Hofraum mit irgendeinem Schuppen und einem Nebengebäude. Ich würde vorschlagen, dass wir uns erst mal dort umsehen, bevor wir uns Zutritt zu der Klinik selbst verschaffen.«

Da er der Sicherheitsprofi war, war es für Theo kein Problem, ihm die Führung zu überlassen. Sie schloss sich Yakov an, wobei sie für eine Mediale ungewöhnlich dicht neben ihm herging, was ihn jedoch nicht zu stören schien, falls er es überhaupt registrierte. Als Gestaltwandler legte er andere Maßstäbe an, was körperliche Nähe betraf.

Das Knistern des Herbstlaubs unter ihren Schritten klang schmerzhaft laut in Theos Ohren. »Mache ich zu viel Lärm?«

»Nein, keine Sorge. Übrigens nehme ich nichts wahr – keine Gerüche oder Geräusche –, das auf die Anwesenheit von etwas anderem als Vögeln und vielleicht ein paar Mäusen hinweisen würde.«

Keine in Betrieb befindliche medizinische Einrichtung würde dulden, dass sich ganz in ihrer Nähe Nagetiere herumtrieben.

Wieder spürte sie ein unangenehmes Ziehen im Magen. »Nicht einmal Pax konnte eruieren, wie viele Personen hier tatsächlich festgehalten wurden, aber es waren mindestens fünfzig. Anhand der Finanzdaten ist er zu der Einschätzung gekommen, dass es etwa dreißig Patienten und zwanzig Mitarbeiter gewesen sein müssen.«

Yakovs Arm streifte beim Gehen Theos, und ihr wurde klar, dass sie ihm regelrecht auf die Pelle rückte – ein Verhalten, das in ihrem Volk als absolut ungehörig galt, trotzdem konnte sie sich nicht überwinden, auf Abstand zu gehen. Sowieso schien es Yakov noch immer nicht wirklich aufzufallen.

Darum blieb sie dicht an seiner Seite, ließ sich von der Wärme seines starken, schützenden Körpers einhüllen, um das namenlose Grauen, das dieser Ort verströmte, in Schach zu halten.

Theos Anspannung brannte wie Säure auf Yakovs Haut.

Ihre Furcht war in simmernde Wut umgeschlagen, während sie überlegte, welche Art von Verbrechen hier womöglich begangen worden war.

Theo war sichtlich verärgert.

So sehr, dass sein Bär sich einprägte, sie niemals in solche Rage zu versetzen.

Doch ihr Zorn zeugte auch von Schmerz. Was hatte ihren Panikanfall am Tor ausgelöst? Theos Reaktion war zu heftig gewesen, um nicht nachzuklingen, und wenn sie noch so sehr dagegen ankämpfte.

Immerhin suchte sie gleichzeitig Yakovs Nähe.

Er war mit ihrer Gattung vertraut genug, um zu wissen, dass das eine große Sache war, ein Zeichen des Vertrauens, das sie ihm schenkte, vermutlich ohne sich dessen bewusst zu sein.

Sein Bär rieb sich von innen an der Haut, als sie schließlich den Bau umrundet hatten und auf einen weitläufigen Hof gelangten. Gelbe, rote und braune Blätter übersprenkelten die stockfleckigen Pflastersteine; vor einer der Wände, wo der Wind sie nicht umwerfen konnte, befanden sich ordentlich gestapelte Möbelstücke, und ein Teil der Pergola war, offenbar während eines Sturms, unter der Last eines umgestürzten Baums zusammengestürzt.

Dann wurde Yakov auf etwas am linken hinteren Ende des Hofes aufmerksam. »Könnte das ein Gewächshaus sein?«

Theo zog die Stirn in Falten.

Diese offene Zurschaustellung ihrer Gefühle überraschte Yakov nicht. Es war leicht zu erkennen, dass sie nicht gerade das Paradebeispiel für eine in Silentium aufgewachsene Mediale war. Tatsächlich legten ihre häufigen emotionalen Anwandlungen nahe, dass sie das Programm nie wirklich verinnerlicht hatte.

Ihr Bruder mochte an einen Androiden erinnern, doch an Theos Reaktionen war nichts Zögerliches, nichts Aufgesetztes. In ihr gärte ein gewaltiger Zorn, den er wie eine Vibration auf der Haut spürte.

Sollte er irgendwann aus ihr hervorbrechen, würde womöglich die halbe Welt explodieren.

»Ja«, antwortete sie schließlich auf seine Frage. »Wenn auch ein ziemlich billiges – sieht aus, als würde es nicht aus Glas, sondern aus transparentem Kunststoff bestehen.«

»Du hast recht.« Eine der »Wände« bewegte sich im Wind hin und her, und als sie näher herangingen, stellte Yakov fest, dass eine andere sich komplett gelöst hatte und zusammengedrückt vor der Tür eines Schuppens lag. Er sah ihn sich genauer an, fand darin jedoch nichts als ein paar verrostete Werkzeuge. »Hier scheint der Gärtner seine Sachen aufbewahrt zu haben«, erklärte er und wandte sich wieder dem behelfsmäßigen Gewächshaus zu.

Theo zeigte mit dem Finger auf die Erde. »Es wurde Gemüse angebaut.«

Yakov ging in die Hocke und inspizierte die Setzlinge, die aus eigener Kraft Wurzeln geschlagen hatten, nachdem ihre Pflanztöpfe aus dem klapprigen Metallregal gekippt waren. »In den Akten gab es keinen Hinweis darauf, dass dieses Zentrum sich selbst versorgt hätte.«

Theo schüttelte den Kopf und ließ den Blick über die Umgebung schweifen. »Nein, es wurde regelmäßig mit Lebensmitteln und anderen Versorgungsgütern beliefert.« Sie schaute wieder zu ihm. »Auf diesem Hof hat jemand gewohnt. Zumindest für eine Weile.«

Yakov stand wieder auf. »Lass uns rasch noch das andere Gebäude auskundschaften, das hier irgendwo sein muss, bevor wir uns das Haupthaus vornehmen.«

Theos Augen zuckten kurz dorthin, bevor sie sie sofort wieder abwandte. Ihre Pupillen waren riesig, die Iris darum von einem fast überwältigenden Blau.

Yakov tat, als hätte er ihre erschrockene Reaktion nicht bemerkt – schließlich wusste sein innerer Bär, was sich gehörte, und er war schlau genug, diese sehr wütende Frau nicht zusätzlich zu provozieren. Stattdessen wandte er sich in die Richtung, in der das Nebengebäude dem Originalgrundriss des Anwesens zufolge lag.

»Wir müssen das gesamte Terrain durchkämmen«, sagte er, als sie sich durch die dichte Vegetation kämpften. »Nicht auszuschließen, dass es hier irgendwo noch weitere provisorische Bauten gibt.« Er schob einen tief hängenden, mit kleinen gelben Blüten bewachsenen Ast beiseite, damit Theo vorbeikonnte. Das Dickicht war noch nicht undurchdringlich, aber auf dem besten Weg dorthin.

Anschließend übernahm er wieder die Führung ... und erntete einen scharfen Blick von ihr. Nein, Theo Marshall war mitnichten unterwürfig. Im Gegenteil, sie schien eher jemand zu sein, der unterwürfige Geschöpfe zum Frühstück verspeiste.

Zum Glück wirkte sich Yakovs eigene Dominanz ausgleichend auf Theos aus, von seinem Charme ganz zu schweigen.

Er setzte sein bezauberndstes Grinsen auf und zeigte auf das dichte, hohe Gras vor ihnen. »Ich kann mit meinen Stiefeln einen Trampelpfad für dich schaffen.«

Theo kniff die Lippen zusammen, und Yakov durchfuhr der Gedanke, dass sie weit mehr über seine Spezies wusste, als er angenommen hatte, und ihr sein Wunsch, sie zu beschützen, vielleicht sogar missfiel. Doch dann nickte sie knapp, und sie setzten ihren Weg fort, wobei sein Bär diese Mediale, die sich wesentlich vielschichtiger präsentierte, als er anfangs gedacht hatte, ganz genau im Auge behielt.

Das Problem war, dass Yakov auf »kompliziert« stand.

»Dort ist es.« Theo zeigte auf einen grauweißen Schemen, der sich hinter den Bäumen abzeichnete.

»Warte kurz.« Er stampfte einen weiteren Streifen Gras für sie platt. »Scheint, als wäre der Weg ab hier frei begehbar.« Er sah nur Moos und Mehltau – und einen Vogelkadaver.

Yakov war ein Raubtiergestaltwandler, die Jagd lag ihm im Blut. Trotzdem hasste er es, ein verletztes Tier zu sehen, es sei denn, es diente als Nahrungsquelle. Er zupfte ein handtellergroßes Blatt von einem nahen Strauch, schob es behutsam unter den federleichten Körper des Vogels und legte ihn anschließend am Fuß eines Baumes ab, damit der Leichnam dort verwesen konnte, ohne dass jemand auf ihn drauftrat und die winzigen Knochen zertrümmerte.

Theo, die neben ihm stehen geblieben war, schaute ihm schweigend zu.

Schließlich richtete er sich auf, und sie bedachte ihn mit einem Blick, den er nicht deuten konnte. Ihre Stimme klang niedergeschlagen, als sie dann murmelte: »Pax und ich haben einmal einen Vogel gerettet. Wir brachten sein Herz dazu, wieder zu schlagen.« Sie schüttelte blinzelnd mit dem Kopf.

»Theo?«

»Ach, nicht wichtig.« Sie hörte sich wieder ganz normal an. »Wir sollten uns beeilen, um das Tageslicht, das uns noch bleibt, nicht zu vergeuden.«

Yakov beschloss, ihre rätselhafte Bemerkung später näher zu ergründen, und steuerte auf das Gebäude zu, das ein kleines Wohnhaus zu sein schien. Er blickte durchs Fenster und sah, dass innen alles sauber und aufgeräumt wirkte, es keine Anzeichen für gewaltsames Eindringen gab.

Theo umfasste den Türknauf, drehte ihn und öffnete die Eingangstür.

16

Claire, wir müssen über Theodora reden, denn jetzt steht der siebte Geburtstag der Zwillinge vor der Tür. Ich erwarte dich um zwanzig Uhr in meinem Büro. Ohne Miles. Dies ist eine Familienangelegenheit.

Telepathische Nachricht von Marshall Hyde an Claire Marshall (1. September 2062)

Es wurde sofort offensichtlich, dass es im Inneren zu sauber war.

»Irgendwer hat bis vor Kurzem hier gewohnt.« Theo fuhr mit der Fingerspitze über eine Tischplatte, die von einer feinen Staubschicht überzogen war. »Wäre diese Unterkunft schon seit dem Tod meines Großvaters verlassen, müsste mehr Schmutz vorhanden sein.«

»Ich nehme nichts wahr, außer der leichten Muffigkeit eines Hauses, das seit einer Weile leer steht.« Yakov öffnete die Schränke in der kleinen Küche. »Keine Lebensmittel.«

»Der Kühlschrank ist ausgeschaltet.« Theo warf einen Blick hinein. »Yakov.«

»Riecht nach sauer gewordener Milch.« Er verzog angewidert das Gesicht, trat zu ihr und sah, was seine Nase längst gewittert hatte: eine Halb-Liter-Packung Milch, die vergessen in einer Ecke stand. *Frische*, keine haltbar gemachte, die lange aufbewahrt werden konnte.

Er nahm sie heraus und überprüfte das Verbrauchsdatum. »Ist vor zwei Monaten abgelaufen.«

Theo machte den Kühlschrank wieder zu. »Wer immer hier gewohnt hat, ist längst über alle Berge.«

»Wir könnten ein forensisches Team hinzuziehen, um anhand von Fingerabdrücken die Identität der Person festzustellen«, schlug er vor. »In meinem Clan gibt es Spezialisten für so was.«

»Nein, das würde zu viel Aufmerksamkeit erregen.« Theo schob, um sie zu wärmen, die Hände in die Taschen seiner Jacke, und sein Bärenherz schlug vor Freude höher. »Und im Moment ist das auch nicht weiter von Belang. Es könnte jemand vom Personal gewesen sein – doch dann wäre es eher unwahrscheinlich, dass dessen Akte noch irgendwo zu finden ist.«

»Weil man keine Schattenorganisation ohne die entsprechenden Mitarbeiter führen kann.« Da es keine Möglichkeit gab, ihn zu entsorgen, stellte Yakov den Milchkarton zurück in den Kühlschrank, damit der strenge Geruch dort eingeschlossen war. »Zeit, das Hauptgebäude zu checken.«

Theo schwieg, als sie nach draußen gingen, und Yakov merkte, dass ihr ganzer Körper angespannt war wie eine Stahlfeder.

Er schätzte ihr mentales Gleichgewicht als stabil ein und stellte ihr die Frage, die er sich zuvor verkniffen hatte. »Hat ein Flashback deinen Panikanfall ausgelöst?«

Eine einzelne Locke hatte sich aus ihrem strengen Haarknoten gelöst und ringelte sich zart neben ihrem Ohr. Doch in ihrer Stimme lag dieselbe eiserne Beherrschung wie in ihrem Blick, als sie sagte: »Er war wirr und lückenhaft, aber die Antwort lautet Ja.«

Als das Haupthaus in Sicht kam, blieben sie stehen und Theo starrte es an. Wieder hoben sich ihre Pupillen wie schwarze Tintenkleckse gegen die leuchtend blauen Iriden ab. »Jedoch stimmte die visuelle Proportion nicht.«

»Dein Blickwinkel war der eines Kindes?«, fragte er.

Sie runzelte kurz die Stirn. »Ja. Ich war nicht annähernd so groß, wie ich es heute bin. Und außerdem deutlich jünger. Noch keine zwölf. Das weiß ich, weil ich mit zwölf einen beachtlichen Wachstumsschub hatte. Bis dahin gehörte ich zu den Kleinsten in meiner Altersgruppe.«

Yakov hasste den Gedanken, dass ein verletzliches Kind Zeit an diesem kalten, einsamen, vom Hauch des Bösen umwehten Ort zubringen musste. »Hast du bewusste Erinnerungen an diese Einrichtung?«

»Nein. Bis zu dem Flashback hatte ich keine Ahnung, dass ich schon einmal hier gewesen bin.«

Yakov wollte ihr glauben. Sein Bauchgefühl und Theos Reaktion am Tor sprachen dafür, dass sie die Wahrheit sagte. Niemand könnte diese Art von Panik – einschließlich der biochemischen Veränderungen in ihrem Körper – einfach so vortäuschen. Der Haken an der Sache waren ihre familiäre Herkunft sowie die Geschichte der Marshalls.

Diese Leute waren Experten darin, Dinge unter dem Deckel zu halten.

Trotz seiner zwiespältigen Gefühle bot er ihr abermals seine Hand. Theo taxierte sie, und er dachte schon, sie würde sie zurückweisen, als sie ihn wieder einmal überraschte und sie ergriff.

»Du brauchst definitiv wärmere Klamotten«, bemerkte er und schloss ihre kühlen Finger in seine heiße Hand ein.

»Yakov?«

»Nenn mich Yasha.« Die Worte kamen einfach so aus seinem Mund. Sein Bär hatte entschieden, Theo zu vertrauen, noch bevor der rationaler denkende Teil von Yakovs Verstand sich diesbezüglich schlüssig werden konnte.

Ihre Finger verkrampften sich um seine. »Normalerweise fasse ich keine Leute an.« Ihre Stimme hatte einen harten Beiklang.

»Ich bin keine Leute.« Er zwinkerte ihr zu. »Sondern ein Bär.«

Eine steile Falte erschien zwischen ihren Brauen … gefolgt von einem leichten Zucken ihrer Mundwinkel. »Dann muss ich mich wohl korrigieren.« Sie atmete tief ein. »Ich bin bereit.«

Über ihnen krächzte laut ein Vogel, Theo hob den Kopf und verfolgte seine Flugbahn am Himmel. Als sie die Augen wieder auf Yakov richtete, war das Blau der Iris kaum noch zu erkennen. »Vielleicht ist das ein gutes Omen.«

»Sie ist dir wichtig, diese Erinnerung daran, wie du und dein Bruder den Vogel gerettet habt«, folgerte er.

»Ja, das ist sie. Ich denke, am Ende gab das den Ausschlag dafür, dass unsere Familie beschloss, Pax und mich zu trennen. Es könnte also ebenso gut ein schlechtes Vorzeichen sein.« Ihre Miene versteinerte sich. »Was ich dir jetzt sage, war bislang Verschlusssache, aber ich bin nicht bereit, die Geheimnisse der Marshalls länger zu wahren. Pax und ich sind ein harmonisch begabtes Geschwisterpaar.«

Yakov wusste damit nichts anzufangen, doch das Gefühl sagte ihm, dass Silver es ihm erklären könnte. Nicht dass er sie darum bitten würde. Was Theo ihm gerade anvertraut hatte, war eine private Information. »Erzähl mir beim Abendessen davon.« Er hatte die Absicht, sie später mit jeder Menge Nervennahrung zu verköstigen. »Wenn wir hier fertig sind.«

Sie straffte die Schultern, ihr Zorn ein flammender Schild, dann nickte sie. »Wenn wir hier fertig sind.«

Sie stiegen zusammen die Treppe hinauf und fanden die Eingangstür verschlossen vor. Doch das war kein Hindernis; Theo entriegelte sie mittels ihrer telekinetischen Kräfte innerhalb weniger Sekunden.

Eine äußerst nützliche Fähigkeit für eine machtbesessene Familie wie Theos.

Yakov behielt den Gedanken für sich, um sie nicht aus der

Fassung zu bringen. Seine Mediale mochte zäh und entschlossen sein, doch hier war ihr persönlicher Horror zu Hause.

Er entschied, dass seine Fragen warten konnten, und trat ein.

17

Harmonien sind ein Segen, den es zu schätzen und zu schützen gilt. Diese seltenen Duos – es handelt sich oft, wenn auch nicht immer, um Zwillinge – tragen das Geschenk des Lebens in sich. Einem harmonisch begabten Paar darf niemals ein Leid zugefügt werden. Andernfalls würde das schillernde Herz unserer Gemeinschaft schweren Schaden nehmen.

Aleya, mediale Philosophin (circa 1571)

Zweiundzwanzig Jahre früher

Theo ging mit langsamen Schritten zur Tür, obwohl sie am liebsten losgerannt wäre. Aber ihr Großvater und ihre Eltern hatten ihr und ihrem Bruder eingehämmert, dass schnelles Laufen in diesem Haus nicht geduldet wurde.

»Jegliche Zuwiderhandlung führt automatisch zum Verlust von Privilegien«, hatte ihre Mutter sie gewarnt.

Theo hatte die Bedeutung des zweiten Worts nicht verstanden und deshalb Pax' und ihren Lehrer danach gefragt. Jetzt wusste sie, dass damit Verstöße gegen die Regeln gemeint waren. Sie hatte die Information an ihren Bruder weitergegeben, auch wenn er nie so hart bestraft wurde wie sie. Er hatte sie ermahnt, sich an die Vorschriften zu halten, damit man ihnen ihre Zeit im Garten nicht streichen würde – die sie zum Spielen nutzten, obwohl sie eigentlich Turnübungen machen sollten.

Da man sie auf dem riesigen Anwesen ihres Großvaters in Sicherheit wusste, schaute in der Regel niemand nach ihnen. Und so spielten sie Verstecken, kletterten auf Bäume und dachten sich neue Freizeitbeschäftigungen aus.

Ich verstehe nicht, warum sie immer nur dich bestrafen, obwohl wir alles gemeinsam tun, hatte Pax sich auf der Bewusstseinsebene gewundert.

Theo war erst fünf gewesen, trotzdem kannte sie die Antwort. *Weil du starke geistige Kräfte hast. Mutter sagt, dass du vielleicht sogar eine acht oder neun auf der Skala erreichst und sie nicht begreift, warum ich viel schwächer bin als du*. Es machte Theo traurig, dass sie enttäuscht von ihr war. *Ich strenge mich bei den Tests jedes Mal so sehr an, um mit dir mitzuhalten, aber ich kann meinen Verstand einfach nicht erweitern*.

Ich mag dich so, wie du bist, Theo! Im Rechnen bist du klüger als alle anderen, und du hilfst mir immer, wenn ich was nicht verstehe!

Theo musste bei der Erinnerung an seine Worte ein Lächeln unterdrücken. Sie wusste, dass er sie mochte, sie spürte seine Zuneigung auf eine Weise, die sich mit nichts vergleichen ließ. Pax würde sie nie bestrafen oder gemein zu ihr sein, nur weil ihre Rangzahlen an seine bei Weitem nicht heranreichten. Er ging auch nicht nach draußen, um allein zu spielen, wenn sie mal wieder Hausarrest hatte. Stattdessen absolvierte er einfach sein Körperertüchtigungsprogramm auf dem Rasen und kam danach sofort wieder rein.

Damit wir beide bestraft sind, hatte er ihr erklärt. *Das ist nur fair*.

Endlich stand sie auf dem kalten Fliesenboden der weitläufigen Terrasse. Pax saß auf der untersten Stufe der Treppe, die hinunter zu der in helles Sonnenlicht getauchten Grünanlage führte. Er wartete schon auf sie.

Pax!, machte sie ihn telepathisch auf sich aufmerksam. Sie war nicht so dumm, mit ihrer normalen Stimme nach ihm zu rufen. Würde jemand sie hören, wäre sie in ernsthaften Schwierigkeiten, weil sie sich über die »Prinzipien von Silentium« hinwegsetzte.

Er drehte sich um und winkte ihr mit ausdrucksloser Miene zu. Sie hatten beide längst verinnerlicht, nur ja nicht zu lächeln – es sei denn, sie waren unter sich. Ihr Bruder stand auf und klopfte sich den Staub von seinen hellbraunen Shorts. Es waren die gleichen, die auch Theo trug, dasselbe galt für ihre weißen T-Shirts. »Du hast dich wieder mal genauso angezogen wie ich!«

Sie hörte sein Lachen in ihrem Bewusstsein und stimmte ein, weil ihnen das ständig passierte. Und wenn sie keine identischen Sachen besaßen, wählten sie möglichst ähnliche. *Sollen wir jetzt so tun, als würden wir unsere Turnübungen machen?*

Sie verbrachten jedes Mal eine Weile auf dem Rasen, bis die Leute im Haus überzeugt waren, dass sie sich benahmen. Theo konnte nicht immer sagen, ob jemand sie von den Fenstern aus beobachtete. Im Gegensatz zu Pax, der über gewaltige Kräfte verfügte und auch schon sehr geschickt im Umgang mit ihnen war.

Ja. Großvater hat ein Auge auf uns.

Theos Herzschlag verlangsamte sich, ein kalter Schauer lief über ihre Haut. Wortlos schritt sie die Treppe hinunter, anschließend machten sie und Pax auf dem Rasen Dehnübungen. Theo wusste, dass ihr Großvater enttäuscht von ihr war. Er machte keinen Hehl daraus.

»Falls deine Skalenwerte so niedrig ausfallen, wie zu befürchten steht, wäre das eine ungeheuerliche Verschwendung von Intelligenz und exzellentem genetischen Material«, hatte er ihr mitgeteilt, während er ihre aktuelle schulische Leistungsbeurteilung überflog. »Und ein herber Schlag für die Familie.«

Er ist weg, gab Pax gedankensprachlich Entwarnung.

Theo seufzte erleichtert auf. »Ich dachte schon, er würde

überhaupt nicht mehr verschwinden!« Jetzt konnten sie endlich ihre Freiheit genießen. Ihr Großvater beobachtete sie immer nur für kurze Zeit, bevor er sich wieder seinen wichtigen Geschäften widmete.

»Ging mir genauso!«, schnaubte Pax, der ihn ebenfalls viel zu streng fand, obwohl er dessen Erwartungen voll erfüllte. Er konnte spüren, wie das Herz seiner Zwillingsschwester sich jedes Mal vor Kummer zusammenzog, wenn ihr Großvater sie beide in sein Büro zitierte und Punkt für Punkt aufzählte, was ihm alles an Theo missfiel.

Pax versuchte ihm dann immer zu erklären, dass sie sich wirklich Mühe gab. Theo würde ihn bitten, das in Zukunft zu unterlassen. Ihr Großvater ärgerte sich darüber, und sie wollte nicht, dass ihr Bruder sich in Schwierigkeiten brachte. »Dann los«, ermunterte sie ihn. »Lass uns zu den Bäumen laufen, bevor jemand anderes die Aufsicht übernimmt.« Wenn sie nicht auf dem Rasen waren, machte sich für gewöhnlich niemand auf die Suche nach ihnen, und falls doch, warnte Pax Theo früh genug, sodass sie vorgeben konnten, einen Spaziergang durch die Natur zu unternehmen. Das war ihnen gestattet, weil es unter schulische Aktivitäten fiel.

Sie rannten los, dabei streckte Pax den Arm nach hinten, als wollte er Theos Hand fassen.

Nein, Pax, erinnerte sie ihn. *Noch nicht*. Sie durften einander nicht berühren. Unter Silentium war Körperkontakt verboten.

Oh, hab ich ganz vergessen. Er lief jetzt ein bisschen langsamer, damit sie zu ihm aufschließen konnte.

Er warf ihr gerade einen Blick über die Schulter zu, als sie den Vogel entdeckte. *Sieh doch nur!* Theo blieb abrupt stehen.

Ihr Bruder folgte ihrem Beispiel, dann beugten sie sich über die Amsel, die mit zuckenden Flügeln auf der Erde lag. »Er ist verletzt.«

Sie ließen sich beide neben dem Vogel auf die Knie sinken. Theo versuchte, die heißen Tränen in ihren Augen fortzublinzeln. Ihr Großvater würde sie hart bestrafen, wenn er argwöhnte, dass sie geweint hatte. »Er darf nicht sterben.«

Pax strich mit der Fingerkuppe sacht über den Rücken der Amsel. »Ich fürchte, er hat sich am Kopf verletzt, Theo.« Er konnte ihren Namen noch immer nicht richtig aussprechen, es klang wie »Tio«. Ihrem Großvater gefiel es nicht, dass Pax einen »Sprachfehler« hatte, darum zwang er ihn, eine Therapie bei einem Logopäden zu machen, um seine Aussprache zu verbessern. Theo verstand den Sinn dahinter nicht.

Sie streckte die Hand aus, um den Vogel behutsam zu streicheln. »Ich glaube, er hat Angst.« Ihre Finger berührten das schwarze Gefieder … und ihr Geist öffnete sich, wurde kristallklar.

Pax hielt sie nicht auf, als sie dem silbernen Weg folgte, den er im Medialnet erschaffen hatte. Er war solide und strahlend hell – genau wie ihr Bruder und alles, was er auf der mentalen Ebene kreierte.

Sie betrachtete ihre Hände in der tiefen, vom Glanz der Straße illuminierten Schwärze, die sie umgab, und sah, dass sie glitzerten wie silbrige Sonnenstrahlen. Lächelnd ging sie weiter, bis sie in ein Zimmer voller zerbrochener und durcheinander geratener Gegenstände gelangte. Es war das reinste Tohuwabohu.

Theo machte sich daran, alles zurück an seinen Platz zu räumen, so wie sie manchmal im Arbeitszimmer ihres Vaters Miles Ordnung schaffte. Unerklärlicherweise war er trotz seiner Acht auf der Skala nicht so enttäuscht von ihr wie der Rest der Familie, und darüber war sie sehr glücklich. Wenn sie sich vor ihrem Großvater verstecken musste, klopfte sie gelegentlich an Miles' Bürotür und fragte, ob sie sich seiner Bücherregale annehmen dürfe, die stets in einem ziemlich chaotischen Zustand waren.

Er sagte immer Ja, es sei denn, er musste sich auf ein Meeting vorbereiten.

Obwohl sie noch nicht so gut lesen konnte wie die Erwachsenen, gelang es ihr, selbst die Titel auf seinen dicksten Wälzern zu entziffern, und die, die sich ihr nicht erschlossen – wie beispielsweise »Astrophysik« oder »Kosmologie« –, recherchierte sie mithilfe ihres Schul-Tablets. Auf diese Weise konnte sie die Bücher und Unterlagen ihres Vaters recht effizient nach Themenbereichen sortieren. Und wenn sie sich auf etwas überhaupt keinen Reim machen konnte, legte sie es zur Seite, um ihn später, wenn er Zeit hätte, danach zu fragen.

Aber in diesem chaotischen Zimmer benötigte sie keine Hilfe. Sie wusste, was sie zu tun hatte. Die Dinge, die nur ein wenig verrückt waren, ließen sich ohne großen Aufwand wieder an ihren Platz schieben, wohingegen die zerbrochenen Objekte erst einer Reparatur bedurften, ehe sie sie zurückstellen konnte. Das war nicht schwer, kostete jedoch Zeit und jede Menge Energie.

Darum gab Pax ihr von seiner ab. *Du bist so klug, Theo*, lobte er sie, und erst da realisierte sie, dass auch er in dem Raum war. Er saß in der Ecke und schaute ihr zu. *Ich kann mir nicht erklären, wie du* es *angestellt hast, dieses Teil instand zu setzen.*

Dafür hast du die Straße hierher gebaut. Ich könnte das nicht. Danke, dass du deine Kraft mit mir teilst.

Er lächelte, und sie fühlte ihn in ihrem Bewusstsein.

Sie blieben in dem Zimmer, bis Theo jeden einzelnen zerbrochenen, derangierten Gegenstand repariert und zurück an seinen Platz befördert hatte. Anschließend machte sie sich ohne Pax auf den Rückweg. Er würde zu ihr stoßen, sowie er die Tür geschlossen und jeden Hinweis auf die Straße aus dem Medialnet gelöscht hätte.

Sie öffnete als Erste die Augen.

Kaum hatte kurz darauf auch ihr Bruder die Lider aufgeschlagen, sprang der Vogel hoch und schlug krächzend mit den Flügeln, bevor er so eilig davonflog, dass eine seiner Schwingen beinahe Theos Gesicht streifte. Sie lachte. »Wir haben es geschafft, Pax!«

Ihr Bruder lächelte sie an … dann wurde plötzlich alles schwarz, als sie beide ohne Vorwarnung das Bewusstsein verloren, Körper und Geist den Dienst versagten.

18

»Ich könnte mit ihr zu meiner Familie ziehen.«

»Nein. Vater will ein Auge auf ihre Erziehung und ihre Entwicklung haben. Sie ist eine Marshall, und das wird sie auch bleiben. So wurde das in dem von uns geschlossenen Fortpflanzungsvertrag geregelt.«

»Sie ist noch ein Kind, Claire. Wohlgeraten und intelligent. Es ist nicht nötig, sie zu isolieren, um den Vorschriften von Silentium zu genügen. Würde sie bei uns Fabers aufwachsen, wäre das eine ebenso gute Lösung.«

»Die Entscheidung steht fest, Miles. Es sei denn, du möchtest dich mit meinem Vater anlegen.«

Gespräch zwischen Claire Marshall und Miles Faber (15. Oktober 2062)

Da das Tageslicht im Schwinden begriffen war und es in dem Gebäude keinen Strom gab, blieb ihnen gerade noch Zeit für eine flüchtige Inspektion. Das Einzige, was sie entdeckten, waren zurückgelassenes medizinisches Gerät und massenhaft Spinnweben. Keine Spur von Computern, Tablets oder Organizern.

»Wir werden heute vor Einbruch der Dunkelheit nichts mehr finden«, sagte Yakov, als sie wieder im Erdgeschoss waren. »Ich konnte keine Gerüche feststellen, die darauf hindeuten würden, dass sich hier in letzter Zeit irgendjemand aufgehalten hat.«

Theo schaute sich sichtlich erzürnt um. »Wir sind auf rein gar nichts gestoßen.«

»Stimmt«, bestätigte er. »Was an sich schon aussagekräftig ist.«

Yakov musste sich beherrschen, um keine Reaktion zu zeigen, als sie sich wieder ihm zuwandte und er sah, dass ihre Augen vollkommen schwarz geworden waren. Der Anblick war ein bisschen gespenstisch und gleichzeitig atemberaubend schön. »Wir tun uns selbst keinen Gefallen, wenn wir uns hier im Dunkeln herumtreiben. Wir brauchen einen Plan und ausreichend Zeit für eine großangelegte Suchaktion. Wer auch immer hier die Spuren verwischt hat, kann unmöglich jedes einzelne Beweisstück vernichtet haben.«

»Sie hatten dafür Jahre zur Verfügung.«

»Mag sein, aber dieser Komplex ist riesig, und vielleicht hat nicht jeder getan, was ihm aufgetragen wurde.«

Theo, deren Augen noch immer die Farbe von Obsidian hatten, rührte sich nicht vom Fleck. Pulsierend vor unterdrückter Wut streckte sie die Schultern durch und schob eigensinnig das Kinn vor. »Ich werde nicht gehen, solange keine einzige meiner Fragen beantwortet wurde.«

Yakov fuhr sich mit der Hand durch die Haare. »Ich wollte dir das nicht sagen, solange wir uns hier in diesem verdammt gruseligen, zunehmend düsterer werdenden Gebäude aufhalten, aber ich habe in einem der Räume Spuren von altem Blut entdeckt. Man hat versucht, es wegzuwischen, aber ich habe nun mal den Geruchssinn eines Bären. Ich bin der Witterung gefolgt und fand in einem Kleiderschrank eine größere Menge getrocknetes Blut.«

Theo starrte ihn an. »Könnte es sein, dass jemand sich darin versteckt hat und gestorben ist?«

»Das wäre meine Vermutung. Die Leiche wurde abtransportiert, und das Reinigungspersonal wusste entweder nichts von dem Blut oder hat später nicht mehr daran gedacht. In großer Eile übersieht oder vergisst man oft mal was.« Er verschränkte die Arme. »Jedenfalls hat es nicht den Anschein, als wäre die Schließung dieser Einrichtung völlig kontrolliert vonstattengegangen.«

Theo stand noch immer wie angewurzelt da. »Was, wenn wir durch unser Eindringen jemanden aufgeschreckt haben? Vielleicht haben wir einen stillen Alarm ausgelöst.«

Yakov hatte nichts dergleichen bemerkt, und er war gut darin, solche Sicherheitsmaßnahmen aufzuspüren. Aber er wollte Theo einfach nur nach draußen lotsen. Dieser Trotzkopf hatte inzwischen angefangen zu zittern. Zwar so unmerklich, dass Yakov fast hätte glauben können, es sei seiner Einbildung geschuldet, doch das stimmte nicht.

Gleichzeitig wusste er, dass sie keineswegs vor Angst schlotterte. Was er in ihrem ausdrucksstaken Gesicht sah, war maßlose Wut darüber, dass ihr die Umstände einen Strich durch die Rechnung machten … gepaart mit der Pein eines Tiers, das, ohne eine Möglichkeit zu entkommen, in einer Falle festsaß. Mit dem Unterschied, dass Theo von den mit Echos hilflosen Entsetzens bevölkerten Lücken in ihrer Erinnerung gefangen gehalten wurde.

Sie würde heute Nacht kein Auge zutun, wenn ihm nicht eine Lösung einfiele.

Die meisten würden vermutlich annehmen, dass sie durch ihre Weigerung, diesen Ort zu verlassen, eine weitere Panikattacke riskierte. Aber nachdem Yakov mittlerweile etliche Stunden mit ihr zusammen verbracht hatte, schätzte er sie eher so ein, dass sie bis zum Sonnenaufgang die Räume detektivisch Stück für Stück durchforsten würde.

Er zog sein Handy heraus und sagte: »Ich rufe in der Höhle

an und frage, ob hier zufällig ein paar Soldaten in der Nähe sind, die einverstanden wären, heute Nacht ein Auge auf dieses Gelände zu haben. Wir können morgen wieder herkommen und eine umfassende Suche starten.«

Dieses Anwesen lag so weit ab vom Schuss, dass Yakov keine große Hoffnung hatte, von seinen Leuten ein Okay zu bekommen. Trotzdem war es einen Versuch wert – weil ihm das Gefühl sagte, dass Theo und er andernfalls in seinem Wagen nächtigen würden, bis irgendwer sie ablöste. Seine *pchelka* war nicht in Stimmung, sich auf einen Kompromiss einzulassen.

Yakovs Befürchtung erwies sich als korrekt. »Es befindet sich kein einziger Bär in der Nähe deines Standorts«, teilte Zahaan ihm mit, dann seufzte er. »Du könntest die Wölfe fragen.«

Yakov verbiss sich ein Stöhnen. Der StoneWater-Clan und das BlackEdge-Rudel pflegten heutzutage ein mehr oder weniger freundschaftliches Verhältnis. Was darauf hinauslief, dass sie einander bei jeder sich bietenden Gelegenheit anpöbelten, doch im Fall eines Angriffs der anderen Seite ohne zu zögern zu Hilfe eilten. Sobald der Kampf vorbei wäre, würden sie – zu jedermanns Zufriedenheit – wieder in ihre alten Verhaltensmuster verfallen.

»Das wäre eine Idee.« Er ließ die Schultern hängen. »Lass mich kurz abklären, ob Theo damit einverstanden ist.«

»Theo, hm?« Irgendwie schaffte Zahaan es, sein Augenbrauenwackeln in seiner Stimme durchklingen zu lassen. »Bahnt sich da etwa eine weitere Geschichte à la Valya und Silver beziehungsweise Pasha und Arwen an? Hat sie eine furchteinflößende, mit allen Wassern gewaschene Großmutter? Das ist nämlich eine der Grundvoraussetzungen.«

»Du solltest aufhören, Seifenopern zu gucken, du als Bär herausgeputzter Koala.« Er beendete das Telefonat mit seinem glucksenden Kollegen und berichtete Theo von der Option, die

Wölfe hinzuzuziehen. »Falls es dich nicht stört, dass sie von diesem Ort erfahren.«

Sie schüttelte sofort den Kopf. »Wenn wir schon weitere Leute involvieren müssen, wäre es mir lieber, den Personenkreis auf deinen Clan zu beschränken. Mein Bruder hat nicht ohne Grund ausgerechnet Silver gebeten, diese Ermittlung zu organisieren. Wir vertrauen ihr.«

Und somit zwangsläufig auch den Bären.

Das leuchtete ein. Yakov wollte schon in den sauren Apfel beißen und vorschlagen, dass sie im Wagen warteten, bis Zahaan Verstärkung hergeschickt hätte, als sein Kollege ihn im selben Moment zurückrief. »Gibt's was Neues, Z?«, fragte er.

»Jepp. Wie sich herausgestellt hat, war ich auf dem Holzweg. Ich hab mich umgehört und erfahren, dass Moon und Elbek heute dienstfrei hatten und Vögel beobachtet haben. Sie sind unterwegs in deine Richtung.«

»Sie haben Vögel beobachtet?«

»Jedenfalls haben diese beiden Schlitzohren das jedem auf die Nase gebunden. Keine Ahnung, was sie in Wirklichkeit gemacht haben, aber als ich sie anrief, erklärten sie sich bereit, das Grundstück zu bewachen. Sie dürften in spätestens einer Viertelstunde vor Ort sein. Und sie sind für eine Übernachtung im Freien ausgerüstet. Samt Hightech-Nachtsichtbrillen und allem Drumherum.«

»Um Vögel zu beobachten.«

»Eulen, um genau zu sein.« Zahaans Stimme war bierernst. »Sehr seltene Zwergeulen.«

Mit der Andeutung eines Grinsens steckte Yakov das Handy wieder weg, bevor er Theo die Neuigkeit überbrachte. »Wir sollten sie am Tor in Empfang nehmen, sonst werden sie versuchen, darüberzuklettern.«

»Einverstanden.«

Sie verließen das Gebäude, schlossen die Tür, ohne sie jedoch abzusperren, und stiegen ins Auto. Yakov schaltete das Abblendlicht ein, dann steuerte er den Geländewagen auf die lange, dämmrige, von Bäumen überschattete Zufahrt.

Nachts würde es hier stockfinster sein.

Obwohl seine beiden Gefährten – wie die Mehrzahl der Gestaltwandler – auch bei schlechten Lichtverhältnissen einwandfrei sahen, war es gut, dass sie diese Spezialbrillen dabeihatten, weil durch sie ihre Sicht in extremer Dunkelheit zusätzlich geschärft wurde.

»Hast du deinen Gesprächspartner vorhin einen Koala genannt, oder habe ich das falsch verstanden?« Obwohl Theos Stimme förmlich vibrierte vor Anspannung, war sie neugierig genug, um der Sache auf den Grund zu gehen.

»Nein, hast du nicht.« Yakov lehnte sich in seinem Sitz zurück. »Es war als Beleidigung gedacht.«

»Ich kann dir nicht ganz folgen. Soweit ich weiß, mögen die meisten Leute Koalabären.«

»Genau das ist der springende Punkt.« Er zeigte mit dem Finger auf sie. »Koalas sind keine Bären. Sondern Beuteltiere. Nichtsdestotrotz gebärden sich diese plüschigen grauen australischen Buschbewohner, als wären sie wie unsereins. Und das geht gar nicht.«

»Besteht eine Rivalität zwischen euch?«

»Wohl kaum. Einmal hat ein mir bekannter Bär versucht, einen Streit mit einer Koala-Familie anzuzetteln, und weißt du, wie diese Pflanzenfresser reagiert haben?«

Er sah aus dem Augenwinkel, dass Theo den Kopf schüttelte.

»Sie haben ihn zu einem vegetarischen Abendessen eingeladen und ihm einen handgewebten Schal geschenkt! Danach nahmen sie ihre kleine Tochter aus der Babytrage, die sie in menschlicher Gestalt benutzen, und fragten ihn, ob er sie gern halten wolle! Das Kind hat ihn angelächelt und brabbelnde Laute von sich gegeben! Er war komplett überfordert.«

Yakov warf, ohne den Blick von der Straße zu nehmen, kurz die Hände in die Luft. »Bären würden sich niemals so verhalten! Ein Mann, der etwas auf sich hält, scheut nicht vor einer anständigen Prügelei zurück.«

Theo gab ein ersticktes Geräusch von sich, als versuchte sie, sich ein Lachen zu verkneifen, aber bestimmt bildete sich Yakov das nur ein. Besonders, weil sie gleich darauf wieder mucksmäuschenstill wurde.

Keine Minute später hielten sie vor dem Tor und stiegen aus.

Yakov lehnte sich gegen den Kühlergrill und schaute zu, wie Theo das Schloss entsperrte. »Wir müssen verhindern, dass meine Leute da drinnen festsitzen, falls heute Nacht irgendetwas Unvorhergesehenes geschieht«, meinte er stirnrunzelnd.

Theo wandte ihm den Blick zu, und ihre im Dämmerlicht wie gemeißelt wirkenden Gesichtszüge beschworen plötzlich die Bilder aus seinen Träumen herauf. »Du hast recht«, pflichtete sie ihm bei, während sich bei Yakov die Nackenhaare aufstellten bei der Erinnerung daran, wie Theo vor seinen Augen verblutete und er nichts dagegen unternehmen konnte. »Trotzdem müssen wir das Gelände zu ihrem eigenen Schutz irgendwie sichern. Wie du bewiesen hast, lassen sich diese Riegel problemlos aufschieben. Hast du eine Idee?«

»Könnte sein.« Yakov widerstand dem Impuls, Theo kurzerhand zu schnappen und von hier fortzubringen, und ging zur Heckklappe des Wagens. Er öffnete sie und durchstöberte die Werkzeugkiste, die zur Standardausrüstung der meisten Clan-Fahrzeuge gehörte.

»Ah, da ist sie.« Er zog eine schwere Eisenkette heraus. »Normalerweise ist sie dazu gedacht, im Fall eines mechatronischen Problems die Räder zu blockieren. Wir können sie nutzen, um das Tor zu fixieren. Moon und Elbek kennen den Code für das Zahlenschloss.«

Yakov deponierte die Kette vor dem Wagen, während Theo einen Flügel weit genug öffnete, damit der Wagen vorbei konnte. Er wollte ihr instinktiv helfen, aber er hatte den Eindruck, dass ihr die körperliche Betätigung guttat, sie ihr ein Ventil für ihre rastlose Unruhe bot.

Also sah er dieser Frau, die ihm seit Jahren seinen Seelenfrieden raubte und in der Realität noch hinreißender war als in seinen Träumen, einfach nur zu. Sie war keine Fantasiegestalt, sondern existierte wirklich.

Stark. Zornig. Wunderschön.

Allerdings mangelte es ihr an Anmut. Ihre Bewegungen waren flink, doch der angestaute Zorn in ihr verlieh ihnen etwas Eckiges, Ungelenkes. Yakov fragte sich, woher ihr blindwütiger Zorn rühren mochte. Niemand war grundlos ein wandelndes Pulverfass.

Yakov wusste mit Bestimmtheit, dass sie das nicht nur vorgaukelte. Theo war zu temperamentvoll, um aus ihrem Herzen eine Mördergrube zu machen. Ihre einzige offensichtliche mediale Eigenschaft war ihr unbedingter Wille, ihre Wut zu zügeln. Jeder Bär hätte an ihrer Stelle längst ein Zimmer verwüstet und zwei oder drei Stühle zertrümmert.

Nicht so Theo.

Der Wind trug ihm eine Witterung zu. Struppiges Braun. Dann eine zweite. Warmes Umbra. Bären. Alle beide.

Vermutlich würde nur sein Zwilling Yakovs olfaktorische Identifizierung seiner Clangefährten verstehen. Pasha und er hatten Gerüche schon immer mit Farben assoziiert. Ihre Eltern waren erst auf ihre kleine Eigenart aufmerksam geworden, als die Brüder den Duft ihres Vaters eines Tages als leuchtendes Rot und den ihrer Mutter als sattes Orange beschrieben.

Sie hatten eine ganze Weile gebraucht, um zu begreifen, dass ihre Spielkameraden die Welt der Aromen nicht in lebhafter Kolorierung wahrnahmen. Aber weil sie nun einmal Bären waren, hatten sie alle großen Spaß an dieser Marotte gefunden. Yakov und Pavel wurden häufig von ihren Freunden gebeten, deren Gerüche in Farbnuancen darzustellen.

Heute wurden Yakovs Sinne ganz und gar von einem tiefen Dunkelgrün mit Untertönen von Schwarz und funkelndem Rubinrot in Beschlag genommen. Und das war nur die oberste Schicht von Theo Marshalls Duft. Eine Verschmelzung von Komponenten, so rätselhaft wie die Frau selbst.

»Sie sind im Anmarsch«, sagte er zu ihr.

19

Liebe Tante Rita,
ich muss dir leider widersprechen, was deinen Rat angeht, man solle sich vor Bären hüten, die mit köstlichen essbaren Geschenken anrücken. Meine niedliche Bärenfreundin Sally-mae verwöhnt mich seit sechs Monaten mit selbstgebackenem Obstkuchen, trotzdem zeigt sie keinerlei Interesse an meinem Körper oder meinem Herzen. Neulich hat sie mir sogar angeboten, für meine Verabredung mit einer anderen Frau eins meiner Hemden für mich zu bügeln. Es war nicht ihre Schuld, dass das Bügeleisen eine Macke hatte und ein Loch in mein Hemd sengte.
Nur ein Freund

Lieber Nur ein Freund,
ach, du süßer, blauäugiger Junge. Wirst du mir schreiben, wenn ihr zwei ein Paar seid, damit ich sagen kann: »Wusste ich's doch«, während ich ein Stück meines Lieblingspfirsichkuchens verspeise?
Tante Rita

Körperprivilegien, Stil & weibliches Fingerspitzengefühl« – aus der Februarausgabe 2073 des Wild-Woman-*Magazins*

Theo, die neben dem Tor ein Gewächs in Augenschein genommen hatte, kam zurück zum Auto.

Und somit zu Yakov.

Er versuchte, da nicht zu viel hineinzuinterpretieren. Natürlich traute sie ihm mehr als den Neuankömmlingen. Schließlich hatten sie fast den ganzen Tag zusammen verbracht, ohne dass er ihr ein Haar gekrümmt hatte. Ihre Reaktion war nur logisch. Trotzdem feixte sein Bär und drängte ihn, den Arm um sie zu legen.

Er musste einen im Tee haben.

»Yasha!« Elbek, der einen Rucksack auf dem Rücken und schlammbespritzte wetterfeste Kleidung trug, reckte den Arm in die Luft, als er in Sichtweite kam.

Die schlanke, langbeinige Moon war in einem ähnlichen Zustand, nur dass sogar ihre lockigen schwarzen Haare voller Matsch waren.

»Ihr habt Vögel beobachtet?«, fragte Yakov trocken.

Beide grinsten.

»Diese Sumpfvögel sind ziemlich quirlig«, entgegnete Moon, ohne auch nur rot zu werden, bevor sie Theo zunickte. »*Zdravstvuyte*. Ich bin Moonbeam – ja, ich heiße wirklich so –, aber du kannst mich Moon nennen.« Blitzende dunkle Augen in einem Gesicht, so zart wie das einer mythischen Nymphe, ihre Haut so hell wie ihr Namenspatron, der Mond. »Und dieser Schmutzbär hier ist Elbek.«

Der Soldat mit dem kantigen Gesicht – es war ein wenig zu lang, um dem klassischen Schönheitsideal zu entsprechen, passte aber so gut zu ihm, dass er zu den begehrtesten Junggesellen des Clans gehörte – salutierte zackig. Das Dämmerlicht verlieh seiner Haut einen warmen, goldbraunen Schimmer.

»Hi, ich bin Theo«, stellte Theo sich vor. »Danke, dass ihr uns so kurzfristig Schützenhilfe leistet.«

Moon winkte ab. »Scheint ein interessanter Ort zu sein. Sollen wir draußen Wache halten?«, fragte sie an Theo und Yakov gewandt.

»Ich denke, es ist okay, wenn ihr im Gebäude campiert, solange ihr in der Nähe der Eingangstür bleibt«, antwortete Yakov. »Dort ist nicht viel, das ihr aufschrecken könntet. Es gibt übrigens kein fließendes Wasser. Ich konnte nicht herausfinden, wo man es anstellt. Ihr werdet also in diesem schmuddeligen Zustand bleiben müssen, es sei denn, ihr findet eine andere Möglichkeit, euch zu waschen.«

»Hab ich schon.« Elbek hielt sein Handy so, dass Yakov die topografische Karte darauf sehen konnte. »Diesem alten Plan zufolge gibt es hinter dem Grundstück einen Fluss. Wir werden nacheinander hingehen, während einer weiter Wache hält.«

»*Spasibo*.« Yakov tauschte den Faustgruß mit Elbek, dann wiederholte er das Ganze bei Moon. »Ich bringe euch morgen früh Croissants und Kaffee von der Bäckerei mit.« Er musste das nicht präzisieren – es gab in der Stadt nur eine Bäckerei, die gemeint sein konnte.

»Klingt nach einem guten Deal«, befand Moon. »Ist dieses Kettenschloss da für uns?«

»Ja. Theo ist die Einzige, die das Tor aktuell öffnen kann.«

»Verstanden. Dann bis morgen.«

»Wir werden zeitig aufbrechen«, versprach Yakov, der wusste, dass das ganz in Theos Sinn war. »Und lasst euch nicht von den Geistern hier den Schlaf rauben.«

Elbek zeigte ihm den Stinkefinger. »Ich stehe auf Gespenster. Tatsächlich entwickle ich gerade einen Geisterdetektor. Der Witz geht also auf deine Kosten, Pashminas weniger attraktiver Bruder, alias Yashmina.«

Yakov lachte über die albernen Namen, die seine und Pavels Freunde sich als Teenager für sie ausgedacht hatten und sogar heute noch zum Brüllen komisch fanden. Er winkte seinen beiden Kollegen zu, dann stieg er gefolgt von Theo ins Auto und manövrierte es durch das Tor.

Er wartete, bis Elbek und Moon die Kette angebracht und die Daumen nach oben gestreckt hatten, bevor er ihnen durchs Fenster mit einem Handzeichnen signalisierte, dass er es registriert hatte, und davonfuhr.

Theo wandte den Kopf und schaute über die Schulter nach hinten. »Bist du sicher, dass sie klarkommen werden? Dieser Ort …«

»Absolut. Und wenn ihnen drinnen die Decke auf den Kopf fällt, können sie ihr Lager immer noch im Freien aufschlagen. Und sich, falls es hart auf hart kommt, verwandeln. In richtige Bären. Nicht in flauschige Koalas.«

Kurze Stille, bevor Theo sich wieder zur Windschutzscheibe umdrehte. »Ach ja, richtig.«

Anscheinend hatte sie für einen Moment vergessen, dass sie alle drei noch eine andere Hälfte hatten, und vermutlich stellte sie sich gerade vor, wie Yakov, Elbek und Moon in ihrer anderen Gestalt aussahen. Nun, sie müsste nur eine Weile in Moskau bleiben, dann würde sie Bären in Hülle und Fülle zu Gesicht bekommen. Diese neigten nämlich dazu, mit Kreditkarten ausgerüstet, die sie an eigens für sie angefertigten Ketten um ihre kräftigen Hälse trugen, die Geschäfte unsicher zu machen.

Auch ein Bär musste mal einkaufen gehen.

Yakov hätte fast laut aufgelacht, als er sich daran erinnerte, wie er seinen Zwillingsbruder aufgefordert hatte, in Tiergestalt in einem Wäschegeschäft für Frauen, das einen Ständer mit witzigen Boxershorts für die Partner der Kundinnen bereithielt, ein Exemplar zu erstehen, das dem menschlichen Teil von ihm perfekt passte.

Bei seiner Rückkehr in die Höhle hatte zwischen Pashas Zähnen eine mit glitzernden roten Herzen bedruckte Unterhose geklemmt. In der richtigen Größe.

Er hörte, wie Theos Magen ein Grummeln von sich gab.

Ein entzückendes leises Geräusch.

Yakov merkte sich vor, dergleichen in Theos Gegenwart niemals laut auszusprechen. Diese innerlich vor Wut kochende Mediale würde ihn mit Blicken erdolchen, wenn er es wagte, irgendetwas an ihr entzückend zu finden. »Lass uns irgendwo halten und eine Kleinigkeit essen, während wir uns einen Schlachtplan überlegen.« Yakov hatte keinen Zweifel daran, dass in dieser Einrichtung monströse Dinge passiert waren, und wenn er Theo ein wenig Trost und Geborgenheit schenken konnte, dann betrachtete er das als Gebot der Stunde.

Und es tat nichts zur Sache, dass er sie mit jeder Sekunde noch faszinierender fand. Sie trug so viel Zorn in sich. So viel Intelligenz. So viele Geheimnisse.

Bozhe, er wollte sie mit köstlichen Desserts um den Finger wickeln, bis ihre weichen, vollen Lippen jedes einzelne Mysterium preisgaben.

Ein Hitzeschwall überschwemmte sie, unterbrach die Endlosschleife ihrer Erinnerungen und bangen Gedanken. Yakov hatte mitbekommen, wie ihr Magen vor Hunger knurrte. Es war ihr unsagbar peinlich. Auf diese Situation hatten sie ihre Nachforschungen zu den Gestaltwandlerbären nicht vorbereitet.

Trotz ihres Unbehagens klammerte sie sich an ihrer tiefen Verlegenheit fest, um zu verhindern, dass die Dunkelheit zurückkehrte, das Echo von Schreien und die Erkenntnis, dass ihr Leben rundherum eine Lüge war. »Das klingt vernünftig.«

»Verträgst du normales Essen, oder nimmst du ausschließlich Nährstoffpräparate zu dir?«

»Ich vertrage es.« Das einzig Gute an der untergeordneten Stellung, die sie in ihrer Familie innegehabt hatte, war gewesen, dass sich nach einer gewissen Zeit niemand mehr die Mühe machte, sie im Auge zu behalten. »Allerdings wurde ich davor gewarnt, von Bären kulinarische Geschenke anzunehmen.« Von Tante Rita, die eindeutig eine sehr weise Frau war.

Yakov verdrehte die Augen. »Das sind alles Ammenmärchen. Essen ist einfach nur Essen.« Ohne seinen Blick von der Straße abzuwenden, fügte er hinzu: »Ich wüsste ein gutes Lokal. Weit weg von unerzogenen Bären. Es besteht nur ein geringfügiges Risiko, dass du in eine kulinarische Falle gerätst.«

Seltsamerweise glaubte sie, diesen Fremden schon jetzt besser zu kennen als jede andere Person in ihrem Leben, ihren Bruder ausgenommen. Er machte sich einen Spaß mit ihr, aber nicht auf ihre Kosten. Eher traf das Gegenteil zu. Yakov lud sie dazu ein mitzuspielen. Er strahlte … Wärme aus. Nicht nur sein Körper, sondern alles an ihm.

»Wenn mich nicht alles täuscht, sitze ich gerade neben einem unerzogenen Bären«, erklärte sie mit derart ernster Stimme, dass er ihr einen prüfenden Blick aus bernsteinfarbenen Augen zuwarf.

»Sehr witzig«, brummte er mit finsterer Miene, doch er konnte seine Belustigung nicht ganz verbergen. »Lass dir gesagt sein, dass Plagegeist Nummer eins sich zu einem äußerst gesitteten Mann entwickelt hat.«

So viel Herzenswärme. Theo wollte auf seinen Schoß krabbeln, ihm unter die Haut kriechen.

Plötzlich musste sie daran denken, wie sacht und behutsam er den toten Vogel mit seinen großen Händen vom Boden aufgehoben und ihn unter den Baum gelegt hatte. Ihre Brust zog sich zusammen, als Theos Sinne vom Ansturm ihrer Emotionen fast überwältigt wurden.

Ihre Finger krümmten sich bei der Erinnerung daran, wie Yakov ihre Hand mit seiner umschlossen und ihr ein geradezu verstörendes Gefühl von Sicherheit eingeflößt hatte.

Theo hatte noch nie auf eine andere Person vertraut, um ihr

seelisches Gleichgewicht wiederzufinden, doch jetzt erkannte sie, dass es bei Yakov Stepyrev erschreckend leicht wäre. *Das ist armselig*, schalt sie sich. *Er ist nur höflich. Du bist für ihn nichts weiter als eine Verpflichtung. Genau, wie du es für Colette warst.*

Obwohl sie sich dessen vollkommen bewusst war, konnte sie nicht anders, als diesen Moment auszukosten und sich vorzumachen, sie sei eine ganz normale Frau, die neben einem Mann saß, der sie anzog wie Blütenpollen eine Biene. Es war besser, wenn niemand von diesem törichten Teil ihrer Seele erfuhr. »Ich habe einen Artikel gelesen, in dem stand, dass Bären stolz auf ihre Ungebärdigkeit sind, sie bei Bier jedoch eine Grenze ziehen. Es darf niemals verschüttet oder verschwendet werden, ganz egal, wie heftig es zur Sache geht. Ist das wahr?«

Sein verschmitztes Grinsen, bei dem sich das Grübchen auf seiner Wange zeigte, stellte höchst ungewohnte und beunruhigende Dinge mit ihrem Unterleib an. »Du solltest Nina Rochenko irgendwann mal danach fragen. Ihr gehört ein Nachtclub in Moskau, der sich bei meinem Clan großer Beliebtheit erfreut. Ihre Türsteher mussten schon oft bei Prügeleien eingreifen.«

Sie presste die Schenkel zusammen, um das seltsame Ziehen auszublenden, das sich in ein stetiges Pulsieren verwandelte, und beugte sich unwillkürlich näher zu Yakov vor. Noch eine kleine Torheit, der sie sich für einen gestohlenen Augenblick hingab. »Warst du beteiligt?«

Sein Grinsen wurde breiter, eine tiefe Furche erschien neben dem Mundwinkel, den sie von ihrem Sitz aus sehen konnte. »Ich hab dir doch gesagt, dass ich das personifizierte gute Benehmen bin.« Sein Gesichtsausdruck strafte seinen ernsthaften Tonfall Lügen. »Mein Bruder ist der Krawallmacher.«

Dann hatten sie also beide einen Bruder.

»Hast du noch mehr Geschwister?«

»Nein. Und du?«

»Nur Pax und ich haben dieselben Eltern. Als wir achtzehn wurden, lösten sie die Vereinbarung auf, der zufolge sie uns gemeinsam aufziehen wollten.« Was Theo betraf, hatte sie sowieso schon seit ihrem siebten Lebensjahr nicht mehr gegolten. »Danach zeugte mein Vater zwei weitere Kinder. Wir sind nicht zusammen aufgewachsen, und im Grunde weiß ich nicht mehr über sie, als dass es meine genetischen Halbgeschwister sind.«

Als kleines Mädchen hatte sie manchmal davon geträumt, dass ihr Vater sie retten und zurück zu Pax bringen würde. Sie war schon ein Teenager gewesen, als sie begriff, dass er in der Familie Marshall nie wirklich Einfluss gehabt hatte.

Miles Faber war wegen seines Skalenwerts, seines hohen IQs und gefälligen Aussehens zu Claire Marshalls Fortpflanzungspartner auserkoren worden. Laut Fertilisationskontrakt stand ihm ein gemeinsames Sorgerecht zu, aber der von einer gewissen Güte beseelte Miles hatte keine Chance gehabt gegen die bösartige Kälte, mit der Marshall Hyde – unterstützt von seiner Komplizin Claire – das Regiment führte.

Theo vermutete, dass ihre Halbgeschwister dem Wunsch ihres Vaters entsprangen, noch einmal ganz von vorn zu beginnen. Sie waren ein Ersatz für die Kinder, auf die er lediglich auf dem Papier einen Anspruch hatte. Marshall war derjenige gewesen, der sämtliche relevanten Entscheidungen in Bezug auf Theo und Pax traf. Sie kreidete Miles nicht an, dass er nicht die Kraft gehabt hatte, für seine beiden Erstgeborenen zu kämpfen, denn das wäre, als würde man einen Spatz dafür verurteilen, dass er es nicht wagte, einem Falken zu trotzen.

Sogar als junges Mädchen war Theo zäher gewesen, als Miles Faber es je sein könnte.

»Zwischen euch liegt ein gewaltiger Altersunterschied.« Der warme Ton von Yakovs Stimme lud sie zum Weitersprechen ein.

Also fuhr sie fort, über Themen zu reden, die sie sonst kategorisch ausklammerte. »Ich bin gespannt, wie sich die Dinge entwickeln werden, jetzt, nachdem Silentium abgeschafft ist. Falls sich überhaupt groß etwas ändert.« Theo konnte sich nicht vorstellen, dass ihre Mutter eines Tages kein gefühlloser, pragmatisch agierender Roboter mehr sein würde.

»Liebe trägt die Macht der Veränderung in sich.« Yakov scherte in die Hauptverkehrsstraße ein, die ins Moskauer Stadtzentrum führte.

»Eltern, die ihre Kinder lieben«, fügte er hinzu, »würden Berge versetzen, um sie zu beschützen. Weißt du, wie eine Bärenmutter reagiert, falls jemand versucht, sich an ihrem Kind zu vergreifen? Sie wird demjenigen das Gesicht abreißen, sich eine Maske daraus machen und sie auf seiner Beerdigung tragen.«

Theo blinzelte.

»Zu grausam?« Er zog eine verlegene Grimasse, als sie mehrere Sekunden nichts erwiderte.

»Nein.« Sie wusste nur zu gut, was Brutalität war. Niemand außer ihrem Großvater hatte das ganze Ausmaß dessen, wozu Theo fähig war, gekannt. Und er war tot, zersprengt in unzählige blutige Einzelteile, die nahezu vollständig vom Feuer der Explosion verzehrt worden waren. Lediglich eine seiner Hände und ein Stück seines Schädels, dem etwas Gehirnmasse anhaftete, waren von den Flammen verschont geblieben, aber für einen DNA-Test hatte es gereicht.

Zu schade, dass das Attentat nicht auf seinem Anwesen, sondern an einem seiner anderen Wohnsitze verübt worden war.

Theo wusste, dass mit ihr wahrscheinlich irgendwas nicht stimmte, weil der Gedanke an den verstümmelten Körper ihres Großvaters sie keineswegs mit Grauen erfüllte. Das Einzige, was sie empfunden hatte, als sie von seinem Ableben erfuhr, waren ungeheure Erleichterung – und überschwängliche Freude. Der verfluchte Bastard war tot. Sie hätte seinen Mörder beglückwünscht, hätte sie dessen Identität gekannt.

»Ich fürchte, ich kann mir unter dieser Art elterlicher Hingabe nicht viel vorstellen.« Und das war noch gewaltig untertrieben. »Wie ist deine Familie so?« Ihre Wissbegierde in Bezug auf ihn war wie ein Baum, der sich stetig weiter verästelte, auch wenn sie für Yakov nichts weiter war als eine berufliche Verpflichtung.

»Wenn du möchtest, stelle ich dir meine Mutter vor, bevor du abreist«, bot Yakov an. »Sie ist taff, aber freundlich. Und sie hat mal ein paar Kerle, die Pasha und mich kidnappen wollten, buchstäblich auseinandergenommen.«

20

Geraten Sie niemals zwischen eine Bärenmutter und ihre Jungen. Sie würde Sie sehr wahrscheinlich in Stücke reißen, noch bevor Ihnen Ihr Fehler bewusst würde und Sie sie um Verzeihung bitten könnten.

Reiseratgeber für die Welt der Gestaltwandler (überarbeitete Ausgabe 1897)

Theo richtete sich kerzengerade auf. »Man hätte euch um ein Haar gekidnappt?«

»Nein. Meine Mutter hat viel zu schnell reagiert. Ich schätze, sie dachten, eine zierliche Frau mit zwei kleinen Kindern in einem verlassenen Teil des Parks sei keine Herausforderung für vier ausgewachsene Männer, aber sie hatten nicht den Hauch einer Chance.«

Er bleckte die Zähne. »Innerhalb weniger Sekunden waren zwei von ihnen tot, und dem dritten fehlte einer seiner Arme. Dem vierten Angreifer hat sie die Eingeweide rausgerissen, während Pasha und ich sie anfeuerten. Es war noch nicht einmal ein harter Kampf.«

Theos anfänglicher Zorn über den heimtückischen Entführungsversuch war maßloser Faszination gewichen. »Wie alt wart ihr da?«

»Fünf. Wir hatten die Krallen ausgefahren und brannten darauf, uns ins Getümmel zu stürzen, aber unsere Mutter hatte uns befohlen, zu bleiben, wo wir waren, und ihr nicht in die Quere zu kommen. Pasha und ich wussten, dass wir ihr gehorchen mussten, wenn sie diesen Ton anschlug. Also jubelten wir ihr einfach nur mit hochgereckten Armen zu, wann immer sie einen Treffer landete. Hinterher beschimpfte uns der verletzte Überlebende als ›verfluchte blutrünstige Tiere‹, was ihm einen Fausthieb ins Gesicht eintrug, weil er es gewagt hatte, Mila Kuznets süße kleine Söhne zu diffamieren.«

Theo drehte sich auf ihrem Sitz zu ihm um und starrte ihn einen langen Moment an, ehe sie ihre Sprache wiederfand. Sie wusste nicht, welche Frage sie ihm als Erstes stellen sollte, entschied sich dann für: »Wer hatte es denn auf euch abgesehen?«

»Das wurde nie aufgeklärt, sehr zum Ärger meiner Eltern. Diese vier Typen waren alle angeheuert und bar bezahlt worden. Es gab keine Spur, die sich zurückverfolgen ließ. Die Polizei gelangte zu dem Schluss, dass mit hoher Wahrscheinlichkeit ein Kinderhändlerring dahintersteckte, von dem sie gehört hatten, der seine Fühler jedoch noch nicht bis nach Moskau ausgestreckt hatte. Wer immer der Auftraggeber war, hat diesen Mist jedenfalls nie wieder bei einem StoneWater-Kind versucht.«

Yakov kurbelte die Scheibe hinunter und stützte seinen Arm im Fensterrahmen auf. »Nach allem, was wir seit dem Fall von Silentium über den früheren Rat in Erfahrung gebracht haben, wäre es durchaus denkbar, dass er bei der Sache seine Finger im Spiel hatte. Es heißt, er habe Wissenschaftler mit psychopathischen Tendenzen beschäftigt, die Experimente an Gestaltwandlern durchführten, um herauszufinden, wie man uns brechen kann.«

Ja, dieser Verdacht war naheliegend. »Mein Großvater hat mir gegenüber mal behauptet, dass deine Spezies in etwa die Intelligenz streunender Hunde besäße. Das hätte ihm – entgegen aller Fakten – als Rechtfertigung genügt, um ohne jeden Skrupel ein Gestaltwandlerkind zu entführen.«

Yakov warf ihr einen forschenden Blick zu, bevor er die Augen wieder auf die Straße richtete. »Du warst kein großer Fan von ihm, hm?«

»Ich würde mit Freuden auf seinem Grab tanzen, wenn er überhaupt eins hätte.« Aber sie hatte jetzt keine Lust, über den verblichenen und von niemandem betrauerten Marshall Hyde zu reden.

Stattdessen wollte sie mehr über die warmherzigen Bären mit ihrem tödlich gefährlichen Beschützerinstinkt erfahren.

»Brauchtest du psychologische Hilfe, nachdem du diesen blutigen Kampf mitangesehen hattest?« Theo wusste selbst nicht, warum sie ihn das fragte. Vielleicht, weil ihre eigene Seele unwiderruflich beschädigt war … oder sie feststellen wollte, wie weit seine Toleranz für durch blindwütigen Zorn ausgelöste Gewaltausbrüche ging.

Yakov ließ sich Zeit mit seiner Antwort. »Ich bin kein Mensch und auch kein Medialer«, sagte er schließlich. »Sondern ein Gestaltwandler. Gewalt gehört zu unserem Leben – und das nicht zwingend im negativen Sinn. Das Tier in mir muss jagen, um zu fressen, aber es nimmt sich nie mehr, als es unbedingt braucht. Und es schämt sich seiner Natur nicht.«

Die eindringlichen Worte verfehlten ihre Wirkung auf Theo nicht.

»In einer Raubtiergemeinschaft geht es bisweilen rau zu«, fuhr er fort. »Egal, ob Wölfe, Leoparden, Bären oder Falken – wir alle besitzen derart überbordende körperliche Kräfte, dass sie manchmal außer Kontrolle zu geraten drohen und dann auf die harte Tour eingedämmt werden müssen.

Dominanzkämpfe sind an der Tagesordnung. Und wir Gestaltwandler haben bestimmte Gesetze, an die wir uns halten müssen, weil ein Verstoß automatisch die Todesstrafe nach sich zieht. Meistens wird sie vom Alphatier persönlich vollstreckt – in

Ausnahmefällen kann das aber auch ein anderes ranghohes Mitglied des Clans oder Rudels übernehmen.«

Theo schwieg, also sprach er weiter. »Versteh mich nicht falsch – gleichzeitig würden wir die unseren mit unserem Leben verteidigen. Das ist die andere Seite der Medaille: Wir lieben so inbrünstig, wie wir kämpfen. Ich wuchs in der Gewissheit auf, dass meine Eltern, mein ganzer Clan töten würde, um mich zu beschützen, und dass es okay ist, sich zu wehren, wenn man angegriffen wird. Ein Kampf zwischen Raubtieren ist völlig natürlich.

Hätten diese Männer meine Mutter überwältigt, dann wären wir erledigt gewesen. Aber sie hat sie besiegt. Für meinen Bruder und mich war der blutige Ausgang der Geschichte einfach nur die logische Konsequenz des Fehlverhaltens dieser Möchtegern-Kidnapper.«

Theo versuchte, den Funken Hoffnung, der in ihr aufglomm, zu ersticken, doch das war unmöglich, nachdem sie jetzt wusste, dass Yakovs Toleranz für körperliche Gewalt weit über die der medialen Gattung hinausreichte.

Sie wagte nicht, diese Hoffnung in Worte zu kleiden, um nicht ihre verzweifelte innere Not zu offenbaren, darum sagte sie stattdessen: »Ich würde deine Mutter gern kennenlernen.« Sie schien eine wunderbare, ganz besondere Frau zu sein und genau die Art von Mutter, die Theo vergöttern würde.

Yakov musste lächeln bei dem Gedanken, dass Mila umgekehrt bestimmt auch sehr an Theo Marshall interessiert wäre. Weil seine *pchelka* nämlich ein einziger Widerspruch in sich war, und seine Mutter nichts mehr liebte als Rätsel. Sie war eine waschechte Ermittlerin und leitete außerdem den monatlichen »Spürnasen-Lesekreis« der Höhle.

»Sie ist Privatdetektivin«, verriet er Theo. »Und sie hat die unglaublichsten Geschichten auf Lager.« Er schüttelte den Kopf. »Bevor sie sich selbstständig gemacht hat, war sie zehn Jahre lang Polizistin. Kannst du dir das vorstellen? Eine Gestaltwandlerbärin bei der Polizei?«

Er schmunzelte. »Sie hat sich von niemandem für dumm verkaufen lassen und gleich in der Anfangszeit so viele Bären über Nacht ins Gefängnis gesteckt, dass es als eine Art Ehrenabzeichen betrachtet wurde, von ihr verhaftet worden zu sein.«

»Bären sind faszinierende Geschöpfe«, meinte Theo bedächtig.

Yakovs Schultern zuckten vor Lachen. »Ihre Kollegen schätzten sie sehr, und ihr gefiel die Arbeit, aber sie hasste den damit verbundenen Papierkram. Die Selbstständigkeit sagt ihr wesentlich mehr zu, doch von Zeit zu Zeit wird sie von der Polizei noch immer als Beraterin hinzugezogen.«

»Und dein Vater? Ist er in derselben Branche tätig?«

»Nein, er ist Landschaftsgärtner. Viele der Grünanlagen Moskaus gehen auf sein und das Konto seines Teams. Ich weiß noch genau, welche Bäume wir zusammen gepflanzt haben, als ich einmal in den Sommerferien Teil seiner Mannschaft war. Im Jahr darauf arbeitete ich bei Mila, um für ihre Assistentin einzuspringen, die sich gerade im Mutterschaftsurlaub befand.«

Er musste grinsen bei der Erinnerung, während Theo ihm wie gebannt zuhörte. »Pasha und ich haben uns abgewechselt, weil unsere Eltern sich weigerten, uns beide gleichzeitig zu beschäftigen. Sie behaupteten, als Duo würden wir ihnen den letzten Nerv rauben.« Was sich definitiv nicht bestreiten ließ.

Ein Zwilling: relativ brav, engagiert und nützlich.

Beide Zwillinge: engagierte, nützliche Satansbraten, die sich gegenseitig zu allem möglichen Blödsinn anstifteten.

»Was ist mit dir?«, fragte er, als in einiger Entfernung die hell erleuchteten Gebäude im Zentrum von Moskau sichtbar wurden, die sich gegen den dunklen Nachthimmel abzeichneten. »Hattest du auch irgendwelche spaßigen Ferienjobs?«

»Ich habe für meinen Großvater gearbeitet.« Sie sagte das so tonlos, dass sich ihm die Nackenhaare sträubten und seine Zweifel an Theos Aufrichtigkeit erneut an die Oberfläche seines Bewusstseins traten.

Nur mit Mühe konnte er sich davon abhalten, sie anzuknurren und zu fordern, dass sie alle Karten auf den Tisch legte. »Ach ja? Hast du Bürokram für ihn erledigt? Papiere abgeheftet und dergleichen?«

»So was in der Art.«

Sein Misstrauen wuchs. Sie log. Silver hatte ihm erzählt, dass Theo während der Herrschaft ihres Großvaters von ihm und der restlichen Familie ausgegrenzt und ignoriert worden war. Sie war ein derart unwichtiges Rädchen im Getriebe gewesen, dass sie weder im geistigen Netzwerk noch im Internet einen Fußabdruck hinterlassen hatte, der über die wichtigsten Grundinformationen hinausging.

Trotzdem würde er darauf wetten, dass Theo tatsächlich für Marshall Hyde gearbeitet hatte. Das war nicht die Lüge. Nein, die verbarg sich in ihrer ausweichenden Antwort auf seine Frage, was genau sie für diesen Mann gemacht hatte, der zur schändlichsten Zeit des Rats eins seiner Mitglieder gewesen war. Und der Theos eigener Aussage nach keine Skrupel gehabt hätte, ein unschuldiges Kind zu kidnappen.

Was mochte dieser Schurke seiner Enkeltochter noch angetan haben, außer sie mit Missachtung zu strafen?

Ein dunkles Grollen stieg in seiner Brust auf, seine Gefühle standen in Konflikt miteinander. Weil es sich bei dieser Frau mit ihren dunklen und womöglich furchtbaren Geheimnissen um dieselbe Theo handelte, die als Kind einem erbarmungslosen Monster ausgeliefert gewesen war.

21

»Plagegeist Nummer eins!«

»Hier, Babulya!«

»Plagegeist Nummer zwei!«

»Anwesend, Babulya!«

»Stellt euch in einer Reihe auf. Zeit, dass ihr in euren Lieblingsschlammtümpel springt.«

»Drei Bären, ein Schlammtümpel und ein listiges Eichhörnchen« – eine wahre Familiengeschichte, weitergegeben von Quyen Kuznets

Keiner von ihnen sagte mehr ein Wort, bis Yakov vor dem kleinen Etablissement – eine Kombination aus Restaurant und Bar – parkte, das zu seinen Lieblingslokalen zählte. Jorge's Cantina wurde von einem Menschenpaar geführt, das wegen eines Arbeitsvertrags von Mexiko-Stadt nach Moskau gekommen war und sich in die Metropole verliebt hatte.

Theo gab ihm mehr als nur ein Rätsel auf, trotzdem wusste Yakov, dass sie einen höllisch harten Tag hinter sich hatte. Er würde den Teufel tun und sie einfach vor ihrer zweifellos sterilen Medialenwohnung absetzen, sodass sie allein mit den Nachwirkungen der heutigen Erlebnisse fertig werden musste.

Schließlich war er väterlicherseits ein Stepyrev und mütterlicherseits ein Kuznets, darüber hinaus stammte er von den Morais', den Nguyens, den Lis und weiteren Familien ab. Seine Vorfahren würden sich im Grab umdrehen und seine lebenden Verwandten vor Scham umfallen – nachdem sie ihm eine Kopfnuss verpasst hätten –, wenn er Theo nicht mit Nervennahrung verköstigte.

Danach konnte er sie immer noch einem Verhör unterziehen.

Und genau das würde er – in seiner Funktion als Valentins Stellvertreter – auch tun. Um sich zu vergewissern, dass Theo keine Gefahr für den Clan darstellte, bevor er die Zusammenarbeit mit ihr fortsetzte. Sie musste also vollkommen aufrichtig zu ihm sein.

»Hier gibt's das beste mexikanische Essen der Stadt«, sagte er, nachdem sie ausgestiegen waren. »Und die Betreiber sind offen dafür, den Schärfegrad ihrer Gerichte den Wünschen ihrer Gäste anzupassen.« Manche behaupteten, dass sie dadurch weniger authentisch schmeckten, aber Juana, die für den Service zuständig war, während ihr Ehemann Videl als Küchenchef fungierte, argumentierte, dass es beim Essen um Wohlbehagen ging und dieses ein gastfreundliches Verhalten voraussetzte.

Kein Wunder, dass Jorge's Cantina haufenweise Bären zu ihrer Stammkundschaft zählte.

Im Inneren herrschte eine lockere, heimelige Atmosphäre, alles war in Erdtönen gehalten, von den ockerfarbenen Wänden bis hin zu den handgewebten Teppichen und Platzdeckchen, die ebenso wie die Gläser und das Geschirr von Handwerksbetrieben in Juanas Heimatstadt hergestellt waren.

Yakov schaute sich um und entdeckte eine Gruppe von fünf Menschen in den Dreißigern, die sich über die Speisekarte beriet, einen älteren Herrn aus derselben Gattung, der entspannt sein Essen genoss, und lediglich zwei Mitglieder seines Clans –

ein Mann und eine Frau. Gut. Es war neun Uhr an einem Freitagabend und somit auch nicht anders zu erwarten gewesen. Das Lokal war klein und ungeachtet seines Namens eher ein Restaurant als eine Bar. Leute, die feiern wollten, kamen deshalb früher her, um zu essen, bevor sie anschließend ordentlich einen draufmachten.

Als die Gestaltwandlerbärin ihm zuwinkte, erwiderte Yakov den Gruß, ging jedoch nicht zu ihr und ihrem Begleiter an den Tisch. Stattdessen beugte er sich näher zu Theo vor. »Vana und Simeon haben ein Rendezvous«, raunte er ihr zu. »Sie umgarnt ihn schon seit Monaten, und ich will ihr nicht dazwischenfunken, indem ich sie störe.«

Theo musste das Paar schon zuvor bemerkt haben, denn obwohl sie sich nicht zu den beiden umdrehte, entgegnete sie: »Er macht auf mich keinen sonderlich schüchternen Eindruck.«

»Lass dich nicht von seinem Äußeren täuschen. Er mag wie ein starker Bär wirken, inklusive des Pelzes …« Simeons buschiger Bart war geradezu legendär. »Aber Vana ist hochgradig dominant, wohingegen er in dieser Beziehung im unteren Bereich rangiert.« Yakov brach geradezu der Angstschweiß aus, wenn er nur daran dachte, mit welcher Behutsamkeit Vana die Waagschalen würde ausbalancieren müssen, um mit Simeon glücklich zu werden. Aber die Liebe war nun mal unberechenbar.

Sein Bär zollte ihr Respekt für ihren Mut.

»Hallo, Yasha!«, rief Juana ihm von der anderen Seite des Raums zu. »Sucht euch irgendeinen Tisch aus. Ihr werdet gleich bedient.«

Theo schwieg, bis sie ein gutes Stück von dem Gestaltwandlerpärchen entfernt Platz genommen hatten. »Wie kann eine Beziehung bei einem solchen Machtungleichgewicht funktionieren?« In ihren tiefblauen Augen spiegelte sich die flackernde Flamme der Kerze, die zwischen ihnen auf dem Tisch stand.

Er merkte erst nach einigen Sekunden, dass er sie, wie hypnotisiert von ihrer ungestümen, fast wilden Energie, anstarrte. »Durch Vertrauen und Kommunikation.« Ein rauer Ton schwang in den Worten mit, aber es war beileibe nicht nur sein Bär, der sich zu Theo hingezogen fühlte.

Yakov wollte sie mit nach Hause nehmen und hinter all ihre Geheimnisse kommen. Vermutlich würde er sich dabei ein paar blaue Flecken einhandeln, aber das wäre die Sache wirklich wert. »Und Liebe.« Er hielt ihren Blick fest, sein Tier ganz nah unter der Haut. »Tonnenweise bedingungslose Liebe.«

Ihre Wimpern glitzerten golden im Kerzenschein. »Ich verstehe.« Sie lehnte sich zurück und griff nach der Speisekarte. »Was kannst du empfehlen?«

Yakov registrierte mit zusammengekniffenen Augen, wie Theo unerwartet auf Distanz ging, obwohl sie heute noch nicht einmal vor ihrem schlimmsten Albtraum zurückgewichen war. »Es schmeckt alles fabelhaft. Ich habe mich schon zweimal durch die ganze Karte gefuttert.«

Überraschenderweise entschied sie sich am Ende nicht für die sicherste Option.

Nachdem die Kellnerin ihre Bestellung aufgenommen hatte, drehte sie sich halb von Theo weg und zwinkerte Yakov zu.

Obwohl er keine Miene verzog, fragte Theo: »Ist sie eine Gestaltwandlerin?«

»Nein, aber sie ist mit jemandem aus meinem Clan liiert.« Und das so fest, dass sie praktisch selbst schon dazugehörte. »Du wirst in Bärenkreisen bald das Gesprächsthema Nummer eins sein.«

»Dafür bin ich wohl kaum aufregend genug.«

»Oh, das sehe ich anders.« Da niemand in der Nähe war, der ihre Unterhaltung belauschen konnte, entschied Yakov, dass der Zeitpunkt gekommen war, mit dem Geplänkel aufzuhören und auf die eine oder andere Weise herauszufinden, ob er seine Bedenken über Bord werfen durfte.

Er hasste die Vorstellung, sich in die Schlange derer einzureihen, die ihr wehgetan hatten. Gleichzeitig war er nun mal eine dominante Führungspersönlichkeit des StoneWater-Clans und genoss das uneingeschränkte Vertrauen seines Alphatiers. Seine Ehre und sein Herz geboten ihm, seine Gemeinschaft vor jeder potenziellen Gefahr zu schützen. Und solange er sich nicht vom Gegenteil überzeugt hätte, war diese Frau, die seine Träume beherrschte, eine unbekannte Größe und somit eine Bedrohung.

Er sah ihr wieder in die tiefblauen Augen, und dieses Mal war sein Blick todernst. »Ich kann dich nicht bei deiner Spurensuche unterstützen, wenn du nicht ehrlich zu mir bist. Und offen gestanden behagt es mir nicht, einer Familie zu helfen, die mit brutalen Gehirnwäschen ein Vermögen verdient hat.«

Theo erstarrte, darauf war sie nicht gefasst gewesen. Yakov hatte sich bisher immer so herzlich und umgänglich gezeigt, dass sie der stählerne Ton seiner Stimme kalt erwischte. Zu spät fiel ihr wieder ein, dass er einer von Valentin Nikolaevs Stellvertretern war. Das machte Yakov Stepyrev zu einem der einflussreichsten Männer Moskaus.

Und das setzte zwingend eine gewisse Härte voraus.

Seine Augen glänzten bernsteingelb im Kerzenlicht, das Tier in ihm war deutlich zu erkennen.

Sie sollte ihrem Großvater dankbar sein. Er war derjenige, der sie gelehrt hatte, auch dem gnadenlosesten Blick standzuhalten, ohne mit der Wimper zu zucken. Weil jede noch so winzige Reaktion Schmerz bedeutete. Sie spannte den Rücken an, spürte das Echo des Bösen auf der Haut.

Würdest du kooperieren, müsste ich das nicht tun, Theodora.

Sie rieb energisch über das Armband an ihrem Handgelenk.

»Soll das heißen, du wirst mir nicht helfen, wenn ich dir nicht alles über mich erzähle?«

»Das soll heißen, dass ich dir nicht von Nutzen sein werde, wenn du mich mit Halbwahrheiten abspeist.« Er schaute sie unverwandt an, der Blickkontakt der intimste, den sie je mit einem Mann gewechselt hatte. »Im Übrigen sehe ich mich außerstande, mit einer Partnerin zusammenarbeiten, die Dinge vor mir verbirgt, welche sich bei unserer Aufgabe als Stolpersteine entpuppen könnten.«

Theo krümmte sich innerlich, ihre törichte Hoffnung zerplatzte wie eine Seifenblase.

Partnerin. Zusammenarbeiten.

Das war das Einzige, was sie für Yakov bedeutete und je bedeuten würde.

Doch das änderte nichts daran, dass er selbstverständlich recht hatte. Sie war während ihrer Panikattacke nutzlos gewesen und würde noch nutzloser sein, sollte das Armband aktiv werden. Aber ihr blieb noch genügend Zeit. »Es tut mir –«

Das Knurren, das aus seiner Brust drang, ließ sie schlagartig verstummen. Gleichzeitig bemerkte sie, dass die beiden Gestaltwandler auf der anderen Seite des Lokals regungslos geworden waren und auch die anwesenden Menschen ganz still wurden. Erst da wurde ihr in vollem Umfang bewusst, wie dominant der normalerweise tiefenentspannte Mann, der ihr gegenübersaß, wirklich war.

Obwohl sich niemand direkt in ihrer Nähe befand, spürten sämtliche Gäste Yakovs Ärger.

»Entschuldigung«, rief er mit einem schiefen Grinsen in die Runde und setzte seine Grübchen wie eine Waffe ein. »Wir können uns einfach nicht auf ein Dessert einigen.«

Alle stießen mit einem erleichterten Lachen den Atem aus und griffen ihre Gespräche wieder auf.

Yakov nahm von Neuem mit unnachgiebiger Miene Theo ins Visier. »Also?«

Sie trank das Glas Wasser, das die Kellnerin kurz vor Yakovs Ausrutscher gebracht hatte, zur Hälfte leer, dann fixierte sie ihn. Eine Sache würde sie hier und jetzt richtigstellen. »Ich bin nicht unterwürfig. Du kannst mich nicht einschüchtern.«

Um seine Lippen zuckte es. »Das ist mir klar. Andernfalls hätte ich diesen Auftrag schon vor Stunden an ein sanftmütigeres Clanmitglied delegiert. Du hast einen eisenharten Willen, Theo.« Sein Lächeln vertiefte sich. »Und ich mag Eisen.«

Ihr stockte der Atem, ihr Puls flatterte. Sie war sich fast sicher, dass die Worte nicht allein auf ihre Zusammenarbeit bezogen waren. Nicht, dass es einen Unterschied gemacht hätte. An ihrer Einstellung würde sich nichts ändern. Weil es hierbei nicht mehr nur um ihre Suche nach Erklärungen ging. Sondern auch um den Mann mit den leeren Augen, der diese eine herzzerreißende Träne vergossen hatte, um die Frau, die ihren Kopf gegen die Wand geschlagen und um all die anderen, die Theo an jenem Tag gesehen hatte.

Wo waren diese Patienten? Was hatte Marshall ihnen angetan?

»Ich möchte, dass das, was ich dir jetzt sage, unter uns bleibt.« Sie schüttelte den Kopf, als Yakov etwas einwenden wollte. »Es ist etwas Persönliches. Dein Clan braucht davon nichts zu wissen – aber letztendlich überlasse ich dir die Entscheidung.«

Sein Bernsteinblick wurde heller, wilder. »Das ist ein großer Vertrauensvorschuss, *pchelka*.«

Theo spürte plötzlich das übermächtige, aus derselben Verzweiflung wie ihr Zorn geborene Bedürfnis, sich auf Yakovs Schoß zu setzen, die Hände in seinem Haar zu vergraben und ihm so lange in die Augen zu schauen, bis er erkannte, wer sie wirklich war: Theo Marshall, eine unbedeutende TK-Mediale der

Skala zwei Komma sieben … und das Meisterwerk eines kaltblütigen Psychopathen.

Sie würde sich damit ins eigene Fleisch schneiden, aber sie ertrug die Ungewissheit nicht, wie er reagieren würde, wenn sie ihm die ganze Wahrheit über sich enthüllte. Es war immer besser, ein Pflaster mit einem einzigen festen Ruck abzuziehen. Ein kurzer, scharfer Schmerz, ein leichtes Brennen auf der Haut, und es wäre überstanden.

Sich an ihrer trügerischen Hoffnung festzuklammern, würde viel mehr wehtun.

»Meine Recherchen haben ergeben«, brachte sie schließlich heraus, »dass die Meinungen auseinandergehen, was den Ruf der StoneWater-Bären betrifft. Doch in einem Punkt sind sich alle einig: Auf euer Wort ist Verlass.«

Yakov warf den Kopf zurück und lachte aus vollem Hals, die warme Schallwelle ließ die übrigen Restaurantbesucher aufmerken, und als sie hinübersahen, trug jeder ein breites Lächeln im Gesicht. Auch die Kellnerin strahlte, als sie ihnen ihr Essen brachte.

Da begriff Theo, dass dieser Mann nicht nur gemocht wurde. Er wurde geliebt.

»Einverstanden«, sagte er, während Theo sich noch immer nicht ganz von der Wirkung seines herzhaften Lachens erholt hatte. »Ich werde es für mich behalten, solange es wirklich rein persönlich ist.«

»Ich erzähle es dir später im Auto. Weil ich nicht riskieren kann, dass jemand zufällig etwas mithört.« Außerdem musste sie erst noch Kraft und Mut sammeln, um erneut dem abgrundtief Bösen und ihrem Hass auf sich selbst ins Gesicht sehen zu können.

Wie um einzuschätzen, ob sie mit offenen Karten spielte, hielt Yakov ihren Blick noch einen Moment fest, bevor er mit einem Kopfnicken auf ihren Teller wies. »Sei vorsichtig, wenn du den Spieß anfasst. Er ist heiß.«

Anschließend erklärte er ihr geduldig, wie man eine Tortilla belegte und faltete, und ließ sie von seinem Taco kosten. Theo hatte das überwältigende Gefühl, als würde sie in der Haut einer anderen, normalen Frau stecken. Eine, die nichts zu verbergen hatte und sorglos die Gesellschaft dieses hinreißenden Mannes genießen konnte, der entschlossen schien, sie zu verhätscheln, obwohl er ihr nicht über den Weg traute.

Yakov hatte noch weitere Gerichte bestellt.

»Nur ein paar Beilagen«, erklärte er. »Ich esse nun mal wie ein Bär, und du hast so mehr Auswahl. Probier mal diese Paprika, Thela.« Er machte Anstalten, sie zu ihrem Mund zu führen, als er leicht errötete und das Gemüsestück stattdessen auf ihren Teller legte. »Sie schmeckt sagenhaft.«

Das Ganze war eine unglaubliche Erfahrung für Theo.

Unter den Medialen war es nicht üblich, großzügig sein Essen mit anderen zu teilen.

Pax und ich haben das früher auch getan.

Eine Flut von Kindheitserinnerungen brach über sie herein, daran, wie sie ihm seinen Lieblingsenergieriegel zugesteckt hatte, anstatt ihn selbst zu vertilgen, obwohl er Teil ihrer Essensration war, während Pax ihr im Gegenzug sein Päckchen getrocknete Früchte überließ, die sie als Snack bekamen.

Ihr Herz zog sich schmerzvoll zusammen.

In derselben Sekunde spürte sie Schärfe auf der Zunge, während sich völlig neue Aromen in ihrem Mund entfalteten. Von Staunen ergriffen, konzentrierte sie sich ganz auf diese Geschmacksexplosion. Yakov, der sie von der Tischseite gegenüber aus beobachtete, ließ wieder dieses warme, volltönende Lachen hören, das ihn auf eine Weise anziehend machte wie noch keinen Mann vor ihm in ihrem Leben. »Lass dich einfach darauf ein.«

Theo beherzigte seinen Rat und gelangte zu dem Schluss, dass das Essen wundervoll war.

Genau wie Yakov Stepyrev.

Er war für sie jenseits aller Erreichbarkeit, doch für diesen einen, von der Realität losgelösten Moment konnte sie zumindest so tun, als wäre es anders. Denn schon bald würde er die grauenvolle Wahrheit über sie erfahren, etwas, von dem noch nicht einmal Pax wusste.

An der Eingangstür regte sich etwas.

Yakov schaute in die Richtung, dann hob er mit erboster Miene abwehrend die Hände in die Luft. »Nein! Ich war zuerst hier!«

Um festzustellen, wem dieser Kommentar – der klang wie die Erwiderung auf Worte, die noch gar nicht gefallen waren – galt, warf Theo einen Blick über ihre Schulter. Er landete … auf Yakov. Nur, dass es nicht Yakov war. Dieser Mann trug eine Brille, Jeans und ein kariertes Hemd. Trotzdem glichen die beiden sich wie ein Ei dem anderen.

22

Liebe Hien,
danke, dass wir Weihnachten und Neujahr bei dir in Zürich verleben durften. Wir sind immer noch ganz euphorisch von der Reise und können es nicht erwarten, dass ihr uns einen Gegenbesuch abstattet. Wir haben schon für uns alle vier das Gästeapartment in der Stadt reserviert, damit wir sämtliche Sehenswürdigkeiten besichtigen können! Aber ihr müsst auch so oft wie möglich in die Höhle mitkommen. Jeder will meine Schwester – die berühmte Ingenieurin – kennenlernen. Und natürlich werden wir unsere neuen Geschwister ausführen und sie so sehr verwöhnen, dass Mom und Dad sich die Haare raufen. Mir weitet es jedes Mal das Herz, wenn ich sehe, wie wohl Otto und Grady sich in unserer Familie fühlen. Sie lächeln immer öfter und haben angefangen, sich zu benehmen, wie man es von Kindern in ihrem Alter erwartet.
Der einzige Wermutstropfen in all dieser Freude sind die jüngsten Nachrichten über das Medialnet. Es scheint, als habe sich der Ton der möglichen Antworten in dem Fragebogen deutlich verschärft, seit er das letzte Mal versendet wurde.
Ich verstehe, dass die Leute angesichts der exorbitanten Zunahme von Serienmorden auf mehreren Kontinenten die Nerven verlieren. Aber das ist kein ausreichender Grund, um eine solch gewaltige Entscheidung zu treffen. Sie könnte sich auch auf die nachfolgenden Generationen auswirken, daher muss sie umsichtig und sorgfältig geprüft werden.

Mir ist klar, dass ich voreingenommen bin, aber alles in mir sträubt sich gegen diese neue Form von Silentium. Sollte sie tatsächlich eingeführt werden, würde sich dadurch alles ändern und womöglich sogar das Band zwischen uns zerschnitten.
Ich wünsche mir, dass unsere Kinder gemeinsam aufwachsen, Freunde fürs Leben werden, so wie wir beide. Ich möchte, dass Marian und ich zusammen mit Kanoa und dir das Abenteuer dieses Lebens bestreiten, bis wir alt und grau sind. Es würde mir das Herz brechen, wenn du dich von mir distanziertest, Hien. Ich habe die ungute Vorahnung, dass das Schreckgespenst Silentium eine Zukunft ohne meine kleine Schwester für mich bereithält.
Für immer dein großer Bruder
D.

Brief von Déwei Nguyen an Hien Nguyen (17. Januar 1974)

Während Theo noch zu ergründen versuchte, wieso sie plötzlich doppelt sah, erschien auf dem Gesicht des anderen Yakov ein identisch finsterer Ausdruck. »Vergiss es! Wir hatten zuerst reserviert!«, protestierte er. »Das darf doch wohl nicht wahr sein. Schon wieder?«

Beide stießen ein frustriertes Seufzen aus, bevor sie beinahe simultan sagten: »Ich werd einfach so tun, als wärst du nicht hier.«

Der Mediale, der – angetan mit einem schicken, blauschwarzen Anzug – neben dem Neuankömmling stand, lachte. Mit seinen ausgeprägten Wangenknochen, dem markanten Kinn, dem olivfarbenen Teint, den seidigen schwarzen Haaren und den silbernen, leicht schräg gestellten Augen kam er der Verkörperung eines äußerlich perfekten Mannes gleich.

Dennoch rief er nicht einmal im Ansatz die Reaktion in ihr hervor, die Yakov bei ihr auslöste.

Dasselbe galt für den Gestaltwandler, der bis hin zu den Grübchen Yakovs Ebenbild war.

»Du bist nur gereizt, weil du Hunger hast, Liebster«, sagte der Mediale. »Komm, lass uns was essen.« Er winkte Yakov zu und taxierte Theo mit einem durchdringenden Blick, bevor er seinen Begleiter zu einem Tisch im hinteren Teil des kleinen Lokals lotste, mit möglichst weitem Abstand zu Yakov und Theo wie auch zu dem Gestaltwandlerpärchen.

»Er ist dein Bruder«, folgerte sie mit heiserer Stimme.

»Ja. Er heißt Pasha.« Yakov schnitt ihm eine Grimasse und erhielt, dem Funkeln in seinen Augen nach zu urteilen, eine entsprechende Rückmeldung. »Sein offizieller Name lautet Pavel Nervensäge Stepyrev.«

»Du hast nicht erwähnt, dass ihr Zwillinge seid.« Ihr schlug das Herz bis zum Hals.

»Was?« Ein Stirnrunzeln. »Nein, ich schätze nicht. Man posaunt so was doch nicht aus, es sei denn, das Thema kommt zufällig auf.«

Da hatte er natürlich recht. »Ich bin ebenfalls ein Zwilling«, platzte Theo heraus. »Auch wenn das nirgendwo dokumentiert ist. Ich bin genau zwei Minuten älter als Pax.« Es war ihr auf einmal unglaublich wichtig, dass Yakov ihr glaubte.

»Ich bin eine Minute jünger als Pasha. Und ich wusste das über dich und deinen Bruder.«

»Oh.« Es erschütterte sie, dass diese Tatsache, die ihre Familie viele, viele Jahre mit allen Mitteln verheimlicht hatte, plötzlich allgemein bekannt wurde. »Bestimmt hat es dich überrascht zu erfahren, wie stark unsere geistigen Kräfte differieren.« In ihrem Inneren machte sich das kleine Mädchen von früher furchtsam auf seine Entgegnung gefasst.

Aber Yakov zuckte nur mit den Achseln. »Ein Zwilling ist nicht wie der andere.« Er deutete mit dem Kinn in Richtung seines Bruders, der lässig auf seinem Stuhl lümmelte, während die Körperhaltung seines elegant gekleideten Gegenübers tadellos war. »Pasha ist mein bester Freund, aber er hat eine komplett andere Persönlichkeit als ich.

Meine Mutter sagt, dass sie uns auch schon als Babys problemlos auseinanderhalten konnte. Angeblich haben wir unterschiedlich gelacht, unterschiedlich gestrampelt und sind zu unterschiedlichen Schlafliedern eingeschlummert.

Ich liebe Paprika; er kann sie nicht ausstehen. Der Schreibtisch in seinem Büro ist so chaotisch, als wäre ein Orkan darüber hinweggefegt. Ich versehe Dokumente mit numerischen Codes, bevor ich sie in farblich markierten Aktenordnern abhefte.« Er grinste. »Pasha hält mich für einen überorganisierten Irren und ich ihn für einen Messie.«

Erst jetzt bemerkte Theo, dass sie zum ersten Mal in ihrem Erwachsenenleben mit jemandem sprach, der ebenfalls Teil eines Zwillingspaars war. Weil sie bis vor Kurzem gezwungen gewesen war, diesen Umstand für sich zu behalten, hatte sich nie eine Gelegenheit ergeben. »Trotzdem seid ihr beste Freunde?«, fragte sie mit brennender Wissbegierde.

»Das waren wir schon immer.« Eine schlichte, unbestreitbare Tatsache.

»Haben eure Eltern je Vergleiche zwischen euch gezogen?«

»Tja, sie sind eben auch nicht perfekt. Sie geben selbst zu, dass sie im Lauf der Jahre hin und wieder Mist gebaut haben – aber ich erinnere mich hauptsächlich daran, dass sie uns beiden gleichermaßen zugetan waren. Weder Pasha noch ich hatten je das Gefühl, dass einer von uns bevorzugt wurde. Wir waren einfach Kinder, die geliebt wurden.«

Seine Worte trafen Theo wie ein Stich ins Herz. »Ihr könnt

euch glücklich schätzen«, erwiderte sie und gewährte ihm unbeabsichtigt Einblick in einen gut verborgenen Winkel ihrer zerstörten Seele. »Meine Eltern waren maßlos enttäuscht, als sich herausstellte, dass meine Werte am unteren Ende der Skala angesiedelt sind. Sie hatten erwartet, dass ich kräftemäßig mit Pax würde mithalten können.«

Yakov brummte ungehalten. »Was für ein Mist. Ein Kind ist so wertvoll wie das andere. Punkt.«

»Vielleicht wird sich ja etwas ändern, nachdem Silentium nicht mehr existiert. Obwohl ich bisher keine Anzeichen dafür erkennen kann.« Trotzdem war es eine schöne Vorstellung, dass eine andere Theo künftig in Liebe aufwachsen würde. »Meine Gattung hat viel zu lange dem Streben nach Macht gehuldigt.«

»Das lässt sich nicht bestreiten. Was hat es mit dieser Harmonie-Sache auf sich, die du erwähnt hast?« Er trank einen Schluck von seinem verlockend goldschimmernden Bier. »Du sagtest, das hätte den Ausschlag für die Entscheidung deiner Familie gegeben, dich und Pax zu trennen.«

»Das letzte Wort hatte mein Großvater.« Marshall Hyde war der Architekt von Theos Leben gewesen. »Harmonische Verbindungen treten nicht ausschließlich, jedoch meistens bei Zwillingen auf. Ihre unterschiedlichen Fähigkeiten verschmelzen zu etwas Außergewöhnlichem. Beim ersten Mal, als das passierte, retteten wir einen sterbenden Vogel. Beim zweiten Mal weckten wir einen Mann aus einem jahrelangen Koma.« Der dritte Vorfall war Pax' Privatangelegenheit.

Yakov pfiff durch die Zähne. »Was ist die Kehrseite der Medaille? Weil ich nämlich keine erkenne.«

»Wir verbrauchen dabei jedes Mal unsere gesamte Energie«, erklärte Theo. »Bei mir hat das keinen groß gekümmert, aber niemand wollte, dass Pax einen geistigen Kollaps erlitt und einen Tag oder länger außer Gefecht gesetzt war. Meine Familie hat mich für die Anstifterin gehalten, sie glaubten alle, ich hätte die Entscheidung zu harmonisieren getroffen.«

»Diese Ungleichbehandlung muss deine Beziehung zu deinem Bruder ziemlich belastet haben.«

»Es hat uns beide verletzt.« Theo hatte die Schuldgefühle, die an Pax nagten, immer gespürt. Indem Marshall sie von zu Hause verbannte, sodass ihr Bruder sie nicht mehr beschützen konnte, hatte er etwas in seinem Enkel zerbrochen, das vermutlich nie wieder heilen würde. »Bevor sie uns voneinander isolierten, waren auch wir beste Freunde. Ich denke … wir sind auf dem Weg, das wieder zu werden.«

Manche würden ihr vielleicht unterstellen, dass sie sich etwas vormachte, dass Pax sie und das emotionale Band zwischen ihnen ausnutzte, um das Skarabäus-Virus in Schach zu halten. Aber Theo konnte ihren Zwilling noch immer an derselben Stelle wie schon seit ihrer Geburt in ihrem Herzen fühlen. Er hatte sie nie verlassen. Nicht ein einziges Mal. Und sie wusste, dass ihr Bruder sich an allem die Schuld gab und tat, was in seiner Macht stand, um für ihre Sicherheit zu sorgen, falls seine Behandlung keine Wirkung mehr zeigte und er starb.

Ihre Hand krampfte sich um die Stoffserviette.

Der arme Pax.

Er ahnte nicht, welches Scheusal sie durch ihren Großvater geworden war. Nicht er sollte dem Tode geweiht sein, sondern sie.

Yakov drängte Theo nicht, weiterzusprechen, als sie nach der Enthüllung über ihren Zwillingsstatus verstummte. Ob ihr wohl bewusst war, wie überaus fürsorglich ihr Tonfall wurde, wenn sie von ihrem Bruder sprach?

Und das, obwohl Pax Marshall Silver zufolge ein sehr mächtiger Medialer war.

Aber für Theo war er einfach nur ihr Bruder. Ihr Zwilling.

Yakov konnte das nachempfinden.

Nach dem Essen verließen sie das Lokal und gingen zurück zu seinem Wagen. Er merkte Theo ihre Nervosität an, und um sie nicht unter Druck zu setzen, schnitt er das Thema, über das sie mit ihm reden wollte, zunächst einmal nicht an. Stattdessen fuhr er erst zu einem Park mit Blick auf die glitzernde Moskauer Skyline.

Der Widerschein der Lichter verwandelte die schwarz dahinwogende Moskwa in ein grandioses Farbenspiel.

»Ich fühle mich in der unberührten Natur wesentlich heimischer als in der Stadt.« Yakov beugte sich vor und legte die Arme aufs Lenkrad. »Aber ich liebe ihre nächtliche Schönheit.«

Theo sagte längere Zeit nichts, und als sie dann sprach, brachen ihre Worte ihm fast das Herz.

»Es ist noch nicht lange her, dass Pax nach all den Jahren Kontakt zu mir aufnahm. Ich reagierte zornig und abweisend.« Ihre Stimme klang dumpf und tonlos, als hätte Theo sich hinter eine meterhohe Mauer zurückgezogen. »Er denkt, es läge daran, dass er Abstand zu mir hielt, während unser Großvater das Sagen hatte, doch in Wahrheit wollte ich nur nicht, dass er von meiner Abscheulichkeit befleckt wird.«

In Yakov grummelte es. »Theo.« Eine deutliche Warnung. »Ich erlaube nicht, dass du so über dich sprichst.«

Trotz der Schärfe seiner Ausdrucksweise, blitzte sie ihn weder empört an, noch wies sie ihn mit spitzer Zunge zurecht. Dafür fuhr sie in diesem monotonen, emotionslosen Tonfall fort. »Ich wusste, dass er seine eigenen Narben davongetragen, seine eigene Hölle durchlebt hatte. Stell dir vor, deinem Zwilling würde etwas Schreckliches widerfahren, während du ihn in Sicherheit wähnst. Vielleicht nicht in der besten Lebenssituation, aber wenigstens außer Gefahr.«

Die Frage traf ihn wie ein Hammerschlag. »Es würde mich zerstören.«

»Dann verstehst du, warum ich nicht zulassen konnte, dass Pax erfährt, was mit mir passiert war? Nachdem man uns getrennt hatte, versuchte er mit aller Kraft, mich zu beschützen. Dabei war er selbst erst sieben.«

Yakov litt mit ihr. Er war auf alles Mögliche vorbereitet gewesen, aber nicht darauf zu erfahren, dass Pax Marshall ein guter Bruder war. Einer, der seine Schwester so sehr liebte, dass es ihn vernichten würde, wenn er herausfände, was ihr Grauenvolles zugestoßen war, weil er sie nicht hatte beschützen können.

Die Augen auf das glitzernde Panorama gerichtet, rieb Theo mit der Hand fest über ihr Armband. »Unsere Familie hat uns bis zu diesem Alter zusammengelassen, weil sämtliche psychologischen Daten belegen, dass es katastrophale Schädigungen nach sich zieht, wenn man Zwillinge schon vorher trennt. Und mit trennen meine ich, dass sie uns auch auf der telepathischen Ebene einander entrissen haben.«

Yakov stieß eine leise Verwünschung aus. »Ihr hattet überhaupt keinen mentalen Kontakt?«

»Jedenfalls nicht nach Wissen unserer Familie. Tatsächlich hatten sie zu achtundneunzig Prozent Erfolg – allerdings ist es ihnen nicht gelungen, die uns angeborene Verbindung zu kappen. Sie reicht so tief, dass offenbar nichts sie zerstören kann. Sie wird fortbestehen, solange wir beide am Leben sind.«

Er war froh, dass ihr wenigstens das geblieben war.

»Ich war nie gut im Einhalten von Silentium«, setzte sie hinzu. »Später, als Pax einen Weg fand, um einige der geistigen Blockaden zu überwinden, schützte er mich mit seinen Schilden, damit niemand merkte, wie brüchig meine Konditionierung war. Dadurch hielt man mich in den späteren Jahren für stabil. Was man von den früheren nicht gerade behaupten kann.«

Yakov beschlich ein flaues Gefühl, er ahnte, worauf das alles hinauslief. »Hat dein verfluchter Großvater dich etwa in dieses Zentrum gebracht, um dich einer Rehabilitation zu unterziehen?« Er spie die Worte förmlich aus, war derart wütend, dass er die Hände vom Lenkrad nehmen musste, um es nicht aus der Halterung zu reißen.

»Ich glaube, ja. Der erste Flashback war ein wirres Durcheinander von Bildern, aber er hat weitere freigesetzt. Es ist, als hätte sich in meinem Bewusstsein eine Tür geöffnet, durch die die Erinnerungen unaufhaltsam zu mir zurückströmen. Ich sehe noch nicht alles … aber doch genug.«

Sie rieb noch kraftvoller über das Armband, beinahe manisch. »Ich sehe die Augen von lebenden Toten. Ich sehe Furcht. Ich sehe …« Ihre Atmung ging schnell und stoßweise, die nächsten Worte kamen im Flüsterton. »Einen Stuhl. Mit Fixierriemen.«

23

So lobenswert deine anhaltenden Bemühungen um Theodora auch sein mögen, ist die Entscheidung gemäß dem im Fortpflanzungsvertrag festgehaltenen Mehrheitsbeschluss unwiderruflich. Dem Mädchen wurde ein neues Zuhause gegeben, das sich besser für sie eignet. Sie wird eine ihrem Skalenwert entsprechende Ausbildung erhalten.

Nachricht von Marshall Hyde an Miles Faber (4. Februar 2063)

Neunzehn Jahre früher

Theo hatte so schreckliche Angst, dass ihr alles wehtat. Sie wollte sich nicht in den hellen Kunstlederstuhl setzen, der bis auf die Riemen, die daran befestigt waren, aussah wie der in der Praxis ihres Zahnarztes. Vor ihm fürchtete sie sich nicht – er erklärte ihr immer, was er gerade tat, außerdem fand sie die vielen Gerätschaften, die er benutzte, interessant.

Doch in diesem Raum war kein weißhaariger, auf Dentologie spezialisierter M-Medialer. Sondern eine Frau namens Upashna, die einen Arztkittel trug, Theos Großvater und ein Mann, der die gleiche blaue Kleidung anhatte wie die Leute, die im Flur herumgelaufen waren. Er schaute Theo an, als sie sich dagegen sträubte, zu dem Stuhl zu gehen, und plötzlich konnte sie sich überhaupt nicht mehr rühren.

Sie wollte gerade einen Schrei loslassen, als ihr Großvater sagte: »Ich erwarte von dir, dass du dich benimmst wie eine Marshall, Theodora.« Seine Stimme war kalt wie Eis. »Es war nur deshalb nötig, dich bewegungsunfähig zu machen, weil du nicht kooperierst, wie du solltest. Jetzt hör auf mit dem Theater, leg deinen Mantel ab und zieh die Kluft an, die für dich bereitliegt.«

Theo beobachtete, wie der unbekannte Mann sich umdrehte und einen kleinen Stapel hellgrüner Anziehsachen holte; es waren die gleichen wie die, mit denen der weinende Patient und die Frau, die ihren Kopf gegen die Wand geschlagen hatte, bekleidet gewesen waren. Nur dass sie in Theos Fall Kindergröße hatten.

»Ich will nicht so werden, wie die Leute da draußen, Großvater«, wimmerte sie, während sie gegen die unsichtbaren Fesseln ankämpfte. Ihr Herz pochte laut und heftig. Sie begriff, dass der Mann in Blau ebenso wie ihre Fahrerin, die vor der Tür wartete, telekinetische Kräfte besaßen und diese sehr viel stärker waren als Theos.

In ihrem Kopf schrillten Sirenen, ausgelöst durch ihre Panik, ihre Sicht verschwamm.

»Das wird nicht passieren«, wiegelte er ab. »Aber du brauchst ein bisschen Hilfe mit deinem Silentium, darum setz dich endlich auf diesen Stuhl.«

Der TK-Mediale gab Theo frei, doch anstatt zu gehorchen, drehte sie sich um und versuchte wegzulaufen. Sie kam nur wenige Schritte weit, bevor er sie wieder stoppte.

»Jetzt wird's allmählich lächerlich«, hörte sie ihren Großvater sagen. »Zieht ihr einfach nur den Mantel aus und ab auf den Stuhl. Hauptsache ihre Arme sind zugänglich für die Nadeln.«

Dr. Upashna half ihr heraus und legte ihn beiseite, dabei suchte Theo ihren Blick, in der Hoffnung, dass sie ihr beispringen würde. Immerhin war sie gegen den Plan von Theos Großvater gewesen – was auch immer dieser vorsah. Aber Theo hätte es besser wissen müssen. Es spielte keine Rolle, was die Frau davon hielt. Marshall Hyde war ihr Boss, und sie würde exakt das tun, was er von ihr verlangte.

Anstatt Theo noch einmal zu drängen, auf dem Stuhl Platz zu nehmen, beförderte der Mann in Blau sie kurzerhand telekinetisch dorthin. Sie landete weich auf dem kalten Kunstleder. Er beherrschte seine Gabe gut, dachte der Teil ihres Gehirns, der gern Dinge untersuchte und mechanische Gegenstände zerlegte, um nachzusehen, wie sie funktionieren, bevor Theo sie wieder zusammenbaute.

Colette hatte ihr einmal ein Spiel geschenkt, bei dem die Herausforderung darin bestand, mithilfe ihrer geringen telekinetischen Fähigkeiten kleine Metall- und Kunststoffteilchen in dafür vorgesehene Öffnungen zu transferieren. Wenn sie versehentlich mit einem gegen die Seiten stieß, bevor es hineinglitt, leuchtete auf dem Spielbrett eine rote Lampe auf und Theo erhielt einen »Malus«. Nach dem dritten Fehler musste sie wieder von vorn beginnen.

Sie konnte sich stundenlang die Zeit damit vertreiben und war schon auf Schwierigkeitsstufe achtundzwanzig.

Dr. Upashna trat zu einem mit glänzenden silbernen Instrumenten bedeckten Tisch. Theos Herz galoppierte wie das Pferd, das sie einmal auf einem Monitor in einem Computerladen gesehen hatte. Sie wünschte, der Mann in Blau würde nicht zu den Leuten ihres Großvaters gehören, denn dann könnte sie ihn fragen, wie es war, so starke telekinetische Kräfte zu haben. Theo wäre niemals in der Lage, eine Person bewegungsunfähig zu machen. Sie schaffte es ja kaum, einen Energiedrink von einer Zimmerseite zur anderen schweben zu lassen. Am besten konnte sie winzige Dinge verschieben.

Jetzt benutzte der Mediale seine Hände, um sie mithilfe der breiten Riemen an dem Stuhl festzuschnallen, sodass sie sich auch ohne psychische Fesseln nicht mehr rühren konnte.

Das Schlimmste war, dass er auch ihren Kopf fixierte, sodass sie an die Zimmerdecke gucken musste, die strahlend weiß war, bis auf einen kleinen schwarzen Punkt. Theo hoffte, dass es eine Fruchtfliege war, denn wenn sie ihren Großvater darauf hinwiese, dass dieser Raum nicht so sauber war, wie man es von einer Klinik erwartete, würden sie Theo vielleicht freilassen.

Sie öffnete schon den Mund, als sie ein Pieken in der Armbeuge spürte und merkte, dass die Ärztin ihr etwas injizierte. Sie benutzte dafür keinen Hochdruckinjektor, sondern eine lange, spitze Nadel. Es tat weh.

Warum machte sie das? Theo wusste aus dem Biologieunterricht, dass heutzutage niemand mehr solche Spritzen verwendete.

»K-kalt.« Ihre Zähne schlugen aufeinander, als sie zu sprechen versuchte, um ihren Großvater wissen zu lassen, dass irgendwas nicht stimmte und von der Stelle aus, wo Dr. Upashna sie gestochen hatte, sich eine brennende Kälte in ihr ausbreitete.

Doch sie konnte keine Worte mehr formen. Ihr Herz raste, als wollte es ihr aus der Brust springen. Ihr Blickfeld wurde an den Rändern unscharf, ihr Köper versuchte, sich aufzubäumen. Und dann … Schwärze.

24

Du hast mich positiv überrascht, Theodora. Womöglich kannst du der Familie am Ende doch von Nutzen sein.

Marshall Hyde zu Theodora Marshall (9. Dezember 2063)

»Falls diese Flashbacks tatsächlich Erinnerungsfragmente sind«, sagte Theo, während Yakov neben ihr vor Wut bebte, »dann erwachte ich schneller aus der Narkose, als sie erwartet hatten. Inzwischen denke ich, dass mein Bruder irgendwie damit zu tun hatte, dass entweder er oder die verbliebenen zwei Prozent unseres geistigen Bands mir Energie zugeführt haben, sodass ich ein wenig stärker war, als ich es hätte sein sollen.«

»Was haben diese Leute mit dir gemacht?«

»Ich hatte grauenvolle Kopfschmerzen.« Sie presste die Finger an ihre Schläfe. »Trotzdem konnte ich in Teilen verstehen, was gesprochen wurde. Allerdings weiß ich nur noch, dass sie ihr Vorhaben mittendrin unterbrechen mussten, weil Pax auf der anderen Seite der Erdkugel einen Zusammenbruch erlitt.

Sie blickte auf, ihre Augen dunkle Teiche. »Mittendrin. Das bedeutet, dass sie den Eingriff – was für einer es auch immer war – nicht zu Ende durchführen konnten.«

Yakov hielt es nicht länger im Auto aus, er stieß die Tür auf. Draußen begrüßte ihn die kühle Nachtluft, als er bis an den Rand der Klippe trat. Es gab keinen Zaun, nichts, das vor einem Sturz schützte, aber als Gestaltwandler war er mit den Gefahren der Natur vertraut. Bären mochten nicht so flink und wendig wie

Tiger oder Wölfe sein, dafür waren sie robust und hielten eine Menge aus.

Er hörte, wie die Beifahrertür geöffnet wurde, und drehte sich um. Theo kam auf ihn zu, eine Frau mit goldenem Haar und himmelblauen Augen – in denen ein Vulkan brodelte.

Sie war genauso zornig wie er.

»Ich wusste, dass viele Mediale ihren Nachwuchs misshandelten«, stieß er hervor, während der Wind mit der einzelnen Locke spielte, die sich aus ihrem Haarknoten gelöst hatte. »Aber auf diese Weise?« Kinder mussten beschützt werden – das war eins der Grundprinzipien des Lebens.

»Ich bin in dieser Kultur aufgewachsen.« Ihre Wangenknochen zeichneten sich scharf unter der Haut ab. »Trotzdem kann selbst ich nicht fassen, dass mein eigener Großvater mir das angetan hat. Damals habe ich ihm noch vertraut. Weil er eine derart wichtige Rolle in meinem Leben spielte, habe ich mich einfach blind darauf verlassen, dass er wusste, was das Beste für mich war.«

Sie schluckte schwer. »Doch irgendwann fing ich an, mich gegen Dinge, die er von mir verlangte, aufzulehnen. Es waren nur Kleinigkeiten, trotzdem wusste ich, dass sie falsch waren.« Wie um ihn nur nicht ansehen zu müssen, ließ sie ihren Blick unverwandt auf der Stadt verweilen. »Es gibt TK-Mediale, die Körperzellen manipulieren können. Allerdings ist das die seltenste Unterkategorie überhaupt.«

Yakov drängte seine Wut zurück, um wieder klar denken zu können. »Gehörst du dazu?«

Ein rostig klingendes Lachen. »Schön wär's. Nein, ich bin exakt das, was in meiner Akte steht: eine ganz gewöhnliche Mediale der Stärke zwei Komma sieben. Das weiß ich, weil man mich intensiv auf einen potenziellen TK-Z-Status getestet hat, als offensichtlich wurde, mit welchem Geschick ich meine wenigen Kräfte einzusetzen verstand. Ich konnte in einem Alter, in dem die meisten telekinetisch begabten Kinder – abhängig von ihren Rangzahlen – immer noch versehentlich Geschirr oder Möbelstücke zerbrechen, bereits mit großer Präzision winzige Komponenten von A nach B bewegen.«

Theo stopfte die Hände in die Taschen seiner Jacke, und erst jetzt wurde Yakov bewusst, dass sie sie nach ihrem Restaurantbesuch wieder angezogen hatte.

Sein Bär ließ ein erfreutes Brummen vernehmen.

»Hast du eine Ahnung, was sogar eine TK-Mediale mit meinem Skalenwert alles zu tun vermag, wenn sie die volle Kontrolle über ihre geistigen Fähigkeiten hat?«

Yakov ließ den Tag kurz Revue passieren. »Zum Beispiel Türschlösser knacken?«

»Ja. Anfangs ließ mein Großvater mich an denen zu Hause üben, bis ich sie fast alle aufbekam. Es war ein Spiel. Ich mochte es.« Die Worte beschworen ein unwillkommenes Echo ihrer schlimmen Kindheit herauf. »Dann kam eines späten Abends, als ich schon seit Stunden im Bett lag, einer seiner Männer und fuhr mit mir zu einem Apartmenthaus. Er wies mich an, eine bestimmte Tür zu öffnen, ich tat es, und er brachte mich wieder heim.

Jahre später – ich hatte längst aufgehört, die Befehle meines Großvaters zu befolgen – entdeckte ich, dass in eben dieser Wohnung die Leiche eines Mannes gefunden worden war. Die meisten TK-Medialen haben ein hervorragendes Gedächtnis, und ich erinnerte mich noch an das Datum und den genauen Zeitpunkt meines Einsatzes. Er starb nur wenige Minuten, nachdem ich das Schloss aufgebrochen hatte. Kein gewaltsames Eindringen. Nichts, das seine Alarmanlage ausgelöst hätte. Ein ungeklärter Mord.«

Falls Yakov sich noch irgendwelche Illusionen über die Medialen unter Silentium gemacht hatte, dann lagen sie jetzt in Trümmern. Aber Theo war noch nicht fertig.

»Als Kind hielt ich es für ein Spiel, oder ich dachte, ich würde Großvaters Freunden helfen, in ihre Häuser zu gelangen, wenn sie den Zugangscode vergessen hatten. Doch auf einmal änderten sich die Regeln. Er gab mir ein Element von einem Automotor – damals wusste ich nicht, was es war – und instruierte mich zu lernen, wie ich ein kleines Bauteil, das sich tief darin verbarg, in einzelne Fragmente zerlegen konnte. Es war so winzig, dass kein großer mentaler Kraftaufwand vonnöten war, zumal bei solchen Herausforderungen nicht so sehr der Skalenwert als vielmehr die Genauigkeit im Vordergrund steht.«

Sie mied noch immer seinen Blick. »Viele starke TK-Mediale sind nicht imstande, ihre Gabe mit Fingerspitzengefühl einzusetzen. Ihre Kräfte sind dafür zu unbeherrschbar. Ganz im Gegensatz zu meinen. Ich kam mir so wichtig vor, als mein Großvater meinte, dass ich der Familie am Ende vielleicht doch von Nutzen sein könnte. Ich dachte, er würde mich heimkehren lassen, wenn ich fleißig übte und seine Anweisungen befolgte.«

Yakovs Krallen drohten, durch die Haut zu stoßen, sein Bär tobte vor Zorn über diese grausame und zynische Manipulation eines Kindes, das einfach nur nach Hause wollte.

Theo redete weiter, als könnte sie, nachdem sie einmal damit angefangen hatte, nicht wieder aufhören. »Ich bekam Zugang zu einer Garage in dem Haus, in dem ich wohnte, wo ich mir jederzeit einen baugleichen Motor ansehen konnte, um mir die genaue Position des fraglichen Moduls einzuprägen. Räumliche Orientierung ist für TK-Mediale von entscheidender Bedeutung.«

Yakovs Magen zog sich vor Übelkeit zusammen, trotzdem unterbrach er Theo nicht. Sie musste dieses Gift aus ihrem Organismus bekommen, es gärte schon viel zu lange in ihr.

»Eines Tages holte mein Großvater mich ab, um eine Spritztour mit mir zu machen. Er lobte mich für meine guten Ergebnisse bei dem telekinetischen Test, dem er mich unterzogen hatte. Ich war überglücklich. Bis mir nach einer Weile auffiel, dass wir hinter einem Auto herfuhren, das das gleiche Modell war wie das, mit dessen Motor ich mich hatte vertraut machen sollen. Dann forderte mein Großvater mich auf, das Teil, an dem ich geübt hatte, zu ›deaktivieren‹.«

Ihren Blick noch immer auf die Moskauer Skyline fixiert, holte sie zitternd Luft. »Ich sagte: ›Nein, Großvater. Davon wird das Auto kaputtgehen‹. Ich hatte mich schon immer für Technik begeistert und nachgeforscht, wozu dieses Modul diente. Daher wusste ich, dass es wichtig war und es den sicheren Tod der Insassen bedeuten würde, wenn man es bei hoher Geschwindigkeit außer Kraft setzte.«

»*Bozhe, pchelka.*« Er knirschte mit den Zähnen. »Du warst verdammt noch mal ein Kind!«

»Ich weigerte mich an jenem Tag und noch bei einer anderen Gelegenheit.« Ihre Schultern sackten herab. »Aber irgendwann war mein Widerstand gebrochen.« Ihre Stimme klang jetzt nicht mehr distanziert, sondern rau und gepeinigt. »Ich habe viele Jahre meiner Kindheit in einem grauen Nebel zugebracht, und als er sich schließlich lichtete, klebte Blut an meinen Händen. Unmengen von Blut.«

»Nein, zur Hölle.« Er trat vor sie hin, sodass sie seinem Blick nicht länger ausweichen konnte. Dann nahm er ihr Kinn zwischen Daumen und Zeigefinger, weil sie mittlerweile zu der stillschweigenden Übereinkunft gelangt waren, sich in gewissem Rahmen Körperprivilegien zuzugestehen. »Man hat dich manipuliert und in deinem Gehirn herumgepfuscht. Dich trifft überhaupt keine Schuld.«

Theo wollte sich an seinen Worten festhalten und nie wieder

zurückschauen, doch so einfach war das nicht. »Oder will ich das nur glauben, Yasha?« Die Koseform seines Namens ging ihr so leicht über die Lippen, als hätte sie das Recht dazu, ihn so zu nennen. »Was, wenn ich am Ende zugestimmt habe, um meinen Großvater zufriedenzustellen? Was, wenn ich mich in ein Monster verwandelt habe, um von einem anderen Monster akzeptiert zu werden? Und was, wenn ich mich nur nicht erinnere, weil ich mich zu sehr schäme?«

In Yakovs Brust rumpelte es wie ferner Donner. »Du warst ein Kind.« Jedes Wort voller Nachdruck. »Was auch immer passiert ist, du kannst nichts dafür.«

»Aber ich muss die Wahrheit erfahren.« Sie schloss die Finger um sein kräftiges Handgelenk. »Ich muss wissen, welchen Schaden sie meinen Gehirnzellen zugefügt haben und ob dieser Eingriff meine Entscheidungen beeinflusst hat. Falls ja … vielleicht kann ich mir dann vergeben.«

Darauf hatte sie nie zuvor auch nur zu hoffen gewagt, seit der Nebel aufgeklart und sie begriffen hatte, zu welch grauenvoller Kreatur sie geworden war. »Ich habe Jahre damit verbracht, Mordfällen nachzuspüren, die mit meinen Fähigkeiten in Zusammenhang stehen. Es sind so viele. Dass ich ein Kind war, ist unerheblich. Die Zahl der Opfer ist zu hoch, als dass ich mir je verzeihen könnte, falls ich mich freiwillig für diesen Weg entschieden habe.«

Mit einem tiefen Knurren zog er Theo an sich und umfing sie mit beiden Armen. Sie fühlte sich so sicher und geborgen in seiner Wärme wie nie jemals zuvor. Und obwohl sie sich ihr Leben lang antrainiert hatte, sich auf niemanden zu verlassen, hielt sie sich an ihm fest. »Ich muss es wissen«, flüsterte sie zittrig.

Sie spürte seinen heißen Atem an ihrer Schläfe, als er mit der Hand sanft ihren Hinterkopf umfing. »Dann werden wir es herausfinden.«

Sein Versprechen traf sie bis in ihr Innerstes. Sie wusste, dass dieser Mann zu seinem Wort stehen und ihr helfen würde, all die Fragen zu beantworten, die sie hatte. Im Guten wie im Schlechten. Denn es war nicht auszuschließen, dass sie sich am Ende als eine Mörderin entpuppte, die das Leben anderer für ihren eigenen Vorteil geopfert hatte.

Yakov wollte Theo nie mehr loslassen. Es quälte ihn, sich vorzustellen, wie sie als kleines, hilfloses Mädchen von ausgerechnet der Person, die sie bis zu ihrem letzten Atemzug hätte beschützen sollen, gefesselt und gefoltert worden war. Sie war selbst heute noch so schlank und zierlich. Und erst recht damals. Verflucht. Wieder drohten seine Krallen auszufahren.

Der kalte Abendwind wehte ihm ein paar seidige Strähnen ihrer Haare ins Gesicht, und Yakov dachte, dass Theo wohl frieren musste und außerdem bestimmt müde war. Da stand seine Entscheidung fest. »Ich werde dich heute Nacht nicht allein lassen«, sagte er, fest entschlossen, in diesem Punkt nicht nachzugeben. Wir werden zu einer Wohnung fahren, die die Bären hier in der Stadt unterhalten, da ich keine Gelegenheit hatte, mich von der Sicherheit deiner Unterkunft zu überzeugen.«

»Dort dürfte eigentlich keine Gefahr lauern«, wandte sie ein, ohne sich von ihm zu lösen. »Sie wird von erfahrenen Leuten bewacht.«

Sie war so mutig und willensstark, dass es ihm den Atem verschlug.

»Ich habe mich persönlich um die Sicherheitsanlage des Apartments gekümmert«, argumentierte Yakov. »Es ist eine regelrechte Festung.« Er hielt sie weiterhin in seinen Armen, und dass sie es zuließ, sagte mehr als tausend Worte.

Seine komplizierte, kluge, zähe Theo war todunglücklich. Ihr Herz war vor langer Zeit gebrochen und nie wieder geheilt.

»Wir haben dort auch heiße Schokolade und Kekse vorrätig«, sagte er lockend. »Und wenn du willst, werde ich mich in einen Bären verwandeln und mich von dir kraulen lassen.«

Ihr Kopf fuhr hoch. Er hatte den letzten Satz als Witz gemeint, doch der staunende Ausdruck in ihren Augen besagte, dass er bald ein überaus glücklicher Bär sein würde. Der Gedanke, wie sie mit ihren Fingern durch sein Fell strich … »Einverstanden?«, fragte er.

»Wird sonst noch jemand dort sein?«

»Nein.« Yakov konnte das beantworten, ohne sich erst zu vergewissern, weil er für die Reservierungen zuständig war. »Die meisten unserer Wohnungen können von allen Clanmitgliedern genutzt werden, wenn sie einen Schlafplatz in der Stadt brauchen, aber dieses spezielle Apartment ist Gästen vorbehalten, die zu kurze Zeit in Moskau sind, um zur Höhle rauszufahren. Es steht diese Woche leer.«

»Dann bin ich einverstanden.« Theo spreizte die Hände auf seinem Rücken und ballte sie dann wieder zur Faust.

Yakov wollte schnurren. Nicht wie eine Katze. Wie ein Bär. Das war etwas gänzlich anderes. »Komm, lass uns zurück zum Auto gehen, bevor du mir noch erfrierst.«

25

LyrBoo: Ich habe was für euch: Wer sind die besten Kuschler unter den Gestaltwandlern?

H2Imhot: Schlangen. Sie umschlingen dich mit ihren starken, glatten, seidigen Körpern. Wer nie mit einer Anakonda gekuschelt hat, kann überhaupt nicht mitreden.

4cubs: Du lieber Himmel! Na ja, jedem Tierchen sein Pläsierchen. Aber töten sie so nicht ihre Beute? Jedenfalls votiere ich für Tiger. Sie sind so verstohlen, und dieses Fell … mmm.

BB: Natürlich lautet die Antwort Bären! Darüber gibt es nichts zu debattieren!

Forum des Wild-Woman-*Magazins*

Yakov startete den Motor, dann beging er den Fehler, das Radio anzuschalten – just in dem Moment, als die Nachrichten eine Meldung über den Serienmörder brachten, der in der Stadt sein Unwesen trieb und inzwischen der »Moskau Ripper« genannt wurde.

Wirklich originell.

»Das ist einer der Gründe, warum ich dich gut geschützt wissen will«, erklärte Yakov anschließend. »Als blonde, blauäugige Mediale entsprichst du exakt dem Opferprofil.«

»Ich werde vorsichtig sein, aber falls es stimmt, dass der Täter seine Zielpersonen tagelang ausspioniert, bevor er zuschlägt, ist es eher unwahrscheinlich, dass er mich ins Visier nimmt. Dafür bin ich noch nicht lange genug hier.« Theo musste beim letzten Wort gähnen. »Warum bin ich bloß so erschöpft?«

Yakov staunte, dass sie das fragte. Sie hatte an diesem Tag einen emotionalen Schlag nach dem anderen wegstecken müssen. Es würde ihn nicht wundern, wenn sie auf der Fahrt einschliefe.

Tatsächlich konnte sie kaum noch die Augen offenhalten, als er den Wagen in die überwachte Tiefgarage steuerte. Er hievte Theos Gepäck aus dem Kofferraum und führte sie zu dem Aufzug, für dessen Benutzung man entweder eine von der Hausverwaltung ausgegebene Schlüsselkarte oder einen Zugangscode benötigte, den Yakov höchstpersönlich alle vier Wochen änderte.

Obwohl die Bären nur eins der Apartments benutzten, gehörte ihnen das ganze Gebäude – und es war nicht das einzige in der Stadt. Valya war schon früh auf eine äußerst lukrative Geschäftsidee gestoßen: Erwirb Objekte, die in einem vernachlässigten Zustand, im Kern jedoch gut erhalten sind, und richte sie mit vereinten Clan-Kräften tipptopp her, bevor du sie anschließend entweder veräußerst oder als Langzeitinvestition behältst.

Die StoneWater-Wohnungen waren heiß begehrt auf dem Markt. Valentins Leute kannten sich im Baugewerbe aus, und sie hatten ein Händchen dafür, Wohnräume zu erschaffen, die ein Gefühl von Behaglichkeit vermittelten. An einem geselligen Abend in der Höhle hatte Valya sich in vertrauter Runde nach ein paar Bierchen zum Immobilienmogul erklärt – jedoch nicht länger als zehn Sekunden eine ernste Miene beibehalten können, bevor sein lautes, herzliches Lachen von den Wänden widerhallte und alle anderen ansteckte.

Er mochte diese Vorstellung urkomisch finden, doch der gesamte Clan wusste, dass die Weitsicht ihres Anführers eine gesicherte Zukunft für die nachfolgende Generation bedeutete. Was Theo wohl von seinem Alphatier halten würde, dem Yakov nicht nur Freundschaft, sondern auch großen Respekt entgegenbrachte?

Aber das war ein Thema für einen anderen Tag, dachte er, als er Theo so schnell wie möglich in das Apartment brachte.

»Das ist das Schlafzimmer«, erklärte er und stellte ihren Koffer neben dem breiten, platztechnisch auf Bärenbedürfnisse zugeschnittenen Bett ab. »Das Bad und die Toilette findest du gleich nebenan. Ich schlafe auf der Couch.«

Das mit einem cremefarbenen Laken bezogene Bett war ordentlich gemacht und wartete mit einer flauschig warmen, bestickten Zudecke auf. Darauf türmte sich ein Sammelsurium von Kissen in knalligen Herbstfarben.

Der Anblick riss Theo aus ihrer Benommenheit. »Das sind aber ganz schön viele«, befand sie.

»Soll ich ehrlich sein?« Yakov machte sich daran, eins nach dem anderen vom Bett zu befördern, indem er sie hinter sich über seine Schulter schleuderte. »Ich kapier das auch nicht. Aber für die Inneneinrichtung ist Chimeg zuständig, und ich werde mich hüten, unangebrachte Fragen zu stellen.« Würde er je damit fertig werden, diesen Kissenberg abzutragen? »Unterwürfig, dass ich nicht lache«, grummelte er. »Sie ist ungefähr so unterwürfig wie ein tollwütiges Eichhörnchen. Diese Tierchen sehen niedlich aus, aber sie können dir mit ihren Krallen das Gesicht zerkratzen.«

Er wollte mit dieser Beschreibung seiner reizbaren Clangefährtin Theos Stimmung aufhellen, doch von ihrer ungezügelten Energie war nichts mehr zu spüren, sie stand einfach nur regungslos da.

Bis sie plötzlich fragte: »Yasha … kannst du bei mir bleiben? Mir ist so kalt.« Ein Zittern lief durch ihren Körper.

Yakov musste nicht erst nachdenken. »Natürlich, *pchelka moya.*« Wilde Zärtlichkeit flammte in ihm auf. »Denkst du, du schaffst es, dir etwas Bequemeres anzuziehen, bevor du dich hinlegst? Ich werde dasselbe tun.«

Sie nickte, und er verließ das Zimmer, um den Schrank zu durchstöbern, in dem der Clan Ersatzkleidung bereithielt, weil es gelegentlich vorkam, dass jemand zur Unzeit Bärengestalt annahm, wodurch die Kleider zwangsläufig in Fetzen gingen. Yakov fand eine frisch gewaschene, zusammengefaltete Trainingshose, die ihm passen müsste, und ein altes, aber sauberes T-Shirt. Er nutzte die Zeit, während Theo im Bad war, um sich rasch umzuziehen und seine Sachen auf dem Sofa zu deponieren.

Kurz darauf hörte er, wie der Lattenrost leise knarrte, und tappte barfuß zurück ins Schlafzimmer. Theo lag im Bett, die Haare zum Zopf geflochten, die Decke bis zum Kinn hochgezogen.

Sie fröstelte noch immer, dabei war es in dem Apartment angenehm warm.

Yakov dimmte das Licht und schlüpfte hinter ihr ins Bett. Sie wehrte sich nicht, als er sie zu sich heranzog und ihr Körper sich an seinen schmiegte.

Der Vanilleduft ihres Shampoos stieg ihm in die Nase, während er sie in seinen Armen hielt, bis sie in einen tiefen Schlaf fiel. Erst danach schaltete er das Licht ganz aus. Er selbst blieb noch lange wach und lauschte den regelmäßigen Atemzügen der Frau, die alle seine Zweifel an ihrer Ehrlichkeit ausgeräumt hatte, indem sie ihm das schlimmste ihrer Geheimnisse enthüllt hatte.

Yakov glaubte ihr.

Jedes einzelne verdammte Wort.

Was Theo ihm erzählt hatte, konnte nicht nur ihr selbst, sondern auch ihrem geliebten Zwillingsbruder immensen Schaden zufügen. Ihre Offenheit war mehr ihrer Verzweiflung als ihrem Vertrauen in Yakov geschuldet … doch dass sie jetzt hier neben ihm lag, schlafend und verletzlich, das war ein eindeutiger Vertrauensbeweis. »Ruh dich aus, *milaya moya*. Ich wache über dich.«

Aber als er mitten in der Nacht mit hämmerndem Herzen und schweißnassem Rücken aus seinen Träumen aufschreckte, wusste er mit grausamer Gewissheit, dass er Theo nicht würde schützen können. Dass sie sterben würde, ihre Hände rot von ihrem Blut, während er sich hilflos und bewegungsunfähig die Seele aus dem Leib schrie.

Er schloss die Augen und barg das Gesicht an Theos weichem Nacken. »Nein«, flüsterte er, während der Regen gegen die Fensterscheibe prasselte. Ganz gleich, wie oft ihm diese grauenvolle Vision zu suggerieren versuchte, dass Theos Schicksal besiegelt war, er würde sich nicht damit abfinden.

Niemand würde ihm seine Theo wegnehmen.

Das gelobte er sich aus tiefstem Herzen.

26

Es funktioniert. Was wir beim ersten Versuch als Fehlschlag eingestuft hatten, erweist sich jetzt als voller Erfolg. Dieses Projekt wird mir einen Eintrag in den Geschichtsbüchern sichern und meinen Namen unsterblich machen.

Ratsherr Marshall Hyde zu Dr. Upashna Leslie (17. Juli 2068)

Die Sicherheitsmaßnahmen der Bären zu umgehen war eine echte Herausforderung.

Dass das Auge seine Zielperson aufgespürt hatte, war purem, unvorhergesehenem Glück zu verdanken. Es hatte sie im Wagen des Gestaltwandlers gesehen, als dieser in die entgegengesetzte Richtung fuhr, und mit rasendem Puls unauffällig gewendet, um keine Aufmerksamkeit zu erregen.

Das hatte so viel Zeit gekostet, dass es gerade noch bemerkte, dass das Heck des Autos in der Tiefgarage eines Gebäudes verschwand, das bekanntermaßen dem StoneWater-Clan gehörte.

Das Auge war weitergefahren.

Jetzt war es zu Fuß unterwegs. Es gab keine Gewähr dafür, dass nicht auch die umliegende Umgebung überwacht wurde, darum täuschte es vor, einfach nur irgendein Passant zu sein, der den regennassen Bürgersteig unter dem Fenster im zweiten Stock, wo Theodora Marshall sich gerade aufhielt, entlangging.

Es musste dieses Apartment sein. Das Auge war in der vergangenen Woche mehrfach an diesem Gebäude vorbeigekommen und hatte am Rande registriert, dass eine Reihe Fenster dunkel waren. Es hatte kurz mit dem Gedanken gespielt herauszufinden, ob die Wohnung zu mieten war, die Idee dann jedoch wieder verworfen. Die zentrale Lage wäre verlockend, aber es konnte nicht riskieren, die Bären auf sich aufmerksam zu machen. Jetzt schimmerte weiches Licht durch eins der Fenster, vielleicht von einer Lampe, die im Flur brannte.

Nach all der langen Zeit war wieder ein Mitglied der Familie Marshall in dieser Stadt.

Das Auge nahm seinen Rucksack ab und tat, als durchstöbere es ihn nach irgendetwas, dabei warf es nochmals einen verstohlenen Blick zu dem Fenster.

Eine Marshall.

In Moskau.

War das möglich? Nein, völlig ausgeschlossen. Marshall Hyde war, was dieses besondere Projekt betraf, eifersüchtig gewesen wie ein verwöhntes Kind. Er hatte niemandem davon erzählt.

Bestimmt handelte es sich lediglich um eine Geschäftsreise.

Trotzdem …

»Theodora«, murmelte das Auge, als es mit trommelndem Herzschlag und fiebrig glühender Haut weiterging. »Eine zwei Komma sieben. Und Pax Marshalls Zwillingsschwester.« Das Auge wusste das, weil es seine Pflicht war, alles über diese Familie zu wissen.

Die gesamte Operation hing von einem konstanten Geldfluss seitens der Marshalls ab.

Es musste sich seinen nächsten Schritt sehr sorgfältig überlegen und durfte in seiner Wachsamkeit nicht nachlassen.

27

Bei Körperprivilegien geht es nicht nur um Berührungen. Sondern auch um Vertrauen.

Auszug aus einer noch in Arbeit befindlichen Dissertation mit dem Titel »Körperprivilegien – eine Erkundungsreise« *von Xandra Jabi.*

Theo erwachte aus dem erholsamsten Schlaf ihres Lebens. Sie spürte die Art von körperlicher Schwere, die von einer traumlosen Nachtruhe zeugte. Und ihr war wunderbar warm. Diese Pelzdecke –

Pelzdecke?

Sie schlug die Lider nun auf und fand sich einer breiten, mit dichtem braunem Fell bedeckten Brust gegenüber, die sich stetig hob und senkte. Der Anblick hätte ihr Angst machen müssen, doch sie empfand nur wundersames Staunen.

Theo setzte sich mit vorsichtigen Bewegungen auf, um Yakov nicht zu stören, und beäugte ihn.

Der StoneWater-Clan bestand überwiegend aus Kamtschatkabären, die, wie Theo durch ihre Recherchen wusste, zu den größten Bären der Welt gehörten. Was das wirklich bedeutete, erkannte sie erst jetzt, während sie das riesenhafte, schlafende Geschöpf neben sich betrachtete.

Es ergab keinen logischen Sinn, wie viel mehr an Körpermasse er plötzlich besaß.

Egal. Sie wollte ihn einfach nur anfassen.

Und wenn du willst, werde ich mich in einen Bären verwandeln und mich von dir kraulen lassen.

Theo bekam Herzklopfen, als sie sich daran erinnerte, dass er ihr zugestanden hatte, was das *Wild-Woman*-Magazin als »Körperprivilegien« bezeichnete.

Sie müsste ihn eigentlich schlafen lassen, aber sie fühlte sich wie ein Kind mit einem verbotenen Spielzeug. Sie hatte sich seit einer Ewigkeit nichts mehr so sehr gewünscht, wie Yakov jetzt zu berühren.

Obwohl sie insgeheim fürchtete, er könnte sich dadurch bedroht fühlen, strich sie mit der Hand ganz sacht über seine Seite. Sie war von Ehrfurcht ergriffen, als sie Yakov in der Gestalt, die seine zweite Hälfte war, streichelte.

Eine andere Form von Zwillingsdasein, dachte sie, und vergrub die Finger tiefer in seinem seidenweichen Fell. Nach der inneren Taubheit, die sie verspürt hatte, als ihr das ganze Ausmaß von Marshall Hydes Grausamkeit bewusst geworden war, hätte sie nicht gedacht, dass sie sich je wieder sicher und geborgen oder auch nur ansatzweise glücklich fühlen könnte. Doch jetzt war sie ganz närrisch vor Freude und Aufregung – ein Gefühl, das sie schon so lange nicht mehr verspürt hatte, dass sie eine Weile brauchte, um es einzuordnen.

Yakov schlief weiter, während sie ihn mit ihren Händen liebkoste und sich an seiner Kraft, seiner Hitze, seiner Wildheit ergötzte. Theo betrachtete das edle Laken, dann die deutlich sichtbaren Krallen an der Pranke, auf die er sein Haupt aufgestützt hatte. Trotzdem waren nirgendwo Risse zu sehen – und das Bett hielt.

Es wurde eigens für Bären entworfen, begriff sie. So wie alles in dieser Wohnung.

Kühn geworden, bewegte sie ihre Hand zu seinem Kopf, spürte, dass der Pelz dort sogar noch weicher war. Yakov regte sich … und dann öffnete sich sein mächtiges, mit gefährlichen Reißzähnen bewehrtes Maul zu einem Gähnen.

Theo erschrak, doch er ließ seine Augen geschlossen und stupste nur lautlos fordernd mit seinem Kopf gegen ihre Hand. Theo hätte vor Entzücken lachen mögen. Sie wusste nicht, wie das ging, doch der Drang war schier übermächtig. Nachdem Yakov jetzt wach war, ließ sie sich im Schneidersitz auf dem Bett nieder und streichelte ihn nun richtig.

Er drehte sich leicht zur Seite, sodass sie sein Ohr berührte, wobei sie ihrer Eingebung folgte und ihn dort kraulte. Mit einem wohligen Brummen bot er ihr auch sein anderes Ohr dar. »Falls das nur ein Traum ist«, murmelte sie und rieb die Wange an seinem Fell, »will ich nicht aufwachen.«

Yakovs Bär lächelte, er war hocherfreut, dass er Theo auch in dieser Gestalt gefiel. Er gab sich den Streicheleinheiten hin und wäre am liebsten wieder eingedöst, doch der menschlichen Seite war bewusst, dass sie aufstehen und sich fertigmachen mussten, wenn sie Moon und Elbek so früh ablösen wollten, wie sie es versprochen hatten.

Schließlich öffnete er die Augen und gönnte sich einen Moment, um sich an dem glücklichen Ausdruck auf Theos Gesicht zu erfreuen. Sie lächelte nicht, aber ihre Miene war weich, und ihre Augen leuchteten. Er schmolz dahin.

Chert voz'mi! Wenn er nicht aufpasste, würde er Wachs in ihren Händen sein.

Mit einem resignierten Seufzer hörte er auf die Stimme der Vernunft und hob den Kopf.

Sie strich mit der Hand über seinen Hals. »Müssen wir los?«

Als er nickte, sah sie so enttäuscht aus, wie er sich fühlte, und da beschloss er, sich ihr bei der nächstbesten Gelegenheit ein weiteres Mal als Bär zu präsentieren. Er war vor ein paar

Stunden mit dem dringenden Bedürfnis, sich zu wandeln, aufgewacht und hatte diesem nach kurzem Zögern nachgegeben, überzeugt, dass Theo taff genug wäre, um damit klarzukommen.

Natürlich hatte es ihn geweckt, als sie munter wurde. Als Stellvertreter seines Alphatiers verfügte er über einen untrüglichen Instinkt. Er war bereit gewesen, wieder menschliche Gestalt anzunehmen, falls Theo irgendein Anzeichen von Furcht gezeigt hätte, aber seine *pchelka* war aus härterem Holz geschnitzt.

Sein unbändiger Stolz auf sie verriet, dass er auf dem besten Wege war, sich noch tiefer zu verstricken. Doch jetzt musste er sich erst einmal überlegen, wie er aus dem Bett steigen sollte. Es war stabil genug, um das Gewicht eines Bären zu tragen, aber Chimeg würde ihm gewaltig den Marsch blasen, wenn er ihre Laken zerfetzte. Solange er schlief, bestand diese Gefahr nicht, aber darauf herumzutreten, war etwas anderes.

Theo tätschelte seine Flanke. »Ich gehe ins Bad, dann kannst du dich zurückverwandeln.«

Dankend rieb er seinen Kopf an ihrem, und sie krallte für einen Moment ihre Finger in seinen Pelz. Fast glaubte er, sie lächeln zu sehen, bevor sie das Bett und das Zimmer verließ.

Sowie sie im Bad verschwunden war, wandelte er sich und schlüpfte wieder in die geborgten Sachen. Es war ihm nicht peinlich, nackt zu sein, aber er war schließlich kein unerzogener Rüpel. Als Mediale war Theo mit der Ungezwungenheit seiner Spezies nicht vertraut. Aber selbst wenn sie eine Bärin wäre, die er zu umwerben versuchte, würde er sich vor ihren Augen nicht hüllenlos zeigen – es sei denn, sie hätten bereits das Stadium intimer Körperprivilegien erreicht.

Denn damit ging ein Grad der Vertrautheit einher, der alles änderte.

Yakov hörte, wie die Dusche angestellt wurde, und nutzte die

Zeit, um das Bett zu machen. Es abzuziehen, würde sich nicht lohnen, weil er vorhatte, Theo dazu zu überreden, auch die kommende Nacht hier zu verbringen. Zusammen mit ihm. Dann könnte sie ihn erneut streicheln, dieses Mal vielleicht sogar in seiner menschlichen Gestalt.

Er bekam von einer Sekunde zur anderen eine Erektion.

Ein weiteres Seufzen. »Nicht jetzt«, sagte er streng, trotzdem schaffte er es nur mit äußerster Willenskraft, seine ungestüme Libido unter Kontrolle zu bringen, bis die Dusche abgedreht wurde.

Er ging abermals zu dem Schrank mit den Ersatzklamotten, sodass sein Rücken zu Theo zeigte, als sie aus dem Bad zurückkam. Bestimmt trug sie einen der seidenen Morgenmäntel, die Chimeg dort für Gäste bereithielt, und es wäre so leicht, ihn ihr abzustreifen und mit der Hand über ihre nackte Haut zu streicheln.

Erneut nahm sein Glied Habachtstellung ein.

Yakov holte ein dunkelgrünes T-Shirt aus dem Schrank, das seine Größe zu haben schien. Seine Jeans konnte er noch einmal tragen, aber da er plante, während Theos Aufenthalt in der Stadt zu bleiben, würde er Pavel oder ein anderes Clanmitglied bitten müssen, ein paar seiner Kleidungsstücke vorbeizubringen.

Er sprang schnell unter die Dusche, zog sich an und kämmte mit den Fingern durch seine Haare, schon war er bereit zum Aufbruch. »Danke, Denu«, sagte er und grinste in den Spiegel. Weil er die Gene seines Urgroßvaters geerbt hatte, bildeten sich nie Knötchen in seinen Haaren, und er brauchte sie nur zu schütteln, damit sie perfekt saßen.

»Bist du damit einverstanden, wenn wir bei der Bäckerei halten und uns dort unser Frühstück besorgen?«, rief er, als er das Bad verließ. »Es gibt dort auch Proteinshakes.« Silver hatte ihm erzählt, dass Mediale Nährstoffe in konzentrierter Form benötigten, um den Verlust von geistiger Energie auszugleichen. Das ließe sich auch durch normale Nahrung bewerkstelligen, nur würde es wesentlich länger dauern.

Es hatte Theo gestern erhebliche psychische Kraft gekostet, das Tor der Einrichtung zu öffnen, von der emotionalen Strapaze, die ihre Reise in die Vergangenheit bedeutete, ganz zu schweigen.

»Ja, natürlich«, antwortete sie, als sie in dunkelblauen Jeans, einem grauen Pulli … und seiner Jacke aus dem Schlafzimmer kam. Sie hatte ihr Haar zu einem ordentlichen Zopf geflochten und ihr Armband wieder angelegt. »Wir wollen deine Kollegen doch nicht enttäuschen und warten lassen, nachdem sie so nett waren, uns zu helfen.«

Sie zogen ihre Schuhe an, dann bot Yakov ihr seine Hand, und Theo ergriff sie. Erst, nachdem sie die Wohnung verlassen hatten, fiel ihm auf, dass Theo kein Wort darüber verloren hatte, in ihre eigene Unterkunft umzuziehen. Mann und Bär lächelten.

Obwohl Theo und Yakov an diesem trüben Morgen die dunkle Wolke, die über ihnen schwebte, nicht thematisierten, spürte Yakov ein seltsames Prickeln im Nacken, als er aus der Garage fuhr. Er hatte das Gefühl, dass sie beobachtet wurden, aber er konnte weit und breit niemanden sehen.

Vermutlich war er nur wegen des frei herumlaufenden Mörders nervös.

Er unterließ es absichtlich, das Radio einzuschalten, damit Theo nicht von irgendwelchen blutigen Verbrechen hörte, während sie zum ersten Mal, seit Yakov ihr begegnet war, entspannt wirkte.

Als er vor der Bäckerei hielt, entfuhr ihm ein genervtes Stöhnen. »Verdammt, Bären, wohin man auch schaut.« Er ließ seine Blicke umherwandern. »Es ist sechs Uhr morgens und noch nicht einmal richtig hell!«

»Du bist doch selbst einer«, wunderte sich Theo.

Er guckte finster drein. »Das ist was vollkommen anderes.«

Sie stiegen aus und betraten die Bäckerei. An der Vitrine lehnte, die Arme obenauf gelegt, ein dunkelhaariger Mann, der sich mit Gustav, dem Besitzer, unterhielt. An seinem Rücken klammerte sich ein braunes Bärenkind fest, an einem seiner Beine ein kleiner Eisbär.

28

»Fitz und Nurlan, ihr haltet Wache. Juji und Arkasha, ihr tragt die Tüten. Und ich packe die Cupcakes hinein. Bereit?«

Frühmorgendlicher Beutezug von fünf Miniganoven, angeführt von Svetlana Valeria Kuznetsov, der aktuellen Chefin der Bande (heute)

»Yasha!«, ertönte Valentins dröhnende Stimme, als er Yakov bemerkte.

Die beiden Bärchen, die ihn im selben Moment entdeckten, ließen von Valentin ab und flitzten zu Yakov. Er ging reflexartig in die Hocke und fing sie in seinen Armen auf. Dann legte er sich eins über jede Schulter, wo sie sich glucksend festklammerten, und stand wieder auf. »Darf ich vorstellen«, sagte er an Theo gewandt, »Valentin Nikolaev, Alphatier des StoneWater-Clans.«

Sein Freund und Anführer war eine imposante Erscheinung – einer der größten Männer in der Höhle, mit der Statur eines Herkules. Nur seine Gemeinschaft wusste, dass er die Sanftmut in Person war. Es sei denn, jemand kam einem seiner Schutzbefohlenen zu nahe. In dem Fall war Valentins grimmiges Gesicht das Letzte, was derjenige in seinem Leben sah.

Er musterte Theo mit einem Funkeln in den tiefdunklen Augen. *Verdammt*, fluchte Yakov in Gedanken. Valentin war einfach zu schlau. Entweder witterte er Yakovs Duft an ihr, oder aber Yakov hatte sich durch seine Körpersprache verraten, jedenfalls wusste sein Alphatier, dass die Beziehung zwischen

Theo und ihm mittlerweile über eine geschäftliche Zusammenarbeit hinausging.

Aber Valentin grinste nur und sagte: »*Zdravstvuyte*, Theo. Falls Yasha dir Ärger macht, komm einfach zu mir. Dann sage ich das seiner Mutter, und sie versohlt ihm seinen pelzigen Hintern.«

»Sehr witzig, Valya.« Yakov warf ihm den kleinen Eisbären zu.

Erst als er hörte, dass Theo unwillkürlich einen Schrei ausstieß, begriff er, was er gerade getan hatte. Er drehte sich zu ihr um, bemerkte ihren schockierten Gesichtsausdruck und erklärte: »Sie lieben das. Schau her.« Er ließ das andere Bärchen durch die Luft fliegen.

Beide Kinder kicherten so heftig, dass Valentin sie kaum halten konnte, ehe sie sich sofort wieder für einen weiteren Wurf bereit machten.

Yakov fing erst Dima und dann Zhenya auf, anschließend küsste er ihre lachende Gesichter. »Meine Freundin Theo befürchtet, dass ihr euch wehtun könntet. Soll sie es auch mal versuchen?«

Beide nickten, worauf er Theo mit einer hochgezogenen Braue angrinste. »Lust, dein Geschick im Bärchenwerfen unter Beweis zu stellen? Vielleicht qualifizierst du dich ja für die alljährliche Höhlenmeisterschaft.«

Theo betrachtete blinzelnd die kleinen Gestaltwandler in seinen Armen, die ihren Blick mit Unschuldsmiene erwiderten. Yakov verkniff sich ein Schmunzeln. Ohne Zweifel waren die Racker viel zu früh aufgestanden und hatten sich in Valentins Auto versteckt, als sie mitbekommen hatten, dass er in die Stadt fahren wollte. Als Alphatier hatte er natürlich von den blinden Passagieren gewusst, aber von Zeit zu Zeit musste man bei Kindern eben ein Auge zudrücken, um ihr Selbstvertrauen zu stärken.

»Sie lieben es wirklich«, versicherte Valentin Theo, als Gustav – der mit den Eigenarten der Bären lange vertraut und ein regelmäßiger Besucher der Höhle war – die Schachtel mit Valentins Bestellung auf den Tresen stellte und das StoneWater-Konto mit dem Betrag belastete. Es war die größte Box, die es hier gab, woraus Yakov schloss, dass Valya Gebäck für das Treffen der Führungsriege an diesem Vormittag holte.

Immer noch leicht atemlos nahm Theo behutsam Dima von Yakov entgegen. Das sonst so ungestüme Eisbärenjunge hielt ganz still, schaute sie einfach nur an. »Er ist zauberhaft.« Ihre Stimme klang ergriffen. »Beide sind sie das.«

Zhenya streckte sich Theo entgegen, um von ihr gestreichelt zu werden, derweil Dima die Krallen in den Bund von Theos Jeans hakte, um sich abzustützen und Theo von seinem Gewicht zu entlasten. Novas und Chaos' Sohn – und Valyas Neffe – war ein cleveres Kerlchen, ein echtes Schlitzohr mit einem freundlichen Gemüt. Aus ihm würde später entweder ein meisterhafter Juwelendieb oder ein Alphatier werden.

Beides war möglich.

Während Theo abgelenkt war, stellte Valentin Yakov mit den Augen eine Frage, die dieser kopfschüttelnd verneinte. Noch nichts zu berichten. Die Tatsache, dass Theo schon früher mit diesem Rehabilitationszentrum in Berührung gekommen war, hatte keine Relevanz für die Sicherheit des Clans.

Dieser Teil der Ermittlung war eine Privatangelegenheit, von der Valya nichts wissen musste.

Valentin nickte und schnappte sich die unverwechselbare rosafarbene Gebäckschachtel. »Zeit, mich auf den Rückweg zu machen.«

Als sei es ihr Stichwort, lösten Dima und Zhenya sich aus den Armen der Erwachsenen und hüpften auf den Boden.

Gustav kam um die Theke herum und ließ sich vor ihnen in die

Hocke nieder. »Hier.« Er stellte vor jeden der beiden eine kleine Tüte mit Keksen. »Aber verratet euren Freunden nichts davon.« Ein strenger Blick. »Das bleibt unser Geheimnis, verstanden?«

Zum Dank stürzten sie sich auf ihn und schleckten ihm über das Gesicht.

»Ist ja gut«, brummelte er, bevor er den Kindern mit seinen großen, von den typischen Brandmalen eines Bäckers verunzierten Händen sanft über die Köpfchen streichelte.

Danach schnappten sich die Bärchen ihre Schätze und tappten hinter Valentin her, als er zur Tür ging. »Wir sehen uns bald wieder, Theo«, sagte er, gefolgt von: »Ach, Yasha, ich lass dir ein paar Klamotten in die Gästewohnung bringen.«

Yakov vergewisserte sich, dass Zhenya und Dima es nicht mitbekamen, dann zeigte er Valentin den aufgerichteten Mittelfinger, was dieser mit einem Grinsen quittierte, bevor er hinaus auf die Straße trat. Die wenigen Leute, die um diese frühe Uhrzeit schon unterwegs waren, blieben alle stehen, um die Bärenkinder zu bestaunen, die ihre Niedlichkeit nach allen Regeln der Kunst zur Schau stellten.

»Woher weiß er, dass du die Nacht dort verbracht hast?«, fragte Theo, sobald Valentin und seine Schützlinge außer Sicht waren.

Yakov stemmte die Hände in die Hüften. »Weil er eine verdammte Intelligenzbestie ist. Und lass dich von den Winzlingen nicht hinters Licht führen – es sind Miniganoven, einer wie der andere. In der Höhle gibt's eine ganze Mafia davon. Keine Süßigkeit ist vor ihnen sicher.«

Theos Augen leuchteten verzückt, der Zorn war völlig daraus verschwunden. »Du scheinst in einer wirklich wundervollen Gemeinschaft zu leben, Yasha.«

Plötzlich sah er Theo vor seinem geistigen Auge im Herzen der Höhle, umringt von einer Schar Kinder. »Diese kleinen

Gangster würden dich mühelos um den Finger wickeln. Und du könntest ihnen keinen Wunsch abschlagen, oder?«

»Wahrscheinlich nicht.« Es hörte sich nicht so an, als hätte sie damit ein Problem.

Verwirrt und noch mehr von ihr angetan als ohnehin schon, gab Yakov seine Bestellung auf. Eine Box für Elbek und Moon, eine für Theo und ihn. »Wir brauchen außerdem ein Lunchpaket«, teilte er Gustav mit. »Und pack uns noch ein paar Notrationen ein, für den Fall, dass wir länger vor Ort bleiben müssen.«

Gustav erkundigte sich nicht, wo sie hinwollten. Im Gegensatz zu gewissen Bären zog er es vor, seine Nase nicht in fremde Angelegenheiten zu stecken. Aber trotzdem war er ein gewiefter Geschäftsmann. Er stellte einen kleinen Teller vor Theo hin. »Ein paar Gratiskostproben.«

»He!« Yakov fuchtelte mit den Händen. »Und was ist mit mir?«

Ein Schnauben. »Euch Gestaltwandler habe ich schon süchtig gemacht. Sie könnte eine neue Kundin werden.«

Yakov musste lachen, an Gustav war wirklich ein Bär verloren gegangen. Er beobachtete, wie Theo jedes einzelne Häppchen vertilgte, ehe sie sich noch für eine Schachtel Donuts zum Mitnehmen entschied und sich genüsslich die Finger ableckte.

Erneut reagierte Yakovs Glied.

Wie immer zum denkbar ungünstigsten Zeitpunkt, dachte er finster.

Er bestellte außerdem noch drei Portionen Kaffee, die Gustav in die neuartigen Thermosbecher füllte, die die Bäckerei – unter der Prämisse, dass sie zurückgebracht wurden – an Stammkunden ausgab. Sie kamen von einem Hersteller in Moskau, der einheimischen Geschäften einen Sonderrabatt einräumte. »Angeblich bleiben die Getränke darin zwölf Stunden lang heiß. Berichte mir hinterher, ob sie halten, was sie versprechen.«

»Wird gemacht.«

Theo tauchte mit einem Nährstoffdrink neben ihm auf, den sie aus dem Kühlschrank genommen hatte.

Gustav kratzte sich die Bartstoppeln an seinem Kinn. »Soll ich ihn für Sie warm machen?«

»Eigentlich würde ich ihn lieber –« Sie verstummte, als er die Stirn in Gewitterfalten legte. »Äh, ja gern.«

Er gab ein Grunzen von sich und verschwand mit dem Getränk im Nebenraum. Unterdessen beugte Theo sich zu Yakov und flüsterte: »Ist er einer von euch?«

»Nein, er ist ein Mensch. Mit den Allüren eines Bärs.«

»Braucht ihr Wasser?«, rief Gustav. »Geht aufs Haus, falls ihr eure eigenen Flaschen dabeihabt. Hab mir gerade erst einen neuen Filter zugelegt.«

»Danke, wir sind versorgt.« Yakov hatte Anfang der Woche seinen Wagen mit Wasserflaschen bestückt und auch die anderen Fahrzeuge des Clans überprüft. Offiziell gehörte das zwar nicht zu seinem Job, aber er wollte einfach sicher sein, dass seine Gefährten im Fall einer Panne Notvorräte hätten.

Gustav kam mit Theos Getränk – das sich jetzt ebenfalls in einem Thermobecher befand – zurück und schenkte ihr dazu ein kleines, mit Schokolade gefülltes Plunderteilchen.

Theo machte große Augen. »Oh, vielen Dank. Ihre Backwaren sind die besten, die ich je gekostet habe.«

Ihre Worte zauberten tatsächlich ein Lächeln auf Gustavs Gesicht.

Bozhe moi! Konnte es sein, dass gerade die Welt unterging, Yakov von einem Meteor am Kopf getroffen worden war und jetzt an Wahnvorstellungen litt?

»Wow«, kommentierte er gespielt mürrisch, obwohl es ihn in Wahrheit diebisch freute, dass der reizbare Bäcker offenbar einen Narren an Theo gefressen hatte. »Scheint, als wärst du sein neuer Liebling.«

»Jetzt ab mit euch.« Gustav wedelte mit der Hand, als wolle er Fliegen vertreiben. »Ich erwarte in Kürze zivilisierte Kunden.« Er schaute zu Theo. »Sie können jederzeit wiederkommen, um das ganze Sortiment zu testen.«

»Es war wie immer ein Vergnügen, mit dir Geschäfte zu machen«, sagte Yakov und schnappte sich die Essensbehälter, während Theo das recycelbare Tablett mit den Getränken übernahm. Sie stiegen ins Auto und fuhren aus der Stadt hinaus, während Theo einen mit Puderzucker bestäubten Donut probierte und Yakov sein mit Rührei und Schinkenspeck belegtes Brötchen aß.

Der Tag begann äußerst vielversprechend.

Bis dann alles schiefging.

29

Schwerwiegender Vorfall im östlichen Quadranten des Flughafenbereichs. Der Verkehr ist zum Erliegen gekommen. Bisher keine Stellungnahme seitens der Behörden. Wir werden weiter berichten.

Livestream der Moskva Gazeta (heute)

Ungefähr eine halbe Stunde von ihrem Ziel entfernt gelangten sie in die Zone rund um den Flughafen, wo autonomes Fahren vorgeschrieben war. Yakov wollte gerade wieder an seinem Kaffee nippen, als vor ihm Bremslichter aufleuchteten.

Mehr als nur ein Paar.

Das roch nach einem massiven Stau. Was ungewöhnlich war, nachdem man diese Zone hauptsächlich eingerichtet hatte, um den Verkehrsfluss am Laufen zu halten. Sein Auto hatte sofort beim Passieren der unsichtbaren Grenze auf Autopilot geschaltet, trotzdem ließ Yakov weiterhin in seiner Aufmerksamkeit nicht nach.

Autonomes Fahren war im Allgemeinen sicher – solange die Mechanik mitspielte. Darum musste er schnell reagieren können, falls an seinem Wagen plötzlich irgendetwas streiken oder auf der Straße eine unvorhersehbare Gefahrensituation entstehen sollte.

Aber heute stoppte sein zuverlässiger Geländewagen mit perfektem Sicherheitsabstand hinter einem Kleintransporter, der das Schlusslicht einer langen Schlange bildete.

Yakov schaltete das Navigationssystem des Wagens ein, um zu überprüfen, worin die Ursache lag. Ein rotes Ausrufezeichen wies auf einen Rettungseinsatz vor ihnen hin. »Vermutlich ein Unfall«, sagte er. »Muss ziemlich übel sein, wenn sich der Verkehr so weit zurückstaut.« Für gewöhnlich ließen die Ersthelfer eine Fahrbahn geöffnet, um die Autos an der betreffenden Stelle vorbeizulotsen, doch allem Anschein nach war die Straße komplett gesperrt.

»Hoffentlich wurde niemand ernsthaft verletzt.« Theo kurbelte ihr Fenster herunter und versuchte, an den anderen Fahrzeugen vorbeizuspähen. »Ich kann von hier aus gar nichts sehen.«

Yakov folgte ihrem Beispiel und steckte seinen Kopf in den kühlen Wind hinaus. »Da vorn sind Blinklichter. Jede Menge sogar.« Mit einem mulmigen Gefühl im Bauch zog er den Kopf wieder ein. »Da scheint etwas Schlimmes passiert zu sein.« Aller Wahrscheinlichkeit nach hatte es Schwerverletzte, wenn nicht sogar Tote gegeben.

In diesem Moment ertönte auf Yakovs Handy das Notsignal des Clans. Er ging sofort dran, schaltete das Gespräch jedoch nicht auf Lautsprecher. Theo auf persönlicher Ebene zu vertrauen, war etwas völlig anderes, als ihr Einblicke in interne StoneWater-Angelegenheiten zu gewähren. Die eine Sache war allein seine Entscheidung, für die andere brauchte er die Zustimmung seiner Gemeinschaft.

Anders als noch in der Bäckerei ließ Valentins Stimme jetzt jede Leichtigkeit missen, als er sagte: »Yasha, laut unserem Computersystem befindet sich dein Wagen ganz in der Nähe eines Einsatzortes.«

Yakov hätte das GPS abschalten können, aber er hatte es absichtlich aktiviert gelassen, weil er im Auftrag des Clans unterwegs war und das Positionsbestimmungssystem nicht zuletzt dazu diente, im Fall, dass in einem bestimmten Gebiet ein Bär gebraucht wurde, jemanden zu orten, der schnell dorthin gelangen konnte. »Wir stecken im Stau fest. Ich kann blinkende Absperrungslichter sehen, mehr aber auch nicht. Was ist passiert?«

»Ein weiterer Mord«, erklärte Valentin knapp, und Yakov überlief es kalt. »Der Wichser wird immer dreister. Er hat die Tote einfach mitten auf der Straße abgelegt. Zwei Autofahrer haben ihn dabei beobachtet, leider waren sie nicht schnell genug, um ihn zu fassen, obwohl er zu Fuß geflüchtet ist. Die Polizei hat Bluthunde eingesetzt, aber sie haben die Witterung verloren. Sie hat angefragt, ob zufällig einer unserer Spurensucher in der Gegend ist, und du bist am nächsten dran.«

»Verstanden.« Nur die wenigsten wussten, wie gut der Geruchssinn von Braunbären war, und die Moskauer Ermittlungsbehörden müssten von allen guten Geistern verlassen sein, wenn sie nicht Gebrauch davon machten. Das Verhältnis zwischen den StoneWater-Gestaltwandlern und der Polizei war nicht immer so entspannt gewesen wie jetzt. Dennoch hatten sie nie gezögert, wenn sie um ihre Unterstützung beim Aufspüren eines gefährlichen Verbrechers oder eines hilflosen Opfers gebeten wurden.

Das war einer der Gründe, warum die Stadtbewohner die Bären über alle Maßen schätzten, auch wenn sie sich gelegentlich danebenbenahmen. Sie wussten, dass sie sich um Hilfe an den Clan wenden konnten, wann immer eins ihrer Kinder oder ein anderes schutzbedürftiges Familienmitglied in Bedrängnis geraten war.

»Übergib Theo die Steuerung des Wagens«, fügte Valentin hinzu. »Falls sie nicht Auto fahren kann, lasse ich von der Polizei jemanden schicken, der es mit einem Notfallsignal versieht.«

»Warte eine Sekunde.« Yakov wandte sich an Theo. »Ich muss zum Einsatzort. Könntest du das Steuer übernehmen?«

Theo verstand sofort und bejahte mit einem Kopfnicken, anstatt Zeit mit Fragen zu vergeuden.

»Alles geregelt«, teilte Yakov Valentin mit. »Ich mache mich jetzt auf den Weg.«

»Viel Glück. Ich hoffe, du findest den Dreckskerl.«

Yakov speicherte rasch Theos Fingerabdruck und Stimmprofil im Authentifizierungssystem des Geländewagens ab. »Wenn sich die Kolonne wieder in Bewegung setzt, fahr bis zu der Polizeiabsperrung und halte auf dem Standstreifen. Sag den Leuten, dass du zu mir gehörst. Sobald ich zurück bin, erkläre ich alles.«

Theo streckte den Daumen nach oben, und Yakov sprang unverzüglich aus dem Wagen. Noch während er zwischen den Fahrzeugreihen hindurchspurtete, nahm er die Witterung von altem Blut und kalter Furcht auf.

Anstatt auszusteigen und um das Auto herumzugehen, kletterte Theo einfach kurzerhand auf den Fahrersitz – ein leichtes Unterfangen, nachdem Yakov viel längere Beine hatte als sie und sich ihr jede Menge Fußraum bot. Sowie sie saß, passte das Kontrollsystem die Sitzhöhe automatisch Theos Körpergröße an, bevor es sie um Bestätigung oder aber Neujustierung bat. Sie bestätigte, war immer noch völlig perplex, mit welch atemberaubender Geschwindigkeit Yakov gerade davongestürzt war.

Kein geschmeidiger, zielgerichteter Sprint, wie man es bei einem Wolf oder Leoparden erwarten würde, sondern mehr eine abrupte Entfesselung ungeheurer Körperkraft. Kein Mensch oder Medialer könnte es mit seinem Tempo aufnehmen. Und ein anderer Gestaltwandler müsste schon sehr dumm sein, um sich mit einem derart großen, starken und schnellen Geschöpf anzulegen.

Und wieder einmal musste sie an einen von Tante Ritas klugen Ratschlägen denken. *Unterschätzt niemals einen Bären.*

Nachdem sich ihr Puls wieder beruhigt hatte, durchforstete sie die Datenströme im Medialnet nach möglichen Informationen darüber, was hier geschehen war. Binnen weniger Minuten stieß sie auf die Live-Berichterstattung eines medialen Augenzeugen in einem der Autos ganz vorn in der Schlange.

Tote Frau auf der Straße. Hat hier ein Mord stattgefunden? Überall Polizei. Ich bilde mir ein, einen der Detectives schon mal in den Nachrichten gesehen zu haben. Wurde die Leiche aus einem Fahrzeug geworfen? Autofahrer laufen auf der Straße rum. Irgendeine Dumpfbacke behauptet, es sei bloß ein blöder Scherz und in Wirklichkeit handle es sich um eine Schaufensterpuppe. Aber ich habe Hunde bellen hören. Und es ist ein Wagen der Spurensicherung vor Ort. Oh, ich sehe einen Hund! Sein Gesicht ist ganz faltig.

Wer immer diese ungeordneten Beobachtungen ins geistige Netzwerk einspeiste, speicherte sie nicht ab, sodass sie innerhalb weniger Minuten wieder daraus verschwinden würden. Es sei denn, einer der Bots, die das Medialnet nach Nachrichten durchkämmten, würde darauf aufmerksam. Dann würde voraussichtlich der *Bake* oder ein anderes namhaftes Medium die Meldung aufgreifen.

Theo rätselte, aus welchem Grund Yakov wohl zum Tatort gelaufen war.

Soweit sie wusste, hatten die Gestaltwandler nicht gern mit den Gesetzeshütern zu tun, weil diese in dem Ruf standen, von den Medialen kontrolliert zu werden. Und das nicht zu Unrecht. Theo hatte mehr als einmal bei ihrem Großvater im Auto gesessen, während er mit seinen Kontaktleuten bei der Polizei telefonierte. Er war nicht nur wegen Theo mit seinen abscheulichen Verbrechen davongekommen.

Sie lenkte ihre Aufmerksamkeit wieder auf die Gedankenströme im geistigen Netzwerk. Die Person, die das Geschehen aus nächster Nähe beobachtete, berichtete gerade, dass soeben ein Mitglied des StoneWater-Clans auf der Bildfläche erschienen war. Dass sie Yakov ohne Zögern als Gestaltwandlerbär identifizierte, ließ darauf schließen, dass es sich um jemand Einheimischen handelte.

Die Bären besitzen einen unglaublichen Geruchssinn. Er ist sogar noch besser als der von Bluthunden. Ah! Das ist die Rasse, die die Polizisten zum Einsatz gebracht haben.

Damit war Theos Frage beantwortet. Den Rest würde Yakov ihr nach seiner Rückkehr erklären. In ihr stieg Trauer um das namenlose Opfer auf, das sein Leben hatte lassen müssen, weil irgendjemand von seiner Mordlust überwältigt worden war. Theo konnte das nicht nachvollziehen.

Sie wusste nicht, wie vieler Personen Blut an ihren eigenen Händen klebte – aber sie hatte nie den *Drang* verspürt zu töten. *Das ändert nichts an deiner Schuld*, beharrte der Teil von ihr, der sie bis ans Ende ihrer Tage für ihre Taten verantwortlich machen würde.

Doch zum ersten Mal wehrte sie sich heftig. »Und wenn es nun gar nicht meine freie Entscheidung war?«, stieß sie laut hervor, »sondern sie von meinem Großvater getroffen wurde? Wenn er meine neuronalen Verbindungen umgepolt und mich zu seiner Marionette gemacht hat?«

Die Fragen hingen in der Luft und erfüllten sie mit der schmerzlichen Hoffnung auf Vergebung.

Theo?, erklang da die kristallklare telepathische Stimme ihres Bruders. *Ist bei dir alles okay? In Moskau sollen beunruhigende Dinge passieren.*

Du hast einen Bot im Netz installiert, der dich über die aktuellen Nachrichten auf dem Laufenden hält, nicht wahr? Natürlich hatte Pax das getan; er passte schon so lange auf sie auf, dass er es einfach nicht mehr lassen konnte. *Es geht mir gut*, versicherte sie, ohne auf seine Antwort zu warten. Obwohl sie auf einer viel schwächeren Frequenz sendete als er, konnte ihr Bruder sie mühelos hören. *Offenbar wird die Stadt von einem Serienkiller terrorisiert – aber ich stehe unter dem persönlichen Schutz eines Gestaltwandlerbären.*

Was gibt's Neues zu dem Zentrum? Hattest du gestern Gelegenheit, dich dort umzusehen?

Seine emotionslose Reaktion erstaunte Theo nicht. Sie waren beide auf zwar unterschiedliche, jedoch gleichermaßen grausame Weise durch ihre Erziehung seelisch beschädigt worden. *Es wurde stillgelegt.* Den Rest behielt sie für sich, um ihm diesen Schmerz zu ersparen. *Wir sind gerade unterwegs dorthin, um es gründlicher zu inspizieren. Ich melde mich, sobald ich etwas herausfinde.*

Stillgelegt? Dann sollte ich umgehend die regelmäßigen Abbuchungen von unseren Konten stoppen. Da ist irgendein Betrug im Gange.

Theo runzelte die Stirn. *Tu das nicht. Das könnte die Person, die von dem Geld profitiert, in Alarmbereitschaft versetzen – und vielleicht ist sie unsere letzte Hoffnung herauszufinden, was der Zweck dieser Einrichtung war. Ich muss die Wahrheit erfahren.*

Ja, das verstehe ich, antwortete ihr Zwillingsbruder, zu dem ihr die meiste Zeit ihres Lebens jeder Kontakt untersagt gewesen war.

Pax? Bist du stabil? Theos Migräneanfälle hatten aufgehört, seit Memory Aven-Rose sich mit ihm beschäftigte, doch die Kehrseite der Medaille war, dass sie es jetzt nicht mehr mitbekam, wenn das Skarabäus-Syndrom in seinem Gehirn außer Rand und Band geriet.

Ja. Keine Veränderung.

Sie musste ihm nicht erst sagen, dass er bei Bedarf jederzeit ihre geistigen Energiereserven anzapfen konnte; Pax wusste das auch so, aber er würde versuchen, es um jeden Preis zu vermeiden, weil es Theo und damit ihre Wehrhaftigkeit in dieser gefährlichen Welt schwächen würde.

Eine Sache noch, fügte er hinzu. *Du erinnerst dich an dieses telepathische Klopfen, das ich erwähnte? Ich habe meine Filter gecheckt und festgestellt, dass ich mittlerweile mehrere Kontaktanfragen pro Stunde erhalte.*

Theo kontrollierte sein Bewusstsein im Netzwerk, konnte jedoch keine Anzeichen für Belästigungen oder Invasionsversuche entdecken. *Dann steckt wohl doch mehr dahinter als ein Teenie-Streich. Hast du irgendwann einmal darauf reagiert?*

Bislang nicht. Bin momentan zu sehr damit beschäftigt, die aktuelle Familienfehde einzudämmen. Ich sage dir Bescheid, wenn ich Zeit finde, mich darum zu kümmern.

In seiner Stimme klang keine Besorgnis mit, als er sie in kurzen Worten auf den neuesten Stand brachte. Theo wusste, dass er diesen internen Machtkampf eher als Ärgernis denn als echte Bedrohung betrachtete. Die schlimmen Begleiterscheinungen einmal beiseitegelassen, war Pax von Marshall Hyde höchstpersönlich auf die Rolle des CEO vorbereitet worden. Und kein anderes Mitglied ihrer Familie konnte auch nur annähernd mit seinem fast kardinalen Status konkurrieren.

Er könnte sie zerquetschen wie Ameisen.

Warum bereitest du der Sache kein Ende? Normalerweise mischte Theo sich nicht in seine Belange ein, doch heute hörte sie ihrem Bruder die Erschöpfung deutlich an.

Weil ich insgeheim hoffe, dass diese Situation jemanden zutage fördert, der sich als geeignet erweist, mich gegebenenfalls zu ersetzen.

Theo schluckte schwer. *Niemand kann dir das Wasser reichen.* Marshall mochte Pax nach seinen Vorstellungen geformt haben, aber er hatte das beste Material überhaupt zur Verfügung gehabt.

Es sind unschuldige Kinder betroffen. Vielleicht gelingt es mir, vor meinem Ende einen CEO zu installieren, der dafür Sorge tragen wird, dass sie ein glücklicheres Leben führen können, als es uns vergönnt war. Unsere Familie kann unmöglich ausschließlich aus Giftnattern bestehen. Es muss *wenigstens ein Individuum geben, das sowohl empathisch als auch durchsetzungsfähig und skrupellos genug ist, um an der Spitze zu überleben.*

Theo legte den Kopf in den Nacken und umklammerte mit beiden Händen das Lenkrad. Denn die einzige Person, auf die Pax' Beschreibung zutraf, war er selbst. Andererseits hatte er recht, es waren unschuldige Kinder betroffen. *Kann ich irgendetwas tun?* Ihre Kehle war wie zugeschnürt, ihre Augen brannten.

Manchmal war sie so wütend auf das Schicksal, dass sie schreien wollte, bis sie heiser wäre –, oder die ganze Welt in ein brennendes Inferno verwandeln. Sie zwang sich, ruhig durchzuatmen und rieb unwillkürlich über ihr Metallarmband.

Du bist für mich da, mehr kannst du nicht tun, entgegnete ihr Bruder. *Nur bei dir kann ich mir sicher sein, dass du mir niemals ein Messer in den Rücken rammen würdest*. Eine kurze Pause. *Theo? Wirst du mir jemals das Geheimnis verraten, das du in den hintersten Winkeln deines Geistes verbirgst?*

Sie schloss die Augen, presste die Fingerkuppen auf ihr Armband und sagte aufrichtig: *Das kann ich nicht versprechen. Ich bin zu lange daran gewöhnt, alles mit mir selbst auszumachen.*

Großvater hat wirklich ganze Arbeit geleistet, oder? Wieder klang tiefe Erschöpfung in seiner Stimme mit. *Ich muss jetzt zu einem Meeting*. Der telepathische Kontakt brach ab.

Sie hatten sich noch nie voneinander verabschiedet, weil ihre emotionale Verbindung bestehen blieb, auch wenn jede andere abriss. Theo würde zerbrechen, falls dieses Band irgendwann verschwinden sollte, weil Pax gestorben war, sein brillanter Geist zerfressen vom Skarabäus-Virus.

Ihr innerer Schrei gellte lauter, der Zorn in ihr eine wild gewordene Bestie.

Sie kämpfte noch damit, ihre Gefühle unter ihre Kontrolle zu bekommen, als der Verkehr langsam, aber stetig wieder zu fließen begann. Anscheinend hatte die Polizei eine der drei Fahrbahnen freigegeben.

Der Motor sprang an, und der Geländewagen rollte mit dem Strom.

30

Schwarze Kleidung. Vielleicht eine Sporthose und ein Shirt mit hochgezogener Kapuze? Es ging alles so schnell. Die Person war eher zierlich. Schwer zu sagen, ob sie wirklich dünn war oder es in den weiten Klamotten nur so aussah, jedenfalls war sie von eher mittlerer Statur. Definitiv nicht die eines Bären.

Die Größe kann ich nicht einschätzen. Darin bin ich nicht gut, außerdem stand sie mitten auf der Straße, da war nichts, das ich zu einem Vergleich hätte heranziehen können.

Von Detective Vo Zaitsev protokollierter Augenzeugenbericht (heute)

»Wechsle auf den Seitenstreifen«, instruierte Theo den vorschriftsmäßig autonom fahrenden Wagen, als der Tatort in Sicht kam.

Wie sie erwartet hatte, stellte das Autopilot-System den Befehl nicht infrage. Es kommunizierte mit den anderen Fahrzeugen in unmittelbarer Nähe, ehe es den Wagen problemlos auf die Standspur navigierte und wenige Meter vor der Absperrung zum Stehen brachte.

Das wütende Blinken der roten Drehlichter durchbrach das fahle Morgenlicht.

Noch während Theo das Fenster öffnete, eilte ein Beamter in Zivilkleidung herbei und beugte sich zu ihr vor. »Sie können hier nicht halten«, teilte er ihr in schnellem Russisch mit. »Bereitet Ihnen Ihr Fahrzeug Schwierigkeiten? Falls ja, besorgen wir

Ihnen eine Mitfahrgelegenheit, und Sie können es abschleppen lassen, sobald der Tatort freigegeben wurde.«

»Der Wagen gehört Yakov Stepyrev.«

Er zog die Brauen hoch, dann richtete er sich auf und sagte etwas in das Mikrofon an seinem Kragen. Kurz darauf beugte er sich wieder zu ihr vor. »Sie haben die offizielle Erlaubnis, hier zu warten. Aber steigen Sie ja nicht aus. Verstanden?«

»Verstanden.« Theo war geübt darin, sich gegenüber Personen, die eine Machtposition bekleideten, zu verstellen. Niemand traute der fügsamen, höflichen Person zu, als die sie sich in solchen Situationen ausgab, sie könnte in irgendeiner Weise Ärger machen.

Es war furchtbar leicht, andere davon zu überzeugen, dass man sie nicht im Auge behalten musste, sie keine Aufmerksamkeit verdiente.

Allerdings hatte sie in diesem Fall nicht vor, gegen die Regeln zu verstoßen. »Officer«, hielt sie ihn auf, als er Anstalten machte zu gehen. »Ist mit Yakov alles in Ordnung?«

»Selbstverständlich. Er ist ein Bär.« Als müsste mehr nicht gesagt werden.

Ein seltsam beruhigender Gedanke.

Die Anspannung in Theos Muskeln löste sich ein wenig, sie lehnte sich im Sitz zurück und betrachtete die Szenerie, die sich ihren Augen bot. Ein weißes Zelt schützte den Leichnam vor neugierigen Blicken, und dafür war sie dankbar. Es hatte schon genug Tod in ihrem Leben gegeben, sie brauchte nicht noch mehr davon.

Sie beobachtete, wie die Forensiker in ihren weißen Overalls – die Haare unter den Kapuzen verborgen, die Gesichter hinter transparenten Visieren – ohne Hektik an dem Tatort umherschwärmten. Sie sammelten Beweise, machten Fotos, stellten Spurenmarkierungstafeln auf.

Die Beamten jenseits der Absperrung trugen die dunkelblaue Uniform der Moskauer Polizei. Ein paar telefonierten, andere regelten den Verkehr. Doch am meisten interessierten Theo die drei Personen in schlecht sitzender Kleidung – zwei Frauen und ein Mann –, die am linken Straßenrand standen und das Waldgebiet dahinter im Auge behielten.

Detectives, die auf Yakov warteten.

Der zu schnell war, als dass sie ihm hatten folgen können.

Theo kletterte in den Fond des Wagens und holte eine der Wasserflaschen, um sie griffbereit zu haben, sobald Yakov zurückkäme. Anschließend setzte sie sich auf den Beifahrersitz, und tatsächlich dauerte es keine zehn Minuten, bis Yakov zwischen den Bäumen auftauchte. Sein Gesicht war grimmig, und er schüttelte sichtlich frustriert den Kopf, als er kurz ein paar Worte mit den entmutigt dreinblickenden Beamten wechselte. Dann schaute er sich um, entdeckte Theo und trabte zu ihr.

Er stieg ein, und sie reichte ihm das Wasser. »Du hast die Spur verloren?«, fragte sie, während er die Flasche in einem Zug leerte. Sein Körper strahlte solche Hitze aus, dass sie das Gefühl hatte, als leckten Flammenzungen über ihre Haut. »An einer Straßenkreuzung?«

An seinem Kiefer zuckte ein Muskel. »Nein. Mitten im Wald.« In jedem Wort hörte man seine Verbitterung. »Bären sind keine besonders guten Kletterer, trotzdem bin ich sogar auf einen Baum gestiegen und habe mich nach allen Richtungen umgesehen, weil ich dachte, der Täter hätte sich vielleicht irgendwo in luftiger Höhe versteckt. Aber Fehlanzeige.«

Da dämmerte ihr, warum er dermaßen frustriert war. »Du tippst auf einen TK-Medialen mit der Fähigkeit zu teleportieren.« Eine solche Person war – so sie über die erforderlichen Kräfte verfügte – imstande, sich nach Belieben in Sekundenschnelle an einen anderen Ort zu versetzen. Ebenso gut könnte man eine Nadel im Heuhaufen suchen. Ein Albtraum für jeden Verfolger.

»Das ist noch nicht einmal das Schlimmste.« Yakov stieß den Atem aus und warf die leere Flasche auf die Rückbank. »Das bleibt unter uns, Theo.« Keine Bitte und auch kein Befehl. Sondern einfach nur eine auf Vertrauen begründete Feststellung.

Eine angenehme Wärme breitete sich in ihrem Bauch aus. »Meine Lippen sind versiegelt.«

»Ich bin einer Witterung von der Leiche bis zu der Stelle im Wald gefolgt, wo ich sie dann verloren habe. Allerdings bin ich mir so gut wie sicher, dass ich dort zwei verschiedene Individuen gerochen habe.«

Theo schnappte nach Luft. »Dieser Teleporter hat einen Gehilfen?« Sie konnte sich das kaum vorstellen. »Serienkiller-Paare sind extrem selten.« Das wusste sie, weil sie intensive Nachforschungen über Mörder und was sie antrieb angestellt hatte.

»Das stimmt, aber sie existieren.« Yakov starrte durch die Windschutzscheibe zum Tatort, die Sehnen an seinem Hals traten hervor. »Meine Wahrnehmung trügt mich nicht. Es sind zwei Personen in diese Sache verwickelt.« Seine Hand ballte sich zur Faust. »Ich kann den Tod des Opfers bis hierher riechen.«

Theo hatte nicht viel Erfahrung darin, Trost zu spenden, darum ahmte sie einfach nach, was er getan hatte, und ergriff seine Hand. Er verschränkte die Finger mit ihren, sein Körper war warm wie ein Glutofen.

Es rührte sie, dass er ihren winzigen Versuch, ihm beizustehen, so anstandslos akzeptierte.

»Falls die Polizei dich nicht mehr braucht, sollten wir jetzt weiterfahren«, meinte Theo, der es zutiefst widerstrebte, dass dieser gute, anständige Mann in ein solch abscheuliches Verbrechen hineingezogen wurde. »Um wieder saubere Luft zu atmen.« Sie hatte inzwischen eine ziemlich genaue Vorstellung von seinen olfaktorischen Sinnen, darum ahnte sie, warum er das Wort »Tod« anstelle von »Blut« benutzt hatte. Weil er mehr witterte als das.

»Ich habe immer noch den Gestank des Bösen in der Nase.« Yakov hob Theos Hand an sein Gesicht und schnupperte ausgiebig daran.

Man hatte sie von Kindesbeinen an dazu erzogen, jedweden Körperkontakt zu meiden – andererseits war sie nie wirklich in Silentium gewesen. Außerdem genoss sie es, Yakov zu berühren und von ihm berührt zu werden. Im Übrigen überschritten sie ja auch keine Grenzen. »Wie würdest du meinen Geruch charakterisieren?«, fragte sie leise, als er schließlich den Kopf hob.

Möglich, dass sie es sich nur einbildete, doch er wirkte jetzt wieder ruhiger und mehr im Einklang mit sich selbst.

»Er ist zart und unbeugsam, lieblich und komplex und tausendmal besser als der dort draußen.« Er rieb die Wange an ihrer Hand, dann ließ er sie los, startete den Wagen und wies ihn an, wieder in den Verkehr einzuscheren.

Erst als sie einigen Abstand zwischen sich und den Tatort gebracht hatten, öffnete er die Fenster.

»Ich müsste Moon und Elbek anrufen und sie über die Verzögerung informieren«, sagte er ein paar Minuten später.

Theo nickte und warf ihm einen prüfenden Blick zu. Die Stressfalten um seinen Mund hatten sich geglättet, und seine Haut glühte nicht mehr vor Zorn. Die Haare fielen ihm in die Stirn und verliehen ihm etwas Jungenhaftes, was im Widerspruch zu der Entschlossenheit und Reife seiner Gesichtszüge stand. Dieser Mann war einer der Stützpfeiler seines Clans, jemand, auf den stets Verlass war.

»Ich habe dich auf Lautsprecher gestellt«, warnte er Elbek vor, als der Soldat dranging. »Darum tu wenigstens so, als hättest du Manieren.«

»Darf ich dich daran erinnern, dass ich in der vierten Klasse den ersten Preis für lobenswertes Verhalten abgeräumt habe?«, kam die grummelige Antwort.

»Den hast du nur aus Mitleid bekommen«, konterte Yakov naserümpfend. »Jedenfalls werden wir uns verspäten.«

»Ich weiß. Valya hat uns schon Bescheid gegeben. Schlimme Geschichte. Bist du okay?«

»Ja. Außer dass ich wünschte, ich könnte diesem Wichser den Kopf abreißen. Wir sind in zwanzig Minuten da. Inklusive Frühstück.«

»Dann bis nachher. Ciao, Theo. Von dir Pfeife werde ich mich nicht verabschieden«, grunzte er.

Yakov grinste, als er das Handy einsteckte; seine schlechte Laune war – zumindest nach außen hin – wie weggeblasen.

Theo verstand einfach nicht, wie diese Gestaltwandler tickten. »Ihr Bären pflegt einen seltsamen Umgang miteinander.«

»Das lässt sich nicht abstreiten.« Er trank einen Schluck von seinem Kaffee, der immer noch warm war, weil Theo nach ihrem Stopp vorsorglich die Verschlusskappe auf den Becher geschraubt hatte. »Du wirst dich daran gewöhnen.«

Ihre Bauchmuskeln zogen sich zusammen. Ob Yakov bewusst war, was seine Worte bedeuteten?

Offenbar schon, denn er wurde kurz ganz still, ehe er ihr vollkommen den Boden unter den Füßen wegzog, indem er hinzufügte: »Ich vertraue dir, Theo.«

Dergleichen sagte man nicht einfach so.

Aber er war nun mal ein Bär.

Allmählich begriff sie, was das bedeutete.

»Du gehst mir unter die Haut, *pchelka.*« Yakov nahm ihre Hand, hob sie an seine Lippen und presste einen Kuss darauf.

Theo stockte der Atem, sie wollte das hier so sehr, dass sie einen Anflug von Panik verspürte. »Macht es dir denn gar keine

Angst, wie schnell die Dinge sich zwischen uns entwickeln?« Sie war noch nie in einer solchen Situation gewesen, daher hatte sie keine Vergleichsmöglichkeit. »Ich bin ein seelisch zerrissenes, von Schmerz und Dunkelheit erfülltes Geschöpf.«

Noch ein Kuss, sanfter diesmal. »Oh, ich denke du bist viel mehr als das.« Er legte ihre Hand auf sein Bein.

Ihr Herz hämmerte, das Blut schoss ihr in die Wangen, trotzdem unterbrach sie den intimen Kontakt nicht.

»Und was deine Frage betrifft … Ich muss dir etwas beichten.«

Theo erstarrte. »Ach ja?«

Er machte ein finsteres Gesicht. »Denk nicht gleich, dass ich dir ein Messer in den Rücken stoßen werde. Solchen Scheiß machen Bären nicht. Wir lassen lieber die Fäuste fliegen, als uns nach Art der Katzen hinterlistig an jemanden heranzuschleichen. Mein Deduschka Viktor sagt immer: Vertrau nie einer Katze, die dir eine Lebensversicherung andrehen will.«

Theo grub unwillkürlich die Finger in seinen Schenkel, um ihre Fassung wiederzufinden. »Verkaufen viele Katzen Lebensversicherungen?«, hakte sie verwirrt nach.

»Nein, aber sie könnten es theoretisch. Lass dich ja nicht darauf ein.« Yakov drückte ihre Hand. »Zurück zum eigentlichen Thema. Wusstest du, dass mein Urgroßvater ein V-Medialer war?«

»Ist das dein Ernst?«, japste sie.

31

Lieber Déwei,
ich verstehe deine Vorbehalte, Bruder, das tue ich wirklich. Aber anscheinend ist dir nicht bewusst, welches Ausmaß das Chaos im Medialnet angenommen hat. Wir werden alle langsam verrückt, wir verlieren Stück für Stück uns und die, die wir lieben.
Sogar mein Schatz Kanoa hat inzwischen mit neurologischen Problemen zu kämpfen. Er lässt Tests durchführen, aber er ist sich – genau wie die Ärzte – sicher, dass der Aufruhr im Netz auf sein Gehirn übergreift und irreparablen Schaden anrichtet.
Wie kannst du von mir erwarten, dass ich mich gegen Silentium auflehne, obwohl es ihm das Leben retten könnte? Gleichzeitig will ich auch dich nicht verlieren. Niemals.
Deine kleine Schwester
Hien

Brief von Hien Nguyen an Déwei Nguyen (5. März 1974)

»Anscheinend wusstest du das nicht.« Yakov rieb sich über den Kiefer. »Was mich nicht wundert. Mein Denu – sein richtiger Name lautete Déwei Nguyen – war nur wenigen außerhalb des Clans ein Begriff. Er war ein starker, empathischer Mann, dessen Herz durch Silentium gebrochen wurde.«

Theo hörte die Zuneigung in seiner Stimme. Ihr selbst waren solch enge familiäre Bande fremd, die Marshalls sogar nach medialen Maßstäben eine Abnormität. »Die Erinnerung an ihn bedeutet dir viel.«

Er nickte. »Worauf ich hinauswill, ist, dass er seine Hellsichtigkeit in geringem Maß an Pasha und mich weitervererbt hat.«

Theos Augen weiteten sich. Ihr war nie in den Sinn gekommen, dass Gestaltwandler psychische Fähigkeiten haben könnten, aber natürlich war das so. Vor der Einführung von Silentium und dem Rückzug der Medialen in ihre eigene Welt hatten alle drei Gattungen eine Gemeinschaft gebildet. Sie waren untereinander Ehen und intime Partnerschaften eingegangen, denen Nachwuchs entsprang.

Konsequenterweise sollte es dann auch Menschen mit gewissen ererbten mentalen Kräften geben. Doch im Moment interessierte sie sich nur für die des Mannes auf dem Fahrersitz.

»Was hast du gesehen?«, fragte sie mit rauer Stimme.

»Ich sehe dich. In meinen Träumen. Schon seit meinem sechzehnten Lebensjahr. Wir spielen darin auf einer sonnenbeschienenen Blumenwiese Fangen.« Ein Blick zu ihr. »Ich kenne dich also schon viel länger als nur ein paar Tage, *pchelka*.«

In ihrem Kopf drehte sich alles, sie war völlig durcheinander. Trotzdem entging ihr nicht, wie sich sein Schenkel unter ihrer Handfläche anspannte. »Sagst du mir, was du verheimlichst?«

»Gar nichts. Ich habe lediglich beschlossen, dir nicht alles zu erzählen.«

Theo verengte die Augen zu Schlitzen. »Das klingt nach einer verdrehten Logik. Könnte von einer Katze stammen.«

Donnergrollen in seiner Brust. »Kein Grund, beleidigend zu werden.« Er funkelte sie an. »Es ist ein ziemliches Chaos, mit dem ich allein fertigwerden muss. Sobald mir eine Lösung eingefallen ist, werde ich dir alles sagen.«

Er war ein unverbesserlicher Dickschädel, stellte sie bei sich fest.

Wieder einmal erwies sich Tante Ritas Einschätzung als korrekt.

Theo beschloss, das Thema fürs Erste auf sich beruhen zu lassen, der Rest war faszinierend genug. »Erzähl mir mehr von diesen Visionen.«

Yakov tat es ohne Zögern und ließ ein derart freudvolles, zauberhaftes Bild vor ihren Augen entstehen, dass ihr das Herz weit wurde. Und als er sich danach über ihr Passfoto mokierte und fragte, ob eine Katze es geschossen habe, wäre es ihr beinahe gelungen, ein Lachen zustande zu bringen.

»Was hat dieser Traum zu bedeuten? Dass es uns immer vorherbestimmt war, einander zu begegnen?«

»Er bedeutet das, was wir daraus machen.« Seine Stimme war eigenartig ernst. »Meine Großmutter Quyen hat folgenden Leitspruch ihres Vaters an mich weitergegeben: Nichts ist in Stein gemeißelt – wir sind es, die die Zukunft gestalten.«

Seine Worte gingen ihr noch immer durch den Kopf, als in einiger Entfernung das Tor sichtbar wurde – für Theo die Pforte zur Hölle. Ihre Kehle wurde trocken, ihr Herz hatte Mühe, Blut durch ihre Adern zu pumpen. »Ich bin es, die meine Zukunft gestaltet«, sagte sie leise zu sich selbst, nachdem Yakov ausgestiegen war, um das Kettenschloss zu entfernen, und es war der hoffnungsvollste Gedanke, den sie seit langer Zeit hatte.

Trotzdem drohten ihre Lungen zu streiken, während das schrille Echo entsetzter Schreie in ihren Ohren widerhallte. Und es waren nicht nur ihre eigenen Schreie.

Ihr Atem ging flach und abgehackt, als sie sich hochkonzentriert zu erinnern versuchte, wo sie gewesen war, was sie gesehen hatte. Doch heute weigerte sich ihr Gehirn mitzumachen.

Vielleicht, weil es dazu nicht in der Lage war.

Welchen Schaden hatte Marshall Hyde ihren Nervenzellen zugefügt? Hatte sie ihr Leben lang geglaubt, vollständig zu sein, obwohl er Stücke aus ihr herausgeschnitten und weggeworfen hatte?

Auch wenn sich ihr bei der Vorstellung der Magen umdrehte, zwang sie sich, das Tor unaufgefordert wieder zu verriegeln, nachdem Yakov hindurchgefahren war. Wenn dieser Ort ihre persönliche Hölle war, dann würde sie Anspruch darauf erheben, anstatt davor in die Knie zu gehen.

»Fertig.« Sie kletterte wieder auf den Beifahrersitz.

Ein anerkennender Blick aus bernsteinfarbenen Augen. »Du bist wirklich hart im Nehmen.« Erneut führte er ihre Hand zu seinem Mund und küsste sie auf eine Weise, die ihr schon jetzt vertraut – und unendlich willkommen – war.

Düstere Schatten wuchsen ihnen von allen Seiten entgegen, als sie weiterfuhren. Um das Gefühl, von ihnen erstickt zu werden, abzuwehren, kurbelte Theo ihr Fenster hinunter und vernahm das bedrohlich anmutende Flüstern des Windes in den Bäumen. »Ich glaube, mir ist eine Erinnerung gekommen.« Die Worte mussten einfach heraus. »Sie ist lückenhaft, verschwommen und eher emotionaler Natur.«

»Möchtest du darüber reden?«

Theo merkte erst, wie starr ihre Körperhaltung war, als sich ihr Rücken schmerzhaft zu verkrampfen drohte. Die alte Verletzung bereitete ihr nur selten Probleme, solange sie regelmäßig ihre Dehnübungen machte und ihre Muskelfasern nicht überstrapazierte.

Sie streckte die Schultern nach hinten, um die Kontraktionen abzuwenden. »Heute bereitet mir dieser Ort keine Angst mehr«, enthüllte sie Yakov. »Ich bin nur noch wütend über das, was mir und all den anderen ›Patienten‹ dieser Einrichtung angetan wurde.«

Sie atmete tief durch und gestand auch noch den Rest. »Ich wusste mein ganzes Leben lang, dass meine Familie böse ist.

Aber nicht, dass sie so weit gehen würde, ein Kind zu opfern.« Ihr Magen wollte rebellieren. »Ich hasse es, ihr anzugehören.«

»Unsere DNA ist nur eine Komponente dessen, was uns ausmacht, Theo«, argumentierte Yakov gereizt. »Oder würdest du deinen Bruder dafür verurteilen, dass er ein Marshall ist?«

Ihre Antwort kam wie aus der Pistole geschossen. »Unser Großvater hat alles daran gesetzt, ihn zu brechen und nach seinem Ebenbild zu formen. Aber Pax hat sich nicht verbiegen lassen.« Sie war unendlich stolz auf die Willensstärke ihres Bruders. »Und er ist tausendmal besser als Marshall Hyde.«

Yakov hielt den Wagen an, streckte die Hand aus und schloss sie um Theos Nacken. »Genau wie du, *pchelka*.«

»Das kann keiner von uns beiden wissen. Was, wenn ich sein willfähriges Werkzeug war?«

Yakov legte die Hand zurück aufs Lenkrad und stieß ein Grollen aus. »Das könnte ebenso gut auf deinen Zwilling zutreffen. Wenn schon, dann musst du ihn ebenfalls verteufeln.«

»Das ist nicht dasselbe!« Theo gab ein frustriertes Geräusch von sich, das sehr nach einem Knurren klang.

Erschrocken über sich selbst, schlug sie die Hand vor den Mund.

Yakovs anziehende Grübchen tauchten auf, dann hallte sein dröhnendes Lachen durch den Wagen, warm und herzlich wie eine Umarmung. »So ist's gut, *milaya moya*. Lass deine innere Bärin heraus.«

Er schaute sie an, seine Mundwinkel zeigten noch immer nach oben, doch seine Stimme war ernst, als er hinzufügte: »Du verdienst es, dir ebenso sehr zu vertrauen wie deinem Bruder.«

Ihr war, als würde ihr Herz von ihrem Brustkorb zerquetscht. »Das kann ich nicht.« Ein schmerzliches Eingeständnis. »Nicht, solange ich keine Beweise dafür habe. Ich weiß zu viel über das, was ich im Auftrag meines Großvaters getan habe.«

Seine bernsteingelben Augen hielten ihren Blick einen langen Moment fest, ehe er entschieden nickte. »Wir besorgen dir deine Beweise.« Erneut umfing er ihren Nacken. »Dann wirst du feststellen, dass ich recht hatte. Weil ich nämlich fest an meine Theo glaube.«

Sie brachte kein Wort heraus, ihre Unterlippe zitterte.

»Wäre dies die Zufahrt zur Höhle«, wechselte er abrupt das Thema und setzte den Wagen wieder in Bewegung, »hätten uns wahrscheinlich schon ein paar Minigangster attackiert.«

Theo merkte, dass er ihre düsteren Gedanken aufzuhellen versuchte, indem er ihr eine heitere Anekdote über eine Gemeinschaft erzählte, die ihre Kinder niemals verletzen oder verstoßen würde.

»Die kleinen Racker wissen, dass wir nach ihnen Ausschau halten, darum verstecken sie sich gern in den Bäumen. Sie krallen sich mit den Tatzen an den Ästen fest, dann lassen sie sich plötzlich kopfüber fallen. Ihr Ziel ist es, den Erwachsenen einen Mordsschrecken einzujagen.«

Diesen lebhaften Bildern hielten die schaurigen Erinnerungsfetzen, die an ihren Nerven zerrten, nicht stand. »Und, gelingt es ihnen manchmal?«

»Oh ja. Weil sie schlau genug, sind, es nicht bei jeder Gelegenheit zu versuchen. Sie wiegen uns in falscher Sicherheit und dann … *Buh!*« Seine Schultern zuckten. »Aber sie wissen, dass sie niemals auf die Straße laufen oder einem Fahrzeug in die Quere kommen dürfen – darum werden sie immer erfinderischer in ihrem schändlichen Tun.

Letzten Monat hat Stasya – sie gehört auch zu Valentins Stellvertretern – den Fehler gemacht, am Seitenstreifen zu halten, um einen Anruf entgegenzunehmen. Ehe sie wusste, wie ihr geschah, klatschte ein Bärenkind auf ihre Windschutzscheibe. Sie weigert sich, es zuzugeben, aber sie hat laut geschrien.«

Ein amüsiertes Glucksen. »Die Miniganoven brüsten sich noch immer mit ihrem Coup und lauern Stasya seither in der Höhle ständig hinter irgendeiner Ecke auf. Beim letzten Mal hat sie gedroht, Bettvorleger aus ihren Pelzen zu machen und wurde sofort von einer Angriffstruppe aus Winzlingen umschwirrt.«

Seine Augen blitzten vergnügt, als er sie ansah. »Ich würde mir vielleicht Sorgen machen müssen, dass sie als Erwachsene ein kriminelles Imperium gründen könnten, aber Pasha und ich waren früher ebenfalls Minigangster, und wir haben uns überwiegend gut entwickelt.«

Theo konnte sich kaum vorstellen, dass die niedlichen Bärchen, die sie gesehen hatte, zu solchem Schabernack fähig waren. Es schien ihr geradezu unmöglich. Bestimmt übertrieb Yakov des dramatischen Effekts wegen.

Bevor sie ihn mit ihrem Verdacht konfrontieren konnte, hatten sie ihr Ziel erreicht.

Verwaist und unheilvoll zeichnete sich das Gebäude vor dem strahlend blauen Herbsthimmel ab.

32

Betreff: Verschlüsselte Nachricht von Claire Marshall an die am Ende des Berichts aufgeführten Personen

Gesendet: 4. September 2083
Abschrift: Mein Sohn besitzt als Einziger die Fähigkeit, das Ruder herumzureißen. Mein Vater war ein brillanter Kopf, und er hat Pax geschult. Das Problem ist Theodora. Ich weiß nicht, wie sie es geschafft hat, sich zurück in sein Leben zu mogeln, aber Marshall hat unmissverständlich erklärt, dass sie die Bedrohung ist. Und ich glaube nicht, dass sich daran etwas geändert hat. Wir müssen die beiden trennen, ohne dass Pax zu Schaden kommt – allerdings dürfte das Zwillingsband inzwischen ohnehin zerrissen sein.

Status: Dringend. Theodora Marshall befindet sich in unmittelbarer Gefahr.

Vertraulicher Bericht des privaten Sicherheitsdienstes ZDex an Pax Marshall (4. September 2083)

Moon und Elbek warteten schon auf sie. Yakovs Kollegen waren jetzt wieder in einem vorzeigbaren Zustand und hatten ihre Rucksäcke am Fuß der Eingangstreppe deponiert. Beide begrüßten Theo mit einem freundlichen Lächeln, dann setzten sie sich auf die Stufen und machten sich hungrig über das Frühstück her, das Yakov ihnen mitgebracht hatte.

Da das Paar es mit seinem Aufbruch nicht eilig zu haben schien, wagte Theo einen Vorstoß und fragte: »Habt ihr im Gebäude übernachtet?«

Elbek, der sein schwarzes Haar im Nacken zu einem kurzen Pferdeschwanz zusammengefasst hatte, nickte. »Direkt neben der Haustür. Da drinnen spukt es, so viel steht fest.«

»Aber das hat uns nicht weiter gestört«, steuerte Moon bei, die sich gerade ein Schinken-Käse-Brötchen schmecken ließ. Ihre Haare waren zu Zöpfchen geflochten, die dieser dem Vernehmen nach extrem kompetenten Soldatin ein trügerisch mädchenhaftes Aussehen verliehen. »Wir haben Karten gespielt und die Geister eingeladen mitzumachen, aber sie wollten lieber zuschauen.«

Theo hegte den Verdacht, dass die beiden sich einen Witz auf ihre Kosten erlaubten, aber sie verzogen keine Miene. Plötzlich spürte sie ein kaltes Kribbeln auf der Haut. Ja, dachte sie, hier gab es jede Menge Geister. Allerdings glaubte sie nicht, dass sie ihr so freundlich begegnen würden wie diesen liebenswürdigen Gestaltwandlern. Sie wussten, wer Theo war: ein Abkömmling des Mannes, der ihnen das Leben geraubt hatte.

»Es gibt keinerlei Anzeichen dafür, dass in den vergangenen Stunden jemand versucht hat, auf das Gelände zu gelangen«, sagte Moon gerade zu Yakov. »Wir haben die ganze Nacht abwechselnd patrouilliert, aber alles war ruhig.«

Jetzt meldete sich ihr Partner zu Wort. »Doch da ist etwas hinter diesem kleinen Haus, das ihr euch genauer anschauen solltet. Ein ungewöhnlich kahles Areal mit eingesunkenen Stellen. Ich habe nichts Verdächtiges gewittert, trotzdem …« Er zuckte die Achseln.

Im Gegensatz zu Theo verstand Yakov offenbar die Botschaft zwischen den Zeilen. »Danke für den Hinweis«, sagte er, und es klang grimmig. »Ich werde der Sache nachgehen.«

»Moon mögen die Geister kaltgelassen haben«, bemerkte Elbek. »Aber mir haben sie eine Heidenangst eingejagt. Auf mich wirkten sie eher feindselig. Ich bin nur drinnen geblieben, weil es letzte Nacht geregnet hat und ich nicht nass werden wollte.«

Theo dachte wieder an die Frau, die ihren Kopf gegen die Wand geschlagen hatte, und an den weinenden Mann. »In diesem Gebäude ist viel Leid geschehen, der Schmerz ist in die Mauern gesickert und hat im Boden ein flaches Grab gefunden.«

Moon sah Theo unverwandt ins Gesicht. »Bist du sicher, dass du wirklich hier sein solltest?« Eine unerwartet sanfte Frage. »An diesem Ort verdunkelt sich deine Aura.«

Es gab so vieles, das Theo nicht über Gestaltwandler und ihre Fähigkeiten wusste, aber sie erkannte Freundlichkeit und Besorgnis. »Ich habe Fragen, die dringend geklärt werden müssen.«

Sie musste die Wahrheit ans Licht bringen.

... hat im Boden ein flaches Grab gefunden.

Yakov fragte sich, ob Theo damit auf Elbeks Entdeckung anspielte, doch er wartete, bis seine beiden Kollegen sich verabschiedet hatten, ehe er sie darauf ansprach.

»Hältst du es für möglich, dass auf diesem Grundstück ›Patienten‹ begraben wurden, die nicht überlebten, was immer man ihnen angetan hat?« Am Himmel ballten sich dunkle Wolken zusammen, während Theo und er noch immer vor der mit altem, braunem Laub übersäten Eingangstreppe standen.

Theo, die plötzlich ganz still wurde, hob sich als Silhouette gegen das dunkle Grün ihrer Umgebung ab.

Also hatte sie den tieferen Sinn von Elbeks Bericht doch nicht verstanden.

»Mein Großvater war sehr geschickt darin, seine Spuren zu verwischen«, entgegnete sie schließlich. »Es wäre widersinnig, dass er hier Beweise offen hätte herumliegen lassen – zumal diese Region dicht bevölkert ist mit Raubtiergestaltwandlern. Einer von ihnen musste nur neugierig genug sein, um über die Mauer zu klettern und das Gelände auszukundschaften.«

Yakov nickte. Marshall Hyde würde es nicht bis in den Rat geschafft haben, wäre er kein Experte darin gewesen, der Welt sein wahres Gesicht zu verbergen. Er hätte niemals riskiert, dass seine schmutzigen Aktivitäten öffentlich bekannt geworden wären. »Dann wurden die Leichen fortgeschafft und andernorts entsorgt?«

»Er hatte Teleporter auf seiner Gehaltsliste«, erklärte sie. »Das traf auf sämtliche Ratsmitglieder zu. Er hätte die Toten direkt in ein Krematorium, einen Vulkan oder den tiefsten Ozean befördern lassen können.«

Die Gewissheit, mit der sie davon ausging, dass hier reihenweise Leute gestorben waren, lieferte Yakov ein weiteres Indiz dafür, welchem Horror sie als Kind ausgesetzt gewesen war. Doch sie übersah ein wichtiges Detail. »Dein Großvater war nach seinem Tod nicht mehr der Verantwortliche für das hier.«

Theos Pupillen wurden riesengroß. »Das stimmt.« Sie ließ die Augen über das Terrain wandern. »Du vermutest, das Personal – oder zumindest ein Teil davon – hat die Bewohner ermordet und ihre Leichen beiseitegeschafft?«

»Hätte es Zugang zu Hydes Teleportern gehabt?«

Sie schüttelte den Kopf. »TK-R-Mediale sind zu selten. Meine Familie hat einige unter Vertrag, aber sogar sie stehen ausschließlich hochrangigen Mitgliedern zur Verfügung.« Sie schob die Hände in die Taschen seiner Jacke. »Du hast recht. Dort draußen sind Leichen vergraben.«

»Du scheinst dir sicher zu sein.«

»Ich habe mich auf dem Flug nach Moskau über diese Rehabilitationszentren kundig gemacht. Etwa einem Viertel der Opfer, die man einer Gehirnwäsche unterzogen hat – ich spreche von den funktionstüchtigsten –, wurden anschließend niedere Tätigkeiten zugewiesen, Jobs, die in der medialen Gesellschaft sonst niemand wollte.«

Er spürte ihren neu aufflammenden Zorn wie ein Summen auf der Haut.

»Die anderen sind gestorben.« Mit tonloser Stimme. »Schleichend, und unter Umständen, die einen natürlichen Tod suggerierten. Doch in Wahrheit starben sie an mangelnder medizinischer Versorgung. Ein paar wurden am Leben gehalten, als mahnende Beispiele, was uns anderen widerfahren würde, falls wir aus der Reihe tanzten, doch die Mehrzahl wurde dem Verfall überlassen.«

Yakovs Krallen fuhren aus, sein Bär raste innerlich. Nur mit äußerster Mühe konnte er diesen animalischen Teil seiner Natur unter Kontrolle halten. »Und das, denkst du, ist hier passiert?«

»Ich weiß es nicht. Ich weiß nur, dass in dieser Anstalt einige fundamental geschädigte Individuen untergebracht waren. Weshalb hätten die Mitarbeiter Zeit und finanzielle Mittel auf ihre Pflege verschwenden sollen, wenn es doch so einfach war, sie zu eliminieren und die Gelder komplett selbst einzustreichen? Zumal sie wussten, dass die Familien der Opfer nie nach ihren Angehörigen fragen würden.« Kalt und emotionslos gesprochen, aber ihre Augen waren nun völlig schwarz.

Mit bloßer Willenskraft zog Yakov die Krallen wieder ein. Einer von ihnen musste rational bleiben, und das Gefühl sagte ihm, dass seine *pchelka* dazu momentan nicht imstande war. Er spürte, dass es immer stärker in ihr brodelte und sie kurz davor stand, zu explodieren.

»Lass uns zuerst das Gebäude und danach das Grundstück überprüfen«, schlug er vor. »Es ist nicht wirklich überraschend, dass man keinen Verwesungsgeruch wittert. Immerhin könnte es schon drei oder vier Jahre her sein, seit die Leichen vergraben wurden.« Er stützte die Hände in die Hüften und ließ den Blick über die Grünfläche schweifen. »Die Toten haben schon so lange gewartet – da kommt es auf einen Tag mehr auch nicht an.«

Theo nickte … dann begab sie sich zurück in die Vergangenheit, in die Gefilde von Geistern, die sie hassten, weil sie eine Marshall war. Fast rechnete sie damit, von unsichtbaren Händen zurückgestoßen zu werden, als sie über die Türschwelle trat, doch das Einzige, das sie wahrnahm, war der muffige Geruch eines leerstehenden Hauses … und das Echo von Schmerz und Furcht.

Es hallte von den Wänden wider.

Die Ungeheuerlichkeit der hier begangenen Verbrechen drohte sie aufzuzehren. Doch jetzt wollte sie nicht nur Klarheit für sich selbst, sondern Gerechtigkeit. Für all die Opfer, die es nicht von hier weggeschafft hatten. Die vielleicht irgendwo da draußen verscharrt worden waren.

Der Zorn in ihr war alt und übermächtig und heiß genug, um Marshall Hydes Monument der Bösartigkeit in Gänze niederzubrennen.

Dieses Mal gingen Yakov und sie die Suche methodisch an, indem sie sich vom vierten Stock nach unten zum Erdgeschoss vorarbeiteten. »Hier oben alles in Ordnung zu bringen, dürfte am mühevollsten gewesen sein. Alles musste über die Treppe oder den Aufzug abtransportiert werden. Eine stumpfsinnige, ermüdende Arbeit, bei der einem schnell mal ein Fehler unterlaufen konnte.«

Theo betrachtete die Dellen in den Türen, die zerschrammten Wände, wo Dinge teilweise buchstäblich herausgerissen worden waren. »Das glaube ich auch.« Sie berührte mit dem Finger eine Stelle, an der Putz großflächig abblätterte, und atmete erleichtert auf, als sie keine Schreie in ihrem Kopf hörte. »Besonders, da anscheinend ziemliche Eile geboten war.«

»Schau dich überall gründlich um«, wies Yakov sie an. »Sieh

unter und in den Matratzen nach, schraub jeden Belüftungsschlitz, jede Steckdose auf.« Er stellte die Tasche, die er zuvor aus dem Auto geholt hatte, ab und nahm ein kleines Werkzeugset heraus. »Damit solltest du für alles gerüstet sein.«

Darin enthalten war unter anderem ein Skalpell.

Theo spürte einen eisigen Schauer auf der Haut und wollte schon zurückweichen, als Yakov sie davon abhielt. »Hey.« Er legte seine Hand auf ihre Wange und versenkte seine bernsteinfarbenen Augen in ihre. »Du bist nicht allein, *pchelka*. Vergiss das nicht.«

Theo krallte sich an seinem T-Shirt fest, badete in seiner Wärme. »Ich will diesen Ort dem Erdboden gleichmachen«, gestand sie. »Der gewalttätige Teil von mir dürstet nach Rache.«

Ein wildes Funkeln in seinem Blick. »Dafür ist später noch Zeit. Jetzt knöpfen wir uns erst mal den Bau des Ungeheuers vor.«

Ihr Blut erhitzte sich, jedoch dieses Mal nicht vor Zorn. »Lass uns dieses Höllenloch auseinandernehmen.«

»Das ist meine *pchelka*.«

Theo ließ ihren Worten Taten folgen, indem sie dem hinteren Teil des ersten Zimmers zu Leibe rückte, derweil Yakov sich auf den vorderen Teil konzentrierte. Sie würde alles bis in den letzten Winkel hinein durchsuchen und nicht ruhen, bis sie gefunden hätte, was es hier vielleicht zu entdecken gab.

Erst als sie die Werkzeugbox öffnete, um den Schraubenzieher herauszunehmen, drängte sich beim Anblick des Skalpells das Grauen zurück in ihr Bewusstsein. Sie konnte den eisigen Stahl der blitzenden Klinge spüren, als sie in ihre Handfläche schnitt, den blendend hellen, schockierenden Schmerz.

Das ist die Konsequenz, wenn du nicht tust, was man dir sagt, Theodora.

»Du bist tot«, murmelte sie voller Verachtung. »In so viele Teile zersprengt, dass man dich vom Boden kratzen musste.«

»Mit wem sprichst du?«, fragte der Gestaltwandlerbär mit dem außergewöhnlichen Gehör.

»Mit meinem hochgeschätzten verblichenen Großvater.«

Yakov, der in der Hocke saß und ein Paneel von einer Wand schraubte, quittierte ihre Antwort mit einem belustigten Schnauben. »Ironie steht dir gut zu Gesicht, Thela.«

Sie versuchte sich an einem Grinsen – das vermutlich eher einem furchteinflößenden Zähneblecken ähnelte –, dann setzte sie ihre Suche fort, während Yakov sich still und leise eine andere Ecke des Zimmers vornahm.

Gelegentlich fand sie sich in einer Position wieder, von der aus sie einen direkten Blick auf ihn hatte. Sie registrierte das Spiel der Muskeln in seinen Schenkeln und Schultern, die kraftvollen Sehnen in seinen Unterarmen, die steile Falte, die zwischen seinen Brauen erschien, wenn er sich konzentrierte. Jedes Detail zog sie an … und erregte sie.

Ihre Brüste fühlten sich plötzlich geschwollen an, ihre Haut überempfindlich, das Material ihres BHs unangenehm kratzig.

Doch sie war nicht nur betört von der Art, wie er sich bewegte, seinem warm schimmernden Teint, dem vollen, seidenweichen Haar. Sondern auch von den Furchen in seinen Wangen, die davon zeugten, dass er oft lachte, und dem Blitzen in seinen Augen, wenn er sich über etwas amüsierte. Er verurteilte sie nicht wegen der Wut in ihrem Innern und hatte ihr sogar erlaubt, ihn in der Gestalt seines Bären zu berühren, während er ganz still dalag.

Unvorstellbar, dass dieser Mann jemals kalt und reserviert sein könnte.

Solchen Scheiß machen Bären nicht. Wir lassen lieber die Fäuste fliegen, als uns nach Art der Katzen hinterlistig an jemanden heranzuschleichen.

»Yasha?« Sie liebte den Klang der Kurzform seines Namens.

»Hmm?«, machte er, seine Gedanken ganz auf das gerichtet, was er gerade tat.

»Als ihr klein wart, seid dein Bruder und du je im Streit schlafen gegangen?«

»Nein. Wir blieben auf und fetzten uns, bis unsere Eltern uns ins Bett schickten. Dann haben wir im Flüsterton so lange weitergezankt, bis wir ausgefochten hatten, wer sich entschuldigen musste.«

Er warf ihr über die Schulter ein Grinsen zu, bei dem sich die Grübchen auf seinen Wangen zeigten. »Erst als wir schon viel älter waren, wurde uns klar, dass sie uns bestimmt hatten hören können. Sie waren entweder zu müde, um einzuschreiten – oder sie entschieden, dass wir es unter uns ausmachen sollten. Konfliktlösung nach Art der Bären.«

Theo schluckte.

Nein, Yakov war nicht der Typ, der sich bei einem Streit schweigend zurückziehen würde. Er würde die Konfrontation mit ihr suchen und verlangen, dass sie die Sache klärten. Angesichts der Geschichte über seinen Bruder war sie überzeugt, dass dieser sture, unbeugsame Mann nicht locker lassen würde, bis sie das Problem gelöst hätten.

Eine andere Frau wäre davon vielleicht überfordert oder genervt, weil er ihr nicht den Freiraum gab, ihre Emotionen in Ruhe zu verarbeiten – doch so war Theo nicht. Sie spürte ein sehnsuchtsvolles Ziehen in der Brust, als sie sich vorstellte, mit einem Mann wie Yakov zusammen zu sein, der niemals mit seinen Gefühlen hinter dem Berg halten oder ihr die kalte Schulter zeigen würde, um sie zu bestrafen. Wenn er sich zu jemandem bekannte, dann richtig.

Zu einhundert Prozent.

Er würde sie damit in den Wahnsinn treiben … aber ihr auch in höchstem Maß ein Gefühl von Sicherheit bieten.

Sie wünschte sich das so sehr, dass es wehtat, darum rief sie sich in Erinnerung, warum sie hier war: um Antworten auf ihre Fragen zu bekommen. Womöglich würde sie am Ende entdecken, dass sie das Leben anderer gegen die Anerkennung ihres Großvaters eingetauscht hatte.

Sollte das der Fall sein, würde es keinen Unterschied machen, wie abstoßend sie diese Vorstellung heute fand. Sie würde den Preis für den von ihr angerichteten Schaden bezahlen müssen, und dazu gehörte, dass sie sich selbst zu einem Leben ohne Freude verurteilte. Ohne einen Mann, dessen Lachen sich für immer in ihrer zersplitterten und vernarbten Seele eingenistet hatte.

Mit einem Kloß im Hals fing sie an, die Schubladen in dem Nachttisch neben einem Krankenbett zu durchsuchen.

Nichts.

Und wieder nichts.

Bis sie sich irgendwann dem nächsten Zimmer zuwandten.

1976

Mein Sohn,
ich bin zur Höhle gefahren, um es dir persönlich zu sagen, aber eure Anführerin informierte mich darüber, dass Marian und du eine Woche abwesend seid, um einen entlegenen Teil des Territoriums zu erkunden. Sie versprach, dafür zu sorgen, dass dieser Brief so schnell wie möglich in deine Hände gelangt und niemand anders ihn lesen wird.
Mir bleibt nichts übrig, als ihr zu vertrauen, denn du musst die schlimme Nachricht erfahren.
Kanoa hat vor zwei Tagen Selbstmord begangen. Man hat es uns gerade erst mitgeteilt, weil deine Schwester einen Nervenzusammenbruch erlitt, als sie ihn fand, und ins Krankenhaus eingeliefert wurde, wo man ihr Beruhigungsmittel gegeben hat. Die Behörden in Hanoi haben ewig gebraucht, um unsere Telefonnummer herauszufinden und uns Bescheid zu sagen. Anscheinend wusste an Hiens neuem Arbeitsplatz niemand, wen sie in einem solchen Notfall kontaktieren sollen.
Es ist noch nichts Genaues bekannt. Wir hatten Hien mehrere Tage nicht gesprochen, weil sie und Kanoa sich ein wenig freie Zeit zu Hause genommen hatten, um sich vom Umzugsstress zu erholen. Und natürlich will man da als Eltern nicht stören. Wir haben uns für sie gefreut. Alles lief gut, die Sorgen vom vergangenen Frühjahr waren vergessen. Kanoa hatte sich dem Anschein nach mit dem neurologischen Schaden, der dazu geführt hatte, dass er nicht mehr Cello

spielen konnte, arrangiert und gerade eine prestigeträchtige Stellung als Dozent für Musiktheorie am Konservatorium von Hanoi angetreten (Hien bat uns, dir und Marian nichts davon zu sagen, sie wollte euch mit einem Video von seiner ersten Vorlesung überraschen).
Tatsächlich war das der wahre Grund, warum Hien nach Hanoi umgesiedelt ist. Sie fand, dass zur Abwechslung mal sie ihren Mann unterstützen sollte, nachdem Kanoa so oft bereitwillig ihrer Arbeit wegen umgezogen war. Als sie uns die Neuigkeit am Telefon verkündete, konnte ich ihr Lächeln regelrecht hören. Und auch Kanoa schien ganz aus dem Häuschen.
Jetzt ist klar, dass wir uns geirrt haben. Sein Instrument war Teil seiner Identität. Wie du weißt, war er ein stolzer Mann, dessen Selbstwertgefühl auf seiner Kunst und seiner Befähigung gründete, Hien ein Partner auf Augenhöhe zu sein.
Hätte er doch nur begriffen, dass sie ihn als ein Geschenk des Himmels betrachtete. Sie liebte ihn mehr als das Leben selbst.
Wir sind gerade auf dem Weg zum Flughafen. Die Jungen haben wir bei deiner Tante Geri gelassen. Diese furchtbare Situation würde sie in ihrem Alter mental überfordern, und sie lieben und vertrauen Geri. Ich bin sicher, dass Marian und du nach Hanoi kommen werdet, sobald ihr diese Nachricht erhalten habt. Wir sehen uns also bald, mein Sohn.
In Liebe
Dad

Handgeschriebene Nachricht von Bien Nguyen an Déwei Nguyen (3. Mai 1976)

Falls du irgendetwas brauchst, Hien, ich bin immer für dich da. Wir alle sind das. Bitte, schließe uns nicht aus. Du fehlst mir, kleine Schwester.

Sprachnachricht von Déwei Nguyen an Hien Nguyen (18. Juni 1976)

Lieber D,
verzeih, dass ich dich nicht sehen wollte, als du bei Mom und Dad warst. Es tut mir weh, das zuzugeben, aber du erinnerst mich zu sehr an meinen Verlust. Wir waren dazu bestimmt, ein Quartett zu sein. Mimi und du, Kanoa und ich. Jetzt fehlt einer von uns, und das fühlt sich unendlich falsch an. Mein Herz ist in so viele Einzelteile zerbrochen, dass ich mich nur noch wegen des neuen Lebens, das in mir heranwächst, überwinden kann, morgens aus dem Bett aufzustehen und zumindest das Nötigste zu tun.
Es ist das letzte und kostbarste Geschenk, das mein Liebster mir gemacht hat.
Ohne diesen Lichtblick wäre ich ein Geist, substanzlos und ohne Belang. Ich lasse mich von einem Tag zum nächsten treiben, und das Einzige, was ich sehe, wenn ich die Augen schließe, ist die Pein im Gesicht meines Mannes, als die Ärzte ihm sagten, dass er aufgrund der Nervenschädigung nicht mehr spielen könne.
Er versuchte es trotzdem. Immer und immer wieder. Bis er innerlich in ebenso viele Stücke zersplittert war wie sein Cello, das er letzten Sommer mit einem Hammer aus Eisen in Kleinholz verwandelte.
Ich hätte es vorhersehen und ihn zwingen müssen, sich mehr Hilfe zu holen. Aber er hat mich beschwichtigt und gesagt, er habe auf diese Weise einen Schlussstrich unter

die Vergangenheit gezogen und werde jetzt nach vorne schauen. Ich stand neben ihm und hielt seine Hand, als er die Überreste seines geliebten Instruments verbrannte und dem Traum, den er seit seiner Kindheit gehegt hatte, leise Adieu sagte.
Mein süßer, begabter, wunderschöner Ehemann. Er hat es mir zuliebe so sehr versucht. Aber er konnte den Schmerz nicht ertragen.
So viel Schmerz, so viel Leid, D. Das kann es unmöglich wert sein. Du warst diese letzten schrecklichen Jahre nicht im Netz. Darum wirst du niemals verstehen, welche Qual damit einhergeht, zusehen zu müssen, wie die Liebe deines Lebens von dem Wahnsinn, der das Medialnet befallen hat, zerfressen wird.
Ich werde um keinen Preis zulassen, dass meinem Kind ein ähnliches Schicksal widerfährt.
Es tut mir leid, D, aber ich werde mit Ja stimmen, sollte der Rat das Referendum bezüglich einer Modifizierung der Silentium-Richtlinien voranbringen. Bitte hasse mich nicht dafür.
Deine kleine Schwester
Hien

Brief von Hien Nguyen an Déwei Nguyen (27. Juni 1976)

Liebe Hien,
ich könnte dich niemals hassen. Du wirst immer meine kleine Schwester bleiben, komme, was da wolle. Wenn du mich brauchst, ruf mich einfach an, und ich werde da sein. Egal, ob heute oder in zehn Jahren. Was immer du tust, ich werde nicht aufhören, dich zu lieben. Und das Kind, das du unter dem Herzen trägst.

Ich habe vor, ihm der beste Onkel auf der Welt zu sein. Und ich weiß, dass du bei deinen Entscheidungen stets das Wohl deines Kindes im Auge haben wirst, denn deine Liebe brennt wie eine helle Flamme. Ich werde niemals versuchen, dich umzustimmen, Hien.
Ich bitte Mom, diesen Brief zu verwahren, bis du bereit bist, ihn zu lesen. Ich verstehe, warum du mich momentan nicht sehen möchtest, trotzdem hoffe ich, dass irgendwann der Tag kommt, an dem du dich durch mich an all die Freude erinnert fühlst, die Kanoa in diese Welt gebracht hat. Die kleinen Bären in der Höhle reden immer noch darüber, wie er ihnen bei seinem Besuch mit lustigen Spielen die Zeit vertrieben hat. Er war ein unglaublich talentierter, warmherziger Mann, und ich wünschte, er würde noch unter uns weilen. Könnte ich doch nur die Uhr zurückdrehen und die Dinge für dich heilmachen wie in unseren Kindertagen.
Dein großer Bruder
Déwei

Brief von Déwei Nguyen an Hien Nguyen (30. Juni 1976)

33

Bei Versuchsperson V-1 zeigen sich schwere neuronale »Verbrennungen«. Wir müssen die wechselnde Medikation beenden, bevor die kognitiven Funktionen zu schwinden beginnen.

Nachricht von Dr. Upashna Leslie an den Ratsherrn Marshall Hyde (5. Mai 2069)

Während sie ihre Inspektion des Gebäudes fortsetzten, drängte ihn sein Tier, mit Theo auf Tuchfühlung zu gehen und sie mit seinem Charme zu bezirzen. Yakov ermahnte es, sich im Zaum zu halten. Theo hatte zwar zugelassen, dass er sich im Bett an sie kuschelte und ihn anschließend mit sichtlichem Entzücken gestreichelt, trotzdem war sie noch nicht bereit, sich auf die Weise betören zu lassen, die dem Bären vorschwebte.

Er wollte nackte Haut, jede Menge nackte Haut.

Immerhin hatte er jahrelang darauf gewartet, dass Theo endlich auf der Bildfläche erschien. Und nachdem sie sich als vertrauenswürdig erwiesen hatte, war die Zeit der Werbung für ihn passé. Intimen Körperprivilegien stand also nichts mehr im Weg, fand er, zumal sie Theo von ihrer Wut und Traurigkeit ablenken würden. Gab es einen besseren Stimmungsaufheller als Sex?

Wir müssen besonnen vorgehen, argumentierte Yakov. So hatte Valya Silver erobert, oder etwa nicht? *Mediale schätzen Subtilität.*

Valya ist an Silvers Wohnhaus hochgeklettert und ungebeten vor ihrer Tür aufgetaucht, wies ihn seine uneinsichtige andere Hälfte zurecht.

Yakov schüttelte den Kopf, um sein inneres Wortduell zu beenden, dann stemmte er das Bett hoch, das er soeben durchsucht hatte, und lehnte es gegen die Wand. In der Hoffnung, dass Theo es bemerkte, ließ er dabei ein wenig die Muskeln spielen. Natürlich ganz subtil.

Nein, er würde nicht auf den Bären hören, der vorschlug, er solle sich die Klamotten vom Leib reißen, vor Theo herumstolzieren und ihr seine Ausstattung präsentieren.

Bevor er sich vergewissern konnte, ob Theo ihn im Blick hatte, erregte etwas seine Aufmerksamkeit. Im Gegensatz zu den anderen Betten bestand dieses nicht aus einem einteiligen Metallgestell, sondern hatte abschraubbare Füße, von denen einer locker war.

»Das weist auf einen Hohlraum hin«, sinnierte er laut. »Fragt sich nur, ob er als Versteck taugt oder gerade ausreichend ist für das Gewinde.«

Den Fuß zu lösen, war für einen kräftigen Mann wie Yakov eine Kleinigkeit – er zog daran, schon hielt er ihn in der Hand.

Eine Kaskade vielfarbiger Objekte ergoss sich auf die staubigen Holzdielen.

»Was war das denn für ein Geräusch?« Theo war mit einem Satz bei ihm, ihr Duft Balsam für seine Sinne. »Hörte sich an wie Kieselsteine.«

Ihr Blick erfasste das kunterbunte Tabletten-Sammelsurium vor Yakovs Füßen.

Sie gingen beide in die Hocke. Theo griff nach einer länglichen roten, mit Granulat gefüllten Kapsel, Yakov nach einer kleinen, harten grün-rosa Pille.

»Hier hat jemand seine Medikamente entweder gehortet oder verschwinden lassen, um sie nicht einnehmen zu müssen«, schlussfolgerte er und inspizierte ein anderes, sechseckig geformtes beigefarbenes Präparat. »Und zwar über einen langen Zeitraum hinweg.«

Theos Blick verweilte auf dem bunten Mix an Pharmaprodukten. »Nein«, widersprach sie. »Dazu sind es zu viele verschiedene. Mal angenommen, die betreffende Person bekam von jeder Sorte eine am Tag, dann würden sie nicht mehr als vier oder fünf Tage abdecken. Zehn, falls sie alle achtundvierzig Stunden verabreicht wurden.«

Yakov begriff, dass er einen entscheidenden Denkfehler gemacht hatte, indem er davon ausgegangen war, dass niemand einem Patienten eine derart hohe Tagesdosis an Arzneistoffen verordnen würde. »Du warst im medizinischen Bereich tätig – als Entwicklerin von technischen Gerätschaften, richtig?«

»Ich war so etwas wie eine Handlangerin, murmelte sie. »Ich entschied mich für eine Ausbildung als Krankenschwester, in der Hoffnung, so den Fängen meines Großvaters zu entkommen. Aber er ließ mich für mein aufsässiges Verhalten ihm gegenüber büßen, indem er mir anschließend eine stumpfsinnige, perspektivlose Tätigkeit in einer seiner Fabriken aufnötigte. Hätte ich mich geweigert, wäre ich gezwungen gewesen, mich von meinem Bruder abzuwenden und vollständig unterzutauchen.

Weil mein Großvater aus reiner Gehässigkeit Jagd auf mich gemacht hätte. Zum damaligen Zeitpunkt wusste er, wie viel Schmerz er mir zufügen konnte, ohne dass ich unterbewusst die Fühler nach Pax ausgestreckt hätte. Marshall hätte es genossen, mich weiterhin unter seiner Knute zu halten und als Fußabtreter zu benutzen, nachdem ich praktischerweise freiwillig von der Bildfläche verschwunden wäre.«

Yakov hatte völlig regungslos zugehört, die Verspieltheit seines Bären schlug in animalische Wut um. »Er hat dich körperlich misshandelt.«

Sie zuckte mit den Schultern. »Ich habe nie eine Träne vergossen.« Stolz in jeder Silbe. »Mein Job ödete mich dermaßen an, dass ich es mir zur Aufgabe machte, so viel wie möglich darüber herauszufinden, was mein Großvater in diesem speziellen Werk eigentlich genau produzierte. Einschließlich all dieser Medikamente.«

Yakov musste seine ganze Konzentration aufbieten, um ihr weiter zuzuhören, anstatt die Informationen zu verarbeiten, die Theo ihm so beiläufig präsentierte.

»Ich habe vom Fußboden der Fertigungshalle ein ganzes Arsenal an Medikamentenresten aufgesammelt«, fuhr sie mit blitzenden Augen fort. »Ich hatte vor, meinen Großvater bei unserer nächsten Begegnung zu vergiften, doch dann kam mir dieser Attentäter zuvor. Es wäre der einzige Mord gewesen, den ich niemals bereut hätte.«

Yakovs Bär regte sich in seiner Brust, er war stolz auf Theos wilde Seite, gleichzeitig wünschte er sich, er könnte Marshall Hyde ins Leben zurückholen, um ihn mit seinen Krallen in Fetzen zu reißen. »Könnte es einen therapeutischen Grund dafür geben, jemandem so viele Substanzen zu verabreichen?«

Als Theo anfing, die Tabletten zu sortieren, schaute Yakov kurz zu, dann half er mit. Am Ende hatten sie zehn verschiedene Häufchen vor sich, die Theo wiederum in drei Gruppen unterteilte.

»Keins dieser Präparate wurde anonymisiert« – sie nahm eine der Pillen in die Hand und zeigte ihm den darauf eingeprägten kyrillischen Buchstaben – »oder durch ein Generikum ersetzt. Und es gab auch keinen Grund dafür. Weil niemand jemals die ärztliche Verordnung überprüft hätte.«

»Du erkennst sie wieder?«

Theo zeigte mit dem Finger auf die erste Gruppe. »Wenn ich mich nicht irre, sind das Beruhigungsmittel. Relativ schwache, mit Ausnahme der pinkfarbenen. Eine einzige davon würde einen medialen Organismus regelrecht schachmatt setzen. Die betroffene Person wäre bestenfalls noch imstande, die grundlegendsten Anweisungen zu befolgen.«

Sie wies auf das zweite Häufchen. »Diese da sind für den Verdauungstrakt, genauer gesagt wirken sie gegen Übelkeit. Sie werden häufig mit Sedativen kombiniert, weil manche Patienten sie nicht gut vertragen – ihnen wird schlecht davon.«

Sie griff nach einer der Magentabletten. »Allerdings ist dieses spezielle Mittel extrem stark. Die meisten Produkte dieser Medikamentenklasse wurden inzwischen weltweit aus dem Verkehr gezogen.« Sie nickte mit dem Kinn zum dritten Haufen hinüber. »Diese Pillen sind die mit Abstand ungebräuchlichsten. Die schwarze ist unter den Medialen verhasst wie keine andere.«

Yakov fragte sich, was ihre Nebenwirkung wohl sein mochte. »Nimmt sie Einfluss auf euer Bewusstsein, eure geistigen Fähigkeiten?«

»Das war nicht ihr ursprünglicher Zweck. Sie wurde vor Silentium und mit den besten Absichten entwickelt, um jenen zu helfen, die ihre starken mentalen Gaben und deren Begleiterscheinungen nicht unter Kontrolle brachten. Sie konnten es auch nicht lernen, weil sie dazu neurologisch nicht imstande waren.

Früher hielt sich so mancher Telepath in dem verzweifelten Versuch, das lärmende Gedankengetöse der Welt auszublenden, schreiend die Ohren zu, während TK-Mediale dazu tendierten, an furchtbare Orte oder in tödliche Gefahrenzonen zu teleportieren, weil in den Fernsehnachrichten irgendeine Unglücksstelle gezeigt worden war oder sie ein Foto gesehen hatten, auf dem jemand in einer Gletscherspalte kletterte. Verstehst du, worauf ich hinauswill?«

Yakov pfiff leise durch die Zähne. »Ja. Es ist vergleichbar damit, als würde ein ausgewachsener Bär glauben, er sei ein Kind. Ihm wäre nicht bewusst, dass andere durch seine Körperkraft verletzt werden könnten. Nur, dass diese Medialen sich selbst Schaden zufügten.«

»Nicht unbedingt«, schränkte Theo ein. »Ein mächtiger Telepath konnte während eines Wutanfalls die Gehirne seiner Eltern – falls sie schwächer waren als er – pulverisieren, ein TK-Medialer durch das Herumwerfen von Gegenständen eine Betreuungsperson töten, ein Hellsichtiger sich ein Kind schnappen und albtraumhafte Vorhersagen für dessen Zukunft treffen.«

»*Bozhe moi!*« Yakov war sich dieser Problematik nie bewusst gewesen. »Dieses Arzneimittel schenkte den Patienten inneren Frieden, während es gleichzeitig ihr Umfeld vor ihren Kräften schützte.«

»Ganz genau.« Theo griff nach einer der schwarzen Pillen und nahm sie in Augenschein. »Leider geht es mit einer gravierenden Nebenwirkung einher. Es stumpft den Geist ab, bis man alles nur noch verschwommen und wie durch einen Schleier wahrnimmt. Ich bin bei meinen Recherchen auf kein Pharmazeutikum gestoßen, das einen damit vergleichbaren Effekt hat. Ein Patient gab an, er habe sich wie ein Zombie gefühlt und sei nicht mehr in der Lage gewesen, sich von der Stelle wegzubewegen, wo man ihn ›geparkt‹ hatte.«

»Klingt nach einer ziemlich gravierenden Nebenwirkung.«

Theo nickte. »Darum hat man, nach einer stabilisierenden Erstbehandlung, das Medikament bei den Patienten, die zu rationalem Denken fähig waren – und sei es in eingeschränktem Maße –, nach und nach abgesetzt, bis sie wieder halbwegs klar genug waren, um zu verstehen, welche Optionen sie hatten. Man fragte sie, ob sie das Mittel weiternehmen wollten. Vor Silentium vertraten unsere Ärzte wesentlich strengere ethische Grundsätze – und sie unterstanden den Empathen, die auch die Kommunikation mit den Patienten übernahmen, die nicht sprechen konnten.«

»Wie viele entschieden sich dafür?«

»Siebenundneunzig Prozent.«

Sie sah Yakov sein Erstaunen über diese präzise Antwort an und fügte hinzu: »Ich hatte im Zuge meiner Ausbildung einen Kurs über die medizinhistorische Geschichte der Medialen belegt und eine Seminararbeit über dieses Präparat geschrieben. Es wird seit über fünfzig Jahren nicht mehr angewendet.« Weil ihr Volk dazu übergegangen war, all jene, die als »unvollkommen« galten, »loszuwerden«, anstatt ihnen unter allen Umständen zu helfen.

Solch banale Worte, um zu verschleiern, zu welchen Gräueltaten ihre Gattung sich hatte hinreißen lassen.

Yakov war neben ihr ganz starr geworden, ihm musste etwas Ähnliches durch den Kopf gehen. »Also half diese Substanz, solange sie vorschriftsmäßig eingesetzt wurde.«

»Durchaus. Die meisten Patienten erlebten die Welt zum allerersten Mal in irgendeiner Form mit vollem Bewusstsein, anstatt von ihren Fähigkeiten überwältigt zu werden, und sie waren nicht bereit, das wieder aufzugeben. Sie baten darum, die Dosierung so anzupassen, dass sie maximalen Nutzen mit minimalen Nachteilen daraus ziehen konnten. Sie gingen damit ein kleines psychisches Risiko als Gegenleistung für Handlungsfähigkeit und bewusstes Erleben ein.«

Yakov nickte bedächtig.

»Wenn ich darüber nachdenke«, murmelte Theo, der gerade ein dunkler Verdacht kam, »wären diese Tabletten eine effektive Methode, um eine reversible chemische Rehabilitation zu erzielen.« Sie drehte die harmlos aussehende Pille zwischen ihren Fingerspitzen. »Anders als bei einer klassischen Gehirnwäsche würden durch sie nicht die zerebralen Strukturen zerstört, die uns Mediale ausmachen. Unsere Fähigkeiten würden sozusagen in einer Warteschleife gehalten.«

Yakov stieß erneut einen Pfiff aus. »Ziemlich praktisch, wenn man sich der Kräfte einer Person bedienen möchte, die zu gefährlich ist, um sie dauerhaft bei klarem Verstand und in einem handlungsfähigen Zustand zu lassen.«

Theos Finger fühlten sich besudelt an, als sie die Tablette wieder weglegte. »Die vor der Einführung von Silentium gesammelten Daten verweisen darauf, dass die Dosierung dieses Therapeutikums sehr behutsam erhöht oder verringert werden musste. Ein abrupter Einnahmestopp hätte zu irreversiblen Gehirnschädigungen geführt.« Wäre es tatsächlich wieder und wieder im Wechsel verabreicht und abgesetzt worden, ließe sich schwer einschätzen, in welcher mentalen Verfassung der betreffende Patient gegenwärtig wäre.

Theo griff nach einer Kapsel, deren eine Hälfte weiß, die andere gelb war. »Ich bin mir ziemlich sicher, dass es sich hierbei um eine Form von Jax handelt.« Sie sah Yakov an und erklärte ihm, was es mit dieser Droge auf sich hatte, die dazu entwickelt worden war, die Pfeilgarde – die ehemals todbringendste militärische Einheit der Medialen – unter Kontrolle zu halten.

Heutzutage war Jax außerdem eine Straßendroge.

»Woher weißt du überhaupt davon?«, fragte er. »Man sollte annehmen, dass der Rat diese Information unter Verschluss gehalten hat.«

Ein müdes Achselzucken – eine Geste, die Theo sich zu Lebzeiten ihres Großvaters niemals erlaubt hätte, weil sie dadurch zu viel von der Person hinter der Maske preisgegeben hätte, die sie ihm gegenüber aufsetzte. »Wenn man einen Hund an die Kette gelegt hat, muss man nicht aufpassen, was man in seiner Gegenwart sagt.« Denn für Marshall Hyde war seine Enkelin nie mehr gewesen als ein bissiger, an die Kette gelegter Hund.

Yakov umfing mit seiner warmen, rauen Hand ihren Nacken, der Griff war sanft und fest zugleich. »Solltest du je wieder in dieser Weise von dir sprechen, Thela«, brummte er ungehalten, »werde ich dir nie wieder solche Donuts kaufen, wie du sie auf dem Weg hierher regelrecht inhaliert hast. Und ich werde Gustav überreden, dir Hausverbot zu erteilen, damit du dir nicht selbst Nachschub besorgen kannst.«

Theo fühlte, wie sie ihn mit offenem Mund anstarrte, auf diese Bemerkung war sie ganz und gar nicht gefasst gewesen. Erstaunlich, dass Yakov, während er sein belegtes Brötchen aß, überhaupt registriert hatte, wie schnell sie die ganze Schachtel voll gezuckerter Schmalzkringel leer gefuttert hatte.

Bären – gewieft auf ihre ganz eigene Weise.

Sie wäre ihm am liebsten um den Hals gefallen, weil er sie wahrnahm, sie mit Fürsorge überschüttete. Andererseits wurde sie absolut nicht schlau aus ihm. »Warum kümmert es dich überhaupt, wie ich von mir spreche?«, fragte sie, als ihre Stimme ihr wieder gehorchte.

Er beugte sich so nah vor zu ihr, dass seine Nasenspitze ihre berührte und sein Duft sie umhüllte wie ein weicher Pelz. »Weil ich glaube, dass du zu mir gehörst, Theo Marshall. Ich lasse nicht zu, dass jemand dir wehtut. Auch du selbst nicht.« Er drückte sacht ihren Nacken. »Gewöhn dich lieber dran.«

34

Während ein Wolf nach Höhlenmenschenmanier einen Knutschfleck an deinem Hals hinterließe, damit alle wissen, dass er dein Liebster ist, und eine Raubkatze dir mit demselben Hintergedanken den Rücken zerkratzen würde, gehen Bären gerissener vor.

Ich weiß, ich weiß, Bären sind nicht gerissen. Das ist eine unwiderlegbare Tatsache. Oder etwa doch nicht?

Wollt ihr meine Theorie erfahren? Ich denke, Bären sind die gewiefteste Spezies unter den Gestaltwandlern, wenn es um Besitzansprüche geht. Sie gaukeln nur vor, nicht raffiniert zu sein, damit wir gänzlich unvorbereitet sind, wenn sie uns auf den Leib rücken. Aber ich werde die Augen offenhalten. Kein Bär wird mich in seine listigen Pranken bekommen, und wenn er noch so sexy ist.

Körperprivilegien, Stil & weibliches Fingerspitzengefühl« – aus der »Jocies Ansichten«-*Kolumne in der Septemberausgabe 2083 des* Wild-Woman-*Magazins*

Obwohl Yakovs unverblümter Besitzanspruch ihr Innerstes in Aufruhr versetzte, bedachte sie ihn mit einem Blick aus schmalen Augen. »Und du solltest dich besser daran gewöhnen, dass ich eine Frau bin, die weiß, was sie will, und tut, was ihr gefällt.«

Er kniff nun seinerseits die Augen zusammen. »Oh, ich mag dich gerade so, wie du bist, *milaya moya*. Von deinem kümmerlichen Selbstbild mal abgesehen. Da spricht dein Großvater aus dir. Du solltest diesen Dreckskerl ein für alle Mal aus deinem

Gedächtnis löschen. Es steht ihm nicht zu, deine Gedanken und deine Wahrnehmung zu beeinflussen, und in diesem Punkt bleibe ich unerbittlich.«

Sie öffnete den Mund und schloss ihn wieder. Yakov hatte recht. Sie war kein Hund an einer Kette. Sondern Theo, die einen Zwillingsbruder hatte, der sie liebte – auch wenn er sich dessen heute nicht mehr bewusst war. Eine Krankenschwester, die über diverse esoterisch-medizinische Kenntnisse verfügte und auf dem besten Weg war, sich in einen Gestaltwandlerbären zu verlieben, der beschlossen hatte, dass sie zusammengehörten.

Mit brennenden Wangen drängte sie das Gefühlschaos aus ihrem Kopf und konzentrierte sich wieder auf ihren Fund. »Die Sache ist die, dass Jax im Regelfall nicht oral eingenommen wird, weil es in Tablettenform zu schwach ist. Sogar die Straßenjunkies injizieren es – diejenigen, die wirklich hart drauf sind, kaufen den Dealern ihre billigen Pillen ab und lösen sie auf, bevor sie sich das Zeug in die Nase ziehen.«

»Wird es aus irgendwelchen Gründen häufig mit anderen Substanzen kombiniert?« Yakov stand auf und holte einen verschließbaren Plastikbeutel aus seiner Tasche.

»Unwahrscheinlich.« Theo nahm ihn ihm ab und machte sich daran, die Tabletten hineinzupacken, nachdem sie jede einzelne fotografiert hatte. »Ich werde die Bilder an Pax weiterleiten und ihn bitten, sie von einem Spezialisten prüfen zu lassen. Aber eins steht fest: Diese Medikamente sollten niemals zusammen verabreicht werden – selbst zu experimentellen Zwecken wäre das völliger Wahnsinn.«

»Möglicherweise stammt dieser Vorrat von mehr als einer Person«, überlegte Yakov, bevor er anfing, die anderen Füße des Betts zu untersuchen. »Es ist das einzige Gestell dieser Machart auf der ganzen Station. Nicht auszuschließen, dass es mehreren Patienten als geheimes Lager diente.«

Theo begriff, worauf er hinauswollte. »Falls das stimmt, hätten sie einen Weg finden müssen, um die überschüssigen Tabletten zu entsorgen. Vielleicht in der Toilette?«

»Das glaube ich nicht.« Yakov schraubte einen Fuß wieder an, in dem sich rein gar nichts befunden hatte. »Zu riskant, falls sie nicht restlos weggespült worden wären. Ich habe eine andere Idee. Bestimmt hielt man sich hier, so wie in jeder Einrichtung dieser Größe, an einen genau festgelegten Tagesablauf. Es wäre ein Leichtes gewesen, sich kurz bevor es Zeit für einen Aufenthalt im Freien war, heimlich ein paar von den Dingern in den Mund zu stecken, sie draußen auszuspucken, wenn gerade niemand hinsah, und mit der Schuhsohle ins Gras zu stampfen.«

Theo dachte an den verglichen mit der Patientenzahl ungewöhnlich hohen Anteil an Pflegekräften und an die Frau, die im Flur ihren Kopf gegen die Wand geschlagen hatte, ohne dass ihr jemand Beachtung schenkte.

Ja, es hatte kleine Schlupflöcher gegeben, um die Einnahme von Medikamenten zu vermeiden.

»Wenn manche der Internierten schlau genug waren, die Tabletten verschwinden zu lassen«, sagte sie und spürte einen Funken Hoffnung in sich aufkeimen, »konnten sie einer Auslöschung ihres Verstands womöglich entgehen und von hier fliehen. Sie könnten uns sämtliche Antworten auf unsere Fragen liefern.«

Yakov nickte, aber seine Miene war grimmig, als er sie ansah. Theo konnte seine Skepsis nachvollziehen. Die verordneten Medikamente abzusetzen war etwas völlig anderes, als einer Todesschwadron von Medizinern zu entkommen, die mit Injektionen anrückte, vor denen es kein Entrinnen gab.

Theo schüttelte das eisige Frösteln ab, das sie bei diesem Gedanken überkam, und steckte den Plastikbeutel in Yakovs Tasche. Sie setzten ihre Suche fort und fanden noch einige Pillen, allerdings schienen diese einfach nur auf den Boden gekullert und übersehen worden zu sein. Größere Mengen entdeckten sie nicht mehr.

»Es wird bestimmt nicht lange dauern, bis Pax sich mit den Resultaten meldet«, bemerkte Theo. »Ich vermute, der Großteil der Medikamente wurde von unserem Pharmaunternehmen hergestellt, und sicher kann einer der langjährigen Mitarbeiter sie auf den ersten Blick identifizieren. Dann haben wir schon mal einen Anhaltspunkt, mit dem wir arbeiten können, während die Tabletten analysiert werden – nur für den unwahrscheinlichen Fall, dass sie extra produziert wurden und Wirkstoffe enthalten, von denen wir nichts ahnen.«

Unter den gegebenen Umständen würde sie nichts mehr als selbstverständlich ansehen. »Mein Bruder könnte eine telekinetische Abholung organisieren, oder aber wir schicken ihm die Proben per Kurier. Die Marshall-Gruppe verfügt über entsprechende Labore, die schnelle Ergebnisse liefern können, trotzdem werde ich Pax bitten, identische Proben an ein unabhängiges Expertenteam zu übermitteln.« Es war äußerst zweifelhaft, dass ihr Großvater einen unbedeutenden Labortechniker ins Vertrauen gezogen hatte, dennoch war es besser, auf Nummer sicher zu gehen.

»Würde es dich stören, wenn ich mit Pasha über die Sache rede?«, fragte Yakov. »Er hat keinerlei chemische oder pharmazeutische Kenntnisse, und es könnte nicht schaden, jemand Unvoreingenommenen im Boot zu haben. Vielleicht erkennt er einen Zusammenhang, der uns entgeht.«

Theo sah ein, dass Yakov und sie ein zu persönliches Interesse an dem Ganzen hatten, um völlig objektiv zu sein, daher setzte sie beide Brüder in ihrer Nachricht an Pax in CC. Sowie sie die Fotos versendet hatte, schaute sie sich weiter um, doch was Medikamente betraf, war es das.

Dafür stießen sie auf mehrere ausgedruckte Seiten, die hinter einen Metallaktenschrank gerutscht waren. Da die meisten Einrichtungen wie diese digitalisiert waren, musste es sich entweder um archivierte Dokumente handeln oder jemand vom Personal, der kein elektronisches Gerät mit sich herumtragen wollte, hatte die Unterlagen ausgedruckt.

Entdeckt hatten sie diese überhaupt nur, weil Yakov einen Blick auf das massive Möbelstück geworfen, kurzerhand die Arme darum gelegt und es weggehoben hatte, als hätte es überhaupt kein Gewicht.

Theos ungläubigen Blick hatte er mit einem Grinsen kommentiert. »Dieser wundervolle Körper ist nicht nur mit Hirn, sondern auch mit jeder Menge Muckis ausgestattet, *pchelka.*« Dann hatte er ihr mit dem Finger an die Nase getippt.

Ihr war, als würde ihre Haut von innen glühen, während sie die Rückseite des Schranks überprüfte, um sich zu vergewissern, dass sie nichts übersahen … und, als Yakov nicht herschaute, ihre Nasenspitze berührte. Wieso hatte sich diese kleine Geste so wundervoll angefühlt?

Zuerst brauchst du Beweise, Theo, ermahnte sie der pragmatische Teil in ihr. *Du verdienst kein Glück, solange du die Wahrheit nicht kennst.*

Der Gedanke versetzte ihr einen schmerzhaften Stich in die Brust, gleichwohl wusste sie, dass ihre innere Stimme recht hatte. »Hier ist sonst nichts mehr«, erklärte sie wenige Sekunden später. »Nur Staub und Spinnweben.« Sie musste niesen.

»Das hat sich aber niedlich angehört.« Ein Lächeln breitete sich über sein Gesicht. »Übrigens sind diese Papiere irgendwie verschlüsselt.«

Theo wurde von Neuem verwirrt und warf einen Blick auf die Seite, die er vor sie hinhielt. »Scheint altmodische Stenografie zu sein. Wenn ich mich recht erinnere, hat Marshalls Assistentin diese Kurzschrift gelegentlich benutzt.«

»Ich könnte die Unterlagen durch unser Computersystem jagen. Mal sehen, was es ausspuckt«, bot Yakov an und streifte mit seinem Arm Theos. »Es sei denn, du befürchtest, sie könnten irgendwelche persönlichen Geheimnisse enthalten.«

Theo hielt den Blick des Gestaltwandlers fest, der alles über sie wusste, bis auf einen ungeheuerlichen Aspekt der Dunkelheit in ihrer Seele. »Keine Geheimnisse. Nicht, was diese Sache betrifft.« Sie legte die Hand auf das kühle Metall ihres Armbands, die unausgesprochene Wahrheit schnürte ihr die Kehle zu.

Was sich zwischen Yakov und ihr entwickelte, durfte nicht auf einer Lüge gründen. Sie musste ihm alles gestehen. Aber jedes Mal, wenn sie die Worte aus ihrem Mund zwingen wollte, verließ sie der Mut.

Es war ihr viel leichter gefallen, ihm zu beichten, dass sie eine Mörderin war.

35

Hallo, großer Bruder,
ich möchte dir und Marian für eure Güte und Freundlichkeit danken, für die tiefe Liebe, die ihr mir während der schlimmsten Phase meines Lebens habt zuteilwerden lassen. Nachdem sich der Nebel endlich aus meinem Kopf verzogen hatte, habe ich mich unendlich für meine Eifersucht und Bitterkeit geschämt.
Erst recht, als ich dann anfing, mich an all die schönen Zeiten zu erinnern, daran, wie gern Kanoa mit euch zusammen war. Er sagte, dass es sich anfühle, als seist du auch sein Bruder – ich glaube, das habe ich dir nie erzählt. Wie du mich umarmt hast, als ich in der Höhle auftauchte …
Ich habe dich so lieb, Déwei, und ich vermisse dich. Aber es ist gut, dass ich wieder arbeite, auch wenn ich es nicht ertragen konnte, in Hanoi zu bleiben. Paris ist so zauberhaft wie eh und je, und mein ehemaliger Chef hat mich mit offenen Armen willkommen geheißen, obwohl ich vorhabe, in drei Monaten nach Moskau zurückzukehren und meinen Erziehungsurlaub anzutreten.
Wir werden diese Zeit nutzen, um alles vorzubereiten, damit ich – mit Stippvisiten in Paris – langfristig im Homeoffice arbeiten kann. Mich beruflich zu betätigen lenkt mich ab und ist heilsam für mein Herz und meine Seele. Mom und Dad haben gedroht, mich zu enterben, falls ich es wage, ein Kindermädchen zu engagieren, obwohl sie direkt in der Nähe wohnen.

Otto und Grady sind – genau wie ihr vergötterter großer Bruder Déwei – hin und weg, weil sie bald Onkel sein werden. Sie geben gegenüber ihren Schulkameraden schon jetzt damit an. Ich habe diese lieben Jungs so sehr ins Herz geschlossen, D. Es wird toll sein für mein Baby, mit Onkeln aufzuwachsen, die nur acht und zehn Jahre älter sind.
Und meine Kleine soll auch ganz viel Zeit mit dir und ihrer Tante Mimi verbringen. Ich weiß, dass ihr sie schrecklich verwöhnen werdet, und darauf freue ich mich schon jetzt.
Als ich dir schrieb, dass ich mit Ja stimmen werde, falls Silentium modifiziert wird … da sind mein Zorn und meine Trauer mit mir durchgegangen. Ich werde mir meine Entscheidung reiflich überlegen, denn sie betrifft die Zukunft meiner Tochter.
Wir sehen uns in drei Monaten (wenn ich so rund bin, dass ich fast platze!!).
Allerliebste Grüße von deiner kleinen Schwester

Brief von Hien Nguyen an Déwei Nguyen (18. Oktober 1976)

Nach Beendigung ihrer Suchaktion verließen Yakov und Theo das Gebäude und traten hinaus in den dunklen Herbstabend. Yakovs Wagen war mit Taschenlampen ausgerüstet, aber Pax hatte seinen Einfluss als CEO der Marshall-Gruppe geltend gemacht und den Strom wieder anschalten lassen, sodass sie die letzten Stunden bei klinisch hellem Licht gearbeitet hatten.

»Es würde nichts bringen, das Gelände in dieser Finsternis zu inspizieren«, sagte er, als im selben Moment der Boden unter seinen Füßen vibrierte. Yakov achtete nicht darauf. »Vor allem, da es keine Geruchsspuren gibt. Wir kommen morgen wieder her, mit dem entsprechenden Werkzeug. Es ist sowieso schon acht Uhr – bis wir in der Stadt sind, wird es nach neun sein.«

Theo, die bekanntermaßen nicht die geduldigste aller Frauen war, starrte wortlos in die Dunkelheit, doch zu guter Letzt nickte sie. »Du hast recht. Ich würde vermutlich über eine Wurzel stolpern, aufs Gesicht fallen und mir die Nase brechen – was eine sofortige Schönheitsoperation erforderlich machen würde.«

Sein Bär grinste, ihr trockener Humor gefiel ihm.

»War das gerade ein Erdbeben?«, fragte sie, als er die Eingangstür schloss.

Yakov nickte. »Seit ein paar Jahren kommen sie häufiger vor. Einige Wissenschaftler befürchteten, dass sie Vorzeichen für etwas viel Gewaltigeres sein könnten, aber alle Tests sagen übereinstimmend, dass es im Erdinneren keine ungewöhnlichen Aktivitäten gibt. Und diese kleinen Erschütterungen richten nie irgendwelche nennenswerten Schäden an.«

Höchstens mal einen Riss in einer Straße oder einem Acker.

»Darum ignorieren wir sie einfach. Pasha witzelt gelegentlich, dass Kaleb Krychek sich auf unsere Kosten amüsiert.« Silvers ehemaliger Chef war ein höllisch starker TK-Medialer.

Yakov rechnete damit, dass sie ihm weitere Fragen zu diesem Phänomen stellen würde, doch stattdessen meinte sie: »Es ist seltsam, Yasha.«

Er liebte den Klang seines Namens von ihren Lippen, den weichen Akzent in ihrer Stimme. »Was ist seltsam?«

»Zu wissen, dass ich ohne meinen Zwillingsbruder eine der Toten sein könnte, die dort draußen verscharrt sind.« Ihr Ton verriet keine Gefühlsregung, trotzdem war ihr Schmerz mit Händen zu greifen.

Seine Krallen brachen hervor, der Bär war nicht länger bereit, sich zurückzuhalten.

Yakov biss die Zähne aufeinander, doch seine Wut schwoll immer weiter an. Er hatte es geschafft, sich zu beherrschen, als

Theo sich mit einem an der Kette gehaltenen Hund verglich, aber nachdem er heute Zeuge davon geworden war, wie heftig dieser Ort ihr zu schaffen machte, war er mit seiner Geduld am Ende. Sein Bär war um ihretwillen geradezu irrational aufgebracht, und er brauchte dringend ein Ventil, aber er würde den Teufel tun und Theo allein hier zurücklassen, während er sich im Wald austobte.

»Deine Krallen sind zu sehen«, bemerkte Theo, die ganz nah bei ihm stand. »Darf ich sie anfassen?«

Natürlich hatte sie keine Angst. Nicht seine *pchelka*. Er streckte die Hand aus, damit Theo sie erforschen konnte. »Ich hätte gute Lust, irgendetwas kurz und klein zu schlagen«, brummte er. »Da das leider unmöglich ist – wie wär's, wenn wir tanzen gingen?«

Theo blinzelte und schaute ihn an, als würde er auf einmal chinesisch sprechen. »Wie bitte?«

»Tanzen. Du weißt schon, sich rhythmisch zu Musik bewegen.«

Sie öffnete bereits den Mund, um intuitiv abzulehnen. Was denn sonst? Theodora Marshall ging nicht mit Bären tanzen. Sie tanzte überhaupt nicht.

Dann stellte sie fest, dass sie viel lieber Ja sagen wollte.

Vielleicht lag es an seinem Zorn über das Unrecht, das man ihr zugefügt hatte – eine Reaktion, die sie bisher nur bei ihrem Bruder erlebt hatte, aber sie beide waren durch ihr Zwillingsband, ihre DNA miteinander verbunden. Mit Yakov verband sie nichts … dennoch war Theo ihm wichtig.

Das hatte er ihr in aller Deutlichkeit zu verstehen gegeben.

Und jetzt lud er sie ein, mit ihm tanzen zu gehen, weil er ein fühlendes Wesen war und Dampf ablassen musste.

Theo dachte an den explosiven Furor, der in ihrem Inneren tobte. Lange Zeit hatte sie sich eingeredet, ihn unter Kontrolle zu haben, dass sie kalt wie ein Eisberg sei, eine leere Hülle.

Doch genau das war schon immer ihr Problem gewesen: In ihr war zu viel Gefühl.

Auch bevor man sie und Pax getrennt hatte, war sie wesentlich emotionaler gewesen als er. Sie hatte geweint, als sie den toten Vogel auf dem Rasen entdeckte oder wann immer man sie und ihren Bruder für etwas bestrafte, für das kein Menschen- oder Gestaltwandlerkind diszipliniert worden wäre.

Obwohl es ihrer Gattung nicht länger verboten war zu fühlen, spürte Theo immer noch ihre Ketten. Weil die Niedertracht ihres Großvaters auf sie abgefärbt, er sie zur Komplizin seiner Verbrechen gemacht hatte.

»Ich verspreche, dass wir nicht beißen«, sagte Yakov gerade. Die flapsigen Worte konnten nicht verhehlen, dass unter ihrer Oberfläche unbändiger Zorn brodelte.

Ihretwegen.

Theo beschloss, die Gelegenheit beim Schopf zu packen und für einen kleinen Augenblick ausgelassen und normal zu sein. Solange ihre Zukunft in der Schwebe hing, würde sie daran glauben, dass sie nicht schlecht war, es nicht darauf angelegt gehabt hatte, die Anerkennung ihres Großvaters zu gewinnen… und ein bisschen Freude verdiente.

»Ich weiß nicht, wie man tanzt.«

Ein unerwartetes Grinsen erhellte sein Gesicht, und ihr Magen schlug einen Salto, eine beunruhigende, jedoch keineswegs unangenehme Empfindung. »Kein Bär hat sich je durch mangelnde Praxis oder Begabung davon abhalten lassen, das Tanzbein zu schwingen.«

36

Ich freue mich, dass der StoneWater-Clan die Rechnung für die Schäden so prompt beglichen hat.

Und danke für die Truppe verkaterter Bären, die du geschickt hast, damit sie den von ihnen angerichteten Saustall aufräumen. Fast taten sie mir ein bisschen leid, besonders, weil sie sich von ihrer Schokoladenseite zeigten und erst gingen, nachdem sie auch noch die letzten Scherben zusammengefegt hatten.

Zumindest haben sie ihre rauschhafte Silvesterparty in vollen Zügen genossen.

E-Mail von Nina Rodchenko, Managerin und Besitzerin des Club Moskau, an Anastasia Nikolaev (1. Januar 2083)

Yakov wusste, dass er Theo vielleicht lieber in einen der schickeren, edel eingerichteten Nachtclubs ausführen sollte, wo man bei einem Cocktail plauderte und von Zeit zu Zeit zu gedämpfter Musik tanzte. Doch er wollte heute Unterhaltung nach Bärenart, einschließlich einer mit schwitzenden Körpern vollgepackten Tanzfläche.

Und so landeten sie am Ende im Club Moskau. Er genoss einen makellosen Ruf – tatsächlich war er erst neulich vom *WildWoman*-Magazin zum angesagtesten Club der Stadt gekürt worden –, allerdings ging es dort oft heiß her, was nicht zuletzt den Bären geschuldet war, die gern mal über die Stränge schlugen und dabei vergaßen, wie kräftig sie waren.

Nina Rodchenkos vielgerühmtes Etablissement befand sich

in einer weitläufigen ehemaligen Lagerhalle mitten auf einem riesigen Grundstück. Alle Seiten des Gebäudes waren mit breiten Falttüren ausgestattet, die komplett geöffnet werden konnten, wenn das Wetter mitspielte.

Und falls nicht, war das auch kein Problem, dann ließ man sie eben nur einen Spaltbreit auf. Vollständig geschlossen wurden sie bei laufendem Betrieb niemals – denn obwohl die ungestümen Bären und Wölfe unter den Gästen gelegentlich Ninas Ärger auf sich zogen, respektierte sie die Bedürfnisse der Gestaltwandler.

Was umso beachtlicher war, als sie selbst nicht dazu gehörte. Sie war, wie sie einmal zu Yakov gesagt hatte, »eine Vollblutmenschenfrau und stolz darauf«. Manche mochten darin eine Diffamierung der anderen Gattungen sehen, aber Yakov verstand, wie sie das meinte. Anders als die Medialen es so lange praktiziert hatten, sahen die Gestaltwandler zwar nicht auf den Rest der Welt herab, doch auch sie neigten dazu, die Menschen zu unterschätzen, weil die meisten ihnen in Sachen Körperkraft unterlegen waren.

Die zierliche Nina hatte hart dafür kämpfen müssen, dass man sie respektierte, als sie seinerzeit den maroden Club übernommen hatte, dem das Wasser bis zum Hals stand. Wahrscheinlich war das der Grund, warum der frühere Besitzer ihn ihr zu einem Spottpreis verkauft hatte. Anschließend hatte sie das gesamte Objekt für einen Monat geschlossen und anlässlich der Wiedereröffnung mit einer »Gratis-Bier-und-Wodka-Nacht« gelockt. Es war die tollste Party des Jahres gewesen und der Club Moskau seither der erklärte Hotspot der Stadt.

Er spiegelte Ninas Persönlichkeit in sämtlichen Facetten wider – einschließlich der Effizienz, mit der sie Rechnungen an den StoneWater-Clan verschickte, wenn mal wieder Bären einen Schaden an dem schwarz glänzenden Mobiliar verursacht hatten. Auch die Wände waren innen wie außen schwarz gestrichen, genau wie die Lärmschutzzäune, die das Grundstück umgaben.

Sobald man das Gebäude betrat, erinnerte nichts mehr an eine Lagerhalle. In den Räumlichkeiten setzten Lichter Akzente, die der jeweiligen Stimmung angepasst wurden. Am frühen Abend schufen Lichterketten eine zauberhaft romantische Kulisse für Leute, die Stehblues tanzen wollten oder in dem ausgezeichneten Restaurant, das ein Viertel der Halle einnahm, eine Kleinigkeit essen.

Theo und Yakov hatten an einem Imbisswagen gehalten, um schnell einen Happen zu sich zu nehmen, darum war es schon nach zehn, als er das Auto ein paar Häuserblocks vom Club entfernt parkte und sie den restlichen Weg zu Fuß zurücklegten. Um diese Uhrzeit würde das Licht ein schillerndes Kaleidoskop aus Blau, Violett, Pink und Rot und einer ganzen Palette anderer Farben sein. Das Restaurant hatte inzwischen geschlossen, dafür wartete die Bar neben Drinks mit schmackhaften Snacks auf.

Kaum war Yakov durch das Tor im Zaun getreten, da spürte er bereits die Vibration der Bässe unter seinen Füßen. Das Tor glitt automatisch wieder zu, und die Musik war außerhalb nur noch gedämpft zu hören. Nina musste ein Vermögen in die Geräuschisolation investiert haben – dafür brauchte sie keine Bußgelder wegen Verstößen gegen die Lärmschutzverordnung zu befürchten.

Eine solche war besonders wichtig in einer Stadt voller Gestaltwandler mit empfindlichem Gehör.

Während sie auf die beiden mit schwarzen Anzügen ausstaffierten Türsteher zugingen, die den Eingang flankierten, beugte Yakov sich zu Theo vor und raunte: »Stasya vermutet, dass Nina wegen all der Renovierungen, die sie hat durchführen lassen, um den Club zu modernisieren, bis zum Hals in Schulden steckt. Aber die Sache hat sich echt gelohnt. Hier ist immer was los.

Sogar tagsüber – da kann man die Räumlichkeiten für Events buchen.«

»Dann war es klug und gut überlegt von ihr, das Risiko einzugehen, trotz Schulden.«

»Definitiv. Stellt sich nur die Frage, woher die Finanzierung kam. Bestimmt nicht von einer Bank, nachdem ihre einzige Sicherheit eine heruntergewirtschaftete Diskothek war. An uns hat sie sich jedenfalls nicht gewendet, und ich habe auch nichts läuten hören, dass die Wölfe involviert waren. Nina hat weder reiche Eltern noch irgendwelche zwielichtigen Kontakte.«

Als sie anfing, zu einer namhaften Größe in Moskaus Vergnügungsviertel aufzusteigen, hatte der StoneWater-Clan selbstverständlich ihren Hintergrund durchleuchtet – um sicherzugehen, dass sie keine fragwürdigen Verbindungen pflegte, die kriminelle Aktivitäten zur Folge haben könnten. »Pasha und Stasya haben sogar ihre behördlichen Anträge durchforstet und nicht einen einzigen Hinweis auf ihren Sponsor gefunden.«

In Theos Gesicht stand so viel Zuneigung, als sie ihn ansah, dass sein Bär sich ihr buchstäblich zu Füßen werfen wollte. »Dieses Rätsel muss euch neugierige Geschöpfe ganz verrückt machen.«

Ohne groß nachzudenken, zwickte Yakov sie sacht mit den Zähnen ins Ohrläppchen, und ihr entfuhr ein Quieken. »Es ist nicht nett, sich über andere lustig zu machen.«

Theos Augen leuchteten auf dieselbe Weise wie in seinen Träumen, und sie rüffelte ihn nicht, weil er sie gebissen hatte. Seine andere Hälfte merkte sich das.

Und schmolz noch mehr dahin, als sie dann fragte: »Ist es hier nicht zu laut für dich?«

Er hob die Hand, zog einen Gehörschutzstöpsel aus seinem Ohr und zeigte ihn ihr. »Diese Dinger wurden vom SnowDancer-Labor eigens für Gestaltwandler entwickelt. Ich habe sie eingesetzt, gleich nachdem wir aus dem Auto gestiegen waren. Sie dämpfen den Lärm auf ein Niveau unterhalb der Schmerzgrenze.« Auch wenn der Geräuschpegel noch immer den des normalen Alltags bei Weitem übertraf, so gehörte das nun einmal zu einem Nachtclub.

»Wenn wir vergessen, unsere eigenen mitzubringen«, fügte er hinzu und steckte den Stöpsel wieder in sein Ohr, »können wir hier zu Wucherpreisen Einwegexemplare erwerben.«

Theo trat ein wenig näher zu ihm. Dabei streifte ihn ihr warmer Atem, und er musste den Impuls unterdrücken, ungezogen zu sein und ihr absichtlich aus Versehen einen Kuss zu stehlen.

»Von außen kann man ihn gar nicht sehen«, stellte sie fest. »Eine tolle Erfindung.«

Yakov legte die Hand auf ihren unteren Rücken, als sie sich wieder in Bewegung setzten, und staunte über den schlanken, grazilen Körperbau dieser unbeugsamen, von Zorn erfüllten Frau. »Willst du immer noch hineingehen?« Rau und zärtlich. »Ich bin dir nicht böse, falls du einen Rückzieher machen möchtest. Während der Fahrt haben sich meine Nerven ein bisschen beruhigt.« Und er würde Theo nicht in eine Situation drängen, die ihr Unbehagen bereitete.

»Nach allem, was ich über Nachtclubs weiß, bin ich nicht angemessen gekleidet«, antwortete sie.

Sie standen jetzt vor dem Eingang, und Yakov wollte ihr gerade sagen, dass es nicht darauf ankam, weil sie eine unwiderstehliche Anziehungskraft ausstrahlte, die sie trotz aller Versuche nicht verbergen konnte, als sich eine vertraute weibliche Stimme in seine Gedanken mischte. Nina Rodchenko gab sich höchstpersönlich die Ehre. Das zierliche Persönchen mit den dunklen Augen und Haaren und der »vampirbleichen« Haut, wie sie sie selbst beschrieb, hatte schon so manchen Bären das Fürchten gelehrt.

An diesem Abend hatte sie sich mit einem langärmligen, hochgeschlossenen Minikleid in Dunkelrot – dieselbe Farbe wie ihr Lippenstift – herausgeputzt, das wie aufgemalt wirkte.

Dazu trug sie glänzende schwarze Schnürstiefel mit Absätzen in Wolkenkratzerhöhe.

»Ich kann dir bei deinem Problem helfen, Schätzchen«, sagte sie mit ihrer erotischen Stimme, dank derer ihr die Männer der ganzen Stadt zu Füßen lagen. Aber Nina traf sich mit niemandem, sie war zu sehr damit beschäftigt, die Nummer eins im Moskauer Nachtleben zu werden.

Yakov war froh, dass er nicht anfällig war für Ninas Reize. Es war einfach nur traurig zu beobachten, wie ihre Verehrer sie anschmachteten, ohne dass sie je Notiz von ihnen nahm. Aber er hatte große Achtung vor ihrem ökonomischen und politischen Gespür. »Theo …« Er strich mit einer kreisenden Bewegung über ihren Rücken. »Ich möchte dir Nina vorstellen.«

»Mir gehören dieser Club und noch ein paar andere Unternehmen«, fuhr Nina an Theo gewandt fort, »inklusive einer Modeboutique ein Stück die Straße runter. So merkwürdig das klingen mag, ist es keine Seltenheit, dass Leute direkt nach der Arbeit herkommen. Darum halte ich hier immer eine Auswahl an Outfits bereit, die käuflich erworben werden können.«

»Eine clevere Strategie.«

Theos knappe Entgegnung schien Nina zu gefallen. Jedenfalls strahlte ihr Lächeln mehr Wärme aus, als Yakov von ihr gewohnt war. »Das kann man so sagen. Komm mit, Liebes. Ich habe ein oder zwei Kleider in deiner Größe.« Ein kühler Blick zu Yakov. »Hmm, hatte ich dir nicht ein zweiwöchiges Hausverbot erteilt?«

Yakov setzte sein charmantestes Grinsen auf. »Das ist vor drei Tagen abgelaufen. Außerdem möchte ich zu meiner Verteidigung sagen, dass ich einen Streit zu schlichten versuchte, als ich auf die Jukebox gefallen bin.« In Bärengestalt.

Sie war hinterher platt wie eine Flunder gewesen.

»Das weiß ich.« Nina musterte ihn mit scharfem Blick. »Darum habe ich es bei zwei Wochen belassen. Diese beiden Idioten, die sich erst ihr Bärenfell überstreiften, als sie anfingen sich zu prügeln, dürfen den Club die nächsten sechs Monate nicht betreten. Geh und amüsier dich. Ich bringe dir Theo zurück, sobald sie soweit ist.«

Sie wandte sich zum Gehen, und Theo schaute Yakov mit einem Fragezeichen in den Augen an. Zärtlichkeit wallte in ihm auf, als er erkannte, dass sie von ihm wissen wollte, ob er es für sicher hielt, wenn sie mit Nina mitginge. Er bestätigte es mit einem Nicken.

Und ohne noch etwas zu sagen, schloss Theo sich der Clubbesitzerin an.

Anstatt ihnen nach drinnen zu folgen, quatschte Yakov mit den beiden Türstehern. Der Mann – Vadim – entsprach dem stereotypen Muskelprotz, während die Frau – Calina – von eher mittlerer Statur war, was sie mit ihrer äußerst grimmigen Miene ausglich. Natürlich waren beide Bären. Wen würde Nina sonst anheuern, um den Pöbel fernzuhalten, wenn die Mehrzahl dieses Pöbels stärker war als jeder Mensch, Mediale oder sogar Wolf?

Innerhalb des StoneWater-Clans waren die Regeln klar: Während sie ihrer Arbeit nachgingen, verstanden Vadim und Calina keinen Spaß. In der Höhle mochten sie deine besten Freunde sein, trotzdem würden sie dir in ihrer Funktion als Türsteher gegebenenfalls einen Tritt in den Hintern verpassen.

Vadim wackelte mit den Augenbrauen. »Die Blondine ist ein heißer Feger.«

»Eiskalt trifft es wohl eher«, murmelte seine Partnerin und löste ihren Gesichtsausdruck, den sie als »Killervisage im Ruhemodus« bezeichnete. »Die kannst du Knilch dir abschminken.«

»Willst du mich beleidigen?«, knurrte Vadim.

Calina rollte mit den Augen. Auch wenn ihre Miene jetzt etwas freundlicher wirkte, war die Frau noch weit gefährlicher als ihr Kollege, ihr Körper unter der schwarzen Kluft drahtig und durchtrainiert. »Ich versuche nur, dich vor dir selbst zu schützen, du Trottel. Sie gehört Yasha. Und nicht einmal ich kann es mit unserem feschen Yashmina aufnehmen.«

Vadim formte den Mund zu einem perfekten O und linste vorsichtig zu Yakov. »Entschuldige, Yasha. Es war nicht meine Absicht, in deinem Revier zu wildern.«

»So was solltest du lieber nicht in Theos Gegenwart sagen«, warnte er ihn, obwohl ihm die Vorstellung, von Theo als seinem Revier zu denken, insgeheim gefiel. Aber das würde er tunlichst für sich behalten. Es gab Dinge, die man gegenüber einer selbstbewussten Frau einfach nicht äußerte. »Sie würde nicht davor zurückschrecken, dich umzubringen und mich dann bei lebendigem Leib zu häuten.«

»Du gibst ja bloß an.« Vadim ließ die Schultern hängen und guckte missmutig drein. »Ich will auch eine gefährliche Freundin.«

»Du bist erst vierundzwanzig, mein Hübscher.« Calina klopfte ihm auf seinen fleischigen Rücken. »Dir bleibt noch reichlich Zeit, einer taffen Braut ins Netz zu gehen.«

Vadim merkte auf. »Da wir gerade davon sprechen …« Er strahlte die Frau, die gerade auf den Eingang zuhielt, mit einem Lächeln wie Sonnenschein an.

Yakov hatte sie bereits gewittert. Es war Anastasia »Stasya« Nikolaev, Valyas Schwester und Stellvertreterin. Die groß gewachsene Gestaltwandlerin mit den graugrünen Augen, den dramatischen Wangenknochen und den kurzen Haaren, die sie vor zwei Wochen knallviolett gefärbt hatte, war der Inbegriff von taff.

Sie blieb stehen und tätschelte Vadim die Wange, worauf er leicht errötete. »Nina hat mir erzählt, dass ihr zwei großartige Arbeit leistet.« Sie nickte Calina zu, um sie in das Kompliment miteinzubeziehen. »Ihr macht unseren Clan stolz.«

Die beiden jungen Gefährten traten verlegen von einem Fuß auf den anderen, während sie gleichzeitig die Schultern strafften. Als Anastasia sich anschließend an Yakov wandte, veränderte sich ihre Mimik auf ganz subtile Weise. Denn im Gegensatz zu Vadim und Calina, die ihnen untergeben waren, bekleideten Yakov und Stasya denselben Rang.

Doch ging es dabei um so viel mehr als nur die Hierarchie. Aus ihrem Blick sprach das Wissen, dass sie Yakov niemals würde beschützen müssen, so wie sie beide es bei ihren unerfahrenen Gefährten tun würden; dass sie sich gegenseitig aufeinander verlassen konnten und sie durch die Jahre der gemeinschaftlichen Zusammenarbeit mit Valya eine tiefe Freundschaft verband.

»Ich dachte, du würdest heute den Babysitter für eine Mediale spielen.«

»Ich habe sie gefragt, ob sie tanzen gehen möchte.«

Stasya verdrehte die Augen. »Selten so gelacht, Yasha.« Damit verschwand sie durch die Tür.

Vadim wartete, bis sie außer Hörweite war, dann flüsterte er grinsend: »Ich bezweifle, dass sie dir geglaubt hat.«

»Das wird sich bald ändern.« Sein Bär streckte sich, er war mehr als bereit, mit Theodora Marshall, der Frau seiner Träume, zu feiern.

Bei dem Gedanken erstarb Yakovs Lächeln, ein Schwall von Blut verschleierte ihm die Sinne. Theo war letzte Nacht in seinen Träumen gestorben – darum hatte er sich bei Anbruch der Dämmerung verwandelt. Um seiner menschlichen Hülle und den schrecklichen Visionen zu entkommen. Nur änderte das nichts an Theos verhängnisvoller Zukunft.

37

Arwen, wann beabsichtigst du, mir diesen Bären vorzustellen, der einen solch schlechten Einfluss auf dich hat, dass du seinetwegen in einer Gefängniszelle gelandet bist?

Nachricht von Ena Mercant an Arwen Mercant (Datum unbekannt)

Theo hatte noch nie etwas Vergleichbares angehabt. Sie fühlte sich nackt – und zugleich mächtig. Vom Stil her war ihr Outfit simpel: ein enganliegendes ärmel- und trägerloses schwarzes, mit schimmernden blauen Filamenten durchwirktes Kleid, das ihr knapp bis zur Mitte der Oberschenkel reichte. Ohne jeden Schnickschnack.

Als Nina es ihr präsentierte, hatte Theo einen Blick darauf geworfen und höflich gefragt: »Gibt es das auch eine Nummer größer?«

Nina hatte herzlich und ohne eine Spur von Herablassung gelacht. »Glaub mir, es wird dir passen.« Sie hatte mit dem Finger auf die Umkleidekabine in der Ecke gedeutet. »Dort drinnen kannst du es anprobieren.«

Obwohl sie noch immer nicht davon überzeugt war, dass das Material sich weit genug würde dehnen lassen, hatte Theo, die ihre Gastgeberin nicht vor den Kopf stoßen wollte, sich rasch umgezogen … und festgestellt, dass das Kleid nicht nur passte, sondern auch wie angegossen saß.

Sie betrachtete sich eine ganze Minute im Spiegel, unfähig,

die Frau darin mit sich selbst in Zusammenhang zu bringen. Sie betastete die kleine Narbe auf der Innenseite ihres linken Ellbogens, die sie schon hatte, solange sie denken konnte.

Ja, sie war es wirklich.

Sie hatte sich zeit ihres Lebens antrainiert, unsichtbar zu sein. Aber diese Theo war das genaue Gegenteil davon. Ihre blauen Augen glitzerten wie Saphire, ihre Wangen waren zart gerötet, und der mühsam beherrschte wilde Zorn in ihrem Innern erfüllte wie ein energetisches Flirren die Luft.

»Theo?« Ninas unverwechselbare Stimme. »Und, sitzt es?«

Sie schluckte, strich mit den Händen über das Kleid und trat aus der Kabine.

Nina pfiff anerkennend durch die Zähne. »Mach deine Haare auf, Schätzchen, und das war's.«

Theo zögerte. Für ihre Verhältnisse war schon der Zopf, zu dem sie sie geflochten hatte, ziemlich leger. In der Regel trug sie ihr Haar als festen Knoten am Hinterkopf. Doch an diesem seltsamen Abend befolgte sie Ninas Anweisung und ließ ihre Haare um ihr Gesicht und auf ihre Schultern fallen. Ihr schien, als würde sie gleichzeitig ihre inneren Fesseln abstreifen.

Doch anstatt Furcht zu empfinden, fühlte sie überwältigende Freiheit.

»Du pulsierst geradezu vor Energie, Theochka«, gurrte Nina beifällig. »Dein viel zu attraktiver Bär wird die anderen Kerle mit einem Stock abwehren müssen.«

Theos Puls raste bei der Vorstellung, dass Yakov sie so sehen würde, und sie musste sich erst sammeln, ehe sie etwas erwidern konnte. »Gehen meine Schuhe überhaupt zu dem Kleid?«

Nina sah zu den einfachen schwarzen Slippern, die Theo in der Umkleidekabine zurückgelassen hatte. »Zieh nächstes Mal welche mit Absätzen an, falls du darauf laufen kannst. Sowieso wird heute Abend niemand auf dein Schuhwerk achten, weil alle völlig betört sein werden von diesem gefährlichen blauen Feuer in deinen Augen.«

Sie griff nach einer schwarzen Tragetasche mit dem Logo des Clubs – ein sich schattenhaft auf neonpinkem Hintergrund abzeichnendes schwarzes M – und sagte: »Hier kannst du deine Sachen reinpacken. Ich werde die Tasche an der Garderobe hinterlegen. Hol sie dort einfach ab, wenn du gehst.«

»Soll ich das Kleid jetzt gleich bezahlen?«

»Das geht aufs Haus. Amüsiere dich. Und erzähl all deinen medialen Freunden vom Club Moskau.«

»Ich habe keine Freunde.« Theo würde Nina nicht vormachen, dass sich ihre Investition auf dieser Ebene auszahlen würde.

Die Menschenfrau lehnte sich mit der Hüfte an den Türrahmen. »Wenn du dich weiterhin mit den Bären abgibst, wirst du bald mehr Freunde haben, als dir lieb sein dürfte. Sie sind ein sehr vereinnahmendes Völkchen. Vergleichbar mit riesigen, gefräßigen Amöben.« Sie machte ein finsteres Gesicht. »Verdammte Charmebolzen, einer wie der andere.«

Theo war sich nicht sicher, ob sie das positiv oder negativ meinte, jedenfalls fand sie Nina überaus sympathisch. »Ich glaube, jetzt verstehe ich, wie du den Respekt der Bären und Wölfe errungen hast.«

»Ach ja?« Es klang ein wenig spitz.

»Sie wissen, dass du dich nicht beugen wirst, selbst auf die Gefahr hin, verletzt oder getötet zu werden. Falls dich einer von ihnen je zu sehr bedrängt, wirst du einfach die Waffe ziehen, die du in deinem Stiefel versteckst, und einen Laserstrahl auf sein Gesicht abfeuern. Ohne Zögern. Ohne Bedauern.«

Nina erstarrte kurz, dann brach ein heiseres, vollkommen enthemmtes Lachen aus dieser sinnlichen, atemberaubenden Frau heraus. »Ich mag dich, Theochka.« Ihre Miene war weich geworden. »Ich lege meine Visitenkarte in die Tasche mit deinen

Klamotten. Lass uns mal einen Kaffee miteinander trinken, dann kannst du mir erzählen, wie du eine Waffe bemerken konntest, auf die, wie ich vermute, bisher bestimmt nur die erfahrensten Mitglieder beider Gestaltwandlergruppen aufmerksam geworden sind.«

Ihre Augen funkelten noch immer amüsiert, als sie ein schmales, zylindrisches Behältnis aus einem Körbchen neben der Tür nahm. »Lipgloss-Proben«, erklärte sie und löste die Schutzfolie ab. »Du hast einen sagenhaft hübschen Mund. Betone ihn.«

Gehorsam trug Theo etwas von dem farblosen Gloss auf.

Nina beobachtete sie mit leisem Lächeln. »Oh ja, dein Bär wird Schnappatmung bekommen.«

Als Yakov Theos Duft auffing, betrat er den Club und wandte sich nach links, dem schmalen Flur zu, in dem Nina mit Theo verschwunden war. Er führte zu den von den öffentlichen Bereichen abgetrennten Mitarbeiterbüros.

Er wusste nicht, was er erwartet hatte – jedenfalls keine blonde Sexbombe mit ellenlangen Beinen, Augen wie blauen Gasflammen, die seinen Blick unverwandt festhielten, welligem goldblondem Haar und Lippen so verführerisch, dass er Theo anflehen wollte, köstlich schmutzige Dinge mit ihnen anzustellen.

Yakov hatte sich vom ersten Moment an zu ihr hingezogen gefühlt, aber jetzt …

O Bozhe!

Es war wie ein Schlag in die Magengrube.

Und dem Ausdruck in ihren hypnotisierenden Augen nach zu urteilen, hatte Theo eindeutig nicht vor, sich heute Nacht in Zurückhaltung zu üben.

Yakov ging ihr entgegen und zog an einer ihrer Locken. »Du bist so heiß, dass man sich die Finger an dir verbrennen könnte, *pchelka*.«

Er bot ihr seinen Arm.

Fast rechnete er damit, dass sie zögern würde. Doch dies war nicht die Theo, die sich hinter einem unscheinbaren Äußeren versteckte, um in der Menge unterzutauchen. Es war die Frau aus seinen Träumen, verdammt noch mal. Sie hakte sich bei ihm unter, grub besitzergreifend ihre kühlen Finger in seine Haut, während ihr Duft nach erotischer Frau und mit Macht unterdrücktem Zorn seine Sinne mit Beschlag belegte.

Sein Bär kam ganz nah an die Oberfläche.

Yasha, du steckst in Schwierigkeiten, warnte ihn eine innere Stimme.

Vollkommen richtig, und es störte ihn ebenso wenig wie die Tatsache, dass Theo Ansprüche auf ihn anmeldete.

Allerdings gab es keine Garantie dafür, dass sie nach den schockierenden Entdeckungen der letzten Tage vollkommen klar im Kopf war. »Bist du dir sicher, dass du das tun willst?«, flüsterte er ihr zu und schirmte sie mit seinem Körper vor einer Gruppe lachender Gäste ab, die eingehüllt in eine Wolke aus Parfum und Schweiß zur Tanzfläche strömten.

Die Augen einer gefährlichen Göttin versenkten sich in seine. »Ich weiß, wer ich bin und was ich will, Yasha. Heute Nacht möchte ich das Leben bis zur Neige auskosten.«

Sein Glied zuckte, der instinktiv reagierende Teil von ihm übernahm die Führung und animierte ihn dazu, mit der Nasenspitze über Theos Schläfe zu streichen, um ihr seinen Geruch aufzudrücken. Als Warnung für andere Gestaltwandler – damit er nicht gezwungen wäre, jemandem den Kopf abzureißen, weil er versucht hatte, Theo anzubaggern. »Dann lass uns auf den Putz hauen.«

Yakov wusste, dass er aggressiv werden würde, wenn irgendein Betrunkener Theo anrempelte – trotz seines ausgeglichenen Gemüts war er immer noch ein dominanter Raubtiergestaltwandler mit einem ausgeprägten Beschützerinstinkt –, darum versuchte er erst gar nicht, sich durch das Gedränge einen Weg zur Tanzfläche zu bahnen. Stattdessen nahm er Theo bei der Hand und führte sie an einer der offen gestalteten Außenwände mit den Falttüren entlang, bevor er sich nach rechts wandte und mit den Augen die schwarz lackierten Stehtische überflog, von denen etliche mit leeren Gläsern und Flaschen übersät waren, weil das Personal noch keine Zeit gehabt hatte, sie abzuräumen. Trotzdem war es nicht schwer, einen freien Tisch zu finden – die meisten Leute kamen hierher, um zu tanzen.

Der Club verfügte außerdem auch über einen Sitzbereich, der sich im hinteren Teil der Halle auf einer Galerie befand. Dort konnten müde Gäste die Füße hochlegen und in ruhigerer Umgebung bei Tapas von der Bar mit ihren Freunden plauschen.

Mit dem ihr eigenen untrüglichen Gespür hatte Nina der Lounge eine anheimelnde Atmosphäre verliehen und sie mit gemütlichen Sofas und großen Sitzkissen ausgestattet. Letzteres für den Fall, dass jemanden während seines Aufenthalts das Bedürfnis überkam, sich zu wandeln. Die einzige Vorgabe dabei war, dass man hinterher nicht nackt sein durfte. Wenn jemand in betrunkenem Zustand die Gestalt seines Tiers annahm – was automatisch zur Folge hatte, dass die Kleidung der betreffenden Person zerriss – musste er für den restlichen Abend so bleiben.

Die Gestaltwandler wachten selbst über die Einhaltung dieser Regel. Falls irgendwer mit nacktem Hintern erwischt wurde, wurde er angewiesen, sich sofort »seinen Pelz überzuziehen«, oder seine Freunde schleiften ihn nach draußen, um irgendwo ein paar Klamotten für den Idioten aufzutreiben.

Niemand wollte in »Sippenhaft« genommen werden und ebenfalls Hausverbot bekommen.

Yakov bemerkte aus dem Augenwinkel eine Bewegung und schaute in die Richtung. Ein Grinsen flog über sein Gesicht, als sein Blick auf einen Mann fiel, der zusammen mit seinem Begleiter an einem Tisch in der Nähe stand und ihm zuwinkte. Er steuerte auf die beiden zu.

Bei ihnen angekommen, beugte Yakov sich zu Theo hinunter. »Du erinnerst dich an Pavel und Arwen?«, fragte er und strich dabei mit den Lippen über ihre Ohrmuschel. Sie rückte näher.

Oh verflixt, seine Theo war heute Nacht definitiv in risikofreudiger Stimmung.

Nur mit Mühe widerstand er dem Drang, sie in seine Höhle zu schleppen, und tauschte den Faustgruß mit Pavel, bevor er Arwen auf dieselbe Weise begrüßte. Yakov war einer der Ersten gewesen, dem der Empath die Körperprivilegien zwischen Clangefährten gestattet hatte – nicht etwa, weil er Pashas Zwillingsbruder war, sondern weil sie ganz unabhängig von dessen Beziehung mit Arwen gute Freunde geworden waren.

Wie gewohnt war der E-Mediale zehnmal besser angezogen als der Rest von ihnen. Er trug ein langärmliges schwarzes Hemd, in das ein zartes Muster aus gleichfarbigem Samt gewebt war, und schwarze Jeans. Die silberne Schnalle seines Ledergürtels war in Form des Buchstaben M gearbeitet. Die Ärmel seines Hemdes waren bis zu den Ellbogen hochgerollt, die oberen Knöpfe geöffnet, sodass seine Brust teilweise sichtbar war.

Pavel hingegen hatte seine Lieblingsbluejeans mit einem kurzärmligen dunkelbraunen, mit bronzefarbenen Nieten besetzten Hemd kombiniert, das seine straffen Arm- und Bauchmuskeln betonte.

Sekunde mal.

»Ist das Hemd neu?«, fragte Yakov seinen Bruder, ohne eine Miene zu verziehen.

Und erntete einen hochgereckten Mittelfinger. Natürlich wusste Yakov ganz genau, dass dieses modische Hemd ein Geschenk von Arwen sein musste. Ginge es nach Pavel, würde er nichts als alte Karohemden und verwaschene T-Shirts tragen. Anfangs war Yakov besorgt gewesen, wie weit die Toleranz des sehr auf sein Äußeres bedachten Empathen reichen würde, aber Arwen hatte nie versucht, Pavel umzumodeln.

Bestimmt hatte er nicht widerstehen können, dieses Hemd zu kaufen, weil es etwas Besonderes war und Pavel unglaublich gut zu Gesicht stand. Und dass sein Bruder es anzog, bewies, dass es seinem Geschmack entsprach. Er war verrückt nach Arwen, aber er hatte seinen eigenen Willen.

Darum hatte Yakov sich die Stichelei nicht verkneifen können.

Er sah, dass Arwen ganz still geworden war. Offenbar hatte er Yakovs Bemerkung als Kritik aufgefasst. »Es gefällt mir. Vielleicht klaue ich es dir irgendwann. Trotzdem bist du immer noch nicht der Hübschere von uns beiden.«

»Du leidest an Wahnvorstellungen«, sagte sein Bruder in gedehntem Ton, derweil sein Liebster ihm etwas ins Ohr flüsterte.

Yakov konnte nicht hören, was er sagte, aber ihm entging nicht, wie Pavel Arwen einen Kuss auf die Wange drückte, bevor er ihm seinerseits etwas zuraunte. Der Empath, dessen Haut sich zart gerötet hatte, entspannte sich sichtlich. Ohne Zweifel hatte Pavel ihm klargemacht, dass niemand ihn dazu bringen würde, ein Kleidungsstück zu tragen, das er nicht mochte, und Arwen einen Volltreffer gelandet hatte.

Auch während des Geplänkels mit seinem Bruder hatte Theo den Großteil von Yakovs Aufmerksamkeit in Anspruch genommen. Er hatte sie sacht auf den Platz neben Arwen manövriert, weil sich hinter ihnen die offene Tür befand. Eigentlich verstieß es gegen seine Urinstinkte, weil das der Platz am nächsten zum Außenbereich und damit einer möglichen Gefahr war, aber um ihrer Behaglichkeit willen tolerierte er es.

»Alles okay?«, fragte er, als er sich auf der anderen Seite zu ihr gesellte.

Sie nickte und ließ ihren Blick über das Meer aus sich zum Takt der Musik bewegenden Körpern schweifen, während farbige Lichter über ihre helle Haut flackerten. »Ich glaube nicht, dass ich jemals in der Nähe so vieler fühlender Wesen war.«

Arwen, der, höflich, wie er war, darauf achtete, dass ihre Schultern sich nicht berührten, stellte seinen alkoholfreien Mojito ab. »Das hat man davon, wenn man mit Bären rumhängt. Ehe man weiß, wie einem geschieht, hat man ein Paarungsband geschlossen und zieht sechs Kinder groß.«

Pavel stupste seine Hüfte gegen Arwens. »Bloß sechs, *luchik moy*? Ich dachte eher an ein ganzes Dutzend.«

Dieses Mal errötete der Empath bis zu den Spitzen seiner Ohren.

38

Die Gestaltwandler haben ein Konzept, das sich Körperprivilegien nennt. Es beinhaltet, dass die Berechtigung, eine andere Person zu berühren, ein kostbares Geschenk ist. Man darf es sich niemals einfach nehmen, es muss freiwillig gegeben werden. Für uns Empathen muss derselbe ethische Grundsatz gelten, wenn es um Emotionen geht.

Wir dürfen uns nicht aneignen, was nicht aus freien Stücken angeboten wird.

Nur, weil wir imstande sind, die Gefühle anderer zu erspüren und in uns aufzunehmen, heißt das nicht, dass wir es tun sollten. Es besteht ein Unterschied zwischen passiver Annahme und aktiver Förderung.

Auszug aus dem Empathischen Moralkodex

Arwen hätte seinen verspielten Liebsten gern zurückgeküsst, aber er scheute noch immer vor öffentlichen Zuneigungsbekundungen zurück, obwohl er andererseits keine Schwierigkeiten damit hatte, dass Pavel mit seinen Gefühlen für ihn nicht hinter dem Berg hielt. Er genoss diese zärtlichen Gesten, mit denen der Bär seinen Besitzanspruch geltend machte, auch wenn Arwen jedes Mal vor Verlegenheit flammende Röte ins Gesicht stieg.

Er griff gerade wieder nach seinem Drink, um sein Blut zu kühlen, als Theo fragte: »Wie wird so etwas bei den Gestaltwandlern gehandhabt? Schließt ihr Zeugungsverträge, wie das in der medialen Gattung Usus ist? In eurem Fall mit einer Leihmutter, die das Kind austrägt?«

Arwen notierte sich im Stillen, Theo darauf hinzuweisen, dass derart persönliche Fragen für die meisten Menschen und Gestaltwandler tabu waren. Vor allem, was das Thema Fortpflanzung betraf, an das sie keinesfalls mit dem kalten Pragmatismus der Medialen herangingen. Andererseits war offensichtlich, dass Theo sich nichts weiter dabei gedacht hatte – und im Übrigen befand sie sich in der richtigen Gesellschaft, denn weder Pasha noch sein Bruder nahmen leicht etwas übel.

»Nicht ganz«, antwortete er und trank einen Schluck von seinem *Mojito*, um Zeit zu gewinnen und seinen Sinnen einen Eindruck ihrer Gefühle zu verschaffen.

Arwen würde niemals in einen fremden Geist eindringen, das verstieß gegen jeden ethischen Grundsatz der Empathen. Trotzdem sickerten bestimmte Dinge einfach in sein Bewusstsein – so wie Gestaltwandler ganz automatisch Witterungen aufnahmen, spürte Arwen die oberste Schicht der Gefühle einer Person.

Theos Gefühle waren … komplex.

Als Pavel ihm neulich in Jorge's Cantina erzählte, dass sie Pax Marshalls Zwillingsschwester war, hatte Arwen die Welt nicht mehr verstanden. Seine Sinne nahmen sie nicht als ein Mitglied dieser Familie wahr. Er kannte die Geschwister nicht, dafür aber einige ihrer Verwandten, und zu sagen, dass er jede einzelne Begegnung mit ihnen gehasst hatte, wäre noch weit untertrieben.

»Kalt« war nicht die richtige Bezeichnung für sie. Aufgrund von Silentium erweckten viele Mediale diesen Eindruck, aber bei ihnen war es schlichtweg ein Seinszustand, ihre Kälte nicht bedrohlich, sondern vielmehr die eines Gletschers oder sibirischen Flusses.

Die Marshalls waren pures Eis … verdorben und toxisch.

In Theo hingegen toste ein dunkles, derart heftiges Inferno, dass Arwen verleitet war, die ethischen Prinzipien seiner Kategorie über Bord zu werfen und Yakov vor ihr zu warnen. Denn diese heiß lodernden Flammen hatten ihren Ursprung in einem tief sitzenden Groll, wie er Arwen noch nie begegnet war. Eigentlich hätte diese unbändige Wut Abscheu in ihm hervorrufen müssen, stattdessen fand er sie ungeheuer faszinierend.

Weil ihr nichts Bösartiges anhaftete.

Arwen rätselte noch immer, was es damit auf sich hatte. Seine Großmutter war die einzige Person, die ihm einfiel, bei der er schon einmal etwas Ähnliches wahrgenommen hatte. Ena Mercant war der Inbegriff von Silentium, für die Außenwelt eine Frau mit einem Herzen aus Eis.

Nur ihre Familie wusste, dass sie zu bedingungsloser Liebe fähig war.

Kurz nach seinem fünften Geburtstag hatte Arwen zum ersten Mal die ihr innewohnende Rage wahrgenommen und erkannt, dass seine Großmutter noch eine andere Seite hatte, nämlich die einer kriegerischen, rachsüchtigen Walküre.

»Großmama?«, hatte er mit furchtsamem Blick gefragt. »Warum trägst du diesen schwarzen Zorn in dir?«

Ena hatte sich zu ihm hinuntergebeugt und seine Hände in ihre genommen. »Weil jemand, von dem ich dachte, ich könne ihm vertrauen, einem der meinen Schlimmes angetan hat. Dieser Zorn ist die Kraft, die mich antreibt.« Eine innige Umarmung. »Du musst keine Angst vor ihm haben, Arwen. Er wird sich immer nur gegen böse Personen richten.«

Gegen wen mochte sich Theos Zorn richten?, ging es ihm durch den Kopf.

Er bemerkte ihren Blick, stellte sein Glas ab und wandte sich wieder ihrer Frage nach einem Fertilisationskontrakt zu. »Keine Bärin würde alle Rechte an einem von ihr ausgetragenen Kind aufgeben«, erklärte er. »Das gilt im Besonderen für die Frauen, die bereits Nachwuchs haben und sich als Leihmutter zur Verfügung stellen.«

»Ohne Verträge?«

Als Medialer konnte er ihre überraschte Reaktion nachvollziehen. »Die StoneWater-Gemeinschaft ist vollkommen anders strukturiert, als wir das kennen.« Er empfand eine unerklärliche Zuneigung zu dieser Frau, in deren Innersten ein kaum beherrschbarer Feuersturm tobte. »Jede schwangere Gefährtin hat automatisch Anspruch auf medizinische Versorgung und Zugang zu sämtlichen Ressourcen des Clans. Es besteht keine Notwendigkeit, sich vertraglich gegen finanzielle Belastungen abzusichern.«

»Im Grunde werden die Kinder von allen zusammen großgezogen, sie können jeden Erwachsenen jederzeit um Hilfe oder liebevolle Zuwendung bitten«, bemerkte Pavel.

Arwen wurde warm ums Herz, als sein Partner den Arm um ihn legte, eine Geste so natürlich wie das Atmen. Er würde diesen Mann so gern seinen Gefährten nennen, ihm versprechen, für immer mit ihm zusammenzubleiben und jeden erschießen, der es wagte, Pasha schöne Augen zu machen.

Anscheinend geriet er doch ein bisschen nach seiner Großmutter.

»Warum willst du das Paarungsband nicht schließen, Arwen?«, hatte Silver ihn vor nicht allzu langer Zeit gefragt. Und das ohne jede Kritik, denn kaum jemand verstand seine innere Zerrissenheit besser als seine Schwester.

»Als Valya und du geheiratet habt, warst du genauso stark wie er. Du kanntest deinen Platz in der Welt. Dasselbe trifft auf Canto und Payal oder Ivan und Soleil zu. Ich dagegen … habe meinen Weg noch nicht gefunden.«

Nicht, weil er ein Empath war. Seine Kategorie war inzwischen längst aus dem Schatten getreten, und so war er nicht mehr gezwungen, einen wesentlichen Teil von sich zu verleugnen. Nein, es hatte mit seiner ebenso gefährlichen wie liebevollen Familie zu tun. Ena, Silver, Canto, Ivan und alle anderen – jeder von ihnen war für sich eine Naturgewalt.

Und fest entschlossen, Arwen vor allem zu beschützen.

»Es würde mich nicht weiterbringen, mich statt unter euren nun unter Pavels Fittichen zu verstecken«, hatte er Silver gestanden. »Ich will vielmehr in der Lage sein, im Gegenzug auch auf ihn aufzupassen.«

Ein bedächtiges Nicken. »Das verstehe ich, Arwen. Aber ich glaube, du hast keine Ahnung, wie viel du für uns tust. Ohne dich wären wir nicht die Familie, die wir sind. Mach nicht den Fehler, deine Talente zu unterschätzen, nur weil sie anders geartet sind als unsere.« Sie hatte sanft seine Wange gestreichelt. »Du bist das Herz der Mercants.«

Er wusste noch immer nicht, ob er ihren Worten wirklich Glauben schenkte oder sich das nur wünschte, weil es ihm ein solch übermächtiges Bedürfnis war, sich vollständig zu Pavel zu bekennen.

Der gerade mit seiner tiefen Bassstimme sagte: »Als Erstes würden wir versuchen, eins zu adoptieren. Die Gattung spielt dabei keine Rolle, es könnte auch eines der medialen sein, nachdem ihr diese Tür mittlerweile geöffnet habt. Uns wäre jedes Kind, das ein Zuhause braucht, willkommen.« Ein zärtlicher Blick zu Arwen. »Der da würde alle Waisen auf der Welt aufnehmen, wenn er könnte.«

»Markige Sprüche von jemandem, der den Minigangstern jedes Mal, wenn sie traurige Gesichter machen, Kekse zusteckt«, neckte ihn Arwen, der um Pavels riesengroßes Herz wusste.

»Das ist eine faustdicke Lüge.« Sein Liebster sah ihn finster an, und Arwen musste sich beherrschen, um ihn nicht zu küssen.

Jetzt meldete sich Yakov zu Wort. »Wenn jemand, der selbst nicht dazu in der Lage ist, ein Kind von einer Leihmutter austragen lässt, wird diese automatisch Teil der Familie, sprich, ein zusätzliches Elternteil.«

Arwen registrierte, wie Theo Yakov mit einem Blick ansah, der von tiefem Vertrauen zeugte. Man könnte meinen, dass das ein bisschen voreilig war, aber auch Arwen hatte Pavel schon vertraut und gewusst, dass dieser Mann ihm niemals ein Leid zufügen würde, noch bevor er bereit gewesen war, sich mit ihm einzulassen.

Manche Bindungen entstanden auf Anhieb.

»Ein solches Kind wächst geliebt und behütet im Kreis einer Patchworkfamilie auf – denn die Leihmütter haben ausnahmslos immer selbst einen Partner und eigenen Nachwuchs«, setzte Pavel hinzu. »Und alle wirken an der Erziehung mit.«

»Dabei macht es keinen Unterschied, ob das Kind in den Clan hineingeboren oder adoptiert wurde«, erläuterte Arwen Theo, weil sich diese Frage für die Gestaltwandler gar nicht erst stellte. »Das Streben unserer Gattung nach ›makellosen‹ Genen, um hohe Skalenwerte zu erzielen, ist –

»Abscheulich«, vollendete Theo in hartem Ton.

Die Wut in ihr erreichte den Siedepunkt.

39

Willkommen auf der Welt, Neiza Nguyen Adelaja

Im Namen Hien Nguyens und des verstorbenen Kanoa Adelaja von Déwei Nguyen in der Familienchatgruppe gepostete Nachricht inklusive Foto (18. Januar 1977)

Yakov streichelte Theos Rücken und spürte ihre Anspannung, während sie das eben Gehörte versuchte zu verarbeiten. Ohne jeden Zweifel war ihre eigene Kindheit nicht annähernd mit der vergleichbar, die ein Kind in einer heilen und stabilen Gestaltwandlergemeinschaft erlebte.

Er rieb mit der Nasenspitze über ihr Haar, und sie drängte sich ihm entgegen.

Darum legte er den Arm um sie und zog sie ganz nah zu sich heran. Halb rechnete er damit, dass sie sich sofort wieder von ihm lösen würde, aber sie tat es nicht. Sein Herz machte einen Satz, Zärtlichkeit erfasste jede Zelle in ihm, so glücklich war er, dass Theo ihm dieses Maß an Körperprivilegien zugestand.

Und er würde das ausgiebig nutzen.

»Wollt ihr was trinken?« Die Stimme seines Zwillingsbruders. »Ich gebe eine Bestellung auf. Bier für mich, Limonade für meinen Arlusha.« Er hielt sein Handy in die Höhe, mit dem er sich ins System des Club Moskau eingeloggt hatte. Für die Mitarbeiter war es leichter, die Gäste an den durchnummerierten Tischen zu bedienen, als einen Ansturm auf die Bar zu bewältigen.

Yakov strich mit den Fingern über Theos Hüfte. »Es gibt auch Vitamindrinks, falls du lieber so einen hättest.«

»Ja, bitte.« Leicht heiser klang es.

Yakov wollte sie an sich drücken und küssen, aber er riss sich zusammen. »Für mich ebenfalls ein Bier. Und ein paar deftige Snacks. Wir hatten zum Abendessen nur einen kleinen Imbiss.«

»Gute Idee. Unsere Mägen könnten auch was vertragen.«

Pavel hatte die Bestellung gerade durchgegeben, als eine schwere Pranke auf Yakovs Rücken landete und eine dröhnende Stimme ertönte. »Da bist du ja, du *mudak*! Ich sollte dich zu Brei schlagen für die Nummer, die du abgezogen hast.«

Theo erstarrte, und ihr von Yakovs Streicheleinheiten eingelulltes Gehirn schaltete sofort in den Angriffsmodus.

Es gab eine Vielzahl von Möglichkeiten, wie sie ihre Fähigkeit, kleine Objekte telekinetisch über eine gewisse Distanz zu bewegen, nutzen könnte, um diesen bedrohlich wirkenden Mann kampfunfähig zu machen. Sie brauchte nur das leere Glas, das auf dem Nachbartisch stand, auf dem Fußboden zu zerschmettern und dem Kerl eine Scherbe ins Auge zu rammen.

Dafür müsste sie zwar ihre gesamte geistige Energie aufwenden, aber der Typ würde eine üble Wunde davontragen.

Andere TK-Mediale ihrer Rangzahl verfielen möglicherweise nicht auf solch blutrünstige Ideen, aber sie waren auch kein Produkt der Erziehung von Marshall Hyde. Er hatte sich an Theos Verstand zu schaffen gemacht und ihr die Saat der Gewalt eingepflanzt.

Der große, bullige Mann, dessen Vollbart ebenso blond war wie sein struppiges Haupthaar, bleckte die Zähne, als Yakov sich zu ihm umdrehte und entgegnete: »Du hattest es verdient, du räudiger beigefarbener Trampel.«

Theo fokussierte ihre psychischen Kräfte auf das Glas, während der Angesprochene ein dunkles Grollen vernehmen ließ …

bevor er den Kopf zurückwarf und lauthals lachte, wobei er Yakov mehrfach mit der Hand auf die Schulter schlug. »Für einen Braunbären bist du verdammt gut.« Er sprach Russisch mit einem schweren Akzent, den Theo nicht zuordnen konnte.

Yakov stieß ihm den Ellbogen in die Rippen, doch es war offensichtlich, dass er darauf achtete, nicht zu viel Kraft aufzuwenden. »Jetzt verzieh dich, du Blödian. Ich bin in Gesellschaft, falls du das nicht bemerkt hast.«

Der Hüne warf einen Blick in die Runde, dann beugte er sich über den Tisch und strahlte Theo an. »Hi, ich bin Hakon. Ein Eisbär aus Spitzbergen in Norwegen, der auf Besuch in Moskau ist. Mein Fell ist übrigens makellos weiß.« Dasselbe konnte man von seinen Zähnen sagen, die im Kontrast zu seiner dunkel gebräunten Haut blitzten.

»Ich heiße Theo«, antwortete sie und entließ das Glas aus ihrem telekinetischen Griff. »Ist diese Art von Umgang unter Bären üblich?«

Yakov zog sie, die Hand auf ihrer Hüfte, noch näher an sich, sodass sie seinen Körper jetzt direkt hinter sich spürte.

Die schwelende Hitze in ihr flammte auf, und ihr Blick wanderte zu seinem Gesicht hoch. »Nur die unzivilisierten«, antwortete Yakov. »Vertraue niemals einem beigefarbenen Bären aus Spitzbergen. Mehr gibt es dazu nicht zu sagen.« Aber seine Augen funkelten vergnügt.

Da begriff sie, dass er und der bärtige Mann gut genug befreundet waren, um nicht jedes Wort auf die Goldwaage zu legen. Sie selbst hatte auf diesem Gebiet keine Erfahrung und in ihrem Leben noch nie einen anderen Freund als Pax gehabt.

Obwohl es in dem Club warm war angesichts der Vielzahl der Gäste, spürte Theo plötzlich dieselbe Art von Kälte, die sie so oft als Kind empfunden hatte, wenn sie an Bäckereien oder Restaurants vorbeiging und durch die Fenster Eltern mit Kindern an den Händen oder Familien beim Essen sah. Sie hatte sich ausgeschlossen gefühlt, gefangen in einer Blase der Einsamkeit, und ihre einzige Bezugsperson war eine Frau, die dafür bezahlt wurde, Theo mit dem Lebensnotwendigsten zu versorgen.

Yakov drückte ihre Hüfte und lud sie mit einem Lächeln ein, an dem Spaß teilzuhaben, in das Gelächter einzustimmen. Theo war überfordert, trotzdem entzog sie sich ihm nicht. Die körperliche Nähe spendete ihr Trost … und schürte ihr Verlangen. Eine furchterregende Erkenntnis, doch noch immer blieb sie, wo sie war.

Nur diese eine Nacht, wisperte ihre dunkle Seite.

Kurz darauf gesellte sich zusätzlich eine Frau zu ihnen, und sie rückten ein weiteres Mal enger zusammen, um für sie Platz an dem Tisch zu machen. Arwen und Theo standen jetzt dicht aneinandergedrängt, doch das Einzige, was sie wirklich wahrnahm, war Yakov, der wie eine imposante Feuerwand hinter ihr aufragte. Ihre Brüste spannten, ihr Körper verlangte nach mehr.

Physisch und psychisch vollkommen überwältigt musste sie sich konzentrieren, um ihn zu verstehen, als er ihr etwas ins Ohr flüsterte. »Ist alles okay?« Sie spürte seinen warmen Atem auf der Haut, seine massive, muskulöse Präsenz. »Wir können jederzeit nach draußen gehen, falls es dir hier zu eng ist.«

»Mir geht's gut«, brachte sie mit Mühe heraus. Das entsprach nicht ganz der Wahrheit. Theo hatte Schwierigkeiten, all die Eindrücke zu verarbeiten, ganz besonders die körperliche Nähe zwischen ihr und Yakov.

Doch anstatt auf Abstand zu gehen, kämpfte sie gegen das Bedürfnis an, sich auf ihn zu stürzen und seine Haut auf dieselbe Weise zu liebkosen, wie sie das Fell seines Bären gestreichelt hatte. Sie begehrte ihn mit einer an Wahnsinn grenzenden Heftigkeit, die sie nie zuvor verspürt hatte. Sie wollte diesen einen, einem Dasein in Kälte und Einsamkeit abgetrotzten Augenblick hemmungslos auskosten wie ein Kind, das ein einziges Mal in seinem Leben Süßes zu naschen bekam.

Gleichzeitig war sie immer noch eine gefährliche, zum Töten ausgebildete Marshall.

Sie musterte die Frau, die zu ihnen gestoßen war, registrierte die stylisch frisierten violetten Haare, die vollen Lippen, die üppigen Brüste, zur Geltung gebracht von einem sexy goldfarbenen Top, das schimmerte wie flüssige Seide. Aber Theo ließ sich nicht von ihrer äußeren Erscheinung blenden. Ihr waren weder der scharfe Blick, mit dem sie Theo in Sekundenschnelle eingeschätzt hatte, noch ihre prägnanten Muskeln entgangen, und erst recht nicht die Reaktion der anderen Clubbesucher – eine Mischung aus Bewunderung und Furcht.

Diese hochgewachsene Amazone war eine ernsthafte Bedrohung.

»Das ist Stasya«, raunte Yakov ihr zu, dabei schob er seine Hand um ihre Taille und legte sie auf ihren Bauch.

Die Berührung löste einen Kurzschluss ihrer Sinne aus. Theo fühlte sich betrunken, trotzdem rührte sie sich nicht vom Fleck.

»Du musst Theodora sein«, rief Stasya laut, um sich über die Musik hinweg Gehör zu verschaffen.

Theo richtete ihre Aufmerksamkeit auf die Frau, die sie, völlig vereinnahmt von Yakovs Wirkung auf ihre ureigensten Instinkte, für einen Moment völlig vergessen hatte, und versuchte, sich zu konzentrieren und wieder festen Boden unter den Füßen zu bekommen.

Es wollte ihr nicht recht gelingen, trotzdem hielt sie dem Blick der StoneWater-Bärin unverwandt stand.

»Einfach nur Theo«, erwiderte sie in normaler Lautstärke, weil die Gestaltwandlerin sie auch so hören würde.

»Ich bin Stasya.« Ein leichtes Lächeln spielte um ihren Mund, und auch sie unterbrach den Augenkontakt nicht.

Bis Pavel stöhnte und mit der Hand vor ihrem Gesicht wedelte, um dem stillen Blickduell ein Ende zu bereiten. »Treibt eure Dominanzspielchen, wenn ihr unter euch seid«, grummelte er, als Theo ihn blinzelnd anguckte. »Jetzt ist Feiern angesagt.«

Stasya musterte ihn mit verkniffener Miene. »Du kannst von Glück reden, dass du bei mir einen Stein im Brett hast.«

»Ich will euch nur davor bewahren, dass ihr eure Augen überanstrengt und Kopfschmerzen bekommt«, gab Pavel unbeeindruckt zurück und schob seine Brille hoch. »Sonst muss ich euch am Ende noch meinem Optiker vorstellen.«

Stasya ließ die Bemerkung unkommentiert und richtete das Wort an Yakov, als die Musik gerade eine kleine Pause einlegte. »Können wir kurz rausgehen? Ich muss mit dir reden.«

Theo, die ahnte, dass es bei dem Gespräch um sie gehen würde, spürte Ärger in sich aufsteigen, doch Yakov ließ seine Hand, wo sie war, und zog Theo noch fester an sich. »Ich bin nicht im Dienst«, wies er Stasya hin. »Oder handelt es sich um eine dringende Clan-Angelegenheit?«

»So ist das also?« Ein Hauch von Bernstein zeigte sich in ihrer funkelnden Iris, bevor sie sich wieder Theo zuwandte. Sie wollte gerade etwas sagen, wurde jedoch von zwei Clubmitarbeitern unterbrochen, die Tabletts mit Essen und Getränken brachten.

Alle machten Platz, damit sie die Sachen auf dem Tisch abstellen konnten. Yakov nutzte die Gelegenheit, um an der Spitze von Theos Ohr zu knabbern und seine Hand ein Stück höher zu schieben, bis sie direkt unter den festen Hügeln ihrer Brüste lag.

40

Dnxo9: Bozhe moi, Leute! Bin im Club Moskau, und ihr werdet niemals erraten, wen ich gerade gesehen habe!

LyrBoo: Wen???? Spann uns nicht auf die Folter!

Novemba: Spuck's aus, Mädel!

WildestW: Fünf Minuten und immer noch keine Antwort? Warte nur, bis wir dich aufspüren, dann kannst du dein blaues Wunder erleben.

Dnxo9: Eine Sekunde! Also, meine lieben Bärinnen und Wölfinnen, hier sind ein paar echt schnuckelige Menschenmänner unterwegs – irgendein internationales Fußballteam, das in der Stadt gastiert.

LyrBoo: Alte Angeberin.

WildestW: Ich wetze schon mein Messer.

Dnxo9: Jedenfalls bin ich vorhin kurz raus, um frische Luft zu schnappen. Wegen der Kälte war draußen nicht viel los. Ich bin ein paar Meter gegangen, als ich – ganz ohne Scheiß – niemand Geringeren als Kaleb Krychek entdeckt habe! Er hat sich im Halbdunkel des Zauns rumgedrückt und mit Nina R. (ihr gehört dieser Club) gequatscht!

Novemba: Mann, fast wäre ich dir auf den Leim gegangen. Ich verabschiede mich für heute. Meine Kinder krabbeln aus dem Bett, außerdem wartet mein eigener Schnuckel auf seine Kuscheleinheiten.

LyrBoo: Hast du etwa halluzinogene Pilze gegessen, während du dort herumgeschnüffelt hast? Das würde einiges erklären.

Dnxo9: Ich schwöre es! Dummerweise hat er teleportiert, bevor ich heimlich ein Beweisfoto machen konnte!

WildestW: Hast du außerdem auch fliegende Schweine gesehen? Der megaheiße, furchteinflößende kardinale TK-Mediale Kaleb Krychek treibt sich nicht in Clubs rum, und er hat sich auch nicht vor deinen Augen in Luft aufgelöst. Trotzdem netter Versuch. Hast uns voll erwischt.

Forum des Wild-Woman-*Magazins*

»Mach dir wegen Stasya keine Gedanken«, murmelte Yakov, während er sie an seinen harten, athletischen Körper drückte. »Sie neigt dazu, auch die Clanmitglieder beschützen zu wollen, die selbst auf sich aufpassen können.«

Theos Zehen kribbelten. »Das verstehe ich. Ich bin eine unbekannte Größe.«

Und das war nicht einfach so dahingesagt. Sie mochte selbst nie eine echte Familie gehabt haben, aber sie hatte Pax. Sie würde ganz genauso reagieren, wenn er sich plötzlich für eine andere Person interessierte. Besonders, wenn diese aus einer Sippe mit solch zweifelhaftem Ruf wie der ihren käme.

Yakov strich mit dem Daumen unter ihren Brüsten entlang. »Ich weiß nicht recht, Theo.« Er stützte das Kinn auf ihrem

Scheitel auf. »Du hast mich in der Gestalt meines Bären gestreichelt. Wir sind über den Status Fremder längst hinaus.«

Sie hatte kein Recht, hier zu sein.

Die Worte kamen aus dem Nichts und trafen sie bis ins Mark, eine brutale Mahnung des Teils ihrer Seele, der Theo niemals gestatten würde, sich selbst zu vergeben oder zu vergessen, was sie im Auftrag ihres Großvaters getan hatte. Und das war richtig so. Sie musste sich ihrer grauenvollen Taten bis an ihr Lebensende erinnern.

Und nicht einmal das wäre Strafe genug.

Aber Heuchlerin, die sie war, löste sie sich noch immer nicht von Yakov, und als er ihren Vitamindrink vor sie hinschob, öffnete sie die Verschlusskappe und nahm einen Schluck. Und sie probierte auch von den Speisen. Das rasende Inferno aus Zorn und Verlangen und Selbsthass in ihrem Inneren benötigte Unmengen an Energie.

»Theo?«, erklang Arwens ruhige Stimme, als Yakov sich gerade mit jemandem unterhielt, der zu ihnen an den Tisch gekommen war. »Du leidest seelische Nöte.« Sein hübsches Gesicht war weich vor Besorgnis.

Ihre Finger verkrampften sich um ihr Getränk.

Sie atmete tief durch und bediente sich der Entspannungsmethode, die sie sich als Kind angeeignet hatte – nur dass sie jetzt mithilfe der imaginären Lichtpunkte einen Bären zeichnete –, bevor sie eine Minute später fragte: »Was schlägst du vor, soll ich tun?«

Arwen runzelte seufzend die Stirn. »Du frisst deinen Kummer in dich hinein.« Dann schüttelte er den Kopf, seine schönen, vornehmen Züge von tiefem Ernst überschattet. »Das kannst du nicht ewig durchhalten. Denn weißt du, was passiert, wenn man seine Gefühle mit Gewalt unterdrückt? Man explodiert irgendwann ohne Vorwarnung.«

Theo krümmte sich innerlich, so wie sie es in ihrer Kindheit getan hatte, wenn sie auf eine Frage ihres Lehrers keine Antwort wusste. Arwen war ein Empath, das stand völlig außer Zweifel. Sie mochte keine Expertin sein, was die E-Kategorie betraf, aber sie hatte viel Zeit in Memory Aven-Roses Gegenwart verbracht. Trotzdem verstand sie erst jetzt, was die Leute damit meinten, wenn sie sagten, dass die E-Medialen die Welt regieren könnten, wären sie darauf aus.

Da Memorys emotionaler Fokus nie auf ihr, sondern auf Pax lag, erlebte Theo jetzt zum ersten Mal, wie es sich anfühlte, die ungeteilte Aufmerksamkeit eines Empathen zu haben … der keinen Hehl daraus machte, dass er nur das Beste für sie wollte … und der sichtlich enttäuscht von ihr war.

Sie hatte das Bedürfnis, sich zu entschuldigen, ohne genau zu wissen, wofür.

Schließlich half Hakon, der Eisbär, Theo aus ihrer misslichen Lage. Er knallte seine leere Bierflasche auf den Tisch und warf entnervt die Hände in die Luft. »Wollen wir endlich tanzen, oder halten wir hier ein verdammtes Kaffeekränzchen ab?«

Stasya wirbelte mit einer Anmut, die Theo niemals nachahmen könnte, zu ihm herum und bugsierte ihn, eine Hand auf seinem Brustkorb, in Richtung Tanzfläche. Obwohl Valentins Stellvertreterin wesentlich leichter und ein gutes Stück kleiner war als Hakon, hatte eindeutig sie das Heft in der Hand.

Sie fing an, ihren geschmeidigen Körper zum Takt der Musik zu wiegen, und Hakon sah mit offenem Mund zu, bis er Stasya um die Hüfte fasste und sich mit ihr zu bewegen begann. Es war ein sinnlicher, sündhafter Tanz, der viel zu intim wirkte für einen öffentlichen Ort.

Theo konnte den Blick nicht losreißen.

»Unser arktischer Cousin sollte sich lieber vorsehen«, kommentierte Pavel grinsend. »Zwei Zentimeter tiefer, und sie wird ihm beide Handgelenke brechen. Und wie sollen wir das dann Tante Anni erklären?«

Mit wild klopfendem Herzen wandte Theo sich Yakov zu, woraufhin er den Kopf zu ihr hinunterbeugte. Es fühlte sich vollkommen natürlich an, dass ihre Lippen beim Sprechen sein Ohr berührten, als sie fragte: »Beinhaltet Tanzen immer Körperkontakt?« Theo wollte dasselbe tun wie Stasya und Hakon – und sie war sich sicher, dass Arwen mit seiner Prophezeiung recht behalten würde.

Aber Yakov schüttelte den Kopf, dabei streifte sein seidiges Haar ihre Wange. »Das kann man halten, wie man mag.« Er wies mit dem Kinn nach rechts. »Allerdings sollten die beiden dort sich lieber ein Zimmer nehmen.«

Theo folgte seinem Blick zu zwei Frauen – die eine mit glitzernden Hotpants und passendem Top ausstaffiert, die andere in einem fließenden silbernen Kleid, das dem von Theo nicht unähnlich war –, die so eng umschlungen tanzten, dass kein Blatt Papier zwischen sie gepasst hätte.

Eine der beiden streichelte zärtlich den Hals ihrer Partnerin und bog ihren Kopf ein wenig zur Seite … und dann küssten sie sich leidenschaftlich und unter Einsatz ihrer Zungen. Dabei ließ die Kleinere von ihnen ihre Hand über die rückwärtigen Rundungen ihrer Partnerin gleiten und drückte sie sanft durch ihr schimmerndes Kleid hindurch.

Mit fiebrig glühenden Wangen setzte Theo energisch ihren Vitamindrink ab. »Ich würde es gern versuchen.« Wenn sie schon explodieren sollte, dann vorzugweise, während sie das Leben auskostete, anstatt sich davor zu verstecken.

Sobald sie die ganze Wahrheit über ihre Vergangenheit herausgefunden hätte, würde sie vielleicht nie wieder Gelegenheit bekommen, mit Yakov zu tanzen. Sie würde ihre Gefängnistür verriegeln und sich jede Art von Glück versagen.

Ihre Zeit lief ab, bald schon würde die Uhr Mitternacht schlagen.

Denn Theo wusste, dass sie sich selbst etwas vormachte. Eine Gehirnwäsche löschte die Persönlichkeit und das Gedächtnis vollständig aus, zurück blieb nur eine leere äußere Hülle.

Aber sie war noch immer Theo.

Folglich war es ihre Entscheidung gewesen, Autos oder Aufzüge in einem kritischen Moment funktionsunfähig zu machen, sodass sie gegen eine Wand krachten beziehungsweise abstürzten. Theo hatte bewusst all diese verschlossenen Türen geöffnet, hinter denen Leute sich in Sicherheit wähnten. Und sie war diejenige, die Tabletten ausgetauscht hatte.

Medikamente gegen Gift.

Ein Kinderspiel für eine TK-Mediale, die ihre Gabe präzise beherrschte und sich zufälligerweise in unmittelbarer Nähe ihrer Zielperson befand.

Theo. Theo. Theo.

Niemand sonst.

Sie schüttelte die bleiernen Schuldgefühle, die sie schier erdrückten, mit Macht ab, als Yakov mit festem Griff seine warme, leicht raue Hand um die ihre schloss und Theo zur Tanzfläche führte. *Morgen*, versprach sie den Geistern, die sie verfolgten. *Morgen könnte ihr mich haben. Ich will nur diese eine Nacht.*

Eine Nacht, in der sie sich nicht verantwortlich für die Entscheidung eines nach Zuwendung dürstenden jungen Mädchens fühlte.

Eine Nacht ohne die grausame Erinnerung an ihre Taten.

Eine Nacht in Freiheit.

Weil Yakov ihr Wohlbefinden wichtig war, führte er sie nicht mitten ins Gedränge zu Stasya und Hakon, sondern zu einem im weichen Halbdunkel liegenden Bereich des Parketts fernab ihres Tisches, wo sie vor aufmerksamen Blicken geschützt waren.

Dann drehte er sich zu ihr um und fasste sie um die Taille, woraufhin Theo, wie sie es bei anderen Paaren beobachtet hatte, ihre Hände auf seine Schultern legte und spürte, wie sich die Muskeln anspannten.

Es war schockierend intim.

Seine Grübchen tauchten auf, als er anfing, sich zu bewegen und leichten Druck auf ihre Hüften ausübte, um Theo zu lehren, wie man zum Rhythmus der Musik tanzte. Von Zeit zu Zeit brachte er seinen Mund nah an ihr Ohr und raunte ihr lobende Worte zu. »So ist's richtig. Perfekt. Du bist ein Naturtalent, *pchelka*.«

Theo grub die Finger in seine Schultern, mit jeder Bewegung rieb sich ihr Körper an seinem. Er war erregt, sie spürte seine Erektion und fragte sich, ob er umgekehrt auch ihre aufgerichteten Brustspitzen fühlte, die an dem weichen Stoff ihres Kleides rieben, dass es die reinste Folter war.

Trotzdem entwand sie sich ihm nicht. Sie konnte es nicht.

Ihr war, als müsste sie verdursten, wenn sie die heiße, sinnliche Verbindung zu ihm unterbräche.

Yakovs Hand glitt zu Theos unterem Rücken, sie war so nah, dass er sie mühelos auf seine Hüfte hätte heben, ihr das Kleid hochschieben und – *Mist verdammter, sich hier auf der Tanzfläche in erotischen Fantasien zu ergehen, war das Dümmste, was er tun konnte.*

Sein Schwanz brauchte keine zusätzliche Ermunterung.

Theos Anblick war Aphrodisiakum genug, ihr Geruch, der ihm so vertraut war. Obwohl sie von anderen Clubbesuchern umgeben waren, nahm er den erotisierenden Moschusduft ihrer Begierde wahr und musste an sich halten, um nicht den feinen Schweißfilm von ihrem Hals zu lecken, das Salz auf ihrer Haut zu schmecken.

Denn dazu müsste er den Blick von ihrem wunderschönen,

zart geröteten Gesicht abwenden. Während sie tanzten, beobachtete er, wie sich das Blau ihrer Augen verdunkelte, bis sie tiefschwarz waren.

»Ich verstehe nicht, was gerade passiert.« Es klang heiser, trotzdem machte Theo noch immer keine Anstalten, auf Distanz zu ihm zu gehen.

Aber ihre Augen … Zu spät fiel Yakov wieder ein, was diesen Effekt bewirkte. Er stieß eine leise Verwünschung aus. »Das reicht jetzt. Ich werde es nicht ausnutzen, dass du von deinen Gefühlen überwältigt –«

»Sei still.« Die Worte kamen hart und entschieden.

Mann und Bär erstarrten.

41

… der Atemnot nahe, durchdrungen von endloser …
Dein Finger streichelt zärtlich meine …
… süßer Lustschmerz …
Deine Schenkel, die sich zwischen meine …
… fühle dich in mir, mein Geliebter …

»Fragmente eines Zerrissenen Briefes«, von Adina Mercant, Dichterin (1832–1901)

(Von einem anonymen Privatsammler für zehn Millionen Dollar auf einer Auktion im Jahr 2047 ersteigerter Originaltext, der sich derzeit als Leihgabe im British Museum befindet)

»Ich dulde nicht, dass du mit mir umspringst, als wäre ich eine Marionette.« In ihrer Stimme lag der Zorn einer Kriegerin. »Und ich bin auch kein Kind, für das andere die Entscheidungen treffen. Ich weiß genau, wer ich bin und was ich will.«

Vor Verlangen spannte sich jeder Muskel in Yakov an. Nichts brachte seine Hormone so sehr in Wallung wie eine Frau, die ihm Kontra gab. Was nicht hieß, dass sie mit ihm machen konnte, was sie wollte. »Nein, du bist kein Kind«, antwortete er. »Aber du befindest dich in einer fremden Umgebung, konfrontiert mit Empfindungen, die neu für dich sind. Oder willst du etwa behaupten, dass du nicht überfordert bist von dem, was du gerade erlebst?«

Sie legte eine Hand an seine Kehle, eine Geste, die sich nicht viele bei einem dominanten Bären wie Yakov trauen würden.

O Bozhe, wie erregend das war.

»Nein.« Ihr Atem ging schnell und flach. »Aber dem *Wild-Woman*-Magazin zufolge kann körperliche Intimität auch einen Gestaltwandler oder einen Menschen aus dem Gleichgewicht bringen.«

Er schwieg einen Moment. Sie hatte recht. Sein erster Sex hatte ihm regelrecht den Boden unter den Füßen weggezogen, und auch jetzt konnte es mit seiner Selbstbeherrschung nicht weit her sein, wenn er davon fantasierte, es mit Theo gleich hier auf der Tanzfläche zu treiben. »Wie weit willst du gehen?«, fragte er mit einem dunklen Grollen in der Stimme, das davon kündete, dass sein animalisches Begehren die menschliche Hälfte in den Hintergrund drängte.

»Das kann ich nicht sagen«, bekannte sie freimütig. »Aber ich möchte es herausfinden.«

Yakov wusste, dass er dem Ganzen auf der Stelle einen Riegel vorschieben sollte. Doch er tat es nicht. Es war zu spät. Das war es schon gewesen, als Theo am Flughafen aus der Ankunftshalle trat. Er umfing abermals ihre Taille. »Dann lass uns aufbrechen und spielen, *moya pchelka*.«

Da sie am Tisch nichts zurückgelassen hatten, konnten sie es sich sparen, dorthin zurückzukehren. Stattdessen zog Yakov sein Handy heraus und schrieb Pavel eine kurze Nachricht, damit er und Arwen nicht auf ihn warteten, wenn sie sich auf den Heimweg machten. *Theo und ich verschwinden.*

Sein Bruder antwortete, als Yakov und Theo gerade die pulsierende Tanzfläche verließen. *Sei vorsichtig, Yasha. Ich mag sie, aber sie ist nicht wie Arwen.*

Yakov wusste das nur zu gut. Diese Frau, von der er praktisch schon sein ganzes Leben träumte, war ganz sicher keine Empathin, sie war gefährlich und von einem mörderischen Zorn beseelt.

Theo hatte das Gefühl, als säße sie in einem führerlosen Hochgeschwindigkeitszug, der mit jedem Schritt, den sie machte, schneller wurde. Ihre ganze Lebenserfahrung sagte ihr, dass sie sich eines Besseren besinnen und einen Rückzieher machen sollte.

Aber sie hatte schon zu lange auf diese innere Stimme gehört, und das Einzige, was sie ihr eingebracht hatte, waren Blut an ihren Händen und tiefe Einsamkeit.

Es ist noch nie etwas Gutes daraus erwachsen, die Regeln zu befolgen.

Erstaunlicherweise stammten diese Worte ausgerechnet von ihrem Bruder – der als Musterbeispiel eines perfekten Medialen galt. Doch genau das war das Problem: Pax war nicht perfekt. Und zwar nicht nur wegen des Virus, das nach und nach seinen starken, brillanten Geist zerstörte, sondern auch ihretwegen. Er hatte Theo nie aufgegeben und sie auf jede erdenkliche Weise geschützt … und somit das emotionale Band zwischen ihnen, das während Silentium verboten war, am Leben erhalten.

Was er wohl sagen würde, wenn er wüsste, in welchem Ausmaß sie heute Nacht die Regeln brach?

Egal. Dies war ihre Entscheidung, und so verrückt und unüberlegt sie auch sein mochte, würde sie dennoch dazu stehen.

Sie holten Theos Kleidung an der Garderobe ab und traten ins Freie.

Yakov, der in der einen Hand die Tasche trug und die andere um Theos Hand geschlossen hatte, strahlte eine Hitze aus, die einen totalen Kontrast zu der nächtlichen Kälte bildete.

Die frostige Luft machte Theos Kopf schlagartig klar, und wieder packte sie das schlechte Gewissen.

Aber sie hatte Yakov gewarnt, oder etwa nicht? Sie hatte ihm ihr komplettes Blatt gezeigt, mit Ausnahme einer einzigen beschädigten Karte. Mit Sicherheit ahnte er, dass sie immer noch

Geheimnisse vor ihm hatte, er war viel zu klug, um ihr das nicht anzumerken. Doch trotz der Undurchsichtigkeit, die sie umgab, hatte er beschlossen, sich mit ihr einzulassen.

»Es ist nicht mehr weit bis zum Auto.« Er ließ ihre Hand los und legte stattdessen den Arm um sie.

Theo schmiegte sich an ihn, was angesichts des lächerlich kurzen Kleids, das sie anhatte, allein schon die Vernunft gebot. Sie hieß seine Wärme ebenso willkommen wie seinen Duft, der wie Rohseide über ihre Sinne strich. Sie war noch nie jemandem wie ihm begegnet – woran auch die Tatsache, dass sie seinen Zwillingsbruder getroffen hatte, nichts änderte.

Pavel mochte optisch mit Yakov identisch sein, war aber trotzdem völlig anders.

Sie begehrte nur diesen einen Mann.

»Da wären wir.« Er sperrte den Geländewagen auf, öffnete die Beifahrertür und schleuderte die Tasche auf die Rückbank, bevor er Theos Taille umfing und sie auf den Sitz hob.

Feuer sprühte aus seinen bernsteinfarbenen Augen, als er den Blick auf ihren Lippen verweilen ließ, die sich geschwollen und empfindlich anfühlten. »Yasha«, hauchte sie.

»Nein.« Ein Knurren. »Nicht hier.«

Doch dann legte er die Hand auf ihren nackten Schenkel und küsste ihre Kehle, bevor er die Tür schloss. Jede Stelle, die er berührt hatte, glühte, der Rest ihrer Haut war eiskalt.

Drei Sekunden später saß er hinter dem Lenkrad und setzte den von den Lichtern der Stadt beschienenen Wagen in Bewegung. Es war keine lange Fahrt bis zu dem Apartmenthaus des StoneWater-Clans, aber Theo kam es vor, als würde sie sich endlos ziehen – während die Zeit paradoxerweise gleichzeitig viel zu schnell zu vergehen schien.

Bald schon würde der Morgen heraufdämmern und mit ihm womöglich die Wahrheit über ihre schlimmen Taten.

Und wieder einmal verbannte sie das Damoklesschwert, das über ihr hing und sie zu vernichten drohte, aus ihren Gedanken. Die Gewissensbisse nagten weiter an ihr, doch sie kamen nicht gegen die Sehnsucht an, die sich seit unzähligen Jahren in ihr angestaut hatte. Nach Körperkontakt, nach Fürsorge, danach, dass noch jemand anderes als Pax sie sah, wie sie wirklich war, mit all ihren Wunden und Verletzungen.

Auf einmal fühlten sich die Narben auf ihrem Rücken hart und schartig an. Zum Glück befanden sie sich an einer Stelle, die sogar dieses tief ausgeschnittene Kleid verdeckte.

Würden die wulstigen Male Yakov abschrecken?

Er war ein wildes, mit Unvollkommenheit vertrautes Geschöpf.

Vielleicht … nur vielleicht würde er bei ihrem Anblick keinen Abscheu empfinden. Und falls doch, würde Theo seine schockierte Reaktion nicht gleich mitbekommen. Er könnte einfach so tun, als hätte er es sich anders überlegt.

Weil Theo diesen führerlosen Zug erst dann stoppen würde, wenn Yakov ihr das Zeichen gäbe.

Sie registrierte nur am Rande, dass sie ihr Ziel erreichten, Yakov ihre Hand nahm und sie zum Aufzug führte, wobei er sich nach allen Seiten umsah, als hielte er nach jemandem Ausschau, obwohl sie ganz offensichtlich allein waren.

Sowie sich die Fahrstuhltüren hinter ihnen geschlossen hatten, wollte sie sich an ihn schmiegen, doch er hielt sie davon ab. »Nicht hier«, wiederholte er. Seine Brust hob und senkte sich heftig. »Wir werden die Sache richtig angehen.«

Theo biss sich auf die Unterlippe und ballte die Faust.

Quälend lang schien es ihr, bis sie endlich den Aufzug Hand in Hand verließen und er die Wohnungstür aufsperrte. Er ließ ihr den Vortritt, und als sie hörte, wie die Tür hinter ihm ins Schloss fiel, drehte sie sich augenblicklich um.

Sie spürte seine Krallen, als er ihre Hüften packte und sie gegen die Wand drängte. »Ich habe mich nicht unter Kontrolle, *pchelka*«, warnte er sie mit einem tiefen Brummen, seine Augen waren nun nicht mehr menschlich. »Ich könnte dich verletzen, und ich will verdammt sein, wenn ich das jemals tue.«

Theos Haut brannte heiß, sie presste die Handflächen gegen die Wand, um sich davon abzuhalten, Yakov die Kleider vom Leib zu reißen. »Ich kann auf mich aufpassen.« Plötzlich schwebte ein Stift, der eben noch auf einem Beistelltisch gelegen hatte, vor Yakovs Auge in der Luft, die Spitze nach vorn gerichtet.

Theo hatte noch andere Tricks auf Lager, für die ihre begrenzten Kräfte ausreichten, aber dieser erzielte in der Regel die dramatischste Wirkung. Yakov sollte aufhören, sie zu beschützen, sie wollte von ihm mit der Wildheit des Raubtiers, das in ihm lebte, genommen werden.

Ohne den Blickkontakt zu unterbrechen, schnappte Yakov sich den Stift und warf ihn beiseite, dann legte er die Hand seitlich an ihren Hals. Wieder fühlte sie seine Krallen, doch sie hatte keine Angst.

Ihr Schoß zog sich zusammen, sie war feucht vor Verlangen nach ihm.

»Wie weit?« Die raue Frage bewirkte, dass sich ihre Brustspitzen aufrichteten.

Der Zug raste dahin. »So weit, wie du möchtest.«

42

Berührungen sollten nur dann zulässig sein, wenn sie praktischen Zwecken wie medizinischer Fürsorge oder der Pflege von Kleinkindern dienen.

Sexualkontakt muss strikt untersagt werden. Er geht mit zu vielen Sinnesreizen einher, was wiederum Gefühlen Tür und Tor öffnet.

Erste Beratungen über die potenziellen Richtlinien von Silentium (Operationsbasis der Mercury-Organisation, circa 1947)

Yakov hätte nichts lieber getan, als ihr das Kleid hochzuschieben, den Slip auszuziehen, sich vor sie hinzuknien, ihren Hintern zu packen, ihre Schenkel zu spreizen und sich an ihrem heißen, feuchten Schoß zu laben. Er konnte ihre Erregung auf der Zunge schmecken, ihr Höhepunkt wäre explosiv, davon war er überzeugt.

Aber trotz Theos Beteuerungen spürte er deutlich, dass ihr inneres Gleichgewicht aus dem Lot war. Sie hatte den Großteil ihres Lebens in Silentium verbracht und keine Ahnung, wie sie mit der mächtigen Anziehung zwischen ihnen umgehen sollte. Yakov war erfahren genug, um zu wissen, dass sie nicht innerhalb weniger Minuten aufs Ganze gehen konnten.

Besonders, da Theo schon jetzt manisch wirkte und Anzeichen einer sensorischen Überlastung zeigte.

Andererseits könnte sie ihn telekinetisch attackieren, wenn

er sich weiterhin als ihr Beschützer aufspielte. Er würde sich auf einem sehr schmalen Grat bewegen müssen.

Er berührte sacht ihren Hals, strich mit dem Daumen über die cremefarbene Haut. Ihre Augen waren wieder vollkommen schwarz, und sie zitterte.

»Ich möchte dich küssen«, sagte er und beugte sich so nah zu ihr hin, dass sich Atem mit Atem mischte.

Ohne Vorwarnung legte sie die Lippen auf seine und schmiegte ihre Brüste an seinen Oberkörper.

Da konnte er sich nicht länger bezähmen, stöhnend drängte er sie noch fester gegen die Wand und presste sein hartes Glied gegen ihren Bauch. Gott, sie fühlte sich so weich und warm und himmlisch an. Er begehrte sie mit einer Wildheit, dass er sie auf der Stelle im Stehen nehmen würde, wenn er sich nicht schleunigst wieder in den Griff bekam.

Es kostete ihn alle Willenskraft, sich zusammenzureißen und einen Gang runterzuschalten.

Der zweite Kuss ging von ihm aus, er geriet ein wenig feuchter, jedoch noch immer mit geschlossenen Lippen. Theo berührte seine Brust und krallte die Finger in sein T-Shirt, was sein Bär mit einem zufriedenen Brummen quittierte.

Yakov, der schon seit seinem dreizehnten Lebensjahr Übung darin hatte, dachte, er wüsste alles über das Küssen – aber dieser Kuss traf ihn wie ein Pfeil mitten ins Herz, er war unwiderstehlich erotisch und intensiv.

Gut möglich, dass er sich insgeheim auf ein eher enttäuschendes Erlebnis eingestellt hatte, darauf, dass seine Träume sich als reine Fantasieprodukte entpuppen würden, die aus seinen von seinem Urgroßvater ererbten, latenten hellsichtigen Fähigkeiten resultierten. Oder er die Bedeutung dieser Visionen falsch interpretiert hätte und sie nichts weiter besagten, als dass Theo eines Tages in seinem Leben auftauchen würde.

Tja, da hatte er sich getäuscht.

Der Kuss war unvergleichlich. Heiß und berauschend spürte er ihn bis tief in seine Gestaltwandlerseele hinein. Er raubte ihm den Atem, doch das machte nichts, Hauptsache, der Kuss nahm kein Ende.

Erst als sie an seinem T-Shirt zerrte, löste er sich von ihr und trat einen Schritt zurück. Er strich über Theos Wange, schaute ihr fest ins Gesicht und schüttelte den Kopf. »Wir werden diese Sache nicht überstürzen.«

Nicht bei ihrem ersten Mal.

Theos erstem Mal.

Sie stieß zischend die Luft aus, ihre Augen loderten wie blaue Flammen.

Oh ja, seine Theo würde ihn zum Wahnsinn treiben. Aber heute Nacht musste er standhaft bleiben, der Vernünftige sein.

Bevor sie erneut fauchen konnte, dass sie genau wisse, was sie wolle, löste er ihre Hand von seinem T-Shirt, hob sie an seinen Mund und küsste der Reihe nach ihre Fingerknöchel. »Lass mich dich langsam und voller Hingabe lieben, *pchelka moya*.«

Wieder wurde ihre Iris von Schwärze überschwemmt, ihre Brust hob und senkte sich stürmisch. »Ich darf diese Gelegenheit nicht ungenutzt verstreichen lassen.« Ein Anflug von Verzweiflung in ihrer Stimme. »Wer weiß, was der morgige Tag bringen wird.«

Yakovs Kiefer spannte sich an. Er vertraute ihr mehr als sie sich selbst, darum würde nichts, was er sagte, ihre Meinung ändern, solange sie keine Beweise hatte. Also konzentrierte er sich auf das Hier und Jetzt. »Wir haben noch die ganze restliche Nacht. Das sind viele Stunden.« Er senkte den Kopf zu ihrer Schulter und leckte mit der Zunge darüber. »Unzählige Minuten.«

Er spürte, wie sie schauderte, dann stahl er ihr einen weiteren Kuss, der wie eine Droge auf seine Sinne wirkte. Beide atmeten flach und hastig, als Yakov sich von Theos Lippen löste und fragte: »Möchtest du, dass ich mein Oberteil ausziehe?«

Sie musste nicht erst nachdenken. »Ja. Ich will dich anfassen.« Sie konnte nicht anders, als direkt und unverblümt zu sein, solange diese ungezügelte Begierde durch ihre Adern raste.

Bernstein schimmerte in seinen Augen auf, bevor Yakov sich das T-Shirt über den Kopf zog und es über eine Stuhllehne warf. Theos Kehle entrang sich unwillkürlich ein unkontrolliertes Stöhnen.

Einen Moment später lagen ihre Hände mit gespreizten Fingern auf seiner glatten, muskulösen Brust, doch anstatt ihrem ungestümen Verlangen die Zügel schießen zu lassen und diesen hinreißenden, kraftstrotzenden Mann gierig zu erkunden, ließ sie sich einfach von seiner Wärme durchdringen.

Schließlich konnte sie nicht mehr an sich halten und drückte die Lippen auf seine Haut. Sie wollte ihn in sich aufsaugen, ihn an einem Ort verstecken, wo niemand ihn ihr wegnehmen konnte. Er schmeckte nach Wildnis, nach Salz und Hitze und nach Yakov. Sie war keine Gestaltwandlerin, trotzdem würde sie seinen Duft nie mit einem anderen verwechseln.

Er erregte sie, tröstete sie, und ihr wurde ganz elend bei dem Gedanken, dass sie ihn bald verlieren könnte.

Dann packte Yakov ihre Hüften, und Theo rechnete damit, dass es jetzt zur Sache gehen würde, war bereit dafür. Stattdessen strich er mit der Nasenspitze über ihren Hals und knabberte daran. Ihre Augen fingen an zu brennen, sie machte sie zu und schluckte den Kloß in ihrer Kehle hinunter, während sie mit den Händen seine Brust streichelte. »Ich möchte deine Grübchen küssen«, flüsterte sie, als sie wieder sprechen konnte.

Mit einem leisen Lachen senkte er den Kopf, sodass sie ihre Fantasie verwirklichen konnte, indem sie erst die eine niedliche

Vertiefung in seiner Wange mit den Lippen berührte und dann die andere.

Er stieß vernehmbar den Atem aus, dann presste er von Neuem den Mund auf ihren Hals.

Sie ließ es widerstandslos geschehen, als er rückwärts mit ihr zum Sofa steuerte, sich darauf niederließ und sie auf seinen Schoß zog.

Ihr Kleid rutschte hoch, sodass sie fast vollständig entblößt war. Es kümmerte sie nicht. Ihre ganze Aufmerksamkeit galt seinem Körper, der sie einhüllte wie eine schwere Decke, den kraftvollen Schenkeln, dem feurigen Blick seiner Augen, der Erektion, die sich deutlich unter seiner Hose abzeichnete, ohne dass er es zu verhehlen versuchte.

Ihre Haut spannte, flimmernde Energie pulsierte in ihren Zellen, sie drohte, den letzten Rest ihrer Selbstbeherrschung zu verlieren. Yakov, der zu spüren schien, was in ihr vorging, streichelte ihre Schenkel. Die Liebkosung bewirkte, dass ein Schauer der Erregung ihren Körper durchrieselte, die Luft auf einmal zu dünn schien, um sie einzuatmen.

Theo klammerte sich Halt suchend an Yakov fest, als sich alles um sie herum zu drehen begann.

Sein Gesichtsausdruck wurde unerklärlich weich. »Komm zu mir, meine Theo.«

Sie war zu durcheinander, um zu verstehen, was er meinte, bis er sanft ihren Kopf an seine Schulter drückte und seine starken Arme um sie schlang. Sie wollte sich sträuben, geriet abermals in Panik, dass dies ihre einzige Chance sein könnte, doch als er dann ihren Nacken umfasste, ihr das Gefühl gab, dass sie ihm wichtig war, konnte sie nicht länger widerstehen.

Sie legte die Hand auf seine Brust, barg das Gesicht an seinem Hals und gab dem Drang nach, sich an seinem Duft, seiner Wärme, an allem, was ihn ausmachte, zu berauschen.

»So ist's gut.« Sie spürte die Vibration seiner tiefen Stimme in ihren Brüsten, sein Atem kitzelte ihren Hals, als sie sich fester an ihn schmiegte. »Nimm dir alles, was du brauchst, Thela.«

Er fing an, ihren Rücken zu streicheln.

Der hintere Ausschnitt ihres Kleids war durch ihre neue Position verrutscht, und Theo merkte es sofort, als Yakov eine der Narben ertastete. Er stutzte kurz, bevor sich seine Finger eine Sekunde später wieder in Bewegung setzten. Sie atmete erleichtert auf und entspannte sich, ließ sich zum ersten Mal ohne jede Furcht fallen.

Dabei spürte sie, wie ihre Glieder warm und schwer wurden und ihr innerer Aufruhr einer Empfindung wich, wie sie sie nie gekannt hatte. Fühlte sich so Geborgenheit an?

Ihr fielen die Lider zu.

Theo versuchte, dagegen anzukämpfen. Sie mochte keine Erfahrung mit körperlicher Liebe haben, aber sie wusste, dass man währenddessen nicht einschlief. Doch als sie sich regte, versicherte Yakov ihr leise, dass alles in Ordnung sei, und streichelte sie weiter mit seinen großen, sanften Händen. Da konnte sie die Augen nicht länger offen halten und ließ sich von einer samtigen Dunkelheit davontragen.

Yakov hielt die Frau aus seinen Träumen weiter in seinen Armen, während sie schlummerte. Was die anderen Junggesellen in der Höhle wohl sagen würden, wenn sie ihn jetzt sehen könnten? Vermutlich würden sie ihm bis in alle Ewigkeit unter die Nase reiben, dass seine Freundin eingeschlafen war, statt Sex mit ihm zu haben.

Aber er war nicht verärgert oder beleidigt. Das Einzige, was er fühlte, war tiefe Zärtlichkeit.

Es juckte ihn in den Fingern, ihre Haare zur Seite zu streichen und sich die Narben, die er auf ihrem Rücken gespürt hatte, anzusehen. Doch obwohl er Theos stillschweigende Erlaubnis hatte, tat er es nicht. Denn sie verhießen nichts Gutes. Es war ihm nicht entgangen, wie sich ihr Körper angespannt hatte, ihre Wirbelsäule ganz starr geworden war. Angesichts ihrer Lebensgeschichte hatte er eine verflucht genaue Ahnung, wer ihr das angetan hatte. Und falls sie nie mit ihm darüber würde reden wollen, dann käme er damit klar. Er würde sie nicht zurück an den Abgrund führen.

Er senkte den Kopf und drückte die Lippen auf ihren Scheitel. »Du bist in Sicherheit, *serdtse moyo*.« Wenn es Theo betraf, war sein Herz rettungslos verloren. »Ruh dich aus.«

Irgendwann hörte er sie wimmern. Er raunte ihr beschwichtigende Worte zu und streichelte mit beiden Händen über ihren Rücken, als sie unversehens aus dem Schlaf schreckte und sich mit einem Ruck aufsetzte. Ihre eine Gesichtshälfte war ein bisschen zerknittert, ihr Haar zerzaust – und ihre Augen hatten sich zu einem gespenstisch stumpfen Schwarz verdunkelt.

Sie schaute sich wie wild nach allen Seiten um.

»He«, murmelte er. »Ich bin's. Yasha. Du bist in der Gästewohnung des StoneWater-Clans. Hier passiert dir nichts.«

Er hob die Hand, um ihr ein paar Haarsträhnen aus der Stirn zu streichen, als Theo so hastig von seinem Schoß sprang, dass sie fast hingefallen wäre. »Ich –« Sie rang erstickt nach Luft und starrte ihn mit ihren dunklen Augen an, als wäre er aus dem Nichts aufgetaucht.

Plötzlich stieß sie einen aufgebrachten Schrei aus, und ehe Yakov wusste, wie ihm geschah, flog er durchs Zimmer und krachte gegen eine Wand.

43

Sie wird noch jemanden umbringen, wenn Sie sie nicht unter Kontrolle bekommen.

Dr. Upashna Leslie zu dem Ratsherrn Marshall Hyde (27. November 2073)

Yakov knallte mit Wucht gegen die Wand, schaffte es jedoch, den Aufprall mit seiner Seite und einem Bein halbwegs abzufedern. Theo hatte ihn nur deshalb so hart angehen können, weil er auf ihren Angriff nicht vorbereitet war. Aber der Körper eines Raubtiergestaltwandlers hielt eine Menge aus – und obwohl der telekinetische Energiestoß wesentlich heftiger gewesen war, als man es bei einem Skalenwert von zwei Komma sieben erwarten würde, reichte er nicht an das heran, wozu ein zorniger Bär imstande wäre.

Folglich war er nur etwas außer Atem, als er sich aufrichtete – und sah, dass sämtliche kleinen Gegenstände im Raum wie bei einem verheerenden Zyklon mit tödlicher Geschwindigkeit in der Luft umherwirbelten. »Theo!« Sie stand brüllend inmitten des Chaos, die eine Hand zur Faust geballt, die andere fest um das Armband an ihrem Handgelenk geschlossen.

Wie es schien, sprühte es, bedingt durch die energetischen Turbulenzen, elektrische Funken.

Mit einem Ruck, als bestünde er aus Plastik, riss Theo den robusten Metallreifen von ihrem Unterarm und schleuderte ihn gegen die kugelsichere Fensterscheibe.

Yakov rief wieder ihren Namen, trotzdem war sie sich seiner Anwesenheit offensichtlich nicht bewusst.

Was ihm äußerst seltsam vorkam, nachdem sie sich ihrer Umgebung sonst stets mit allen Sinnen bewusst war. Sie verstand es meisterhaft, sich das nicht anmerken zu lassen, aber Yakov wusste, dass sie zu jeder Zeit alles im Blick hatte. Da es zu seinen Aufgaben gehörte, die Sicherheit seines Clans zu gewährleisten, war auch er geübt darin, die Augen offen zu halten, ohne dass er diesen Anschein erweckte – es sei denn, eine Person sollte wissen, dass er sie im Visier hatte.

Doch in diesem Moment musste Theo ihn und die potenzielle Gefahr, die von ihm ausging, vollkommen vergessen haben. Was immer dieser Anfall zu bedeuten hatte, er richtete sich nicht gegen ihn. Yakov war zufällig in diesen Wirbelsturm hineingeraten. Sowie ihm das klar wurde, nahm er eine geduckte Haltung ein und pirschte sich entlang der Wand von hinten an Theo heran.

Bären waren in so etwas nicht besonders geschickt. Tatsächlich landeten sie bei einer vom *Wild-Woman*-Magazin ausgerichteten Preisverleihung in der Kategorie »Größte Verstohlenheit« seit zehn Jahren zuverlässig auf dem letzten Platz. Ein ungeheuerlicher Affront! Jedes Mal, wenn diese dumme Sonderausgabe mit den Ergebnissen erschien, machten sie ihrem Ärger über die Voreingenommenheit der Jury Luft ... bis sie lasen, wer in den Kategorien »Beste Partys« und »Größte Herzlichkeit« die Nase vorn hatte.

Hier siegten ausnahmslos immer die Bären.

Und sie vergaben der Jury.

In der jetzigen Situation kam es nicht auf Verstohlenheit an, weil Theo in ihrer eigenen Welt versunken war. Gerade, als er hinter ihr auftauchte, schrie sie wieder und drosch mit der Hand einen durch die Luft fliegenden Becher gegen die Wand. Ein Hagel aus scharfen Scherben ergoss sich auf den Boden.

Blut spritzte auf die weiße Tapete.

Yakov presste den Kiefer zusammen.

Wenn sie so weitermachte, würde sie noch ernsthaft verletzt werden. Aber ein Frontalangriff war jetzt keine Lösung – falls Theo erkannte, was er vorhatte, könnte sie ihn mit ihren telekinetischen Kräften außer Gefecht setzen.

Darum tat er, als sie sich gerade auf dem Absatz zu ihm umdrehen wollte, das Einzige, was ihm übrig blieb: Er stürzte sich blitzschnell von hinten auf sie – entgegen landläufiger Meinung konnten Bären durchaus flink sein, wenn sie es darauf anlegten –, umschloss sie mit seinen Armen wie ein Schraubstock und warf sich mit ihr auf den Boden. Wobei er darauf achtete, dass er den Aufprall mit seinem Körper abfing.

Er wusste nicht, ob sie ihr Angriffsziel sehen musste, um es mit den herumwirbelnden Objekten zu bombardieren, aber er ging lieber auf Nummer sicher und schob sich rücklings in Richtung Wand.

Bis er dort ankam, musste er noch ein paar schmerzhafte Treffer einstecken, doch dann hörten sie schlagartig auf. Stattdessen flogen Scherben des zerbrochenen Bechers auf ihn zu … und blieben vor ihm in der Luft stehen, als wüsste Theo plötzlich nicht mehr, was sie mit ihnen tun sollte. Einen Augenblick später sanken sie zu Boden.

Aber es war noch längst nicht vorbei.

Theo wand sich rasend vor Zorn wie eine Besessene in seinem Griff. Yakov stieß einen Fluch aus, als sie den Kopf zur Seite drehte und die Zähne in seinem Oberarm vergrub, gleichzeitig erfüllte es seinen Bären mit Stolz, dass sie über den Tellerrand hinausschaute. Sie biss ganz fest zu, während über seinem Kopf weiterhin Dinge gegen die Wand prallten, trotzdem gab er Theo nicht frei. Er wich den Geschossen aus, so gut er konnte, während er gleichzeitig auch Theo dagegen abschirmte.

»*Govno!*«, ächzte er, als ihn ein schwerer, würfelförmiger Notizzettelhalter an der Schulter traf. Damit die scharfen Kanten Theo nicht im Gesicht verletzen konnten, beförderte er ihn mit einer Bewegung hinter sich, auch wenn er dafür in Kauf nehmen musste, dass der Gegenstand ihn schmerzhaft in den Rücken stach.

Der Sturm tobte weiter, Theos Fäuste waren weiß vor Anspannung, ihre Schreie inzwischen heiser.

Yakov hatte noch nie solch blindwütigen Zorn in seiner reinsten Form erlebt.

Plötzlich trat Totenstille ein.

Die durch das Zimmer fliegenden Gegenstände landeten ohne ein Geräusch auf dem Teppich.

Theo warf ihren Körper in krampfartigen Zuckungen hin und her … dann erschlaffte sie.

44

Ich spüre ein Kribbeln im Nacken. Irgendwas geht in dieser Wohnung vor sich. Lass uns unsere Patrouillengänge in der Gegend verdoppeln.

Nachricht von Yakov Stepyrev an Zahaan Saarinen (4. September 2083)

Das Auge starrte zum Fenster des Apartments hinauf. Theodora Marshall schien immer noch wach zu sein. Die Jalousien waren heruntergelassen, doch dahinter brannte Licht. Und der Bär war bei ihr.

Es war davon ausgegangen, dass er sich in der angrenzenden Wohnung einquartieren würde, aber dort war alles dunkel geblieben, seit die beiden das Gebäude betreten hatten. Entweder arbeiteten sie an einem Schlachtplan für den morgigen Tag – oder Theodora war die nächste Mediale, die sich in ein Mitglied des StoneWater-Clans verliebt hatte.

Das Auge stieß ein verächtliches Schnauben aus. »Kein Bär mit Geschmack würde sich mit einer Marshall einlassen.« Nein, sie mussten an einer Strategie tüfteln.

Und solange sie sich in diesem extrem gut gesicherten Apartment befand, konnte das Auge ohnehin nicht an sie herankommen. »Früher oder später wird sie allein sein«, raunte es der Person in seinem Bewusstsein zu, die seine andere Hälfte, sein Ich von früher war. »Ich muss mich einfach noch ein bisschen gedulden.«

45

Kaum zu glauben, dass Neiza schon ein Jahr alt ist! Sogar einen Monat drüber! Ich sage dir, mein lieber D, die Zeit rinnt einem wie Sand durch die Finger, wenn man ein Kind hat. Gerade noch hat sie fünfzehn Stunden am Tag geschlafen, und jetzt klatscht sie lachend in die Hände und gibt zuckersüße Laute von sich. Von Müdigkeit keine Spur mehr!
Gott, ich klinge wie die vernarrteste Mutter, die es je gegeben hat! Danke, dass du so nachsichtig mit mir bist.
Eigentlich schreibe ich dir aus einem anderen Grund. Natürlich hätte ich auch einfach zur Höhle kommen können, aber unsere Briefe haben inzwischen ja Tradition. Ich habe jeden aufbewahrt, den du mir geschickt hast.
Jedenfalls steht mittlerweile das Datum für das Silentium-Referendum fest: der 24. Juli nächsten Jahres. Ich lege diesem Brief alles verfügbare Material bei, das die von klugen Köpfen beider Lager vorgebrachten Argumente für beziehungsweise wider eine Modifizierung des Programms zusammenfasst. Du weißt, wie sehr ich dich respektiere. Bitte lass sie unvoreingenommen auf dich wirken, und sag mir anschließend, wie du darüber denkst.
In Liebe
deine kleine Lieblingsschwester
Hien

Brief von Hien Nguyen an Déwei Nguyen (20. Februar 1978)

Wie immer nach einer ihrer Wutattacken – den Ausdruck hatte sie sich als Teenagerin überlegt, und keiner beschrieb ihre Ausraster treffender – fühlte sich Theos Gehirn völlig geschunden an.

Der Bluterguss pochte und vernebelte ihr die Sicht, ihre Bauchmuskeln schmerzten, als hätte sie sie so fest angespannt, dass etwas gerissen war. Sie wusste, dass sie sich das nur einbildete; in der Regel beschränkten sich ihre Verletzungen auf Prellungen und Schnitte. Einmal war sie stundenlang bewusstlos gewesen – sehr wahrscheinlich, nachdem sie von einem schweren Gegenstand getroffen worden war, den sie telekinetisch in der Luft herumgeworfen hatte.

Zu jener Zeit war Pax noch nicht das Familienoberhaupt gewesen.

Sie hatte das Blut aufgewischt und sich in eine Klinik für Bedürftige begeben, weil dort niemand ihre Verletzungen in irgendeiner Weise aktenkundig machen würde. Die Ärztin – eine Menschenfrau mit grauen Haaren – war freundlich zu ihr gewesen und hatte sich erkundigt, ob Theo misshandelt werde.

Die Frage war viel zu spät gekommen.

»Theo?«

Sie wimmerte und wäre am liebsten im Erdboden versunken. Es war ihr unerträglich, dass Yakov sie so sah – als eine geistesgestörte Kreatur ohne jeden Verstand, erfüllt von Bösartigkeit und Gewalt.

Doch auch dafür war es jetzt zu spät. Er stand hinter ihr und hatte die Arme um sie geschlungen. Sein Atem streifte ihre Schläfe, als er fragte: »Theo, kannst du mich hören?«

Sie wollte einfach nur die Augen schließen, sich auf das Hämmern in ihrem Kopf konzentrieren und sich vorgaukeln, dass diese peinliche Sache nie passiert war. Doch das würde die Quälerei nur verlängern. Es war ihre eigene Schuld. Sie hätte ihm davon erzählen sollen, aber sie hatte es vorgezogen, so zu tun, als wäre sie normal, obwohl an ihr schon seit sehr langer Zeit nichts mehr normal war.

»Ja«, krächzte sie heiser.

Wieder stieg ihr die Schamröte ins Gesicht, als ihr langsam bewusst wurde, dass sie geschrien haben musste. Die Tobsuchtsanfälle hatten eingesetzt, als sie noch bei Colette lebte und die gesamte Wohnung von Kameras überwacht wurde. Eine weitere Maßnahme ihres Großvaters, um sie zu gängeln, nachdem sie angefangen hatte, ihm immer häufiger die Stirn zu bieten.

Infolgedessen gab es Aufnahmen.

Die schlimmsten waren die, in denen sie sich die Seele aus dem Leib brüllte.

Als Colette ihr diese Videos zum ersten Mal zeigte, hatte Theo sich die Ohren zugehalten und ihren Oberkörper rhythmisch vor und zurück bewegt, überzeugt davon, dass sie eine Irre war. Gut möglich, dass ihr schockiertes jüngeres Ich sogar recht gehabt hatte. Sie hätte diese Aussetzer längst in den Griff bekommen müssen, doch davon konnte keine Rede sein.

Ihr Blick richtete sich auf ihr Handgelenk.

Wo ihr Armband gewesen war, verunzierte eine Schramme ihre Haut, die entstanden sein musste, als sie es mit roher Gewalt abgezogen hatte. Sie brauchte ein robusteres Exemplar, dachte sie benommen. Eins, das so widerstandsfähig war, dass sie es nicht einmal mit den von ihrem Bruder geraubten Kräften entfernen könnte. Und sie musste seine Wirkung verstärken.

Denn es hatte sich aktiviert, und das fast zeitgleich mit dem Einsetzen ihres Tobsuchtsanfalls. Sie war unter dem schmerzhaften Stromstoß zusammengezuckt, während ihr Gehirn krampfhaft versuchte, wieder zur Vernunft zu kommen. Bis dann in endlosen Wellen Pax' Energie in sie hineingeströmt war und ihre eiserne Kontrolle in weißglühenden Zorn verwandelt hatte.

Theo? Seine Stimme tauchte in ihrem Bewusstsein auf, als hätte er ihre Gedanken gelesen. *Ich habe gespürt, dass du Energie von mir abgezogen hast. Hattest du einen Anfall?*

Ja. Aber es geht mir gut, log sie, rein aus dem Instinkt heraus, ihn zu beschützen. *Und dir?*

Auch. Benötigst du Hilfe?

Nein. Sie sagte ihm nicht, dass Yakov das Ganze miterlebt hatte; es war zu schmachvoll. *Ich muss jetzt allein in meinem Kopf sein.*

Er zog sich zurück, ohne weitere Fragen zu stellen. Ihr Bruder wusste von ihren aggressiven Aufwallungen – und das nicht nur, weil er es fühlte, wenn sie auf seine geistigen Kräfte zugriff, sondern auch, weil ihr Großvater ihm die Videos von Theos schlimmsten Ausbrüchen gezeigt hatte. Es war die brutale Antwort auf Pax' Bitte um Informationen über Theo gewesen.

Er hatte ihr nie erzählt, wie ihr Großvater die Aufnahmen kommentiert hatte, aber sie konnte es sich lebhaft vorstellen.

Deine Schwester ist ein seelisches Wrack und eine Bürde. Sieh dir diese armselige Kreatur doch nur an!

Sie zuckte innerlich zusammen und versuchte, ihre Gedanken in eine andere Richtung zu lenken, doch sie konnte ihnen nicht entkommen. Dazu war diese Situation zu krass, zu real. Der Mann, der sie in dieser Nacht so zärtlich berührt hatte, hielt sie noch immer fest. Theo konnte es ihm nicht verübeln. Sie hatte keine Ahnung, was sie ihm angetan hatte, während diese Dunkelheit in ihr wütete, die sich seit ihrem sechzehnten Lebensjahr in unregelmäßigen Abständen über ihren Verstand legte.

»Du wurdest mit einem Defekt geboren«, hatte ihr Großvater ihr mitgeteilt, nachdem sie Colette um ein Haar versehentlich getötet hatte. »Das ist der wahre Grund, warum du von deinem Bruder getrennt wurdest. Du könntest ihn umbringen. Begreifst du das jetzt?«

Theo hatte einwenden wollen, dass sie ihrem Zwilling niemals wehtun würde, doch das wäre gelogen gewesen, darum hatte sie geschwiegen. Wenn sie eine ihrer von ihrem beschädigten Gehirn verursachten Episoden hatte, war sie sich der Außenwelt nicht bewusst.

»Ich werde dich jetzt loslassen«, sagte Yakov und machte seine Ankündigung gleich darauf wahr.

Eisige Kälte erfasste sie, als er sie aus seinen Armen entließ, trotzdem zwang sie sich, auf Abstand zu ihm zu gehen. Bestimmt würde er sie nicht in seiner Nähe haben wollen, und zumindest diesen Gefallen konnte sie ihm tun. Sie kehrte ihm den Rücken zu, zupfte sich ihr kurzes Kleid zurecht und ließ die Haare wie einen Vorhang vor ihr Gesicht fallen, während sie auf den Teppich starrte.

»Es tut mir leid.« Ihre Kehle fühlte sich wund und wie mit zerstoßenem Glas durchsetzt an. »Habe ich dich verletzt?«

»Ich bin ein Bär«, erinnerte er sie mit rauer Stimme, dann rutschte er zu ihr und kniete sich vor sie hin.

Sie blinzelte, als er ihr sacht über den Kopf streichelte, bevor er die Hand an ihre Wange legte. Aber sie wich nicht zurück und untersagte ihm auch nicht, sie zu berühren. Ihm stand alles von ihr zu.

»Lass mich dein hübsches Gesicht betrachten, *pchelka.*« Es klang sanft und beschwörend. »Ich bin mir ziemlich sicher, dass du von einem umherfliegenden Objekt getroffen wurdest.«

Innerlich vollkommen erschüttert, leistete sie keinen Widerstand, als Yakov ihr Kinn anhob. Aber sie brachte es nicht über sich, ihm in die Augen zu sehen, stattdessen betrachtete sie über seine Schulter hinweg die Wand, die sie in ihrem Wutanfall ramponiert und mit Blut besudelt hatte. »Ich werde für den Schaden aufkommen.« Schnell und heiser hervorgestoßene Worte. »Ich habe das nötige Geld, um das reparieren zu lassen.«

Wäre das in Bezug auf ihr Gehirn doch bloß auch so leicht.

Yakov ging nicht darauf ein, stattdessen sagte er: »Auf deinem linken Jochbein ist ein blauer Fleck, aber es hätte viel schlimmer kommen können.«

Noch immer nicht fähig, ihn direkt anzuschauen, wandte sie den Kopf, um den Rest des Zimmers in Augenschein zu nehmen, als ihr Blick auf die Bissstelle an seinem Oberarm fiel. Bittere Galle stieg ihr in der Kehle hoch. Das alles war ihre Schuld. Obwohl sie um ihre dunkle Seite wusste, hatte sie Yakov erlaubt, sie in diese Wohnung zu bringen, die für ihn ein sicherer Ort sein sollte.

Wie hatte sie nur so selbstsüchtig sein können?

»Es tut mir leid, Yasha«, wiederholte sie im Flüsterton und starrte dabei auf den tiefen Abdruck, den ihre Zähne auf seiner Haut hinterlassen hatten. »So furchtbar leid.« Ihre Stimme drohte zu brechen.

»Ist ja gut«, murmelte er.

Ihr Magen schlingerte schmerzhaft, als sie ihn endlich ansah. In seinen wunderschönen, wild bernsteinfarbenen Augen mit dem gelblichen Glanz, die von dem Tier unter der menschlichen Oberfläche kündeten, lag kein Abscheu, noch nicht einmal Groll. Eine fast unerträgliche Hoffnung regte sich in ihr. Sie betrachtete prüfend sein Gesicht, bevor ihr Blick ein weiteres Mal die Verletzung an seinem Arm streifte.

»Mir fehlt nichts«, versicherte er ihr. »Ich wurde bei Übungskämpfen mit jüngeren Clanmitgliedern schon schlimmer gebissen.«

Theo hatte als Erwachsene noch nie geweint. »Ich bin keine Bärin.« Ihr war die Kehle eng, ihre Augen brannten.

»Jedenfalls kämpfst du wie eine.« Er lächelte und schob ihr sanft eine Haarsträhne hinters Ohr. »Na komm, *milaya moya*. Du solltest dir was Wärmeres anziehen. Deine Haut ist eisig.«

Theo, die die Tränen jetzt kaum noch zurückhalten konnte, hatte nicht die Kraft zu protestieren. Sie erlaubte ihm, ihr aufzuhelfen und sie zu stützen, als er sie ins Schlafzimmer führte.

Sie fühlte sich substanzlos wie ein Gespenst.

Yakov ließ sie am Fuß des Bettes stehen, doch anstatt zu ihrem Koffer zu gehen und andere Kleidung für sie herauszusuchen, verschwand er durch die Tür und kehrte kurz darauf mit seinem T-Shirt zurück, das er im Zuge ihres erotischen Intermezzos – welches ihr inzwischen vorkam wie eine Ausgeburt ihrer kranken Fantasie – ausgezogen hatte.

»Du magst meinen Geruch, Theo.« Er rieb mit seinem unrasierten Kinn sacht über ihre Wange. »Denk nicht, das wäre mir entgangen.« Sein muskulöser Körper war wie eine warme Wand, am liebsten wäre sie in ihn hineingekrochen, um sich vor der ganzen Welt zu verstecken.

Er drückte ihr das T-Shirt in die Hand, und sie krallte begierig die Finger in den weichen Stoff.

»Es riecht nach mir. Kuschel dich darin ein, während ich dir ein heißes Getränk zubereite.«

Theo stand minutenlang wie vor den Kopf geschlagen da, nachdem er das Zimmer verlassen hatte.

»Ich höre keine Geräusche, Thela!«, rief er. »Soll ich zu dir kommen und dir helfen?«

Zitternd hob sie das Oberteil an ihre Nase und schnupperte ausgiebig daran. Sie musste sich beherrschen, um nicht zu schluchzen.

Es duftete nach Yakov, genau, wie er es versprochen hatte. In dem Bedürfnis, es so schnell wie möglich auf ihrer Haut zu spüren, riss sie sich das Kleid regelrecht vom Leib und schlüpfte in das T-Shirt. Obwohl es ihr viel zu groß war und fast bis zu ihren Knien reichte, war es das wundervollste Kleidungsstück, das sie je angehabt hatte.

»Komm, trau dich raus, *pchelka*«, ermutigte er sie. »Dein Getränk ist fertig.«

Mit wild pochendem Herzen und sich an Yakovs Duft festhaltend, überwand sie sich, das Schlafzimmer zu verlassen und sich dem zu stellen, was sie angerichtet hatte. Von Ordnung konnte noch immer keine Rede sein, aber der Wohnbereich sah auch nicht mehr aus wie ein Schlachtfeld. Sondern eher, als hätten ein paar Bären dort einen ausgelassenen Abend gefeiert.

Ihre Unterlippe zitterte leicht, als sie zu Yakov hinschaute, der an der Küchenzeile stand und einen Becher in die Höhe hielt.

»Es tut mir leid«, setzte sie wieder an, obwohl sie wusste, dass keine Entschuldigung jemals genügen würde. »Ich hätte nicht –«

»Wag es ja nicht, dich für etwas zu entschuldigen, das nicht deiner Kontrolle unterliegt.« Er nagelte sie mit seinem Blick fest; seine Iriden wiesen jetzt nicht mehr das Bernsteingelb des Bären, sondern das leuchtende Meergrün des Mannes auf. »Es sei denn, du hast vor, mich anzuschwindeln und zu behaupten, dass du den Anfall hättest verhindern können.«

Eine Gefühlsregung, die nichts mit ihren Wutattacken zu tun hatte, trieb ihr die Röte ins Gesicht. Ihr lag eine schnippische Entgegnung auf der Zunge, aber sie zwang sich, tief einzuatmen, sich zu beruhigen und ihre Hände zu entspannen.

Yakov lehnte sich gegen die Wand und zog die Brauen zusammen. »Ich habe deinen Zorn überlebt. Da werden mich ein paar scharfe Worte erst recht nicht umbringen.«

Theo schaute ihn blinzelnd an und stellte fest, dass er recht hatte. Sie hatte ihn nicht getötet, ihn noch nicht einmal richtig verletzt. Das konnte nicht sein. Die beiden früheren Male, als während einer ihrer Anfälle jemand bei ihr gewesen war, hatte das gravierende Folgen gehabt. Colette hatte Knochenbrüche davongetragen und die Assistentin von Theos Großvater anschließend eine umfangreiche Gesichtsoperation benötigt, um ihr Aussehen wiederherzustellen.

Zumindest in letzterem Fall war Theo nicht allein verantwortlich gewesen. Ihr Großvater hatte sie immer stärker unter Druck gesetzt, um herauszufinden, wie weit ihre Fähigkeiten reichten. Es war reiner Zufall gewesen, dass die Frau gerade mit einem Glas Wasser für Marshall an ihr vorbeigegangen war, als Theo einen ihrer Anfälle bekommen hatte.

Theo konnte sich hinterher nie an irgendetwas erinnern, aber ihr Großvater hatte sie auch an jenem Tag gefilmt und ihr hinterher die Auswirkungen ihrer »defekten neuronalen Struktur« gezeigt.

Sie würde nie vergessen, wie das Glas in einem sternförmigen Muster explodiert war, die Scherben nach oben schossen, sich in Fleisch und Knochen bohrten und Blut auf den Schreibtisch spritzte, bevor Marshall Theo mit einer auf Höchststufe eingestellten Elektroschockpistole außer Gefecht setzte.

Während Theos Körper von dem Treffer verkrampfte, hatte die Sekretärin angefangen zu schreien. Das alles war in Sekundenbruchteilen passiert, mehr Zeit hatte Theo nicht gebraucht, um ein anderes Lebewesen auf brutalste Weise zu verwunden.

Yakov hingegen hatte kaum einen Kratzer abbekommen. »Das kann nicht sein.« Außer sich vor Entsetzen rannte sie zu ihm. »Du musst innere Verletzungen haben.«

46

Die V-Kategorie verzeichnet mit die höchste Rate an Geisteskrankheiten innerhalb unserer Gattung.

Das rührt daher, dass viele von uns zwar fähig sind, katastrophale Ereignisse vorherzusehen, ihnen jedoch nicht entgegenwirken können. So werden wir wieder und wieder Zeugen entsetzlicher Geschehnisse, bis unser Verstand es nicht mehr länger erträgt.

Falls eine Verschärfung der Silentium-Richtlinien dem ein Ende bereitet und ich nachts wieder ruhig schlafen kann, ohne mich endlos zu grämen … dann stimme ich dafür.

Auszug aus »Wahnsinn ist unsere Bestimmung«, verfasst von einem anonymen Hellsichtigen der Skala acht Komma drei (5. Januar 1977)

»Ich habe keine inneren Verletzungen, *pchelka moya*«, versicherte Yakov ihr, ließ aber dennoch zu, dass sie das T-Shirt hochschob, das er sich übergezogen hatte. »Ein paar Schrammen am Rücken und auf den Schultern, mehr nicht.«

Ihre Kehle war staubtrocken, der Schweiß stand ihr auf der Stirn, als sie Yakovs Brust- und Bauchgegend überprüfte und nichts als stramme Muskeln und makellose Haut fand. »Jetzt deine andere Seite.« Ihre Stimme überschlug sich fast. »Dreh dich um.«

Er tat, wie ihm geheißen.

Sie entdeckte einen kleinen Bluterguss, als wäre Yakov an der

Stelle von einem spitzen Gegenstand getroffen worden, und das war's.

»Bestimmt hast du doch innere Verletzungen«, insistierte sie, als er sich wieder zu ihr umdrehte. »Wir sollten dich zu einem Arzt bringen. Wo ist mein Handy? Ich muss –«

Er schloss seine Finger um ihr Handgelenk und drückte es leicht. »Theo, ich bin nicht gerade unerfahren, was körperliche Blessuren angeht. Und ich weiß genau, welche Art von Schlägen ich heute Nacht eingesteckt habe. Vertrau mir, es gibt definitiv keine inneren Blutungen.« Er drückte ihr das Glas mit dem heißen Nährstoffgetränk in die Hand. »Du kannst mich untersuchen, so viel du willst, nachdem du das hier getrunken hast.«

Obwohl ihr Herz immer noch heftig wummerte, nahm sie ein paar tiefe Schlucke. »Während meiner Anfälle von Raserei füge ich anderen Schaden zu«, platzte sie heraus. »Und das heute war ein besonders schlimmer. Nicht einmal mein Züchtigungsinstrument konnte ihn eindämmen.«

»Was zur Hölle ist ein Züchtigungsinstrument?«, entfuhr es Yakov, und Theo senkte unwillkürlich den Blick auf die rötlichen Male an ihrem Handgelenk. »*Bozhe*, Theo. Du sprichst von deinem Armband? Welchem Zweck dient es? Es versetzt dir Stromstöße?«

»In gewisser Weise.« Es würde zu lange dauern, ihm zu erklären, wie sie es auf der Basis des Gerätes entwickelt hatte, mit dem ihr Großvater versucht hatte, Theo ihre Wutattacken auszutreiben. »Nur in einem Maß, um die Abwärtsspirale lange genug zu stoppen, damit ich mich an einen Ort zurückziehen kann, wo ich allein bin. Es verhindert die Episoden nicht, aber es verschafft mir ein paar Minuten Zeit, die mich davor bewahren, in Gegenwart anderer auszurasten.«

Sie stellte das halb leere Glas auf den Küchentresen und rieb sich ihr bloßes Handgelenk. »Ich habe heute zu viel von Pax'

Energie abgezogen. Das Armband war nicht robust genug. Ich werde ein neues Modell anfertigen, das sogar geistigen Kräften der Stärke neun standhält.«

Yakov schlug so fest mit der Faust auf die Arbeitsfläche, dass Theos Vitamindrink nach links rutschte. »Dieses verfluchte Ding kommt nie wieder in deine Nähe!«

Theo fühlte sich schuldig und schwach, trotzdem würde sie sich von Yakov keine Vorschriften machen lassen. »Oh doch.«

»Es fügt dir Schmerzen zu«, knurrte er. »Wenn ich es wieder an dir sehe, werde ich es dir wegnehmen. Und zwar jedes verdammte Mal.«

»Das Armband schützt mich davor, andere zu verletzen ... und vor Schande. Meistens jedenfalls.« Plötzlich fiel ihr Trotz in sich zusammen, und sie lehnte sich kraftlos mit der Hüfte an den Tresen. »Das heute war der bisher schlimmste Ausbruch. Mein Gehirn ist im Verfall begriffen, genau wie mein Großvater es prophezeit hat.«

»Hör sofort auf damit.« Er sah sie mit festem Blick an, dann wurde seine Miene weich, und er schloss sie in seine Arme. »Wir müssen uns unterhalten. Aber nicht jetzt. Es ist weit nach Mitternacht, und du bist müde. Wir sprechen morgen früh miteinander, während der Fahrt.«

Sie schluckte, hätte ihn am liebsten gedrängt, dass sie es sofort hinter sich bringen sollten, aber wie immer nach einem dieser Schübe war sie zutiefst erschöpft. Ihre Beine und ihre Hände zitterten. »Dann morgen. Auf wie viel Uhr soll ich den Wecker stellen?«

»Mach dir darüber keine Gedanken. Ich werde dein Wecker sein.« Er wich ein Stück zurück, um ihr in die Augen zu schauen. »Es sei denn, du möchtest lieber allein schlafen? In dem Fall lege ich mich auf die Couch.«

»Nein, bleib hier«, antwortete sie ohne Zögern.

Sie wurde mit einem strahlenden Lächeln belohnt, das Yakovs Grübchen zum Vorschein brachte. Für eine Sekunde war es, als hätte es ihren Anfall nie gegeben. Dann schob er ihr Glas vor sie hin, damit sie es austrank, und wieder erfasste ihr Blick die Bissstelle an seinem Arm.

Das holte sie mit voller Wucht in die Realität zurück.

Theo hatte der einzigen Person, die ihr außer Pax etwas bedeutete, wehgetan. Wäre Yakov nicht so stark, hätte sie ihn vermutlich getötet.

Das mörderische Böse lag ihr genetisch bedingt im Blut.

Sie war eben eine Marshall.

In dieser Nacht wurde Yakov ein weiteres Mal von seinem Traum heimgesucht.

Er sah, wie Theo auf die Knie fiel und die Hände auf ihre Kehle presste, um die pulsierenden Ströme von Blut aufzuhalten, die alles scharlachrot färbten und ihre Lebenskraft mit sich fortzureißen drohten.

Sie schaute ihn mit großen, furchtsamen Augen verzweifelt an.

Bitte hilf mir, Yasha. Ich flehe dich an.

Aber er war nicht imstande, sie zu retten. Seine Hände waren gefesselt, seine Bärenkräfte in Ketten gelegt. Egal, wie sehr er kämpfte, er konnte sich nicht befreien, nichts weiter tun, als sich die Seele aus dem Leib zu brüllen, während Theo vor seinen Augen verblutete.

Rote Schlieren verschleierten seine Sicht, als er in tiefster Nacht aus dem Schlaf schreckte. Theo regte sich neben ihm, und er streichelte sanft über ihre Seite, bis sie entspannt wieder einschlummerte.

Obwohl sie ursprünglich damit einverstanden gewesen war, das Bett mit ihm zu teilen, hatte sie dann doch fast einen Rückzieher gemacht. Nicht, weil sie allein sein wollte, sondern aus Angst, sie könnte ihm etwas zuleide tun. Yakov musste den ganzen Charme seines Bären aufbieten, um es ihr auszureden.

Trotzdem hatte sie erst eingelenkt, nachdem er ihr verdammtes Armband gefunden und zugelassen hatte, dass sie es instand setzte und wieder anlegte. Yakov hatte buchstäblich die Zähne zusammenbeißen müssen, um dieses teuflische »Züchtigungsinstrument« nicht kurz und klein zu schlagen. Aber Theo brauchte seine körperliche Nähe, was ihm wiederum die Gelegenheit geben würde, ihr das verdammte Ding abzunehmen, sowie es aktiv würde.

Clever, wie er war, hatte er ihr dabei zugesehen, als sie es reparierte, darum wusste er, dass die Schweißnähte nicht ganz bündig waren. Ein fester Hieb mit der Tatze seines Bären, und es wäre in zwei Teile gespalten. Solange Theo in seiner Obhut war, würde ihr dieses Armband keine Schmerzen mehr zufügen.

Jetzt lag er mit hämmerndem Puls auf dem Rücken und starrte an die Decke.

Warum änderte sich die Vision nicht?

Er hatte noch immer keine Antwort auf die Frage, als er ungefähr zwei Stunden später, an Theo gekuschelt und eingelullt von ihrem Herzschlag, wieder einschlief. Doch seine Gedanken ratterten weiter, nahmen die Vision aus jedem Blickwinkel unter die Lupe.

Wenn er sie schon nicht verändern konnte, dann musste er zumindest den Ausgang abwenden.

47

»Wie wär's mit einem Rendezvous, mein Hübscher? Ich verspreche dir eine bärig gute Zeit.«

»Ich fürchte, ich muss mir heute Abend dringend die Nägel schneiden. Tut mir ja so leid.«

»Das Werben um Arwen Mercant – eine Geschichte über tödliche Blicke, unwiderstehlichen Charme und eine romantische Nacht im Gefängnis«, erzählt von Pavel Stepyrev

Ungefähr zur selben Zeit, als Yakov wieder in einen unruhigen Schlaf fiel, löste Pavel sich vorsichtig von seinem schlummernden Liebsten und setzte sich auf. Dann nahm er seine Brille und seinen ultramodernen Hightech-Organizer vom Nachttisch.

Das von einem Unternehmen Kaleb Krycheks produzierte Gerät war noch nicht auf dem Markt, und Pavel hätte sich eher die Zunge abgebissen, als Silver zu bitten, ihre Verbindung zu ihrem früheren Boss zu nutzen, um ihm, Pavel, ein Vorab-Exemplar zu besorgen.

Es gab Dinge, die machte man einfach nicht, ganz gleich, wie sehr es einen in seinem technikaffinen Herzen schmerzte.

Dann hatte Ena ihm den Organizer zum Geburtstag geschenkt. »Arwen hat etwas Elektronisches vorgeschlagen, als ich ihn um einen Tipp bat«, hatte die Matriarchin des Mercant-Clans erklärt. »Ich nahm an, dass du dieses spezielle Modell bestimmt noch nicht hast.«

Pavel war sprachlos gewesen. Nicht nur wegen des Präsents an sich, sondern auch, weil Ena ihm überhaupt etwas schenkte. »Dankeschön«, hatte er schließlich voller Rührung herausgebracht.

Ein stahlharter Blick. »Du machst Arwen glücklich, und du bist stark genug, um ihn vor seinem weichen Herzen zu beschützen.«

Was Gunstbezeugungen anging, stand für Enas Verhältnisse dieses Kompliment auf einer Stufe mit einer Einladung ins Haus auf den Klippen. Auch das hatte Pavel mittlerweile mit heiler Haut überlebt.

»Pashabär?«, murmelte Arwen verschlafen und kuschelte sich an ihn.

Und Pavel schmolz wie immer dahin.

Er streichelte Arwens nackte Schulter, bis dessen Atem wieder ruhig und gleichmäßig ging, bevor er die Mitteilung hochlud, die ihn mit einem leisen Ping geweckt hatte – er hatte den Signalton auf eine Frequenz eingestellt, die sein Liebster nicht hören würde.

Pavel scrollte durch die Ergebnisse.

Medizinischer Fachjargon.

Egal. Er musste nicht verstehen, was das alles bedeutete. Hauptsache, er fand, was er suchte. »Pasha, du bist ein Genie«, murmelte er.

»Ja, das bist du«, pflichtete Arwen ihm bei und versank dicht an Pavel geschmiegt wieder im Schlaf.

Mit einem törichten Lächeln beugte Pavel sich zu ihm und küsste seinen seidigen schwarzen Schopf. »Ich liebe dich, du süßer, kluger, unbeschreiblich hinreißender Empath.«

Dann legte er die Finger auf die Tastatur und machte sich an die Arbeit.

48

»Pashabär? Warst du etwa die ganze Nacht wach?«

»Falls ich Ja sage, bleibst du dann noch ein Weilchen länger im Bett und kuschelst mit mir, mein hübscher Empath mit den sinnlichsten Lippen, die ich je gesehen habe?«

»Versuch gar nicht erst, mich mit deinem Charme einzuwickeln. Ich bin dafür nicht empfäng— Pasha! Hör auf damit! Es ist mein Ernst! Ich muss zu einem Treffen mit meiner Großmutter!«

»Nimm das erst zurück, moy luchik. *Sag, dass ich der charmanteste Bär bin, der je auf dieser Erde wandelte.«*

»Oder ich werde es dir heimzahlen. Du solltest niemals vergessen, dass ich von einer Messerstecherin abstamme.«

»Habe ich dir schon mal erzählt, dass ich ihre Gedichte las, um einen tieferen Einblick in die Familie Mercant zu bekommen, nachdem du mich wieder und wieder hast abblitzen lassen, um deine Nägel zu maniküren oder deine Besteckschublade umzuräumen?«

»Oder behauptet habe, ich müsse mit meinem Goldfisch Gassi gehen.«

»Ich sollte dir Klugscheißer den Hintern versohlen. Aber stattdessen werde ich dir ›Fragmente eines Zerrissenen Briefes‹, ins Ohr flüstern.«

»Ich bin über die Maßen bezaubert von deinem Gespür für Romantik und Leidenschaft.«

»Mach dich auf eine Überraschung gefasst, mein entzückender kleiner Empath, der sich in meine Höhle hat locken lassen. Es kommt darin die Zeile ›Deine Schenkel, die sich zwischen meine …‹ vor.«

»Du hast gewonnen. Und jetzt küss mich endlich, du sexy Süßholzraspler.«

Gespräch zwischen Pavel Stepyrev und Arwen Mercant (5. September 2083)

Theo wurde von einem Klingeln geweckt.

Der muskulös gebaute Mann, der sie in seinen Armen hielt, schnappte sich sein Handy vom Nachttisch. »Pasha, was gibt's?«, fragte er. Seine vom Schlafen raue Stimme bewirkte, dass sie ein Kribbeln vom Kopf bis in die Zehenspitzen spürte.

Yakov wurde ganz still, während er Pavel lauschte. »Bist du absolut sicher?«, vergewisserte er sich dann.

Wieder trat eine Pause ein.

Gefolgt von: »Schick mir die Adresse. Gute Arbeit, Bruder.«

Nach dem Telefonat zog er Theo wieder an sich. »Ich weiß, dass du wach bist, *pchelka*.« Er rieb mit der Nasenspitze über ihren Hals. »Zu schade, dass wir jetzt nicht kuscheln können. Aber Pasha hat sich wegen eines glorreichen Einfalls die Nacht um die Ohren geschlagen und eine Spur für uns aufgetan. Ich erzähl dir im Auto davon. Aufbruch in zehn Minuten. Wir halten auf dem Weg bei der Bäckerei.«

Irgendwie machte es der Zeitdruck leichter für Theo, Yakov wieder ins Gesicht zu sehen. Doch nachdem sie sich ihr Frühstück besorgt hatten, konnte sie sich nicht überwinden, einen der Donuts zu essen, für die sie sich beim letzten Mal so sehr begeistert hatte. Stattdessen nahm sie mit einem Energiedrink vorlieb. »Was hat Pavel herausgefunden?«

Yakov aß sein belegtes Brötchen beim Fahren. »Du erinnerst dich, dass du deine E-Mail an Pax, die Medikamente betreffend, auch an ihn geschickt hast?«

»Ja.« Es war eine einfache Entscheidung gewesen. Der Stone-Water-Clan war tief in die Sache involviert und Pavel außerdem Yakovs Zwilling.

Sie vertraute Yakov und somit auch Pavel, daher hatte sie alle Vorbehalte über Bord geworfen.

»Dein Bruder hat geantwortet, während wir schliefen, und Pasha wäre nicht Pasha, hätte er nicht eine Alarmfunktion installiert, die ihn sofort benachrichtigte, als die Informationen eintrafen. Sowie er sie hatte, blieb er den Rest der Nacht auf und schrieb ein Programm, mit dem er feststellen konnte, ob irgendwelche dieser Medikamente in jüngster Zeit in Moskau lebenden Personen verschrieben wurden.«

Theo zog die Stirn in Falten. »Wie konnte er sich Zugang zu derart sensiblen Daten verschaffen?«

Yakov hüstelte. »Ich kann weder bestätigen noch dementieren, dass mein Bruder ein gewisses Händchen für Computer hat und Sicherheitssysteme für ihn praktisch nicht existieren. Er knackt jede Firewall.« Sein Stolz auf seinen Zwilling war offenkundig.

Theo las zwischen den Zeilen. »Er hat einen Treffer gelandet.« Ihr Mund wurde ganz trocken. »Aber Yasha, einige dieser Pharmazeutika dienen tatsächlich medizinischen Zwecken.«

»Ja, aber nicht in diesem Fall. Hier geht es um eine Kombination aus fünf von zwei verschiedenen Ärzten verschriebenen Medikamenten. Es stehen zwei unterschiedliche Namen auf den Rezepten, allerdings sind beide Patienten unter derselben Adresse gemeldet. Was es sehr wahrscheinlich macht, dass die Medikamente nur für eine Person bestimmt sind. Aber kein Mediziner der Welt würde sie alle zusammen verordnen.«

»Du glaubst, dass jemand aus dem näheren Umfeld der besagten Person die entsprechenden Symptome vorgetäuscht hat, um den Rest zu erhalten?« Theo holte zittrig Luft. »Das würde bedeuten, dass jemand von den Anstaltsinsassen noch am Leben ist.« Nur ergab das nach allem, was Theo über die Leute wusste, die das Zentrum geleitet hatten, keinen Sinn. »Wie soll das möglich sein?«

»Das werden wir bald herausfinden. Aber dazu müssen wir unsere Untersuchung des potenziellen Gräberfelds um Stunden, wenn nicht sogar einen ganzen Tag verschieben. Du willst sicher nicht, dass ich ein Team dorthin schicke?«

Theo dachte über seine Frage nach und schüttelte den Kopf. »Die Toten warten schon seit vielen Jahren. Die Lebenden müssen Vorrang haben – und vielleicht findet sich ja ein Zeuge dafür, was in dieser Einrichtung vor sich gegangen ist.«

Die Vorstellung, dass es Überlebende geben könnte ... Theo wollte sich an diese Hoffnung klammern – wäre da nicht dieser nagende Zweifel gewesen. »Falls die Person diese Medikamente noch immer nimmt, kann sie sich nicht in Freiheit befinden.«

Yakovs Bizepse spannten sich so fest an, dass die Sehnen seiner Unterarme hervortraten. »Sollte sie von einem der Folterknechte aus dem Rehabilitationszentrum gefangen gehalten werden, dann ist das Versteckspiel jetzt vorbei.«

Als Yakov den Wagen vor einem dreigeschossigen Apartmenthaus am Stadtrand von Moskau zum Stehen brachte, rauschte das Blut heiß in seinen Adern bei dem Gedanken, dass sie sich vielleicht gleich dem personifizierten Bösen gegenübersähen.

Es war keins dieser modernen, seelenlosen Bauwerke, wie es sie in bestimmten Vierteln mit hoher Medialendichte gab. Dieses Gebäude war schon älter, aus goldfarbenen Ziegeln errichtet, mit geschwungenen Verzierungen über der Haustür und rund um die Fenster. An den Seitenwänden rankte Efeu empor, und der Weg, der zum Eingang führte, wurde von zwei gepflegten Beeten gesäumt.

Das eine war mit Büschen bepflanzt, die für den Winter zurückgeschnitten worden waren, das andere mit Gemüsesorten, die auch bei kaltem Wetter gediehen. Yakovs Vater wäre begeistert, könnte er diese Pflanzenpracht sehen. Soweit Yakov es von der Straße aus beurteilen konnte, waren beide Beete in tadellosem Zustand, frei von Unkraut und toten Blättern.

Ebenso verwies der perfekte, säuberlich getrimmte Rasen, der sich von dort bis zum Gehsteig erstreckte, auf die sorgfältige Pflege durch einen Gärtner.

»Findest du nicht, dass es irgendwie zu … heimelig wirkt?« Theo hob am Ende des Satzes die Stimme, als suchte sie nach dem richtigen Wort, um ihren Eindruck zu beschreiben.

»Doch«, bestätigte Yakov. »Dieses Haus hat überhaupt nichts Steriles.«

»Genau das meine ich. Und schau mal da.«

Er folgte mit den Augen der Richtung, in die ihr Finger zeigte, und entdeckte einen Balkon, auf dem buntes Kinderspielzeug herumlag. »Hier wohnen Familien.« Er runzelte die Stirn. »Es kann unmöglich irgendeine Art von geheimer Forschungseinrichtung sein, es sei denn, die Person, die wir suchen, wäre vom ersten Tag an in einem Zimmer eingesperrt gewesen.«

»Es sagt viel über meinen Großvater und seine Helfershelfer aus, dass ich das für durchaus denkbar halte.« Theos Ton war hart, ihr Blick auf das Gebäude fixiert.

Yakov wollte nach ihrer Hand greifen, aber sie ließ es nicht zu.

»Theo.« Ihm war klar, dass ihr Verhalten mit letzter Nacht zu tun hatte, ihrem Zorn, der sich in einem heftigen Gewaltausbruch entladen hatte.

Sie schluckte merklich und schlang die Arme um ihren Körper. »Konnte dein Bruder irgendetwas über die Zielpersonen herausfinden?«

Yakov war geduldiger als manch anderer Bär, aber er besaß nicht die Gemütsruhe eines Pandas. Doch genau die brauchte er heute; dies war nicht der richtige Ort für das Gespräch, das Theo und er dringend führen sollten. »Bis vor fast genau drei Jahren gab es in Moskau keinen Hinweis auf sie – auch nicht irgendwo sonst in Russland.«

»Ungefähr zu dem Zeitpunkt ist mein Großvater gestorben«, entgegnete sie tonlos.

»Das eine Individuum hat ehemals in Italien gelebt, das andere in Neuseeland, doch vor achtundzwanzig Jahren verliert sich plötzlich jede Spur von ihnen.« Er zeigte ihr die aktuellen Passfotos der beiden. »Als wären sie für einen längeren Zeitraum von der Bildfläche verschwunden, nur um in Russland wieder aufzutauchen.«

Theo richtete den Blick starr nach vorn, und Yakov fragte sich, was sie wohl sah – jedenfalls galt ihr Interesse ganz sicher nicht dieser gewöhnlichen, von Baumreihen begrenzten Vorstadtstraße oder der Horde vergnügter Kinder auf dem Spielplatz drei Häuser weiter. »Also hätten sie durchaus in diesem Rehabilitationszentrum sein können«, folgerte sie dumpf.

Ohne auf seine Antwort zu warten, öffnete sie ihre Tür, und er folgte ihrem Beispiel. Als sie auf dem Bürgersteig zusammentrafen, fragte sie: »Wie sollen wir die Sache angehen? Es besteht bestimmt nicht die Gefahr, dass sie mich als eine Marshall identifizieren. So gut wie niemand auf der Welt weiß, wer ich bin.«

»Pech für sie.« Yakov wünschte, er könnte Theos verfluchten Großvater in Stücke reißen. »Ich bin dafür, dass wir improvisieren.« Seite an Seite überquerten sie die Straße, und Yakov musste sich mit aller Macht zügeln, um Theo nicht an sich zu ziehen und sie zu liebkosen, bis sie Wachs in seinen Armen würde. »Wir geben uns jovial, schauen, was wir aufschnappen können. Die meisten Bewohner dieser Stadt plaudern gern mit Bären. Das können wir uns zunutze machen.«

In diesem Moment ging die Haustür auf, und ein Mann kam herausgeschlurft. Er schien in den Sechzigern zu sein – was nach den Maßstäben des Jahres 2083 als mittleres Alter galt –, trotzdem war sein Rücken leicht gebeugt und sein braunes Haar von unzähligen grauen Strähnen durchzogen.

Tiefe Falten hatten sich in seinen dunklen Teint eingegraben, seine Gesichtshaut war schlaff.

Er trug eine braune Cordhose und einen dunkelblauen Pullover, den Reißverschluss bis zum Hals hochgezogen. Seine Hände steckten in Arbeitshandschuhen, und er war mit einer Heckenschere ausgerüstet.

»Wir haben den Gärtner gefunden«, murmelte Yakov, den irgendetwas an der Witterung des Mannes irritierte. »Und unsere erste Zielperson.«

49

Ich weiß, dass du unten im Wohnzimmer sitzt, D, und zusammen mit den anderen im Fernsehen die Berichterstattung über den Ausgang der Abstimmung verfolgst. Aber ich habe das Bedürfnis, meine Gedanken zu Papier zu bringen – und natürlich in Form eines Briefes an dich. Ich werde ihn heute Abend zu Ende schreiben und dir später als Überraschung schicken.

Nach all der langen Zeit kann ich kaum glauben, dass es tatsächlich passiert ist und der Modifizierung der Silentium-Richtlinien mit überwältigender Mehrheit zugestimmt wurde. Das Verbot zu fühlen beschränkt sich jetzt nicht mehr auf Hass und Zorn, es gilt für jede Art von Emotion. Als Ironie empfinde ich es allerdings, dass ich ausgerechnet an diesem denkwürdigen Tag so vieles gleichzeitig empfinde – Schock, Angst, Sorge und vor allen Dingen Hoffnung.

Auf eine bessere Zukunft für mein kleines Mädchen! Neiza wird aufwachsen, ohne um ihre geistige Gesundheit fürchten zu müssen – daran glaube ich aus tiefster Seele.

Brief von Hien Nguyen an Déwei Nguyen (21. August 1979)

Der Gärtner – der auf den Namen Santo Lombardi hörte –, hob den Kopf und richtete seine auffallend hübschen grünen Augen auf sie.

Sein Blick war so sanft und arglos wie der eines Rehs.

Fältchen erschienen in seinen Augenwinkeln, so als würde er jeden Moment lächeln, doch dann zuckte er zusammen und wich mehrere Schritte zurück. »Ich kenne euch nicht«, sagte er und spähte über seine Schulter zur Tür.

Als niemand herauskam, wandte er sich erneut Yakov und Theo zu. »Ich kenne euch wirklich nicht.«

Angst strahlte in pulsierenden Wellen von ihm aus, er erinnerte Yakov an ein Bärenjunges, das einen Schrecken bekommen hatte. Darum hörte er auf seinen Instinkt und ging so sanft mit Santo Lombardi um, wie er es mit einem Kind getan hätte. »Ich heiße Yakov«, sagte er. »Ich bin ein Bär.« Theo stellte er absichtlich nicht vor, weil er das Gefühl hatte, dass dieser Mann wesentlich zugänglicher wäre, wenn er sie beide für Gestaltwandler hielte. »Bestimmt hast du schon mal Leute aus dem StoneWater-Clan in der Stadt gesehen.«

Santo beäugte ihn misstrauisch. »Du hast keinen Pelz«, stellte er mit der Ernsthaftigkeit eines Kindes fest, das sich sicher war, dass es veralbert wurde.

Yakov hob grinsend eine Hand in die Höhe. »Sieh her.« Er fuhr seine Krallen aus.

Der Gärtner schnappte nach Luft und wich zurück. Yakov dachte schon, er hätte einen fatalen Fehler gemacht, als ein breites Lächeln über das hagere Gesicht des Mannes ging und seine schönen, warmen Augen aufleuchteten. »Noch mal!«

Lachend zog Yakov die Krallen wieder ein und fuhr sie gleich darauf erneut aus. Gleichzeitig ließ er den gelblichen Bernsteinglanz in seine Augen treten, den sie bei schwächerem Licht annahmen und der für gewöhnlich der erste Hinweis darauf war, dass sich das Tier unter der menschlichen Oberfläche in den Vordergrund drängte.

»Du bist ein Bär«, erklärte Santo mit Nachdruck.

Wieder wurde die Haustür geöffnet, und eine dunkelhäutige

Frau von etwa Ende zwanzig oder Anfang dreißig Jahren tauchte auf. Ihre Haare waren zu ordentlichen Zöpfen geflochten, die nicht ganz bis zu ihren Schultern reichten. Gut sitzende Jeans und ein knallroter Pullover bekleideten den stämmigen Körper; von der Größe her rangierte sie irgendwo zwischen Theo und Yakov.

Sie schaute nicht zu ihnen her, sondern zu der kleinen, dünnen Gestalt, die hinter ihr aus dem Haus kam. Diese schien etwa in Santos Alter zu sein. Sie war eingepackt in eine sonnengelbe Jacke und trug eine dunkelbraune Hose.

»Janine Fong«, flüsterte Theo Yakov zu. »Wer von ihnen nimmt die Medikamente?«

Auf den ersten Blick ließ sich das unmöglich feststellen. Janine hatte einen milchweißen Teint mit einem bläulichen Unterton, es war die Art von Haut, die beim geringsten Druck Blutergüsse zeigte. Ihr Gesicht mit den hohen Wangenknochen und den runden Augen war nicht so schlaff wie Santos, allerdings war sie scheuer als er und wich ihrer Begleiterin nicht von der Seite.

Was Yakov besonders an ihr auffiel, war ihre Frisur; obwohl ihre Haare ganz anders beschaffen waren als die der anderen Frau, hatte sie sie im selben Stil geflochten. Nur dass Janines Zöpfe sich bereits lösten und einzelne Strähnen daraus entwichen waren.

Die Jüngere bedachte Yakov und Theo mit einem neugierigen Blick. »Seid ihr hier, um Freunde zu besuchen, die im Haus wohnen? Falls ja, müssen sie euch selbst hereinlassen.«

Yakov merkte an ihrer Körperhaltung, dass sie mehr als nur eine Pflegekraft war. Sie sorgte außerdem auch für die Sicherheit ihrer Schützlinge. »Tatsächlich bin ich gekommen, weil ich mit Santo sprechen wollte.« Ohne den Blick von ihr zu nehmen, lächelte er dem Gärtner zu. »So heißt du doch, oder?«

»Er ist ein Bär, Cissi!«, verkündete Santo der Frau, deren

dunkle Augen sich zu Schlitzen zusammengezogen hatten. »Ich habe seine Krallen gesehen!«

Cissis Argwohn verwandelte sich in unverhohlene Besorgnis. »Könntest du ein Weilchen bei Santo bleiben, Nene?«, fragte sie Janine in ruhigem, freundlichem Ton. »Ich muss mit unseren Besuchern reden.«

Santo breitete seine Arme aus, woraufhin Janine zu ihm huschte, sich an ihn anlehnte und das Gesicht an seiner Brust barg.

»Warum zeigst du Nene nicht dein Gemüse, Santo? Ich warte hier, zusammen mit deinem neuen Freund.«

»Er ist ein Bär!«, wiederholte er grinsend. »Ich habe ihn zuerst gesehen.«

»Ich weiß, ich weiß.« Cissi lachte. »Ich werde mich kurz mit ihm unterhalten, danach kannst du weiter mit ihm plauschen.«

Daran, dass Santo nickte und Janine dann wegführte, erkannte Yakov, welch starkes Vertrauensverhältnis Cissi zu den beiden geschaffen hatte, sogar ihr Geruch hatte sich mit deren Witterungen verwoben – *Govno!*

Ihm gefror das Blut, als er begriff, was ihm an Santo keine Ruhe ließ. Es hatte nichts mit dem Mann selbst zu tun, sondern mit einer Person in seinem Umfeld. *Mist verdammter.* »Ich kann mich ausweisen«, sagte er zu Cissi, ohne sich seinen Schock anmerken zu lassen, und griff in seine Tasche.

»Das ist nicht nötig. Ich habe dich neulich mit ein paar von deinen Clangefährten im Club Moskau gesehen.« Ein verlegenes Lächeln. »Entschuldige, dass ich dich nicht auf Anhieb erkannt habe. Ich war einfach nicht darauf eingestellt, ein hochrangiges Mitglied der StoneWater-Bären vor unserer Haustür anzutreffen. Du hast einen Zwillingsbruder, stimmt's? Ich bin mir sicher, dass ich dich gelegentlich schon mal doppelt gesehen habe. Das könnte allerdings an den Cocktails gelegen haben.«

Wegen des flauen Gefühls in seinem Magen brachte er nur mit Mühe ein Lachen zustande. »Ich bin Yakov. Mein Bruder heißt Pavel.« Er richtete den Blick auf Theo. »Und das ist Theo.«

Cissis Lächeln verblasste, als sie Theo ansah. »Du bist keine Bärin. Sondern eine Mediale.«

»Genau wie du«, konterte Theo kühl. »Man könnte dir die Menschenfrau fast abkaufen – deine Cocktail-Bemerkung war genial –, aber ich spüre deine mentale Stärke. Ich würde auf eine Sieben tippen.«

Die beiden schauten einander abschätzend an, bevor Cissi kurz nickte und den Blickkontakt unterbrach. »Aus welchem Grund wolltest du mit Santo sprechen?«, fragte sie Yakov.

Er verschränkte die Arme und stellte die Beine weiter auseinander. »Zuerst möchte ich wissen, wer du bist und was du hier machst.«

Keine Reaktion in Cissis Mimik. »Die Medialen sind den Bären keine Rechenschaft schuldig.«

Die Frau hatte Mumm in den Knochen – eine Grundvoraussetzung, wenn man auf schutzbedürftige Personen aufpasste.

»Meinen Nachforschungen zufolge war Santo in seinen Zwanzigern als chemischer Analytiker tätig.« Für ein Unternehmen der Marshall-Gruppe, was Yakov wenig überraschend fand. »Er war keine Koryphäe, aber auch kein kleines Licht. Santo machte einfach seine Arbeit, und das laut seinen Leistungsbeurteilungen gut.« Yakov hielt Cissis Blick fest. »Was ist mit ihm passiert?«

Sie schaute ihn, die Hände in die Hüften gestützt, mit Pokermiene an.

Yakov seufzte innerlich. Er hasste es, den großen, bösen Bären hervorzukehren, besonders gegenüber einer Person, die er zu schätzen begann. Er würde ihr viel lieber mit Charme oder Vernunft beikommen, doch sein Gefühl sagte ihm, dass das bei dieser fürsorglichen Frau nicht fruchten würde.

Also stülpte er sich widerwillig seine fiese Maske über. »Ihr lebt in unserem Territorium. Glaubst du wirklich, die Polizei würde sich die Mühe machen, drei x-beliebige Mediale vor uns zu beschützen?«

Selbstverständlich griffen die StoneWater-Bären keine unschuldigen Leute an. Sie waren schließlich keine wilden Tiere – jedenfalls nicht in diesem Wortsinn. Aber obwohl Cissi den Club Moskau frequentierte, war es eher unwahrscheinlich, dass sie über mehr als oberflächliche Kenntnisse über den Clan verfügte. Der Großteil der Medialen hatte in Bezug auf die Gestaltwandler noch immer große Wissenslücken und hielt sie für gewalttätig.

Zu diesem Ruf hast nicht zuletzt du selbst beigetragen, Yakov Stepyrev.

Babuschka Gracieles enttäuschte Stimme.

Doch seine Strategie ging auf. Cissi warf einen Blick zu ihren Schützlingen hinüber, anschließend schaute sie wieder Yakov, dann Theo an. Ein verwirrter Ausdruck erschien auf ihrem Gesicht, als sie sie mit gerunzelter Stirn, den Kopf leicht schief gelegt, eine Sekunde zu lange musterte.

»Ich heiße Cecilia Bonet, aber man nennt mich Cissi.« Die Worte galten Yakov. »Ich betreue Santo und Janine inzwischen seit drei Jahren. Bin im Internet auf die Stellenanzeige gestoßen. Ich musste mich einer Sicherheitsüberprüfung unterziehen, gefolgt von einem Vorstellungsgespräch bei Santos und Janines Vormund, und ich werde noch immer regelmäßig stichprobenartig kontrolliert.«

»Du bist im Personenschutz ausgebildet.«

Cissi nickte. »Ich war während Silentium im Sicherheitssektor tätig und habe mich danach zur Pflegekraft umschulen lassen. Ehrlich gesagt hatte ich keinerlei praktische Erfahrung in dem Job, als ich die Stelle antrat. Janines und Santos Vormund teilte mir unumwunden mit, dass mein beruflicher Hintergrund am Ende den Ausschlag gab, ich jedoch sofort meine Koffer packen könnte, falls ich mich nicht ihren Bedürfnissen entsprechend um die beiden kümmerte.«

Ihre Miene wurde weich, als sie erneut einen Blick zu Santo und Janine hinüberwarf, die jetzt vor einem der Beete knieten und etwas aßen, bei dem es sich um Zuckererbsen zu handeln schien. Der Mann musste wahrhaft einen grünen Daumen haben, wenn sie schon zu dieser Jahreszeit erntereif waren.

»Das mit Santos früherem Beruf wusste ich nicht, aber es ergibt Sinn. Von Zeit zu Zeit benutzt er Ausdrücke, die ich nicht kenne, und wenn ich sie nachschlage, stelle ich meistens fest, dass sie aus dem chemischen Bereich stammen.«

»Hast du Janines Haare frisiert?«, brachte Theo sich in die Unterhaltung ein.

»Was? Oh, ja, das war ich.« Cissi lächelte. »Keiner von beiden benötigt Hilfe bei der Körperpflege, aber Janine liebt meine Zöpfe. Allerdings sind ihre Haare so seidig glatt, dass es eine echte Herausforderung ist, sie zu flechten. Ich muss Schaumfestiger benutzen, damit ihre Zöpfe halten.« Jedes Wort voller Zuneigung. »Ich betrachte die beiden inzwischen als meine Familie.«

Yakovs Augen lagen auf der zarten, scheuen Frau, die noch nicht einmal mit Santo sprach. »Sie ist telekinetisch begabt, nicht wahr?«

Cissi nickte. »Janine hat früher als private Teleporterin für eine Familie gearbeitet. Sie war noch sehr jung, als sie in deren Dienste trat, und offenbar verfügten diese Leute über genügend politischen Einfluss, um zu verhindern, dass der Rat sie seinem TK-R-Kader einverleibte.« Erneut richtete Cissi mit nachdenklich gerunzelter Stirn ihren Blick auf Theo. »Entschuldige, aber kann es sein, dass wir uns schon einmal begegnet sind?«

»Nicht dass ich wüsste.« Theos Stimme klang eine Spur zu gleichmütig. »Kommt es dir so vor?«

Yakov konnte Theos Vorsicht nachvollziehen. Wäre es denkbar, dass Cissi in der Rehabilitationsanstalt gearbeitet hatte? Ihr freundliches Verhältnis zu Santo und Janine sprach zwar dagegen, aber er zog trotzdem sein Handy heraus und schickte seinem Bruder eine Nachricht. *Brauche den Lebenslauf einer gewissen Cecilia »Cissi« Bonet. Ihr aktueller Wohnort ist die Adresse, die du mir heute Morgen geschickt hast.*

Er steckte das Telefon wieder weg, während Cissi mit dem Kopf schüttelte. »Wenn ich dich ansehe, überkommt mich ein Déjà-vu-Gefühl, wie die Menschen das nennen. Hast du als Kind zufällig in Missouri gelebt? Ich bin dort aufgewachsen.«

»Nein«, antwortete Theo. »Bestimmt verwechselst du mich mit jemandem.«

»Ja, wahrscheinlich.«

»Weißt du Näheres über Santos und Janines Vormund?«, hakte Yakov nach.

Cissis Haltung versteifte sich wieder, sie verschränkte die Arme vor der Brust. »Worum geht es hier eigentlich?« Ihr Mund war eine grimmige Linie. »Die beiden sind seelisch verwundet und können sich nicht selbst verteidigen. Ich werde nicht zulassen, dass ihr oder sonst irgendwer ihnen wehtut.«

Yakov wollte etwas sagen, doch Theo kam ihm zuvor. »Wir sind hier, um Wiedergutmachung zu leisten. Es besteht die Möglichkeit, dass meine Familie für die mentale und körperliche Verfassung der beiden verantwortlich ist. Falls dem so sein sollte, obliegt es uns, für ihren Lebensunterhalt sowie sämtliche medizinische Kosten aufzukommen. Unser neuer CEO glaubt an Verantwortlichkeit.«

Cissi trat einen Schritt zurück. »Laut ihrem Vormund geschieht das bereits. Die Wohnung, mein Gehalt, die Güter des täglichen Bedarfs – alles ist abgedeckt. Entweder ist dieser neue CEO falsch informiert – oder du lügst mich an.«

»Ich verstehe.« Theo nickte vor sich hin. »Das erklärt die Abbuchungen.«

»Wir müssen trotzdem mit dem Vormund reden«, beharrte Yakov. »Es besteht die Chance, dass es weitere Überlebende gibt, die in einem ähnlichen Zustand sind wie Janine und Santo. Theo wurde mit der Aufgabe betraut sicherzustellen, dass jeder Einzelne eine Betreuung erhält, die diesem hohen Standard entspricht. Der StoneWater-Clan hat angeboten, die Opfer ausfindig zu machen.«

Ein eisiger Ausdruck trat in Cissis Augen. »Ich wusste es«, stieß sie hervor. »Sie wurden gar nicht bei einem Unfall verletzt. Man hat sie einer Rehabilitation unterzogen, stimmt's? Darum sind die Bären in die Sache involviert. Ich habe gehört, dass die ehemaligen Zentren heute unter der Aufsicht der Menschen und Gestaltwandler stehen.«

Sie hob die Hand, als Yakov etwas erwidern wollte. »Nein, sag es mir nicht. Ich will mir dieses Grauen nicht vorstellen müssen. Und ich werde euch nicht verraten, wer der Vormund ist. Dazu beschützt die Frau die beiden schon zu lange.« Sie sah Yakov direkt in die Augen. »Du kannst mich verletzen, aber das wird dir nichts nützen.«

Sein Bär vergrub den Kopf in den Tatzen, er fühlte sich wie ein Tyrann. »Hör zu, Cissi. Wir wollen deinen Schützlingen nicht schaden, trotzdem ist es wichtig, dass wir Kontakt zu ihrer gesetzlichen Vertreterin aufnehmen. Würdest du ihr eine Nachricht von uns übermitteln?«

»Selbstverständlich. Ich will nur das Beste für Santo und Janine – und jeden anderen potenziellen Überlebenden dieser Zentren.«

Yakov sah Theo an.

Die den Staffelstab übernahm. »Richte der Frau aus, dass die Geschäftsführung inzwischen gewechselt hat und der Geldabfluss bemerkt wurde. Wir haben nicht die Absicht, die Zahlungen zu stoppen, aber wir benötigen alle Fakten.«

Cissi nickte knapp. »Ich werde es Wort für Wort so weitergeben. Es könnte allerdings ein paar Tage dauern, bis sie sich bei euch meldet. Sie ist gerade im Ausland und hat nicht immer den besten Empfang.«

»Okay.« Yakov gab ihr seine und Theos Kontaktdaten. »Eine Frage noch. Hat außer dir und dem Vormund noch jemand Zugang zu Janine oder Santo?«

»Santo ist mit einigen der anderen Hausbewohner befreundet«, antwortete sie. »Nene – Janine – redet nicht viel und bleibt meistens in seiner oder meiner Nähe. Ich lasse beide nie länger als ein paar Minuten aus den Augen, es sei denn, sie liegen schlafend in ihren Betten – falls es das ist, worauf du hinauswillst.«

Yakov beließ es dabei. Anstatt ihr weitere Fragen zu stellen, plauderte er mit Santo, wie er es versprochen hatte, derweil Janine Theo einen Moment anstarrte, ehe sie zu ihr ging und ihr eine Zuckererbsenschote brachte.

Cissi, die neben Yakov stand, pfiff lautlos durch die Zähne. »Ich habe sie jemand Fremdem gegenüber noch nie so zutraulich erlebt.«

Theo nahm die Hülsenfrucht entgegen. »Danke. Kann ich sie im Ganzen essen?«

Janine lief noch einmal zu dem Beet, holte eine weitere Schote und demonstrierte Theo, wie man den feinen »Faden« entfernte, damit er einem nicht zwischen die Zähne geriet. Sie warf ihn auf den Rasen und tat, als würde sie von ihrer Schote abbeißen, dann beobachtete sie aufmerksam, wie Theo ihre Instruktionen befolgte.

Ein tiefes Lächeln erhellte ihr Gesicht, als Theo an ihrer

Schote zu knabbern begann. Sekunden später schlang Janine die Arme um sie und sagte mit weicher, süßer Stimme: »Ich hab dich lieb, Keke.«

50

Cecilia Bonet – die den Unterlagen zufolge als private Pflegekraft zwei Personen betreut – *zahlt seit drei Jahren in Moskau Steuern.*

Bis dahin hat sie sie in den USA abgeführt, wo sie geboren wurde und bis zu ihrem Umzug nach Russland gearbeitet hat. In ihrem Lebenslauf klafft eine Lücke von zwölf Monaten, die sich zeitlich mit einer Fortbildung im Pflegedienst deckt.

Die Frau scheint sauber zu sein. Du findest sämtliche Informationen im Anhang.

Nachricht von Pavel Stepyrev an Yakov Stepyrev (heute, elf Uhr vormittags)

Theo winkte ihnen aus dem Auto zu, als Cissi ihre Pflegebefohlenen den Gehweg entlang bis zur Haustür führte. Santo und Janine winkten euphorisch zurück, bis Cissi sie ins Haus lotste.

Anschließend drehte sie sich noch einmal zu Yakov und Theo um und hob lächelnd die Hand zum Gruß, bevor auch sie im Haus verschwand.

»Das war ein interessanter Tag«, bemerkte Yakov, als er losfuhr.

Es war buchstäblich ein ganzer Tag aus ihrem Besuch geworden. Als Theo vor einigen Stunden Anstalten gemacht hatte, sich mit Yakov zu verabschieden, hatte Janine, die in kürzester Zeit großes Zutrauen zu Theo gefasst hatte, zutiefst bekümmert reagiert.

Theo wusste nicht, was in dieser Frau, deren Geist auf Befehl von Marshall Hyde schwer beschädigt worden war, vorging, jedenfalls brachte sie es nicht übers Herz, sie zu enttäuschen. Wenn ihre Gegenwart Janine glücklich machte, dann würde sie bleiben, solange es nötig war.

Also halfen Yakov und sie Santo und Janine bei der Gartenarbeit, bevor sie die beiden zusammen mit Cissi erst zum Mittagessen und danach auf ein Eis einluden. Anschließend unternahmen sie einen langen Spaziergang am Flussufer, bei dem Santo und Janine immer wieder stehen blieben, um Hunde zu streicheln, und Yakov etlichen Leuten begegnete, die er kannte.

Nach dem Essen hatte Cissi eine kleine, mit Tabletten gefüllte Box hervorgeholt und Santo eine nach der anderen verabreicht. Damit hatte sich eine von Theos und Yakovs Fragen von selbst beantwortet.

»Das sind ziemlich starke Medikamente«, hatte Theo leise kommentiert, als Yakov Santo zur Toilette begleitete und Janine von dem Aquarium im Restaurant abgelenkt war. »Besonders, wenn man sie miteinander kombiniert.«

Cissi hatte genickt. »Als ich diese Stelle antrat, habe ich zwei davon anhand ihrer Prägungen identifiziert. Ich bin richtig ausgeflippt.« Ein angespannter Ausdruck trat in ihr Gesicht. »Ich habe den Vormund darauf angesprochen und erklärt, dass ich Drogenmissbrauch in keiner Form unterstützen werde.«

»Was hat die Frau geantwortet?«

»Dass sie wünschte, sie könnte Santo von den Medikamenten entwöhnen, so wie es ihr bei Nene gelungen war. Aber durch den ›Unfall‹ und die Pharmazeutika, die er in diesem Zusammenhang verschrieben bekam, sei Santos gesamter Organismus dauerhaft aus dem Gleichgewicht. Anscheinend braucht er sie, um stabil und bei Verstand zu bleiben.«

Cissi kniff die Lippen zusammen. »Um mich zu überzeugen

und gleichzeitig sicherzustellen, dass ich ihm die verordnete Menge auch tatsächlich verabreiche, hat sie die Dosis für einen Tag auf die Hälfte reduziert, damit ich sehen konnte, welche Konsequenzen es nach sich zog.« Ein zittriger Atemzug. »Obwohl sie die volle Verantwortung für diesen Schritt übernahm, hatte ich hinterher furchtbare Gewissensbisse. Santo … er verlor sich in Albträumen, konnte nur noch wimmern und stammeln, hatte keine Kontrolle mehr über seine Körperfunktionen. Doch das Schlimmste waren seine Schreie, sie klangen, als würde er von einem inneren Fegefeuer verzehrt.«

Theoretisch könnte es eine Schockreaktion auf die abrupte Verringerung der Dosis gewesen sein. Aber nachdem Janine inzwischen keine Medikamente mehr brauchte, glaubte Theo nicht, dass Böswilligkeit hinter der Maßnahme des Vormunds steckte. »Hat die Frau gesagt, wie lange sie bei Santo versuchte, die Tabletten abzusetzen?«

»Länger als bei Nene. Aber er erreichte nie das Licht am Ende des Tunnels, und irgendwann konnte sie sein Leid nicht mehr mitansehen.« Cissis Stimme klang belegt. »Sie liebt die beiden, Theo. Vertrau mir, was das angeht. Mein Silentium hat nie was getaugt, weil ich neben meiner Hauptfähigkeit – der Telepathie – eine empathische Nebengabe besitze. Ich bin den Schergen des Rats nur entkommen, weil ich diesen Teil von mir aus Selbstschutz tief in meinem Innern verbarg.«

Ein raues, bitteres Lachen. »Jetzt verstecke ich ihn nicht mehr, und dank meines empathischen Gespürs würde ich niemals auf vorgespielte Emotionen reinfallen. Die Frau ist vertrauenswürdig. Könnte sie Santo von den Medikamenten losbekommen, dann würde sie es tun. An jenem grauenvollen Tag hat sie sich zu ihm ins Bett gelegt und ihn in ihren Armen gewiegt, bis er endlich einschlief. Es dauerte Stunden, trotzdem blieb sie geduldig bei ihm.«

Als sie jetzt in der hereinbrechenden Dunkelheit zurück zu dem Apartment fuhren, dachte Theo, umhüllt von Yakovs lebendiger Wärme, über diesen rätselhaften Vormund nach. Um wen könnte es sich dabei handeln? Um jemanden von der Belegschaft, der nicht einverstanden gewesen war mit dem, was in dieser Einrichtung passierte?

»Wer ist Keke?« Yakovs tiefe Bassstimme, die ihr durch Mark und Bein ging, die sich ihr so tief eingeprägt hatte, dass sie sie Zeit ihres Lebens nie wieder vergessen würde.

Es würde schrecklich wehtun, von Yakov getrennt zu sein.

Theo schob den Gedanken beiseite, weil ihre egoistischen Bedürfnisse bei dieser Sache nicht im Vordergrund stehen durften. »Ich wünschte, ich hätte darauf eine Antwort. Ich bin alle meine geistigen Datenbanken durchgegangen, aber meines Wissens gibt es niemanden mit diesem Namen – oder Spitznamen –, der in irgendeiner Verbindung zu meiner Familie steht oder stand.«

Yakov trommelte mit den Fingern aufs Lenkrad. »Nicht unwahrscheinlich, dass es sich um den Vormund handelt. Welcher sich offenbar gut genug mit den Finanzen des Zentrums auskennt, um auf die Gelder zuzugreifen, die dein Großvater dafür vorgesehen hatte – und die nötige Cleverness besitzt, um dies all die Jahre zu verschleiern.«

Theo starrte durch die Windschutzscheibe. »Die Frau hat ein gutes Herz«, sagte sie. »Sie hat diese Leute gerettet. Meine Familie tut so etwas nicht. Wir verstümmeln und töten. Sie ist nicht wie wir.«

»Das ist Unsinn, Theo.« Sein Ton war härter, als sie ihn je gehört hatte. »Hör auf, dir das einzureden. Du machst gerade genau dasselbe. Du versuchst, anderen zu helfen, sie zu retten.«

Theo wollte so gern glauben, dass sie ein Saatkorn des Anstands in sich trug. Früher war das so gewesen. Sie und Pax hatten diesen Vogel ins Leben zurückgeholt, und es war ein richtig gutes Gefühl gewesen. Aber seit ihrer Kindheit war viel Zeit vergangen – genug, damit ihr Großvater sie in eine Kreatur nach seiner Fasson hatte ummodeln können.

Um sich nicht der Tatsache stellen zu müssen, dass sie sehr wahrscheinlich aus eigenem Antrieb an seinen Verbrechen mitgewirkt hatte, rief sie sich etwas ins Gedächtnis, das Yakov erst an diesem Morgen gesagt, Theo jedoch gleich wieder vergessen hatte, überwältigt von dem surrealen Zauber dieses Tages. »Woher wusstest du von Janines telekinetischer Begabung? Stand es in ihrer Akte?«

Er schüttelte den Kopf. »Über sie gibt es wesentlich weniger Informationen als über Santo. Was erklärlich ist, wenn sie privat für deine Familie gearbeitet hat.« Yakovs Brustkorb hob und senkte sich, als er tief ein- und gleich darauf wieder ausatmete. »Ich habe ihre Witterung am Schauplatz des letzten Mordes wahrgenommen, Theo.« Die Worte waren wie schwere Steine, die auf einen zugefrorenen Teich fielen und verheerende Risse im Eis erzeugten. »Allerdings nicht am Tatort selbst, sondern an der Stelle im Wald, wo sich die Spur verlor. Janine hat den Täter teleportiert.«

Theo hatte plötzlich das Gefühl, als stünde ihre Haut in Flammen. »Er nutzt sie aus, weil sie nicht Nein sagen kann.«

»Es ist sogar noch schlimmer als das. Sie hat tiefes Vertrauen zu dieser Person. Darum will sie gar nicht Nein sagen. Andernfalls hätte sie Cissi eingeweiht. Auch ihr vertraut sie – aber nicht so sehr wie dem Mörder.«

Theo biss vor Wut so fest die Zähne aufeinander, dass ihre Kiefergelenke knackten. Er begleitete sie auf Schritt und Tritt, dieser Ärger, dieser Zorn, er war wie ein Brennofen, der sich nicht abschalten ließ. Trotzdem zwang sie sich, rational zu denken. »Also hast du Cissi nicht in Verdacht?«

»Nein. Es gab am Tatort keinen olfaktorischen Hinweis auf

sie, mit Ausnahme dieser schwachen Geruchsspur von ihr, die sich mit Janines vermischt hat. Und Pasha fand auch nichts Verdächtiges in ihrer Vergangenheit.« Seine Finger schlossen sich noch fester um das Lenkrad. »Somit bleibt nur dieser mysteriöse Vormund.«

Theo schüttelte den Kopf. »Wenn wir davon ausgehen, dass Cissi korrekt informiert ist und diese Frau sich zurzeit im Ausland aufhält, kommt sie eigentlich nicht als Täterin infrage. Es würde für Janine einen enormen Kraftaufwand bedeuten, so weit zu teleportieren, um sie abzuholen, sie anschließend abzusetzen und nach Hause zurückzukehren. Sie mag stark sein, aber sie ist keine Kardinalmediale.«

Mit einer Rangzahl von sechs Komma eins zählte Janine zu der relativ seltenen Gruppe TK-Medialer, die die Fähigkeit hatten zu teleportieren, ohne dass sie mindestens eine Acht auf der Skala erreichten. Allerdings war ihre Reichweite ebenso begrenzt wie ihre Belastbarkeit. Von Marshall Hydes politischem Einfluss einmal abgesehen, war vermutlich das der Grund, warum sie in den privaten Diensten der Marshalls gestanden hatte, anstatt vom Rat rekrutiert worden zu sein.

Yakov fuhr sich stirnrunzelnd mit der Hand durch die Haare. »Was bedeutet, dass der Vormund in Wahrheit entweder in Moskau ist oder nicht der Täter sein kann.«

»Käme ein anderer der Hausbewohner infrage?«

»Es gab rings um das Gebäude keinen Hinweis auf die Witterung des Killers. Würde er dort leben, hätte sich sein Geruch mit der Zeit in den Mauern festgesetzt.«

Theo nagte an ihrer Unterlippe, als eine grauenhafte Ahnung in ihr aufstieg. »Was, wenn noch jemand aus diesem Zentrum überlebt hat?«, fragte sie. »Jemand, dem Janine so sehr vertraut, dass sie weder Cissi noch dem Vormund von dieser Person erzählt hat?«

»Es müsste nicht zwingend ein ehemaliger Insasse sein.« Yakov blinkte und überholte geschmeidig ein langsameres Fahrzeug, doch seine Miene war grimmig. »Wenn es nun ein Mitglied der Belegschaft wäre? Für jemanden, der nach Belieben Zugang zu ihr hatte, wäre es ein Leichtes gewesen, das Vertrauen einer Frau wie Janine zu gewinnen. Ein wenig liebevolle Zuwendung, schon hätte Janine geglaubt, mit dieser Person in Freundschaft verbunden zu sein. Vielleicht haben wir es mit einem verdrehten Individuum zu tun, das ein Spiel spielt, welches einen langen Atem erfordert. Dabei eine TK-R-Mediale in der Hinterhand zu haben, kann nur von Vorteil sein.«

Rot glühender Zorn nahm Theo die Sicht. »Was sollen wir unternehmen? Wie können wir verhindern, dass es wieder passiert?«

»Ich sprach mit Cissi, während ihr anderen mit den Enten am Fluss beschäftigt wart. Ich habe ihr gesagt, dass ich Janines Geruch am Schauplatz eines brutalen Verbrechens wahrgenommen habe, und ihr klargemacht, dass ich Janine nicht für die Täterin halte, sie jedoch sehr wohl ohne Cissis Wissen die Wohnung verlassen hat.

Sie hat mir erzählt, dass sie ein Beruhigungsmittel bereithält, das Janine nach einer heftigen Panikattacke beim Einschlafen hilft. Sie gibt es ihr nicht gern, aber sie hat eingesehen, dass es der einzige Weg ist, um Janines Sicherheit zu gewährleisten.«

Theo sah ihm an, dass ihm diese Lösung genauso wenig gefiel wie ihr. Andererseits war Janine die Gehilfin eines Killers – ob sie sich dessen bewusst war oder nicht. Sie nach Belieben teleportieren zu lassen, könnte zu einem weiteren blutigen Mord führen. »Wirst du die Polizei informieren?«

Yakov presste die Lippen aufeinander. »Nein. Die Ermittler würden versuchen, Janine zu verhören, und das würde sie mental nicht verkraften. Abgesehen davon glaube ich nicht, dass sie ihr Geheimnis jemals preisgeben würde, nachdem sie es die ganze Zeit sogar vor Cissi verborgen hat. Sie würde einfach zusammenbrechen.«

»Ihr ein Schlafmittel zu verabreichen, kann keine Dauerlösung sein.«

»Nur heute Nacht.« Erneut strich Yakov sich mit den Fingern durchs Haar. »Cissi hat versprochen, Janine morgen an einen öffentlichen Ort zu bringen, wo sie nicht klammheimlich verschwinden kann. Aber sie lehnt es kategorisch ab, ihr ein weiteres Mal Beruhigungstabletten zu geben, und ich werde sie auch nicht darum bitten. Wir müssen uns etwas anderes einfallen lassen.«

»Es gibt absolut keine Möglichkeit, eine Teleporterin physisch festzuhalten, es sei denn, man legt eine Zwinge um ihr Bewusstsein – und niemand hat das Recht, einem unschuldigen Geschöpf so etwas anzutun.« Theo war überzeugt, dass Janine nie die Absicht gehabt hatte, sich an der Ermordung anderer Lebewesen zu beteiligen.

»Womöglich reicht es, sie peinlich genau im Medialnet zu überwachen«, überlegte Yakov. »Ich werde mit Silver reden. Sie hat Kontakte in alle Welt und kennt einige extrem gefährliche und verschwiegene Leute.«

Theos Herz flatterte vor Panik, als sie feststellte, dass ihr die Kontrolle über die Ermittlungen zu dem Rehabilitationszentrum komplett entglitt. Aber es gab jetzt kein Zurück mehr. Es waren noch andere Opfer involviert, Leute die noch viel schlimmer gelitten hatten als sie selbst. Und sie würde alles in ihrer Macht Stehende für sie tun. »Vielleicht meldet sich der Vormund noch heute Abend.«

»Hoffentlich. Falls nicht, werde ich Silver bitten, Janine im Netz observieren zu lassen, während wir uns auf dem Gelände der Einrichtung umsehen.«

»Klingt nach einem guten Plan.« Theo war bewusst, dass sie

Pax so bald wie möglich auf den neuesten Stand bringen musste. »Hast du irgendeine Rückmeldung wegen dieser Unterlagen erhalten, die wir hinter dem Aktenschrank gefunden haben?«

»Oh, das hatte ich ganz vergessen. Ja, das Ergebnis ist während unseres Ausflugs heute eingetroffen – ich habe die E-Mail an dich weitergeleitet. Es handelt sich um Standardformulare, auf denen die Zeiten für die Medikamentenvergabe, Bewegung im Freien und dergleichen protokolliert wurden.«

Enttäuschung breitete sich in Theo aus. So unwahrscheinlich es auch gewesen war, dass diese Papiere in irgendeinem Zusammenhang mit ihr standen, hatte sie insgeheim trotzdem darauf gehofft. Weil sie die Wahrheit erfahren musste, sie nicht länger mit diesen Lücken in ihrer Erinnerung und in ihrem Bewusstsein leben konnte.

»Wir finden die Antworten, die du brauchst, Thela«, versprach Yakov mit rauer Stimme und strich ihr mit der Hand übers Haar, als er vor einer roten Ampel hielt.

Bevor sie etwas erwidern konnte, klingelte sein Handy. Es war mit dem Bordcomputer des Autos verbunden, und auf dem Monitor in der Mitte des Armaturenbretts erschien der Name *Mamabär*.

»Meine Mutter kontaktiert mich normalerweise nicht ohne Grund«, erklärte er und nahm den Anruf an. »Hallo, Mamabär Kuznets«, meldete er sich grinsend. »Du bist auf Lautsprecher. Theo sitzt neben mir.«

»Das trifft sich gut«, kam die schroffe Antwort. »Bring sie zum Abendessen im Familienkreis mit. In einer Stunde. Jorge's Cantina.« Dann legte sie auf.

Yakov seufzte resigniert. »Ich schätze, sie hat davon gehört, dass ich dich in den Club Moskau ausgeführt und die letzten Nächte mit dir in der Gästewohnung verbracht habe. Meine Mutter hat feine Antennen.«

Theo verstand nicht recht, wieso ihre Wangen auf einmal glühten. »Sie ist verärgert.«

Yakov schüttelte schmunzelnd den Kopf. »Nein, sie schlägt immer diesen Ton an, wenn sie einen direkten Befehl erteilt. Wie um zu sagen: Missachte ihn auf eigene Gefahr.« Er setzte den Wagen wieder in Bewegung und warf Theo einen Seitenblick zu. »Falls du keine Lust hast, sage ich ab. Ich mag mich vor meiner Mutter fürchten, trotzdem bin ich kein totaler Feigling.«

Theo schluckte schwer, bevor sie mit heiserer Stimme hervorstieß: »Von mir geht eine Gefahr aus. Ich sollte lieber nicht mit deiner Familie zusammentreffen. Besonders nicht, wenn Kinder dabei sind.« Sie dachte an die niedlichen, vertrauensseligen kleinen Bären, die sie in der Bäckerei kennengelernt hatte. Ihr stockte das Herz bei der Vorstellung, sie könnte ihnen versehentlich wehtun. »Du hast gesehen, wozu ich fähig bin. Ich weiß dann nicht mehr, wer ich bin, mein Verstand schaltet einfach ab.«

Yakovs Bär war in seiner Stimme zu hören, als er sagte: »Wir werden nebeneinandersitzen und, wenn möglich, vor einer Wand. Ich kenne jetzt die Anzeichen, und ich verspreche – auch wenn es mich schier umbringen würde –, dich sofort zu Boden zu strecken, sobald dein Gesicht diesen leeren Ausdruck annimmt.«

Obwohl es sie mit Macht drängte, einfach Ja zu sagen, gab sie der Versuchung nicht nach. »Während der Wutattacken ziehe ich Energie von Pax ab. Meine Kräfte liegen dann nicht mehr bei zwei Komma sieben.«

»Aber du trägst auch dieses Armband, das ich am liebsten im Meer versenken würde. Du hast gesagt, dass es eine Art Frühwarnsystem ist.«

Theo betrachtete den Metallreif um ihr Handgelenk. Sie hatte ihn repariert und anschließend heimlich im Badezimmer getestet. Der Schmerz war ihr bis in die Knochen gefahren. »Das stimmt.« Ganz zart regte sich ein winziger Hoffnungsschimmer in ihr. »So, wie er aktuell eingestellt ist, hättest du maximal zwei Sekunden.«

»Mehr brauche ich nicht. Ich trage stets einen Taser bei mir.«

Theo hatte seinen Körper jetzt schon seit Tagen vor Augen – bewundernd –, ohne dass ihr eine Waffe aufgefallen wäre. Yakov war wirklich ein Meister seines Fachs, dachte sie erleichtert. »Du würdest nicht zögern?«

»Ich würde nicht zögern. Weil es definitiv nicht in meinem Sinn wäre, dass sich eine Gruppe wütender Bären auf dich stürzt.« Er streichelte ihre Wange. »Ich möchte, dass du meine Familie kennenlernst, Theo. Damit ich ihr die Frau aus meinen Träumen vorstellen kann.«

Die unverblümte Zärtlichkeit in seiner Stimme ließ Theo ihre Bedenken vergessen. »Einverstanden.«

51

»Ohne deinen Bruder hätte es sehr leicht passieren können, dass wir, in Anbetracht der immensen Machtbefugnisse des Rats, die Grenze zwischen Rücksichtslosigkeit und Barbarei überschritten hätten. Er ist das Gewissen und die Seele unserer Familie.«

Ena Mercant zu Silver Mercant (Datum unbekannt)

Arwen hatte sich längst an das Leben in der Höhle gewöhnt und seine lauten, liebenswerten Mitbewohner fest in sein Herz geschlossen. Welche ihn nach der berüchtigten Nacht, die er zusammen mit Pasha und mehreren anderen Unruhestiftern in einer Gefängniszelle verbracht hatte, zu einem Bären ehrenhalber ernannt hatten – und zwar trotz seiner Vorliebe für »schnieke« Anzüge und »auf Hochglanz polierte« Schuhe.

Er nahm die Sticheleien nicht richtig ernst, weil zum einen sogar Pasha anlässlich eines denkwürdigen Ereignisses schon einmal einen Anzug angezogen und Arwen in Zahaan außerdem einen Gleichgesinnten hatte. Mit ihren breiten Schultern und gestählten Körpern waren die Bären geradezu prädestiniert dazu, Anzüge zu tragen. Zu schade, dass sich niemand außer Zahaan dessen bewusst zu sein schien.

Jedes Mal, wenn Arwen zu einer Anprobe erschien, beklagte sich sein Schneider von Neuem über diese Tatsache.

Was den Gefallen ganz besonders machte, war der Umstand, dass Pasha ihn Arwen an dem Tag erwiesen hatte, als sie zum Abendessen im Haus auf den Klippen eingeladen waren. Und sein Liebster hatte sich dermaßen manierlich benommen, dass es fast unheimlich war. Arwen wusste diese Geste des Respekts gegenüber seiner Großmutter durchaus zu schätzen, trotzdem war er verdammt froh gewesen, als sie endlich gehen konnten und zu Hause sein wirklicher Pasha wieder zum Vorschein gekommen war.

Der jeansvernarrte Kerl, für den ein neues T-Shirt der Gipfel alles Stylischen war.

Heute hatte Arwen, da er gerade nicht von einem formellen Arbeitstreffen kam, sich für ein legeres Outfit entschieden und zu seiner dunkelblauen Jeans ein schwarzes Hemd kombiniert, in das ein geometrisches Muster eingearbeitet war, das sich von einer Schulter aus über zwei Drittel der Hemdenbrust erstreckte.

Die Webtechnik dieses modischen Details stammte von der Pazifikinsel Niue und war eine Hommage an das Heimatland des Designers. Ein schwarzes Sakko rundete den Look ab, passgenau auf seine Körpermaße zugeschnitten von demselben Schneidermeister, dem die Bären jeden Tag das Herz brachen.

Pavel hatte einen anerkennenden Pfiff ausgestoßen, als Arwen, nachdem er sich umgezogen hatte, aus dem Schlafzimmer kam. Arwen war vor Freude errötet und hatte eine imaginäre Fluse von Pavels verwaschenem grauen T-Shirt mit dem Emblem einer Rockband gewischt, zu dem er eine olivgrüne Cargohose und seine verschrammten Lieblingsstiefel trug.

Seine Drahtgestellbrille in Kombination mit dem kraftstrotzenden Körper des StoneWater-Soldaten machte ihn zu einer megaheißen Erscheinung – ein hochintelligenter, beruflich höchst kompetenter Mann, der seine Arbeit tat und dann seinen Liebsten für eine Nacht der Ausschweifungen in seinen Unterschlupf verschleppte.

Was ganz in Arwens Sinn war.

Doch noch mehr als das liebte er die Art, wie Pavel ihn berührte. Ein flüchtiges Streicheln seiner Hüfte, wenn sie aneinander vorbeigingen, das Gefühl, Pashas Schenkel an seinem zu spüren, als sie jetzt an dem langen Familientisch in Jorge's Cantina saßen, Pavels Arm auf Arwens Stuhllehne. Das Beste daran war, dass nichts davon gekünstelt wirkte, sondern diese Zuneigungsbekundungen einfach seinem gefühlsbetonten Naturell entsprachen.

Pavel wandte sich Arwen mit einem Grinsen zu, bei dem sich die hinreißenden Grübchen auf seinen Wangen zeigten. »Was sagt man dazu? Wir sind die Ersten.«

»Weil ich bereits in der Stadt war und du dich früher auf den Weg gemacht hast, um das computergesteuerte Alarmsystem in Yakovs und Theos Unterkunft zu checken.«

»Das ändert nichts an den Tatsachen.«

Arwens Lächeln kam aus tiefstem Herzen. »Hast du irgendetwas Verdächtiges gefunden?«

»Keine Spur. Auf Yakovs Instinkt ist Verlass, aber was immer ihn geweckt hat – am Rechnernetz liegt's jedenfalls nicht. Es ist durch eine undurchdringliche Firewall geschützt, die vom besten Hacker Moskaus entwickelt wurde.« Er griff nach dem Ärmelsaum von Arwens Jackett und rieb ihn zwischen Daumen und Zeigefinger. »Fühlt sich gut an.«

Arwen spürte ein Kribbeln bis in die Zehenspitzen. »Wie wär's – wollen wir heute in der Stadt übernachten? Nicht, um durch die Clubs zu ziehen – wir könnten am Fluss spazieren gehen und danach auf dem Sofa kuscheln. Enas Haus ist frei, und ich habe bei meinem letzten Besuch meine Übernachtungstasche dort gelassen – einschließlich einer Zahnbürste für meinen Pashabär.«

Es war seine Großmutter, die das Haus gekauft hatte, aber sie benutzte es nicht mehr, seit der Clan ihr eine Suite in der Höhle zur Verfügung gestellt hatte – eine Suite, die so weit von den geselligen Gemeinschaftsbereichen entfernt war, dass kein Bär bei dem Gedanken daran begeistert war, dort zu wohnen. Valentin hatte sie Ena nicht anbieten wollen, als Silver vorschlug, dass sie besser geeignet wäre als eine andere Reihe von Zimmern, die Ena bis dahin ein- oder zweimal benutzt hatte.

»Ich möchte Ena nicht vor den Kopf stoßen, Starlichka«, hatte er in Arwens Beisein protestiert und dabei mit verwirrt gerunzelter Stirn die Hände in die Hüften gestemmt. »Dieses Apartment ist viel zu weit vom Herzen der Höhle entfernt. Es ist dort still und einsam.«

Also genau das Richtige für eine Mediale, die den Großteil ihres Lebens in Silentium gewesen war – inzwischen jedoch eine große Zuneigung zum StoneWater-Clan gefasst hatte, der heute praktisch Teil ihrer Familie, der Familie der Mercants, war. Witzigerweise waren die Bären davon überzeugt, dass sie die Mercants vereinnahmt hatten, während diese die Sache genau anders herum sahen.

Arwen fand die ganze Geschichte höchst amüsant.

Wann immer seine Großmutter in Moskau war, quartierte sie sich in der Höhle ein. Ihr Haus in der Innenstadt stellte sie gern ihren Kindern und Enkeln zur Verfügung, unter der Voraussetzung, dass sie es in einem makellosen Zustand hinterließen, weil Ena den Wohnbereich gelegentlich für informelle Besprechungen nutzte.

Um sie ein wenig aufzuziehen, ließ Arwen oft absichtlich irgendwo eine Tasse herumstehen oder eine Jacke am Türhaken hängen. Bei nächster Gelegenheit erntete er zwar einen strengen Blick von Ena, aber da er ihre Gefühle spüren konnte, wusste er um ihre Liebe zu ihm. Arwen merkte selbst, dass er sich immer mehr zu einem kleinen Rebellen entwickelte, seit er mit Bären zusammen war – allen voran mit seinem Pasha.

Der sich jetzt zu ihm herüberbeugte, um ihn zu küssen, und mit seinem dem Anlass entsprechend frisch rasierten Kinn über Arwens Wange strich. »Ich werde mit dir spazieren gehen und kuscheln – wenn du mir dafür an dem Stand am Flussufer ein Eis kaufst«, schnurrte er, und Arwen spürte die Vibration bis in die Knochen.

Wie üblich in Pavels Gegenwart musste er unwillkürlich lächeln. »Ich werde dir sogar drei Kugeln spendieren.«

»Du weißt, wie man einen Mann um den Finger wickelt.« Pavel lehnte sich zurück und trank einen Schluck Wasser, ganz lässig und muskulös. Nichts verriet, dass er wie ein Gott gebaut war. »Wie verlief dein Telefonat mit Ivan?«, erkundigte er sich.

Arwens Gesichtsausdruck wurde finster, jeder Gedanke an Pavels appetitliche Muskeln verflüchtigte sich schlagartig aus seinem Kopf. »Mein geschätzter Cousin sagt, ich solle aufhören, mich wie eine Glucke zu benehmen. Kannst du das glauben? Ich eine Glucke?«

Pavel warf den Kopf zurück und brach in sein herrlich unwiderstehliches Lachen aus. »*Oh, moy luchik*«, japste er, und seine Zuneigung ergoss sich in Wellen über Arwens Sinne. »Du bist die mit Abstand überfürsorglichste Person, die ich kenne.«

Arwen versuchte, eine gekränkte Miene aufzusetzen. Was schwierig war, weil in seiner Seele die Sonne aufging, wenn Pavel auf diese Weise lachte. »Das Wohl der meinen ist mir nun einmal wichtig«, verteidigte er sich. »Jedenfalls geht's Ivan prächtig. Meiner zuverlässigen Quelle vor Ort zufolge hat er sich wie eine ›geborene Katze‹ im Rudel eingelebt.«

Pavel rieb sich das Kinn. »Das wundert mich nicht. Ihr Mercants habt tatsächlich eine gewisse Ähnlichkeit mit den Leoparden. Ihr seid graziös, klug, listig – und durch und durch loyal. Und mein persönlicher Mercant hat außerdem ein Herz, das so groß ist, dass die ganze Welt darin Platz hätte.« Seine Stimme war weich geworden, und seine wunderschönen Augen nahmen die gelbstichige Bernsteinfarbe des Bären an, als er sich näher zu Arwen hinüberbeugte.

»Also ihr zwei«, ertönte Deduschka Viktors polternde Stimme. »Wann wollt ihr mir endlich Enkel schenken? Ich werde schließlich nicht jünger. Und ich weiß, dass sich schon Freiwillige für den härtesten Teil der Unternehmung gemeldet haben. Bringt euch gegenseitig auf Touren, produziert frischen Samen, und im Handumdrehen spaltet sich eure DNA auf, und ihr habt ein Kind, das genetisch von euch beiden und seiner biologischen Mutter abstammt.«

Pavel senkte stöhnend den Kopf und schlug rhythmisch die Stirn gegen die Tischplatte. Arwen, der von seiner willensstarken Großmutter so einiges gewohnt war, stand auf und reichte Pavels Großvater mütterlicherseits die Hand. »Wir fühlen uns noch nicht reif genug. Vielleicht in zwanzig oder dreißig Jahren«, erklärte er, ohne eine Miene zu verziehen.

Anstatt ihm die Hand zu schütteln, umfing der rothaarige Mann, dem Pavel seine faszinierenden aquamarinfarbenen Augen verdankte, mit seinen großen, gebräunten Händen Arwens Gesicht. »Frechdachs.« Ein Grinsen erhellte seine Züge. »Du bist die perfekte Ergänzung für unsere Familie.« Er drückte Arwen einen Kuss auf die Stirn und entließ ihn aus seinem Griff.

Arwen konnte nicht aufhören zu lächeln, als er um den Tisch herumging, um Pavels Babuschka Quyen zu begrüßen. Sie war so groß wie ihr Enkel, wenngleich sie den zarten Knochenbau eines Vögelchens hatte, und der liebenswürdige Gegenpol zu ihrem Mann. Ihre Umarmungen waren trotz ihrer grazilen Statur geradezu magisch.

Als sie Arwen jetzt eine davon zuteilwerden ließ, stellte er wieder einmal fest, wie toll er es fand, dass Pavels Familie genauso eng zusammengeschweißt war wie seine eigene.

Pavels Großeltern väterlicherseits nahmen nur deshalb nicht an diesem Essen teil, weil sie nach China gereist waren, um dort ein paar Monate bei ihrer Tochter zu verbringen. Sie hatte in einen Schwarzbärenclan eingeheiratet und gerade ein Kind bekommen. Was erklären mochte, warum Viktor Pavel und Arwen Druck machte.

Der Wunsch nach Kindersegen war offenbar ansteckend.

»Lass die Jungs in Frieden, Viktor«, ermahnte Quyen ihn, nachdem sie Arwen begrüßt hatte. »Du weißt doch, dass wir die jüngere Generation mit solchem Gerede in Verlegenheit bringen.« Sie wedelte mit der Hand in der Luft, sichtlich irritiert über dieses neumodische Denken. »Sie erwarten, dass wir so tun, als wüssten wir nichts über Sex und Samenproduktion«, sagte sie in einem Flüsterton, der im ganzen Raum zu hören war.

Ein Stück entfernt bekam ein Gestaltwandlerbär, der gerade ein Rendezvous hatte, einen Hustenanfall.

Arwen spürte, wie er rot anlief, und kehrte auf seinen Platz neben Pavel zurück, bevor er sich vorbeugte und mehrmals mit der Stirn auf den honigfarbenen Tisch schlug.

Pavel tätschelte ihm den Rücken. »Der Schmerz gibt sich. Mit der Zeit wird der Schädelknochen robuster, dann tut's nicht mehr so weh«, meinte er in mitfühlendem Ton.

Arwens Schultern fingen an zu beben, und als er sich wieder aufrichtete, lachte er aus vollem Hals. Pavels Großeltern, die erst einmal damit abgeschlossen hatten, ihn und Arwen in Verlegenheit zu bringen, hatten ihnen gegenüber Platz genommen und sprachen über die Speisekarte, als auch schon Mila und Akili eintrafen.

Pavels hochgewachsene, bildschöne Mutter mit den strahlenden Kuznets-Augen und dem feuerroten Haar hatte Arwen einem erbarmungslosen Verhör unterzogen, als er und Pavel zu daten anfingen.

Arwen war umgeben von starken, liebevollen Frauen aufgewachsen, die sich von niemandem auf der Nase herumtanzen ließen.

Kein Wunder, dass er Mila regelrecht anbetete.

Zu seiner ungeheuren Erleichterung beruhte das Gefühl auf Gegenseitigkeit.

Als er aufstand, um sie zu begrüßen, küsste sie ihn auf beide Wangen, dann schlug sie das Revers seines Sakkos zurück, um sein Hemd in Augenschein zu nehmen. »Was für ein zauberhaftes und einfallsreiches Design«, kommentierte sie. Sie war das einzige modebewusste Mitglied der Familie und hatte einen stylischen, schulterfreien grünen Pullover, stramm sitzende Jeans und schwarze Stiefel mit silbernen Reißverschlüssen miteinander kombiniert.

»*Ai*, mein Pavka hat immer noch dieses alte T-Shirt an. Die Leute werden denken, dass Valentin dir kein Gehalt zahlt«, rügte sie ihren Sohn, bevor sie ihn fest umarmte und auch ihn auf beide Wangen küsste.

Pavels Vater Akili ergriff Arwens Hand, zog ihn zu sich heran und klopfte ihm kameradschaftlich auf die Schulter. Er war einige Zentimeter kleiner als seine Frau, dafür breiter und muskulöser gebaut. Sein Gesicht war von Lachfältchen durchzogen, seine Haut dunkelbraun, sein Schopf bestand aus schwarzen Locken – die eine Generation übersprungen hatten –, und seine Hände wiesen die typischen Schwielen eines Landschaftsgärtners auf.

»Also so was. Das ist Bevorzugung!«, beschwerte sich Viktor übellaunig, als Mila zuerst Quyen begrüßte. »Wie schnell sie doch vergessen, welches Elternteil für sie ein verdammtes wieherndes Pferd nachgemacht hat.«

Mila lachte, es herrschte lautes, lebhaftes Stimmengewirr, und Arwen konnte die vielen strahlenden, sich überkreuzenden

Bänder der Liebe in dieser großzügigen Familie förmlich sehen, in deren Mitte und umgeben von Zuneigung Pavel aufgewachsen war.

Genau wie der Mann, der gerade mit Theo Marshall an der Hand hereinkam.

Die Reaktionen waren diesmal verhaltener, die Familienmitglieder beäugten Theo mit derselben abschätzenden Vorsicht wie sie es seinerzeit bei Arwen getan hatten. Er spürte Theos Beklommenheit, die Anspannung, die jede Zelle von ihr erfasst hatte. Sie war es gewohnt, ihre Gefühle hinter einer steinernen Miene zu verbergen – und genau die zeigte sie jetzt Yakovs Angehörigen.

O Bozhe! Arwen wäre am liebsten zu ihr gelaufen, um ihr zuzuflüstern, dass sie auf diese Weise keine Sympathiepunkte sammeln würde. Doch es war zu spät, Theo begrüßte bereits steif die älteren Anwesenden, bevor sie sich auf den Stuhl rechts von Pavel setzte und Yakov neben ihr Platz nahm.

52

Ich wusste, dass du erst spät nach Hause kommen wirst, darum habe ich dir deine Lieblingspasta zubereitet und in einen Thermobehälter gepackt, damit sie warm bleibt. Und deine Pflanze gegossen – das arme, vernachlässigte Ding war schon ganz welk und schlaff. Ach ja, ich mag deine Katze.

Ich habe keine Katze.

Jetzt anscheinend schon. Das kratzbürstige, kleine orangefarbene Fellknäuel hat sich in deinem Apartment gesonnt, als ich hereinkam. Ich bin zum Lebensmittelladen gesaust und habe dem Kätzchen frischen Fisch gekauft.

Eine Katze kann nicht einfach in meine Wohnung einziehen.

Offenbar hast du keine Ahnung von Katzen.

Du nimmst mich nur auf den Arm, oder? Wirklich sehr witzig. Trotzdem danke für das Essen, Arwen. Du bist ein guter Freund.

Zwei Stunden später:

Da ist eine Katze auf meinem Bett, Arwen. Sie … miaut. Was soll ich mit ihr machen?

Sei einfach nur lieb zu ihr. Das ist ganz leicht.

Chat-Verlauf zwischen Arwen Mercant und Genara Mercant (15. Juli 2083)

Er hätte sie telepathisch vorwarnen sollen, dachte Arwen und fühlte sich schrecklich, weil ihm das nicht früher eingefallen war. Im Umgang mit Gestaltwandlerbären war er wesentlich erfahrener als Theo, er wusste genau, wie sie auf emotionale Kälte reagierten.

Pavel legte ihm die Hand in den Nacken und massierte ihn kraftvoll, so wie Arwen es liebte. »Hör auf, dir Sorgen zu machen«, flüsterte er ihm so leise ins Ohr, dass nur Arwen es hören konnte. »Yakovs Mediale kann auf sich selbst aufpassen. Konzentriere du dich lieber auf meinen Empathen. Er ist etwas ganz Besonderes.«

Arwen schmolz dahin.

Wie hatte er bloß so viel Glück haben können, diese allumfassende Liebe und diesen großartigen Mann zu finden? Pasha nannte ihn loyal, aber niemand war loyaler als die Bären. Sobald sie jemanden in ihr Herz geschlossen hatten, hielten sie ihm unverbrüchlich die Treue.

Arwen wünschte sich dasselbe für Theo. Er konnte ihre seelischen Wunden jetzt klar und deutlich sehen. Auch ohne in ihren Geist einzudringen. Überraschenderweise hatte sie angefangen, Vertrauen zu ihm zu fassen, und ihre Schilde gesenkt. Sie mochte sich hinter einer kühlen Fassade verschanzen, doch im Kern war sie weich und tief verletzt.

Sie brauchte Wärme, Liebe und Geborgenheit.

»Ich will, dass dieser Abend für sie und Yasha gut verläuft«, raunte er Pavel zu. »Sie ist nicht so, wie sie sich gibt.«

Pavel hob die Brauen. »Silver ist auch nicht gerade die Herzlichkeit in Person. Das war sie noch nie.« Ein leises Lachen. »Aber wie du vielleicht bemerkt hast, verehren wir sie. Lass Theo einfach mal machen.«

Arwen wollte etwas erwidern, überlegte es sich jedoch anders. Pavel hatte recht. Seine Schwester war nicht einfach nur mit dem StoneWater-Alphatier verheiratet, sondern sie wurde von der gesamten Gemeinschaft als seine Gefährtin respektiert. Die Leute ließen sich von ihrem äußerlich eisigen Auftreten nicht täuschen, sie wussten, wie sehr Silver den Clan liebte, dass ihr Beschützerinstinkt tödlich war wie eine Klinge.

Weil Bären nun einmal weit cleverer waren, als sie es sich nach außen hin anmerken ließen.

»Wie ich höre, nutzt du Yakov zu deinen eigenen Zwecken«, wandte sich Viktor mit seiner dröhnenden Stimme an Theo.

Ihre Augen weiteten sich, aber sie wich dem Blick des dominanten Gestaltwandlers nicht aus. »Ich bin mir ziemlich sicher, dass auf der Welt nur sehr wenige Personen existieren, die dazu in der Lage wären«, parierte sie, jedes Wort ruhig und präzise setzend, während Yakov mit selbstgefälliger Miene neben ihr saß.

Es war der stolze Ausdruck eines Bären, der wusste, dass er sich für die richtige Partnerin entschieden hatte, und tiefenentspannt beobachtete, wie sie mühelos mit dieser Situation fertig wurde.

»Ihr Enkel ist ein mutiger, ehrenwerter Mann«, fuhr sie furchtlos fort. »Ich bin dankbar für seine Hilfe. Und Sie können sich glücklich schätzen, ihn in Ihrer Familie zu haben. Seine Unabhängigkeit und seinen unbeugsamen Willen infrage zu stellen, ist in keiner Hinsicht akzeptabel.«

Oh. Mein. Gott. Theo!

Arwen würde sich nie verzeihen, dass er sie unvorbereitet in diesen Schlamassel hatte geraten lassen.

Viktors Augen verengten sich zu grünen Schlitzen. »Du erinnerst mich ein bisschen an meine Mutter, Theo«, erwiderte er nach einer längeren Pause. »Sie hatte es ebenfalls drauf, mir in extrem höflichem Ton mitzuteilen, dass ich kompletten Schwachsinn von mir gebe.«

Yakov, der gerade einen Schluck Wasser genommen hatte, hätte ihn um ein Haar wieder ausgespuckt. Sein Vater klopfte ihm grinsend mit seiner Pranke auf den Rücken, während Mila nach dem Nährstoffdrink griff, den sie zusammen mit den anderen Getränken bestellt hatten, und Theo ein Glas einschenkte.

Als Arwen dann endlich wieder frei atmen konnte, fing er die emotionalen Schwingungen in der Runde auf … um festzustellen, dass Theo sich soeben den Respekt des Familienoberhaupts verschafft hatte.

Pavel kniff seinen Liebsten unter dem Tisch in den Schenkel und löste pulsierendes Verlangen in Arwen aus. Er errötete, war an derlei heftige Reaktionen noch immer nicht gewöhnt. Doch die Worte, die Pavel dann murmelte, waren eher zärtlich und neckend als erotisch. »Siehst du, *Arlusha moy*? Theo schlägt sich wacker. Du kannst sie von deiner ›Sorgenkinderliste‹ streichen.«

Arwen zog eine Grimasse. »Aber wenn ich doch einfach nicht dagegen ankomme?« Es war seine zweite Natur, sich um all jene, die ihm wichtig waren, zu sorgen, und aus unerfindlichen Gründen hatte Theo Marshall es auf besagte Liste geschafft.

Es lag an den seelischen Narben, die sie vor der ganzen Welt versteckte, dachte er.

Pavel hauchte ihm einen Kuss aufs Ohrläppchen, und Arwen spürte, wie es glühend rot wurde. »Ich weiß, dass du nicht dagegen ankommst. Du hast ein so großes, aufrichtiges Herz, dass es mir ehrlich gesagt Angst macht. Der Gedanke, wie sehr du dich emotional verausgabst, wenn du nicht aufpasst, beunruhigt mich ungemein.«

Er griff nach seinem Bier, leerte es in einem Zug zur Hälfte, und knallte das Glas auf den Tisch, bevor er seine jetzt bernsteingelben Augen wieder auf Arwen richtete. »Aber ich bin bereit, mich mit dieser Furcht abzufinden, solange ich den Rest meines Lebens mit dir verbringen kann.«

53

Ich brauche deine Hilfe, damit ich es schaffe, großer Bruder. Dieses neue Silentium … es fällt mir schwer. Trotzdem muss ich es versuchen. Wir alle müssen das. Für Neiza.
Ich dachte, es würde leichter werden, sobald ich von unseren Eltern, unseren kleinen Brüdern und auch von dir und Marian weggezogen wäre. Aber ich habe immer noch sehr zu kämpfen, und das, obwohl Kanoas Familie ihre Beziehungen hat spielen lassen, damit Neiza und ich zu den Ersten gehörten, die in den von der Mercury-Organisation für Eltern und Kinder konzipierten Elementarkurs zum Erlernen von Silentium aufgenommen wurden.
Ich kann Catherine und Arif Adelaja gar nicht genug für ihre Unterstützung danken. Du weißt, wie wichtig die beiden sind, wie viel sie zur Entwicklung des Programms beigetragen haben. Ich hätte niemals erwartet, dass sie der Witwe eines Cousins zweiten Grades, der noch nicht einmal zu ihrem inneren Zirkel zählte, auf diese Weise beistehen würden. Aber sie haben mich – und im besonderen Maße Neiza – mit offenen Armen empfangen.
Tatsächlich haben Catherine und Arif uns sogar angeboten, bei ihnen zu wohnen.
Sie hielten sich schon lange, bevor es durch das Referendum verpflichtend wurde, an die Form von Silentium, wie wir sie heute kennen, und haben, was ihre Konditionierung betrifft, einen erheblichen Vorsprung vor uns. Es ist eine fantastische Gelegenheit für Neiza, und da ich meine Arbeit

im Homeoffice erledigen kann, werde ich die Einladung annehmen.
Das ist der Punkt, an dem ich deine Hilfe benötige, D. Ruf mich bitte nicht an, und schreibe mir keine emotionalen Briefe. Das Einzige, womit ich klarkomme, während ich in dieses neue Leben hineinfinde, sind interessante Zeitungsartikel, Themen, über die wir uns ganz sachlich austauschen können, und gesundheitliche Updates, die sich auf medizinische Fakten beschränken.
Vielen Dank von deiner jüngeren Schwester
Hien

Brief von Hien Nguyen an Déwei Nguyen (9. Juni 1980)

Theo hatte noch nie Bekanntschaft mit einer solch lauten, warmherzigen, lebensbejahenden Familie gemacht. Jeder schien über die anderen genauestens im Bilde zu sein, alle quasselten durcheinander und wechselten ständig die Sitzplätze. Aber Yakov wich Theo nicht von der Seite und sorgte dafür, dass sein Körper stets in Kontakt mit ihrem blieb.

Irgendwann kam seine Großmutter – das stillste Mitglied der Sippe – ans Tischende und setzte sich mit einem Lächeln übereck neben Theo. Sie hatte warme haselnussbraune Augen mit grünen Einsprengseln und goldene Strähnen in ihrem dunkelbraunen, zu einem Bob geschnittenen Haar, das sich wie von selbst zu ordnen schien, wenn es einmal durcheinandergeriet.

Genau wie Yakovs Haar.

Es war eine außergewöhnliche Erfahrung für Theo, von all diesen Leuten umgeben zu sein, die ihr genetisches Erbe an Yakov und Pavel weitergegeben hatten. Doch diese gemeinsame DNA war nur ein kleiner Bestandteil dessen, was ihre Zusammengehörigkeit ausmachte.

»Erzähl mir von dir, Theo.« Kein Befehlston in Babuschka Quyens Stimme, sondern nur aufrichtiges Interesse. »Hast du Geschwister?«

Theos Puls flatterte. Sie würde es nie als selbstverständlich ansehen, offen über ihre Beziehung zu Pax reden zu können. »Ja, einen Bruder«, antwortete sie, während Yakov sich mit seinem Großvater unterhielt, das tiefe Timbre ihrer Stimmen wie klangvolle Hintergrundmusik. »Er ist mein Zwilling.«

Quyens Augen blitzten. »Dieser Heimlichtuer«, bemerkte sie mit einem Blick zu Yakov. »Das hat er mit keinem Wort erwähnt.«

Theo, die sich fragte, wann Yakov überhaupt Zeit gehabt haben sollte, seiner Familie von ihr zu erzählen, glaubte ihr und beschloss, ihr auch den Rest anzuvertrauen. »Wir durften nicht zusammen aufwachsen; man hat uns getrennt, als wir sieben waren.« Sie würde immer um diese Jahre trauern, wenngleich sich ihr Kummer durch ihr neues Band mit Pax abgeschwächt hatte, das entstanden war, während das Skarabäus-Syndrom seine tödlichen Krallen nach ihm ausstreckte.

Sie schob den schmerzhaften Gedanken beiseite und versuchte, sich auf das Positive zu konzentrieren. »Aber wir haben uns als Erwachsene wiedergefunden und sind zur Familie geworden.« Zwar nicht vergleichbar mit Yakovs ungestümer, ausgelassener Verwandtschaft, trotzdem standen auch sie sich sehr nahe, ihre stille Loyalität zueinander war ebenso bedingungslos.

Sie fasste den spontanen Entschluss, sich bei Yakov zu revanchieren, indem sie ihn mit ihrem Bruder bekannt machte. Es war ihr ein großes Anliegen, dass die beiden wichtigsten Männer in ihrem Leben sich kennenlernten, dass sie sich mochten.

Babuschka Quyen versuchte gar nicht erst, ihren Ärger über das Unrecht, das man Theo zugefügt hatte, zu verhehlen. Mit einem grimmigen Zug um ihren Mund ergriff sie Theos Hand und verschränkte ihre feingliedrigen Finger mit den ihren.

Der Griff der alten Dame war fest, ihre Schultern durchgestreckt. »Nicht zu fassen, dass irgendjemand Geschwistern so etwas antun kann, schon gar nicht Zwillingen.« Sie wies mit dem Kinn auf Yakov und Pavel. »Diese beiden Wildfänge haben sich schon immer geglichen wie ein Ei dem anderen. Vom Charakter her sind sie sehr unterschiedlich, aber das Band zwischen ihnen ist unzerstörbar.«

»Ja, das spüre ich jedes Mal, wenn ich sie zusammen erlebe«, pflichtete Theo ihr bei. »Es ist dem zwischen Pax und mir sehr ähnlich.« Ihr fiel es so leicht, mit dieser großzügigen, vorurteilsfreien Frau zu reden, dass sie hinzufügte: »Ich möchte, dass Yasha meinen Bruder kennenlernt. Allerdings bin ich nicht sicher, wie es laufen wird. Pax hat mir gegenüber einen ausgeprägten Beschützerinstinkt.«

»Das zeichnet ihn als Bruder aus. Solange er es nicht übertreibt.« Liebevoll tätschelte sie Theos Hand. »Gleichwohl glaube ich, dass du stark genug bist, um es mühelos mit ihm aufzunehmen.«

Ihr Blick wanderte zu Viktor. »Mein Gefährte hat seine Mutter tief verehrt, daher ist es ein großes Kompliment, dass er dich mit ihr verglichen hat. Ich wollte, dass du das weißt. Meine Schwiegermutter hatte einen eisenharten Willen. Ich war überzeugt, dass sie mich auf Anhieb hassen würde. Weil ich das genaue Gegenteil von ihr bin – von Natur aus sanftmütig und stets bemüht, es allen recht zu machen. Dabei hätte ich eigentlich ahnen müssen, dass die Frau, die meinen Vitüsha großzog, das Herz am rechten Fleck hat.

Sie sagte mir, dass sie sich für ihren Sohn immer nur eine Partnerin gewünscht habe, die seine Liebe im gleichen Maß erwidere. Und dass sie in dieser Beziehung bei mir keinerlei Zweifel habe.« Sie richtete ihre Augen wieder auf Theo, tätschelte abermals sacht ihre Hand. »Und nichts anderes wünschen wir uns für unsere Enkel. Darum liebe ihn einfach, unseren Yasha, Theo.«

Theos Herz überzog sich unter dem Druck ihrer übermächtigen Gefühle für Yakov mit einem Spinnennetz aus Rissen. Aber sie durfte diese Empfindungen nicht aus sich herauslassen. Sie war nicht normal und würde das auch nie sein. Ihr Gehirn war beschädigt, und das ließ sich nicht beheben. Sie könnte jeden Moment die nächste Wutattacke haben und alles vernichten, was sich ihr in den Weg stellte.

Einschließlich dieser überschwänglichen, liebenswerten Familie, die Yakovs Ein und Alles war.

Yakov sperrte in geradezu euphorischer Stimmung die Wohnungstür auf. Er wusste, dass seine Familie trotz ihrer anfänglichen Vorbehalte Theo ins Herz geschlossen hatte – und nicht nur wegen ihres mutigen Aufbegehrens gegen seinen Großvater.

Viktor mochte das lautere Organ haben, doch Quyens Stimme besaß ebenso viel Gewicht, und seine Großmutter hatte ihrer eigenen Aussage nach eine Seelenverwandtschaft zwischen sich und Theo festgestellt. »Diese Familie könnte ein weiteres zurückhaltendes Mitglied gut gebrauchen«, hatte sie irgendwann während des Essens gesagt. »Arlushinka, Theochka und ich planen, euch lärmende Bande einmal pro Monat vor die Tür zu setzen und uns in behaglicher Ruhe zusammen eine Tasse Tee oder Kaffee zu gönnen.«

Ihre Drohung hatte für allgemeine Heiterkeit gesorgt, wobei Mila im Brustton der Überzeugung behauptete, auch sie könne sich still und leise verhalten. Ihre Mutter hatte nur die Augen verdreht. »Wenn du es schaffst, fünf Minuten dazusitzen, ohne zu zappeln, mein liebes Kind, gieße ich scharfe Soße auf meinen leeren Teller und verspeise ihn mitsamt dem Besteck.«

Die ganze Runde war in schallendes Gelächter ausgebrochen.

Und so kam es, dass Yakov trotz der dunklen Wolke, die über ihnen hing, und all ihrer bisherigen Erkenntnisse glücklich und zufrieden war, als er das Apartment betrat. Er hatte schon vor langer Zeit gelernt, den Augenblick wertzuschätzen.

»Schau nicht immer nur in die Zukunft, Yasha«, hatte seine Babuschka Quyen einmal mit einem sorgenvollen Ausdruck auf ihrem liebreizenden Gesicht zu ihm gesagt. »Mein Vater hat mich Folgendes gelehrt: Wenn du deinen Blick ausschließlich nach vorn richtest, geht dir die Gegenwart verloren. Zu viele von Denus Volk waren so sehr auf die Zukunft konzentriert, dass sie nie ein echtes Leben hatten.«

Yakov hatte die mahnenden Worte damals verinnerlicht, und er würde sie heute Nacht, ungeachtet seiner beständigen Sorge um Theo, beherzigen. Denn dieser Moment würde nicht wiederkehren, und Yakov war zu beglückt davon, um ihn sich von einer Zukunft, die noch nicht abzusehen war, zerstören zu lassen.

Matt und entspannt nutzte Yakov die Ungestörtheit ihrer Wohnung, um zärtlich seinen Kopf an Theos Kopf zu reiben. Er würde keine intimen Körperprivilegien fordern, vor allem, da Theo noch heute Morgen hartnäckig Abstand zu ihm gehalten hatte. Nicht, weil sie ihn nicht begehrte, sondern aus Furcht davor, was sie während eines Anfalls anrichten könnte.

Yakov hatte nicht vor, sich wie der letzte Macho über ihre Einwände hinwegzusetzen.

Aber er würde sie auch nicht allein vor sich hinbrüten lassen. Theos unzählige düstere Gedanken würden auf dem Nährboden von Kälte und Dunkelheit nur weiter gedeihen. Yakov hatte im Restaurant gespürt, wie sie sich in ihr einnisteten, bevor die herzliche Art seiner Familie sie aus ihrem Bewusstsein verscheucht hatte. Eine Familie, der inzwischen auch ein Empath angehörte, den die Stepyrevs als den ihren annektiert hatten –

natürlich nur im Geheimen, schließlich legten sie keinen Wert darauf, es sich mit Ena zu verderben.

»Wir werden heute Nacht miteinander kuscheln«, raunte er Theo zu, bevor sie sich wieder in ihren trostlosen Gedankenspiralen verlieren konnte. »Ich spreche von Hardcore-Kuscheln. Was sagst du dazu?«

Sie sah ihn seltsam und mit dem Anflug eines Lächelns auf den Lippen an. »Wie viele Biere hattest du?«

»Höchstens zehn.« In Wahrheit war es bei einem einzigen geblieben. Er durfte auf keinen Fall in seiner Wachsamkeit nachlassen, solange ihre Ermittlungen in Bezug auf das Rehabilitationszentrum, die Serienmorde und Marshall Hydes monströses Vermächtnis andauerten. »Ich bin nur trunken von dir, *pchelka moya*.«

Sie kräuselte die Nase. »Hardcore-Kuscheln?« Eine Spur Neugier in ihrer Stimme.

»Nach Bärenart.« Er gab ihr schnell einen Kuss auf den Mund und navigierte sie in Richtung Schlafzimmer. »Macht euch bereit, Mylady. Ich drehe zur Sicherheit noch eine Runde durch die Wohnung, um mich zu vergewissern, dass alle Schotten dicht sind.« Er zwinkerte ihr zu. »Hardcore-Kuscheln erfordert äußerste Konzentration. Jede Form von Störung ist strikt untersagt.«

Noch immer spielte dieses niedliche kleine Lächeln um ihre Mundwinkel, als sie das Schlafzimmer betrat. Dann drehte sie sich mit einem Ausdruck auf dem Gesicht zu ihm um, den er nicht zu deuten wusste. »Bleib nicht zu lange weg.«

Yakov stöhnte auf. Diese Frau würde ihn noch umbringen. Todesursache: Lust, pures Verlangen. Er wollte ihren Körper von oben bis unten mit seinen Lippen und Zähnen erkunden und das Ganze anschließend mit seiner Zunge wiederholen. Wahlweise in umgekehrter Reihenfolge.

Vielleicht könnte er sie anschließend dazu überreden, ihn

überall mit ihrem weichen, sinnlichen Mund zu liebkosen. Und dabei seinem Schwanz besondere Aufmerksamkeit zuteil werden lassen.

Wieder entrang sich ihm ein Stöhnen.

»Nur kuscheln«, schärfte er sich ein, bevor er zu erregt werden konnte. Dann überprüfte er die Verriegelungen der Fenster sowie das Türschloss und vergewisserte sich, dass die computergesteuerte Alarmanlage, die Pavel für ihn gecheckt hatte, aktiviert war. Zum Abschluss setzte er sich mit dem Team, das das Gebäude heute Nacht bewachte, in Verbindung.

Er wurde dieses Kribbeln im Nacken, dieses intuitive Gefühl, dass jemand sie beobachtete, einfach nicht los. Nicht ausgeschlossen, dass es seinem wilden Beschützerdrang gegenüber Theo entsprang, aber er würde kein Risiko eingehen, solange sich der »Moskau Ripper« auf freiem Fuß befand. Yakov hatte die Patrouillen als nicht ausreichend empfunden, und er war alt genug, um auf seine Instinkte zu hören, wenn sie sich mit dieser Dringlichkeit meldeten. Sie lieferten einen wichtigen, dem hellsichtigen Teil seiner Gene entstammenden Fingerzeig.

»Alles im grünen Bereich«, ließ Elbek sich vernehmen. »Keine verdächtigen Gestalten. Mit Ausnahme von dir.«

»Danke, dass du die Schicht übernommen hast.« Der erfahrene Soldat war kurzfristig eingesprungen. »Wo steckt deine Komplizin?« Die außerdem zufällig eine der gefährlichsten Kämpferinnen des Clans war. Moon mochte den Eindruck erwecken, als könnte ein kräftiger Windstoß sie umwehen, aber Yakov würde sich hüten, einen Streit mit ihr anzufangen.

Nicht ohne Grund war ihr Spitzname unter den Soldaten »die Berserkerin«.

»Keine Ursache. Moon überprüft gerade die Umgebung. Dafür schuldest du uns einen Kasten Bier von dieser neuen Mikrobrauerei im Westen der Stadt.«

»Zwei für jeden von euch beiden«, korrigierte Yakov. »Das ist schon das zweite Mal, dass ihr mir in letzter Sekunde aus der Patsche helft.«

»Gern geschehen. Schließlich konnten wir in der Vergangenheit auch immer auf dich zählen. Wir sehen uns morgen früh.«

»Ich wünsche euch eine angenehme Nacht.« Beruhigt, dass Theo geschützt war, steckte er sein Handy ein und machte sich auf den Rückweg zum Schlafzimmer. Die wichtigste Sicherheitsmaßnahme war er selbst. Kein verfluchter Killer würde an ihm vorbeikommen.

»Ob du bereit bist oder nicht, hier kommt der Bär«, verkündete er, als er eintrat … und sich fast an seiner eigenen Zunge verschluckte.

Theo stand vor dem Bett.

Splitterfasernackt.

Sie hatte nicht ein einziges Kleidungsstück am Leib, noch nicht einmal ihre niedlichen Söckchen.

Sein Gehirn setzte aus. »*O Bozhe*, du bist wunderschön.« Schlank und wohlgeformt, mit sinnlichen Rundungen.

Und sie zitterte leicht.

Yakov fasste sich wieder und ging zu ihr. »Thela, was hat das zu bedeuten?«, fragte er sanft und umfing ihr Gesicht mit beiden Händen. »Ich hatte bestenfalls auf halbnacktes Schmusen gehofft. Mit etwas Glück vielleicht auf ein bisschen Petting.«

Sie hielt seinem Blick unverwandt stand, ohne zu lächeln, dafür mit einem Ausdruck fester Entschlossenheit. »Ich möchte zu Ende bringen, was wir letzte Nacht begonnen haben. Ich will mir diese Zeit mit dir stehlen.«

»*Zolotse moyo*, heute Morgen –«

»Ich weiß. Ich habe … mich geschämt und hatte Angst.« Sie drückte ihre Wange in seine Hand. »Aber durch diesen Tag mit Santo und Janine habe ich erkannt, wie schnell das Leben aus den Fugen geraten kann. Dass ich morgen vielleicht nicht mehr dieselbe Person wie heute sein werde.«

»Nein, Theo.«

Sie legte den Finger auf seine Lippen. »Pst«, machte sie, und von ihrem Zittern war nun nichts mehr zu spüren. »Es steckt mehr dahinter. Dieser Abend im Kreis deiner Familie … zu erleben, wie herzlich sie miteinander umgehen, die unverhohlene Liebe in Arwens Blick, wenn er Pavel ansieht, der wiederum keinen Hehl aus seiner Zuneigung für Arwen macht. In meinem ganzen Leben hab ich noch nie in so viel Offenheit gelebt.«

Ein wildes Feuer loderte in ihren Augen. »Ich trage schon so lange unendlich viel Zorn in mir, Yakov, doch darunter verbirgt sich blanke Furcht. Davor, wieder verletzt oder verlassen zu werden. Nach meinen Wutanfällen habe ich jedes Mal Panik, dass ich anderen ein Leid zugefügt haben könnte.« Sie fuhr mit dem Finger die Konturen seiner Lippen nach. »Und jetzt, da wir kurz davor stehen herauszufinden, was in dem Zentrum passiert ist, graut mir unendlich vor der Wahrheit.«

Sie rückte so nah an ihn heran, dass sich ihr Atem mit seinem mischte. »Ich möchte glauben, dass mein Großvater mich als Kind in diese Einrichtung gebracht und etwas mit meinem Gehirn angestellt hat, auf das ich meine Taten schieben kann. Aber ich weiß, dass das vermutlich eine trügerische Hoffnung ist. Ich habe Angst davor zu entdecken, dass ich eine von einem Ungeheuer erschaffene Mörderin bin.«

»Das bist du nicht.« Dieses Mal zog er ihre Hand von seinem Mund weg, als sie ihn daran hindern wollte weiterzusprechen. »Arwen mag dich.« Er schüttelte sacht ihr Handgelenk, um ihre Aufmerksamkeit zu erzwingen. »Unser höhleneigener Empath hat ein butterweiches Herz, aber er ist außerdem ein Mercant. Er gehört nicht zu diesen E-Medialen, die fordern, dass selbst der schlimmste Verbrecher eine zweite Chance verdient.«

Theo starrte ihn an, die Pupillen riesig im leuchtenden Blau der Iriden. »Er hat sich heute Abend zweimal telepathisch erkundigt, wie es mir geht.«

Yakov wunderte das kein bisschen. Arwen war raffiniert, wenn es um das Behüten seiner Sorgenkinder ging. »Er hat mir einmal erzählt, dass er es hasst, telepathischen Kontakt zu ›Leuten mit dunklen Seelen‹ herzustellen. Das waren genau seine Worte. Er würde das nur im äußersten Notfall tun. Und ein Abendessen mit meiner verrückten Familie fällt definitiv nicht in diese Kategorie.«

Theo furchte die Stirn. »Sie ist nicht verrückt.« Ein Stups gegen seine Schulter. »Sondern einfach nur wundervoll.«

Seine Hände lagen jetzt auf der seidenweichen Haut ihrer Taille. Trotzdem dachte er immer noch mit dem Kopf und nicht mit dem Unterleib. Und das, obwohl Theo nackt war. »Na schön, dann sind es eben wundervolle Verrückte«, lenkte er lachend ein, als sie ihm einen weiteren Klaps androhte.

Er zog ihren verführerischen Körper näher zu sich heran und strich ihr eine Haarsträhne hinters Ohr. »Sie mögen dich auch. Meine Babuschka ist zweifelsfrei die Freundlichkeit in Person, meine Mutter hingegen ein Hai im Bärenpelz. Sie hat gesagt, dass sie mir gewaltig den Kopf waschen wird, falls ich das mit dir vermassle.«

Er rieb die Nasenspitze an Theos. »Glaub an dich, *pchelka moya*. So viele andere tun es längst.«

Ihre Augen wurden von tiefem Schwarz geflutet, ihre Unterlippe fing kaum merklich an zu zittern.

»Mir ist bewusst, dass dir das, worum ich dich bitte, schwerfällt.« Er streichelte, ungeachtet seiner heftigen Erregung, von tiefer Zärtlichkeit erfüllt mit den Händen über ihren Rücken. »Sei nicht aus Angst mit mir zusammen, Theo, sondern weil du Vertrauen hast. Und Hoffnung.«

54

Alarmstufe Rot! Plötzlicher Herzstillstand! Standortdaten wie folgt.

Alarmstufe Rot! Plötzlicher Herzstillstand! Standortdaten wie folgt.

Alarmstufe Rot! Plötzlicher Herzstillstand! Standortdaten wie folgt.

Von Pax Marshalls medizinischem Überwachungsgerät abgesetzter Notruf (18. Juni 2073)

Hoffnung.

Dieses Wort oder dieser Begriff hatte für Theo schon seit ihrem siebten Lebensjahr keine Bedeutung mehr. Bis dahin hatte sie Hoffnung gehabt. Und Vertrauen. Darauf, dass der Vogel, den Pax und sie gefunden hatten, überleben würde; dass sie den aufmerksamen Blicken ihrer Aufpasser entkommen würden, um auf dem Grundstück zu spielen; dass ihr Bruder und sie immer zusammenbleiben und einen Ort finden würden, wo sie ohne strenge Regeln und Beschränkungen leben konnten.

Kindliche Zuversicht, aber auch die zählte.

Und jetzt forderte dieser starke, ehrenhafte Mann sie auf, an sich selbst und das Gute in ihr zu glauben. »Es ist schwer«, flüsterte sie, während eine heiße Träne über ihre Wange rollte. »Ich habe furchtbare Angst.«

Yakov drückte sie noch fester an sich und rieb mit der Wange über ihre Schläfe. Theo fühlte sich geschützt und geborgen.

»Das weiß ich«, sagte er. »Aber du besitzt unendlich viel Mut, Thela. Du hast einen verfluchten Ratsherrn überlebt – und auf seinem nicht existenten Grab getanzt. Es gibt keins, weil er in Stücke gerissen wurde. Für den Fall, dass du das vergessen haben solltest. Manche Träume gehen in Erfüllung.«

Ein tränenersticktes Lachen drang aus ihrer schmerzenden Brust.

»Und dann hast du dich mit dem attraktivsten Bären eingelassen, der dir je begegnet ist.« Ein dunkles Grollen an ihrem Ohr. »Zum Glück, weil ich dich andernfalls hätte kidnappen und in meine Höhle verschleppen müssen.«

Noch immer strömten ihr unaufhaltsam Tränen über das Gesicht, als wäre ein Wasserhahn geöffnet worden, der sich nicht mehr schließen ließ.

»Theo.« Yakov hob sie auf seine Arme, trug sie zum Bett und setzte sich mit ihr auf seinem Schoß hin. Er hangelte nach der flauschigen Decke am Fußende, faltete sie auseinander und legte sie um Theos Rücken, sodass sie von deren und Yakovs Wärme eingehüllt wurde.

»Lass das Gift aus dir herausströmen, *pchelka*. Es hat nichts in dir verloren. Du hast den Preis für die Sünden deines Großvaters lange und teuer genug bezahlt. Es wird Zeit, dass du einfach nur du selbst bist.«

Sie konnte nicht sagen, ob sie auf diese Aufforderung gewartet hatte, oder ob es daran lag, dass Yakov eine höhere Meinung von ihr hatte als sie selbst, jedenfalls brachen jetzt alle Dämme. Sie weinte um das glückliche, empfindsame Mädchen, das sie einst war, und um das verlorene, schmerzgepeinigte, zu dem sie sich entwickelt hatte. Sie weinte um ihre Jugendzeit, an die sie nur noch verschwommene, unscharfe Erinnerungen hatte, und um die junge Frau, der allmählich bewusst wurde, was sie getan hatte, dass Blut an ihren Händen klebte.

Und sie weinte um die Theo, die nie aus ihr geworden, deren Lebensweg unwiderruflich verändert worden war … und der sie nun hierher geführt hatte, in die Arme eines Mannes, der glaubte, dass es sich lohnte, um sie zu kämpfen, der das Gute in ihr sah. Aus dieser Erkenntnis schöpfte sie ein klein wenig Hoffnung.

Yakov war real. Und er fühlte sich nicht von ihr abgestoßen, obwohl er den dunklen Schatten auf ihrer Seele gesehen hatte. »Mein Großvater hat versucht, mir die Wutattacken gewaltsam abzugewöhnen.« Ihre Stimme klang kratzig, aber sie wollte Yakov alles erzählen.

Er wurde vollkommen starr. »Du musst nicht dorthin zurückkehren. Vergiss diesen Bastard.«

»Ich möchte es aber. Es ist der letzte Tropfen des Gifts.«

»Warte kurz.« Yakov trat sich die Stiefel von den Füßen und setzte sich so auf das Bett, dass er, die Beine ausgestreckt, mit dem Rücken am Kopfteil lehnte, Theo an seine breite, warme Brust geschmiegt.

Als sie den Kopf hob, wischte er ihr mit zittrigen Fingern die Spuren ihrer Tränen von den Wangen. »Ich liebe dich, Theo.« Nachdrückliche, großherzige Worte, die keine Erwiderung brauchten. »Ich habe mich als Teenager in meinen Träumen in dich verliebt. Nie hätte ich mir vorstellen können, dass die Wirklichkeit noch so viel besser sein würde.«

Theos Atem ging stockend, sie konnte sich nicht überwinden, ihm ihrerseits ihre Gefühle zu gestehen. Nicht, ehe sie das hier nicht hinter sich gebracht hatte. Sie holte tief Luft und kehrte in die albtraumhafte Vergangenheit zurück. Doch die Erinnerungen spulten sich nicht in schmerzhaften, gestochen scharfen Bildern vor ihrem geistigen Auge ab.

Sie waren … verblasst. Wie ein von der Sonne ausgeblichenes Foto.

Bar jeden Gifts.

Es fiel ihr nicht schwer, es ihm einfach zu sagen. »Anfangs dachte mein Großvater, die Ausraster seien nichts weiter als auf mein mangelhaftes Silentium zurückzuführende Trotzanfälle. Als ich siebzehn war, fing er an, mich zu bestrafen, indem er mich an einen Stuhl fesselte, der beim kleinsten Anzeichen von Zorn in mir einen Stromstoß auslöste.« Der Schmerz hatte loderndes Feuer durch ihre Glieder gejagt, doch damals schon abgehärtet vom Leben, hatte Theo ihn stoisch ertragen.

»Als ihm schließlich klar wurde, dass ich die Episoden nicht kontrollieren konnte, schien es ihm plötzlich ein perverses Vergnügen zu bereiten, mich zu ›züchtigen‹. Wir wussten beide, dass es dabei um etwas völlig anderes ging: Er hatte einen Weg gefunden, mir wehzutun, ohne dass es sich negativ auf meinen Bruder auswirkte. Mein Großvater hatte es immer gehasst, dass ich einen entscheidenden Trumpf in der Hand hatte im Hinblick darauf, wie weit er gehen konnte. Ohne mein geistiges Band mit Pax hätte man mich schon mit sieben in einem Krematorium zu Asche verbrannt.«

Theo würde niemals den kalten Gesichtsausdruck ihres Großvaters vergessen, als er ihr gegenüber in dem schalldichten Kellerraum des Wohngebäudes gesessen hatte, in dem sie mit Colette lebte. Zwei Stühle. Einer am Betonboden verschraubt und mit Elektroden ausgestattet, der andere aus glattem schwarzem Leder und auf Marshall Hydes Körpermaße zugeschnitten.

Es waren immer nur sie beide an diesem schauderhaften Ort gewesen.

»Erbärmlicher Feigling«, knurrte Yakov.

»Ja, das war er.« Nach all der Zeit erkannte sie nun endlich den jämmerlichen Wicht hinter dem Ungeheuer. »Paradoxerweise habe ich Pax vor dem Missbrauch geschützt, indem ich Energie von ihm abzog.«

»Ich wusste nicht, dass mediale Zwillinge ihre Kräfte miteinander teilen können.«

»Das gilt auch nicht für alle. Doch was uns betrifft, haben wir zwar nicht die vollständige Kontrolle über unser gemeinsames Band. Die Tür zu unserem jeweiligen Bewusstsein öffnet sich jedoch instinktiv, wenn einer von uns beiden den anderen braucht.« So wie zu dem Zeitpunkt, als das Skarabäus-Virus Pax' Gehirn befiel. Theo hatte ihrem Bruder so viel Energie zugeführt, wie sie konnte, und sich nur, um den Schein zu wahren, über das damit einhergehende, von starken Kopfschmerzen begleitete Nasenbluten beklagt.

In Wahrheit hätte es ihr nichts ausgemacht, wenn er ihre ganzen Kraftreserven aufgebraucht hätte. Es war ihr darum gegangen, ihren heißgeliebten, brillanten Bruder, an dessen Überlebenschance sie immer noch glaubte, emotional nicht zu belasten.

»Warum hast du nicht deine Schilde gesenkt, damit Pax deine Schmerzen spüren konnte?«, fragte Yakov, seine Arme fest um Theo geschlossen. »Nicht, um ihm zu schaden, sondern um Marshall abzuschrecken.«

»Er hat mich viele Jahre beschützt, Yasha.« Ihr blutete das Herz, wenn sie an den jungen Mann dachte, der jedes Mal innerlich gestorben war, wenn er Theos Qualen wahrnahm. »Ich wollte mich dafür revanchieren. Außerdem war ich damals ein starrsinniger Teenager, voller Hass auf meinen Großvater. Ich genoss es, ihn zu verspotten, weil er Spaß daran hatte, eine wehrlose Jugendliche zu foltern.«

Scheint, als wäre dein Silentium doch nicht so perfekt, wie du vorgibst, alter Mann, hatte sie atemlos vor Schmerzen hervorgestoßen. *Fühlst du dich sexuell erregt? Ich habe gelesen, dass –*
Ihr Schrei hatte von den Wänden widergehallt, als Marshall ihr einen weiteren Stromstoß versetzte.

Theo zuckte bei der Erinnerung mit den Achseln. »Es war unklug, ihn zu verhöhnen, und gleichzeitig die einzige Freude, die ich im Leben hatte. Ich bereue es bis heute nicht.«

»Jeder Teenager lässt sich zu Dummheiten hinreißen. Dein Pech war nur, dass du es mit einem Psychopathen zu tun hattest.«

Ein Lachen brach aus ihr heraus, hell und echt, nicht gezwungen oder halbherzig. »Um es kurz zu machen: Eines Tages habe ich es mit meinen Sticheleien ein wenig übertrieben, worauf er mir die volle Ladung verpasste. Es war, als würde sich mein Körper in flüssiges Feuer verwandeln. Man kann die Spuren auf meinem Rücken sehen.« Ein Spinnennetz aus Narben, wo der Strom durch die speziell angefertigten Mikroelektroden geflossen ist, die mit winzigen Haken in ihrer Haut befestigt waren.

»Ich habe auch noch andere Narben.« Sie berührte eine dünne Linie an der Innenseite ihres Oberschenkels. »Doch am schlimmsten hat es meinen Rücken getroffen. Aber es war das letzte Mal. Weil ich Pax vor dieser Attacke nicht schützen konnte. Er erlitt zeitgleich mit mir einen Herzstillstand.« Ihr letzter panischer Gedanke hatte ihrem Bruder gegolten.

Im selben Moment hatte sie gespürt, wie er verzweifelt seine telepathischen Fühler nach ihr ausstreckte.

Theo!

Dann waren sie beide kollabiert.

»*Bozhe moi.*« Yakov legte seine zitternde Hand auf Theos Hinterkopf und presste die Lippen auf ihren Scheitel. »Der Gedanke, ich hätte dich verlieren können, noch bevor wir uns begegnet sind ...« Er drückte sie so fest an sich, dass sie kaum noch Luft bekam, und sie ließ es sich nur zu gern gefallen.

»Ich wusste, dass du aus hartem Holz bist.« Seine Stimme war rau und voller Gefühl. »Diese Geschichte ist der endgültige Beweis.«

Theo saugte das Kompliment in sich auf wie eine Blume das Sonnenlicht, nachdem sie im Dunkeln hatte darben müssen. »Ich bin sicher, dass Marshall mich hätte sterben lassen, wenn es den Ärzten, die Pax behandelten, gelungen wäre, ihn zu reanimieren, bevor mein Herz wieder zu schlagen anfing. Aber es glückte ihnen nicht, obwohl sie fast sofort zur Stelle waren.«

»Dein Bruder ist eine Kämpfernatur. Er hat sich mit dem Tod angelegt und gesiegt.«

»Ja.« Theo würde es nie beweisen können, trotzdem wusste sie, dass ihr hochintelligenter Bruder, der seine enormen Kräfte meisterlich beherrschte, in dieser fatalen Sekunde vor dem Herzstillstand ihrer beider Schicksal irgendwie aneinandergekoppelt hatte. »Der Gipfel der Ironie war, dass meinem Großvater nichts anderes übrigblieb, als mich wiederzubeleben – erst danach fing auch Pax' Herz wieder an zu schlagen.«

»Ich hoffe, diesem entarteten Feigling stand der Angstschweiß auf der Stirn.«

»Da bin ich mir sicher. Es hat mich immer amüsiert, dass er gezwungen war, seine verhasste Enkeltochter ins Leben zurückzuholen.« Theo hatte immer geglaubt, dies zeuge davon, dass sie so pervers war wie er selbst, bis Yakov dafür gesorgt hatte, dass sie die ganze Sache aus einem anderen Blickwinkel betrachtete. Sie war ein Kind gewesen und hatte sich dementsprechend verhalten, wohingegen ihr Großvater ein omnipotenter Ratsherr gewesen war.

Theo hatte lediglich versucht, der Situation irgendetwas Positives abzugewinnen.

»Pax hat es nie zugegeben, aber ich bin überzeugt, dass er sein Überleben absichtlich an das meine geknüpft hat.« Theo wollte, dass Yakov von dieser selbstlosen Seite ihres Bruders wusste, die er vor der Welt verborgen hielt und die Marshall Hyde ihm mit harter Hand auszutreiben versucht hatte. »Damit unser Großvater mich nicht sterben lassen konnte, ohne gleichzeitig Pax zu verlieren.«

Yakov atmete hörbar ein. »Ich hätte nicht gedacht, dass ich das je sagen würde, aber ich mag deinen Bruder. Zumindest in seiner Beziehung zu dir. Er weiß, was Familie bedeutet.« Ein energisches Kopfnicken. »Aber in allen anderen Belangen behalte ich mir das Recht vor, ihm mit Misstrauen zu begegnen.«

»Dagegen ist nichts einzuwenden.« Pax würde nichts anderes von ihm erwarten. Immerhin hatte er große Anstrengungen unternommen, um das Image eines herzlosen, eiskalten, machtbesessen Medialen zu kreieren.

»Damit kennst du die ganze Geschichte«, murmelte sie und schmiegte sich, nachdem das Gift bis zum letzten Tropfen aus ihr herausgeflossen war, an Yakov. »Können wir jetzt zum Hardcore-Kuscheln übergehen?«

55

Es ist der Zeitpunkt gekommen, Versuchsperson V-1 aufzugeben. Angesichts der massiven Nervenschädigung besteht keine Hoffnung mehr auf weitere nützliche Durchbrüche. Selbstverständlich verstehe ich, dass für diese spezielle Probandin besondere Maßstäbe gelten, daher liegt die Entscheidung ganz bei Ihnen.

Dr. Upashna Leslie zu dem Ratsherrn Marshall Hyde (11. April 2079)

Das Auge entdeckte den Wachposten in derselben Sekunde, in der es um die Ecke bog. Ohne zu stutzen oder sich durch eine hastige Bewegung zu verraten, lief es weiter, ein x-beliebiger Einwohner Moskaus, der sich nach einer langen Schicht auf dem Heimweg befand.

Den Kopf gesenkt, die Schritte gleichmäßig und zielgerichtet.

Es spürte einen forschenden Blick im Rücken, aber niemand nahm die Verfolgung auf, und bald darauf konnte es wieder aufatmen. Es hatte den Mann, der auf Theodora Marshall aufpasste, eindeutig unterschätzt. Er musste gewittert haben, dass Gefahr in der Luft lag, und hatte die Sicherheitsmaßnahmen zusätzlich verstärkt. Gut sichtbar – als Warnung.

»Zeit für eine Planänderung«, flüsterte das Auge seinem anderen Ich zu.

Doch zunächst einmal würde es heimkehren und die Nacht dort verbringen, wo alles angefangen und seine Seele sich in zwei Hälften gespalten hatte. An diesem Ort fühlte das Auge sich sonderbar sicher. Vielleicht weil sie den Ort von allem Bedrohlichen gesäubert hatten.

Leiche für Leiche. Verrottend.

56

»Was ist das?«

»Mein universeller Werkzeugkoffer für alle Lebenslagen. Ich bin hier, um dein Besteck zu polieren und umzusortieren und ein Laufband für deinen Goldfisch zu bauen, damit er allein Gassi gehen kann. Anschließend werde ich deine Nägel maniküren und auf deinen nicht vorhandenen Dachboden steigen, um der Vampirfledermausplage den Kampf anzusagen. Also, was denkst du?«

»Dass du ein sehr hartnäckiger Bär bist.«

»Oh, und ich habe dir Blumen mitgebracht. Einen Strauß Edelweiß. Laut Internet kann diese Pflanze vieles symbolisieren, hauptsächlich steht sie jedoch für tief empfundene Liebe und Hingabe.«

»Du bist ein bisschen vorschnell.«

»Irrtum, mein Hübscher. Ich spreche von deiner Hingabe gegenüber all denen, die dir wichtig sind, und deiner Fähigkeit, ohne Vorbehalt zu lieben, welches Hindernis auch immer im Weg stehen mag. Ich erkenne das jedes Mal, wenn ich dich mit Silver sehe – sie wäre heute nicht Valyas Starlight, hättest du nicht durch das Beispiel, das du gibst, die Grundlage dafür geschaffen. Du bist loyal und leidenschaftlich, stur und mutig und hast den

niveauvollsten Todesblick drauf, der mir je begegnet ist. Mein Bär musste dir zwangsläufig verfallen.«

»Das Werben um Arwen Mercant – eine Geschichte über tödliche Blicke, unwiderstehlichen Charme und eine romantische Nacht im Gefängnis«, erzählt von Pavel Stepyrev

Arwen genoss seinen Spaziergang mit Pavel am Fluss entlang, den die Lichter Moskaus in einen mitternächtlichen Regenbogen verwandelt hatten. Die Luft war kalt, trotzdem fror er nicht, weil Pavel den Arm um seine Hüfte gelegt hatte und ihm mit seinem Körper Wärme spendete.

Arwen war ein paar Zentimeter größer, daher wäre es eigentlich logischer gewesen, wenn er stattdessen Pavels Schultern umfangen hätte, aber so fühlte es sich natürlicher an. Weil sein Schatz nun einmal ein Bär mit einem wahnsinnigen Beschützerinstinkt und Arwen ein Empath war, der dieses Gefühl von Geborgenheit liebte.

Lächelnd richtete er einen seiner Manschettenknöpfe.

»Was ist so lustig?« Pavel ließ seine Finger über Arwens Hüfte tänzeln und leckte ein weiteres Mal an seiner Eiswaffel. Er hatte Arwen angeboten, so oft davon zu kosten, wie er wollte, solange er sich jedes Mal mit einem Kuss revanchierte. Was schließlich nicht zu viel verlangt war.

»Meine Manschettenknöpfe haben mich gerade an den Tag erinnert, als du aufgetaucht bist, um die Vampirfledermäuse von meinem Dachboden zu verjagen.« Die Edelweißblüten nachempfundenen Schmuckstücke waren ein Geschenk von Pavel, der wusste, wie er Arwen eine Freude machen konnte.

Pavels Grübchen erschienen. »Ich konnte geschlagene zehn Minuten nicht aufhören zu lachen, als ich deine Nachricht erhielt.«

»Ich hatte auch noch das Waschen meiner Schnürsenkel und die Kräuter im Garten farblich aufeinander abzustimmen in Reserve.« Irgendwann war aus seinem Bestreben, Pavels Dating-Versuche mit zunehmend grotesken Ausreden zurückzuweisen, ein heißer Flirt geworden, der sein Herz höher schlagen ließ.

Er hatte sein Telefon nicht mehr aus der Hand gelegt, während er mit Schmetterlingen im Bauch auf die nächste SMS seines Verehrers wartete.

»Die Ausflüchte wären gut gewesen.« Pavel gluckste. »Zu schade, dass du keine Gelegenheit mehr hattest, sie zu benutzen.«

Weil Arwens ganze Abwehr in sich zusammengefallen war, nachdem Pavel ihn als hingebungsvoll, loyal und leidenschaftlich bezeichnet hatte.

Er hatte instinktiv gespürt, dass Pasha jedes Wort ernst meinte und sich nicht nur aus körperlicher Lust zu ihm hingezogen fühlte, sondern ihn als Person schätzte. Pavels unverhohlene Bewunderung, der Respekt, mit dem er ihn behandelte, waren Balsam für Arwens empathische Sinne.

Seine ganze Welt war aus den Angeln gehoben worden, als ihr koketter Flirt sich zu einem Gefühl tiefer Zuneigung gewandelt hatte. Arwen, der an die Täuschungsmanöver unter den Medialen gewöhnt war, hatte befürchtet, dass das alles nur eine Illusion sei, dass Pavel mit ihm spielte. Er hatte ihn damals zu wenig gekannt, sonst hätte er gewusst, dass sein wilder, unverblümter, grundanständiger Bär sein Herz immer pfleglich behandeln würde.

Glücklich und frohgemut zog er sein Handy heraus, als er sich mit Pavel auf den Rückweg zu Enas Haus machte.

»Ein nächtlicher Anruf bei einem deiner Sorgenkinder?«, fragte Pavel und steckte sich den Rest der knusprigen Eiswaffel in den Mund.

»Ich hatte Canto angeboten, vorbeizukommen und für ihn auf Vorrat zu kochen. Er ist diese Woche allein, weil Payal kurzfristig nach Singapur musste, und er isst nie richtig, wenn sie nicht da ist. Ich wollte nur nachsehen, was er geantwortet hat.«

Pavel beugte sich zu ihm und spähte ungeniert auf Arwens Handy … dann lachte er auf. »Lieber Arwen«, las er vor. »Es sind immer noch siebzehn tiefgefrorene Mahlzeiten von deinem letzten Besuch übrig. Und die Bären bringen mir ständig Gebäck vorbei. Heute Morgen habe ich einen Baiserkuchen auf meiner Veranda vorgefunden. Was zum Geier soll ich damit anfangen? Hier hat man einfach nie seine Ruhe.«

Lächelnd gab er Arwen einen Kuss auf die Wange. »Du weißt, wie man sich gut um andere kümmert. Sogar um einen undankbaren Griesgram wie deinen Cousin. Soll ich ihn für dich verdreschen?«

Besänftigt entgegnete Arwen: »Nein. Heute ist er vor deinem Zorn sicher.« Denn die Nachricht war noch nicht zu Ende.

Trotzdem danke, dass du mich daran erinnert hast zu essen, schrieb er weiter. *Manchmal vergesse ich das tatsächlich, wenn Payal nicht zu Hause ist*. Aber auch nur darum, weil die beiden gegenseitig gut aufeinander achteten. Sie waren ein zuckersüßes Paar. Zwei nach außen hin knallharte Mediale, die sich perfekt ergänzten.

Ich werde diesen lächerlichen Baiserkuchen probieren. Er ist mit Kiwischeiben belegt! Ich wüsste wirklich zu gern, wo zur Hölle die Bären Kiwis aufgetrieben haben.

Nachdem Arwen diesen Teil der Nachricht seinem amüsiert dreinsehenden Liebsten grinsend vorgelesen hatte, tippte er rasch eine Antwort. Mann und Bär rundherum zufrieden, hörte Pavel anschließend Arwen zu, der ihm berichtete, wie es aktuell um die anderen Personen auf seiner »Sorgenkinderliste« – Pavels Wortschöpfung – stand.

»Meine kleine Cousine – du hast sie vor zwei Wochen kennengelernt – kann sich nicht entscheiden, welches Fach sie an der Uni belegen soll. Ich werde ihr helfen, sich für ein paar duale Studiengänge zu bewerben, damit sie ihren Weg findet.«

Pavel drückte Arwens Hüfte, in seinen Augen lag ein zärtlicher Ausdruck, als ihre Blicke sich trafen. »Ich liebe deine fürsorgliche Art, *moy svetlyi luchik*.«

Arwen war an die Kosenamen gewöhnt, mit denen Pavel ihn bedachte, trotzdem wurde ihm noch immer ganz warm ums Herz, wenn er ihn seinen Lichtstrahl nannte. Er beugte sich zu ihm hinüber und bedeckte sein Gesicht mit Küssen.

Tiefe Grübchen auf Pavels Wangen, als er ihn voller Zuneigung in die Arme schloss.

Arwen liebte so vieles an ihm, nicht zuletzt Pavels großes Verständnis für sein empathisches Wesen. Er konnte einfach nicht anders, als Leute »einzusammeln« – wie seine Großmutter es ausdrückte – und sie unter seine Fittiche zu nehmen.

Pavel war ein besitzergreifender Mann, der nicht davor zurückschreckte, jeden in die Flucht zu schlagen, der Arwen anzubaggern versuchte, jedoch erstreckte sich seine Eifersucht nicht auf dessen Schützlinge. Er akzeptierte sie nicht nur, sondern half Arwen sogar dabei, sich um sie zu kümmern.

Mal lieferte er in Vertretung von Arwen Carepakete ab, mal übernahm er es, nach bestimmten Personen zu sehen, wenn sein Liebster gerade nicht in der Stadt war. Bei einer Gelegenheit war er sogar in seine »Hosen für große Jungs« gestiegen – Zitat Pavel –, um sich Ena zur Brust zu nehmen, als sie ein bisschen zu lang für Arwens Geschmack in ihren Privatgemächern abgetaucht war, während ihr Enkel an einem Fortbildungskurs für Empathen teilnahm.

»Deine Großmutter ist absolut furchteinflößend«, hatte Pavel hinterher gestöhnt und sich imaginären Schweiß von der Stirn gewischt. »Als sie mir Tee anbot, war ich mir beinahe sicher, dass sie mich vergiften würde. Stattdessen hat sie mich zu einer Partie Schach aufgefordert – und mich gnadenlos vernichtet. Es war die brutalste Niederlage meines Lebens.«

Im Anschluss hatte Arwen eine Nachricht von Ena erhalten, die folgendermaßen lautete: *Nach deiner Rückkehr werde ich euch beide nächste Woche im Haus auf den Klippen empfangen. Richte deinem Bären aus, dass ich formelle Kleidung erwarte. Und damit meine ich nicht ein neues T-Shirt.*

Arwen hatte vor Freude die Faust in die Luft gestoßen. Eine Einladung ins Haus auf den Klippen war die größte Ehre, die einem Familienmitglied zuteilwerden konnte. Sein großherziger Bär hatte sich also gut geschlagen.

»Jetzt komm, Süßer«, sagte Pasha, der nach Arwens Kussattacke noch immer nicht aufhören konnte zu lächeln. »Du kannst mich zu Hause weiter verwöhnen.«

Arwen plante, exakt das zu tun, doch als er dann mit seinem Designerhemd in der Hand im Gästezimmer stand, während Pavel barfuß und mit bloßem Oberkörper in die Küche ging, um ein Glas Wasser zu holen, hörte er in seinem Kopf die Echos anderer Stimmen.

Du hast mir dabei geholfen, mich real und nicht länger wie ein Geist zu fühlen, Arwen.

Danke, kleiner Bruder.

Ohne dich wären wir nicht die Familie, die wir sind. Mach nicht den Fehler, deine Talente zu unterschätzen, nur weil sie anders geartet sind als unsere.

Dein großes Herz hat auf uns alle abgefärbt, mein lieber Enkel. Darum beschützen wir es mit allen Mitteln. Es war unsere Rettung.

Ich liebe deine fürsorgliche Art, moy svetlyi luchik.

»He.« Pavel stand in der Tür. »Warum dieser ernste Blick?«

Er kam ins Zimmer und stellte das Wasserglas auf den Nachttisch an Arwens Bettseite, bevor er zu ihm ging und mit den Fingern über seine gerunzelte Stirn strich.

»Ich habe gerade etwas herausgefunden«, verkündete Arwen und warf sein Hemd aufs Bett.

57

Sieh nur, Liebster
Die Herbstblätter, sie lachen
Und der strahlend blaue Himmel lächelt auf uns hernieder
Der Wind küsst zärtlich unsere Wangen, während wir tanzen
Und welch unvergleichlicher Tanz das ist, mein Augenstern
In deinen Armen verwandle ich mich in eine Melodie
Deren leidenschaftliche Klänge unsere Liebesgeschichte symbolisieren

»Liebesgeschichte«, von Adina Mercant, Dichterin (1832–1901)

Anmerkung der Redaktion: »Liebesgeschichte« gilt gemeinhin als Adina Mercants romantischstes und freudvollstes Gedicht, welches nichts von den düsteren Untertönen aufweist, die ihre anderen Werke prägen. Einige Fachleute glauben, dass sie es in ihrer Jugend, ganz zu Beginn ihrer Karriere verfasst hat, wohingegen nach Meinung anderer alle Anzeichen dafür sprechen, dass sie es in der letzten Dekade ihres Lebens schrieb, um ihrer berüchtigten, leidenschaftlichen und fortwährenden Liebesbeziehung mit ihrem Ehemann ein Denkmal zu setzen.

»Was hast du gerade herausgefunden, mein hinreißender Empath? Dass ich der charmanteste Bär bin, den du kennst?«

Arwen nahm ihm die Brille ab und legte sie vorsichtig auf das Nachtkästchen. »Dass du der klügste Bär bist, den ich kenne.«

Auf Pavels Wangen zeigten sich seine verführerischen Grübchen, die Arwen schon zu manch schlechter Entscheidung veranlasst hatten – doch die, die er heute getroffen hatte, war die beste Entscheidung seines Lebens.

»Das ist eine unbestreitbare Tatsache.« Pavels Grinsen flimmerte wie Sonnenstrahlen über Arwens Sinne. »Trotzdem kaufe ich dir nicht ab, dass der Gedanke an meine Genialität diesen Ausdruck auf dein Gesicht gezaubert hat. Was ist los?« Pavel zog ihn näher zu sich und rieb seine nackte Haut an Arwens, während er an dessen Hals knabberte.

Arwen, der sofort eine Erektion bekam, schloss seinen muskelbepackten Liebsten in die Arme. »Du bringst mich ganz durcheinander«, beschwerte er sich.

Mit einem tiefen, rauen Lachen rückte Pavel ein Stück von ihm ab, um ihm ins Gesicht sehen zu können. »Ich gebe dir zwei Minuten, bevor ich mich über dich hermache.«

Arwen lehnte seine Stirn an Pavels Stirn. Sein Glied pochte, aber seine Erregung hatte jetzt keine Priorität. »Ich bin zu dem Schluss gelangt, dass du recht hast. Ich habe meinen eigenen Status in der Welt, in meiner Familie, im StoneWater-Clan.«

Er war ein Empath. Ein Sammler verwundeter Seelen. Eine Glucke, die über ihre Liebsten wachte.

Das war es, was ihn ausmachte.

Er musste sich seinen Platz nicht erst suchen.

Weil er bereits einen innehatte, der in Stein gemeißelt war – er hatte ihn schon vor langer, langer Zeit für sich beansprucht und das Fundament stetig weiter verstärkt.

Er konnte sich nicht daran erinnern, als kleiner Junge seinem Cousin Ivan sein Lieblingsspielzeug überlassen zu haben, um ihn aufzuheitern. Oder daran, als Krabbelkind auf Enas Schoß geklettert zu sein, wenn sie einen harten Tag hinter sich hatte, um ihre Wangen zu liebkosen. Und er hatte ganz sicher keine

Erinnerung daran, dass er als Baby so unbändig gelacht hatte, dass »das ganze Zimmer von Sonne durchflutet« wurde.

Diese Anekdoten waren ihm von seinen Familienmitgliedern erzählt worden, die diese Erinnerungen in ihren Herzen bewahrt hatten. Dafür wusste er noch viele andere Dinge, die er getan hatte, als er älter wurde. Zum Beispiel hatte er dafür gesorgt, dass Silver nicht zu tief unter die Eisschicht ihrer Selbstkontrolle geriet. Außerdem hatte er seine Großmutter »gekidnappt« und mit ihr einen Spaziergang auf den Klippen unternommen, und er war bei seinem Onkel Rufus mit einem komplett zubereiteten Menü zum Mittagessen aufgetaucht, als der Geschmackssinn dieses übellaunigen, zurückgezogen lebenden Angehörigen »taub« zu werden begann.

Und jetzt kümmerte er sich um Fremde, die einen sanftmütigen Empathen mit der Fähigkeit, Verstand und Seele zu heilen, brauchten.

Es waren manchmal nur kleine Gesten. Aber sie waren notwendig und wichtig.

»Inzwischen weiß ich«, fuhr Arwen fort, »dass ich auch in unserer Beziehung meinen eigenen Status habe.« Pavel mochte einen starken Beschützerinstinkt besitzen, doch was das betraf, reichte niemand an die E-Medialen heran – nur waren sie dabei ebenso raffiniert wie die Katzen. Pavel lieferte für Arwen Carepakete aus, dafür gab Arwen ihm nach einem anstrengenden Tag eine entspannende Massage bei Kerzenschein.

Sie führten darüber nicht Buch, rechneten nicht auf.

Nein, sie achteten einfach aufeinander und gaben sich gegenseitig Halt.

Und es war tatsächlich so, dass Pasha sich im selben Maß auf Arwen stützte wie dieser sich auf ihn. Egal, ob Pavel sich um seinen Zwillingsbruder sorgte oder es ein Problem in der Höhle gab – er machte daraus Arwen gegenüber kein Geheimnis, sondern zog seinen Partner ins Vertrauen, ganz gleich, ob die Nachricht gut oder schlecht war.

Er behandelte ihn mit Respekt. Hingabe. Liebe.

Er war ein verdammter Glückspilz, fand er.

Der Bär tauchte in Pavels Augen auf, seine Krallen pikten Arwen in den Rücken, als hätte er sie unbewusst ausgefahren. »Arlusha? Verstehe ich dich richtig?«

»Ja.« Sein Lächeln war so innig, dass es sein ganzes Gesicht erhellte. »Willst du mich heiraten, Pashabär?«

In derselben Sekunde fuhr das Paarungsband mit der Gewalt eines Hurrikans in sie hinein und riss sie mit sich in einem gleißend hellen Strudel aus Liebe und Begehren, Zuneigung und Lust, Freude und Hoffnung, Erinnerungen und viel zu lange unterdrücktem Lachen.

Seine urwüchsige Kraft war des Wartens überdrüssig.

Plötzlich nahm Arwen seinen Liebsten auf eine Weise wahr, wie noch nie ein anderes Geschöpf je zuvor. Und er wusste, dass es Pasha umgekehrt genauso ging. Ihre Herzen und Seelen lagen weit offen vor ihnen, die wilde Herrlichkeit ihrer Liebe forderte alles.

Als es vorbei war, hielten sie einander zitternd in den Armen, ihre Körper waren schweißüberströmt.

Pavel nahm Arwens Hand, führte ihn wie trunken zum Bett und ließ sich Seite an Seite mit ihm auf die Matratze sinken. Arwen starrte an die Decke, bis sich der funkelnde Sternschnuppenschwarm vor seinen Augen verzogen hatte, dann drehte er den Kopf zu dem Mann, der schwer atmend neben ihm lag. »Wahnsinn!«

Verschmitzte Grübchen tauchten auf.

Es vergingen mehrere Minuten, bis sie wieder richtig Luft bekamen.

Schließlich stützte Pavel sich auf dem Ellbogen auf und betrachtete Arwens Gesicht. »Du bist mein«, erklärte er selbstzufrieden. Er legte die Hand auf Arwens Bauch und eroberte seinen Mund mit einem tiefen, heißen Zungenkuss.

Arwens Atem ging stoßweise, als er anschließend lächelnd echote: »Und du bist mein.« Er stemmte sich vom Bett hoch und biss Pavel in den Hals.

Er dachte sich, dass ihm das bestimmt gefallen würde – immerhin war er ein Bär. Stöhnend ließ Pavel seine Hand tiefer wandern, bis zu der harten Beule in Arwens Jeans. »Ich glaube, deine Hose hat die falsche Größe.« Der neckende Kommentar bewirkte, dass Arwen eine Gänsehaut über den Körper jagte. »Sie kommt mir ein bisschen eng vor.«

Arwen neigte dazu, schnell zu erröten, aber er war keine Jungfrau mehr. Er würde die Erinnerung an sein erstes Mal, an Pavels sanfte, liebevolle Küsse, seine verspielten, zärtlichen Berührungen, an ein warmes Schaumbad und duftende Öle wie einen kostbaren Schatz bis zu seinem letzten Atemzug in seinem Herzen hüten.

Er hielt den Blick seines spitzbübisch dreinblickenden Bären fest und ließ sich auf dessen erotisches Spiel ein. »Ich schätze, dann solltest du sie mir besser ausziehen.«

»Ja, das sollte ich wohl.« Mit einer flinken Handbewegung öffnete er Knopf und Reißverschluss.

Arwen hob seinen Hintern hoch, damit Pavel ihm die Jeans abstreifen konnte, doch stattdessen senkte er den Kopf und presste die Lippen auf Arwens Brust. »Sieh sich nur einer all diese herrlichen Muskeln an.« Noch ein Kuss, eine Liebkosung mit Krallen. »Mmm, ich könnte dich fressen.«

»Oh, Pasha.« Arwen wühlte die Finger in die dichte, seidige Mähne seines Gefährten. »Ich liebe dich so sehr, dass es wehtut.«

»Gut so«, antwortete der Gestaltwandlerbär, der seinen weichen Empathen nicht minder liebte. »Das ist die gerechte Strafe dafür, dass du mich ganz verrückt machst.« Er fuhr mit den Zähnen über Arwens Haut.

Gleichermaßen erregt und entzückt sah Arwen lachend zu, wie Pavel ihn endlich aus seiner Jeans befreite. Seine schwarze Unterhose folgte auf dem Fuße, gleich darauf entledigte Pavel sich seiner eigenen Kleidung.

Eng umschlungen gaben sie sich mit dem ehrfurchtsvollen Staunen zweier Liebender, die wussten, dass sie für immer zusammenbleiben würden, einander hin.

»Mein wunderschöner *luchik sveta.*« Mit einer Hand auf Arwens schlankem Schenkel, stützte Pavel sich mit dem Unterarm neben seinem Kopf auf und beugte sich über ihn. »Du bist das Licht meines Lebens.«

Sein Schwanz pochte beinah schmerzhaft vor Lust, als Arwen seinen Liebsten, der ein Teil von ihm geworden war, zu sich herabzog und ihn in die Unterlippe biss. Das trug ihm ein bärenhaftes Knurren und einen Kuss ein, so rau und ungezähmt wie der Mann in seinen Armen.

Sein Gefährte. Für immer und ewig.

Auch ein Empath konnte gerissen sein.

Als Pavel an seiner Kehle knabberte und mit vor Verlangen heiserer Stimme »Wo ist es?«, fragte, wollte Arwen ihn nur noch in sich spüren, sich körperlich mit ihm vereinigen, so wie ihre Herzen und Seelen eins waren.

»Im Seitenfach der Reisetasche«, keuchte er.

Mit einer Geschwindigkeit, die überraschte, wenn man mit Bären nicht vertraut war, kehrte Pavel, ganz schimmernde Haut und stählerne Muskeln, wenige Sekunden später mit einer kleinen Tube in der Hand zurück. »Köstlicher Beerengeschmack? Ist das dein Ernst?«, ächzte er, als er die Aufschrift las. »Ich spüre, wie meine extrem männlichen Eier gerade verschrumpeln.«

»Mach dir darum keine Sorgen. Du hast die Ausstattung eines Bären.«

Ein lautes, kehliges, umwerfendes Lachen, dann brachte Pavel das geschmähte Gleitmittel zum Einsatz. Aber heute war die Lust zweitranging. Viel wichtiger war das unverbrüchliche Band, das nun zwischen ihnen bestand, es war zugleich wild und rau und weich und mit silbrigen Diamantsplittern bestäubt.

»Du hast mir nie gesagt, dass es so wundervoll sein würde«, flüsterte Arwen ergriffen.

Das Gesicht an Arwens Nacken geborgen, schmiegte Pavel sich von hinten an ihn und begann, sich rhythmisch und mit kraftvollen Stößen in ihm zu bewegen. »Ich wusste es selbst nicht.«

Arwen wollte noch etwas sagen, aber er fand keine Worte mehr.

Da waren nur noch brennendes Verlangen … und unendlich viel Liebe.

Als der Orgasmus über ihn hereinbrach, nahm er neben seinem eigenen auch den von Pavel wahr. Diese doppelt empfundene Ekstase bewirkte, dass die lustvollen Wellen gar nicht mehr aufhören wollten, bis sie beide schweißgebadet in sich zusammensackten und Pavel sagte: »Ja, ich will dich heiraten, *svetlyi luchik moy*. Unter freiem Himmel, in einem schicken Anzug und mit allen, die wir lieben, all deinen Schützlingen als unseren Trauzeugen.«

58

Janine Fong zeigt ungeachtet ihrer Einschränkungen Potenzial. Wir sollten ihr eine spezielle Pflegekraft zur Seite stellen, die sich therapeutisch mit ihr beschäftigt. Die Testergebnisse legen nahe, dass sie sich ihrer Betreuungsperson verbunden fühlen muss, um optimal funktionieren zu können.

Dr. Upashna Leslie zu dem Ratsherrn Marshall Hyde (Datum nicht identifizierbar; erneutes Hochladen der Datei erforderlich)

Janine hörte den Ruf und versuchte zu antworten. Aber ihr Kopf war benommen, und es war so warm und behaglich unter ihrer Decke. *Bin müde*, telepathierte sie kraftlos.

Sie wusste, dass Keke nicht böse auf sie sein würde. Das war sie nie. Gerade hörte sie sie sagen: *Dann ruh dich aus. Wir können morgen teleportieren.*

Versprochen? brachte Janine mit Mühe heraus. Sie liebte es, an neue Orte zu reisen, doch zuerst brauchte sie ein klares Bild, das sie als Portschlüssel benutzen konnte.

Beim letzten Mal hatte sie sich in einen Wald gebeamt! Das war ein Spaß gewesen!

Wälder waren eine besondere Herausforderung, weil sie wenig Unverwechselbares an sich hatten. Es gab dort nur haufenweise Bäume und Blätter und herabgefallene Zweige, die knackten, wenn man darauf trat. Janine war es gelungen! Sie hatte ewig auf das Foto gestarrt, das Keke ihr geschickt hatte, bis sie auf das interessante Muster einer Wurzel und einer Baumrinde aufmerksam geworden war und beides als Ortsangabe benutzt hatte.

Ich möchte wieder teleportieren.

Das werden wir. Versprochen. Morgen Nacht.

Janine lächelte und sank abermals in den Schlaf der Unschuldigen.

59

Du errätst niemals, was gerade passiert ist, Starlichka.

Valentin Nikolaev grinsend zu seiner Gefährtin Silver Mercant (heute – jetzt)

Yakov hatte gerade erst richtig mit dem Hardcore-Kuscheln angefangen, als ein Ruck durch ihn hindurchging. Nicht schmerzhaft und auch kein Warnsignal … aber etwas hatte sich verändert. Und da dämmerte ihm die Erkenntnis. Normalerweise wüsste nur das Alphatier schon so früh Bescheid, aber Yakov war sich ganz sicher.

Pure, überschäumende Freude flutete sein Herz. »Mein Bruder hat das Paarungsband geschlossen. Das wurde verdammt noch mal auch Zeit!«

Große, blaue, vor Wonne verschleierte Augen sahen zu ihm hoch. Yakov lag neben Theo und widmete sich seit gut zehn Minuten ihrem nackten Körper. Sein Schwanz war kurz davor zu explodieren, doch hier ging es nicht um Eile.

»Woran erkennt man, dass man die große Liebe gefunden hat?« Heisere Worte, ihr Blick so offen, dass Yakov sie in Watte packen wollte, um ihre geschundene Seele, die so oft verletzt worden war, zu schützen.

Er streichelte ihren wohlgeformten Schenkel, ihre Hüfte, bevor er sich weiter nach oben arbeitete und eine ihrer rundlichen kleinen Brüste umfing. Sie passte perfekt in seine Hand, hatte genau die richtige Größe, um sie ausgiebig zu drücken und zu liebkosen. »Mir ist meine Gefährtin in meinen Träumen erschienen«, murmelte er. Er hatte auf sie gewartet, so wie Pavel auf Arwen, und er würde ihr nicht verschweigen, wie viel sie ihm bedeutete. »Du bist die Eine für mich, *serdtse moyo*.« Sein Herz lag ihr zu Füßen. Für immer. »Egal, ob unser Band heute einrastet oder erst in zehn Jahren.«

Sie stieß einen zittrigen Seufzer aus und zerrte an seinem T-Shirt. Dieses Mal wehrte er sich nicht dagegen. Er zog es aus, doch Theo bestand darauf, dass er auch seine restlichen Sachen ablegte. »Das ist nur fair.«

Ein stichhaltiges Argument. Doch noch überzeugender war der Ausdruck in ihren Augen, als er splitternackt neben dem Bett stand und sie ihn betrachtete. Yakov kannte kein Schamgefühl, darum ließ er sich auf sie sinken, stützte sich rechts und links neben ihr ab und schmiegte sich an ihren Bauch.

Sie öffnete ein wenig die Schenkel, und der Moschusduft intensivierte sich. Stöhnend suchte er ihren Mund und küsste sie zart und bedächtig. Er würde den Teufel tun und einfach wie ein brunftiger Bär in sie hineinstoßen. Das konnte warten, bis seine Liebste mit intimen Körperprivilegien vertraut war.

Er wollte für den Rest seines Lebens Sex mit ihr haben, darum würde er sie auf keinen Fall verschrecken.

Ohne die Lippen von ihren zu lösen, schob er eine Hand zwischen ihre Beine und fing an, sie auf sinnlichste Weise zu stimulieren, während er ihr ermunternde, erotische Dinge ins Ohr flüsterte, die Theo erröten und ihren Unterleib rhythmisch seinen streichelnden Fingern entgegenrecken ließen. Dann küsste er sie wieder, sanft und zärtlich, wie Theo es mochte.

»Bitte«, wimmerte sie, lange, bevor er bereit war, das Vorspiel zu beenden. »Ich brauche …« Sie wusste nicht weiter.

»Ich weiß, was du brauchst, meine Theo.« Eigentlich hatte er die Sache hinauszögern wollen, aber sein Verlangen war zu stark, genau wie sein instinktives Bedürfnis, Theo zu geben, wonach sie gierte.

Er drängte mit den Knien ihre Schenkel auseinander und vergewisserte sich, dass sie bereit für ihn war. »Sag mir, wenn es dir zu viel wird, dann höre ich auf.« Jeden Muskel angespannt, seinen Blick fest mit ihrem verschränkt, drückte er sein Glied gegen ihren Schoß. »Du bist wunderschön, *pchelka moya.*« Ihm trat der Schweiß auf die Stirn. »*Bozhe*, und so eng.«

Sie hielt den Atem an, grub die Finger in seine Schultern … doch seine Theo war eine willensstarke Frau, und als er schließlich in sie eindrang, war Yakov derjenige, der zitterte. Seidige Strähnen kitzelten ihn, als Theo ihre Arme und Beine um ihn schlang.

»Das fühlt sich gut an«, gestand sie mit verwunderter Stimme, und sein Bär warf sich stolz in die Brust.

Yakov hatte sich halbwegs wieder unter Kontrolle, als er den Kopf hob und sie ansah. Ihm weitete es das Herz, als er den seligen, vertrauensvollen Ausdruck auf ihrem Gesicht sah. »Ja, das finde ich auch. Und wir fangen gerade erst an.«

Theo fuhr seine Lippen mit dem Zeigefinger nach, wie sie es heute schon einmal getan hatte. »Dein Lächeln ist wie Sonnenschein.«

Seine Kehle zog sich zusammen, er senkte den Kopf und küsste sie wieder, während er sich langsam und rhythmisch tief in ihr bewegte. Ganz behutsam, denn eher würde er sich selbst Schmerzen zufügen, als seiner Theo jemals wehzutun.

Doch später in dieser Nacht, nachdem Theos Seufzer der Erregung und der Lustschrei, mit dem Yakov kam, verklungen waren, träumte er von Blut. Theos warmem, frischem Blut. Es strömte über seine Hände, unaufhaltsam.

Yakov war beim Aufwachen in keiner guten Stimmung, dieser verdammte Traum ließ ihn nicht in Ruhe. Theo zu küssen und mit ihr zu kuscheln, half ein bisschen, um seine Furcht und Sorge zu lindern; doch beim Frühstück hatte er Mühe, seinen Toast hinunterzuwürgen, bis er außer sich vor Zorn feststellte, dass der Traum sich verändert hatte.

Letzte Nacht waren es seine Hände gewesen, die voller Blut waren.

Yakov wollte gerade wieder in seinen Toast beißen, als er innehielt und seinen Verstand in Gang setzte, während Theo mit ihrem Bruder telefonierte, der vor einer Minute angerufen hatte. Was hatte er getan? Warum hatte sich sein Traum verändert? Er war dieses Mal ganz nah bei Theo gewesen und nicht länger gefesselt. Trotzdem hatte er nicht schnell genug reagiert, da sie immer noch mit dem Tode rang.

Als sein Handy klingelte, wäre er fast nicht drangegangen, um seinen Gedankenfaden nicht zu verlieren. Bis er den personalisierten Klingelton erkannte. »Guten Morgen, Goldstück«, meldete er sich grinsend.

»Du hast mehr Charme, als gut für dich ist – genau wie dein Vater«, schnaubte seine Großmutter Quyen, doch ihm entging nicht der entzückte Unterton ihrer Stimme. »Hast du die frohe Botschaft schon vernommen?«

Sein Grinsen wurde noch breiter. »Denkst du, wir können jetzt offiziell Anspruch auf Arwen erheben?«

»Nimm dich ja in Acht! Ena wird uns die Hölle heißmachen.« Unverhüllte Bewunderung schwang in den Worten mit. »Ich werde sie bald wieder zum Tee einladen. Letztes Mal hat sie mir und Graciele erzählt, wie sie als junge Frau das Imperium eines schlimmen Schurken übernommen hat, der bedauerlicherweise kurze Zeit später bei einem Unfall ums Leben kam.«

Yakov zweifelte keine Sekunde am Wahrheitsgehalt dieser

Anekdote. »Hast du das glückliche Paar schon zu Gesicht bekommen?« Er konnte sich bildhaft vorstellen, wie Pasha mit erhobenem Haupt herumstolzierte und Arwen vor Freude strahlte.

»Natürlich nicht! Denkst du etwa, deine Babuschka wäre nie jung gewesen?«, schimpfte sie. »Meine Regel lautet: keine Störung vor zwölf Uhr mittags. Allerdings habe ich es mir nicht nehmen lassen, für die beiden ein üppiges Frühstück zuzubereiten und mit deinem Vater zu Enas Stadthaus zu fahren. Ich habe den Korb vor den Eingang gestellt und deinem Bruder eine Nachricht geschickt, dass er die Haustür öffnen soll. Dann bin ich schnell davongesaust.« Sie kicherte. »Als ich fünf Minuten später rein zufällig wieder dort vorbeikam, war der Korb verschwunden.«

Yakov hätte sein kleines Energiebündel von einer Großmutter am liebsten in die Arme genommen. »Wir können uns wirklich glücklich schätzen, dass wir dich haben, Babulya.«

»Ja, das könnt ihr. Ich habe mir meine grauen Haare hart erarbeitet. Sie sind der Beweis für ein gelebtes Leben, Schätzchen.«

Er ballte seine Hand zur Faust und fragte spontan: »Was denkst du, hat es zu bedeuten, dass ich in meinem Traum letzte Nacht Blut an meinen Händen hatte?«

»Sprichst du von einem gewöhnlichen Traum oder einem der Kategorie, wie mein Vater sie seinerzeit hatte?«

»Früher war er wie einer von Denus … aber dieser Teil kam mir irgendwie anders vor.« Surreal, selbst während des Traums hatte Yakov sich davon seltsam losgelöst gefühlt. »Ich weiß nicht, wie ich es erklären soll.«

»Hmm.« Sie schwieg einen Moment. »Dein Denu hat mir mal erzählt, dass er zwei verschiedene Arten von Visionen hatte. Die erste war klassischer, die zweite hingegen subtilerer Natur. Sie lieferte Hinweise auf zukünftige Geschehnisse, beinhaltete jedoch keine exakte Voraussage.«

Blut an meinen Händen.

»Das heißt, dass ich schuld sein werde an dem, was passieren wird«, schlussfolgerte er mit einem bleiernen Gewicht im Magen.

»Und, wie willst du die Sache in Ordnung bringen?«, fragte sie.

Yakovs Panik ließ nach. Genau das musste er herausfinden. »Ich hab dich furchtbar gern, Babulya.«

»Ich dich auch, mein kleiner Unruhestifter. Gib Theochka einen Kuss von mir.«

Sie verabschiedeten sich, und Yakov sah zu Theo hinüber, die mit dem Handy am Ohr vor dem Fenster stand. Obwohl er nicht bewusst lauschte, bekam er den Großteil ihres Gesprächs mit – ein Nebeneffekt seines guten Gehörs. Er würde ihr nachher empfehlen, Kopfhörer zu benutzen, wenn sie ungestört telefonieren wollte.

Anscheinend hatte Pax angerufen, um Theo zu warnen, weil einige ihrer Verwandten zu dem Schluss gelangt waren, dass sie aufgrund ihrer »neuen« Nähe zu ihrem Bruder eine Bedrohung darstellte. Yakov verdrehte die Augen. Obwohl er Theo erst kurze Zeit kannte, war sogar ihm klar, dass zwischen ihr und ihrem Zwilling schon seit ihrer Geburt ein unzerstörbares Band bestand, das alt und erprobt war.

»Deine Familie ist ein einziger Haufen von Psychopathen. Ich meine, ernsthaft – deine eigene Mutter schmiedet ein verdammtes Komplott gegen dich?«, bemerkte er anschließend und tippte sich ans Ohr, um sie wissen zu lassen, dass er mitgehört hatte. »Ähm, ich bin dir hoffentlich nicht zu nahegetreten?«

Sie schickte noch kurz eine Nachricht ab, dann blickte sie auf und schenkte ihm eins ihrer seltenen Lächeln. »Keineswegs. Ich denke auch, dass es Psychopathen sind – mit meiner Mutter als ihrer Anführerin, seit mein Großvater tot ist. Medizinisch ist das vielleicht nicht nachweisbar, aber ihnen allen wurde zeit ihres Lebens Marshall Hydes Gift eingeträufelt.«

»Übrigens werde ich dir Kopfhörer besorgen. Damit nicht ständig ein neugieriger Bär jedes Wort mitkriegt, wenn du telefonierst.« Er schnitt ein paar Erdbeeren in Scheiben und legte sie auf ihren Teller. »Dein Bruder macht sich Sorgen um dich.« Ja, er hatte hinsichtlich seiner Meinung über Pax Marshall so einiges zu revidieren.

»Er sollte sich lieber Sorgen um sich selbst machen.« Theo setzte sich ihm gegenüber hin und nippte an dem Nährstoffshake, den er als Ergänzung zu ihrem aus Rührei und Toast bestehenden Frühstück für sie zubereitet hatte. »Er ist von diesen Giftnattern umgeben. Ich habe ihm geraten von dort zu verschwinden, doch das lässt sein übersteigertes Verantwortungsbewusstsein nicht zu.

Tausende von Mitarbeitern sind auf die Gehaltsschecks der Marshall-Gruppe angewiesen«, erläuterte sie. »Pax weiß, dass ohne ihn alles den Bach hinuntergehen würde. Unsere Verwandten sind von Ehrgeiz zerfressen, aber niemand außer Pax bringt die erforderliche Ausbildung und die nötigen Kenntnisse mit, um das Imperium zu leiten.« Frust, gepaart mit Stolz. Ich würde mich besser fühlen, wenn ich wüsste, dass ein anderes hochrangiges Familienmitglied hinter ihm steht, nur lässt sich unmöglich feststellen, wer loyal ist und wer nicht.«

Die Finger um seinen Kaffeebecher geschlossen, legte Yakov die Stirn in Falten. »Ich hätte eine Idee.«

»Nämlich?«

»Ihr könntet einen Empathen anheuern. Ich denke dabei speziell an Arwen. Er hat erst kürzlich – und damit verrate ich kein Geheimnis – jemand anderem dabei geholfen, Freund von Feind zu unterscheiden.« Payal Rao kam aus einer ähnlich degenerierten Familie wie Theo und Pax.

Das Medialnet schien solche Sippschaften zuhauf hervorzubringen. Kein Wunder, nachdem während Silentium Gefühlskälte belohnt und Warmherzigkeit bestraft worden war. Yakov konnte nicht begreifen, weshalb niemand erkannt hatte, dass das Ganze zwangsläufig in großem Leid enden musste, aber wie Valya so gern sagte, waren sie nun mal schlicht und einfach Bären.

Theo ließ sich seinen Vorschlag durch den Kopf gehen. »Auf diesen Gedanken bin ich noch nie gekommen. Pax sicherlich auch nicht.« Die mediale Gattung mochte der E-Kategorie trauen, doch sie und ihr Bruder hatten zu viele negative Erfahrungen gemacht, um sich auf irgendjemanden blind zu verlassen. Aber Arwen kannte sie, ihm vertraute sie wirklich, er hatte ihr aus reiner Freundlichkeit geholfen. »Glaubst du, Arwen wäre dazu bereit?«

»Fragen kostet nichts.« Yakov lud noch ein wenig Rührei auf ihren Teller. »Er wird es vermutlich davon abhängig machen, wie schlimm die Situation ist, ob sie ihn nicht überfordert. Aber unser Empath ist gleichzeitig auch ein Mercant. Unter seiner kultivierten Oberfläche verbirgt sich ein stählerner Kern.«

In diesem Moment meldete Theos Handy mit einem leisen Summen eine eingehende Nachricht. Sie warf rasch einen Blick darauf und schluckte sichtlich. »Es gibt noch einen weiteren Aspekt, der Arwens Entscheidung beeinflussen könnte.« Sie atmete tief ein, dann vertraute sie Yakov auch noch das letzte Geheimnis an. »Mein Bruder ist krank.« In dem Bewusstsein, dass Yakov sie sehr wahrscheinlich selbst dann hörte, wenn sie mit leiser Stimme sprach, hatte sie Pax direkt nach ihrem Telefonat eine Nachricht geschrieben.

Um ihn zu fragen, ob sie mit Yakov über die Krankheit reden dürfe.

Yasha ergriff ihre Hand. »Es geht sicher nicht um eine Erkältung, oder, *pchelka*?«

»Nein.« Mit belegter Stimme berichtete sie ihm, dass Pax sich mit dem Skarabäus-Virus infiziert hatte und es ihn zu zerstören drohte. »Dank der intensiven Betreuung durch eine Empathin ist er aktuell stabil, aber er bewegt sich auf einem schmalen Grat, der von Tag zu Tag rutschiger wird.« Theo wischte sich mit der Hand die Tränen aus den Augen – seitdem sie einmal geweint hatte, schien sie mit dem Weinen nicht mehr aufhören zu können.

Doch sie schüttelte den Kopf, als Yakov Anstalten machte, sie zu umarmen. »Nein, ich muss heute stark bleiben. Und das kann ich nicht, wenn du mich hätschelst.« Sie fühlte sich in den Armen dieses großherzigen Mannes so sicher und geborgen, dass sie unweigerlich die Fassung verlieren würde. »Aber ich will, dass du die ganze Wahrheit kennst.«

»Ich bin immer für dich da«, versicherte er ihr mit seiner tiefen Stimme und strich mit dem Daumen über ihren Handrücken.

Theo dachte an den Gesichtsausdruck ihres attraktiven Bruders, als er unerwartet vor ihrer Tür gestanden hatte, an seine tiefe Seelenpein, die niemand außer ihr, seiner Zwillingsschwester, wahrnehmen konnte. Sie hatte alles darangesetzt, ihn auf Distanz zu halten, aber es war unmöglich gewesen. »Hier, lies das«, sagte sie zu Yakov, nachdem sie ihm die ganze Geschichte erzählt hatte. »Es ist Pax' Antwort auf meine Frage, ob ich mit dir darüber sprechen darf.«

Er zögerte kurz, bevor er nach dem Handy griff.

Theo kannte die Worte bereits auswendig: *Natürlich hast du meine Erlaubnis, Theo. Die Tatsache, dass du jemanden gefunden hast, dem du in diesem Maße vertraust, bringt mir einen inneren Frieden, auf den ich nicht zu hoffen gewagt hatte. Bären beschützen die ihren. Ich bin froh, dass du zukünftig auf sie zählen kannst.*

Als Yakov hochsah, sagte sie: »Pax sorgt sich darum, was aus mir werden wird, wenn er nicht mehr ist. Er hat Angst, dass meine Familie mir etwas antun wird, obwohl er mich auf meinen eigenen Wunsch hin aus der Erbfolge ausgeschlossen hat.« Ihre

Brust zog sich schmerzhaft zusammen. »Mein Bruder bereitet sich auf seinen Tod vor, Yasha.«

Er umschloss Theos Hand noch fester. »Es gibt keine Behandlung dagegen?« Rau und bekümmert. »Kein Heilmittel?«

»Bisher hat noch niemand etwas gefunden. Vor der Einführung von Silentium sind Skarabäus-Infizierte bereits als Kinder gestorben, ihre Gehirne implodierten regelrecht. Träger des Virus sind mental labil, ihre geistigen Kräfte vergleichbar mit einem Hurrikan der Kategorie fünf.« Gewaltig und unberechenbar und atemberaubend in ihrer zerstörerischen Kraft.

»Noch ist Pax am Leben.« Seine Kiefermuskeln waren angespannt. »Verschwende deine Zeit nicht auf eine unbekannte Zukunft, Theo. Denn das würde sich nicht nur negativ auf sie, sondern auch auf die Gegenwart auswirken. Dieser Rat stammt von meinem Urgroßvater, und Quyen hat ihn an mich weitergegeben.«

Die unwiderlegbare Wahrheit in Déwei Nguyens Worten hallte in den Tiefen von Theos Seele nach. »Ich möchte dir Pax vorstellen.«

»Jederzeit«, antwortete Yakov ohne Zögern. Selbstverständlich wollte er den Zwillingsbruder seiner Gefährtin kennenlernen. »Wir können ihn besuchen, falls er nicht herkommen kann. Klingt, als hätte er zurzeit eine ganze Tonne beschissener Probleme um die Ohren.«

»Ich werde ihn fragen.« Theo rieb sich über ihre feuchten Wangen und stieß einen zittrigen Seufzer aus. »Jetzt fühle ich mich schon viel besser. Es soll keine Geheimnisse zwischen uns geben.« Sie schluckte. »In meiner Familie wurde nie geredet. Über alles wurde der Mantel des Schweigens ausgebreitet.«

Yakov zog eine Grimasse und schlug sich die Hand vors Gesicht.

Theo funkelte ihn an. »Was verheimlichst du mir?«

60

Liebe Hien,
anbei sende ich dir über ein technisches »Wunder« in den Anden einen Artikel, den du interessant finden dürftest. Ich studiere zurzeit den Text, den du mir neulich geschickt hast, und mache mir umfangreiche Notizen. Die ethischen Aspekte eines solchen Umgangs mit natürlichen Ressourcen sind für mich als Mitglied eines Gestaltwandlerclans natürlich von allerhöchster Bedeutung, andererseits kann ich auch die Gegenargumente verstehen. Ich schreibe dir mehr, sobald ich mit der Lektüre fertig bin.
D.

Brief von Déwei Nguyen an Hien Nguyen (14. November 1980)

»Nicht viel«, antwortete Yakov auf Theos Frage, aber man konnte ihm seine Gewissensbisse am Gesicht ablesen. »Nur einen prophetischen Traum, der mich verfolgt.« Seine Schultern sanken herab. »Ich wollte dir nichts davon erzählen, weil er sehr hässlich ist.«

»Das erscheint mir sehr sinnvoll. Ich bin ja bekanntermaßen ein äußerst empfindsames Pflänzchen.«

Ihr ironischer Kommentar brachte seine Grübchen zum Vorschein. Und sein Bär war natürlich entzückt über ihre Gereiztheit. Yakov hob ihre Hand zu einem Kuss an seine Lippen, dann gab er sie wieder frei, damit sie beide ihr Frühstück beenden konnten.

Danach berichtete er ihr von seinem schaurigen Traum.

Theo stellte eine Frage nach der anderen, wollte jedes Detail erfahren. »Du denkst an den ›Moskau Ripper‹?«

»Es scheint die logischste Erklärung zu sein.« Als er seinen Kaffeebecher absetzte, sah sie, dass seine Fingerknöchel weiß waren vor innerer Anspannung.

»Was mich jedoch stutzig macht, ist die Tatsache, dass sich trotz all der Sicherheitsvorkehrungen, die ich getroffen habe, an dem Ausgang nichts geändert hat. Ich habe jede erdenkliche Gegenmaßnahme ergriffen.«

»Nein, das hast du nicht, Yasha. Du hast mich nicht eingeweiht. Erst jetzt hast du alles getan, was du konntest.«

Er erstarrte kurz, dann verdunkelten sich seine Augen zu Bernstein, und er ließ eine Salve von höchst einfallsreichen Kraftausdrücken los. »Ich habe dich wehrlos gemacht, ohne es zu wollen. Yasha, du bist ein verdammter Volltrottel und ein *mudak* obendrein! Ich sollte mich von Hakon in ein arktisches Eisloch werfen lassen.«

Um Theos Lippen zuckte ein Lächeln. »Jetzt übertreib mal nicht. Du bist eben ein Bär.«

Seine Brauen zogen sich zusammen. »Und du lernst offensichtlich, mich aufzuziehen.«

Ja, nicht wahr, dachte Theo erfreut, bevor sie sagte: »Dann lass uns die Sache wieder in Ordnung bringen. Zu wissen, dass ich in Gefahr schwebe, wird wahrscheinlich nicht genug sein. Ich brauche eine Waffe.«

»Mit welcher kannst du umgehen?«

»Mit jeder. Pax hat darauf bestanden.«

»Ich mag ihn immer mehr. Komm mit. Unter den Holzdielen im Schlafzimmer befindet sich ein Waffensafe.«

Kurze Zeit später war Theo mit einem handlichen Taser, der in ihren Stiefel passte, ausgestattet sowie mit einer Handvoll winziger Granaten, die wie Tabletten aussahen, aber aus nächster Nähe immerhin kleinere Verletzungen hervorrufen würden, dazu einer Halskette aus schwarzen Perlen, die, wenn man sie auf den Boden warf, eine Funkenexplosion erzeugten.

»Sie dienen zur Ablenkung«, erklärte Yakov. »Sie richten keinen echten Schaden an, aber sie werden deinen Gegner blenden und dir einen zeitlichen Vorsprung verschaffen.«

»Wer ist euer Waffenmeister?«, fragte sie voller Bewunderung für dessen Kreativität.

»Taji – einer der anderen Stellvertreter. Ich werde ihn dir bei Gelegenheit vorstellen. Oh, nimm das hier auch noch mit.« Er gab ihr einen schmalen roten, mit einem filigranen goldenen Muster verzierten Gegenstand.

»Sieht aus wie eins dieser altmodischen Feuerzeuge.« Sie waren heutzutage Sammlerstücke. »Aber da ich weiß, dass es das nicht sein kann –« Theo drückte den winzigen Schalter an der Seite … und hielt ein blitzendes Stilett in der Hand.

»Fass lieber nicht an die Klinge«, warnte Yakov sie. »Sie ist scharf genug, um durch Knochen zu schneiden. Taji war in blutrünstiger Stimmung, als er dieses Ding erschuf.«

»Verstehe.« Theo betätigte denselben Mechanismus wie zuvor, und das Messer fuhr wieder zurück. »Ich werde mich jetzt anziehen und dieses Zeug an meinem Körper verstecken«, verkündete sie, nachdem sie ihre Schätze eingesammelt hatte und aufgestanden war.

»Mach das. Es wird Zeit, dass wir aufbrechen.« Yakov schaute prüfend in den grauen Morgenhimmel. »Für heute Nachmittag ist richtig schlechtes Wetter vorhergesagt, deshalb sollten wir zusehen, dass wir das Tageslicht so lange wie möglich für unsere Inspektion des Geländes nutzen.« Er stand ebenfalls auf. »Ich werde unterdessen Cissi anrufen, um zu hören, wie es Janine geht.«

Sein Bär plädierte dafür, im Schlafzimmer zu bleiben und Theo zuzuschauen.

Die menschliche Seite tat sich schwer damit, ihm den Wunsch abzuschlagen, aber Yakov wusste, dass er seinen Plan, so rasch wie möglich loszufahren, dann vergessen könnte. Darum schnappte er sich kurzerhand, was er brauchte, und zog sich im Wohnzimmer an.

Anschließend telefonierte er mit Cissi.

»Nene ist wieder ganz die Alte«, teilte sie ihm mit. »Ein Ausbund an Frohsinn. Wir überlegen uns gerade, was wir heute unternehmen wollen. Ich bin auf eine große Messe über Zimmerpflanzen gestoßen, die die beiden gern besuchen würden.«

Er hatte das Gespräch gerade beendet, als Theo aus dem Schlafzimmer kam. In Bluejeans, einem figurbetonten grauen Pulli und Yakovs Jacke – die inzwischen ganz klar ihr gehörte. Sein Bär brummte zustimmend.

Sie hatte ihr Haar zu einem französischen Zopf geflochten und nicht einer einzigen Strähne erlaubt, ihr ins Gesicht zu fallen.

Yakov rauschte das Blut in den Ohren.

»Yasha?« Theo ging zu ihm. »Was ist los? Was stimmt denn nicht?«

Er berührte mit zitternden Fingern ihren Pullover. »Du bist genauso zurechtgemacht wie in dem Traum«, stieß er rau hervor. »Die Sachen, die du anhast, deine Frisur … ich erkenne sogar diesen gezogenen Faden in der Wolle wieder. Das alles stimmt exakt überein.«

Kein Anzeichen von Angst bei Theo, nur kühle Besonnenheit. »Die Kette auch?«

Der Bär strich ruhelos in ihm umher, als Yakov die schimmernden schwarzen Perlen betastete. »Nein«, sagte er bedächtig. »Sie kam nicht darin vor.«

»Dann haben wir die Zukunft bereits geändert.« Ein triumphierendes Lächeln. »Und jetzt lass uns in der Gegenwart leben und uns mit dem Rest befassen, wenn die Zeit gekommen ist.« Sie umfing seinen Nacken und zog Yakov zu einem Kuss zu sich heran. »Ich bin vorgewarnt, bewaffnet und definitiv keine leichte Beute.«

Er konnte sich dieser Logik nicht entziehen, trotzdem war er immer noch nervös, als sie die Einrichtung erreichten. Aber falls Theo irgendwo sicher war, dann an diesem abgeschiedenen Ort, zu dem sich die meisten Leute noch nicht einmal Zutritt verschaffen konnten.

Der Wind wisperte in den Bäumen, und ein feiner Nieselregen wirbelte durch die Luft, als Yakov den Wagen über das verwaiste Grundstück steuerte und auf dem mit Laub bedeckten Areal vor dem Haupthaus hielt. Der von schweren Wolken verhangene Himmel trug sein Übriges zur Trostlosigkeit der Szene bei. »Bereit, *pchelka moya*?«

»Wieso nennst du mich eigentlich so?«, fragte sie mit Neugier in der Stimme, während sie ohne jede Furcht das Gebäude betrachtete, durch das sich der Lauf ihres Lebens unwiderruflich verändert hatte.

»Weil du von dieser flirrenden, zornigen Energie erfüllt bist, *pchelka*. Meinem Bären stellt sich in deiner Gegenwart das Nackenfell auf.« Yakov tippte ihr auf die Nase, als sie sie kräuselte. »Er mag deine Energie. Wir beide tun das. Ich liebe dich genau so, wie du bist, mein kleiner Feuerball.«

Sie zupfte mit den Zähnen an ihrer Unterlippe. »Bären!«

Yakov lachte, dann öffneten sie beide gleichzeitig ihre Türen.

Yakovs wilde Gestaltwandlerenergie und Theos kaum zu bändigende Wut tosten durch ihr Band der Liebe, das sie vor diesem monströsen Ort abschirmte, als sie die Ausrüstung aus dem Kofferraum holten – zwei Schaufeln, ein Spurensicherungsset, ein mobiler Scanner –, die Stasya heute Morgen auf ihrem Weg zu einer Zusammenkunft der Stadtverwaltung vorbeigebracht hatte.

»Das wird eine stinklangweilige Angelegenheit«, hatte sie gegrummelt. »Aber ich muss hin, weil ich das einzige StoneWater-Mitglied bin, das nicht auf die hirnrissige Idee kommt, knallbunte Bürgersteige und kostenlose Partybusse in jedem Viertel vorzuschlagen, um für mehr Pepp zu sorgen.«

»Hmm«, hatte Yakov eingeworfen. »Also mir hat Zashas Einfall, Straßenlaternen in Form von Teddybären zu installieren, ziemlich gut gefallen. Das würde für eine heimeligere Atmosphäre sorgen.«

Stasya hatte mit dem Finger auf ihn gezeigt. »Genau das ist der Grund, warum keiner von euch den Clan bei diesen Sitzungen vertreten darf. Aber ich muss mich jetzt auf die Socken machen. Ich hoffe, der Scanner erweist sich als hilfreich.«

Yakov vertraute dem Equipment, aber er wusste auch, dass es nicht narrensicher war. Darum die Schaufeln. Mit ihnen konnten sie Erdproben entnehmen und auf organische Überreste von Menschen, Medialen oder Gestaltwandlern untersuchen lassen. Allerdings hatte Yakov das ungute Gefühl, dass es so weit nicht kommen würde, man die Leichen nur oberflächlich verscharrt hatte.

Es hätte zu viel Zeit in Anspruch genommen, tiefe Gräber auszuheben, und angesichts der hohen Anzahl an Personen, die Pax' Schätzungen zufolge in dieser Anstalt interniert gewesen waren …

Eisiger Zorn erfasste ihn angesichts der Abscheulichkeit der hier begangenen Verbrechen.

Er schlang sich den Riemen des Scanners über die Schulter und schnappte sich beide Schaufeln, überließ Theo das Spurensicherungsset und schloss die Heckklappe. Die Luft war verpestet vom Gestank des Bösen, aber Yakov würde sich davon nicht kleinkriegen lassen, er würde sich auf die Gegenwart besinnen, anstatt vor der Vergangenheit zu kapitulieren.

Um seinet- und seiner Theo willen.

»Weißt du, was komisch ist?«, fragte er. »Eigentlich hatte ich erwartet, dass Stasya Pashas und Arwens Paarungsband erwähnen würde. Es wird heute die Überraschungsnachricht in der Höhle sein.«

»Es war noch sehr früh, als sie vorbeigekommen ist.« Theos Gesichtszüge entspannten sich ein wenig, als sie an Stasyas Besuch zurückdachte. »Vielleicht hatte sie es noch nicht gehört.«

»Oh Mann, sie wird vor Wut schäumen, wenn sie es als Letzte erfährt.« Er warf rasch einen Blick auf sein Handy, als ihm bewusst wurde, dass er es seit seinem Telefonat mit seiner Großmutter nicht mehr gecheckt hatte. »Also das ist wirklich seltsam. Nicht eine einzige SMS, dabei müsste mein Handy vor Nachrichten regelrecht explodieren. Der halbe Clan hat Wetten darauf abgeschlossen, wann Pavel und Arwen endlich ihren Paarungstanz abschließen werden.«

»Wäre es denkbar, dass dein Alphatier nur deine Familie informiert hat?«

»Ausgeschlossen. Ein solches Bündnis ist eine Privatangelegenheit. Valya würde mit keinem darüber reden, außer mit Silver. Er würde das dem Paar selbst überlassen. Und da ist noch etwas anderes – nicht einmal meine Eltern haben sich bei mir gemeldet.« Er wurde stocksteif. »Oh. Mein. Gott.«

»Was ist denn?«

»Babulya Quyen ist Dedus Tochter.« Seine Großmutter war nie damit herausgerückt, welche genetischen Anlagen sie von ihrem Vater geerbt hatte, aber ganz offensichtlich hatte sie den einen oder anderen Trick auf Lager. »Deshalb hat sie mich angerufen! Weil sie wusste, dass sie in meinem Fall kein Geheimnis ausplaudern würde.« Er schüttelte glucksend den Kopf.

»Und sie behauptet, dass wir es faustdick hinter den Ohren hätten.«

Theo lächelte verschmitzt. »Sie ist mir die Liebste von allen. Dich nicht mitgezählt.«

Yakov beugte sich zu ihr und küsste sie auf die Wange. »Verständlich. Meine Babuschka ist wirklich ein Schatz.« Sie hatten jetzt das Areal erreicht, auf das sie von Elbek und Moon hingewiesen worden waren – eine gelblich verdorrte Rasenfläche mit etlichen eingesunkenen Stellen. Yakov ließ die Schaufeln fallen. »Wollen wir loslegen?«

Theo nickte, und wieder tauchte dieser grimmige Zug um ihren Mund auf. Während sich der Nieselregen in glitzernden Strähnen auf der feinen Seide ihres Haares sammelte, deponierte sie das Spurensicherungsset neben den Schaufeln. Dann sah sie wortlos zu, wie Yakov sich ans Werk machte.

»Nichts«, stellte er fest, nachdem er die erste Bodensenke überprüft hatte.

Der Knoten in seinem Magen löste sich nicht, und auch in Theos Gesicht war keine Erleichterung zu erkennen.

Und tatsächlich leuchtete der Scanner bei der zweiten Mulde auf. Eine schwache Witterung kitzelte seine Sinne, als Yakov auf den grün leuchtenden Umriss zeigte. »Das bestätigt, dass dort organisches Material vergraben ist. Welcher Art, lässt sich daraus nicht entnehmen.« Er hatte sich geirrt, was die Tiefe der Gruben betraf. »Es könnte Müll sein oder aber eine Leiche.«

Theo starrte auf die Umrisslinie. »Wir sollten die Polizei hinzuziehen. Sie können das Gebiet mit Hightech-Scannern absuchen«, meinte sie, als Yakov sich in die Richtung drehte, aus der er den irritierenden Geruch wahrnahm. »Diese Sache geht jetzt nicht mehr nur meine Familie an. Die Toten verdienen – Yasha!«, schrie sie und stürzte zu ihm.

61

Die aktuellen Scans verweisen auf eine starke Zunahme der neuronalen Aktivität von Versuchsperson V-1, die sich nicht durch eine plötzliche natürliche Regeneration erklären lässt. Es wäre denkbar, dass sie ihre Tabletten heimlich abgesetzt hat oder ihren derzeitigen Zustand nur vortäuscht.

Ich habe sie bis auf Weiteres in ein verschlossenes Einzelzimmer verlegen lassen, trotzdem ist es dringend geboten, sie einer vollständigen medizinischen Untersuchung zu unterziehen.

Falls sie geistig voll funktionsfähig ist und nicht unter medikamentösem Einfluss steht, könnte sie theoretisch uneingeschränkten Zugang zum Medialnet haben.

Natürlich werde ich nichts ohne Ihre Genehm–

Nicht verschickte E-Mail von Dr. Leslie Upashna an den Ratsherrn Marshall Hyde

Obwohl sie mit einem Satz bei ihm war, war Theo am Ende doch nicht schnell genug, um Yakov aufzufangen, als er ohne Vorwarnung zusammenbrach und mit dem Gesicht auf der Erde aufschlug, während der Scanner in einem Lichtspektakel aus zuckenden grünen Blitzen neben ihm landete. Theo kauerte sich verzweifelt vor ihn hin und legte die Hand auf seinen Rücken. Und da fühlte sie es – die Restwärme eines Treffers aus einer Elektroimpulswaffe, die das Nervensystem lahmlegte.

Die Opfer erlitten meist Krampfanfälle und einen vollständigen körperlichen Kontrollverlust, blieben aber bei Bewusstsein.

Yakov lag einfach nur still und regungslos da.

Theos Atem ging in flachen Stößen, ihr Brustkorb fühlte sich an wie eingedrückt. Sie konnte nicht rational denken, ihren Verstand nicht darauf fokussieren, wer an diesem einsamen, nur von den Toten bevölkerten Ort auf Yakov geschossen haben könnte. Sie musste einfach nur wissen, ob er noch lebte! Theo tastete mit der Hand nach der Stelle, wo stark und stetig sein Puls schlagen sollte.

»Er ist nicht tot«, ertönte eine rauchige weibliche Stimme. »Der harte Aufprall tut mir leid, aber ich hatte keine andere Wahl. Er hatte bereits meine Witterung aufgenommen, obwohl ich mich gegen den Wind bewegte.«

Theo wirbelte herum, während sie gleichzeitig den Taser aus ihrem Stiefel zu ziehen versuchte, aber die Frau zielte bereits mit ihrer Waffe auf sie. »Her damit, sonst feuere ich einen weiteren Schuss ab. Nicht einmal ein Bär kann zwei Treffer maximaler Stärke überleben.«

Theos Herz raste, ihre Kehle war staubtrocken, aber eine Panikattacke würde ihr nicht weiterhelfen. Also verwandelte sie sich wieder in das furchtlose, zu allem entschlossene junge Mädchen, das einem psychopathischen Ratsherrn die Stirn geboten hatte. »Darf ich zuerst seinen Puls überprüfen?«

Die Frau schaute sie mit einem leeren Blick und einem derart künstlichen Lächeln an, dass Theo sich die Nackenhaare sträubten. »Klar, wieso nicht.«

Theo presste die Finger auf Yakovs Halsschlagader und hielt den Atem an, bis sie das rhythmische Schlagen seines Herzens spürte. Er war ein Gestaltwandler, rief sie sich ins Gedächtnis, muskulös und stämmig gebaut und nicht leicht umzubringen.

»Und jetzt die Waffe«, forderte die Frau sie auf.

Theo achtete darauf, dass ihre Hände die ganze Zeit gut zu sehen waren, damit die Angreiferin ihre Drohung nicht wahrmachte, während sie den Taser hervorzog und ihn ihr vor die Füße warf. Sie trug Schnürstiefel, enge schwarze Jeans und ein gleichfarbiges Oberteil, aber es war nicht ihre düstere Aufmachung, die Theos Aufmerksamkeit erregte.

Blaue Augen.

Feines, schwer zu bändigendes blondes Haar, das ihr bis über die Schultern fiel.

Ein herzförmiges Gesicht.

Wangenknochen, die ein klein wenig zu rund waren, um dem gängigen Schönheitsideal zu entsprechen.

Das unheimliche Lächeln der Frau vertiefte sich, als sie Theos Waffe mit einem Tritt ins Gebüsch beförderte. »Die Ähnlichkeit ist verblüffend, oder? Ich muss zugeben, mir stockte auch der Atem, als ich dich das erste Mal als erwachsene Person sah.«

»Wir sind einander wie aus dem Gesicht geschnitten.«

Die Augenwinkel der Frau kräuselten sich, und dieses Mal wirkte ihr Lächeln beinahe echt. »Das ist wirklich süß von dir. In Wahrheit sehe ich mindestens zehn Jahre älter aus als du. Vierzehn sind es tatsächlich.«

Theo zählte blitzschnell eins und eins zusammen. »Du bist Keja.« Marshalls Hydes jüngere Tochter, die dem Familienstammbuch zufolge tot war.

»Na, das ging ja fix. Chapeau.« Sie machte eine auffordernde Geste mit ihrer Elektroschockpistole. »Hoch mit dir. Schalte dein Handy aus und wirf es weg. Seins ebenfalls. Es wäre wirklich lästig, wenn jemand euch orten würde. Um das GPS in eurem Auto habe ich mich schon gekümmert.«

Theo tat, wie ihr befohlen, dabei nutzte sie die Gelegenheit, sich noch einmal davon zu überzeugen, dass Yakov lebte, als sie ihm das Telefon aus der Gesäßtasche seiner Hose zog, bevor sie es zusammen mit ihrem eigenen in die Büsche warf und aufstand.

Sie durfte nicht emotional werden und zeigen, wie schwer es

ihr fiel, ihn sich selbst zu überlassen. Zumal er dadurch eine höhere Überlebenschance hatte. Er war zäh genug, dass ihm nicht einmal ein schwerer Wolkenbruch etwas ausmachen würde, und wenn Theo Keja die Sicht auf Yakov verdeckte, konnte sie nicht wieder auf ihn schießen.

»Nene?«, sagte Keja plötzlich und ließ ihre Waffe sinken.

Theos Herz tat einen Satz, als Janine zwischen den Bäumen auftauchte. Auf halbem Weg zu ihnen blieb sie stehen und ließ den Blick zwischen Theo und Keja hin und her pendeln. »Keke?« Die dünne, flehentliche Stimme eines Kindes.

Obwohl die Waffe nicht mehr auf sie gerichtet war, machte Theo nicht den Fehler, Keja zu attackieren. Sie hielt die handliche, schwarze Pistole zu fest in der Hand, um sie ihr mit ihren dürftigen telekinetischen Kräften entwinden zu können.

Und Keja würde einen Schuss auf sie abfeuern, noch bevor Theo sie überhaupt erreicht hätte.

Außerdem war da auch noch Janine.

Sie dürfte eigentlich gar nicht hier sein, fuhr Theo ihre Tante über den telepathischen Kanal aufgebracht an.

Ein winziges Flackern in Kejas Augen. *Stimmt, aber wir müssen alle Opfer bringen*. Dann sagte sie, an Janine gewandt: »Könntest du den Mann zu unserem alten Haus transportieren? Er ist verletzt.« Sie schlug einen sanften, beschwörenden Ton an. »Theo und ich kommen bald nach.«

»Ja, Keke. Ich liebe es, zu teleportieren.« Sie ging zu Yakov, legte ihm die Hand auf die Schulter ... und verschwand mit ihm.

Theos Herz schlug wie wild gegen ihren Brustkorb. »Wen hast du hier begraben, Keja?«, fragte sie. Sie wusste mit Sicherheit, dass die gespenstische Leere dieses Ortes auf das Konto ihrer Tante ging.

»Die Belegschaft.« Ein gleichmütiges Achselzucken. »Erzähl mir nicht, dass es dir um die Leute leidtut. Weil ich dir das nämlich nicht abnehme. Diese Schweine wollten dich zu einer willenlosen Marionette machen, so wie sie es mit mir getan haben. Nur dass man mir die erste, noch viel brutalere Version der Behandlung angedeihen ließ.«

Theo ließ den Blick über die Senken im Boden wandern. »Die ganze Belegschaft?«

Ein knappes Nicken. »An unterschiedlichen Stellen auf dem Gelände. Janine hat mir geholfen, die Gräber auszuheben. Ich habe behauptet, dort Bäume pflanzen zu wollen.«

Das erklärte, warum die Löcher so tief waren – Keja hatte die Unterstützung einer TK-Medialen der Skala sechs Komma eins gehabt.

»Ich hatte mit dem Gedanken gespielt, die Chefärztin am Leben zu lassen«, fuhr sie fort. »Aber das Miststück war zu schlau und unserem Patriarchen geradezu hündisch ergeben. Sie hatte mich eingesperrt.« Keine Gefühlsregung in ihrer Mimik. »Nene hat mich rausgeholt, und ich habe der Ärztin den Schädel eingeschlagen.«

»Wieso ist niemandem aufgefallen, dass sie aus dem Medialnet verschwand?«

»Weil am selben Tag mein Vater in die Luft gesprengt wurde. Der Tod des Ratsherrn zog die gesamte Aufmerksamkeit auf sich. Niemand achtete auf ein paar isolierte Bewusstseinssterne, die in einer kalten, regnerischen Nacht plötzlich erloschen.«

»Eins muss man dir lassen«, erwiderte Theo. »Dein Timing war grandios.«

Keja schaute sie mit glasigem Blick an. »Was mir außerdem in die Karten spielte, war, dass die Angestellten auf Befehl meines Vaters hin im Medialnet undurchdringliche Schilde um sich errichtet hatten, ihre Namen auf keiner offiziellen Gehaltsliste der Marshalls auftauchten und die Familien nicht wussten, wo ihre Angehörigen arbeiteten.«

Wieder verzogen sich ihre Lippen zu einem Lächeln, doch in ihren gletscherblauen Augen war immer noch Leere. »Es gab keinerlei Hinweise, denen man hätte folgen können, ihre Spuren verloren sich im Nichts. Exakt so war es mir ergangen. Seiner eigenen Tochter. Er hat mir mein Leben genommen.«

Theo ließ sich von ihrem Instinkt leiten. »Meine Mutter – deine Schwester Claire – hat eine Verschwörung angezettelt, mit dem Ziel, mich zu ermorden.« Pax hatte nach Rücksprache mit Theo entschieden, vorerst nicht einzugreifen, um so viele faule Äpfel wie möglich zu identifizieren. »Unsere Familie ist durch und durch verkommen.«

Kejas Lachen klang hart und brüchig. »Soll ich dir ein Geheimnis verraten?« Ihre Haare flatterten im aufsteigenden Wind. »Die Marshall-Linie hat schon häufiger Zwillinge hervorgebracht.«

Theo brauchte ein paar Sekunden, um zu begreifen, was das bedeutete. »Du bist auch einer.« Noch während sie das sagte, erkannte sie, dass das nicht zutreffen konnte. Claire war wesentlich älter als Keja, und weitere Geschwister existierten nicht.

»Mein Bruder ist im Mutterleib gestorben«, erklärte sie, als hätte sie Theos Gedanken gelesen. »Er bekam noch nicht einmal einen Eintrag im Familienstammbuch, aber er lebt hier drinnen fort.« Sie tippte sich an den Kopf. »Er erwachte im Anschluss an den Eingriff und sorgte dafür, dass ich nie wieder allein sein würde.«

Theo taxierte die Frau, die wie eine ältere Ausgabe ihrer selbst aussah … und allem Anschein nach wahnsinnig war. »Warum weißt du so viel über die Zeit nach der Operation?«, fragte sie, weil Keja sämtliche Antworten kannte und Wissen Macht war.

»Vater hatte die Angewohnheit, sich mir anzuvertrauen. Ich vermute, weil ich die einzige Person war, der gegenüber er sich mit seinen Erfolgen brüsten konnte. Obwohl der Versuch bei mir missglückte, war ich immer noch funktionsfähig genug, um für Experimente und als Bezugsrahmen für die Behandlung zu taugen, die sie an Version 2.0 ausprobierten.« Das Blau ihrer Augen wurde hart wie Granit, ihr Blick so unmenschlich wie der einer Klapperschlange. »Und jetzt marsch, marsch.«

Version 2.0.

»Du sprichst von mir, oder?« Theo setzte sich gefolgt von ihrer Tante in Bewegung und fand sich kurze Zeit später auf einem vertrauten, zugewucherten, mit gelben Blütenblättern bedeckten Weg wieder. Sie hatte keine Angst, dass Keja ihr in den Rücken schießen würde. Hätte sie sie außer Gefecht setzen wollen, hätte sie das getan, gleich nachdem sie Yakov niedergestreckt hatte.

»Ja. Du bist die Version, die funktioniert hat.« Mit eisigem Zorn vermischte Bitterkeit in ihrem Ton. »Du brachtest die perfekte Hirnchemie und Neuroplastizität mit.«

Theo wurde speiübel, ihr drohte das Frühstück wieder hochzukommen, das Yakov mit solcher Liebe für sie zubereitet hatte. »Keja?«, fragte sie heiser, als ihre Stimme ihr wieder gehorchte. »Ich weiß nicht, was sie damals mit mir gemacht haben. Erzählst du es mir?«

Keja antwortete erst, als sie an der Tür des Häuschens angelangt waren, das Theo zusammen mit Yakov erkundet hatte. »Marshall hat es dir nie gesagt?«

Theo riskierte einen Blick über ihre Schulter. »Ich wusste nicht einmal, dass dieser Ort existiert, bis ich das Tor sah und eine Panikattacke hatte, die einen Flashback auslöste.«

Keja zog die Brauen zusammen. »Geh rein«, wies sie Theo an, klang dabei jedoch nicht mehr ganz so schroff.

Theo trat ein und fand Yakov im Wohnzimmer vor, er lag in derselben Position wie zuvor im Wald auf dem Boden. Janine saß neben ihm und tätschelte seinen Arm. »Er ist ein Bär, Keke«, sagte sie mit ihrer süßen Stimme. »Er ist nett. Warum wacht er nicht auf?«

»Er hat sich den Kopf gestoßen, Nenochka.« Kejas Tonfall war auf einmal wie ausgewechselt, warm und mitfühlend. »Du solltest zurückkehren, bevor Cissi kommt, um nach dir zu sehen. Du vergisst nicht, was ich dir gesagt habe?«

Janine legte den Zeigefinger auf ihre Lippen. »Dass es unser Geheimnis ist.« Sie kicherte, winkte beiden zu und teleportierte.

»Was glaubt Cissi, wo Janine gerade ist?«

»Auf der Toilette. Sie besuchen eine Pflanzenmesse. Janine hat gelegentlich mit Magenproblemen zu kämpfen. Langzeitfolgen der Medikamente, die man ihr verabreicht hat. Bitte entschuldige, dass ich das tun muss.«

Der unerwartete Elektroimpuls bewirkte, dass Theos Leib sich krampfhaft zusammenzog und ihr Nervensystem einen Kurzschluss erlitt. Sengender Schmerz schoss durch die von ihrem Großvater beschädigten Neuronenbahnen, ihr wurde schwarz vor Augen.

Sie hörte, wie Keja eine Verwünschung ausstieß, dann wurde sie von ihrer Tante im Fallen aufgefangen und auf einen Stuhl befördert. »So stark hätte die Wirkung eigentlich nicht sein dürfen«, murmelte sie und entfernte sich.

Theo wollte nach dem Messer in ihrer Hosentasche, den Granaten in ihrer Jacke greifen, aber ihr Körper weigerte sich, die Befehle auszuführen. Sie konnte noch nicht einmal die Lider heben.

Als sie es dann endlich schaffte, hatte Keja Yakov an Armen und Beinen gefesselt.

Ihn wehrlos gemacht. Genau wie in seinem Traum.

62

»Irgendwas stimmt hier nicht. Weder Yasha noch Theo gehen ans Handy. Ich werde versuchen, sie zu orten – Govno! Ihre Telefone sind tot.«

»Was ist mit dem GPS in ihrem Auto?«

»Es wurde deaktiviert. Scheiße.«

Pavel Stepyrev und Valentin Nikolaev (jetzt)

Keja nahm sich einen Stuhl vom Esstisch und stellte ihn Theo gegenüber.

Theos Atem ging flach, ihre Nervenenden knisterten noch immer von dem Elektroschock, während sie versuchte, ihrer Tante telekinetisch die Waffe aus der Hand zu schlagen. Kejas Finger zuckten kurz, trotzdem lockerte sich ihr Griff um die Pistole nicht. »Lass das«, wies sie Theo zurecht. »Ich bin wie du, vergiss das nicht. Ich kenne jeden deiner Tricks. Vater hat sie an mir zuerst getestet.«

Theo beschloss, mit ihrer Energie zu haushalten und auf Zeit zu spielen – und Kejas Aufmerksamkeit von Yakov abzulenken. Sie wusste nicht, warum ihre Tante sein Leben verschont hatte, aber sie durfte sie auf keinen Fall an die größte Bedrohung im Raum – ob gefesselt oder nicht – erinnern.

»Also hat der alte Mann es dir nicht erzählt«, sinnierte Keja, nachdem sie sich gesetzt hatte.

Theo nickte. »Ich habe nur ein paar nebulöse Erinnerungen, die von meinem achten bis zu meinem sechzehnten Lebensjahr reichen. Ich kann sie nicht ganz greifen, so als wären es nicht wirklich meine.«

»Interessant. Ich habe mich immer gefragt, welche Nebenwirkungen mit einem erfolgreichen Eingriff einhergehen würden.« Keja schlug ein Bein über das andere und legte die Waffe, den Finger am Abzug, auf ihren Schenkel.

»Du hast von willenlosen Marionetten gesprochen. Marshall hat versucht, Gedankenkontrolle auszuüben?« Damit wurde in verborgenen Winkeln des Medialnet schon seit dessen Bestehen experimentiert.

»Nein. Er behauptete hartnäckig, so etwas sei ein nutzloses Unterfangen, das zu viel Kraft koste. Mein Vater nannte das, worauf er abzielte, ›erzwungene Formbarkeit‹.« Kejas Lächeln bekam einen grausamen Zug, als sich nun zum ersten Mal eine Gefühlsregung in ihren Augen zeigte. »Wenn du mich fragst, war das nichts weiter als ein hübsches, Marshalls Ego-Höhenflug entsprungenes Synonym für Gedankenkontrolle. Er wäre niemals so durchschnittlich gewesen wie all die anderen Schwachköpfe, die sich im Lauf der Jahrhunderte daran versucht hatten.«

Theo vermied es tunlichst, zu Yakov hinüberzuspähen, um festzustellen, ob er sich rührte, wieder zu sich kam. Denn falls ja, durfte sie nicht riskieren, Keja darauf aufmerksam zu machen.

»Er und seine ihm treu ergebene Wissenschaftlerin entwickelten eine Methode, um ausgewählte Personen auf subtile Weise zu rehabilitieren. Janine und Santo gehörten zu ihren ersten vermeintlichen Erfolgen. Sie waren noch halbwegs klar im Kopf, besaßen jedoch nicht länger die Fähigkeit zu selbstständigem Denken.«

Keja seufzte. »Vater erkannte zu spät, dass das nicht funktionieren konnte. Seine Marionetten waren wie Kinder, sie mussten rund um die Uhr betreut werden. Sie waren für keinen wie auch immer gearteten Auftrag zu gebrauchen.«

Theo wurde abwechselnd heiß und kalt, aber sie ließ Keja weitersprechen, ohne sie zu unterbrechen. Um Yakov Zeit zu geben aufzuwachen und weil sie die Wahrheit erfahren musste, mochte sie noch so brutal und ungeheuerlich sein.

»Also änderten sie ihre Zielsetzung.« Keja klopfte mit der Pistole auf ihren Schenkel. »Sie beschlossen, eine Marionette zu erschaffen, die zwar selbstständig denken konnte … deren Gehirnstruktur aber gleichzeitig elastisch genug war, dass Marshall der Person seinen Willen aufoktroyieren konnte. Eine intelligente Sklavin, die – was entscheidend war –, dachte, sie handele aus eigenem Antrieb, und daher nie rebellieren würde. Warum sollte sie auch? Sie wurde schließlich zu nichts gezwungen.«

Das furchtbare Gefühl in Theos Bauch breitete sich in ihrem ganzen Körper aus, bis sie sich nicht länger beherrschen konnte. »Mir hat er das angetan«, platzte es aus ihr heraus. »Er hat mich in eine willfährige Puppe verwandelt!«

Eins der Bücher in dem Regal neben ihnen flog durchs Zimmer und knallte an die gegenüberliegende Wand.

Keja zuckte zusammen, doch sie drohte Theo nicht mit ihrer Waffe. Stattdessen legte sie den Kopf ein wenig schräg, und zum ersten Mal war der Ausdruck auf ihrem Gesicht … normal. Nicht leer und abwesend oder kalt und zornig. Ihre Miene drückte einfach nur Interesse aus, mehr nicht.

»Wie hast du dir erklärt, was mit dir passierte? Das habe ich mich schon immer gefragt. Ich selbst habe Jahre hinter einer schwarzen Nebelwand zugebracht. Warum sie mich überhaupt am Leben ließen, verstand ich erst, nachdem ich Dr. Leslie getötet und ihre Akten durchforstet hatte. Ich wurde als ein Erfolg der Stufe eins kategorisiert – und das trotz meiner ›instabilen mentalen Verfassung‹.« Sie zeichnete mit den Fingern Gänsefüßchen in die Luft. »Ich war wesentlich funktionsfähiger als Janine oder Santo, dabei allerdings auf ein bedauerlich hohes Maß an Anleitung angewiesen.«

Theo ließ Kejas beiläufige Erwähnung, dass sie einen Mord begangen hatte, nicht an sich heran. Zumal es um eine Frau ging, die sich an der geistigen Verstümmelung von Kindern beteiligt hatte. Ihre Tante hatte recht – Theo tat es nicht leid um die Belegschaft. »An die ersten Jahre habe ich keine klare Erinnerung; später fing ich an zu denken, dass ich all diese Taten freiwillig begangen habe, um Großvater zu erfreuen und seine Anerkennung zu gewinnen.« Sie schaute Keja fest in die Augen und entblößte ihr ihre Seele. »Die Vorstellung, dass ich bereitwillig dem Bösen in die Hände gespielt habe, lässt mir keine Ruhe, Tante Keja, sie quält mich unendlich.«

Ein unerwartet zärtlicher Ausdruck legte sich auf Kejas Gesicht. »Nun, junge Theo, was diesen Punkt betrifft, kann ich dich beruhigen. Dr. Leslies Unterlagen zufolge wurdest du als nahezu hundertprozentiger Erfolg eingestuft. Du brachtest sowohl die notwendige psychische Formbarkeit als auch die erforderliche Intelligenz mit. Nach deiner Genesung redete dir dein Großvater immer wieder ein, dass du aus freien Stücken einen glühenden Schürhaken auf deine Haut gedrückt hättest, um herauszufinden, wie sich das anfühlt.«

Theo senkte den Blick zu ihrem Ellbogen, an dessen Innenseite sich unter ihrem Pullover und der Jacke eine kleine Brandnarbe befand, die sie sich nie hatte erklären können. Als sie wieder hochsah, nickte Keja bestätigend.

»Als du anschließend gefragt wurdest, warum du dir die Wunde zugefügt hast, sagtest du, weil du Lust dazu gehabt hättest. Dein Großvater musste dich weder foltern noch eine intensive Bewusstseinskontrolle auf dich ausüben – es genügte, dass er dir Gedanken eingetrichtert hat, bis du sie glaubtest. Und das hast du. Du warst überzeugt, dass jede einzelne Handlung, zu der er dich manipuliert hat, deinem freien Willen entsprang.«

Eine Flut von Erinnerungen brach über Theo herein, an all die Türschlösser, die sie geknackt, all die Unfälle, die sie verursacht hatte. Sie würde sich nicht vor der Verantwortung drücken, sich ihrer Schuld bis ans Ende ihrer Tage bewusst sein, weil der Umstand, dass sie keine andere Wahl gehabt hatte, nichts daran änderte, dass ihre Hände mit Blut besudelt waren. »Ich bin froh, dass er tot ist.«

Kejas Lächeln wurde tiefer und echter. »Ich hätte ihn gern selbst liquidiert, aber …« Sie zuckte die Schultern. »Ich will mich nicht beschweren. Etwa ein Jahr vor seinem Tod hatte sich der Nebel endlich verzogen –«

»Moment mal. War das ein weiterer unvorhergesehener Aspekt der Behandlung?«, fiel Theo ihr ins Wort. »Die Tatsache, dass die Wirkung mit der Zeit nachließ? Ich fing mit ungefähr sechzehn an, mich Marshall zu widersetzen.«

»Ja. Allerdings nicht bei Versuchspersonen wie Nene oder Santo – von ihrem Verstand ist nicht genug übrig, das sich erholen könnte.« Eisige Wut in ihren Augen. »Übrigens hat die brave Ärztin dich in ihren Akten degradiert, als deine Trotzanfälle einsetzten – statt der Alpha-Variante warst du plötzlich nur noch eine suboptimale Variante B.« Ihr trockener Tonfall verwies darauf, dass diese Frau, die eigentlich nicht existieren dürfte, auch eine humorvolle Seite hatte. »Ich bin sicher, das erschüttert dich zutiefst.«

»Warum hast du so lange mit deiner Flucht gewartet?«

»Wegen der Sicherheitsvorkehrungen. Dieses Zentrum war wie eine Festung. Ich brauchte eine Strategie – und ich schwebte zum fraglichen Zeitpunkt nicht in unmittelbarer Lebensgefahr, weil Marshall mich weiterhin wie ein Schoßhündchen in seiner Nähe behielt. Außerdem wollte ich sichergehen, dass sie mich nie finden würden, sobald ich ihnen entkommen wäre. Und dann hat irgendjemand meinen lieben Rabenvater pulverisiert.«

Sie warf lachend den Kopf in den Nacken. »Du hättest die Panik erleben müssen, die unter seinen Angestellten ausbrach, Theo! Sie sind wie aufgescheuchte Hühner kopflos hin und her gerannt. Janine hatte mich bereits aus dem abgesperrten Zimmer herausgeholt, und als ich begriff, was passiert war, musste ich mich in einem Besenschrank verstecken, um meinen Lachanfall unter Kontrolle zu bekommen. Aber nachdem sich die anfängliche Aufregung schließlich gelegt hatte, beschloss Dr. Leslie, da sie die finanziellen Mittel dafür hatten, ihre ›Arbeit‹ fortzusetzen, bis sie anders lautende Anweisungen von Marshalls Nachfolger erhielten.«

Kejas Blick zuckte zu Yakov und wieder zurück zu Theo, ehe diese auch nur einen Muskel rühren konnte. »Ich entschied mich zu einer spontanen Planänderung. In all dem Aufruhr hatte die Ärztin nämlich vergessen, das restliche Personal darüber zu informieren, dass ich hinter Schloss und Riegel bleiben sollte.

Es achtete damals schon lange keiner mehr auf mich, ich war so eine Art Inventar, das niedere Tätigkeiten verrichten konnte. Also habe ich ihnen allen über ihre Mahlzeiten Betäubungsmittel verabreicht. Sie ließen mich in der Küche arbeiten, kannst du dir das vorstellen? Diese Holzköpfe. Ich hatte seit Monaten Medikamente gehortet und sie an einer geheimen Stelle auf dem Grundstück vergraben.

Janine und die anderen gaben mir außerdem auch ihre Tabletten, weil ich ihnen immer irgendwelche Leckereien aus der Küche mitbrachte. Die Mitarbeiter schliefen einfach ein.« Ein leises Lächeln. »Natürlich nahmen nicht alle gleichzeitig ihre Nährstoffdrinks zu sich, aber sobald ich eine Waffe hatte, war es nicht schwer, die Nachzügler zu eliminieren. Die Wachmannschaft bekam ihre Energiegetränke stets als Erstes – sie musste in Topform sein, um die Einrichtung zu sichern.«

Theo stellte fest, dass anscheinend auch Keja nie ein Publikum gehabt hatte, dem gegenüber sie sich mit ihren Heldentaten brüsten konnte. Und Theo hörte ihr nicht nur aufmerksam, sondern völlig fasziniert zu. »Aber gab es nicht noch eine zweite und eine dritte Schicht?«

»Nur eine zweite. Sie haben sich alle zwölf Stunden abgewechselt. Wir schleiften die erste Gruppe in einen Raum, und ich nutzte meinen nun ungehinderten Zugang zu den Injektoren, um sicherzustellen, dass sie nie wieder aufwachen würden. Anschließend zog ich mir eine Uniform an, damit niemand wegen des unbewachten Tors Verdacht schöpfte. Zudem überredete ich Janine und einige der funktionsfähigeren Insassen dazu, sich als Pflegekräfte zu verkleiden, um zu verhindern, dass die zweite Schicht sich sofort fragen würde, wo alle abgeblieben waren.«

Sie zog eine Grimasse. »Es endete dann doch etwas blutig, aber ich hatte sämtliche Waffen und außerdem Nene. In einem unbeobachteten Moment haben Santo und Queenie alle Türen verschlossen. Die Leute sind umhergeirrt wie dumme, verängstigte Ratten in einem Labyrinth. Marshall hatte seine Untergebenen darauf konditioniert, unter keinen Umständen ihre Geheimhaltungspflicht zu verletzen, und ihnen klar gemacht, dass jeder Verstoß mit dem Tod geahndet würde – darum haben sie nicht den leisesten Hilferuf im Medialnet abgesetzt.«

Theo konnte sich das Entsetzen der Leute vorstellen, während sie zusehen mussten, wie alle, die bei Bewusstsein waren, einer nach dem anderen fortgeschafft wurden. Trotzdem brachte sie noch immer kein Mitleid mit ihnen auf. Im Gegensatz zu Keja und ihr hatten diese Medialen sich freiwillig dafür entschieden, bei unzähligen abscheulichen Taten mitzuwirken. »Es fällt mir schwer zu glauben, dass Großvater eine TK-R-Mediale seinen ehrgeizigen Plänen geopfert hätte.« Teleporter waren rar gesät, und Janine erreichte einen Skalenwert von über sechs.

»Erstaunlicherweise räumte der Dreckskerl sogar ein, dass das ein Fehler war. Sein ursprüngliches Experiment verlangte nach Probanden mit einem bestimmten Gehirnwellenmuster – und Janine hatte das Pech, diesem Typus zu entsprechen.

Vater war damals derart besessen von seinem Projekt, dass er zustimmte, den Eingriff bei ihr durchführen zu lassen. Die arme Frau. Sie dachte, man hätte sie für ihren obligatorischen Gesundheitscheck einbestellt. Stattdessen töteten sie die hochintelligente, kämpferische Janine, die sie war, als sie durch die Tür des Behandlungszimmers trat, und ersetzten sie durch die süße, arglose Nene.«

Ein kummervoller Blick in ihren blauen Augen, die Theos Augen so sehr glichen. »Wäre es nur um mich gegangen, hätte ich Vater wahrscheinlich verziehen. Ist das nicht armselig?«

»Nein.« Theo war die Kehle eng, sie verstand ihre Tante, wie niemand sonst es vermocht hätte. »Er war ein charismatischer Mann und das Epizentrum unserer Existenz.«

Keja blinzelte, und der weiche Ausdruck war verschwunden. An ihrem Kiefer zuckte ein Muskel, sie zog die Oberlippe hoch, bleckte die Zähne.

In diesem Moment erkannte Theo den weiteren finsteren Wesenszug, der sie miteinander verband. »Du bist wie ich«, stellte sie fest und zwang sich, trotz ihrer bodenlosen Angst um ihn, nicht zu Yakov hinüberzusehen. Warum lag ihr lebhafter, wilder Gefährte immer noch so still da? Wie schwer war er getroffen? Hatte Keja ihm versehentlich einen Stromstoß versetzt, der zu einem langsamen, aber sicheren Tod führen würde?

Keja stieß ein raues Lachen aus, das wie Schmirgelpapier über Theos Sinne rieb. »Ich war die Originalausgabe.« Dunkelheit ergoss sich über ihre Augen, doch das Gruselige war, dass sie sich nicht von den Pupillen, sondern vom Rand der Iris ausgehend mit Schwarz überzogen.

Als würden sie von einem gefräßigen Virus verschlungen.

»Der perfekte Proband rangierte im unteren Bereich der Bewertungsskala«, klärte Keja sie auf. »Ohne nennenswerte geistige Kräfte, mit denen er sich gegen den Eingriff hätte wehren und unbeabsichtigt Schaden anrichten können. Starke Mediale wie Santo und Janine leisteten zu viel Widerstand und haben sich dadurch selbst lobotomisiert.«

»Warum ausgerechnet Kinder aus seiner eigenen Familie?« So hässlich der Gedanke auch war, hätte Marshall sich für zig andere Personen entscheiden können, die nicht seine Gene trugen.

Dennoch hatte er zwei junge Mädchen ausgewählt, die ihm vertrauten.

Zorn regte sich in ihr. Theo drängte ihn mit zusammengebissenen Zähnen zurück, sie durfte nicht riskieren, dass ihr Armband sie kampfunfähig machte.

Keja fielen die Haare über die Schultern, als sie beide Füße auf den Boden stellte und sich vorbeugte. »Kennst du die Antwort darauf wirklich nicht, Theo?«

»Nein. Es ergibt keinen Sinn. Großvater wollte, dass die Welt die Marshalls als eine mächtige Familie begriff. Wieso hätte er dieses Image aufs Spiel setzen sollen, indem er die Belegschaft dieser Anstalt wissen ließ, dass seine Blutlinie schwache und ersetzbare Nachkommen wie uns beide generierte? Ungeachtet seines immensen Einflusses gab es keine hundertprozentige Garantie dafür, dass die Leute Stillschweigen darüber bewahren würden.«

»Ach, meine liebe Nichte«, murmelte Keja mit warmer, sanfter Stimme, ihre Wut schien verflogen. »Wir wurden unsere ganze Kindheit über auf diese Rolle vorbereitet. Man hat uns isoliert und uns bestimmte Fähigkeiten beigebracht. Hast du dich nie gefragt, warum Marshall dich genötigt hat, das Hacken von Computern zu erlernen? Wieso du mehrere Fremdsprachen beherrschst? Weshalb deine Pflegemutter dich Übungen machen ließ, um deine Fingerfertigkeit zu trainieren?«

»Nein, das habe ich nicht.« Kejas Worte hatten Theos Erinnerungen an die Vergangenheit in einen einzigen wüsten Trümmerhaufen verwandelt. »Ich habe diese Entscheidungen selbst getroffen. Und zwar samt und sonders vor dem Eingriff.«

»Erwachsene haben unzählige Möglichkeiten, ein Kind zu beeinflussen. Wenn es dazu auch noch Missbrauch und Einsamkeit ausgesetzt ist, genügt ein lobendes Wort zu einer seiner Entscheidungen, und es wird nie wieder von diesem Weg abweichen.« Keja hielt Theos Blick fest. »Wir waren von klein auf nur Schlachtvieh für ihn. Tiere, die ihm gehörten und aus denen er sich nach Belieben saftige Fleischstücke herausschneiden konnte.«

63

Dieses Projekt ist das wichtigste meines Lebens. Es wird mein Vermächtnis sein.

Aus Marshall Hydes privaten Aufzeichnungen (circa 2057)

»Marshall hätte dich ohne Skrupel umgebracht, wäre ihm dein Zwillingsbruder nicht dermaßen wichtig gewesen.«

Theo, die sich dessen bewusst war, ging nicht auf Kejas Seitenhieb ein. »Wozu hat er dich gezwungen?«

»Er hat ein Monster aus mir gemacht.« Tonlos, ihre Augen pures Obsidian.

Theo schüttelte den Kopf, sie spürte, dass in Keja neuerlich Wut hochkochte. »Wärst du ein Monster, dann wären Janine und Santo nicht mehr am Leben«, argumentierte sie sachlich.

Keja starrte sie regungslos und ohne zu blinzeln an.

»Du hast außerdem eine Queenie erwähnt«, fuhr Theo fort. »Konntest du alle Insassen befreien?«

Ihre Tante blinzelte nun und lehnte sich auf ihrem Stuhl zurück. »Selbstverständlich.« Wieder dieses gruselige Lächeln einer Marionette, die zum Leben erwachte. »Ich mag ein Ungeheuer sein, aber sogar ich habe moralische Prinzipien.«

Theo gefror das Blut in den Adern. Sie wusste ohne jeden Zweifel, dass Keja log. Nur eine Minderheit der »Patienten« wäre wie Santo und Janine funktionsfähig genug gewesen, um unter der Aufsicht einer Betreuungsperson allein zu leben. Der Rest hätte einen Platz in einem Pflegeheim benötigt, und wo sollte ihre Tante eine Einrichtung gefunden haben, die bereit gewesen wäre, so viele Leute aufzunehmen, ohne Fragen zu stellen?

»Mein Vater war fuchsteufelswild, als du zu rebellieren anfingst«, bemerkte Keja aus heiterem Himmel. »Natürlich hätte er das niemals zugegeben, aber wenn es ihm irgendwie möglich gewesen wäre, hätte er dich ausgemerzt.«

»Er hat an meinem Gehirn herumgepfuscht«, konterte Theo trocken. »Die Wutattacken kamen nicht von ungefähr.«

»Santo und Nene neigen ebenfalls dazu.« Sie hob die Brauen, als Theo hörbar Luft holte. »Cissi hat das nicht erwähnt? Tja, sie ist eine wirklich loyale Kraft. Jedenfalls tritt diese unerwünschte Nebenwirkung bei sämtlichen ›erfolgreichen‹ Versuchsobjekten auf.«

Theo konnte sich die Frage, die ihr auf der Seele brannte, nicht verkneifen. »Gibt es irgendeine Behandlung dafür?«

»Ja, stimmungsaufhellende Pharmazeutika.« Keja nannte drei Präparate. »Sie schlagen an, aber sie verwandeln uns in geistlose Zombies.«

Ihre Antwort brachte den winzigen Funken Hoffnung in Theo zum Erlöschen. Keja schien ihr die Enttäuschung anzumerken, denn sie fügte hinzu: »Ist schon gut, Theo. Du brauchst dir wegen dieser Anfälle keine Sorgen mehr zu machen.« Ihr Gesicht erstarrte zu einer ausdruckslosen Maske, die Veränderung war so deutlich sichtbar, dass Theo schauderte.

»Hätte es dich und deinen Bruder nie gegeben, so hätte Vater mich nach Hause geholt«, klagte sie mit hoher, fast kindlicher Stimme. »Ich war sein erster wahrer Erfolg. Du verstehst also, warum ich dich loswerden muss? Weil ihm dann keine andere Option bleiben wird, als mich wieder bei sich aufzunehmen.«

Es war ein schrecklicher, herzzerreißender, furchteinflößender Einblick in Kejas zerstörte Psyche. »Du bist der ›Moskau

Ripper‹, nicht wahr?«, fragte Theo, derart fassungslos über diese Erkenntnis, dass sie noch nicht einmal Angst spürte. »Aber warum hast du diese Frauen ermordet?«

»Ist das nicht offensichtlich?« Ihre Züge blieben leer und völlig emotionslos. »Ich dachte, sie wären du. Das war nicht rational, aber leider bin ich mental manchmal nicht auf der Höhe. Wenn sich dieser rote Nebel über meinen Geist senkt, sehe ich dich überall.«

Keja zielte mit ihrer Waffe auf Theo. »Aber dieses Mal habe ich die richtige Blondine. Vater wird kommen, um mich zu holen. Jetzt bin nur noch ich übrig.«

Theo warf sich mitsamt ihrem Stuhl zur Seite und schlug hart auf dem Boden auf, wobei sich eine Armlehne unsanft in ihre Rippen grub. Feuer schoss durch ihre beschädigten Nervenbahnen, als Keja einen Stromstoß auf Theos Hüfte abgab und sich in der getroffenen Körperhälfte Taubheit ausbreitete.

Der Schmerz ließ ihre brodelnde Wut in animalischen, rotglühenden Zorn umschlagen. Ihr Verstand drohte auszusetzen, doch bevor das passieren konnte und sich jede Vernunft von ihr lossagte, riss sie sich die Perlenkette vom Hals und schleuderte sie auf ihre Tante.

Keja stieß ein Zischen aus, als Rauch und grelles Licht ihr für einen Moment die Sicht nahmen, den Theo dazu nutzte, die winzigen Granaten hervorzuholen und vor Kejas Füßen auf den Boden zu werfen. Aber noch während sich ein Hagel aus Holzsplittern in deren Haut bohrte, bemerkte Theo die funkelnde Klinge in Kejas Hand. Da begriff sie, dass sie in ihrer rasenden Wut einen fatalen Fehler gemacht hatte: Die Explosionsgeschosse waren ein Stück zu weit von Keja entfernt detoniert, um echten Schaden anzurichten.

Brüllend stürzte sich ihre wahnsinnige Tante auf sie. Sie waren beide verletzt, kämpften beide um ihr Leben, nur dass Theo, bei der vor lauter Zorn sämtliche Sicherungen durchbrannten, nicht an das Messer in ihrer Hosentasche herankam.

Sowie Keja Theo attackierte, hörte Yakov auf, sich tot zu stellen.

Sein Körper war größtenteils weiterhin gelähmt von dem Elektroschock. Dass er noch lebte, verdankte er allein der Tatsache, ein Gestaltwandlerbär mit der entsprechenden Muskelmasse zu sein. Ob Keja sich verschätzt und deshalb einen zu starken Stromstoß auf ihn abgegeben hatte, oder ob sie seinen Tod beabsichtigt hatte, konnte er nicht sagen, und es war ihm auch egal.

Theo zu retten nahm sein ganzes Denken in Anspruch.

Die Erinnerung an den Traum drohte ihn zu überwältigen und ihm die Luft abzuschnüren. »Scheiß auf ihn«, murmelte er und atmete mehrmals tief ein, um so viel Sauerstoff wie möglich in seinen Blutkreislauf zu bekommen. Seine Arme fühlten sich immer noch bleischwer an, seine Augen waren das Einzige, was er wirklich bewegen konnte. Trotzdem würde er nicht aufgeben.

Sein Urgroßvater hatte ihm nicht ein Quäntchen seiner hellsichtigen Gabe vererbt, damit Yakov jetzt hilflos zusah, wie Theo starb. Ein Grollen stieg in seiner Brust auf, als Keja Theo einen Fausthieb ins Gesicht versetzte und ein knackendes Geräusch zu hören war. Theo rächte sich, indem sie ihr mit aller Kraft den Ellbogen gegen die Nase rammte, sodass Blut spritzte, während sie Keja mit ihrem anderen Arm dazu brachte, das Messer fallen zu lassen.

Das ist mein Mädchen, dachte er, und der Bär stimmte ihm zu.

Er krümmte die Finger, und das Gefühl strömte mit einem unangenehmen Kribbeln in sie zurück. Er achtete nicht darauf, sondern bewegte seine Hand zentimeterweise zu dem Holster an seinem unteren Rücken. Es war nicht gerade seine Lieblingsstelle, wenn er eine Waffe tragen musste – er zog seine Schulter bei Weitem vor –, aber heute hatte er sie sofort dort hingesteckt, als er erkannte, dass Theo und er sich auf Kollisionskurs mit dem Schicksal befanden.

Aus demselben Grund hatte er sich für eine Schallwaffe entschieden, als Theo und er sich am Morgen für diesen Tag rüsteten. Seine Vision hatte ihm gezeigt, dass er praktisch bewegungsunfähig sein würde, und um dieses Kampfgerät zu aktivieren, brauchte er lediglich ein einziges Mal auf einen altmodischen Knopf zu drücken.

Keja schrie auf, als Theo ihr mit der flachen Hand aufs Ohr schlug und vermutlich ihr Trommelfell zum Platzen brachte. Theo war es gelungen, sich auf Keja zu rollen, aber auch diese kämpfte mit harten Bandagen und schaffte es irgendwie, die Hände um Theos Kehle zu schließen.

Wehr dich, Theo!

Sie verschwanden aus seinem eingeschränkten Sichtfeld.

Er hörte, wie Theo einen tiefen, gutturalen Laut ausstieß … ein weiteres Knacken … noch ein Schrei von Keja.

Danach ein Ächzen von Theo.

Als er sie dann wieder sehen konnte, war Kejas Nase eindeutig gebrochen, Theos Jochbein geschwollen, beide Gesichter blutüberströmt.

Sein Bär tobte vor Wut, während Yakov all seine Energien bündelte, um seine Hand das letzte Stück bis hin zu der Stelle zu bewegen, wo sich das Holster befand. Vorsorglich hatte er an diesem Morgen in der Küche den Teil davon entfernt, der den Auslöser schützte, um eine versehentliche Detonation zu vermeiden.

Er fasste im selben Moment unter sein T-Shirt, als es Keja gelang, Theo abzuschütteln. Anschließend richtete sie sich in geduckter Haltung vor ihr auf, wobei sie erneut ihr Messer in der Hand hielt. »Eigentlich war das nicht mein Plan.« Ihre Stimme war ein feuchtes Gurgeln. »Ich hätte dir gern einen sanfteren Tod geschenkt, aber so ist es auch okay.«

Sie fuhr mit der Klinge durch die Luft, und es wurde offensichtlich, dass sie im Vorteil war. Theo hatte inzwischen ihr eigenes Messer gezückt, aber ihre Finger waren so glitschig, dass es ihr entglitt.

Sie versuchte, es aufzuheben, als Keja abermals attackierte und Theos Hand erwischte. Blut tropfte auf den Boden. Theo taumelte nach hinten, dabei rutschte sie aus und stürzte hin. Ihr Kopf schlug im selben Moment auf, als Yakov den Auslöser ertastete.

Die eigens für Gestaltwandler entwickelte Schallbombe war keine Präzisionswaffe, sie bedeutete für sie alle drei das K.o. Aber Yakov würde als Letzter zusammenbrechen und sich als Erster erholen. Yakov drückte auf den Knopf, als Keja, die unheimlich still geworden war, sich von Neuem auf ihre benommene Nichte stürzte und mit der Klinge auf ihre Kehle zielte.

Es hätte funktionieren und Keja auf der Stelle niederstrecken müssen.

Aber Keja war eine von blindwütigem Zorn beseelte TK-Mediale, deren Gehirnstrukturen operativ verändert worden waren. Trotz ihrer geringen mentalen Kräfte gelang es ihr, eine Sekunde, bevor die Schallwellen sie erreichten, ihr Messer zu »werfen«.

Die Klinge fuhr über Theos Kehle und trudelte zu Boden.

Die Zeit schien beinahe stillzustehen. Blut strömte über Theos Hände, als sie Yakovs Blick begegnete.

Nein!

Niemand würde seiner Gefährtin je wieder wehtun!

Er weigerte sich, sie gehen zu lassen.

Yakov streckte die Hand nach ihr aus und sah, wie sie es ihm gleichtat, als die Schallwellen mit voller Kraft ihre Gehirne lahmlegten. *Theo!*, war sein letzter Gedanke, bevor sich sein Blickfeld scharlachrot eintrübte.

Dann Dunkelheit.

64

Alpha Nikolaev bittet dringend um Kontaktaufnahme.

Übergebene Notiz an Silver Mercant während ihrer weltweit übertragenen Live-Ansprache an die Mitglieder des Krisennetzes (jetzt)

Derweil mehrere seiner Kollegen die Wohnung überprüften und Valentin sich ans Telefon hängte, sprintete Pavel zum Auto, um zu der stillgelegten Medialeneinrichtung zu fahren, als ein Geräusch wie von einer mächtigen Explosion seinen Schädel beben ließ. Er stürzte auf die Knie und presste die Hände auf seine Ohren.

Auf der anderen Seite der Welt erwachte Pax aus einem unruhigen Schlaf. In seinem Kopf hallte absolute Leere. *Theo!*

Im Herzen Moskaus sank ein schlanker Medialer mit außergewöhnlich silberblauen Augen gegen eine Hauswand, als ihn eine Furcht übermannte, die er bis in die Knochen spürte.

Während es am anderen Ende der Leitung klingelte und klingelte, ohne dass jemand abnahm, fühlte Valentin, dass sein Band, verbunden mit einem seiner Stellvertreter, rot zu glühen begann.

Yasha war dem Tode nah.

65

Lieber D,
entschuldige, dass ich dir erst jetzt antworte.
Um ehrlich zu sein, habe ich mich überschätzt, als ich dachte, ich könnte weiterhin mit dir kommunizieren. Als ich den Artikel las, den du mir geschickt hast, habe ich dich so sehr vermisst, dass ich weinen musste. Neiza hat mich dabei gesehen. Sie ist noch so klein und beeinflussbar. Sie hat mit mir gelitten, dabei ist es meine Pflicht, ihr beizubringen, überhaupt nichts zu fühlen.
Ich glaube nicht, dass Silentium meine Liebe zu dir jemals auslöschen kann. Dazu reicht dieses Band zu tief. Aber ich muss lernen, sie auszublenden und dich loszulassen.
Dies wird mein Abschiedsbrief an dich sein. Bitte hilf mir, meine willensstarke Tochter zu schützen, indem du nie wieder Kontakt zu mir suchst. Das ist der letzte Gefallen, großer Bruder, um den dich deine kleine Schwester jemals bitten wird.
Leb wohl, D.
Hien

Brief von Hien Nguyen an Déwei Nguyen (2. April 1982)

Pax wurde sofort aktiv.

Er konnte Theo auf der geistigen Ebene nicht erreichen, also würde er sich zu ihr begeben. Nie wieder würde er hilflos zusehen, wie jemand sie voneinander trennte.

Ich brauche einen Transport. Jetzt sofort!, telepathierte er in ungeduldigem Ton dem sehr kostspieligen TK-R-Medialen, der privat bei ihm unter Vertrag stand. Mit seiner Rangzahl von sieben Komma neun war Octavio früher einmal ohne Zweifel dem Rat unterstellt gewesen, aber inzwischen hatte er sich selbstständig gemacht. Sein rasierter Schädel war das Einzige, das heute noch an einen typischen Soldaten erinnerte. Seine Arme waren tätowiert, genau wie die Rückseite eines seiner Beine, und auf seinem Gesicht wucherte ein dichter, dunkler Bart.

Einer von Octavios größten Vorzügen war, dass er sich überhaupt nicht für Politik oder Ränkespiele interessierte. »Von beidem gab es in meiner Vergangenheit schon genug«, war während der Befragung zu seiner Bewerbung seine lapidare Antwort gewesen.

Ihm war auch nicht an einer freundschaftlichen oder sonst wie gearteten Beziehung gelegen.

Für ihn war Pax einfach nur ein Job, und das war ganz in dessen Sinn.

Sein Skalenwert erlaubte dem muskulösen Sudanesen zwar nicht, nach Belieben kreuz und quer auf dem Erdball herumzureisen, aber für die Teleportationen, die Pax in der Regel benötigte, reichten seine Kräfte allemal. Die Strecke von San Francisco nach Moskau würde ihn psychisch nicht erschöpfen.

Als Pax mit nichts am Leib als der dünnen schwarzen Sporthose, in der er geschlafen hatte, in die Diele des Apartments stürzte, wartete Octavio bereits auf ihn. Es war ihr üblicher Treffpunkt, wenn Pax ihm keine anderen Anweisungen gab. »Zu meiner Schwester. Benutzen Sie ihr Armband als Ortsangabe.« Das glanzlose Schmuckstück, das Theo nie abnahm und in das sie eigenhändig ein unverwechselbares Muster eingraviert hatte, war der erste Portschlüssel, den Pax Octavio gegeben hatte und bis heute der wichtigste.

Octavio trat neben ihn, sodass ihre Schultern sich berührten, und die Welt kippte zur Seite.

Als sie wieder geradegerückt war, befand Pax sich irgendwo in einem kleinen Raum. Theo lag zu seinen Füßen, ihre Kehle und ihr Oberkörper waren über und über mit Blut bedeckt. Er fiel auf die Knie und presste in dem vergeblichen Bemühen, die Blutung zu stoppen, seine Hand auf die Wunde.

Sein innerer Schrei drang nicht durch die eisigen Schilde, ohne die er auf diesem Planeten nicht überleben konnte. Er wollte Octavio gerade befehlen, Theo auf direktem Weg in eine Klinik zu bringen, von der er ein klares Bild hatte, als er den Gestaltwandlerbären bemerkte, der nur ein Stück von Theo entfernt auf dem Boden lag. Seine ausgefahrenen Krallen hatten blutige Schrammen in seinen Händen hinterlassen, als er versuchte, sich von seinen Fesseln zu befreien.

Und dann war da noch eine andere Frau, ihr Gesicht zerschlagen und ebenfalls voller Blut.

Alle drei waren bewusstlos, die Frauen beide schwer verwundet, doch von dem Mann konnte Pax nicht genug sehen, um seinen Zustand einzuschätzen.

Theos Bär.

Pax musste ihm helfen.

Er zögerte maximal eine Sekunde, doch noch bevor er Octavio irgendeinen Befehl erteilen konnte, nahm er aus dem Augenwinkel ein Flimmern wahr. Octavio machte Anstalten, seine Pistole zu zücken, aber Pax wusste, dass sie gegen den Mann, der soeben zu ihnen gestoßen war, nichts ausrichten würde.

Kaleb Krychek.

Er befand sich in Begleitung einer großen Frau mit ausgeprägten Kurven, deren fröhliches Outfit – ein knallgelber Rock, farblich darauf abgestimmte Stöckelschuhe und eine weiße Bluse – so gar nicht zu der Situation passen wollte. Ihre glänzenden schwarzen Haare fielen ihr in weichen Wellen auf die Schultern, ihre Augen wiesen den Bernsteinglanz der Bärin auf.

»Kaleb, meine Schwester liegt im Sterben.« Wenn es Theo betraf, kannte Pax keinen Stolz, und der Kardinalmediale war der mächtigste Mann im Netz. Wenn jemand wusste, wie man Theo retten konnte, dann er. »Ich versuche immer wieder, ihr von meiner Energie abzugeben, aber es funktioniert nicht.« Es schien, als würde ihr Geist bereits den Dienst versagen.

In diesem Moment trat die Frau in Gelb hastig zu ihnen und stieß Pax buchstäblich zur Seite. »Ich bin Heilerin«, erklärte sie, als er sich ihr widersetzen wollte. »Theo ist mit dem StoneWater-Clan verbunden. Lassen Sie mich meine Arbeit machen!«

Seine Hände klebrig von Blut, ging Pax zu Yakov und fing an, seine Fesseln zu lösen.

Währenddessen redete er ununterbrochen mit seiner Schwester. *Wach auf, Theo. Bitte, komm zu dir. Wenn du stirbst, habe ich niemanden mehr*. Nicht ein einziges lebendiges Wesen, dem er vertrauen konnte und das ihm vertraute. Es gab nur sie, nur Theo. *Geh nicht. Ich werde es nicht schaffen, wenn du mich verlässt*. Es wäre der eine Schlag zu viel.

Yakov kam im selben Augenblick stöhnend zu sich, als Pax den letzten Knoten des Stricks löste.

»Thela?«, stieß er rau hervor und war mit einem Satz bei Theo und der Heilerin. Er ergriff Theos blutige Hand. »Komm schon, *pchelka*, du darfst jetzt nicht aufgeben! Klammere dich mit all deinem Zorn, deiner Wut an das Leben.« Seine Stimme war ein tiefes Grollen, ähnlich dem Donner, der draußen zu hören war.

Gleich darauf prasselten Regentropfen gegen die Fensterscheiben.

Yakov war so sehr auf Theo konzentriert, dass er nicht mitbekam, dass die andere Frau, die Theo äußerlich so sehr ähnelte, sich bewegte. Aber Pax sah es. Er war bereits zu dem Schluss gelangt, dass sehr wahrscheinlich sie Theos Verletzungen verursacht hatte, und schickte sie mit einem heftigen telepathischen Schlag zurück in die Bewusstlosigkeit.

Sie konnte von Glück sagen, dass er sie nicht umbrachte.

Was sie allein Theo verdankte. Die Intuition sagte ihm, dass diese Frau wichtig war, und diese Eingebung musste von seiner Schwester kommen. Er hörte noch andere Stimmen in seinem Bewusstsein, aber obwohl Theo nicht mit ihm sprach, hatte sie noch immer die stärkste Präsenz in seinem Kopf.

Sie hielt den Rest von ihm fern und verhinderte, dass er in den Abgrund stürzte.

Theo, bitte.

Sein mentales Flehen war das Echo von Yakovs Worten, der jetzt Theos Kopf auf seinen Schoß bettete, während die Gestaltwandlerbärin Theo ihre heilenden Kräfte zuteil werden ließ, die bei einer Medialen eigentlich keine Wirkung zeigen dürften. Andererseits – »Sie ist in meinem Bewusstsein«, vertraute er Yakov an, weil er wusste, wie wichtig dieser Theo war. »Meine Schwester ist nicht von uns gegangen.«

»Nein, das ist sie nicht.« Yakovs Bernsteinaugen trafen Pax' Blick, und für einen Moment fand ein furioser wortloser Austausch zwischen ihnen statt. »Ich kann sie hier drinnen fühlen.« Er klopfte sich mit der Faust auf seine Brust über dem Herzen.

Und da begriff Pax, was passiert war.

Theo hatte das Paarungsband geschlossen.

Und das bedeutete, dass der ganze Bärenclan hinter ihr stand und über die erfahrenen Hände der Heilerin seine gebündelte wilde Energie in sie hineinströmen ließ.

Seine Schwester würde nie wieder allein sein.

Pax kümmerte es nicht, dass die neuen Bindungen in Theos Leben eine räumliche Distanz zwischen ihnen schaffen und die Bären ihn vermutlich meiden würden. Theos Sicherheit war das

Einzige, was zählte. Und die Gestaltwandler würden sie noch lange nach Pax' Tod beschützen.

Ein plötzliches Keuchen, dann öffneten sich Theos Lider.

66

»Wir sind das Fundament.«

*Payal Rao, Repräsentantin der Anker, über die Regierungskoalition in einem vom Medialnet-*Bake *geführten Interview (29. Juni 2083)*

Kaleb brachte alle Anwesenden auf die Krankenstation des StoneWater-Clans – mit zwei Ausnahmen. »Ich habe Pax Marshall und seinen Teleporter am Tatort zurückgelassen«, sagte er anschließend zu Valentin. Es wäre unklug gewesen, den beiden Medialen Einblicke in die Höhle zu gewähren, da zu der Gemeinschaft der Bären auch schutzbedürftige Mitglieder gehörten.

Valentin rieb sich über das Gesicht. »*Chert*, was für eine unnötige Komplikation. Das sieht Yasha mal wieder ähnlich, dass er sich ausgerechnet in eine Frau verlieben muss, die die Zwillingsschwester von Pax Marshall ist.« Es klang ungehalten, doch in seinen Augen stand offene Besorgnis. »Ich werde mich darum kümmern. *Spasibo* für dein schnelles Eingreifen.«

»Ich versuche lediglich, ein Nachbar zu sein, auf den man bauen kann.« Da es außerdem höchst ungewöhnlich war, dass der Gestaltwandlerclan ihn um Hilfe bat, hatte Kaleb einen wichtigen Termin unterbrochen, um auf Valentins Notruf zu reagieren. »Entschuldige, dass ich nicht ans Telefon gegangen bin. Ich hatte es auf stumm geschaltet, weil ich gerade in einer Besprechung war.« Deshalb hatte ihn am Ende Silver über das Medialnet informiert.

Valentin winkte ab. »Du bist gekommen. Nur das zählt. Wir stehen in deiner Schuld.«

»In der Tat«, pflichtete Kaleb ihm bei. Ein zuverlässiger Nachbar zu sein, war eine Sache, sich wie ein selbstloser Narr zu verhalten jedoch eine völlig andere. Bei den Bären einen Gefallen gut zu haben, war von unschätzbarem Wert. »Ich wünsche den Verwundeten recht baldige Genesung.«

Kaleb kehrte in sein Haus am Rande von Moskau zurück, warf einen Blick aus dem Fenster und sah, dass es aufgehört hatte zu regnen. Er trat hinaus auf die nasse Terrasse und begab sich wieder ins Medialnet, um sein Meeting fortzusetzen. »Entschuldige die Unterbrechung«, sagte er zu Payal, deren Bewusstsein hell wie ein Laser neben seinem eigenen erstrahlte. »Ein Verbündeter benötigte meine Hilfe bei einem Rettungseinsatz.«

»Ich verstehe«, antwortete die Mediale, die wie er der Regierungskoalition angehörte und zufällig ebenfalls über kardinale telekinetische Kräfte verfügte. »Ist alles in Ordnung?«

»Ich habe die Verletzten auf einer Krankenstation abgeliefert.« Pax Marshalls Schwester hatte so viel Blut verloren, dass Kaleb bezweifelte, ob sie überleben würde, aber er hatte alles getan, was er konnte. Jetzt musste er sich wieder mit einem Problem befassen, das für Millionen Individuen den sicheren Tod bedeutete, wenn sie keine Lösung dafür fanden.

Und dann blickte er wieder angestrengt auf das isolierte Areal jenseits der gähnenden Kluft, die sich vor ihm und Payal auftat. Die vormals in undurchdringliches Dunkel gehüllte Insel flirrte jetzt vor Energie, die geistigen Verbindungen, die in dem Sektor verliefen, wurden alle paar Sekunden in kurzen Lichtblitzen sichtbar, bevor sie wieder verschwanden – was daran lag, dass der Mann im Zentrum des psychischen Eilands noch immer dabei war zu lernen, mit den Datenströmen umzugehen, die durch sein Bewusstsein flossen, ehe sie sich erneut in das System einspeisten.

»Wie ist die Lage?«, fragte Kaleb Payal.

»Das Substrat fließt klar und stetig. Es findet ein Energieaustausch zwischen den Ankern im Hauptnetz und der Insel statt.«

»Ist alles soweit stabil?«

»Ja.«

Er wandte die Augen nicht von dem Konstrukt ab, das momentan Ivan Mercants persönliches Herrschaftsgebiet war. Sahara hatte gelacht, als Kaleb ihr gegenüber diesen Ausdruck benutzte. »Er ist mit einer Heilerin verheiratet, mein hinreißender Mr Krychek. Ivan könnte sich niemals in einen Diktator verwandeln, selbst wenn er es darauf anlegte.«

Sie hatte natürlich recht, doch änderte es nichts an der Tatsache, dass aktuell zweitausenddreiundzwanzig Bewusstseinssterne auf Ivan Mercants Umlaufbahn kreisten. Das musste nicht zwingend schlecht sein – und war außerdem der Grund, warum Payal und er jetzt hier standen.

»Als wir das erste Mal über die Option nachdachten, das geistige Netzwerk in kleinere Einheiten aufzuspalten«, bemerkte er, »hast du darauf beharrt, dass es aufgrund des Mangels an Ankern nicht funktionieren würde.« Diese stützten und erhielten das Fundament des Medialnet – das Substrat. Niemand außer ihnen konnte es sehen, trotzdem war es das wichtigste strukturelle Element des Ganzen. Sollte es versagen, würde alles kollabieren und die mediale Gattung mit einem Streich ausgelöscht.

Payal war nicht nur eine knallharte Geschäftsfrau und CEO des Rao-Konzerns, sondern darüber hinaus die Repräsentantin der Anker in der Regierungskoalition.

»Falls irgendeine Kategorie das Zeug dazu hätte, sich zu Diktatoren aufzuschwingen, dann wären es die A-Medialen«, hatte Sahara bei derselben Unterhaltung zu ihm gesagt, während sie, nur mit einem von Kalebs Hemden bekleidet, barfuß auf dem Teppich in ihrem Schlafzimmer stand und ihm die Krawatte band. »Ein Glück für den Rest von uns, dass sie einfach nur in Ruhe gelassen werden wollen.«

Kaleb durfte sich jetzt nicht von dem Gedanken daran ablenken lassen, dass er sich den Schlips gleich darauf wieder vom Hals gezerrt, sein Hemd zurückverlangt und aufs Bett geschleudert hatte, bevor er den nackten Körper seiner lachenden Liebsten ganz nah zu sich herangezogen hatte. Stattdessen musste er sich auf den andauernden Zersetzungsprozess des Medialnet konzentrieren – weil er Sahara versprochen hatte, ins Licht zu treten und ihre Gattung zu retten, anstatt sie der Vernichtung preiszugeben.

»Wie schätzt du die Situation derzeit ein?«, fragte er Payal.

»Als sehr komplex. Wir haben ein Ankerteam damit beauftragt, den erwähnten Energieaustausch mit der Insel zu untersuchen. Momentan zieht sie überdurchschnittlich viel Energie pro Kopf ab.«

In der realen Welt blickte Kaleb auf die Schlucht hinter seinem Haus, die so tief war, dass sie den meisten Angst machte. Für einen TK-R-Medialen wie ihn galt das logischerweise nicht, trotzdem hatte er zu Saharas Sicherheit ein Geländer anbringen lassen. »Es hängt mit den Skarabäen zusammen?«

»Ja. Die Insel beherbergt einen prozentual wesentlich höheren Anteil von ihnen als das restliche Netz. Würden wir Anker dem nicht konstant entgegenwirken, hätte dieses Maß an chaotischer Skarabäen-Energie einen extrem destabilisierenden Effekt auf das Medialnet.«

»Und das trotz Ivans Eindämmungsmaßnahmen?«

»Er hat sie auf der oberen Ebene zwar im Griff, aber die Skarabäen sind, genau wie du, direkt mit dem Substrat verbunden. Es gibt keine Möglichkeit zu verhindern, dass sich ihre Energie darin verteilt. Die A-Kategorie muss sie herausfiltern, ehe sie in tiefere Schichten gelangen kann und ein weiterer Teil des Netzwerks zerfasert. Ein ermüdender Prozess.«

Kaleb betrachtete einen perfekt geformten glitzernden Regentropfen, der am Geländer hing … bevor er auf die nassen Holzplanken fiel und zerplatzte.

Gravitation war ein Naturgesetz.

Unumstößlich wie die Tatsache, dass jedes mediale Gehirn Zugang zu geistiger Energie benötigte, um zu überleben. Würde man diese Verbindung durchtrennen, käme das einem Todesurteil gleich.

Die Skarabäen sind noch immer ein Teil von uns, Kaleb, vernahm er das Echo von Saharas Stimme in seinem Bewusstsein. Sie hatte das eines Nachts im Bett zu ihm gesagt, ihr Kopf auf seiner nackten Schulter, seine Hand in ihrem weichen Haar. *Wir können uns ihrer nicht entledigen, nur weil ihr Verstand gebrochen ist. Dann wären wir nicht besser als der ehemalige Rat, sondern auch nur Monster, die nach genetischer Vollkommenheit streben.*

Kaleb, der in jungen Jahren psychisch brutal beschädigt worden war, galt als ein eher skrupelloser Mann, aber Sahara war sein Ein und Alles – und ihr moralisches Gewissen reichte für sie beide. Darum zog er als Lösung noch nicht einmal im Entferntesten in Erwägung, sämtliche erwachsenen Skarabäen im Medialnet aufzuspüren und zu liquidieren. Ein stiller, flächendeckender Massenmord. So etwas würde einige Zeit dauern, wäre jedoch machbar. Aber dazu würde es nicht kommen, solange Kaleb ein Wörtchen mitzureden hatte.

»Ivan Mercants mentale Fähigkeiten sind ebenfalls ungewöhnlich«, fügte Payal hinzu. »Niemand von uns hat je zuvor etwas Vergleichbares gesehen.«

»Die meisten von uns haben bis heute noch keine Vorstellung davon, wie seine Kräfte genau beschaffen sind«, brummte Kaleb und stützte seine Hände auf dem regennassen Geländer auf.

»Oh, der Mann, der sonst alles weiß, tappt hier ausnahmsweise einmal im Dunkeln. Das muss furchtbar frustrierend sein.«

Hätte ihm jemand vor einem Jahr erzählt, dass die grimmig dreinblickende, roboterhafte Chefin des Rao-Imperiums sich einmal auf seine Kosten amüsieren würde, er hätte demjenigen dringend geraten, sich einem Drogentest zu unterziehen. »Könnt ihr Anker denn erkennen, was Ivan auf der Insel treibt?«

»Nicht in dem Sinn, wie du das meinst. Aber wir spüren es auf eine intuitive Weise, die man einem Außenstehenden unmöglich erklären kann. Ivan ist exakt das, als was seine Gefährtin ihn beschrieben hat: das Herz eines geschlossenen Systems.«

Kaleb fragte Payal, die mit Canto Mercant verheiratet war, erst gar nicht nach persönlicheren Informationen über Ivan. Zum einen würde sie sie ihm nicht geben, zum anderen konnte er selbst mit Ivan sprechen. Kaleb würde zwar nie zu Enas Familie gehören, sie hatte ihn jedoch in ihrem inneren Zirkel aufgenommen.

»Was geschieht, wenn ihm etwas zustößt?« Es war bedrückend, sich vorzustellen, wie viel Schmerz das für seine Angehörigen bedeuten würde. Im Gegensatz zu vielen anderen Familien war die Familie der Mercants durch Silentium nicht zerrüttet worden. Sie würden jedem, der es wagte, sich an einem der ihren zu vergreifen, die Kehle durchschneiden.

Ihre Trauer wäre unermesslich, falls Ivan etwas passierte.

»Das wissen wir nicht«, antwortete Payal. »Und Ivan ist in der Blüte seiner Jahre. Wir sollten nicht über hypothetische Szenarien nachdenken, haben wir doch auch so schon genügend Probleme.«

Kaleb nahm sich die weisen Worte zu Herzen. »Ich habe bisher keine Möglichkeit entdeckt, um auf die Insel zu gelangen, und jetzt, da Ivans Bewusstsein dort verankert ist, kann er sie immer nur für kurze Zeit verlassen. Seine Reichweite im Medialnet beschränkt sich damit praktisch auf diese Region.«

»Die trotz ihrer übermäßig hohen Anzahl an Skarabäen gefestigter ist als jedes andere Areal im geistigen Netzwerk.«

»Das stimmt.«

»Stabilität auf der einen, geballte Macht auf der anderen Seite«, murmelte Payal, die von einem Mann großgezogen worden war, der seine Macht mit eiserner Hand ausgeübt hatte. »Wir müssen mehr darüber herausfinden, wie sich ein kleineres Ökosystem im Vergleich zu einem größeren auf mediale Gehirne auswirkt.«

»Klingt nach einer vernünftigen Vorsichtsmaßnahme, nur läuft uns leider die Zeit davon.« Im gesamten Medialnet zeigten sich Auflösungserscheinungen. Manche Sektoren waren schon jetzt zu stark zerschlissen, um noch steuerbar zu sein. »Ich weiß von einem sehr dichten Netzwerk, zu dem sich weniger als zehn Personen zusammengeschlossen hatten und das geraume Zeit überdauert hat.« Zu der eingeschworenen Gruppe Abtrünniger, die es erschaffen hatten, gehörte zufällig auch einer von Kalebs wenigen Freunden auf der Welt. »Doch selbst wenn wir dadurch nur ein Jahr gewinnen, wäre das mehr, als wir jetzt haben.«

»Traurig aber wahr.« Es klang niedergeschlagen. »Das Substrat ist momentan gesünder als seit Langem, doch die A-Kategorie stößt an ihre Belastungsgrenze, Kaleb.« Man hörte ihrer Stimme dieselbe Erschöpfung an, die jeder Anker im System nur allzu gut kannte.

»Der Dreh- und Angelpunkt ist Ivan Mercant – genauer gesagt die Tatsache, dass es nicht mehr von seiner Sorte gibt.« Kaleb hatte eine Vielzahl von Bots im Medialnet installiert, die es nach Hinweisen auf Personen mit derselben ungewöhnlichen Gabe wie Ivans durchkämmten. »Jedenfalls konnte ich bisher niemanden finden. Dasselbe gilt für Aden und die Empathen. Wie sieht's bei euch Ankern aus?«

»Fehlanzeige. Aber nachdem wir wissen, dass zwei derselben Blutlinie angehörende Individuen – sowie ein potenzielles drittes – diese speziellen Kräfte besitzen, scheint es naheliegend, dass sie Teil ihrer DNA sind. Zumal es Seltenheitswert hat, dass sich eine geistige Fähigkeit nur in einer einzigen Familie zeigt.«

Kaleb musste unwillkürlich an den Tag denken, an dem Payal der Regierungskoalition beigetreten war. »Ich bin mir nicht so sicher, dass es sich wirklich um eine genetische Anlage handelt. Nachdem wir die Akten von Ivans Tante durchforstet hatten, suchte ich nach näheren Informationen über ein Gerücht, von dem ich zu Beginn meiner Amtszeit im Rat hörte.

Ich fand Beweise dafür, dass Shoshanna Scott und ihr damaliger Ehemann sich in der Vergangenheit experimentelle neuronale Implantate einsetzen ließen.« Die Arroganz und Dummheit der beiden verblüffte Kaleb. »Ihr Ziel war es, über eine erzwungene psychische Verbindung Gedankenkontrolle über andere auszuüben.«

»Faszinierend. Allerdings erklärt das nicht die mentalen Fähigkeiten von Scotts Schwester und ihres Neffen.«

»Die Schwester war ein Jax-Junkie, und Ivan wurde der Droge bereits im Mutterleib ausgesetzt.« Ivan hatte diese Information preisgegeben, um die Regierungskoalition bei ihrer Suche nach anderen Medialen wie ihm zu unterstützen. »Jax öffnet den Geist. Was wäre, wenn nicht die Kräfte an sich vererbt würden, sondern die Prädisposition für diese besondere Form der Bewusstseinserweiterung?«

Nach langem Schweigen antwortete Payal: »Selbst wenn das

zuträfe, verböte sich der Einsatz von Jax. Es gilt heutzutage als eine toxische Psychodroge.«

Kaleb schritt unruhig auf seiner Terrasse auf und ab. Die Logik sagte ihm, dass derlei Bedenken absurd waren. Es war ein Medikament. Punkt. Wenn man es so dosierte, dass es keinen Schaden anrichtete, konnte es womöglich Leben retten. Woher sollten sie aber wissen, wie man das Mittel auf den Patienten abstimmte und seine Wirkung kontrollierte?

Kaleb würde jeden, der Kinder als Versuchspersonen vorschlüge, ohne jede Reue oder Schuldgefühle umbringen. Also brauchten sie erwachsene Freiwillige mit der entsprechenden Gehirnstruktur. Und was dann? Ivan hatte nur deshalb überlebt, weil er als Fötus und im frühen Kindesalter mit der Droge in Berührung kam. Seine Mutter hingegen war gestorben.

Man hatte ihre Leiche nicht obduziert, darum wusste niemand, in welchem Zustand ihr Gehirn zum Zeitpunkt der Überdosis gewesen war.

»Vielleicht müssen wir uns doch wieder auf unseren ursprünglichen Plan besinnen«, sagte Kaleb jetzt, »und versuchen, einen in sich abgeschlossenen Sektor von einem starken Anker stabilisieren zu lassen.« Es wäre eine schwierige und womöglich nicht zu bewältigende Aufgabe für ein mediales Bewusstsein, das, anders als Ivans, dafür nicht geschaffen war. Es bestand jedoch zumindest die Chance, dass es als Behelfsmaßnahme funktionierte.

»Ich stimme nur unter der Bedingung zu, dass wir das Experiment sofort beenden, wenn die Verbindung zum Substrat unterbrochen werden sollte. Es besteht weiterhin ein bedenklicher Mangel an Ankern – meine Leute sind rar gesät, sie stützen sich gegenseitig und teilen entsprechend dem System, das wir entwickelt haben, ihre Last miteinander. Falls sie von den Hauptversorgungsadern des Substrats abgeschnitten werden, erschöpfen sich ihre Energiereserven innerhalb weniger Tage, und sie sterben.«

»Einverstanden.« Es war nicht in Kalebs Sinn, das fragile Gleichgewicht zu stören, das die Anker gefunden hatten und das ihnen erlaubte, sich bei Bedarf auszuruhen, anstatt sich zu verausgaben, bis sie umkippten. Wenn die A-Kategorie bei Kräften blieb, wirkte sich das positiv auf das Medialnet aus. So einfach war das.

Payal seufzte. »Wohl ist mir bei der Sache nicht.« Ihre Stimme klang angespannt. »Jeder unserer früheren Einwände hat weiterhin Bestand. Aber unsere Optionen haben sich durch die fortwährende Zunahme der Skarabäen im Netz und der damit einhergehenden energetischen Turbulenzen verringert. Wir müssen eine kontrollierte Abspaltung versuchen, bevor uns ein unkontrollierter Kollaps die Entscheidung abnimmt.«

Unausgesprochen blieb dabei, dass sie dafür die Zustimmung sämtlicher Mitglieder der Regierungskoalition als auch die der Bewohner der betroffenen Region benötigten. Doch das waren vergleichsweise leicht zu überwindende Hürden. Das echte Vetorecht lag bei den Ankern, aber sie würden es nicht ausüben.

Es war an der Zeit, das Medialnet methodisch zu splitten.

67

»Mama, Papa hat einen kleinen Kuchen für dich gebacken!«

»Das sehe ich, Dimochka. Wie lieb von dir, dass du ihn mir bringst, und dazu so vorsichtig. Stell ihn einfach hier hin. So ist's gut, Schätzchen. Du darfst mir helfen, ihn zu essen, nachdem ich deinem Papa einen Kuss gegeben habe.«

»Du wirkst müde, malyshka.«

»Nachdem mich jetzt meine beiden Lieblingsmänner umarmt haben, fühle ich mich schon viel besser.«

Unterhaltung im Büro von Dr. Evanova »Nova« Nikolaev (vor fünfundvierzig Minuten)

Sechs Stunden später pochte Yakovs Schädel immer noch, während er zusammengesunken in einem Sessel neben Theos Krankenbett saß. Sie hatte vor einer Weile versucht aufzustehen, war jedoch von der erzürnten Nova – und einem Schwindelanfall – daran gehindert worden. Also hatte sie sich notgedrungen wieder hingelegt und betastete von Zeit zu Zeit ihre Kehle.

Yakov wusste, dass sie sich nicht um die wulstige, gezackte Narbe scherte, sondern darum, was sie über den Schweregrad ihrer Verletzung aussagte. Er selbst konnte kaum hinsehen, weil beim Anblick der brutalen Schnittwunde jedes Mal die entsetzliche Erinnerung daran in ihm aufstieg, dass er Theo fast verloren hätte.

»Ich werde sie entfernen lassen, sobald Nova der Meinung ist, dass sie ausreichend verheilt ist«, verkündete sie mit heiserer, kratziger Stimme. »Bis dahin werde ich mir mit Rollkragenpullis behelfen.«

Yakov hob ihre Hand an seine Lippen und küsste sie. Es fiel ihm immer noch schwer zu sprechen, er bekam die Bilder der letzten Sekunden, bevor alles dunkel wurde, einfach nicht aus seinem Kopf. Blut, so verdammt viel Blut.

»Ich lebe, weil wir die Zukunft geändert haben.« Ein weicher Blick aus blauen Augen. »Das haben wir wirklich«, insistierte sie, als Yakov ein finsteres Gesicht machte. »In deinen Träumen hast du mich jedes Mal sterben sehen. Aber ich bin nicht tot.«

»Du warst ganz schön nah dran«, presste er zwischen zusammengebissenen Zähnen hervor. »Sie hätte dich niemals mit dem Messer erwischen dürfen.«

»Yashin'ka.« Ein stählerner Unterton in ihrer sanften Stimme, als Theo ihn mit der intimen, zärtlichen Koseform ansprach, die sie aus seinem Namen hergeleitet hatte. »Wir haben keine Kontrolle über die Entscheidungen anderer, sondern nur über unsere eigenen. Jetzt sei kein Sturkopf und akzeptiere, dass wir meinen sicheren Tod in einen Beinahe-Tod umgewandelt haben. Das ist ein gewaltiger Unterschied.«

Er blitzte sie an. »Bist du sicher, dass nicht doch eine Bärin in dir schlummert? Neunmalklug genug wärst du allemal.«

Ihr Grinsen ließ in seinem Herzen die Sonne erstrahlen. »Autsch.« Sie berührte mit äußerster Vorsicht die mit Salbe versehene Gitterwundauflage auf ihrer von schwarzen Blutergüssen verunzierten Gesichtshälfte.

»Es könnte weitere Notfälle geben, darum muss ich sparsam mit meinen Kraftreserven umgehen«, hatte Nova ihm mit erschöpfter Stimme mitgeteilt, während Theo schlief. »Mit diesem Gazeverband dauert es zwar etwas länger, aber ihre Prellungen werden prima heilen.« Ihr normalerweise perfekt frisiertes Haar war den Umständen geschuldet zu einem unordentlichen Pferdeschwanz zusammengebunden.

Yakov hatte die Frau, die sich so sehr ins Zeug gelegt hatte, um Theo zu retten, umarmt, bis sie quiekte. Er war ihr schon immer sehr zugetan gewesen, doch jetzt verehrte er sie geradezu.

»Hör auf, daran herumzufummeln«, sagte er in strengem Ton zu Theo. »Sonst verpetze ich dich bei Nova.«

Sie kniff die Augen zusammen, ließ die Hand jedoch sinken. Sogar seine *pchelka* würde sich hüten, die Heilerin zu provozieren, die Valentin einmal höchstpersönlich Bettruhe verordnet und ihn zu einem Kampf herausgefordert hatte, als er dagegen protestierte.

Überflüssig zu erwähnen, dass Valya sich dem Befehl grummelnd gebeugt hatte.

Nicht, weil sie seine ältere Schwester war, sondern als Heilerin des Clans mit der dazugehörigen Macht.

»Unterbreche ich etwa einen Disput zwischen Liebenden?«, spöttelte jemand im Flüsterton von der Tür her.

Es war nicht das erste Mal, dass Pavel vorbeikam. Auch der Rest der Familie inklusive Arwen hatte schon nach ihnen gesehen, um sich zu vergewissern, dass Yakov und Theo sich auf dem Weg der Besserung befanden. Anschließend hatten sie das alleinige Besuchsrecht auf Pasha übertragen, weil Nova nicht duldete, dass ihre Patienten von ständigem Publikumsverkehr »verrückt« gemacht wurden.

Die Heilerin eines Bärenclans brauchte eine ruhige Hand – und einen Rohrstock.

In ihrem Fall war es die Sanftmut. Es gab nichts Furchteinflößenderes, als Nova ganz still zu erleben.

»Erzählst du mir, wie wir hierhergekommen sind, Bruderherz?«, bat Yakov. »Ich erinnere mich an nichts mehr nach der Detonation der Schallbombe.«

Bei seinem ersten Besuch hatte Pavel ihn völlig atemlos und mit galoppierendem Herzschlag stürmisch umarmt und anschließend Theo – mit deren lächelndem Einverständnis – auf den Mund geküsst. Inzwischen hatte er sich wieder etwas gefasst.

Er schnappte sich den Stuhl, der am Bettende stand, drehte ihn herum und setzte sich rittlings darauf. »Als sie hochging, hat es mir den Boden unter den Füßen weggezogen und –«

»Warte mal«, unterbrach Theo ihn. »Du hast es gespürt?« Das Staunen in ihrer Stimme weckte in Yakov das Bedürfnis, sie ganz fest an sein Herz zu drücken. »Ich wusste nicht, dass Gestaltwandlerzwillinge zu so etwas imstande sind.«

»Doch, sind wir«, bestätigte Pavel grinsend. »Zwar nicht auf einer telepathischen Ebene, trotzdem wissen Yasha und ich es, wenn der andere in Schwierigkeiten steckt. Ich hatte schon so ein komisches Gefühl, darum habe ich versucht, euch über eure Handys und das Auto zu orten, aber ohne Erfolg. Da beschloss ich einfach, auf meine Intuition zu hören und zu dieser Einrichtung zu fahren, als es in meinem Kopf plötzlich einen mächtigen Knall tat.«

»Als Pasha sich in unserer Kindheit mal das Handgelenk gebrochen hat, mussten sie mir ebenfalls eine Schlinge anlegen, weil ich fürchterliche Schmerzen hatte«, kam es von Yakov. »Unsere Mutter hat ein Foto aufgehoben, auf dem wir beide frisch verarztet nebeneinander stehen, ich mit Pavels heilem Arm um meine Schulter.«

»Arwen liebt dieses Bild so sehr, dass er Mila um einen Abzug gebeten hat.« Ein weiches, zärtliches Lächeln glitt über Pavels Gesicht. »Also, wo war ich stehengeblieben? Ach ja, ich bin zusammengebrochen, gleich darauf fühlte Valentin durch sein Band zu dir als seinem Stellvertreter, dass du das Bewusstsein verloren hattest.« Er nickte seinem Bruder zu. »Valya hatte bereits versucht, Krychek zu erreichen, aber der ging nicht ans Telefon, darum hat er stattdessen Silver informiert, worauf sie Krychek über das Medialnet um seine Hilfe bat.«

Yakov starrte seinen Bruder ungläubig an. »Blödsinn.« Der Clan hatte eine hervorragende Beziehung zu Silvers ehemaligem Boss, trotzdem würden sie nicht riskieren, in dessen Schuld zu stehen.

Pavel winkte mit lässiger Geste ab. »Es ist alles in bester Ordnung. Krychek hat nur deine Leber und eine deiner Nieren als Gegenleistung gefordert.«

Vom Bett her drang ein Geräusch an sein Ohr, Yakov schaute hinüber und sah, dass Theo – mit leicht schmerzgepeinigter Miene – in sich hineinlachte. Sofort vergab er seinem Bruder, dass er ihn unnötig auf die Folter spannte.

»Wusstest du, dass Krychek nicht nur an Orte, sondern auch zu Personen teleportieren kann?« Pavel zog die Brauen in die Höhe. »Unser tödlich gefährlicher, in Moskau ansässiger TK-Tycoon – dem ich übrigens immer noch unterstelle, dass er diese kleinen Erdbeben erzeugt, wenn ihm langweilig ist – hätte, als wir ganz am Anfang noch mit ihm verhandelten, jederzeit ungehindert in der Höhle auftauchen können.«

»Lieber Himmel.« Yakov rieb mit dem Daumen über Theos Handrücken. »Es macht ihn mir gleich ein bisschen sympathischer, dass er das unterlassen hat. Niemand sollte ohne Einladung ein fremdes Heim betreten.«

Pavel nickte zustimmend. »Der langen Rede kurzer Sinn – Krychek hat Novas Gesicht als Portschlüssel benutzt. Anscheinend hat er über jedes führende Clanmitglied eine Akte samt Foto angelegt. Was könnte man auch anderes von ihm erwarten.«

Yakov überraschte das wenig. Niemand erlangte so viel Macht

wie der Kardinalmediale, ohne an jede Eventualität zu denken. Es ehrte ihn, dass er die Informationen in diesem Fall ausschließlich dazu benutzt hatte, ihnen zu helfen.

»Nachdem er Nova abgeholt hatte«, fuhr Pavel fort, »ist er auf direktem Weg zu dir teleportiert, Yasha. Er hat Valya hinterher erzählt, dass es möglicherweise nicht funktioniert hätte, wenn ich zum fraglichen Zeitpunkt nicht meine Brille aufgehabt hätte.« Er schob sie sich auf der Nase zurecht. »Bei eineiigen Zwillingen landet man leicht am falschen Zielort.« Er guckte selbstgefällig drein. »Siehst du? Ich habe dir doch gesagt, dass eine Brille besser ist als eine Operation.«

Yakov grinste, während ihn innige Zuneigung zu seinem Bruder überkam. »Und es hat natürlich rein gar nichts damit zu tun, dass du Angst davor hast, einen Laser in die Nähe deiner Augen zu lassen.«

»*Mudak*.« Eine liebevolle Beleidigung. »Deine Gefährtin weiß mein Opfer jedenfalls zu schätzen, nicht wahr, Theo? Und Arwen findet meine Brille sexy. Darum kannst du dir von mir aus deinen haarigen Hintern mit Giftefeu abrubbeln.«

»Du bist ein wirklich wundervoller Mann, Pasha«, hob Theo mit einem vorsichtigen Grinsen an. »Aber ich mag den Hintern von meinem Yashin'ka, darum bitte keine solchen Vorschläge.«

Pavel quittierte das mit einem warmen, unbändigen Lachen, derweil Yakovs Bär sich hochzufrieden in die Brust warf. Es machte Mann und Tier überglücklich, dass Theo und Pasha sich mochten.

Mit einem Lächeln in der Stimme fragte Theo: »Dann hat Krychek uns hierhergebracht?«

»Ja. Er hat deinen Bruder am Tatort zurückgelassen.« Pavels Ton wurde sanft. »Laut Krychek war Pax in Begleitung eines TK-R-Medialen. Ich hoffe, er hat es heil nach Hause geschafft. Wir haben Leute zu der Einrichtung geschickt, die sie bis auf Weiteres bewachen. Sie hatten Anweisung, nach deinem Bruder Ausschau zu halten, konnten ihn aber nirgendwo entdecken.«

Theo nickte. »Ich habe mit ihm telepathiert. Pax ist in unserer Wohnung in Moskau.« Sie richtete den Blick auf Yakov, das Blau ihrer Augen voller Gefühle. »Er will mich unbedingt sehen.«

Sich Pavels ungestümer Umarmung erinnernd, antwortete Yakov: »Ich werde mit Nova reden und sie fragen, ob sie es für vertretbar hält, dass du für einige Zeit das Bett verlässt. Falls sie ihr Einverständnis gibt, könntet Pax und du euch an der Außengrenze des Territoriums treffen. Du verstehst, warum er nicht in die Höhle kommen kann?«

»Natürlich. Weil er eine unbekannte Größe ist und sich theoretisch für die schwächeren Bewohner als Bedrohung herausstellen könnte. Pax wird volles Verständnis für diese Entscheidung haben.« Ihr Bruder würde einfach nur erleichtert sein, dass Theo dem Schutz der Bären unterstand.

Der Grund dafür aber ließ ihr schier das Herz zerbrechen. Yakov schien ihr ihren Schmerz am Gesicht abzulesen, denn er hauchte weitere Küsse auf ihre Hand. »Lebe im Hier und Jetzt«, murmelte er, um ihr den Rat seines Urgroßvaters ins Gedächtnis zu rufen.

Und so klammerte Theo sich an die Gegenwart, in der ihr Bruder am Leben und er selbst war und sie ihn bald wiedersehen würde. Sie wandte ihre Aufmerksamkeit Pavel zu, der während ihres leisen Austauschs mit Yakov geschwiegen hatte. »Was ist mit meiner Tante?«

»Sie ist immer noch bewusstlos. Habt ihr eine Idee, warum die Schallwellen sie so heftig erwischt haben?«

»Das haben sie nicht. Pax hat sie mit einem telepathischen Schlag niedergestreckt, als sie wieder zu sich kam.«

Pavel stieß einen überraschten Pfiff aus. »Heilige Scheiße. Da wird sie beim Aufwachen höllische Schmerzen haben.« In seiner Stimme schwang kein Funken Mitleid für die Frau mit, die versucht hatte, Theo zu ermorden. Denn neben ihren großen Herzen besaßen die Bären auch einen gnadenlosen Beschützerinstinkt.

Pax würde sich gut in diese Gemeinschaft einfügen.

Theo gab einen leisen Seufzer von sich, als sie sich vorstellte, wie ihr Bruder in geselliger Runde mit einer Gruppe Bären beisammensaß. »Wo ist sie?« Ausgeschlossen, dass sie Keja wegen der Gefahr, die sie darstellte, in die Höhle gebracht hatten.

»Nachdem Nova sie stabilisiert hatte, haben wir sie per Krankentransport in eine streng bewachte Klinik außerhalb der Reviergrenze einliefern lassen.«

Plötzlich fiel Theo siedend heiß etwas ein, an das sie überhaupt nicht mehr gedacht hatte. »Sie hat Zugang zu einer Teleporterin.«

»So ein Mist!« Pavel zog sein Handy heraus und rief unverzüglich die Sicherheitskräfte an, um sie zu instruieren, Keja nicht von der Seite zu weichen. »Wird das ausreichen?«, fragte er Theo, während er noch am Telefon hing.

»Als Übergangslösung schon. Janine kann zwar zu ihr, aber sie muss sie berühren, um sie teleportieren zu können.« Jemand wie Kaleb Krychek musste keinen Körperkontakt herstellen, doch Janine war bei Weitem nicht so stark wie er.

Pavel gab die Information weiter und legte auf. »Wie verfahren die Medialen mit Kriminellen wie deiner Tante? Mit Leuten, die aus verschlossenen Räumen verschwinden können?«

»Ich weiß es nicht.« Ihre Kehle war so trocken, dass Theo husten musste. »Ich nehme an, es gibt Möglichkeiten, um ihre Fähigkeiten zu blockieren, sie außer Kraft zu setzen.«

»Trinke erst einen Schluck, bevor du weitersprichst.« Yakov schob ihr das Ende eines Strohhalms, der in einem mit einem Energiedrink gefüllten Glas steckte, zwischen die Lippen.

Theo funkelte ihn an, während sie gehorchte, doch in Wirklichkeit wollte sie ihren besorgten Gefährten einfach nur drücken. Sie würde nie das blanke Entsetzen in seiner Stimme vergessen, als er ihren Namen geschrien hatte.

»Oje, verliebte Blicke – das ist mein Stichwort, um mich zu verdünnisieren.« Pavel stand auf. »Trotzdem bin ich verflucht froh, dass ihr jetzt in der Höhle seid, wo wir auf euch beide aufpassen können.«

Theo hörte abrupt auf, an dem Strohhalm zu ziehen, als sie begriff, in welcher Lage sie sich befand. »Ich darf hier nicht sein.« Sie setzte sich mit einem Ruck auf und warf die Decke beiseite. »Ich darf hier nicht sein«, wiederholte sie und schwang die Beine über die Bettkante.

Ihre Haut glühte, sie spürte eine unerträgliche Enge in der Brust und hatte das Gefühl, als würde sie mit jedem Luftzug Sandkörner einatmen.

68

»Wie fühlt es sich an, von einem Bären geliebt zu werden?«

»Es ist der Himmel auf Erden.«

In einem Moskauer Café belauschtes Gespräch

Yakov hinderte sie daran, aus dem Bett zu springen. »Pasha, könntest du uns ein paar Minuten allein lassen?«

»Klar. Arwen kann bestimmt meine Hilfe dabei brauchen, etwas Leckeres für euch zu zaubern.« Wenige Sekunden später schloss er die Tür hinter sich.

Yakov legte die Hand auf Theos unverletzte Wange. »Sieh mich an«, murmelte er, während ihre Augen das Zimmer weiter nach einem Fluchtweg absuchten, um nach draußen zu gelangen, weit weg von dieser Höhle.

Sie packte sein Handgelenk. »Es leben Kinder hier!«, stieß sie kurzatmig und mit trockenem Mund hervor, ihre Haut glühte fiebrig heiß. »Du musst mich gehen lassen! Ich könnte einen Anfall haben und sie verletzen!«

Aber er gab nicht nach. »Praktisch jede erwachsene Person in dieser Höhle ist dir körperlich überlegen«, sagte er mit einem dunklen Brummen in der Stimme. »Du wirst nicht mit Kindern in Kontakt kommen, solange du auf der Krankenstation bist. Nicht einmal Novas Sohn darf dort nach Belieben herumspazieren.«

Es kostete sie Mühe, Sauerstoff in ihre Lunge zu bekommen.

»Ich …« Sie griff nach ihrem Glas und saugte gierig an dem Strohhalm.

Der Energiestoß machte ihren Kopf wieder klar. Sie holte mehrmals tief Luft. »Ist schon gut. Ich werde keinen Fluchtversuch unternehmen.« Yakov hatte recht; sie stand hier unter permanenter Aufsicht, man würde jedes Anzeichen einer Wutattacke sofort unterbinden.

»Trotzdem kann ich nicht in die Höhle einziehen.« Ihre Augen brannten, sie wusste, dass dies sein Zuhause war und sein Herz daran hing. »Es tut mir unendlich leid, aber es geht einfach nicht.« Sie würde in einem Zustand konstanter Furcht leben.

Gleichzeitig versetzte ihr die Vorstellung, von ihm getrennt zu sein, einen schmerzhaften Stich, den sie bis in die Tiefen ihrer Seele spürte. »Ich könnte in dem Apartment wohnen«, schlug sie vor. »Du müsstest ja nicht die ganze Zeit bei mir bleiben, sondern könntest in die Höhle zurückgehen, wann immer du möchtest.« Theo würde niemals versuchen, ihn von seinem Clan und seiner Familie fernzuhalten.

Auch wenn sie ihn verzweifelt brauchte.

Er knurrte und kniff sie mit den Zähnen in den Finger. »Wenn du glaubst, dass wir nicht für alle Zeit jede Nacht miteinander kuscheln werden, dann haben wir ein Problem.« Seine Augen funkelten bernsteinfarben. »Weil unsere Beziehung jetzt in Stein gemeißelt ist, Theo.«

Er sah so glücklich und zufrieden aus, dass ihre Ängste zerstoben.

»Mir ist klar, dass unser Paarungsband unter außergewöhnlichen Umständen entstanden ist.« Er schaute ihr prüfend ins Gesicht. »Falls du mehr Zeit brauchst –«

»Nein.« Theo legte die Hand auf seine Brust. »Ich werde dich behalten, auch wenn du mich nur aus Versehen zur Gefährtin genommen hast«, brach es aus ihr heraus.

Ein schelmisches Grinsen. »Wenn ich's mir recht überlege, hab ich dich eher gestohlen.« Er strich zärtlich mit der Nasenspitze über ihre Wange. »Wir werden ein Haus bauen. Nicht weit weg von der Höhle, aber doch fern genug, dass die Kinder nicht unbeaufsichtigt dorthin laufen können.

Wir können herkommen, um mit den anderen zu essen, zu quatschen oder einfach Zeit zu verbringen – aber solange wir keine Lösung für deine Ausbrüche gefunden haben, musst du nie allein einen Fuß hier hineinsetzen. Du kannst mich oder Pavel oder jedes andere Clanmitglied begleiten, dem du zutraust, dass es dich notfalls überwältigen könnte.« Sein Blick verfinsterte sich und richtete sich auf ihr Armband. »Nicht, dass das nötig wäre, wenn du das Ding da trägst.«

»Es würde dir nichts ausmachen, nicht in der Höhle zu leben?« Theo spürte noch immer einen harten Knoten im Magen. »Aber du möchtest es doch so gern.«

»Dich möchte ich noch mehr.« So klar und ohne Umschweife, dass es unmöglich war, ihm nicht zu glauben. »Im Übrigen werden wir uns vor Gästen nicht retten können. Solchen, die nicht mehr freiwillig gehen.« Er verdrehte die Augen. »Ich werde sie mit einem Fußtritt hinausbefördern müssen.

Sei gewarnt – Bären kennen die Bedeutung von Privatsphäre nicht. Aber sie werden deinen Wunsch, die Kinder zu schützen, respektieren, und ich verspreche dir, dass du keinen kleinen Überraschungsbesucher haben wirst. Selbst wenn ich dafür unsere Grundstücksgrenze mit einem Alarmsystem sichern muss, das jeden unerschrockenen Ausreißer sofort erfasst. Allerdings ist es unwahrscheinlich, dass irgendein Knirps bis zu dem Areal vordringen könnte, das ich im Auge habe.«

Eingehüllt in seine Körperwärme, mit seinem Duft in ihrer Nase und seinem fest und zuverlässig schlagenden Herzen unter ihrer Handfläche, dachte Theo über seine Worte nach.

Sie war in einer Höhle voller Bären.

Starken, gefährlichen Geschöpfen.

Wenn sie und Yakov außerhalb wohnen und sich nur einfinden würden, um am Gemeinschaftsleben, wie den Mahlzeiten, teilzunehmen, bestünde so gut wie kein Risiko, dass sie irgendwann einmal mit einem Kind oder einem anderen verletzlichen StoneWater-Mitglied allein sein würde – besonders, wenn sie bewusst darauf achtete, dass das nicht passierte.

Sie zitterte, Angst krallte sich in ihre Eingeweide. »Wenn ich in Raserei gerate, bin ich nicht ich selbst. Ich verliere dann jede Kontrolle über mich.« So schrecklich der Gedanke auch war, musste sie diese Tatsache akzeptieren und die von ihr ausgehende Gefahr aufs Äußerste reduzieren, auch wenn sie die Episoden an sich nicht verhindern konnte.

»Ich habe von Keja die ganze Wahrheit erfahren, während du bewusstlos warst«, fuhr sie fort. »Sie erzählte mir, dass mein Großvater und seine Handlanger mein Gehirn vorsätzlich beschädigt haben, um mich leichter manipulierbar zu machen … und eine Nebenerscheinung davon Tobsuchtsanfälle sind. Nicht nur ich bin davon betroffen, sondern auch Keja, genau wie Santo, Janine und alle anderen, die sie befreit hat.«

Yakov hatte sichtlich Mühe, das zu verarbeiten, doch was er dann sagte, traf sie unvorbereitet. »Könntest du dein Armband modifizieren, damit es dir ein Betäubungsmittel verabreicht, anstatt dir einen Elektroschock zu versetzen?« Seine Stimme klang gepresst. »Nicht zu fassen, dass dieser verdammte Vorschlag ausgerechnet von mir kommt, aber wenn es das ist, was du brauchst, um dich sicher zu fühlen, dann meinetwegen.«

Theo konnte ihm nicht ganz folgen. »Wie meinst du das?«

»*Pchelka*, du versuchst, deine Attacken mithilfe von Stromstößen unter Kontrolle zu halten, weil dein psychopathischer Großvater genau diese Foltermethode bei dir angewendet hat. Du brauchst dich doch nicht mit Schmerzen zu bestrafen, wenn die Absicht ist, dich handlungsunfähig zu machen, bevor du zu einer Gefahr wirst.« Unerbittliche Entschlossenheit in seinem wilden Bernsteinblick. »Ist dir irgendein Pharmazeutikum bekannt, das das bewirken könnte, ohne deine mentalen Fähigkeiten zu beeinträchtigen?«

»Ich …« Sie furchte die Stirn, dann nickte sie. »Ja, ich kenne eins. Normale Betäubungsmittel sind für uns Mediale nicht geeignet, weil sie unsere Kräfte lahmlegen, während wir selbst hellwach bleiben. Aber es gibt ein starkes Narkotikum, das uns sowohl geistig als auch körperlich außer Gefecht setzt. Und zwar ohne Nachwirkungen.«

»Dann präpariere dein Armband damit. Bemiss die Dosis so, dass sie dich, sobald sich eine Attacke ankündigt, binnen Sekunden ohne Vorwarnung zu Boden streckt. Dich total ausschaltet.«

Es war ihm deutlich anzusehen, wie sehr es ihm zusetzte, sich Theo derart hilflos vorzustellen. Aber er liebte sie so sehr, dass er diesen Ausweg akzeptieren konnte, wenn sie es auch tat. Mit schmerzender Brust drückte sie ihre Stirn an seine. »Ja, das würde mir inneren Frieden geben und mich in die Lage versetzen, in der Nähe deines Clans zu leben.« Nur auf diese Weise hätte sie Gewissheit, dass sie niemanden verletzen würde, wenn sich der Zorn in ihr regte.

»Außerhalb des Territoriums könntest du das Original-Armband vielleicht weiterhin benutzen.« Seine Schultern waren völlig verspannt. »Als Frühwarnsystem, damit du dich an einen geschützten Ort zurückziehen kannst, bevor die Wut sich Bahn bricht.«

»Nein«, widersprach sie. »Es gäbe keine Garantie, dass ich es rechtzeitig schaffen würde, Yasha. Und lieber kollabiere ich in der Öffentlichkeit vor aller Augen, als noch einen einzigen Tropfen Blut mehr zu vergießen.«

Sie konnte es nicht ertragen, ihn so bekümmert zu sehen, darum spann sie seine Idee weiter. »Ich werde außerdem einen Chip in das modifizierte Armband integrieren, der mit deinem Handy verbunden ist. Auf diese Weise wirst du sofort merken, wenn es aktiv wird. Dann kannst du entweder meinen Bruder benachrichtigen, damit er mich mit seinem Teleporter abholt, oder ein Clanmitglied schicken, das nach mir sieht, falls ich mich gerade in eurem Territorium aufhalte.«

»Verlinke ihn am besten mit drei weiteren Personen«, antwortete Yakov wie aus der Pistole geschossen. »Pax, Pavel und Arwen. Ich möchte, dass du so viel Rückendeckung hast wie nur irgend möglich.«

Sie willigte ohne Zögern ein. Yasha hatte ihr gegeben, was sie brauchte, um sich sicher zu fühlen. Da war es nur fair, dass sie im Gegenzug etwas dazu beisteuerte, seine Angst um sie zu verringern. »Es wird funktionieren«, versprach sie, denn jetzt war es an ihr, ihm Mut einzuflößen.

Doch die Anspannung verlor sich nicht aus seinen Zügen. »Ich bin im Moment mit dieser Lösung einverstanden, möchte dich aber bitten, *serdtse moyo*, anderen Möglichkeiten gegenüber aufgeschlossen zu sein. Weil ich, sowie du genesen bist und dich hier eingelebt hast, einen Test durchführen möchte, bei dem du das Armband nicht trägst.«

Er legte den Finger auf ihre Lippen, als sie etwas einwenden wollte. »Unter strengsten Sicherheitsvorkehrungen.«

Sie kämpfte mit sich selbst. Es fiel ihr schwer, seiner Bitte nachzukommen. »Warum?«

»Weil wir jetzt ein Paarungsband haben. Es könnte sein, dass diese Wutattacken dich von nun an nicht mehr überwältigen, sondern sich diese rasende Energie auf uns beide verteilt.« Er kniff die Augen zusammen. »Im besten Fall werden sie überhaupt nicht mehr ausgelöst, weil mein Bewusstsein vermutlich jede energetische Schwankung in deinem Bewusstsein kompensiert und in dem Umfang ausgleicht, dass der Druck nie stark genug wird, um sich in einem Ausbruch zu entladen.«

»Aber die Belastung, die das für dich –«

»Ich bin durch ein Band mit Valya, seinen anderen Stellvertretern und auch mit Nova verbunden. So ist ein Clan beschaffen, er bildet eine geschlossene Einheit.« Worte voller Zuneigung. »Wenn es so funktioniert, wie ich hoffe, und mein Bewusstsein als Überdruckventil für deine zornige Energie fungiert, dann wird sie sich in alle Richtungen verteilen und nicht einmal mehr spürbar sein.«

Theo konnte sich die enorme Tragweite dieser Möglichkeit kaum vorstellen.

Und da überkam sie zum ersten Mal mit Macht die Erkenntnis. »Wir haben ein Paarungsband geschlossen«, flüsterte sie und schmiegte sich an den Bären, der jetzt Teil ihrer Seele war. »Du bist mein Gefährte.« Es raubte ihr vor Staunen den Atem, dass sie das Recht hatte, ihn so nennen zu dürfen. »Ich erinnere mich nicht daran, wie es passiert ist.«

Dunkle Gewitterwolken zogen über sein Gesicht. »Ich auch nicht, und das ärgert mich unglaublich. Pasha behauptet, es sei eine geradezu elysische Erfahrung. Ich weiß nur noch, wie dein Bewusstsein sich nach meinem und meines sich nach deinem ausgestreckt hat, und ich schätze, den Rest hat dann mein Bär erledigt.«

Theo lächelte unter Tränen und küsste die Grübchen, die sie so sehr liebte. »Ich wette, unser Band ist noch viel himmlischer als das von Pavel und Arwen.« Inzwischen wusste sie, wie sie ihren Yasha aufheitern konnte. »Außerdem ist unseres auf höchst dramatische Weise entstanden. Das gibt zusätzliche Pluspunkte.«

»Verdammt richtig.« Er massierte ihren Nacken. »Und jetzt

leg dich wieder hin, bevor Nova merkt, dass du von hier verschwinden wolltest.«

»Ich liebe dich.« Diese Worte gingen ihr jetzt, da sie sicher sein konnte, dass sie sich nie freiwillig für das Böse entschieden hatte, leicht von den Lippen. Sie musste sich nicht selbst bestrafen, indem sie ein Leben ohne Hoffnung, ohne Zuneigung führte. Sie würde sich wegen allem, was sie getan hatte, während sie unter der Kontrolle ihres Großvaters stand, immer schuldig fühlen, doch das machte nichts, weil es bewies, dass sie ein Herz besaß, ein mitfühlendes Wesen war.

Yakov grinste, und wieder vertieften sich die Grübchen in seinen Wangen. »Ich weiß.« Er tat, als wollte er sie in die Unterlippe beißen, wobei er darauf achtete, ihre blauen Flecken nicht zu berühren. »Ich …«

Seine Iris nahm die gelbliche Bernsteinfarbe des Bären an, während er gleichzeitig geräuschvoll einatmete. Theo hätte sich Sorgen gemacht, wäre da nicht dieses Lächeln auf seinen Lippen gewesen. Er kehrte in die Realität zurück und fragte: »Willst du wissen, was ich gerade gesehen habe, *pchelka*?« Sie spürte seine Glückseligkeit in jeder Faser ihres Körpers.

»Dich, wie du mit einem kleinen wilden nackten Jungen auf einer Sommerwiese gespielt hast. Er hat gekichert und gelacht und sich in ein braunes Fellknäuel verwandelt, während er durchs hohe Gras rollte. Er ist unser Sohn, Theo. Ich kann nicht sagen wann, aber eines Tages wirst du mit ihm auf einer sonnenbeschienenen Wiese herumtollen.«

Theo entrang sich ein Schluchzen, so verzaubert war sie von seiner wundervollen Vision. Sie zog ihn zu sich aufs Bett, setzte sich auf seinen Schoß und kuschelte sich in seine Arme, während Hoffnung ihrer beider Herzen erfüllte wie eine süße Melodie.

1988

Meine liebste Hien,
ich habe all die Jahre getan, was du verlangtest, und nicht ein einziges Mal Kontakt zu dir aufgenommen, obwohl es mir fast das Herz brach. Mein einziger Trost ist zu wissen, dass du unsere Eltern und Brüder um dich hast. Ich mache Mom und Dad keinen Vorwurf daraus, dass sie sich von mir losgesagt haben, um vollkommen in Silentium hineinzufinden, damit sie den Jungs ein Vorbild sein und dich bei Neizas Erziehung unterstützen können. Ich hoffe, du weißt, dass dein großer Bruder nur das Beste für dich und dein Kind will.
Aber überhaupt nicht mehr mit dir kommunizieren? Das war mir unmöglich. Darum schreibe ich meine Briefe an dich, die ich niemals abschicken werde, stattdessen in dieses Heft. Meine Mimi ist überzeugt, dass unsere Nachfahren einander kennenlernen und die in diesen Briefen archivierten Erinnerungen dazu dienen werden, sie zu vereinen. Meine Gefährtin trägt so viel Hoffnung in sich, so viel Mut, und das baut mich auf.
Ich schreibe dir heute, weil ich dir eine Neuigkeit mitteilen möchte.
Ich habe eine Tochter, Hien. Sie ist so winzig und bezaubernd, dass ich weinen musste, als ich sie das erste Mal in meinen Armen hielt. Wir haben ihr den Namen Quyen Eugenia Nguyen gegeben. Ein eindrucksvoller Name für dieses kleine Geschöpf, aber unser kostbares Töchterchen wird in ihn hineinwachsen.

Sie sieht dir ein bisschen ähnlich. Ich wünschte, du könntest sie kennenlernen, sie herzen. Ich weiß, dass du eine wundervolle Tante geworden wärst und mich damit aufgezogen hättest, weil Mimi und ich uns so viel Zeit mit der Elternschaft gelassen haben. Wir dachten schon, es würde nie mehr passieren, und gaben uns damit zufrieden, die Kinder des Clans mit Zuneigung zu überschütten. Wir stehen noch immer ein wenig unter Schock, während wir gleichzeitig vor Freude außer uns sind.

Meine Gefährtin hat mir meine Liebe zu euch allen nie zum Vorwurf gemacht. Sie hat ein großzügiges Herz und eine starke Verbindung zu ihren eigenen Geschwistern. Für sie ist es selbstverständlich, dass man für seine Familie da ist. Nur dass Mimis Bindungen sie glücklich machen, sie Freude aus ihnen bezieht, wohingegen die meinen mir nichts als Kummer bereiten. Ich werde nicht zulassen, dass meine Tochter im Schatten meines Schmerzes aufwächst.

Darum muss ich dich heute endgültig loslassen, meine kleine Lieblingsschwester.

So schwer es mir fällt, kann ich dennoch auch an Otto, Grady, Mom und Dad nicht länger festhalten. Ich wünsche unseren übermütigen jüngeren Brüdern, die fern von mir zu jungen Männern herangereift sind, über die ich kaum etwas weiß, ein Leben frei von schmerzlichen und traumatischen Erfahrungen und prall gefüllt mit allem Guten, das diese Welt zu bieten hat. Unseren liebevollen, selbstlosen Eltern wünsche ich die Gewissheit, dass sie die einzig richtige Entscheidung getroffen haben.

Und du, meine brillante, witzige Hien, wirst für immer in meiner Seele und meiner Erinnerung sein. Doch für mich ist es an der Zeit, mich von der Vergangenheit zu lösen und die freudvolle, lebendige Gegenwart mit meiner Frau und

unserem Kind zu genießen. Ohne länger zurückzuschauen oder insgeheim auf eine Zukunft zu hoffen, die niemand vorhersehen kann.
Zum Abschluss meines letzten Briefes an dich wünsche ich dir und Neiza alles erdenklich Gute für euer Leben und dass Silentium euch den inneren Frieden schenken möge, nach dem ihr euch sehnt.
Dein großer Bruder D.

69

Die Polizei hat inzwischen weitere Informationen über das im Verborgenen agierende Rehabilitationszentrum in Moskau veröffentlicht und betont, dass die vor Ort gemachten Entdeckungen aus der uneingeschränkten Kooperation der Familie Marshall resultieren.

»Anstatt den Mantel des Schweigens über die Verbrechen des ehemaligen Ratsherrn Hyde zu breiten, hat sein Enkel die Behörden eingeschaltet«, sagte Polizeichef Skryabin in einer Stellungnahme. »Seine Integrität ist über jeden Zweifel erhaben.«

Das Alphatier der StoneWater-Gestaltwandler bestätigte, dass ein hochrangiges Mitglied seines Clans während der Erstinspektion des Zentrums als Beobachter fungierte und die Bären auch weiter in die laufenden Ermittlungen eingebunden sein werden. »Niemand verbirgt irgendetwas«, versicherte Valentin Nikolaev. »Pax Marshall wollte die Wahrheit ans Licht bringen, und er hat keinen Versuch unternommen, sie zu verschleiern, als sich herausstellte, dass sie extrem hässlich ist. Das sagt eine Menge über ihn aus.«

Medialnet-Bake *(15. Oktober 2083)*

Seit dem Showdown auf dem Anstaltsgelände war ein Monat vergangen.

Die Leute von der Spurensicherung hatten unterdessen eine großangelegte Grabung vorgenommen und zahlreiche Leichen gefunden – allerdings waren es nicht so viele, wie es hätten sein müssen, falls auch der Großteil der Patienten Kejas Blutrausch zum Opfer gefallen wäre.

Danach hatte es zwei weitere Wochen in Anspruch genommen, um Kejas Finanztransaktionen zu entschlüsseln und Zahlungen an mehr als ein Dutzend von Pflegekräften betreute Personen zurückzuverfolgen.

Rechnete man Santo und Janine hinzu, dann hatte Keja fünfzehn Internierten das Leben gerettet.

Theo sah sich erst jetzt imstande, sie zu besuchen. Nicht nur, weil sie sich zunächst einmal von ihren Verletzungen erholen musste, sondern auch, weil es ihr einfach wehtat, an ihre Tante zu denken. Ein Teil von ihr gab Keja keine Schuld an ihren Verbrechen – sie hatte sie nur aufgrund ihrer Gehirnschädigung begangen.

Wenn irgendjemand das nachvollziehen konnte, dann Theo.

Aber ein anderer Teil hielt sie sehr wohl für verantwortlich. Was nur logisch war, da Keja während ihres Gesprächs überwiegend den Eindruck erweckt hatte, bei klarem Verstand zu sein. Nachdem der schwarze Nebel sich gelichtet hatte, musste sie sich ihrer mörderischen Verbrechen doch sicherlich bewusst gewesen sein und verstanden haben, dass das, was sie tat, falsch war.

Theo hatte eine ganze Weile gebraucht, um ihre widerstreitenden Gefühle mithilfe von Yakov und Arwen – die jetzt beide Teil ihrer Familie waren – zu entwirren und zu akzeptieren, dass ihre Tante nicht rational handelte, auch wenn sie gelegentlich so wirkte. Der Wahnsinn und die Gebrochenheit waren zu jeder Zeit in ihr existent, bei ihren Morden ebenso wie bei ihren Rettungsaktionen.

Doch sie war nicht aus eigener Entscheidung zu dieser Frau geworden. Dieser Umstand hatte ihr nicht nur das Leben gerettet, sondern es ihr auch erspart, hinter Gefängnismauern zu verschwinden. Stattdessen war sie in einer geschlossenen psychiatrischen Einrichtung für mediale Straftäter untergebracht worden.

Auf richterliche Anordnung hin war ihr ein Schild um ihren Geist gelegt worden, damit sie mit niemandem über den gedankensprachlichen Kanal in Kontakt treten konnte, und es war ihr lediglich Zugang zu einem streng »abgeriegelten«, von starken Telepathen bewachten Teil des Medialnet gestattet.

Bei den Sicherheitsleuten der Klinik handelte es sich ausschließlich um Gestaltwandler und Mediale mit Schilden aus Titan. Keinem Insassen, und seien seine Kräfte noch so gewaltig, würde es gelingen, die Aufpasser mental zu überwältigen und zu fliehen. Die Mediziner, die den Wahnsinn und die anderen für Mediale typischen psychischen Probleme der Patienten behandelten, wurden ausnahmslos immer von einem Gestaltwandler begleitet.

Als Theo jetzt auf der Besucherseite vor der bruchsicheren Glasscheibe Platz nahm, sah sie, wie in dem Raum dahinter zwei Wachen an der Wand Posten bezogen, während eine dritte Keja hereinführte.

Theo erweckte den Anschein, als sei sie allein gekommen, doch in Wirklichkeit wartete ihr Gefährte direkt vor der Tür.

Auf Yakovs Frage, ob sie lieber ungestört wäre, hatte sie genickt. »Um Kejas Würde willen. Wenigstens diese Freundlichkeit kann ich ihr erweisen. Auch wenn sich durch nichts wiedergutmachen lässt, was der Mann, der sie eigentlich hätte beschützen sollen, ihr angetan hat.«

Er hatte die Hand an ihre Wange gelegt und seine Lippen auf ihre gedrückt. »Das ist meine Theo mit ihrem weichen Herzen, das von den Miniganoven schamlos ausgebeutet wird.«

»Das stimmt überhaupt nicht«, hatte sie entrüstet widersprochen.

»Dann haben wir also nicht zwei Dutzend Muffins im Auto,

damit die kleinen Kuchen-Banditen sich darüber hermachen können?«

Yakov hatte sie auf ihre vom Lächeln gekräuselte Nase geküsst. »Jetzt geh zu deiner Tante, *pchelka.*« Ein zärtlicher und doch ernster Ausdruck im Gesicht ihres Gefährten, der um die Komplexität ihrer Emotionen in Bezug auf Keja wusste. »Ich bin sofort zur Stelle, wenn du mich brauchst.«

Theo befürchtete keinen Angriff. Die Gefahr, die von ihrer Tante ausging, war anderer Natur.

Sie bemerkte, dass Keja ein fliederfarbenes Gewand trug. Aufgrund der Informationen, die man Pax als Oberhaupt der Marshalls hatte zukommen lassen, handelte es sich dabei um eine Sonderanfertigung. Da Keja nie offiziell aus dem Stammbaum entfernt, sondern nur für tot erklärt worden war, fiel die Verantwortung für sie an die Familie.

Theo war sich sicher, dass Pax sich so oder so dafür zuständig gefühlt hätte.

Ihren psychiatrischen Gutachten zufolge war Keja nicht imstande, für sich selbst zu sorgen, weshalb Pax zu ihrem Vormund bestellt und ihm in dieser Funktion uneingeschränkter Zugang zu ihrer Krankenakte gewährt worden war. Daher wusste Theo, dass Kejas Therapeut das fliederfarbene Outfit geordert hatte, nachdem sie jedes Mal, wenn man sie aufforderte, die grüne Kluft anzuziehen, die für die Patienten in dieser Klinik obligatorisch war, einen Nervenzusammenbruch erlitten hatte.

Es machte ihr nichts aus, die anderen darin zu sehen, aber sie selbst weigerte sich, sie anzuziehen.

Sie erinnerte sie zu sehr an ihre traumatischen Erfahrungen, an brutale Gewalt.

Keja ließ sich ihr gegenüber nieder, aber anders als in dem alten Film, den Theo neulich mit Yakov geguckt hatte, brauchten sie keinen Telefonhörer, um miteinander zu sprechen. Die

Glasscheibe war nicht schalldicht; sie schützte Theo, trotzdem konnten sie sich ganz normal unterhalten. »Hallo, Tante Keja. Du siehst gut aus.«

Heute stand kein Ausdruck von Wahnsinn in ihren Augen, als sie Theo mit demselben traurigen Lächeln bedachte, das sie aufgesetzt hatte, bevor sie den Schuss auf Theo abgab. »Wir wissen beide, dass Aussehen täuschen kann.« In ihren nächsten Worten schwang ein scharfer Unterton mit. »Wie ich höre, wurde dein Bruder zu meinem Vormund ernannt. Angeblich bin ich eingeschränkt entscheidungsfähig und mental nicht in der Lage, selbst zurechtzukommen.«

»Du brauchst dir keine Sorgen zu machen«, beruhigte Theo sie. »Pax weiß, dass du dich die meiste Zeit hervorragend hältst, und er hat nicht vor, dir seinen Willen aufzuzwingen oder sich in sämtliche Belange deines Lebens einzumischen. Aber manchmal, da bist du … unerreichbar.«

In ihrer Akte fand sich außerdem ein Vermerk über einen Vorfall, der sich kürzlich ereignet hatte. Keja hatte eine Mitinsassin angegriffen, eine schlanke Blondine mit blauen Augen. Wären die Wachen nicht rechtzeitig eingeschritten, hätte Keja der Frau das Genick gebrochen.

»Ich bin jetzt in Isolationshaft, zum Schutz der anderen Häftlinge.« Eins von Kejas Lidern zuckte leicht. Sie hob die Hand und legte einen Finger darauf. »Eine Begleiterscheinung des Medikaments, das sie gerade an mir testen. Ich habe mich freiwillig als Versuchskaninchen angeboten, und offenbar hat dein Bruder seine Zustimmung gegeben, darum darf ich an dem Experiment teilnehmen.«

Theo beugte sich hoffnungsvoll näher zu ihr. »Zu welchem Zweck wurde dieses Medikament entwickelt?«

»Es soll bestimmte Prozesse im Gehirn regulieren. Ich kenne nicht sämtliche medizinische Details, aber sie dürften in meiner

Akte stehen. Von diesem ärgerlichen Lidzucken einmal abgesehen, bin ich innerlich meist die Ruhe selbst.« Humor blitzte im Blau ihrer Augen auf, ein Hinweis auf die Frau, die sie hätte sein können, wäre sie nicht von Marshall Hyde barbarisch gebrochen worden. »Jedenfalls bilde ich mir das ein. Oder ich bin eine von diesen Verrückten, die gar nicht wissen, dass sie verrückt sind.«

Theo presste mit einem Kloß in der Kehle die Hand gegen die Scheibe. »Ich kann meine Gefühle für dich nicht einordnen.« Heisere Worte voller Schmerz. »Du hast fünfzehn Leuten das Leben gerettet, nur um anschließend unschuldige Frauen zu töten, deren einziges Vergehen darin bestand, dass sie aussahen wie ich.«

Wie Version 2.0.

»Ich mag dich, und ich verstehe dich«, fuhr Theo fort. »Gleichzeitig hasse ich dich für deine Taten … und mich dafür, dass ich das zweite Versuchsobjekt war. Meine mentale Verfassung ist nur deshalb besser als deine, weil du vor mir an der Reihe warst und am meisten einstecken musstest.«

Keja legte hinter der Scheibe ihre Hand auf Theos Hand. »Nicht, kleine Nichte.« Ein seltsam zärtlicher Gesichtsausdruck begleitete die beschwörenden Worte. »Keine von uns beiden ist ein wahres Monster. Dieser Titel gebührt unserem Erschaffer.«

Ihr Blick wurde hart, ihre Augen färbten sich von außen zu den Pupillen hin schwarz. »Die Therapeuten und Seelenklempner wollen, dass ich mir meine Schuld eingestehe, doch das käme einer Kapitulation vor demjenigen gleich, der in Wahrheit verantwortlich ist. Mein Vater hat in Wahrheit diese Frauen umgebracht – weil er mich zu dem gemacht hat, was ich bin.«

Theo wusste nicht, was sie darauf antworten sollte. Die Psychologen hatten recht. Ihre Tante würde kein neues Kapitel in ihrem Leben aufschlagen können, solange sie sich der Verantwortung für ihre Verbrechen nicht stellte. Aber es stimmte auch, was Keja sagte – sie wäre nicht dieses geistig beschädigte Geschöpf, hätte Marshall ihr Gehirn nicht durch die Mangel gedreht.

»Nicht dass es einen Unterschied macht.« Keja ließ ihre Hand wieder sinken und lehnte sich auf ihrem Stuhl zurück. »Ich werde den Rest meiner Tage in dieser Einrichtung verbringen.«

Sie ließ den Blick umherschweifen. »Ich dachte, ich würde es hier schrecklich finden, aber so übel ist es gar nicht. Das Personal ist nett. Anscheinend liegt das daran, dass Empathen die Gespräche mit uns führen. Wir können uns ein Hobby aussuchen oder ein Fach, das wir gern studieren wollen. Nächsten Frühling bekomme ich ein eigenes Beet, wo ich anpflanzen darf, was ich will. Ich tendiere zu bunten, hübschen, fröhlichen Blumen.«

Die Worte taten Theo in der tiefsten Seele weh. »Ich freue mich schon auf einen Strauß von dir.«

Keja lächelte. »Da ausschließlich grazile blonde Frauen mit blauen Augen meine Mordlust triggern, arbeitet die Leitung gerade daran, den Zeitplan so zu koordinieren, dass ich diesem Typus nie begegne, damit ich aus der Einzelhaft entlassen werden kann.«

»Ich bin froh, dass du dann nicht mehr in deinem Zimmer eingesperrt sein wirst.« Ihre Tante hatte bereits viel mehr gelitten, als irgendeinem Lebewesen zugemutet werden sollte.

»Es ist eine sehr humane Einrichtung – besonders, wenn man bedenkt, wie viele Mörder hier untergebracht sind.« Ein Schulterzucken. »Aber jetzt genug von mir. Wie ist das Leben bei den Bären?« Ein Funkeln in ihren Augen, die sich von Obsidian wieder in Blau verwandelt hatten.

»Laut, voller Zuneigung und im besten Sinne überwältigend.« Theo ballte die Hände in ihrem Schoß zu Fäusten. »Ich wünschte, dir wäre das auch vergönnt. Zu wissen, wie es ist, als genau die Person akzeptiert zu werden, die man ist. Und jemanden zu haben, der einfach alles an einem liebt.«

Kejas Lächeln bekam erneut diesen traurigen Zug. »Lebe für uns beide, Theo. Für mich war es bereits zu spät, als sie das erste Mal an meinem Hirn herumgepfuscht haben. Aber für dich ist es das nicht. Vergiss mich, und schau nach vorn. Koste dein Leben in vollen Zügen aus, um es dem Mann heimzuzahlen, der versucht hat, es dir zu rauben.«

Theo setzte sich kerzengerade auf und schaute ihrer Tante fest in die Augen. »Das werde ich tun«, versprach sie. »Aber ich werde dich niemals hängen lassen. Ich besuche dich von jetzt an zweimal im Monat, und wenn ich außer Landes bin, rufe ich dich an. Du bist mir und meiner Familie wichtig und die einzige Person auf dieser Welt, die so ist wie ich.«

Keja blinzelte mehrmals, dann nickte sie zittrig.

Nicht einmal, als ihre Gefühle für ihre Tante ein einziges Wirrwarr gewesen waren, wäre Theo in den Sinn gekommen, ihr die kalte Schulter zu zeigen. Darum hatte sie dafür gesorgt, dass Keja in dieser speziellen, nur zwei Autostunden von Moskau entfernten Einrichtung – die die einzige ihrer Art in der gesamten Region war – untergebracht wurde.

»Vor dem Fall von Silentium«, sagte sie zu Yakov, als sie das Gebäude dreißig Minuten später verließen, »wäre Keja einfach von der Bildfläche verschwunden und nie wieder aufgetaucht. Man hätte ihr Leben, ohne lange zu fackeln, beendet.«

Yakov verflocht seine Finger mit den ihren und hielt ihre Hand, während Theo auf den albtraumhaften Spuren der Vergangenheit wandelte.

»Und das alles nur, weil mein Großvater eine Sklavin wollte.« Sie hob ihr Gesicht der kühlen Herbstsonne entgegen. »Verflucht sei er!« Harte Worte, aber sie kamen aus tiefstem Herzen.

»Man wird Keja nicht hinrichten, sie nicht mit Missachtung strafen, nicht jede Erinnerung an sie auslöschen.«

Sie löste ihre Finger aus Yakovs Hand, packte mit beiden Händen sein T-Shirt und zog ihn zu einem wilden, leidenschaftlichen Kuss zu sich herab. »Und auch ich lebe. Es geht mir gut.«

Er stahl ihr lächelnd noch einen Kuss, und das hocherfreute Brummen seines Bären vibrierte an ihrer Brust. »Das ist meine Theo.« Yakov trat einen Schritt zurück und hielt ihr die Beifahrertür auf. »Komm, steig ein. Wir dürfen nicht zu spät zu dem Mittagessen mit deinem Bruder erscheinen. Ich bin mir ziemlich sicher, dass er uns alle für komplett verrückt hält, aber er ist höflich und immer pünktlich.«

Pax' Beziehung zu den Bären war noch im Entstehen begriffen, man beäugte sich gegenseitig ... aber beide Seiten zeigten guten Willen. Ihr Bruder würde alles dafür tun, um Theo den Einstieg in ihr neues Leben so leicht wie möglich zu machen, und Yakovs gesamter Clan hatte ohnehin ein Herz aus Gold. Obwohl der arme Pax vermutlich nach jeder geselligen Begegnung mit den Bären zwei Tage brauchte, um sich davon zu erholen.

Erst neulich hatte Babuschka Quyen ihm die Wangen getätschelt und gefragt: »Würdest du gern eine nette Bärin kennenlernen? Die Enkelin meiner Cousine Maggie wurde gerade zur Offizierin ernannt. Ihr beide würdet hübsche Kinderchen haben.«

Theo. Hilfe.

Innerlich kichernd bei der Erinnerung an seinen telepathischen Hilferuf, setzte sie sich ins Auto. Ihr Leben würde stets kompliziert sein. Pax focht Tag für Tag einen tödlichen Kampf aus. Theos Zorn lauerte als latente Gefahr an der Peripherie ihres Bewusstseins. Der Verfall des Medialnet schritt weiter fort – wenngleich ihrem Bruder zufolge Gerüchte umgingen, dass die Regierungskoalition plane, eine zweite Insel zu erschaffen.

Die gesamte Welt war im Wandel begriffen.

Doch eines wusste Theo mit Bestimmtheit: Mit ihrem Bären an ihrer Seite würde sie bis ans Ende ihrer Tage festen Boden unter den Füßen haben. Ihrem Gefährten. Ihrem Yakov. »Yashin'ka?«

Er scherte in den Hauptverkehrsfluss ein. »Hmm?«

»Ich liebe dich mehr als Donuts.«

Sie erhaschte einen Blick auf ein verschmitztes Grübchen, dann brachen sie beide in vergnügtes Lachen aus.

Wandel

Mutter? Wo bist du? Mutter?

Anhaltendes Flüstern im Medialnet

Pax hätte sich niemals träumen lassen, dass er eines Tages mit einem Haufen Bären beim Mittagessen sitzen würde, während seine Zwillingsschwester ihn lachend dazu ermutigte, neue Gerichte auszuprobieren. Doch die Erfahrung hatte ihn gelehrt, dass das Leben immer für eine Überraschung gut war.

Und diese war zur Abwechslung mal eine positive.

Jetzt, da er Theo in Sicherheit wusste, konnte er endlich wieder frei atmen. Noch nicht einmal die bösartigsten Mitglieder ihrer Familie würden es mittlerweile wagen, Jagd auf Theo zu machen – Claire eingeschlossen. Die Marshalls waren arrogant genug, um sich den Gestaltwandlern überlegen zu fühlen, aber ihnen war auch bekannt, dass die Bären eine Allianz mit Kaleb Krychek eingegangen waren.

Niemand im Netz würde es auf einen Streit mit dem Kardinalmedialen ankommen lassen.

Stunden nach dem Essen, es war inzwischen Abend, stand Pax auf dem Dach des Apartmentgebäudes, in dem er wohnte, wenn er Theo besuchte. Die Luft war kalt, rings um ihn glitzerten die Lichter der Stadt – aber das Beste war, dass er nicht befürchten musste, jemand könnte ihm rücklings ein Messer in den Rücken stechen.

Nicht hier, in der Heimat seiner Schwester.

Er rieb sich die Stirn, war erschöpft von dem, was in seiner eigenen verkommenen Familie vor sich ging. Den Machtkämpfen, den Intrigen, der Zwietracht. Allmählich fing er an zu glauben, dass Theo recht damit hatte und ihr Großvater ihnen allen von Anfang an sein Gift eingeträufelt hatte. Es keine Aussicht auf Erlösung gab.

Zumindest hatte das Scheinwerferlicht, das derzeit auf die Marshalls gerichtet war, die Kakerlaken zurück in ihre Löcher gescheucht und ihm die erste echte Verschnaufpause seit Monaten verschafft. Er war sich noch immer nicht sicher, was er mit Claire machen sollte. Sie war eine hinterhältige Schlange, aber nicht einmal er würde es über sich bringen, die Ermordung der eigenen Mutter zu befehlen.

Anscheinend färbte Theos Gewissen auf ihn ab und dirigierte ihn in eine Richtung, die fernab vom psychopathischen Führungsstil seines Großvaters lag.

Der kalt kalkulierende, von Marshall Hyde geförderte Teil seiner Psyche dachte daran, den Chefsessel zu räumen und die anderen sich im Kampf darum gegenseitig die Köpfe einschlagen zu lassen. Wer immer am Ende »gewann«, würde das Unternehmen an den Rand des Abgrunds führen.

Pax könnte es sich anschließend hinter ihrem Rücken unter den Nagel reißen und wäre jede Verpflichtung gegenüber seiner »Familie« los. Dann würde das gesamte Imperium ihm gehören, und er könnte es neu gestalten ... es sei denn, die Fäulnis reichte noch tiefer.

Woran es nach Meinung von Arwen Mercant keinerlei Zweifel gab. Der Empath hatte sich nach einem Gespräch mit Theo bereit erklärt, Pax zu treffen, um herauszufinden, ob er sich eine Zusammenarbeit mit ihm vorstellen könne.

Im Anschluss an dieses Kennenlerngespräch – bei dem Pax dem eindringlichen Blick eines Mannes ausgesetzt war, dessen empathischer Wahrnehmung nichts entging – hatten sie einen befristeten Vertrag geschlossen, der vorsah, die Vertrauenswürdigkeit von Pax' Familienmitgliedern und Angestellten zu überprüfen.

Das Resultat war nicht erfreulich gewesen.

»Mir ist noch nie eine derart dysfunktionale und kaputte Familie begegnet.« Ein grimmiger Ausdruck war auf Arwen Mercants feinen Gesichtszügen erschienen, während sie auf dem Balkon von Pax' Büro in San Francisco standen, das ihm seit seinem Umzug in die Metropole als Hauptquartier diente. »Außer Theo und Ihnen weiß niemand in Ihrer Familie, was Loyalität bedeutet. Dasselbe gilt für Ihre Führungskräfte – auch sie sind nur sich selbst ergeben.«

Sein Großvater hatte die wichtigsten Posten mit Leuten besetzt, die seinem eigenen Profil entsprachen, ging es Pax durch den Kopf.

»Ich bin kein Unternehmensberater«, fuhr Arwen fort, »trotzdem würde ich Ihnen empfehlen, den Kram hinzuschmeißen, eine neue, saubere Firma zu gründen und die Mitarbeiter in niedrigeren Positionen abzuwerben, sobald die Marshall-Gruppe anfängt unterzugehen, was zwangsläufig passieren wird. Für diese Leute geht es nur um den Job, sie haben kein Interesse an Machtspielchen.

Stellen Sie niemanden aus der jetzigen Unternehmensleitung oder auch dem mittleren Management ein.« Er schnitt mit der Hand durch die Luft. »Ich hasse es, sie alle über einen Kamm scheren zu müssen, aber sie sind schon so lange Teil der Organisation, dass ihnen die Gesinnung Ihres Großvaters in Fleisch und Blut übergegangen ist.«

Pax stellte die Überlegung an, was das wohl über ihn, seinen Enkel, aussagte, der von dieser herzlosen Klapperschlange großgezogen worden war. »Sie wurden durch Ihre tiefe Bindung zu

Theo geformt«, kam die Antwort von Arwen – ein beeindruckender Beleg dafür, wie gut Empathen in anderen lesen konnten. »Durch die Liebe zu Ihrer Schwester, Ihre Weigerung, sie aufzugeben.«

»Und das zählt mehr als die Tatsache, dass ich Marshall Hydes Protegé war?«

Ein durchdringender Blick aus silberfarbenen Augen mit einem leichten Ton von Blau. Arwens Kräfte waren vollkommen anders als die von Memory Aven-Rose, doch eins hatten beide gemeinsam: ein Rückgrat aus Stahl. Diejenigen, die die E-Kategorie für schwach hielten, hatten nicht den Hauch einer Ahnung, wie viel innere Stärke es erforderte, immer und immer wieder in tiefste Abgründe zu schauen.

»Ja«, bestätigte Arwen. »Ihr Band mit Theo bestand schon davor, und es hat Ihren Großvater überdauert. Ich erteile Leuten nicht oft den Rat, auf jemandes Grab zu tanzen, doch in diesem Fall wäre es mehr als gerechtfertigt.« Er schob die Hände in die Taschen seiner dunkelgrauen Nadelstreifenhose, zu der er ein Hemd und eine silberblaue Krawatte trug, die die Farbe seiner Augen widerspiegelte. »Was das Skarabäus-Syndrom angeht …«

Pax wartete, gespannt darauf, was dieser Empath zu der Krankheit zu sagen hatte, die ihn Tag um Tag mehr aufzehrte. Theo hatte ihn gebeten, Arwen davon zu erzählen, zum einen, damit dieser nicht nervös werden würde, sollte er irgendeine psychische Instabilität bei Pax spüren, zum anderen als Zeichen seiner Aufrichtigkeit. »Er wird es nicht weitersagen, Pax. Arwen hat strikte ethische Grundsätze.«

Da Pax Theo mehr vertraute als sonst irgendjemandem auf der Welt, hatte er Arwen eingeweiht – und das, obwohl der E-Mediale zu den Mercants gehörte, die als die gefährlichsten Informationshändler im gesamten Medialnet galten.

»Als Sie mir den Zeitpunkt nannten, zu dem die Krankheit bei

Ihnen ausbrach, habe ich Ihnen zuerst nicht geglaubt«, fuhr Arwen fort. »Ihre geistige Struktur wirkt zu gefestigt.«

»Aber?« Pax hatte zu feine Antennen, als dass ihm die Zwischentöne entgangen wären.

»Nachdem ich mich mittlerweile öfter in Ihrer Nähe aufgehalten habe, nehme ich die Anzeichen wahr.« Es klang eher fasziniert als abgestoßen. »Trotzdem sind sie nicht stark genug. Sie dürften nicht mehr in dem Maße geistig überragend sein.«

Ein unerbittlich direkter Blick. »Ihr Verstand ist die meiste Zeit glasklar. Dass die Empathin, die Sie betreut, ein Genie ist, steht außer Frage, aber ... es muss an Ihrem Band mit Theo liegen.«

Pax' Schultern versteiften sich. »Sie darf nicht in die Sache hineingezogen werden. Ich habe alles in meiner Macht Stehende getan, um diese Verbindung zu blockieren, damit meine unberechenbare geistige Energie nicht in Theos Bewusstsein eindringen kann.«

»So einfach ist das nicht, wenn die Liebe ins Spiel kommt«, argumentierte Arwen sanft. »Ihre Schwester wird für Sie kämpfen, ob Ihnen das gefällt oder nicht.« Er schaute hinaus auf das wie blauer Stahl gleißende Wasser der Bucht. »Ich frage mich ...« Ein Stirnrunzeln. »Ich würde gern mit Ihrer Empathin reden, wenn Sie damit einverstanden sind.«

»Ich werde Ihre Bitte an sie weiterleiten.« Pax hoffte nicht auf eine wundersame Heilung, trotzdem konnte es nicht schaden, Arwen mit Memory zusammenzubringen. Vielleicht würde es ihnen mit vereinten Kräften gelingen, etwas zu finden, das anderen mit Skarabäus Infizierten, die noch nicht Pax' Stadium erreicht hatten, das Leben erleichtern würde.

Ping. Ping. Ping. Ping. Ping.

Pax kehrte mit einem unwilligen Ausdruck im Gesicht in die Gegenwart zurück. Diese Idioten hatten ihn eine ganze Weile in Ruhe gelassen, nur um ihm seit heute Morgen wieder auf die Nerven zu fallen. Abgelenkt von dem Mittagessen mit den Bären und den Vorbereitungen für eine bevorstehende Firmenübernahme, hatte er das ärgerliche Klopfen einfach ausgeblendet, aber nun reichte es.

Von Jagdfieber gepackt, schoss er ins Medialnet.

Keine Anzeichen für irgendwelche Unbefugten in seiner Nähe. Ganz wie erwartet. Aber davon ließ er sich nicht beirren. Er hatte die geistigen Präsenzen, von denen die Klopfgeräusche ausgingen, im Auge behalten und setzte nun Bots ein, die die Positionen seiner Zielpersonen im Netz exakt orten konnten. Weil diese Plagegeister nämlich nicht die Hellsten waren und nichts unternommen hatten, um ihre psychische DNA zu verschleiern – etwas, das Pax zur zweiten Natur geworden war.

Sie waren nur deshalb so lange damit davongekommen, weil Pax zu beschäftigt gewesen war, um sich mit ihnen zu befassen. Theo hatte recht – es mussten irgendwelche Teenager sein. Tja, er würde ihnen gleich einen gehörigen Schrecken einjagen. Und danach endlich seinen Frieden haben.

Nach fünfundzwanzig Minuten hatte er das erste Bewusstsein ausfindig gemacht und tippte es mental an.

Er rechnete damit, ignoriert zu werden, dass die Person sich vor einer tatsächlichen Kontaktaufnahme scheuen würde. Stattdessen reagierte sie unverzüglich. *Hallo? Kannst du mir helfen? Sie ist nicht mehr bei uns. Ich weiß nicht, was ich tun soll. Bitte, hilf mir.*

Die telepathischen Worte klangen seltsam verzerrt, als hätte man sie durch einen Mixer gejagt.

Pax fragte sich stirnrunzelnd, ob er sich vielleicht geirrt hatte und das Ganze doch kein Teenagerstreich war. Möglicherweise war er rein zufällig ins Visier eines mental labilen Individuums geraten, das Hilfe benötigte.

Was brauchst du?

Ich weiß nicht, was ich machen soll. Sie war die Mutter. Sie hat es uns gesagt. Jetzt ist sie weg, und mein Kopf tut so weh, und ich k-k-kann mich nicht konzentrieren, und ich habe grade einen Tisch zertrümmert, weil ich furchtbar zornig war. Ich bin eine Lehrkraft und nur eine Drei auf der Skala, trotzdem habe ich ihn mit meinen geistigen Kräften kurz und klein geschlagen, und ich –

Eisige Kälte breitete sich in Pax aus. *Wurdest du auf das Skarabäus-Syndrom untersucht?*

Sie sagte, ich gehöre zu ihren Auserwählten, dass ich den Ärzten nicht erlauben dürfe, mich mit Medikamenten fügsam zu machen. Sie hat versprochen, dass sie sich um mich kümmern wird. Aber jetzt ist sie fort. Ich habe schreckliche Angst.

Ganze Wogen aus Eis fluteten durch ihn hindurch. *Wo bist du?* Pax zog sein Handy hervor. *Gib mir deine Adresse in der realen Welt.*

Die Person nannte sie ihm ohne Zögern, und er stellte fest, dass sie nur zwei Stunden von San Francisco entfernt wohnte. Pax könnte Octavio bitten, ihn nach Hause zu bringen, und anschließend mit dem Auto weiterfahren. Wenn er ein Bild als Ortsangabe hätte, wäre es sogar möglich, direkt zu der Adresse zu teleportieren.

Octavio war mit ihm in Moskau geblieben und hielt sich gerade in einem der anderen Apartments des Gebäudes auf. Es wäre also machbar.

Andererseits … wenn Memory Aven-Rose bereit wäre zu helfen, könnte sie sich von einem der Wölfe oder – falls Eile geboten war – von dem mächtigen TK-R-Medialen, der wie sie im SnowDancer-Rudel lebte, hinbringen lassen.

Pax wollte die Empathin gerade anrufen, als er sich eines Besseren besann. Das Gefühl sagte ihm, dass diese Person es nicht gut aufnehmen würde, wenn eine Fremde durch die Tür käme. Sie vertraute ihm, darum musste er persönlich dort erscheinen.

Stellte sich nur die Frage, warum das so war.

Wie hast du mich gefunden?

Die Mutter hat dich gefunden. Sie war wütend, weil du nicht zu uns gehörtest. Ich habe es den anderen erzählt und vorgeschlagen, dich zu fragen. Du musst sehr stark sein, wenn du dich ihr widersetzen konntest. Wirst du jetzt unser Vater sein?

Das Virus regte sich, aufgeweckt durch das Versprechen auf Macht, auf Kontrolle … und auf ein Imperium, das Pax und niemandem sonst gehörte. Seine Skarabäen würden ihn niemals hintergehen. Das sagte ihm das sehnsuchtsvolle Flehen in der Stimme dieses bedürftigen Bewusstseins. Sie würden alles tun, worum er sie bat.

Pax steckte sein Handy wieder weg und sagte: *Ich komme zu dir. Bleib, wo du bist.*

Ja, Vater.

Danksagung

Ein herzliches Dankeschön an Karen Lamming und Vladimir Samozvanov für eure großzügige Hilfe bei meinen Fragen zur russischen Sprache. Ihr seid die Besten!

Wie immer gehen sämtliche Fehler zu meinen Lasten.

Ihr letzter Tanz ...

Nalini Singh
GILDE DER JÄGER
- ENGELSAUFSTIEG
Aus dem
neuseeländischen
Englisch von
Ralf Schmitz
496 Seiten
ISBN 978-3-7363-1967-7

Für Tausende von Jahren brannte die Leidenschaft heiß zwischen Alexander, dem Erzengel, und Zanaya, der Königin des Nils. Aber dann wählte Zanaya den langen Schlaf, aus dem erst die letzte Kaskade sie wieder erwachen ließ. Als der Engel des Todes Zanaya eine tödliche Verletzung zufügt und die erfahrene Kriegerin fällt, erschüttert Alexanders Schmerzensschrei die ganze Welt. Doch dann geschieht das Unglaubliche: Zanaya scheint sich zu erholen – aber ist es wirklich die Königin des Nils, die sich erhebt?

»Diese Liebesgeschichte zwischen zwei mächtigen Erzengeln, die sich über Tausende von Jahren entwickelt, ist ein Genuss.«
SMEXYBOOKS

LYX

Lesejury